U0595729

MINGUO TONGSU XIAOSHUO
DIANCANG WENKU

民国通俗小说典藏文库·张恨水卷

现代青年

张恨水◎著

中国文史出版社

小说大家张恨水（代序）

张赣生

民国通俗小说家中最享盛名者就是张恨水。在抗日战争前后的二十多年间，他的名字真是家喻户晓、妇孺皆知，即使不识字、没读过他的作品的人，也大都知道有位张恨水，就像从来不看戏的人也知道有位梅兰芳一样。

张恨水（1895—1967），本名心远，安徽潜山人。他的祖、父两辈均为清代武官。其父光绪年间供职江西，张恨水便是诞生于江西广信。他七岁入塾读书，十一岁时随父由南昌赴新城，在船上发现了一本《残唐演义》，感到很有趣，由此开始读小说，同时又对《千家诗》十分喜爱，读得"莫名其妙的有味"。十三岁时在江西新淦，恰逢塾师赴省城考拔贡，临行给学生们出了十个论文题，张氏后来回忆起这件事时说："我用小铜炉焚好一炉香，就做起斗方小名士来。这个毒是《聊斋》和《红楼梦》给我的。《野叟曝言》也给了我一些影响。那时，我桌上就有一本残本《聊斋》，是套色木版精印的，批注很多。我在这批注上懂了许多典故，又懂了许多形容笔法。例如形容一个很健美的女子，我知道'荷粉露垂，杏花烟润'是绝好的笔法。我那书桌上，除了这部残本《聊斋》外，还有《唐诗别裁》《袁王纲鉴》《东莱博议》。上两部是我自选的，下两部是父亲要我看的。这几部书，看起来很简单，现在我仔细一想，简直就代表了我所取的文学路径。"

宣统年间，张恨水转入学堂，接受新式教育，并从上海出版的报纸上获得了一些新知识，开阔了眼界。随后又转入甲种农业学校，除了学习英文、数、理、化之外，他在假期又读了许多林琴南译的小说，懂得了不少描写手法，特别是西方小说的那种心理描写。民国元年，张氏的父亲患急症去世，家庭经济状况随之陷入困境，转年他在亲友资助下考入陈其美主持的蒙藏垦殖学校，到苏州就读。民国二年，讨袁失败，垦殖学校解散，张恨水又返回原籍。当时一般乡间人功利心重，对这样一个无所成就的青年很看不起，甚至当面嘲讽，这对他的自尊心是很大的刺激。因之，张氏在二十岁时又离家外出投奔亲友，先到南昌，不久又到汉口投奔一位搞文明戏的族兄，并开始为一个本家办的小报义务写些小稿，就在此时他取了"恨水"为笔名。过了几个月，经他的族兄介绍加入文明进化团。初始不会演戏，帮着写写说明书之类，后随剧团到各处巡回演出，日久自通，居然也能演小生，还演过《卖油郎独占花魁》的主角。剧团的工作不足以维持生活，脱离剧团后又经几度坎坷，经朋友介绍去芜湖担任《皖江报》总编辑。那年他二十四岁，正是雄心勃勃的年纪，一面自撰长篇《南国相思谱》在《皖江报》连载，一面又为上海的《民国日报》撰中篇章回小说《小说迷魂游地府记》，后为姚民哀收入《小说之霸王》。

1919 年，五四运动吸引了张恨水。他按捺不住"野马尘埃的心"，终于辞去《皖江报》的职务，变卖了行李，又借了十元钱，动身赴京。初到北京，帮一位驻京记者处理新闻稿，赚些钱维持生活，后又到《益世报》当助理编辑。待到 1923 年，局面渐渐打开，除担任"世界通讯社"总编辑外，还为上海的《申报》和《新闻报》写北京通讯。1924 年，张氏应成舍我之邀加入《世界晚报》，并撰写长篇连载小说《春明外史》。这部小说博得了读者的欢迎，张氏也由此成名。1926 年，张氏又发表了他的另一部更重要的作品《金粉世家》，从而进一步扩大了他的影响。但真正把张氏声望推至高峰的是《啼笑因缘》。1929 年，上海的新闻记者团到北京访问，经钱芥尘介绍，张恨水得与严独鹤相识，严即约张撰写长篇小说。后来张氏回忆这件事的过程时说："友人钱芥尘先生，介绍我认识《新闻报》的严独鹤先生，他并在独鹤先生面前极力推许我的小说。那时，《上海画报》（三日刊）曾转载了我的《天上人间》，独鹤先生若对我有认识，也就是这篇小说而已。他倒是没有什么考虑，就约我写一篇，而且愿意带一部分稿子走。……在那几年间，上海洋场章回小说走着两条路子，一条是肉感的，一条是武侠而神怪的。《啼笑因缘》完全和这两种不同。又除了新文艺外，那些长篇运用的对话并不是纯粹白话。而《啼笑因缘》是以国语姿态出现的，这也不同。在这小说发表起初的几天，有人看了很觉眼生，也有人觉得描写过于琐碎，但并没有人主张不向下看。载过两回之后，所有读《新闻报》的人都感到了兴趣。独鹤先生特意写信告诉我，请我加油。不过报社方面根据一贯的作风，怕我这里面没有豪侠人物，会对读者减少吸引力，再三请我写两位侠客。我对于技击这类事本来也有祖传的家话（我祖父和父亲，都有极高的技击能力），但我自己不懂，而且也觉得是当时的一种滥调，我只是勉强地将关寿峰、关秀姑两人写了一些近乎传说的武侠行动……对于该书的批评，有的认为还是章回旧套，还是加以否定。有的认为章回小说到这里有些变了，还可以注意。大致地说，主张文艺革新的人，对此还认为不值一笑。温和一点的人，对该书只是就文论文，褒贬都有。至于爱好章回小说的人，自是予以同情的多。但不管怎么样，这书惹起了文坛上很大的注意，那却是事实。并有人说，如果《啼笑因缘》可以存在，那是被扬弃了的章回小说又要返魂。我真没有料到这书会引起这样大的反应……不过这些批评无论好坏，全给该书做了义务广告。《啼笑因缘》的销数，直到现在，还超过我其他作品的销数。除了国内、南洋各处私人盗印翻版的不算，我所能估计的，该书前后已超过二十版。第一版是一万部，第二版是一万五千部。以后各版有四五千部的，也有两三千部的。因为书销得这样多，所以人家说起张恨水，就联想到《啼笑因缘》。"

不论张氏本人怎样看，《啼笑因缘》是他最有影响的作品，这一点毫无疑问，可以随便举出几件事来证明。《啼笑因缘》发表后，被上海明星公司拍成六集影片，由当时最著名的电影明星胡蝶主演，同时还被改编为戏剧和曲艺，在各地广泛流传；再有《啼笑因缘》被许多人续写，迫使张氏不得不改变初衷，于1933年又续写了十回，张氏在《我的写作生涯》中说："在我结束该书的时候，主角虽都没有大团圆，也没完全告诉戏已终场，但在文字上是看得出来的。我写着每个人都让读者有点儿有余不尽之意，这正是一个处理适当的办法，我绝没有续写下去的意思。可是上海方面，出版商人讲生意经，已经有好几种《啼笑因缘》的尾巴出现，尤其是一种《反啼笑因缘》，自始至终，将我那故事整个地翻案。执笔的又全是南方人，根本没过过黄河。写出的北平社会真是也让人又啼又笑。许多朋友看不下去，而原来出版的书社，见大批后半截买卖被别人抢了去，也分外眼红。无论如何，非让我写一篇续集不可。"这种由别人代庖的续作，出书者至少有四种：惜红馆主《续啼笑因缘》、青萍室主《啼笑因缘三集》、康尊容《新啼笑因缘》和徐哲身《反啼笑因缘》。虽然远不如《红楼梦》续作之多，但在民国通俗小说中已经是首屈一指了。张氏在《我的小说过程》一文中还说："我这次南来，上至党国名流，下至风尘少女，一见着面便问《啼笑因缘》。这不能不使我受宠若惊了。"

《啼笑因缘》使张氏名声大振，约他写稿的报刊和出版家蜂拥而至，有的小报甚至谣传张氏在十几分钟内收到几万元稿费，并用这笔钱在北平买下了一所王府，自备一部汽车。这自然不是事实，但张氏当时收到的稿酬也有六七千元，的确不能算少。这样，他就可以去搜集一些古旧木版小说，想要作一部《中国小说史》。就在此时，日寇侵华的"九一八事变"爆发，张氏的希望随之化为泡影。作为一位爱国的作家，在国难当头的状况下自不会沉默，张恨水在1931至1937的几年间，先后写了《热血之花》《弯弓集》《水浒别传》《东北四连长》《啼笑因缘续集》《风之夜》等涉及抗敌御侮内容的作品。

1934年，张恨水到陕西和甘肃走了一遭，此行使他的思想发生了很大的变化。张氏在《我的写作生涯》中说："陕甘人的苦不是华南人所能想象，也不是华北、东北人所能想象。更切实一点地说，我所经过的那条路，可说大部分的同胞还不够人类起码的生活。……人总是有人性的，这一些事实，引着我的思想起了极大的变迁。文字是生活和思想的反映，所以在西北之行以后，我不违言我的思想完全变了，文字自然也变了。"此后，他写了《燕归来》，以描写西北人民生活的惨状。

抗日战争全面爆发后，张恨水取道汉口，转赴重庆，于1938年初抵达，即应邀在《新民报》任职。抗战八年间，他除去写了一些战争题材的小说外，还有两种较重要的作品，即《八十一梦》和《魍魉世界》（原名《牛马走》），均先于《新民报》连载，后出单行本。抗战胜利，张氏重返北平，担任《新民报》经理，此后几年他写了《五子登科》等十来部小说，但均未产生重大影响。1948年底，张氏辞去《新民报》职务。1949年夏，他患脑溢血，经过几年调治，病情好转，张氏便又到江南和西北去旅行。1959年，张氏病情转重，至1967年初于北京去世，终年七十三岁。

张恨水一生写了九十多部小说，印成单行本的也在五十种左右。说到张氏作品的总特色，一般常感到不易把握，因为他总在不断地变。其实，这"变"就正是张恨水作品最鲜明的总特色。

张恨水是一个不甘心墨守成规的人，他好动不好静，敢于否定自己，这正是作为开创者必须具备的素质。读一读张氏的《我的写作生涯》，就会发现他总是在讲自己的变，那变的频繁、动因的多样，在民国通俗小说作家中实属仅见。……待到《金粉世家》《啼笑因缘》相继问世，张恨水的名声已如日中天，他在思想上的求新仍未稍解，他说："我又不能光写而不加油，因之，登床以后，我又必拥被看一两点钟书。看的书很拉杂，文艺的、哲学的、社会科学的，我都翻翻。还有几本长期订的杂志，也都看看。我所以不被时代抛得太远，就是这点儿加油的工作不错。"

追求入时，可说是张恨水的一贯作风，不仅小说的内容、思想随时而变，在文字风格上也不断应时变化。仅就内容、思想方面的变化而言，在民国通俗小说作家中也很常见，说不上是张氏独具的特色，但在文字风格上也不断变化，就不同于一般了。张氏在《我的写作生涯》中经常提到这方面的事例，譬如他曾提及回目格式的变化，他说："《春明外史》除了材料为人所注意而外，另有一件事为人所喜于讨论的，就是小说回目的构制。因为我自小就是个弄辞章的人，对中国许多旧小说回目的随便安顿向来就不同意。即到了我自己写小说，我一定要把它写得美善工整些。所以每回的回目都很经一番研究。我自己削足适履地定了好几个原则。一、两个回目，要能包括本回小说的最高潮。二、尽量地求其辞藻华丽。三、取的字句和典故一定要是浑成的，如以'夕阳无限好'，对'高处不胜寒'之类。四、每回的回目，字数一样多，求其一律。五、下联必定以平声落韵。这样，每个回目的写出，倒是能博得读者推敲的。可是我自己就太苦了……这完全是'包三寸金莲求好看'的念头，后来很不愿意向下做。不过创格在前，一时又收不回来。……在我放弃回目制以后，很多朋友反对，我解释我吃力不讨好的缘故，朋友也就笑而释之，谓不讨好云者，这种藻丽的回目，成为礼拜六派的口实。其实礼拜六派多是散体文言小说，堆砌的辞藻见于文内而不在回目内。礼拜六派也有作章回小说的，但他们的回目也很随便。"再譬如他在谈及《金粉世家》时说："以我的生活环境不同和我思想的变迁，加上笔路的修检，以后大概不会再写这样一部书。"诸如此类的变化不胜列举。

张氏的多变还体现在题材的多样化。他说："当年我写小说写得高兴的时候，哪一类的题材我都愿意试试。类似伶人反串的行为，我写过几篇侦探小说，在《世界日报》的旬刊上发表，我是一时兴到之作，现在是连题目都忘记了。其次是我写过两篇武侠小说，最先一篇叫《剑胆琴心》，在北平的《新晨报》上发表的，后来《南京晚报》转载，改名《世外群龙传》。最后上海《金刚钻小报》拿去出版，又叫《剑胆琴心》了。"第二篇叫《中原豪侠传》，是张氏自办《南京人报》时所作。此外，张氏还写过仿古的《水浒别传》和《水浒新传》，他说："《水浒别传》这书是我研究《水浒》后一时高兴之作，写的是打渔杀家那段故事。文字也学《水浒》口气。这原是试试的性质，终于这篇《水浒别传》有点儿成就，引着我在抗战期间写了一篇六七十万字的《水浒新传》。""《水浒新传》当时在上海很叫座。……书里写着水浒人物受了招安，跟随张叔夜和金人打仗。汴梁的陷落，他们一百零八人大多数是战死了。尤其是时迁这路小兄弟，我着力地去写。我的意思，是以愧士大夫阶级。汪精卫和日本人对此书都非常地不满，但说的是宋代故事，他们也无可奈何。这书里的官职地名，我都有相当的考据。文字我也极力模仿老《水浒》，以免看过《水浒》的人说是不像。"再有就是张氏还仿照《斩鬼传》写过一篇讽刺小说《新斩鬼传》。张恨水的一生都在不停地尝试，探寻着各色各样的内容及表达方式，他甚至也写过完全以实事为根据、类似报告文学的《虎贲万岁》，也写过全属虚幻的、抽象的或象征性的小说《秘密谷》，他的作风颇有些像那位既不愿重复前人也不愿重复自己的现代大画家毕加索。

张恨水写过一篇《我的小说过程》，的确，我们也只有称他的小说为"过程"才最名副其实。从一般意义上讲，任何人由始至终做的事都是一个过程，但有些始终一个模子印出来的过程是乏味的过程，而张氏的小说过程却是千变万化、丰富多彩的过程。有的评论者说张氏"鄙视自己的创作"，我认为这是误解了张氏的所为。张恨水对这一问题的态度，又和白羽、郑证因等人有所不同。张氏说："一面工作，一面也就是学习。世间什么事都是这样。"他对自己作品的批评，是为了写得越来越完善，而不是为了表示鄙视自己的创作道路。张氏对自己所从事的通俗小说创作是颇引以自豪的，并不认为自己低人一等。他说："众所周知，我一贯主张，写章回小说，向通俗路上走，绝不写人家看不懂的文字。"又说："中国的小说，还很难脱掉消闲的作用。对于此，作小说的人，如能有所领悟，他就利用这个机会，以尽他应尽的天职。"这段话不仅是对通俗小说而言，实际也是对新文艺作家们说的。读者看小说，本来就有一层消遣的意思，用一个更适当的说法，是或者要寻求审美愉悦，看通俗小说和看新文艺小说都一样。张氏的意思不是很明显吗？这便是他的态度！张氏是很清醒、很明智的，他一方面承认自己的作品有消闲作用，并不因此灰心，另一方面又不满足于仅供人消遣，而力求把消遣和更重大的社会使命统一起来，以尽其应尽的天职。他能以面对现实、实事求是的态度对待自己的工作，在局限中努力求施展，在必然中努力争自由，这正是他见识高人一筹之处，也正是最明智的选择。当然，我不是说除张氏之外别人都没有做到这一步，事实上民国最杰出的几位通俗小说名家大都能收到这样的效果，但他们往往不像张氏这样表现出鲜明的理论上的自觉。

张恨水在民国通俗小说史上是一位名副其实的大作家，他不仅留下了许多优秀的作品，他一生的探索也为后人留下了许多可贵的经验。

目　录

1

自　序

　　吾作品中，以青年读书不成为主题者，除此篇外，尚有一《似水流年》。《似水流年》说部已为电影公司稍改其情节，播于银幕。公映之第一日，余适客上海，曾拨冗往观。当映至一青年于其爱人前，不认老农为父时，座后有客喟然曰：此非虚想，吾乡实有类此之事。余闻之，心窃慰，以余所描写，幸尚未超过事实也。《现代青年》一书，予不敢谓佳，然下笔时，不敢超出社会实况，则较之作《似水流年》，有过之而无不及。读者而疑吾言，则在青年驰逐之场，稍加研究，必可发现不少之西装革履，皆父母血汗之资所易也。吾人极不赞成养儿防老、积谷防饥之旧观念；但见若干青年，耗其父兄血汗挣来之钱，如泥沙掷去，劳逸相悬，亦良为不平。而此等人则尚高谈主义，以现代青年自命。然则所谓不现代者，其程度又当如何乎？作小说者，理不应自置批评于书中。故余亦唯有出之以叹息之态，而名此书曰《现代青年》。

中华民国二十三年七月廿七日
张恨水序于上海新亚二楼

第一回

此日难忘叫儿半夜起
良辰不再展画少年看

一个很值得纪念的晚上，三四点钟的时候，我们书中主要人物的一个正在磨豆腐。那时天上的星斗，现着疏落零乱的样子，风在半空里经过，便有一些清凉的意味。街上是一点儿声音没有，隐隐惨白的路灯，在电灯柱上立着，映出这人家的屋檐，黑沉沉的，格外是不齐整。因为街上的情形是这样，所以屋子里头的磨豆腐声"兀突，兀突……"一声声响到街上来。

屋子里是个豆腐作坊，伛偻的屋子，露出几根横梁。檐席下垂着一个圆的篾架子，上面晾着百叶，柱子上挑出许多小竹棍子，棍子上挂着半圆形的豆腐旗子，好像给这屋子装点出豆腐特色来。四周除悬着豆腐旗外，其余是豆浆缸、豆干架子、磨子、烧豆浆的矮灶、大缸、小桶，以至于烧灶的茅草，把这个很小的屋子，塞得一点儿空隙地位都没有。屋子柱上挂了一盏煤油灯，灯头上冒出一支黑焰，在空中摇摇不定。满屋子里，只有一种昏黄的光，照见人影子模糊不清。

这磨子边有个五十上下的老人，将磨子下盛着的一木盆豆渣，倒在矮灶上一个滤浆的布袋里，要开始做那筛浆的工作了。灶门口茅草上，坐着一个青年秃子，灶里的火光，照着他通红的脸，圆顶上，稀疏的黄发，光光的额角，半开不闭的眼睛。他手上捧了一束茅草，只管向灶口里塞着，不时地头向前点动着，在那里打盹。老人道："小四子，你今天又没有睡够吗？"

小四子突然头向上一伸，睁开眼道："水烧开了吗？"老人道："水是没有烧开，柴快烧完了。年轻人这样打不起精神来，怎样混到饭吃？时候不早了，去把小老板叫起来吧。"小四子道："天还没有亮啦。小老板叫得起来吗？这么早，把他叫起来做什么？"老人将蓝褂子的大襟掀起一片，

1

擦了一擦额头上的汗珠，笑道："你知道什么？今天是你小老板初中行毕业礼的日子，天亮就要去，早点儿把他叫起来，让他洗洗脸，吃些点心，舒舒服服的，让他上学去。"说时，摸了胡须道，"我挣到今日，很是不容易。"说着，用手互相搓起来，嘻嘻地望着小四子，于是小四子放下了火钳，向店房后面去了。

这个老儿，站在一条踏脚上，两手扶了滤布，向左右周折地筛着，将豆浆筛到那水锅里去。他听到豆浆轰轰隆隆落到水锅里去的声音，好像都很有力量，像在那里庆祝着他事业的成功。那滤布袋的十字木架子上，墨笔写着"周世良记"。他望了那字，一个人自言自语地道："我周世良倾家荡产，抚养儿子，儿子居然考了第一，得有今日，也不枉费这番苦心了。"他如此想着，精神大为振奋，两手摇着滤布，更是得劲。

约莫有十分钟的工夫，小四子将小老板周计春叫来了。他穿了黄番布的短脚裤子，上身套了翻领短袖子衬衫，露出白中带红的皮肤来。他头上短黑的头发，半蓬乱着，两手一阵向后抄着头发，还连连地打了几个呵欠，表示出他蒙眬未全醒的神气来。周世良放下了滤袋，迎上前来，笑道："孩子，你已经睡够了吗？"计春伸了一个懒腰，笑道："醒是没有醒过来，可是我不起来，你还会叫我的。嘿，豆腐浆没有开锅，还早着啦。"

世良道："小四子，你来筛浆，我有点儿事去。计春，你洗脸漱口吧。"说着，他走进屋子里去了。一会子工夫，他手上提了一个白布包袱出来，将它放账桌上打开，一双漆黑光亮的皮鞋、一双干净平整的细纱袜子、一套白如雪的制服，一样一样地举了起来，笑着问计春道："昨天一天，我就全给你办好了。"计春接着衣服，先看了一看，周围四转打量了一遍，简直没有可以放下的地方，依然放到账桌上来。世良道："新东西，不要没有到学校里去就弄脏了。"正说着，远远地听到"喔喔喔"鸡叫了几声，接着门外咚咚咚有小车轮滚着石板声。世良道："推菜的车子已经上市了，去换上衣服吧。"计春将衣服包起，依然到后面卧房里去。

世良回头一看，锅里的豆浆已经沸了，拖过木桶来靠住了矮灶，将大木勺舀了豆浆，向木桶里倾下去。那豆浆的热气，烘烘地向上蒸着。世良卷了蓝布褂子的大袖，两手臂上的肉筋，条条地向上鼓了起来。口里嘘着风吹那豆浆的热气，还不住地唱着不成板眼的皮黄："我本当，不打鱼，家中闲坐。无奈我，家贫穷，无计奈何！清晨起，开柴扉……"

"干爹，豆腐浆得了吗？"一个十五六岁的姑娘，用手扶了店房后的院门，向这淡黄色的灯光里面望着。世良手扶了木桶，伸着手道："拿碗来，我和你舀上一碗吧。菊芬，你妈起来了吗？"菊芬道："妈起来了，她不喝豆浆。"世良将豆浆连续地舀完了，找了一个箩筐，将浆桶盖上，便开了一扇店门。在屋檐下向天空上看了看，东方有些鱼肚色，头顶心的星斗只剩几个杯子口大的大星了。世良走进屋来，向菊芬道："你不喝豆浆，问豆浆开不开做什么？"菊芬道："若是没有开，我来烧火，让小四子筛浆，你好料理着计春哥上学。"

世良望了她笑着，摸了胡子道："你计春哥毕业，连你也起了劲，你现在知道读书上学，是一件好事吧。"菊芬嘴里衔了个指头，靠了门道："下半年平民小学毕了业，我也进中学去。我妈说，她给我攒了几十块钱了。干爹，你也帮我一点儿忙吧。"世良道："你计春哥说是下学期，要到南京进高中去了，这不定一年要花多少钱，我还帮得起你的忙吗？只要你计春哥把书念成了功，我们都好了。瞧瞧去，你哥哥衣服换好了吗？"菊芬走到他面前，一弯腰，将他的青布裤脚子牵了起来，笑道："干爹这裤脚上破了这样一个大窟窿，怎么也不脱下来补上一补？"世良笑道："我一个磨豆腐的人，整天身上水淋淋的，穿得那样好做什么？"

正说到这里，皮鞋橐橐作响，计春走了出来，见了父亲，缩住脚一立正，两手扯着衣襟，说道："我这身衣服，真合身材，可是下半年我不在这学校里念书，这身衣服恐怕不能穿。"世良道："不能当制服穿，平常当便衣穿，还有什么不行吗？只要你好好地念书，多穿我两件衣服，那倒不要紧。"

计春又掉转身来，向菊芬道："你看，这比我那套旧制服要好得多吧？今天下午，我们一路去游菱湖公园去。"菊芬跳了一跳，笑道："真的吗？"世良道："菊芬，这就是你不对了。刚才你还说，要干爹帮你的忙，好让你去念书，现在听到哥哥说要去游公园，你马上就起劲，这是读书人的样子吗？"菊芬反转左手去掏了辫梢，只管在右手心里转着打圈圈，微微地向世良笑着。

世良道："你穿了这衣服，让倪干妈去看看吧。"计春道："这样早，干妈怕还没有起来吧？"菊芬笑道："我妈早起来了，在做东西给你吃呢。"世良笑道："你看，干妈都在做东西给你吃了，你若是没有起来，怎样对得住人呢？"菊芬拉着计春的手道："去吧，我妈等着你呢。干爹，你等一会儿再来点豆浆的卤，一路去。"世良道："我不去，我不饿。"计春整了一整衣襟，也笑道："干妈有吃的呢。你磨了一早的豆腐，还吃不下去一点儿吗？"世良看看儿子穿了这一身新制服，头发又是梳得溜光的，在捆腰的板带上，取下了旱烟袋衔在嘴里，笑嘻嘻地装了一袋烟抽着，望了计春和菊芬并肩站的样子，说不出来有一种怎样的高兴。他口里衔了烟嘴子道："好吧，我转老还童，跟着你们后面也来玩一个吧。"于是三个人推开店房后院门，到菊芬家里来。

菊芬的母亲倪洪氏是个女鞋匠，就在这后院三间披屋里住着。每日在鞋子店里，接几双鞋帮子回来做做。她和世良是个来回账：菊芬拜世良做干爹，计春又拜倪洪氏做干娘。他们一走到后院，便见倪家正中供祖先的屋子里，在正中桌上，点了一对小小的红蜡烛。走进去看时，有两个大瓷盘子，一盘子装着糯米糕，一盘子装着粽子，都是热气腾腾的。

洪氏听到他们来了，早捧了一把瓷壶出来，笑道："周老板也来了，不来，我还要去请你呢。菊芬，你把抽屉里那一把筷子和一碟白糖拿出来。"菊芬答应着，拿了放在桌上。那碟子白糖上面，还放了十来根红丝。世良看了，不住地点头，向计春道："你不要辜负了你干妈这番苦心。你看这白糖上放了红丝，还取个吉利意思呢。"洪氏斟了两杯茶，让他爷儿俩坐着，把粽子和糯米糕移了过来。计春笑道："这一早东西都预备好了，多谢干娘费心。天还没有亮，你先吃两个粽子吧。"

洪氏一伸手，就拿了一个粽子，将粽箬剥了，用筷子夹了蘸好了糖，然后送到计春面前来，笑道："恭喜你今天毕业，不要忘了高中，高中，粽子总是要吃一个的。这是好口气，以后你还要高中呢。"计春接了粽子吃着，笑道："干娘还是这种旧脑筋，以为读书的人，都是像从前三考一样，赶考中状元。我和爹爹早说好了，初中毕业以后，我就去学工……"洪氏道："哟，要学工，为什么还费那样大的事，在学堂学许多年，家里花许多钱呢？想学哪样，到哪一行去学三年徒就是了。"

计春道："我若是愿当一个木匠，或者愿当一个裁缝，自然用不了费这样大的事。不过我的意思，是想当个造机器的工程师。中国现在最缺少的是这项人才。"洪氏笑道："做机器倒是一项发财的事情，但是就怕抢洋鬼子的生意不过，还是毕了业混个差使当，大家都风光些。"计春笑道："和你们这些没受过教育的老太太说话，真没有办法。"世良手上又拿了一块糯米糕，蘸了一些白糖，塞在嘴里吃着，笑道："我要去点卤了。再不去，豆浆就冷了。"说毕，就向外走，走到院子里，向屋子里叫道，"天快亮了，计春，快上学去吧。"

计春向门外看时，果然天上已经现了灰色。他就拿了一块糯米糕，向外走来。菊芬在后面跟着，悄悄地问道："计春哥，今天下午，你是带我去游公园吗？"计春道："你到我屋子里去，我慢慢地告诉你。"他说着，向屋子里走，将一顶帽子交给菊芬道："你给我戴上。"于是坐在凳子上，等菊芬来戴。菊芬低声笑道："我手上有糖有蜜吗？为什么要我戴帽子？"计春道："这个时候，外面没有光亮放进来，灯下照镜子又看不见，所以要你给我戴上，免得戴歪了。"菊芬道："原来是这么一回事，我就给你戴上吧。"于是两手捧了帽子，给他端端正正地戴上。

计春突然握住了她一只手道："今天吃糕吃粽子都有意思的。祖宗位前点了一对红蜡烛，那是什么意思呢？"菊芬道："那有什么不懂的？不过是要红红火火罢了。"计春道："我看不是那个意思。你猜是什么意思，点红蜡烛……"菊芬将手一抽道："不是你今天去行毕业礼，我要说出不好的来了，你这个人越学越坏了。"说毕，向计春丢了一个眼色，掉转身来，就跑走了。计春笑道："你只管跑，下午我不带你出去玩。"说着，整了一整衣服，走了出来。

这时天色已经灰亮了，天上没有了星斗。豆腐店前的几块铺板都取下了。世良摆了一块板子，坐在店门口，板子上叠了一叠布。他用铜勺子，在豆腐桶里舀起豆腐来，用布块继续地包豆干。你看两只袖子高高卷起，十个指头叠着布块，十分的快，一折两折，就包成一块豆干的雏形。那豆腐的汁水，由板子向下流着，流到门口的石沟里去，溅了不少的泥点到他赤脚上去，他都不理会。他又继续在那里唱不成板眼的皮黄："这才是，有子不教，父母之过，教子不严，师之惰……"

他看见计春走了出来，就向他笑着："哟，孩子，你上学去了？"门口有两个赶早市买豆腐浆吃的，世良就指着计春，告诉他们道："你看，这是我的儿子，今年十七岁，在省立模范中学初中班，考第一毕业了。你们看我周老头子不出吧？我还有这样一个儿子呢。"他看到计春遥遥而去，眼望了儿子的后影，只管微笑。计春见父亲如此得意，也是很欢喜，穿了那双新皮鞋，走着石板路橐橐作响。正走着，身后嘁嘁扑扑一阵脚步响，回头看时，却是菊芬跑来，便停了脚笑问道："你跑来做什么？你不是不理我就跑走了吗？"菊芬笑道："谁叫你不老老实实的呢？"计春笑道："我还不会老实的，你不要跟着后面来。"菊芬嘬了嘴道："人家规规矩矩地来和你说话，你还是这样顽皮。"计春道："什么规规矩矩的事？你不开口，我就知道你为什么来着。你不是问我下午到不到公园去吗？"菊芬微笑道："你若是不肯带我去，我就不去。"计春笑道："你以后不躲我了吗？"菊芬噘了嘴一扭身子道："你老是这个样子，我不和你说话了。"说毕，匆匆地就向回家的路上走，走了许远，回转头来，向计春看了一看，跟着又走开了。计春本来是高兴，看了菊芬对他这番情形，格外地高兴，笑嘻嘻地走到学校里来了。

他们的校长冯子云是个提倡早起的人，平常已经是要学生早起，遇到了有什么庆典，他就特别地要人起早。所以今天这个初中毕业盛典，他又事先向学生预告：今天非特别加早不可。当周计春走到学校里来的时候，正好顶头遇到了校长。他笑着向他道："周计春，你是考毕业考试的第一人，怎么你到校的时候，却摊到了第二三十名？这可有些美中不足呀！"计春是个自负勤快的学生，听了这话，心里着实是不痛快。但是看看同班的学生，真到了有二三十名。这是一件事实，叫自己实在无法可以去分辩，只好红了脸，答应着一声"是"，自己就悄悄地走到同班里面去了。

果然，今天一切都早。一线金黄色的太阳，刚刚照到院子里高墙上的时候，便已当当地打着上堂钟，开始举行毕业典礼了。学生都穿了整齐的制服，鱼贯上堂，堂上高叉着两面大旗，四周贴着一些红绿纸的标语，门窗上扎着松枝的花圈，平常一个每日看到的大礼堂，这便有些不同的景象了。只是有一项更为别致的，就是正面墙上，更添了几张人物图画，是一般学生所认为不可解的。

学生教员们上了堂，照着一切仪式举行过了之后，校长坐在讲台上面喊了毕业生的名字，挨了次序，开始发给毕业文凭。当然，喊到第一名，便是周计春。他由群座里站立起来，走向讲台面前去。他行了一个鞠躬礼，两手捧着，在校长手上接过文凭来。冯子云道："周计春，你这次考第一，当然是你平常还用功，然而这不是根本原因，根本原因，可是为着你是个穷苦出身。你在书本上，当然知道世界上已经有不少的伟人，都是从穷苦里出身的。那么，你自己时时刻刻记着你是穷苦出身，时时刻刻记着要做一个伟人，你虽不必有什么大的成就，至少你不失为一个人类中的人。我很看得起你，在这墙上挂了几张图画，让大家看看，这个意思是很深的。你瞧，是不是呢？"计春答应了一声"是"，再等校长的回话。冯子云道："你坐回位子去，我有几句话和大家说。"计春坐回位子来，于是教职员席上，一一地喊着学生的名字，将文凭发散完了。

最后，由校长向大家训话道："诸位，文凭发完了，可以宣告礼毕了。但是我还有几句话，要和大家说一说。你们不是看到这墙上挂的几张图画，很不明白意思所在吗？然而诸位必定相信，在今日忽然把这画张挂起来，绝不能是毫无意思的。我可以告诉诸位，这是我们一个毕业同学的历史，现在我们可以把墙上挂的几张画，一张一张看了去。"

大家听了校长的话，随着他手指的所在看去：这第一张是画着一个小学校的课室，由墙上打开的窗户看了去，可以看到里面坐了许多小学生，在这窗户外面墙脚下，坐了一个蓬头赤脚的孩子，半侧了头，似乎静静地在听里面的书声。第二张是一片水田，水田里有个老人，赶着一条牛在那里耕田，有一个小孩子，捧了一本书，坐在田岸一棵树下看。第三张是雪景，小学校门口，雪深数尺，一个老人，撑了一把伞，在大门外等着人的样子。第四张画是老人推了一小车子零碎东西在路上走，小孩子挑了一副担子跟着，又一个小孩子牵了牛向别条路上去，老人回头望着牛和后面一丛人家，有依依不舍的样子。第五幅是老人在一盏油灯光下磨豆腐，那小孩子捧了一块石板，在灯光下用石笔习算术。第六张没有人物，只是烟水苍茫，一幅很渺茫的画景。

那校长将六幅画一一指给同堂的学生看了，因问大家道："诸位看了这六幅画，有些明白吗？我想就是明白，也不知道所以然。现在我告诉诸位，这就是我们这次初中考试考第一的周计春的历史。他自然是个有天才的学生，然而有天才，没有求学问的机会，也是枉然，有了天才，有了机会，自己不去努力，依然是枉然。他有了读书的天才，又得了他一个贤明的父亲，竭力帮助他，于是他自己不能不努力，就得有今天。这一至五的五幅画，便是实实在在地描写他求学的过程。可是一个求深造的青年，在初中毕业，那正是登塔的人，进门口后，刚踏上第一层，以后由高中而大学，由大学而大学研究院，层次还多。他真正要做一个社会上有用的人，以后要格外地努力。不过人的年岁大了，容易受外物的引诱。他以后是否能这样用功，我不得而知。而且读书越到后面，花钱越多，图画上那个老人是否能胜这经济上的负担，也不得而知。所以这第六幅画却是云水苍茫的一种情形了。在这段故事演过之后，诸位可以知道年轻人读书，应当如何去应付环境；又当知道年轻人得有书读，是一种多大的幸福。你们不要错过我这一番用心呀！"

校长说毕，大家鼓起掌来。校长又道："我很荣幸，今天看到诸位毕业，尤其是一个看牛孩子变作豆腐店小老板的人，考了第一。开会以后，我们有个聚餐会，我主张把这豆腐店的老板请了来，让他报告苦心努力叫儿子读书的经过。你们嫌不嫌他是一个豆腐店的老板，不肯同席？"同学们听说，就乱喊："肯同席，欢迎欢迎！"还有一个学生站起来道："我们很佩服这个劳苦的老人。我和他是邻居。我知道他是很受累的。今天周计春毕业了，他累也受够了。我们后生，应给予他一种精神上的安慰，我主张学生推四个代表去欢迎他来。"这位学生一说，校长还没有表示可否，学生里面，早如雷似的，大家鼓起掌来。校长看到学生这番狂热，也不能加以拦阻，于是校长宣告礼成之后，学生们就推出了四个代表去欢迎周世良。

到了在膳堂上开师生聚餐会的时候，这个单独的奇怪来宾，被四个学生代表，引着入席了。这种聚餐会的席次，是列着七张方桌子，摆成个人字形。那最上一张桌子，是教职员，而教职员的首席，让给豆腐店老板了。当他走进膳堂来的时候，大家的目光就都射到他的身上，只见他上身穿了一件蓝旧布褂子，既不长，又不短，却是齐平膝盖。下身穿了短脚裤，一双白的长筒大布袜子，恰和长衣相接。他似乎知道这是一种典礼，还特意地戴了一顶软胚麦草帽来，又知道是以脱帽为敬的，于是手上又把这顶焦黄色的软胚草帽子拿着。不过他那瘦削的脸上，也不知是得意，或者是难为情，却烘托出一重若隐若现的红色来。

校长冯子云是特别地优待，迎上前接过他手上的一顶麦草帽，将他请到首席上来坐着。周世良向教职员拱拱手，然后又向在座的大家拱拱手，这才坐下去。校长于是站起来道："诸位，我们忝为知识分子，不能有阶级观念。但是不在我们知识分子里面的人，他知道这样卖苦力，这样让儿子去求知识，这是可取的。然而像前二十年，父亲让儿子读书，以便儿子将来做官，家里发财，这是将来求利的办法，社会上并不需要这种人。至于这个卖苦力叫儿子读书的人，他的目的，只是希望儿子做个工程师，这不是平常一个豆腐师的思想。我们知道中国正缺乏这种人才，这是一种为社会谋利益的举动，这人值得崇拜。诸位，不用我说，你们知道这人是谁吧？"

校长说毕，大家如雷似的鼓起掌来，于是许多人狂喊着："请周老先生演说。"周世良的脸越发红了，只管摸了稀稀的长胡子，向四处告罪，说是不会演说。谦让了许久，还是校长出来折中两可，叫周计春代表父亲演说几句，然而让周世良用谈话式的办法，一面吃饭，一面报告他教养儿子的经过。这才大家赞成了。

周计春先站起来演说道："大家这样看得起我父子，我父子真是惭愧，以后更当努力。刚才校长说：家父不是平常一个豆腐师。这不敢当。一个没有受过教育的人，又在封建式的农村里长到了老，他怎样又会知道读书不是为了做官，而是教后生去谋人群社会的利益？归根起来，还要归功乡下的刘校长和这里的冯校长。因为这两位校长，肯和我父亲交朋友，教我父亲这样做，教我这样做；我现在代表家父答谢诸位，还向校长表示敬意。"于是他一鞠躬。绕了一个弯子，归功到校长身上。大家都鼓起掌来。

周计春回了席，校长道："我们不用客套，也不用多废话，耽误了吃饭的时间。西洋人吃饭，是喜欢奏乐的，中国人也有这样一个高雅的故典：'读《汉书》下酒。'现在，我们请周老板慢慢地讲他叫儿子读书的经过，大家静静听。这是一段实在的故事，这比音乐有趣，这比《汉书》高雅！大家都要听着，先敬周老板一杯。"于是校长首先端起杯子来，引着大家喝酒。

周世良真不料一个豆腐店里的老板，今天这样出风头，心中只管是痛快，自己却不知如何是好。陪着大家喝过了一杯酒，他用手摸摸胡子，又比一比面前的筷子，却笑着向校长道："我实在不会演说。"冯子云笑道："你不会演说，你谈话总是会的。你只当屋子里并没有坐这些人，就只我一个，你慢慢地和我谈话就是了。"

周世良到了这种情形之下，就是想不说也不可能，只得振作精神，和冯校长说着。他起先说时，很有些难为情的样子，到了后来，他说得多了，也就忘其所以然，滔滔地谈个不绝了。这下一回书起，便是周世良在酒席上报告他卖产叫儿子读书，由乡村到城市来的经过。

第二回

小试天才牵牛联旧句
高谈人事移榻受新知

在六月中旬的时候，日子是正长。太阳正当着顶，天气只管热起来，只听着村子前后的知了虫喳喳地叫着，这便是暑天空气炎热的一种征象。在水田里的庄稼人，这时都感到了一种疲倦，有的单独睡在绿荫下，有的两三个人一处，坐在屋檐下石板上，带打着盹，带抽烟说话。一个临水塘环立的庄子，周围绕着绿树，东南风由塘水面上吹了来，吹着水边的杨柳树条，仿佛着瑟瑟有声，这更增加了正午的一种寂寞。但是在塘的那岸，正好有一个三圣庙，庙里原来是一所经馆。这几年来，教经馆的秀才夫子，不能维持原状，把经馆散了，于是改了县立东乡第五小学。

这个日子，还不曾放着暑假，学生同起同落地正念着功课。临着南面的高墙，开着窗子，迎风进来，窗子外是一株高入云霄的老冬青树，树荫下正有一片打稻场。冬青树已是有上百年的岁数了，它的老根由地皮上拱了出来。在打稻场的一边，设着一条长的矮凳。

这时树根上坐着一个十三四岁的孩子，他拱起两只膝盖，撑着两只手，托住了他的下巴，他一点儿响声也不发出。冬青树兜子上，丛生着许多幼年枝，枝上拴着一条牛。那牛低了头，站着不动；眼皮下垂，正像农人一般，想得着片刻的午睡；同时，它不住地回嚼着胃里反出来的草料，唧唧有声，打破了这小孩子身边的寂寞。

约莫有半小时之久，这窗子里的书声突然停止。接着又哄的一声，朝西的庙门开了。庙中孩子们，如潮水一般涌了出来，有几个学生看到了这孩子，就笑着道："小牛子，你又来偷听我们的书了。没有钱念书偷着听，不要脸！不要脸！"小牛子听了这话，不肯忍受，也就向学生们反骂，于是他一个人和大群人吵着一团。大门里闪出一个教员来，喝着道："你们还没有离开学堂的门，就要大闹吗？"学生们看先生来了，又是哄的一声

10

散开，只剩了那和一群学生为敌的小牛子，牵了牛绳子，反着两手在背后，有一步没一步地要离开学堂附近。

这位先生向他招了两招手道："小牛子，你来，我来问你。"小牛子于是掉转身来，向先生望着。先生走上前一步，拉着他光了臂膀子的一只手，向他脸上望着道："你搁着牛不去放，到学堂外面来乘凉，我问你是躲懒呢，你还是想读书呢？"小牛子道："我天天要做的事，我天天都做了。我躲甚个懒呢？"

先生道："那么，你真是为了要偷着听读书来的了。但是你知道读书有什么好处呢？"小牛子道："我从前本来读书的，我爹说读书一年要花许多钱，家里的牛没有人管，交人带看着，每年还要贴掉两块钱，所以我就不读书了。我想着读书多好，将来进学做官，坐自治局，做大老爹（皖俗，乡人称土豪劣绅曰大老爹）。我现在给人看牛，到老不过是个庄稼人。"

这位先生听说，不由得哈哈大笑道："你一个十二三岁的孩子，就想做大老爹，怪不得大老爹走红了。你说，做大老爹又有什么好处呢？"小牛子笑道："先生，你是故意着这样问的吧？买田卖地要请大老爹，打官司也要请大老爹，有红白喜事也要请大老爹，大老爹出门坐篮子（此为皖中山地数县之物。篾制一巨篮，长可六尺，以木架托之，以被为垫，人坐卧其中，夹以二杠，二人抬之。凡篮，夫可抬其妻，父可以抬其子，若易篮为轿，有抬之者，则引为奇耻大辱），吃酒坐一席头，夏天穿袜子鞋，撑洋伞，多么好呢。"他说着话，两只赤脚板轮流地弯了大拇脚指头在地上画字。

这位教员只管和小牛子说着话，把这学校里的刘校长引出来了。他问明白原因，见小牛子的大拇脚指头，依然在地上画着字，画的是神童诗："万般皆下品，唯有读书高。"刘校长向着他笑道："你以前念过几年书？"小牛子道："念过四年书。"刘校长道："你开过讲吗？"小牛子道："二论引端，讲了一半。我要没有开过讲，我也就不知道读书的好处了。"刘校长道："你开过笔吗？"小牛子道："作过破承题，从前王先生说，若在前清，我一定会进的。"刘校长笑道："了不得，这一套全明白。什么叫进？我来问你。"小牛子道："就是中秀才呀！"刘校长笑道："哦，你自负会进学，我倒要考你一考。你果然把破承题作得不错，国文会懂得一些的，我可以造就造就你。我出一个《孟子》上的题目，你顺口作一个破题出来试试看，题目就是'牛何之'。"

小牛子望了他笑道："你真要我作吗?"他说着话，将牵牛绳子虚出两尺来，只管晃着打旋转。刘校长正色道："不是我和你说笑话。我看到你常到学堂外面来，偷着听读书，倒是个好孩子，只可惜没有遇到好先生，我要试一试你是不是有读书的天才。你若是有，我可以造就你一下子，你若是没有读书的天才，以后好好地去放牛，不要耽误你的工夫，又在学堂外面惹是非。我限你太阳晒到这个地方，你要念出来。"说着，用脚在墙荫上画了一道线。小牛子看到校长真要考他，他便笑道："用不着那样久，我这就可以作。"于是他微昂着头，望了天上，身子摆荡着，口里念念有词。刘校长不觉笑道："果然是这个味儿。"

小牛子出了神了，却也没有注意到他的批评，口里嚷着更有味。最后，他恍然如有所得，就向刘校长笑道："有了。就是'王有意于牛，唯其去之是念焉。'"刘校长听了，不觉用脚一顿，心想：他真是这一路货，可惜可惜。那一位教员没有赶上八股时代，也不知道八股中这趣味，就笑问道："校长，他作得怎么样啦?"

刘校长笑道："我长在这风气闭塞的潜山县，虽是三十来岁了，但也像小牛子一样，得了良师指导，玩过一两年的八股，所以我很知道。刚才他答的破题，很能传'牛何之'这三个字的神。这个孩子的确聪明，他有知识欲，这不算稀奇。"小牛子道："我作得怎么样? 你看，太阳还没有晒到你脚画的那个地方，能交卷不能交卷呢?"刘校长笑着点了点头道："行了。晚上没事，我去找你爹谈谈。"小牛子道："你若是答应我到学堂里读书，不收我的学费，我爹就肯让我读书的。"刘校长笑着点了点头，于是小牛子很高兴地牵着牛走了。

教员问道："校长认得这孩子的父亲吗?"刘校长道："他父亲叫周世良，四十七八岁了，就是这个儿子。他女人早五年就死了，他不肯续弦，一来是要增他室家之累，二来怕这孩子不能同继母合作，所以他对于这个孩子，却是父兼母职，怪可怜的。"教员道："家境大概是很穷的了。"刘校长道："自己有几斗种，又插有人家田一石多种（田以下稻种若干计算，故曰若干种。插人家田，即作佃户之谓。一石种，约纳税四亩，其面积大小无定），吃饭是顾得来，但是人手不够用，所以他要把儿子留在身边学庄稼。再过两三年，这孩子就可以当半个庄稼人用了。"教员叹了一口气道："因贫穷而埋没了的天才，大概不知道多少。像校长这样的人，假使

12

经济上有人帮助，我想也不至于毕业以后，到乡下来过粉笔生活。"刘校长并不答复什么，只是微笑了一笑。抬头看去，乡下人家烟囱里青烟，像一条乌龙也似向半空里伸张着，这正可以表示着吃午饭的时候到了。刘校长笑道："我们吃饭去吧。这是人生大事。"

两位先生走了，这个打稻场上，复归入寂静的环境之下。但是不到十分钟，有个光了脊梁、身披蓝布巾、荷着一把长锄的人走了过来。他在打稻场上看了一遍，叹了一声道："他倒没有来。"于是就转身走了。这人就是那小牛子的父亲周世良，来找儿子来了。他没有看到儿子，荷着锄子，走了回去了。

他家是一所大庄屋的披房，两个茅屋、两间瓦屋，瓦屋是做了稻仓和卧室，那厨房和堆置农具的地方，就占有两间茅屋了。他走回家来，在门边放下了锄子，直奔厨房。他自己是早把饭做好了，锅盖上放了两只瓦碗，装着些腌菜和炒老苋菜干。他肚子实在是饿了，那锅盖缝里冒出热气来，阵阵地令人闻到黄米饭香，更引得他饥肠辘辘，只是想吃。但是想到儿子没有回来，他也是一样的饿，他既没有吃，自己何必先吃。于是在裤带子上取下了吊皮荷包的旱烟袋，坐在一把矮竹椅上，望了灶上的菜出神。

他抽了两筒烟，听到窗子外牛蹄踏土声，回头看时，儿子戴的草帽子，由窗户外过去。他心里这就想着，儿子长得有这样高了，在窗子里可以看见窗子外的帽子，多么可喜。自己在窗子外头，也不过伸了头，可以看到窗子里面而已。一会子工夫儿子也就赶上了。想到了这里，不由得口里喷出烟来，微微地笑着。

小牛子进来了，问道："爹，你哪里去了？刚才我回来，没有看到你，我又牵了牛到田坡上去找你，你又不在那里，我怕家里的饭烧煳了，只好先回来。爹，你吃了饭在家里歇一会子吧。下午你不过是到田沟里去看水，我替你去。"他说着话，就把锅盖上的菜碗送到矮桌子上来。接着就抽了筷子，放在桌上，又掀开锅盖，盛了两碗黄米饭，香气勃勃的来放在桌上，父子两个，就着一个桌子角吃饭。周世良笑道："今天你怎么没有到小学堂外面去听读书，你也有些厌烦了吧？"小牛子道："我去的。那个刘校长要试我一试，还出了个题目让我作呢。"他说着，筷子在苋菜干碗里挑拨着，拨出了一块猪油渣子，就夹了起来，放在父亲的碗上。周世良道："你吃吧。"于是又把这一块猪油渣子送到他的碗里去，笑道："那碗里还有一块呢，我吃那一块得了。"小牛子听了这话，只好把那块猪油渣子吃了。

小牛子扒着饭道："爹，刘校长他说了，我若去读书，他不收我的学费，你看他这话是真吗？"周世良道："你不要想读书了。而今读书不像从前，以前读书，十年窗下无人问，一举成名天下知，并且是睡在家里就可念出书来，用不着花钱；于今读书，要进学堂，小学花钱罢了，中学花钱多，大学花钱更多。我们乡下，许多从大学毕业回来的人，有什么好处？只是穿了一身的洋装，回来打离婚官司，要了钱带出去用。就是有一两个在外面混事的，也没有看到带一个铜板回来。以前家里典田卖地下的那一番本钱，就算白丢了。我父子两个插一二石种，每年总不愁煮碗稀粥喝。——这里还有一块油渣子，你吃了去。"说着，由觅菜碗里夹了一块油渣子，又送到小牛子碗里。小牛子道："这一块该你吃了。"周世良手捧着碗偏了一偏，笑道："还是你吃吧。我昨天还在隔村子里上龙王会，大鱼大肉吃了一顿，这就该你了。"小牛子道："做庄稼的人，真可怜，不容易吃一回肉，做大老爹的人，出门去总是有人请，就是在家里，也是鸡子豆干当粗菜吃。"周世良道："唉，何必去羡慕大老爹？他们是前生修的。"小牛子道："怎么是前生修的？我要再读几年书，跟着大老爹后面学学，一样的，我也可以做大老爹了。"周世良笑道："你这孩子出息不大，只想做个大老爹，我像你这样大年纪，想做皇帝呢。"小牛子道："爹，你要做了皇帝，要怎样享福？"周世良道："我别的都不想，我天天要吃油炸锅巴。记得二十岁的时候，在黄财主家里，吃过一顿油炸锅巴，我至今想起来，口里还流馋水呢。"小牛子笑道："你的志向大，坐在金銮殿上，抓油炸锅巴吃。"周世良已经很快地吃过了三碗饭，掏起捆腰的蓝布片的头儿，擦了一擦嘴唇，用手摸了一摸小牛子的头道："你知道什么！做皇帝的人，也不过一个称心如意罢了。我要能在金銮殿上吃油炸锅巴，我也就心满意足了。"说着，打了一个哈哈，抓着草帽向头上一盖，掮了锄子就走。在墙外窗子里伸头向里看着，只见小牛子盛起了锅里的饭，正要烤锅巴呢。因笑道："不要烤锅巴了。我现在又不做皇帝，洗洗碗，你在树荫下睡一觉吧。"说着，他去看水去了。

小牛子洗过了锅碗，他并不曾依了他父亲的话去睡午觉，却捧了一本《幼学琼林》，靠在窗户边看。因为以前先生对他说：《幼学》这部书，实在是好，天文地理，诸子百家，什么都有；他在乡下会做许多应酬文章，都是得了《幼学》的力量；就是真正做起文章来，也可以套用许多典故。小牛子听说，果然买了一部《幼学琼林》来读，他读了几段，看了小注子，真个像暴发户走进了百货商店，一看之下，样样都有用。所以他对《幼学》这部书，特别地嗜好，有工夫就看。这天他得意之余，只管看着，不觉地到了日落西山，等到周世良看了水回来，他还在那里看书。周世良叹了一口气道："你这孩子也有些着迷。大概你总想做大老爹，又在看书了。"小牛子放下了书，在灶上布手巾底下，拿出一把瓦壶来，笑道："我知道，你一定是渴，给你凉了一壶茶。"说时，将一只瓷饭碗满满地斟上一碗，放在桌上来。周世良笑道："凉的好喝不解渴。"小牛子笑道："我还在灶里给你煨了一罐子开水呢。"周世良解着他的腰带布，在里面摸出两个桃子，手上捏着，摇了两摇道："我也给你预备下了。"小牛子伸手来要，周世良却把手抬得高高的，不让他拿着。于是父子两个，都哈哈大笑起来。正在这个时候，外面有人笑道："你父子二人好快活！"周世良向窗子外面看时，却是小学里刘校长来了，连忙迎了出来，笑道："校长上哪儿去？今天得闲啦。"刘校长笑道："我特意要来和你谈谈。"

　　周世良道："啊哟，校长要到我家来坐坐，怎办怎办？厨房里坐吗？"刘校长道："不要紧。都是乡下天天见面的人，客气什么？"说着话，他已走了进来。于是周世良拿了一柄稻草扎的短扫帚，胡乱地在桌子上扫了一阵，笑着用手抓了抓头，又抓抓手臂，反是刘校长坐下来，向他客气笑着道："你请坐请坐。"周世良刚坐下来，又忙着张罗了一顿茶烟，刘校长见矮桌子上摆了一本《幼学琼林》，笑道："这又是小牛子看的书吧？"小牛子对刘校长是特别加敬，在灶墙上取下一个瓦罐子来，在瓦罐子里取出一块干腌姜来，又在竹碗橱子里取出一个二寸小的瓦碟子，两手将那块腌姜撕成丝丝的，放到矮桌子上来，笑道："先生，你尝一块吧。是我的书，从前我那个王先生叫我看的。真好，什么都有。"刘校长笑道："乡下先生总不过是这一套，除了四书五经，再念一本《幼学琼林》、一套《纲鉴易知录》，那就秀才不出门，能知天下事了。这种书，读得烂熟，顶多也不过多记下几个死典，有什么用处？"小牛子听了这话，一肚子高兴，未免向下一落。周世良道："正是这样说，我们庄稼人，安安分分地做庄稼，能写一张草字账就行了，何必读什么书？我这孩子，天天到你们学堂外面去偷听读书，刘先生有些讨厌吧？"刘校长笑道："你错了。我不是说要你儿子不去，正是想叫你儿子进学堂去读书呢。你这孩子很有天才，若是让

15

他做庄稼，未免可惜了。"周世良将手摸了摸两腮的胡茬子，又抓了两抓头发，笑道："我们这人家，哪有钱供养子弟念书哩。我没有那个福气，我也不想儿子做官。"刘校长笑着摇了两摇头道："你又错了。读书不光是为了做官，乃是为了做人。因为世上的什么事情，都可以由书上来告诉我们，我们看了书，爱做什么样子的人，就可以做什么样子的人。这话也不是三言两语可以说完的，不过你家小牛子，实在有些天才。譬如一棵大树，把它制成完整的木料，送到城市里去盖宫殿，造楼阁，那自然是用得其分；若是怕费功夫，当木柴烧了，这就可惜。而且你的儿子，又自己很愿意念书，又何必不让他念呢？你不是出不起学费吗？这个好办，我替你代出就是了。你现时留他在家里，每年和你省下来的工资，大概不过两三块钱。你儿子的国文，现在可以说小清顺，再在小学里得一点儿普通知识，毕了业出来，能向中学一送更好，不能送到中学，你这两三块钱一年的损失，总可以补得起。"

周世良将面前一只粗瓷碗，两手捧着向嘴唇皮靠着，只管慢慢地喝，放下碗来，点点头道："校长，你说的这话有道理。不过，校长说不做官，要他读书又干什么呢？"刘校长笑道："读书和做官，有什么连带的关系？好像我，就没有做官。我以前也是读书的。你这孩子，据我看起来，他是近乎文学，将来学业成功了，在学堂里当教员也行；在书局里当编辑也行，这都不是官，也不是你儿子说的大老爹。这样一个职业，不但是糊了自己的口，而且可以帮助别人。"周世良笑道："现在我们自己顾不了自己，倒要先想去帮别人啦。"刘校长道："因为他有帮助别人的材料……"他说到这里，自己突然顿住了不说，将头摇了两摇，笑道："我这人有些胡来，怎么和你说这个呢？总而言之一句话，你儿子念好了书，将来比做庄稼强。你不将他念书，埋没了他的天才，怪可惜的。你若是很喜欢你的儿子，你就不能为目前省下有限的钱，误了儿子一生。"这两句话，算是周世良听懂了，两手一拍他的大腿道："这话对！"刘校长道："我知道他是无娘的儿子，你带起来不容易。既然如此，为什么不索性把他造就出来呢？"周世良笑道："你这话劝得我们很对的，只是我没有这种力量。"刘校长道："现在并不要你什么钱，只许他不替你放牛就是了，就是笔纸墨砚的钱，我也可以和你出。"周世良站了起来，复又坐了下来，笑道："先生，你都有这一番好心，我怎好不让他念书呢？先生你别嫌弃，在我这里吃了晚饭去。我家里别的没有，还存有两斤挂面，用腊猪油煮一碗挂面你吃。小牛子，你找找看，家里还有鸡蛋没有？"说时，他又不等儿子去寻，自己掉转身来就要走。刘校长连连摇着手道："不用不用，你家吃什么，我跟着吃什么就是了。我要打算找好东西吃，不走进你们这个大门里面来了。"周世良搔着头皮道："那我们也不过意。"刘校长道："你不过意的话，煮一碗挂面我吃吧。鸡子可以不必。"周世良笑道："校长是个好人，说话不会客气，就是那么说，我煮挂面校长吃吧。小牛子，你端了竹床到外面去，陪着校长乘凉，我来煮面。"

小牛子靠了土灶站定，听了校长和父亲说的话，他都听呆了。这时父亲说是移了竹床和校长去乘凉，他才醒悟过来，将一张睡成了红色的竹床，背着放到大门三棵柳树下来。跟着将一把大瓦茶壶、两只饭碗、一个装山烟丝的竹节筒子、一竿旱烟袋、一根点着火的蒿草绳子，一齐搬出来，放在老柳树兜上。刘校长笑嘻嘻地走了出来，在竹床上坐着，小牛子也就在树根上撑了两只腿坐着，两手反着向上托了下巴，望了刘校长。他笑道："小牛子，刚才我和你爹爹说的话，这都是做人的道理，你懂得吗？"小牛子道："我哪懂呀？我爹都不懂呢。"刘校长道："小牛子，你没有学名吗？"小牛子道："有学名的，叫玉堂。"刘校长摇了一摇头，笑道："腐得很，看你这名字，又是你那位教《幼学》的王先生取的。他还在醉心金马玉堂三学士呢。"小牛子道："我还有个名字，是我爹取的，叫计春。先生说一年之计在于春，谁都晓得，这句话太俗了。"刘校长道："他才俗呢。名字是人的记号，没有意思，倒没关系，若有意思，就当表示自己一点儿志愿来。一年之计在于春，这正是你现在应有的记号，你就把这个名字恢复过来吧。"小牛子笑着点了点头。刘校长道："我告诉你，你愿跟我当学生，我是欢喜的，但是我不能告诉你怎样做官，怎样做大老爹，我只能告诉你怎样做人。你作破承题，作得那样好，那么，我说的话，你应该懂得。"小牛子两手抱了一双膝盖，在地上点了几点，头也随着前后点上几点。刘校长道："你懂得就好。你愿意跟我学做人，以后我一定把你扶上正路，才不埋没你的天分。"

说着话时，周世良先搬了矮桌子出来，接着又搬凳子，捧托盘，放了三大碗挂面在桌上。他捧起碗来，先笑道："乡下总是这样，鸡子豆干当大荤，挂面也是请客的一碗上菜。校长看得起我父子两个，我父子两个，可没有什么东西来恭维校长。"刘校长笑道："我不是说了吗？并非为了吃东西到你这儿来的。周老爹，你比我年纪大，你是有阅历的人，你觉得人生在世，是一件什么事最是痛快?"周世良放下了筷子碗，又用手抓抓头，笑着摇摇头道："别人的脾气，我一猜就会中的，说到刘校长的脾气，我猜不到了。做官发财，做大老爹，你都是不喜欢的，我还说什么呢?"刘校长道："小牛子，你说着试试看。"小牛子见一碗堆起来的挂面，上面淋过腊猪油，浓香扑鼻，引得口水几乎要流出来，便笑道："据我想，肚子吃饱了，衣服穿暖和了，这就痛快。"刘校长笑道："你不错，总算猜着了一半。我的意思，还不是这样，我吃饱了不算，但愿我看得见的人都吃饱了，那才是痛快事。"周世良一伸大拇指道："校长，你这是宰相的肚肠。"刘校长将挂面挑了两挑，笑道："有宰相坐在这里吃挂面的吗? 我若有宰相那个位子，我的野心更大了。我会打算让世界上的人都不饿肚子呢。"他笑着，将一大碗面吃光。周世良也吃完了，小牛子却还剩有小半碗面，就倒给他父亲碗里道："你吃吧。"周世良道："你老早就想面吃，怎么倒剩了这些?"小牛子道："还有好些剩饭，不吃，留到明天就坏了，我要吃开水泡饭去。"周世良道："难得吃一顿面，你为什么不吃足了? 你吃吧。"索性将碗和筷子一齐送过去。刘校长笑道："你们父子之间，倒有一种天伦之乐。要永久这样才好。"周世良笑道："这孩子也有点儿不懂礼节，吃剩了的东西，怎好给父亲吃呢?"刘校长道："这倒是他一点儿真心。等到懂得礼节，他让你吃，那倒有些假意了。"周世良道："刘校长，你为人真痛快。有儿子，真愿交给你去教训。"刘校长笑道："我这趟算没有白来，你父子两个都算了解我了。就此决定，你这孩子下学期送到我学校里去吧。"他们有了这一番谈话，小牛子的新命运就从此定妥。这是他新历史第一页地开展了。

第三回

骨肉见天真相依为命
稻粱谋晚计刻苦经年

　　刘校长和周家父子这一番谈话，和其余三家村里先生说的言语当然是两样。在这两个月之后，小牛子用了周计春的名字，就插进小学六年级的班次来读书。因为这个刘校长和全村子里的庄稼人，都来往得很好，所以刘校长说的话，总可以引起多数人的注意。这时，刘校长特意收了周计春做免费生，而且一来就把他放在第六年级，读一年书，小学就可以毕业了。乡下人见校长如此器重周计春，又是一年抵人家读六年书，大家莫名其所以，就互相传言着说：周世良的儿子了不得，是一个神童！将来一定要做大官。周世良虽是经刘校长说过，读书人是不必一定要做官的，然而同村子里的人是这样说过了，他就格外地高兴。每日在田坡上工作，也就格外有劲。他心里就是这样想着：现在大家都看得起我了。假使儿子把书真读成功了，将来乡下人又要怎样来恭维我呢。因之他每在田里工作的时候，总要比别人回去得早一些，为的是烧好了午饭，等儿子回来吃。儿子回来了就吃饭，吃完了饭就走，免得耽误了读书的时候。至于晚上这一餐饭呢，学校里散学的时间，那总比田畈上人回家的时候早。周计春回得家来，照例是烧开了半锅水，抓一把茶叶末子，跟父亲冲上一大瓦壶茶，然后煮菜做饭。一切都做好了，将菜碗放在饭锅里，用盖子盖上，静等父亲回来吃饭。他们永远是这样，父亲做午饭，儿子做晚饭，至于早上一餐饭，那情形又不同，父亲起来要去做庄稼，儿子起来要去读书，就没有人做饭。有时不等天亮起来，烧一把柴草，热一些剩饭吃，有时来不及烧火，只好吃些冷的罢了。

　　时光容易，不觉到了深秋，慢慢日短夜长起来，窗子外面，淅淅沥沥飘着几点风里头的雨，打着在树枝上，或者在屋瓦上，那种响声似乎增加了屋子里无限的凄凉。矮桌子上，点了一盏瓦檠瓦碟的清油灯，两根灯草

19

漂在油碟子里，浮了起来，碟子沿上，一点豆大的火焰，只管飘动着。计春在灯光下摊着算术本子在那里列算式，周世良捧了一件破旧的白褂子，在那里用针线缝托肩，三个指头捏了一根针，横挑直刺，总做得不顺手。计春两手一伸，打了个呵欠道："爹，睡吧。冰冰凉的。"周世良道："我不能睡，我要把这件衣服补起来才行呢。"计春道："你哪里缝得来？有道是拿锄头的手，不能捏针；捏针的手不能拿锄头。明天送给王大妈去替你缝一缝吧。"周世良道："她的事情也很忙，怎好常常找她呢？你先睡吧，你还打着赤脚呢。坐在这里不动，那是很凉的。"计春走到厨房里去，打开盛饭的瓦钵子，看了一看，见里面剩了不多的饭，就走回房来对父亲道："明天早上的饭也不够，又该起早了。"周世良道："为了省事起见，明天加一瓢水，把剩饭煮了汤饭吃就是了。"计春道："一点儿菜汤没有，一点儿油盐没有，怎么煮汤饭吃呢？"周世良缝着衣服笑道："我们用手抓了白饭吃，一边抓了吃，一边向田畈上去，又省事又痛快。"

计春铺着被褥，放好枕头，又找了一把蒲扇来，跪在床褥上，向帐子犄角里，四处打扫蚊子。打扫干净了，放下帐子来，对父亲道："你睡吧。我来和你缝起这块补丁来。"周世良身子一偏，将手上的衣服，藏到一边去，笑道："你不要动手，我自己快缝起来了。"计春又坐下来了，望了他父亲的脸，只管笑着。周世良瞅了他一眼道："你笑些什么？"计春道："爹，我看你也太苦了。"说到这里，用手搔了几搔头发，又微微地笑道："人家许多人要和我找个继妈，你为什么不答应呢？有了继妈，煮饭、做衣服、看家，都有了人了，那就好了。"他说着话，又只管不住地搔着头发，望了周世良的脸，只管笑着。周世良放下了衣服，用手摸着下巴，露了牙向他嘻嘻地笑着，许久才道："你这孩子，倒有心……"说到这里，立刻叹了一口气道，"孩子，我还不是为着你吗？人生在世，要女人做什么？不就是为了做衣、煮饭、传宗接后吗？我现在有了儿子，饭自己会煮，衣服自己也会补；再说，我又是这样一大把年纪，要女人做什么？还有一个大原因，我要和你找个继母，不知道她喜欢你不喜欢你，也不知你肯不肯听她的话。若是两个人中有一个人说得不对头，家里就会闹得不安宁。我们父子两个，现在虽然是冷清一点儿，总也过得平平安安的，又何必去再费那些事？有那讨亲的钱，我还拿来给你念书哩。话越说就越远了，睡觉吧。"说着，拉着计春的手，让他上床去。计春道："你为什么不睡？"周世良道："你不要闹，让我把这件衣服的托肩缝了起来吧。"

说话时，一阵雨点打着瓦上，清脆之极。窗子外的北瓜藤，被风刮着，唆唆作响。计春道："天气多凉呀！秋蚊子也叮得厉害。"他躺在床上，两手抄了帐子，伸出一个头来。周世良道："我实在不要睡。"计春笑道："你再不睡，我就要吹灯了。"说着，呼的一声，将桌上那盏油灯吹灭了，立刻屋子里漆黑。周世良不觉哈哈大笑道："你这孩子，也是淘气。"说毕，他也只好上床睡觉去了。

半夜里鸡一叫着，计春就爬下了床，摸索着走到了厨房里去，在灶头上摸着了火柴，坐到灶门口，擦了一根，点着柴草就向灶里烧起火来。就了灶里的柴草火光，也不必点灯，就洗米煮起饭来。等饭煮得熟了，天色也就发了白。周世良在床上打了一个翻身，伸手一摸，没有了儿子，口里便叫起来道："人哪里去了？"计春道："爹，我把饭煮熟了，你来吃了饭再上田里去吧。"世良道："你这孩子做事，也太用心，不告诉我一声儿，就起来做饭吃了，我这大的力气，还要没有成人的儿子煮饭我吃吗？你洗洗脸吧，菜就交给我来弄了。"说着话，他开了厨房门，走到菜园子里去。在天色昏暗的当中，半看半摸，在王瓜藤架上，摸下了七八条大小王瓜，带到厨房里面来。计春道："你还费这些事做什么？屋子里还不大看见，不弄菜了，到腌菜缸里，摸些腌菜来吃，也就算了。"世良道："你用心血读书的人，不像我这样出蛮力的人，应当吃点儿合胃口的东西，调剂调剂。"他说着话，毕竟是到菜园子里去了。一会子工夫，他摸着两个嫩茄子和七八个青椒来了，笑道："家里还有点儿佛灯的清油，我来炒茄丝给你吃吧。"他说着，也就动起手来。菜炒好了，父子二人各盛了一碗饭，饭上各堆着一些茄丝，捧着碗，在门外来吃。眼见田里的秋荞麦，经过昨夜的雨，开了一片粉红色的花。金黄色的太阳，由山嘴子里升出来，照着那荞麦秆上的露水珠子，也是亮晶晶地在荞麦秆子上。计春用筷子指着荞麦道："爹，你看，这荞麦有一大半是我种的，长得也很好。"世良道："念书的人，只管念书，就别管种田的事了。"计春道："我要念出了书，爹，你也就不用种田了，像东家凤大老爹一样，好好地供养你老太爷。"

正说着话，一个十三四岁的女孩，拖了一条毛辫子，手上挽了一个菜篮子由面前经过，站住了脚，望着他们道："你们的早饭真早。小牛子，吃的什么好菜呀？"世良道："小菊子，你不要叫他的小名儿。他是一个学生哇。"小菊子笑道："是哇。我妈说，还要做一双鞋送他呢。"计春望了小菊子，扒着碗里的饭，只管是笑。因为小菊子妈说过，要把小菊子许配自己做老婆，因之自己在同村子里的女孩子中间，对于她却是另眼相看。世良道："你娘早就许了一双鞋了，到如今没有见着。"说时，向小菊子笑了一笑道："你娘许下的愿心，也就多了，光是嘴响。"小菊子道："还许了什么呢？"她虽是个乡下姑娘，倒也略知一点儿人事。说着话时，跳下田去，掐了一小茎荞麦花，插在鬓发上，搭讪着由田里走过去了。世良道："喂，这小孩子不懂事，怎么戴荞麦花。戴了荞麦花，将来老公不喜欢的。"小菊子跑上那边田埂，啐了一声，跑着走了。世良哈哈大笑一阵，随后又低声笑道："小菊子娘有这样一个黄毛丫头，就拿俏得了不得。我的儿子，还不稀罕这样一个黄毛丫头呢。"世良也是太高兴了。一碗饭都吃完了，他依然拿了空碗，在荞麦田边下站着。就在这个时候，吹了两阵凉风，吹得人身上凉飕飕的。计春一看太阳，已经出土几尺高，不敢再耽误，放下饭碗，上学去了。

　　乡村学校里，绝对是没有女学生的，这里不会发生小同学的小情人那种事情。但是同学们如有姊妹，大些的学生，常是拿着别个同学的姊妹来开玩笑。小菊子有个弟弟王小海，也在这学校里念书，当然地，大家也就谈到小菊子头上去，为了谈小菊子，也就连带着谈起计春来。因为小菊子妈，要把女儿许配给计春也是人人知道的事情了。计春今天到了学校里，想起了父亲的话，未免情不自禁地，向王小海表示好感起来。下了课的时候，王小海跑到后院上茅厕，计春也跟了来，悄悄地道："小海，我家里有许多米头子，回头送到你家去磨粉，晚上我们做籼米粑吃。"小海笑道："好的。粑做好了，多给两个我吃。我妈说了，要把我姊姊嫁给你做老婆呢。"计春道："呔，不要胡说，同学们听到，会笑我们的。"

　　小海听说晚上有粑吃，非常之喜欢。下学之后，一蹦一跳地跑回家来，在大门口就跳着叫起来道："妈，小牛子说了，要到我们家来磨粉做粑吃呢。"他的母亲王大妈，本来很怜惜周世良父子的，自从计春开始读书了，更觉得这孩子前途未可限量，自己是很乐于和他们联亲。不过周世良这老头子总是淡淡的，不肯表示着态度出来。将女儿许配人，总也不能太迁就了，所以自己也就不说什么。今天听说计春要送米来磨粉做粑，这倒是个接近的机会，自己立刻就跑到周世良家来，兜揽这笔买卖。

　　当她走到周家时，先伸头在窗子外向里一望，并不曾看到厨房里有人，冷灶无烟，当然是不曾做得午饭。难道他父子都不在家？于是悄悄地走了进来。伸头向屋子里看，只见一张旧竹床上，棉被是堆得高高的，被里伸出一只黑腿来，计春伏在床边，不住地捶打。王大妈道："你父子两个怎么了？"计春回头一看，皱了眉道："今天早上，我爹在屋子外头吃饭，招了凉风，受了感冒了。他只喊着腿酸，要我和他捶腿。"王大妈道："你不会冲些姜汤给他喝吗？"计春道："我家里没有糖，要到乡店里去买糖，把父亲丢下来了，我又不放心。"王大妈笑道："你爹也不过受了一口凉风，身上发些烧热，又何至于闹得让你寸步不离呢？你若是真个不放心的话，我在这里和你替代一会子，你赶快去买些胡椒红糖来，让他喝下去，盖着被出一身汗，病就好了。"计春伸着头到床边去问道："爹，我去给你买些红糖来冲水喝，你在这里等上一等，好吗？"世良道："你去弄饭吃，吃了上学去吧。不要紧的，我睡一会子就好了。"计春也不征求父亲的同意，家里是没有现金，找了一个小口袋，量了二升稻，背在肩上走出去，到乡店里换红糖胡椒去了。王大妈坐在房门口一张竹椅上，就向世良道："你父子两个，真是好，谁也离不开谁。"世良哼着道："嫂子，不瞒你说，我要是没有这个儿子，我就活着没有意思了。这个儿子，自小没有了娘，我一手将他抚养大了，我不能看着他受一点子委屈。"王大妈道："你父子两个这样离不开，将来他要是在乡下毕了业，到省里去读书的时候，你打算怎么样子办呢？"世良道："我就跟了他去。"王大妈道："你乡下的庄稼呢？"这句话算是把世良问住了。他许久没有作声，叹了一口气道："我这点儿田产，算得什么？丢了就丢了吧。"王大妈道："你不做庄稼，哪里来的进项呢？"世良道："这个我也不知道。但是我无论怎样吃苦，我也不让儿子再停学的。"他说着话时，将被头按下去一些，伸出头来；红红的脸，红红的眼睛，向王大妈看着。她点点头道："难得，你病到这样子，还忘不了儿子的书。"世良道："你哪里知道，我父子两个，就是一条命呀！"

王大妈心里想着：这个人这样疼爱儿子，有了女儿许给他做媳妇，那是一点儿也不会吃亏的了。她这样想着，有一句没一句谈着闲话，就提到了姻事上头来，笑道："你这个儿子，不但你自己喜欢他，就是我们同村子的人，哪个又不喜欢他。有些人叫我收他做干儿子，我想，那不太好。你老只有这一个大相公，我怎好一定说认作干儿子呢？有道是刘备招亲，认假成真……"这底下一句，还不曾说出来，早有一阵脚步声走到门外，接着有人叫了一声道："爹，好些了吗？"王大妈这就不便再说什么了。等计春进来了，帮着他将姜汤做好，计春爬上床去，将世良扶了起来，卷了个铺盖卷，放在他身后靠着，然后下得床来，两手捧了姜汤，让世良来喝。等他喝完了，又从从容容将他放下去睡着。

王大妈和周家虽是邻居，可是计春如此孝顺他的父亲，还是今天第一次看见。当日就遍村子一番告诉：说是周家孩子了不得，他是一个孝子。乡下人日出而作，日入而息，是没有什么新闻可谈的。乡下有人生儿嫁女，以及打架吵嘴，这都是大家乐于讨论的新闻。像周计春这个异乎寻常的孩子，本来就是大家一种新闻材料，于今王大妈又宣传他是个孝子，就闹得无人不谈起来。计春究竟是个十四岁的孩子，他知道什么是虚荣？什么是真理？只是乡下人异口同声地称赞他是神童，又称赞他是孝子，无人不对他客气三分。就是他所钦慕的大老爹，见着了，也远远地站住了点上一个头。这样一来，倒让计春受了一种拘束，怕人说他孝心是假的，倒处处要谨慎起来。因之他这个孝子的名称，也就始终和神童两个字紧密地联结着。王大妈见满乡满村，无一人不谈着周计春，越是想结这一门子好亲。周家有什么事，常是来照料着。世良那一次感冒，虽是只闹了两三天就好了，但是得了一个咳嗽的毛病，整个月不能出力。

光阴容易，转瞬到了初冬，稻子都打收清楚了，省城里收稻的小车子，不断地来收买稻谷，行情也就渐渐地向上涨着。世良除了自己的田产而外，还种有人家的田，当稻子割了捆成堆放在稻场上的时候，就曾去请田东家来收租稻。但是东家约一个日期，又改约一个日期，始终是不曾来。因为这个东家的庄子，离这里有三十多里路，实行收租稻回家去上仓，人工上太不合算，请一个工，只好挑回一石稻去，所以他来收租，总是将稻折了现钱带着走。不过将稻折价，还有一个讲究，若是八九月间，稻一上场就来，这时候的稻价，叫刀口上的价钱，一石稻只好折两块多钱，不值什么。必等过了十一月，卖稻的旺月已到，稻价涨到三四块钱，才来收租。眼见一石租稻，至少也可多收块儿八角的了。世良何尝不知道这个缘故？只是东家老推有事，不肯前来。自己咳嗽着，计春又再三地说，不要跑路。直等到十一月中旬，东家周高才才坐了一辆人力小车，带了一卷账簿子前来取租。照着乡下的规矩，东家来了，是必要酒肉相待的。世良招呼周高才和车夫坐了，立刻把王大妈母女请来，请她们代为烧茶、炒北瓜子、杀鸡、打米煮饭，又量了二斗稻，请隔壁唐麻子去乡店里买猪肉和豆腐干，还叫他带一个信到小学里去请刘校长来陪东家老爹吃午饭。诸事办妥帖了，计春也就由学校里回来，一走进门，便看到堆稻的那间屋子里，端端正正坐着一位老先生，灰布羊皮袍之外，罩着青布羊皮马褂，真是个有福的样子。他头顶瓜皮绒帽，足蹬绒面大棉窝；这还不算，父亲私有的那个泥火笼子，也放在他脚下烘脚。他虽是三年前，见过东家一次，现在有些不清楚了，但是一看之下，他就知道是东家来了。走向前去，笑嘻嘻地叫了一声："东家老爹!"周高才也是一个不第的老童生，未免斯文一脉，早听说计春是个孝神童，在孔夫子面上，不便怎样端出东家的威严来，就站起来点了一点头，笑道："两年不见，快成人了。听说你书念得很好。"世良站在一边，不由得嘻嘻地笑了，因道："也没有什么好，不过校长看得起他罢了。"

计春正想说两句话，只见小菊子提了一壶茶，由厨房里走了出来。她今天不但把辫子梳得溜光，而且前面还梳了一道刘海发，身上穿了一件毛蓝布褂子，还滚了红辫条，脸上也不知是抹了什么粉，倒雪白的一层。她低着头将茶壶送到了桌上，回头来看道："小……"她望了世良一下，突然把下面"牛子"两个字顿住，笑向计春道："你和我到菜园子里去，掐几片青蒜叶来。"计春笑着跟了她去。到了菜园里，她正一弯腰，掐青蒜的叶子，却将鬓发上的一朵绒草花摔落下来了。计春一上前捡起花来，就要向她鬓发上来插，还笑道："你听我爹说了，就不戴荞麦花吗?"小菊子道："不要胡说了，寒冬腊月，哪有花戴? 你爹刚才和我妈说，东家的口很紧，恐怕没有什么推让，你爹都在发愁呢，你倒会寻开心。"计春听了这话，倒勾起了一点儿心事，父亲总是说，插人家田没有意思，只是和东家出力；自己的田，又不够吃的，只有卖了田，到省城里卖苦力去，也省得受人家的气。他想着，不免呆了一呆。小菊子在他身上拍了一下，笑着走了。

这菜园就在厨房后面，听到父亲和王大妈在那里谈话。父亲说："大嫂子，请你替我算算这盘账，东家这田，是十五租，插他一石五斗种，要归他二十石稻。但是我今年实实在在只打了三十二石稻，除了东家的，我只有十二石稻。牛粪、种子、人工，都在这十二石稻里刨销，白忙了，恐怕还是不够。我的好处，就是种一季大麦，可以打个六七石，现在我气力不行了，孩子又念书，叫我请工来和东家种田，我更不上算了。"说着，咳嗽了一阵，就听到王大妈道："小菊子，你那朵花呢? 那是人家做喜事送的，你也留到过年戴呀。"小菊子道："计春哥拿去了。"王大妈笑着打了一个哈哈，接着说道："你不知道害羞罢了。计春是学生，也不明白吗?

全村子里人，常是拿你两人开心，你们还是一点儿都不躲避，周大，我这个孩子真给你了，你到底是要不要呢？"世良道："难道以前说的，都不是真给吗？"哈哈大笑一阵，计春站在菜园里，却听得有趣，正想父亲跟着再说下去，但是只这一个哈哈，父亲就走开了。接着父亲就在屋子里大叫："计春呢？"计春走来，却看到校长和东家在那里坐着。东家却向世良笑道："你现在很快活了，有这样一个好儿子。"世良口里衔了旱烟袋喷出一口烟来，微笑道："东家老爹的夸奖，但是我又发愁了。明年这孩子热天毕了业，就要送进中学去，校长说县里中学不好，让我送到省里去。我今年苦省苦做，也只多下十来石稻、三石多高粱，卖得了多少钱？明年春季的麦，现在又看不定，叫我明年下半年，把什么钱送他去念书哩？"周高才道："我不是说句扫兴的话，念书呢，一边是青云路，一边是陷人坑，就是照你这种算法，一年可以多二十石粮食，这就很不错，二十多石粮食，总可以卖五六十块钱，每年连本带利地滚起来，十年工夫，你可以混上一千多块钱家私了。你把孩子去念书，十年之后，未必有这种把握。而且这十年之间，你得拿多少钱去盘好他的书？所以依着我的意思，你孩子在小学毕了业，也就不必向前追了。功名爵禄，这是命里所定，强求不得，即以我而论，也曾用功十几年的苦功，县考还考过前十名。唉，文章憎命达……"他念了这句诗，两脚摇曳着，看了刘校长。

刘校长听说周世良请他来陪东家，早就不愿意，但是想到他会受东家的压迫，不能不出头来和他讲情，所以只好来了，对于这种人，不必和他去说什么，只是点头而已。世良也看到他们是话不投机，不敢多让刘校长停留，马上和儿子端出酒菜，供奉东家，等东家吃喝得醉饱了，就掛了一遍茶，斜着向东家坐了，抓着下巴颏，笑道："东家，今年田里又歉收，请你推让一点儿吧。"周高才手捧了自家带来的水烟袋，咕噜咕噜响了许久，闭着眼默了一会儿神，然后喷出一口烟来，笑道："俗言说杀鸡杀的东家，你已经杀鸡我吃了，我怎好不推让一点儿。照理，你应该归我二十石零八斗，把零头抹去就是了。你刚才自己说了，今年多着二十石粮食呢。你既然有多，何必要我让租？"这句话真有力量，抵得世良无法可说，不住地用手去摸下巴。刘校长笑道："周先生你这话错了。他多着粮食，是他苦省下来的，并不是府上田里丰收出来的。刚才周先生也说了，他过了十年，就有一千多家私了，到了那个时候，果然有颗粒不收的日子，总也不能说他家里富足，要他照数纳租吧？"周高才道："这话不是那样说。"

只说了这句，挣着通红的脸。周世良怕东家生了气，不能再让步，倒是从中赔着笑脸，拱着手说好说歹。刘校长因为要上课，不能多说，和计春先走了。这里世良客客气气和东家商量，东家怎样也不松口。看看到了夕阳西下，东家回家有许多路，如何能走，索性留在这里过宿，又把王大妈母女请来做饭。直到吃过了晚饭，东家才许推让一石五斗稻。稻照市价折算，三块五角一石。世良一想，多留东家住一天，多要一天的花销，推让也是有限，只得都答应了。

次日早起，恰有一班收稻的小车经过，世良趁着东家在这里把稻卖了。那一班小贩，这个腰包里掏五块，这个腰包里掏三块，凑成一大截洋钱，交给了世良，把他屋子中间，那个屯稻的大屯子，挑了个一粒无存，剩了一张篾席，卷起来放在墙角。那截洋钱，世良也不曾揣到袋里一秒钟，双手捧着，交给了东家。于是东家将洋钱呛啷啷一阵响，放进褡裢内，吃过早饭，坐着小车走了。世良两手抱了膝盖，坐在门槛上，望了那卷篾席子，不觉发了呆。心想：由正月浸种，四月撒秧，忙到了现在，稻是推下省去了，钱是东家带回家了，庄稼人有什么可靠？看看隔壁屋子里，虽有十来石稻、三石多高粱，可是一年的辛苦，去了一大半了，这一半东西，最好是一粒不动，真像东家说的话，逐年向上滚，滚上千儿八百去。不过这些东西要接上麦季，还有半年工夫，这半年之内，要不动这些粮食，非另找生财之道不可。然而数九寒天，又向哪里找生财之道去呢？他这样想着，口里含了旱烟袋，就不住地在屋子里走着。

直等计春散学回来，他还在屋子里走。计春首先看到屋中间的稻屯取消了，地方空阔了许多，其次便是父亲一双愁眉深锁，非常不高兴。他一见之下，就知道父亲是心痛这一屯子稻不见了，因道："稻都卖了吗？"世良道："稻都卖了。钱让东家拿去了。种人家的田，有什么意思？我心里原总想，每年除吃喝之外，多少剩些钱，一来我留副棺材本，二来也预备些钱给你娶亲，但是连年年成不好，总没有剩。今年剩些稻，你要念书，我又害病，十来石稻和高粱，吃到明年四月，大麦出来，也就不多了。我想着这不行，总得另想法。"又道，"人无混财不富，不如另外找一条出路吧。昨天王大妈告诉我，她的大母舅店里，生意非常之好，原来有两个伙计，管杀猪吊酒打豆腐三件事，现在有一个下手要走，还没找着替工，我想不如我去抵缺吧。"计春道："只要够吃到明年四月的粮食，也就行了。何必去帮工？店里帮工，一年也不过二三十块钱，现在到年边了，能支人家多少工钱?"世良道:"傻话,难道家里存着多少粮食,就要吃完多少粮食不成? 我一年苦到头,为了什么? 不就是想着多剩一点儿吗?"计春道:"若是你这样苦做,我就不念书了。"世良一手扶了旱烟袋,一手抚摸着他的头道:"你不要体恤我,你自己好好地念书就是了。我不光为着你要这样卖力,我也预备着我的晚年,一点儿都不能动的时候呀!"计春听了这话,对于他的父亲也无话可以安慰,只有不作声。可是周世良的计划,就更为固定了。

第四回

两小无猜寄居增友爱
一介不取弃产绝乡情

　　周计春拦着父亲不要去帮工，他只知道父亲是要省家里的伙食，还可以挣两三块工钱回来过年，所以他也就只根据这两点，反复向父亲说，请他不必如此，却不知道他父亲除此两点之外，还有一种苦心，因之劝说的结果，等于白说。后来周世良还是到乡店里帮工去了。去的时候，他重托了王大妈，将柴米菜三项，送到她家去，请她做饭的时候，代为做一下。王大妈却很慷慨，索性叫计春住在她家里，免得小孩子一人在家害怕。周家的门户却暂时锁闭了。王大妈的丈夫在外县做长工，经年不回来的，所以家事她很能做主。计春搬到她家去以后，第一是王小海高兴得了不得，家里多了一个人，进出多有伴了。其次小菊子心里，也是不住地在那里打算盘：怎么周计春搬到我们家来，莫不是我妈要把他在家里招亲？只是有一点儿不解，看了许多说亲的，都是先过八字帖，请算命的合了婚，然后过小定，有那童养媳上门，或者小姑爷做亲戚来往的时候，也总要请一桌喜酒，可是家里对于这些事情，一样都没有办，看起来又不是结亲了。不结亲为什么他好住到我家里来呢？村子里的童养媳很多，她们对于她的丈夫，都是不说话的，我还是说话不说话呢？说话吧，人家是会笑的；不说话吧，他不是我的丈夫，我做个样子在这里等着，那多么害臊！这个小姑娘，琢磨了一阵子，却没有法子解决这个问题。

　　计春第一天搬进来的时候，彼此没有什么事接触，就是不说话，也没有什么痕迹。到了第二天吃午饭的时候，她盛着饭菜向桌上端，小海和计春都不在面前，王大妈便道："计春已经由学堂里回来了，大概在西头刘家玩，你去叫他来吃饭吧。"原来这皖中六县的农村，与别处不同，总是盖一所大庄屋，有五六十间屋子，以至于一二百间屋子，除了一个总大门之外，其余四周开着小门，分给若干家来住，同住一屋，于是有东西头前

29

后面之分。王大妈说的西头，就是说的隔着堂屋的邻居。小菊子鼓了嘴道："我不去。"王大妈道："你为什么这样懒？在本屋里叫人，你都不愿去，若是田畈上有人工作，你更不能去了。"小菊子道："我不去，你去叫吧。"她如此说着，却不肯举出一个什么理由来，只是不肯去。王大妈哪里知道她葫芦里卖的什么药，只得自己走去把计春和小海叫了来。

吃饭的时候，小桌子上，小海和母亲占了一方，计春占了一方，另外两方，一方靠了壁，一方又放了一架纺线车。小菊子由母亲这边纺线车空当里将筷子夹了一些菜，放在饭碗上，捧着碗坐在对面门槛上去吃了。王大妈道："门槛上有鸡屎，仔细坐了一身。为什么不和计春同坐呢？"小菊子站起来，靠了门框吃饭，却不作声。王大妈并不理会，也就算了。到了晚上吃晚饭，她依然如此。吃过晚饭，王大妈告诉小菊子，将洗晒好了的衣服折叠起来。小菊子当真折叠了，把家里人的衣服，都送到木橱子里去。只有计春一件短褂子，她折好了，放在大春凳上。母亲正坐在春凳上拉鞋底，问道："这件衣服，为什么不收起来呢？"小菊子道："不是我们自家的。"王大妈道："天上掉下来的不成？"小菊子道："他的。"王大妈道："他的，哪个的？"小菊子道："他的，他的，我不知道。"王大妈拿起来一看，才知道是计春的，便道："这是计春的呀！他还没有睡呢。你不跟他送到厢房里去？"小菊道："我不管。"王大妈道："你们又吵嘴了吗？人家爹爹不在家，在我们家寄住一两个月，是个短局的事。十三四岁的丫头，你也该懂一点儿事了。人家才搬来两天，你就和人家吵嘴，知道的呢，是小孩子们不懂事；不知道的呢，说我做娘的不合人。"小菊道："哪个吵了？你糊里糊涂说上这样一大套。"王大妈道："我看你今天一天都不睬人家，为着什么呢？"小海已经在床上睡了，由被里伸出一个头来道："妈，姊姊怕人家说她是小牛子的老婆。"小菊子向床上啐了一口道："该死的东西嚼舌根。"小海道："你为什么骂人？同学都说了，小牛子到我们家过门来了，叫我作小舅子。我为了你，得了这样一个诨号，气得要死，你还骂我吗？没羞！没羞！"说着，将一个食指连连在脸上爬了一阵。

王大妈经这一对儿女一吵，心里这才恍然大悟，不由得笑骂道："你们这鬼样大的东西，倒有这些心眼，小海，快不许说这话了，再说这话，我就要打死你。"小海将头向被里一缩道："她先骂人，倒怪我吗？"王大妈听了这话，倒添上了一件心事，假使外面都这样子传说：周计春是我女婿，这倒让我不能不跟着向下做，可是女孩子还是让她大方些的好，就是

30

将来不成功，也没有什么关系。因向小菊子道："为什么那样鬼头鬼脑的？你越是那样伸伸缩缩，人家越要疑心了。"小菊子听了母亲这话，依然还是不减她心中的疑惑，到底这婚事是说好了没有呢？难道我母亲还要瞒着我办这件事吗？不过母亲叫自己大方些，自己也就大方一些好，若是没有这件事，将来更害羞了。她如此转念想着，次日起来就把计春那件褂子送到他屋子里去。

计春正要出门呢，两人在房门口顶头遇见，小菊子一缩腿，偏到门的一边去。计春笑道："喂，这两天你为什么不睬我？"小菊子红了脸道："我不怕人家笑吗？"计春笑道："人家笑什么？"小菊子道："是吧。你不要瞎说了！"计春走上前一步，将小褂子在小菊子手上接过来，问道："这是你跟我洗的吗？"小菊子道："以后你自己去拿衣服，不要我送给你了。"一句话没有说完，小海在后面撞出来了。他记着昨夜的事，将一个食指，又在腮上爬着道："不害羞！不害羞！老公老婆偷在夹道里说话。大老婆，小老公，打不赢，头来春。"他说了不算，还高声唱起来。小菊子急得跳脚，连连用手指着他骂道："该死的！该死的！你叫你叫！"说毕，她一溜烟地跑走了，口里喊道："妈，你不打小海？他骂人。"王大妈早已听到说的那番话，他并没有什么大罪，只得骂了声"这东西讨打"也就算了。从此以后，小菊子持着戒心，在母亲小海当面虽不怎样闪避计春，但是绝对地少说话，无人的时候遇着，也只说一两句话就跑开了。

冬天日子短，一混就到了年边。一天下着大雪，小海推着肚子痛不肯上学，计春是照常地去了。世良在店里做活，觉得今日是特别的冷，恐怕儿子不曾加衣服，在店里告了半天假，带了半斤肉、十块酱豆干，就回家来看儿子。到了王大妈家，那雪下得是正涌，放下伞掸了掸身上的雪花，走到他们厨房里，只见小菊子一人在那里烧火，灶上饭锅盖缝里，正呼呼地向外冒着气。她哟了一声，站将起来道："周家伯伯来了。"说着，她低了头。周世良倒有些莫明其妙，为什么她说着话，倒有些难为情起来呢？便道："你妈不在家吗？"小菊子道："大雪的天没事，和小海推磨去了。"世良道："小海他没有上学吗？计春呢？"小菊子低了头答道："他一个人上学去了。"世良道："大概快散学了，我去接他吧。"小菊子有一句话要说出来，想了许久，才向他道："周家伯伯，你等一会子，我还有话说呢。"说毕她就走了。过了一会儿，她抱着一件棉袍子来放在小椅子上，她也没有再说别的什么，依然坐到灶门口去烧火。世良将棉袍子掀开来看了一看，原来是计春的。心里这就有些明白，这是和计春拿出来的，于是就夹在胁下，撑了伞，向计春的学校里来。

到了学校门口，手上撑着伞，犹豫了一会子，心想还是进去不进去呢？啊，若是进去的话，人家一定说我做老子的，太姑息儿子了。这样走进去，不免会搅乱人家的书场。大概儿子快出来了，就在门口站着等他吧。于是靠了墙角一个避风雪的所在，静静地站着。果然不多大一会儿，学生一窝蜂似的出来了。世良撑了伞在许多人面前挡着，正想问学生们周计春在哪里，计春却抢着上前来，叫道："爹爹，你怎么回来了？这样大的雪，我正惦记着你呢。"周世良先拉着他的手，握了一下，笑道："你的手真凉。赶快把这件棉衣服穿上吧。"于是将夹着的这件棉袍子，先递给了计春，笑道："赶快把衣服穿起来吧。回头中了寒，又是一场病，像我上次一样，不就是在门口多吹了一口风吗？"计春也就笑着赶快穿起衣服来，在父亲面前走着，一路到王大妈家里来。王大妈一见，就笑道："究竟父子就是父子，计春上学去的时候，他穿的是短衣，我心里还念着，不要回头中了凉，可是别的事情一混，就忘了送衣服去了，怎么你一回来，就知道他没有穿长衣服，把棉袍子跟他送去？"世良笑道："父子虽然是父子，但是我并不知道他没有穿棉袍子上学，说起来，还要多谢你姑娘，就难为她这样子想得周到。她拿了出来，让我带去的。"王大妈觉得自己的姑娘，也有这样大了，若说姑娘们对于别家的孩子这样寸步留心，未免令做娘的要负一点儿责任，便笑着答道："可不？是他两人自小儿在一起，本来就没有什么界限。现在搬到我这里来住，他们简直像姊妹兄弟一样了。"世良见她母女二人对儿子这样关照，心中十分安慰，就向王大妈拱拱手道："你待计春这番好处，我是一辈子也忘不了。将来他读书成功了，再报你的恩吧。你舅爷店里，我做得很顺手，要到明春麦季，我才能回来。遇事都重托你了。"王大妈道："你是个勤快人，所以这样子忙，其实你就不去帮工，家里还有什么过不去的？"世良道："我自己田不多，收的粮食，不够吃的，插人家的田，又受气不过，到了明年，我另有一番打算，所以我今年冬下，不能不去帮工。"王大妈叹了一口气，又点着头道："我知道，你这无非为你那个好儿子。"她这样慨叹系之，世良不但不伤感，倒是嘻嘻地笑了。

乡下人在冬天，为了暖和而又省事起见，吃饭多在厨房里举行。王大妈家里，自然也不会例外。世良和王大妈说着话，到他们家厨房来坐着，王大妈就留他在那里吃饭，并且劝他今天大雪，可以不必到店里去了。世良道："那不行。我五更头，就要帮着起来磨豆腐呢。"他说话的时候，在腰里硬的板带子上，取下了带装烟皮荷包的旱烟袋，放在桌上。那小菊子在一边看到，拿着玩去了，一会子，依然放到原处来。世良吃完了饭，趁着天色已晴，雪地上有月色，告辞了就回店去。他走得很是匆促，走出门来了，才想起旱烟袋没有拿着呢，正待回身去拿旱烟袋，计春已经由屋子里跑了出来，两手捧着旱烟袋，递给了世良。他一接着，就让垂下来的皮荷包碰了一下，因问道："我这皮荷包里，早没有烟了，这里头怎么有许多烟，你在王大妈家里装的吗？"计春道："我没有装呀。"世良点了两点头道："是了，这必是小菊子装的。这孩子小人有小心眼，她以为我是她一家人，所以这样地巴结我呢。"说时，笑着打了一个哈哈，又道："进去吧。外面凉呀！"他在一种高兴之下，足下窸窸窣窣，踏着雪响，走向乡店里来。

　　走在半路上，前面有两个人走着说话，突然有"王贵发"三个字，送入自己的耳鼓。这王贵发就是王大妈的丈夫，何以这两人夜行，却会提到了他，于是提起精神来向下听着。有一个人道："王大嫂子，待周世良太好了，给世良找了一个事，又把他的儿子接到家里去过，这为着什么？"又一个人道："不是为了那孩子要念书吗？"那一个人道："我怕这里面有些不干不净。王贵发今年是不回来过年的了。这样亲亲热热地下去，不要给老王改为行八才好啊！"周世良听了这些话音，猜着这两个人，是隔村子里的，虽是在大雪地里，身上也不由得出了一身汗。他心里想着：原来乡下人是这样地议论着我们呢。王家嫂子对于我们，可以说完全是一番好意，这倒让人家背上这样一个恶名，真是好人无人做了。儿子在王家寄住，自己总少不得要去看看的，若是照乡下人这种看法，恐怕自己去一回，乡下人就要议论一回，为息事宁人起见，还是从此不去的为妙。不过自己不去，儿子又怎么办呢？他走着路，一路想得了一个主意：就是不管如何，把儿子接到乡店里来同住，等过了年王贵发回家了，自己才回家去。儿子每日上学，多走一点儿路，也就说不得了。

　　他想了这一个笨主意，第三天就把儿子叫到店里去住。王大妈问他是什么缘故，他又说不出来；王大妈以为他是离不开儿子，这也就不追问了。这其间只难为了小菊子，心想：女婿过门了，怎么只住这几天呢？大概这段姻事又算吹灰了吧？她在这样疑惑的时候，过了三四个月，周家父子依然没有回来。转眼到了麦熟的时候，要打麦上场了，世良才悄悄地回了家，对于王大妈母女，总是不大敢打招呼，同时还去侦查乡下人的态度对自己怎么样。他越是侦查别人，越是觉得别人的态度可疑，这真让他窘极了。好在回来的时候，是个忙季，整日整夜地割麦打麦，不到王家去敷衍，王家也不见怪。等他将麦收割好了，共总算了一算，大小麦约莫有十五六石，在春夏之交，大可以接济一下子。可是到了大小麦上屯子了，东家周高才又坐着小车来了。照规矩，佃户对东家，只纳秋季的稻，春季的麦，是与东家无干的，东家这个日子光顾到了，却不知是什么缘故。但是东家既是来了，不能不招待，少不得又是买肉打酒，忙上一阵。往日家里来了客，周世良总是请了王家母女来帮着做饭，现在一想到外面的谣言，就不敢再去找她母女了。只好马马虎虎做一餐饭，给东家吃就算了。

周高才捧了他自己带来的水烟袋，坐在屋子正中椅子上，喷着烟，慢慢地向他道："周老大，你不必费事，我不是为了吃东西来的。你出来，我和你说话。"周世良坐在厨房里灶门口烧火，答道："东家老爹，你说话我听得见。"周高才咳嗽了两声，才道："你知道，我这几年，境遇不好；第二个儿媳妇死了，大儿子在外面做茯苓生意，又亏了本；这庄田小而又远，我是星不能照月，打算把它卖了。"世良笑道："东家说哪里话！你老何至于卖万年庄。"周高才道："真的，我何必骗你。"他说着话，捧了水烟袋，走到厨房里面来。世良连忙将把竹椅子端正了，弯腰向上面吹了两口灰，让东家坐下，周高才微笑道："你这几年弄得很好，我把田卖给你吧。"世良啊呀了一声，刚在灶门口坐下去，又站了起来，他大为吃惊之下，竟说不出话来。可是他镇静了一下，就想得出话来了，因道："东家，你不要收庄吧？我种你老爹这多年的田，老东老佃，并没有什么事对不住你老呀。"周高才道："并不是说你不好，我也有我的一番打算。"说着，他手捧了水烟袋，呼噜呼噜，抽了几袋烟，然后笑道："卖田呢，我是真有这个意思。不卖呢，我有不卖的打算。你的羁庄（即佃户给予田东方面之押款），还是三十年前的，不过是五十吊八足钱，合现在的洋价，只好算是十多块钱，我也未免太不合算了。这也不是我一个人破的例，现在田东都是向佃户加羁庄的，你应该和我加上一些羁庄才对呀！"周世良这就明白了，东家是来要加羁庄的，便道："照说呢，你老这话，不算为过，但是我手边下并没有什么积蓄，拿什么钱来加呢？"周高才道："我也不过要你加个四五十块钱罢了。这一点儿力量都没有吗？你家里屯上两屯子麦，把这个卖了给我也就行了。"世良听着，将手搔了几搔头发，看着隔壁屋子里的两个麦屯子，不由得出了一会子神，许久才道："我要是把麦卖了，这五荒六月，怎样过去呢？"周高才道："我也不能为了你不能过五荒六月，就不加羁庄呀。你放在我那里的羁庄，我分文不短少你的。我的田可要给别人种了。"

世良一听这话，自己没了主意，就请了田庄上两个做小绅士的人和东家讲情，一个是族长周厚德，一个是董长李子彬。他两人同周高才坐下，先用过茶烟，又吃过酒饭，才慢慢地谈上了东家收庄的事。周高才捧着水烟袋，走出世良的大门，向四处观望着，口里自言自语地道："这庄子真好，水路十足。"耳后就有人接着道："真的。宝庄是个好庄子，只可惜周大老爹不是全庄，不过十股里面的一股罢了。"他回头看时，是周厚德出来了，向他走近了一步，低声道："诸事请帮忙。这个庄子，我不能不收，多我不敢说，我送厚德先生两块钱买茶叶喝。"周厚德抬着肩膀笑了一笑道："好说好说，你老自然找着下手了，下手出多少钱羁庄呢？"周高才呼着烟道："下手呢，是没有找着。你看这样子，不值一百五十块钱的羁庄吗？"周厚德笑道："一百五十块钱，未免多一点儿。若是一百上下，我倒可以荐举一个。大老爹，你是个收租的人，什么不明白，给田人种，不在乎羁庄多少，要看看佃户是不是个硬主户。现在乡下人都学坏了，要人家田种的时候，不怕按月出二分息，借钱来做羁庄，但是到了收租的时候，他跟你疲疲缠缠，交不出租来，你也不能要他的命。所以我的意思，倒不如找个户头硬的。"周高才道："你老知道，我并不在乎一百八十的羁庄钱，只是周世良这老头子，有些胡来，放了田不种，要去帮工，他收不到粮食不要紧，我的田不能让他这样马虎做下去。厚德先生路上有人吗？"周厚德道："有人，不过李子翁那一方面……"周高才道："当然，我也要送他一份礼。"周厚德道："不过周老大种田二三十年，这回收回来，照规矩应该给他一点儿什么的。你老打算给多少钱呢？"周高才沉吟了许久，才道："这样吧，我也不请收庄酒，他也不用请客下庄，我们两下便当，照着他羁庄的算法，我贴补他十吊八足钱。"周厚德听着说了这些话，他肚子里就有了分寸了。

当时将李子彬找到一边，说了几句鬼话，于是就劝着周世良说："你现在和人帮工，自己的田也忙不过来种，怎好种人家的田呢？东家是十分厚道的，他不必你开口，已经答应贴补你十吊八足钱了。"周世良道："我也知道东家老爹是很厚道的，东家老爹答应给我十吊八足钱，我也谢谢。但是我周世良是个傻子，只许人家沾我的便宜，我可不愿沾人家的一个钱的便宜。我原来是给多少钱东家老爹做羁庄的，现在东家老爹，还给我多少钱就是了，难道我还能霸占东家老爹的田产，非给我多少钱不可吗？田呢，是让东家收回去，不过此外我还有件小小的事情，要有钱的东家帮我一个忙。"周高才连忙说道："你自己说了，不沾一个钱的便宜，怎么又说起有钱的东家起来呢？"周世良道："我说了不沾一个钱便宜，还是不沾一个钱便宜的。刚才东家在门外，不是夸赞这个庄子上的田很好吗？我托东家的福，也有一石种的田，在这个庄子上，我这样的穷命，只配和人家帮工，田也未必种得好。这样吧，我就把这田卖给东家吧。"他坐在下方一张竹椅子上，口衔了一支旱烟袋，慢慢地抽着烟对人说话，最后他在嘴里抽出旱烟袋来，倒捏着烟袋头，将烟嘴子连连在另一只手心里击着，脸上装出很郑重的样子来。大家以为他是说气话，听着都不免怔了一怔。

世良站了起来，向大家表示着一种诚恳的样子出来，他道："真的，我要把我这庄田卖了，这不是假话。一来，我儿子小学快毕业了，我要随着我儿子到省城里去，二来，我要供儿子念书，我田里出不出来那些个钱，有东家的田呢，多少还可以帮助我一点儿，东家若是把庄收回去了，还我五十吊八足钱，我哪里再写别人的田种呢？五十吊八足钱，写一石多种，那是三十年前的事呀！有道是一不做，二不休，我情愿把我名下的田也卖了，身上带些现钱，可以到省城里去做点儿小本生意。三来呢，这乡下我住得有一些厌烦了，我……我……我要去交一班新朋友。"他说话时，不能一鼓作气，再板住面孔了，伸起手来，又只管去搔头皮，现出踌躇的样子来。李子彬道："你真要卖田吗？你说要交新朋友，这乡下的旧朋友，就都不要了吗？"周世良一听到了这话，他就想起乡下人所造的谣言来，于是淡笑了一笑，又哼了一声。

这样一来，东家周高才却是做梦也想不到的事，这庄子上，这样好的田，周世良都肯卖出来，自己是和他共庄子的人，不买何待？于是又去约周厚德李子彬到一边去，咕咕了一阵，然后重新走回来，彼此呼了几筒水烟。李子彬架着腿向世良坐着，抖颤个不定，还将身子摆了两摆道："刚才东家老爹说了，他老本不能买你的田，因为你要将本图利，到省里去做生意，而且是照顾儿子读书，这是好事，所谓君子成人之美，他愿意促成你这番好事，但不知你下了决心没有？"世良看了东家一眼，觉得他那严肃的面孔上，带了一层笑容，果然是个慈悲脸儿放了出来，便将手一拍道："有什么不下决心？田跟着庄屋一齐卖，犁耙锹锄跟着耕牛一齐卖，我卖空了，我要有点儿后悔的意思，我就不姓周。"周厚德手上捧了水烟袋，将脑袋和上半截身子摆成了个大圈圈，然后向周高才微笑道："此所谓破釜沉舟是也。"摔过了这句文，才掉过脸来向周世良道，"你卖得这样干干净净，难道不回乡了？"周世良道："我产业不要了，还要家乡做什么？这些话，三位先生不必替我多虑，只要在作价上给我多帮一点儿忙也就是了。"周高才这就点点头道："好了，这些话也就不必提了，我今天不回去，可以请两位中人出来，晚上好好地谈一谈。所有伙食茶烟，都归我来办。"

世良觉得田卖妥了，计划是成功了，可是心里头却有一种说不出所以然来的伤感，不等东家的话说完，就走出大门来迎着风看看天色。一回头，却看见计春两眼红红的，靠了墙站着出神，世良走近来问道："你怎么了？你怎么了？"计春噘了嘴道："你把田卖了，为什么把屋也卖了，牛也卖了？"世良咬了牙道："哼，我要和这一乡的人都绝缘了。"说毕，他又顿了一下脚，在这一顿脚之间，知道他们父子是决计离开农村的了。

第五回

一车行李含泪别故园
数件乡仪赧颜探巨室

这一天周世良卖田，不但他的儿子周计春十分伤心，就是同村子里人，看到他这种举动，也没有一个不引为奇谈的。因为三四月里，割完了麦，正好插秧，过三个月就可以收到今年的稻子。卖田卖地，都应该过了秋季，等到稻子收到手以后。这个时候，买主买了田，三个月以后，可以收租，利息就大了。然而周世良的东家周高才，就只当不知道这一件事，装着麻糊，在这村子里耽搁三天，把田买了。周世良声明：等儿子放了暑假，就把田庄交割，只要田价付得痛快就是。周高才自然是巴不得如此，一口答应了。过了一个月，计春已在乡小学里毕业，高高名列第一。那刘校长觉得不负他那一番提拔之意，写了两封介绍信给周世良，说是乡下人到省里去，关于投考学校的事，那是摸不着头脑的，到了省城里，可以去找他两个同学，那二人必定会指点一切。周世良自是千恩万谢，他一来希望儿子成就，二来恨乡下人太不谅解他，一点儿顾虑没有，就跑到周高才家里去，请他收庄。周高才在这一个多月以内，卖了几批陈稻，得着上等价钱，心里是十分高兴。这一天周世良又来催他收庄，更是高兴，就留着他在家吃午饭，约他在私厅里，供着茶烟谈话。这里乡下财主人家，都有个私厅，犹如城里人家客厅一样，非是有体面的客，是不向这里引的。周高才给予周世良的面子就大了。

周世良衔着自己带来的旱烟袋杆，隔了桌子角，向旧东家望着，他深深地吸过了两口烟，眉毛一耸，笑道："大老爹，你要发财，买我这庄田，买得太痛快了。第一，我这田既是很好，又和你老的田共庄子，你老一块田并成一大片了；第二，你老今年买田，今年就收租，可以多生一年利息，这是少有的事；第三，田是我自己种的，不像买阔人家的田，田在佃户手上，买下了，还怕佃户不交租，你看我多么痛快？倒反来催你老收庄呢。这样痛快的事，我周世良并没有多要你老一个钱，到了现在，你老可以相信我是个好人吧?"周高才手上也捧了水烟，架了腿在那里抽着，点了两点头，带喷着烟带说话道:"我向来就没有说过你的坏话呀。要不然，你想，你不过下五十吊八足钱的羁庄，这十年以来，我就下了你的庄了。"他身上穿了葛布长袖短褂子、半旧蓝纺绸裤、白竹布袜子、双梁头羽缎青鞋，捧的那管水烟袋，是纯白铜的，托烟袋的手夹了一根长纸煤，而且手腕上，还戴着一只玉镯子。在这些事情上面，当然都可以表现出他的斯文一脉来。所以他说了话，也是半闭着眼睛，纸煤灰烧得很长，然后滚到那半旧的蓝纺绸裤子上去，他对于这个，并不怎样地注意，依然在抽他的烟。周世良看着他这个样子，倒有些莫测高深，心里有一句话想说出来，却又不敢说出来，沉吟了许久，才笑道:"田是卖了，我还有些零碎东西:水车呀，犁呀，耙呀，还有和王家合喂的一条牛呀，我还不知道怎样安顿的好。"周高才道:"难道这个你也打算卖了吗?我劝你不要这样决断。你送儿子到省里去读书，固然是好事，但是到了年老的时候，你总也要回来。有道是树高千丈，叶落归根。"周世良道:"那不要紧。将来我要回家的时候，再置下一份就是了。大老爹，你能不能够帮我一个忙，把这些东西给我收下来吗?随便你给我多少钱就是了。你老的田很多，不都是用得着吗?"周高才将两个指头由纸煤末端向上搓，一直要搓到顶端去，低着头只管想着他的心事，许久才道:"要是一头整牛呢，我倒有用，你和人家合喂的，我住得这么远，怎好合用?你的动用家伙，我倒有些不便用，人家不知道，以为我买你的田产不算，连家具都买了，那岂不是逼你出境吗?"周世良道:"笑话!你老逼我出境做什么呢?你老不肯帮我这个小忙，我也没有法子。"说毕，他衔了旱烟袋，极力地抽烟，一句话也不说。

周高才看了他那懊丧的样子，想到他说的话，给了几件痛快的事，这倒也是真的，一点儿不帮他的忙，却也有些说不过去，又抽了两袋水烟，然后向周世良道:"你到省里去，有房子住吗?"周世良道:"没有，到了省里再说。"周高才道:"我老二过继到舅舅家里去，他有钱比我要超过百倍呀!城里整条街的房子，多半是他的产业，大的小的，他手下都有。你到城里去，我可以和你写封介绍信，让他租两间便宜房子给你，你看好不好?他乡下的田，都是我和他收租。凭着我一点儿面子，也许他一时高兴，连租钱都不要。你不知道，他没有儿子，只有一个女儿，而且那个女儿，外面还有人散着谣言，说是买来的。他为了这一件事情，拼命地做好事，总想再生一男半女的。你姓周，总是一家人，你去找他，大概他总会给些面子的。"周世良由嘴里抽出旱烟袋来，大声道："那就好了，不就是那个有名的孔善人吗？"周高才点着头道："是的。你想，他借两间房子给你住，那算什么？"周世良道："不出钱住人家房子，那总不方便，只要孔善人肯少算些租钱，那我就感谢得不得了了。"周高才见他愿意如此，那是自己对他有了感谢之处，立刻搬出纸笔墨砚，写了一封荐信，怕周世良不懂，还摇头摆脑地将全信念给他听了一遍。周世良知道他不是敷衍，也就很高兴地将信拿了回家去。

　　过了六七天，周世良把所有的东西存的存、卖的卖了，将细软收拾了一小车子，就上省城去。小车子是自己推着，计春只背了一个小包袱，随了车子走。他们动身以前，曾到村子里去辞行。这个时候，全村子里人感到周氏父子卖田卖地出门，大有一去不回的意味，大家心中都受有一种感触。老少男女，一齐跟着小车子后面，送到村子外来。这其间只有王大妈母女，心里最是难受，王大妈想着：计春这个孩子，是自己最欢喜不过的，原来的意思，是想让他做女婿，以前周世良的神气，也像很同意，还不时地把这话提着呢。不料这几个月之中，他忽然冷淡起来，自己是个女流，这话也就不便再提。如今看着这一个自小在面前长大的无娘小孩子，跟着一个性子倔强的老子走了，叫人真有些舍不得！小菊子在一个时期中，曾深信着计春就是自己将来的丈夫，最近几个月，虽然他不到家里来玩，在外面碰到，总是偷着说两句话，也不像是完全断绝关系。可是现在他可要走了，因之母亲送行，她也跟着送行，低了头，紧紧地在母亲身后走着，转着她两个小眼珠，并不作声。

　　周世良将小车子推到小路口上，放下了车把，然后回转身来，向大家拱拱手道："大家都有事，不必送了。我本来也舍不得离开家乡，只是为了小孩子前程计算，我不能不忍心走一下。年一年二的，我有工夫，就回来看看诸位。我没有别事奉托的，就是庄子后面，我女人的坟地，请关照一二，不要让小孩子在那里放牛。祖坟上好在有本家，我就不管了。"说时，他嗓子管也哽了。大家都安慰着请他放心，这些小事，一定可以办到。这时，王大妈的儿子小海，手上牵了一条牛，也由田垄上赶了来看热闹，那牛耸着两只耳朵，睁着大眼睛，只管向计春望着。这正是周王两家合喂的牛，现在完全让给王了。周计春看到，连忙跑上前去，用手摸了牛的脊梁道："大黄牛呀，我们再会了。你好好地跟着小海，不要淘气。"

40

那牛对于相从多年的小主人，自然是认得的。计春抚摸着它的时候，它就摇摆着它的尾巴，在两条大腿上掸刷着。小菊子在这个时候，也就有一步没一步地走到牛旁边来，看了计春一下，也用手去摸摸牛。计春向她道："你看，你耳朵上的环子丢了。"小菊子用手摸摸耳朵，俯着眼皮，低声道："我老早就没有戴那个东西了。"小海道："姊姊，你为什么不哭呢？"小菊子道："我好好的哭什么？"小海道："你舍不得计春呀！人家送行的时候，舍不得总是要哭的。"小菊子板着脸，将下巴一伸，啐了他一声道："该死的东西，你嚼舌根。"在场有几个爱开玩笑的，都笑了。她不能再送行了，一扭身子就转回家去。周世良心里，总记着乡下人的谣言，不敢说什么，以免惹起是非，又向大家拱拱手，说道："诸位请回。我要赶路了。"于是推着车子顺了大路走去。计春向大家点着头，也就跟在车子后面，一步一步地走着。

他父子二人走了几步，就回头看看，慢慢地只看得到村子的屋脊，慢慢地只看到村子前面的一带小树林，慢慢地把村子面前一切的东西都丧失着看不到了。车子推到一个高坡下，周世良将小车歇了，走上高坡，回转身来望着。计春道："爹，你推不上这坡吗？我在前面给你拉一把吧。"周世良摇着头道："我倒不为这个，要歇一歇。你看我们的村庄，已经看不见了。我们不知什么时候再看到这村庄呢，站在高坡上，多看一会子吧。"说时，将手比齐了眉毛挡住了阳光，只管向原路上看了去。计春看到父亲那恋恋不舍的样子，不敢作声，也就跟着走上高坡来。果然，站在这里，不但可以看到自己那个村庄，仿佛自己家里后门外两株大树，都看得清清楚楚的了。计春还未曾说什么，世良叹了一口气道："我为着你，家乡都不要了，你要怎样努力，才对得住我呢？"计春更不敢说什么，只是正着脸色，望了自己的村子。父子两个站在高坡上，彼此不发言，都是这样呆望着。那高树上的新蝉，吱吱地叫着，好像对这临别的两父子，加上了一阵什么惜别的意思。世良在半年以来，总是恼恨着家乡，决定了抛家远去，可是到了现在真要走的时候，也不知道是何缘故，心里更觉着难分难舍，眼睛里面含着两眶眼泪，只管要流了出来。不过自己要哭了下来，恐怕会惹着儿子心里难受，于是勉强笑了起来道："不要看了，越看倒好像越舍不得。其实省里到家，也不过一百一二十里路，起早动身，摸黑也就赶回家了，我们有什么舍不得呢？"他说着话，自走下了高坡，掀起腰带来擦额头上的汗珠，顺便他就在眼睛皮上揉擦了几下。计春明知道父亲是要哭哭不出来,再说什么,那会惹着他更伤心,于是悄悄地随着他身后,连出气的分儿,都有些不敢。世良亦复如此,又怕儿子难过,父子两人,就在渺无声息的情况下,一里又一里路,离开了家乡。

小车在路上走了两天,到了安庆城里。先在小饭店里住下了,世良和儿子商量着,还是先去打听学校呢,还是先去见孔善人呢?计春说:"还是先去见孔善人的为是。我们在这饭店里多住一天,就多一天的花费。"世良想想也是,于是就把家里带来的薯粉、绿豆、大柿辣椒、芝麻炒米粉,合成四色礼物,将一个大竹篮子提着。父子两个,都换了两件干净些的衣服,便访着孔善人家,前来投书。这孔善人是周高才族弟周高贤舅舅的诨号,因为他没有儿子,把外甥周高贤承继了过来,于是周高贤一变而为孔大有。老善人死了,他也就顶上善人这个诨号了。因为这个诨号是世袭的,所以谈起孔善人来,没有不知道的。世良父子在街上一打听,毫不费事,就找到那个所在了。那里是一个八字大门楼,两扇大黑漆门上,钉着白色大铜环子,门敞开着,向里一看,却是一个朱漆屏风,上面大书"齐庄中正"四个字。这屏风放在白石砌成的大院子中间,分成了一半,隔了屏风,可以看到屏风那边花木扶疏的影子,门两边相对立着,有两间门房。周世良是个常上省买东西的人,多少知道一些省城里大户人家的规矩,因之到了门口,且不冒昧进去,先站在门外,咳嗽了两声,然后问道:"有人吗?"左边门房,有个人应声而出,见大门外站着一个人穿白大布褂子、蓝大布裤子,脸上是黄中带黑,当然这是个乡下人,再看他手提的那个竹篮子,里面通通红的,有半篮子大柿子辣椒,他脚下穿了长筒大布袜子、双梁头布鞋,还在上面囤积了许多黄土,当然,这也是乡下人挂的一个幌子。那门房看了这样子,就迎上前来问道:"我们这是孔家,你是来找什么人的?"世良先笑着,然后放下手里提的篮子,抱着拳头作了两个揖,笑道:"我们是乡下来的,这里还有周高才老爹带来的一封信。"那门房道:"哦,你是潜山田庄上来的,今年来得怎么这样早?"世良笑道:"不。我这里带了一封大老爹的信来,我这里还有……"他说到这里,感觉到有些说不出口,向篮子里的东西看了一眼。门房道:"你这些东西,莫非是带来送礼的?乡下人倒有个意思。哈哈!"周世良听了这话,不知道人家是好话,还是俏皮话,只是站定了,嘻嘻地笑着。

计春虽然年纪小,究竟肚子里念过几句书,见父亲僵在这里,不能完全坐视,就抢上前一步,迎着那门房笑道:"我动问一声,这里孔老爷在家吗?"那门房向计春周身上下打量了一番,问道:"你是这年纪大的什么人?"一句话还未说完,外面有了娇滴滴的声音喊着道:"黄老四,黄老四,快来,快来把东西拿了去。"计春看时,门口来了一辆漆黑油光的自备人力车,车上坐了一位十五六岁的姑娘,穿了一件淡绿色的绸衣服,乌缎子似的头发,分着梳了两个圆髻,身上长长短短的纸卷,大大小小的纸包,却堆着很高。那门房走了过去,将东西一齐拿着,向重门里后进房子提去,门口还站有两个乡下人,他就不大理会。这女子走下车来时,露出脚上一双长筒的肉色丝袜,白缎子鞋上大红丝线绣着大朵子的花,走过人身边,一阵香风扑鼻。计春是个乡下长大的孩子,哪里见过这样艳装的女子,尤其是肉色袜子像是人光着大腿,白色鞋子,平常人家不戴孝是不穿的,城里人却在上面绣一朵红花来穿着,这都是生平所未曾见过的事。只是自己在乡下的时候,脸皮就十分嫩不过,如今到了城里头来,见着城里的女子,哪里还有抬眼看人的分儿。因之微低了头,闪到一边不敢作声。那姑娘倒偏是不怕人,看到路当中放了一只大竹篮子,篮子里有一个大粗草纸包、两个蓝布袋,其余便全是大红辣椒,她弯着腰捡起一只辣椒看了一看,笑道:"这辣椒很好,是乡下带来的吧?城里现在还吃不到呢。"世良弯着腰笑道:"是的,小姐! 我们是乡下带来的。"那姑娘将那红椒丢下,也没有问下面一句话,径自走了。计春当她弯腰向大篮子里去捡东西的时候,见她那只手臂真个雪藕也似,他心里就想着:城里的姑娘,究竟是比乡下姑娘好看得多。第一,就是这样白嫩的皮肤,在乡下是不容易找出来的。

计春在这里想着发呆,世良也在这里想着发呆,他想着:刚才和那门房谈了一阵子,还没有归到正题,看那门房,有些拿乡下人开心的样子,自己究竟还是跟着向下说,不跟着向下说呢? 跟着向下说,又怕碰那个门房的钉子;不向下说,难道就这样回去不成? 计春在一边也看出了父亲为难的样子,便道:"爹,等那个门房出来了,我们拿出信来,和他直说就是了。"世良踌躇着道:"我倒有些后悔。人家这样有钱的人家,我们送一些土货给人家,恐怕人家不欢喜,我想不如把这个篮子提了回去,明天再来吧。"计春抬头看看,这个人家砖墙,高到三四丈,是乡下不容易看到的一幢房屋,看看重门里面,那正屋大柱子落地,配着红色的雕窗,这个人家的富丽,可想而知。据自己在书本上得来的知识,有钱人家,吃的都是珍馐美味,哪个要吃乡下人的芝麻炒米粉,拿回去也罢。父子两人站在大门口没有主意的时候，那门房带一个中年妇人出来了，据世良每次到省里来的经验所得，知道她是一个女仆。她一直向这里走来，向篮子里望着，问道："乡下人，你这红辣椒卖的吗？我们小姐愿意多出几个钱买下你的来。"世良不知道这小姐究竟是这家什么人，就搔着头发短茬子，微微地笑道："这个我是由乡下带来送孔老爷的。"女仆向门房笑道："这倒来得巧，小姐想腌大柿子椒吃，就有人送。喂，乡下人，篮子里还有两个破布袋，快拿了出来。"周世良笑道："不，那也是送这里孔老爷的。乡下人送点儿土东西，不值什么。"女仆听说，提了篮子，就向里面走。那门房连连招着手笑道："喂，喂，喂！你不要糊里糊涂，就把东西拿走，你也要打听打听，这送礼的姓甚名谁。"那女仆笑着放下篮子道："乡下人，你有名片吗？"那门房不由哈哈笑道："乡下人不但有名片，还有一品老百姓很长的履历片子哩。"计春一看，这是一个机会，就迎着上前道："我们倒是带有一封信，请你带进去吧。"世良急忙中也不知说什么好，就在身上掏出那封信来，双手递给了女仆。女仆点着头道："你既是有信的，站一会儿，等个回信吧。"于是提着篮子走了。

世良到了这时，信送进去了，东西拿走了，向那门房，已是无话可说，站在院子里只管搓那两手。门房看他那种窘相，本想和他说两句开玩笑的话，可是看那样子，又似乎是主人庄子上的人，侮辱自家人，怕是让主人翁知道不高兴，也就在口里衔了一截烟卷，望了他们发着微笑。过了一会子，那女仆走了出来了，向世良招着手笑道："你送的那些东西太好了。"世良听到，以为这是一句挖苦话，把一张老脸臊得通红，心里也就怦怦乱跳，望了人家苦笑着，说不出话来。女仆笑道："真话。我不和你开玩笑，我们老爷看了你的信，非常之欢喜，说是让你进去当面谈谈。"周世良听了，心里自然是欢喜，可是也就同时感着了恐慌，自己见了乡下大老爹都有些心慌说不出话来，现在要去见城里的老爷，这焉有不着慌之理？因之抬起手来，只管搔着自己腮上的短茬胡子。女仆道："去呀，不要紧的，我们老爷，也是你们同乡呀，他为人很和气的。"世良望了计春笑道："我们同路去呢，还是你……不，还是我们一路进去吧。你也知道的，我见人是说不出话来的啊。"计春便走了上前，跟着父亲走，低声道："你不用作声，让我去跟他们说话就是了。他问我们一句，我们答应一句，凡事都照实说，这也没有什么为难的。"说着话，他两手扯了他的衣襟，又微微地咳嗽着。

他们跟了那女仆，也不知穿过了几重院落，正走路间，却听得身边扑哧一笑，回头看时，乃是刚才进来的那位漂亮姑娘，打开窗户，坐在横窗的一张桌子边。她手上捧了一只雪白细瓷花碗，用一只小银匙，在那里挑芝麻炒米粉吃。她吃这种干粉大概吃得太急了，呛了嗓子，于是笑将起来。计春匆匆地看了一眼，怕是犯了什么规矩，依然低了头再向前面走。到了一个客厅里，只觉那屋子里陈设，像平常在图画里看到的那样富丽，脚下踏着地皮，也是软绵绵的，低头看时，才知道地上也铺了厚被单子一样的东西。转过了客厅，旁边有一间房，一张横桌子边，有一张圆桌，上面端端正正坐着一位四十上下的先生，他口里衔了一支比指头还粗的黄色香烟，微昂着头，看了人进来。他穿了一件蓝绸长衫，由里面向外卷着袖口，露出里面小衣的袖子，赛似银子。他胖胖的一张圆脸，两腮上的肉，向鼻子边直拥上来，浓眉倒配着小眼睛，笑起来，鼻子边两道沟纹，眼睛合成一条缝，倒真个有些像庙门口那大肚罗汉。

世良父子两人进来，世良抱了拳头就打着拱。计春一进门，老远地就是一鞠躬，快走到桌边下了，又微微地一个鞠躬。孔大有两手捧着水烟袋，略微起了一起身，点着头道："请坐吧。"周世良回头一看，身边倒有两张又肥又大的矮椅子，心里倒想着，有钱的人家，怎么倒用这种粗笨的东西？他倒退了两步，挨着椅子，然后坐了下去。他一坐下之后，那椅底软绵绵地向下一落，他倒吓了一跳。计春知道，一定是很讲究规矩的，自己待要坐下去，那是和父亲并排坐着，恐怕孔善人有些看不惯，于是向后看了一下，依然在一边站着。这个样子，正好是合了孔大有的脾胃。他笑着点了点头道："据家兄来信说，你在乡下读书读得很好，到城里是来读书的。"计春道："是的，就怕乡下学生，到城里来赶不上功课。"孔大有又点了几点头道："只要有志气，慢慢总赶得上的。但是还有一个问题，你们在乡下种庄稼的，到了城里来，父子两个，何以为生呢？"周世良听说，微微地站起来，又坐下去，抬着手想在头上去搔痒，想着这是失仪的态度，把手又放了下来，笑道："是的呀，大家都是这样说；不过我有一项手艺，会做豆腐。我打算在省城里开一家豆腐店。"孔大有道："你会做豆腐吗？"周世良笑道："不瞒你老先生说，我为了孩子念书，去年下半年到乡下杂货店去帮工，学会了这一项手艺，预备到省城里来混几个钱用的。"孔大有听说之下，身子一仰，大为兴奋之下，却将桌子一拍，扑通一下响着，吓了世良父子一跳，倒以为是什么话失言了呢。

第六回

豪仆夸家世名妹恃宠
新邻来陋巷老媪垂怜

　　这位孔大有老爷突然一个兴奋样子，这真把周世良父子都吓了一跳。他看到这二人都有吃惊的样子，便笑道："我不是说别的什么，我的意思，以为你们这父子两个，都是了不得的人，儿子肯念书，老子也真肯想法子帮儿子念书。我在省城里，负有一个孔善人的名义，你们是知道的，像你们这样的人，我都不能大大地帮一点儿忙，那么，我还做什么慈善事业。"世良一听，原来他的大意如此，这倒是自己白白地受了一番惊吓，因之站起来向孔大有作了一个揖道："大老爷，你有这一番好意，我父子两个，是二十四分感激。这孩子念书，将来有一点儿成功，总要重重报答你老人家大恩。"孔大有听他的话音，好像是信任自己有十万八万银子可以相送似的。他的希望也未免太大了，于是正着颜色道："你不是打算在城里开豆腐店吗？我的房子租给人住，向来是有一天算一天的，无论什么人来住，分文不得短少。但是你这个人志向可嘉，而且你又有我家老大的荐信，我怎好置之不理？在这里升官巷，我有一个店面子空着，租给别人，都是十块钱一个月，租给你，我可以打个八折，只要你八块钱。你看这个办法如何？"周世良听说了，默然了一会儿，孔大有道："你明天可以到那店面子去看看。"

　　周世良还不曾说话呢，却听到隔壁屋子里，有人叫了一声"爹"。那声音娇滴滴的，分明是个女子。孔大有听了这种声音之后，一秒钟也不曾耽搁，立刻就走到隔壁屋子里去。过了一会子，孔大有又走了出来了，就向他们点着头笑道："你父子两人造化，我大小姐听说你们是开豆腐店，欢喜得了不得。她是爱喝豆腐浆的人，每日早上，都少不得要喝上一碗的。她说假使你要租我们的房子开豆腐店，我可以不收你们的租钱，你们每日早晨送一碗豆腐浆到我们家来，那就行了。"周世良本来不想说什么，就要告辞的，于今孔善人又答应了可以白租房子住，不觉搔了两搔耳朵，笑起来道："每天送一碗豆腐浆，这太容易了。照说呢，我们不敢当，但是我们到城里来，哪一件事，不是要人帮忙的，我也只好不说什么客气话了。"孔大有道："好吧，你到明天，就可以同我这里的门房去看房子，布置起来。我们的大小姐，还等着喝你的豆腐浆呢。你住在什么地方呢？有事我也好派人去找你。"世良告诉了饭店的字号，称谢而去。

这不过是完了他父子们心愿之一，此外不曾举办的事，自然很多。因之到了次日，就拿着介绍计春见人的信，去分别投递。人不能一投信就见着，所以有三四天的工夫，都不曾去接洽店铺的事情。到了第五日，孔大有倒派了一个人来问世良的话。这正是那天不愿将他父子引进去谈话的那个门房。他找到饭店房间里，看到世良，先笑着向他点了一个头道："恭喜你爷儿两个一本万利。"说着，又抱着拳头，作了一个揖。世良听了他的话，倒有些莫知所云，瞪了两只大眼睛望着，门房笑道："我不说，大概你也不明白，我们大小姐，她是个性急的人，听说你们要开豆腐店，正等着要喝你们做的豆腐浆呢！她老不见你们去接洽，怕是你们没有钱开张，叫我送一百块钱来，借给你们做本钱，你就快开张吧。不过这里有一个小小的条件……"说着，又是一笑。世良真料不到有这样好的事情，凭空人家竟会送一百块钱来做本钱，两只手互相搓着，隔了裤子，搔搔大腿，又将手摸了两下胡子，笑道："这真是不敢当，多谢你老送来，我没有什么可以感谢的，我送一点点意思过来，让你买包茶叶喝吧。"门房在身上掏出一叠钞票来，右手拿着，在左手心上连连敲拍了两下，乜斜了眼睛，望着他道："你有这些个钱，一家豆腐店，还有什么不够开张的吗？不是我亲自送来，你又哪里会得到？这样办吧，我在这里边抽出两张来用，可以的吗？"说时，果然就在钞票里面抽出两张来，另一只手捏着，做个要向身上揣起来的样子，笑道："我揣起来了，好吗？"世良连连点着头道："可以的，可以的。"门房道："我和你闹着玩呢。哪个要你的钱？就是要钱，这是小姐送给你的款子，天大的胆，我们也不敢分用你一文。"说着，便将钞票一齐塞到世良手上来，世良手上捏了钞票，心里怦怦地乱跳着，这一下子，倒不知道是多谢好，还是直接受着好，只急得呵呵地笑着。

许久许久，在踌躇的态度以外，他才想出了一句话："你老贵姓呢？我还没有请教啊！"门房道："我叫鲁进。自小就在孔家做事，不是夸嘴的话，问起孔家的事来，除了我，不会更有别人知道的了。"世良捏着那一百块钱钞票在手，正没个作道理处，只瞪了两只眼睛，向屋子周围四处张望着。计春原看到父亲在和人说话，自己就不曾作声，默默站在一边听着，现在看到父亲有些手足无所措的样子，这就迎上前向鲁进点着头笑道："诸事多蒙关照。别的不敢说，将来我们的豆腐店开张了，鲁大爷要吃豆腐干、水豆腐，尽管到我们那里去要。"鲁进笑道："你这孩子，倒也算会说话的。"说着，伸手拍了一拍他的肩膀，接着又道，"我倒是不敢居功，还是你们自己的功劳。因为我们小姐，吃了你的大红柿子椒，又吃了你们的芝麻炒米粉，她高兴得了不得，你们在和老爷说话的时候，她听到你们说得很可怜的，就叫老爷赶快把房子白租给你们住，又怕你们开不了张，所以再送你们这些钱。"计春道："哦，这钱真是你们大小姐的吗？"鲁进道："钱虽不是我们小姐的，也和我们小姐的一样。我们老爷就只有这一个姑娘，万贯家财，将来都是小姐的。大概老爷也想明白了，小姐要天上星，老爷不肯给月亮，总让她称心如意。这钱是小姐告诉账房里拿出来的，将来一报账了事，老爷问也不敢问的。你们既然得了小姐这种欢喜，千万不要再得罪了她。她高起兴来，整千整百送人，不高兴起来，那是一分一厘，也不肯饶人的。到了那个时候，你们不但得不着她的好处，也许要吃亏。"计春究竟是个小孩子，听了这种话，却有些莫明其妙，只是瞪了大眼望着。

有了这样久的犹豫时间，世良心里，算是明白过来。他移了一移椅子，请鲁进来坐下，将一只比酒杯稍大的茶盅，斟满了一杯茶，两只手像猴子捧桃似的，两手捧着，送到鲁进面前，这才拱了一拱拳头道："诸事都承你老指教，我一定不忘你老这种好处。"鲁进看到他那番恭敬的样，把他那一肚子荡漾不能止住的故典，就恨不得一下子倒将出来，于是端起那杯茶，喝了一口，接着就向世良望了一下，然后道："你哪里知道我们这位小姐，在学堂里念书，还有名字？人家都叫她皇后呢。你们乡下人哪里知道城里的规矩？皇后这种称呼，以前是不许乱叫的，现在可不然，只要脸子长得好，就可以叫皇后。譬如饭铺子里姑娘长得好，以前叫饭铺西施，于今就叫饭铺皇后。"世良笑道："你这位大哥，刚才说着，倒吓了我一跳。外号叫皇后，那可是杀头的玩意儿，若是你们老爷手下，真有一个做皇后的姑娘，那还了得？"鲁进微笑道："这本书，在我肚子里，早是滚瓜烂熟，漫说她不能做皇后，就是真个有一日进宫做了皇后，孔家人也不能享福，享福的另外有人。"世良道："那是什么原因呢？"鲁进端了那杯茶，索性一饮而尽，放下茶杯来，五个指头，罩住了茶杯口，用力一按，表示着很出力的样子，微笑道："原因呢，自然是有一个原因。但是我不能说。"说毕，又摇了两摇头道，"不要提了，不要提了！我也犯不上来说。"世良道："你老不说，我们也不敢打听，我们受了大小姐这样的好处，我们还要打听人家什么下落不成？"鲁进笑道："你要说到这一百块钱啦。"

说着，他微微地笑上了一笑道："这一点子钱，还不够我们大小姐的胭脂花粉费。今天用了，也许明天她就忘记了。我们老爷用钱，那是很经济的，有钱都要做正当用途。譬如说：里里外外，三四十个用人，我在里面，不说算第一，也要算第二。可是我们老爷轻易不肯赏我们一块一角钱零用。大小姐就好说话了，只要事情办得合她的意，八块十块钱，她随便地赏。"世良笑道："若是不合她的意呢？"鲁进笑道："那有什么话说，自然就是吃不了兜着走了。所以我们佣工的，宁可得罪老爷，不可得罪大小姐。"世良笑道："啊，你们大小姐，倒有这样大的权柄，她今年多大岁数了？"鲁进道："她今年十七岁。"世良笑着向计春点点头道："人家才比你大三岁，倒有这样大的威风。"鲁进叹了一口气道："人只要命好，年岁大小，有什么关系？只要有人捧，三岁的孩子，还可以做真命天子呢。"世良道："这话倒是真的。不过这样看起来，你们老爷对于这个大小姐一定是捧得十分厉害的了。假使捧得不是厉害，怎能够老爷的事，都由大小姐做主呢？"鲁进微微地点了一点头，笑道："好在他们有的是钱，纵然花个一万两万，不过算老爷在生意上少挣一笔钱，那又算得了什么？"计春听到这里，就不由得插嘴说了一声道："孔老爷家里，倒有这些个钱，将来都是你那大小姐的了。"鲁进听了这话，却不由得现出十分踌躇的样子来，伸着手抓了短茬头发，只管窸窣作响。他摇摇头道："这话难说了。据我想，将来是族下人一股，过继的儿子一股，姑爷一股，亲戚朋友也要弄上一股，总而言之，是四分五散的了。这其间，明的钱，都会归到那继承的儿子手上，暗下的钱，那就是姑爷的了。也不知道是一个什么人，那样有造化，既然娶得我们大小姐那样花朵一样的姑娘，又可以发一笔大财。"

世良听到鲁进说了孔家许多坏话，心想彼此是初交，知道他说这些话，是什么意思？而况自己得了孔家这些好处，也不该回转头来，再议论人家的短处，便站起来拱了手向鲁进笑道："照说呢，我是应当请你老喝一盅的，不知道可肯赏光？"鲁进道："请你不必请我，我同你一路去看看房子吧。将来你的豆腐店开成功了，常常到乡下找些新鲜玩意来给大小姐尝新，那就好了。这不但你可以常得大小姐的欢喜，就是别人也会有些光沾的。走吧，我们看房子去。"世良以为他是说笑话，也就点着头连连说是。鲁进道："走，你父子二人，跟我一路看房子去。"说着，他已起身向外面走着。

世良父子这时一点儿也不便违拗，就只好跟在鲁进后面，直向升官巷走了来。这个店面子，倒是齐齐整整的，铺门板一齐关上，半掩着一扇门，远看里面，却是漆漆黑的。鲁进抢上前一步，将门用劲一推，叫起来道："人都哪里去了？"这门开着，也没有人管，大家走了进去，是一个店堂，由店堂这面，可以看到店堂后面，却是一个四方的荒落院子。院子里，横七竖八搭着竹竿子和粗绳子。这上面所挂的衣服，自然也就是东飘西荡，如悬着万国旗子一般。地下摆的鸡笼子、洗衣盆、破箱架子、三腿桌子、两腿板凳。地皮很潮湿的，许多鸡鸭脚印，倒好像是一张雕花地毯。墙角上一棵矮桑树，上面挂些破布烂片，又好像乡下福音堂里送给小孩子们的圣诞树。

计春进门来，正在这里打量时，那院子里跑出来一个十二三岁的女孩子，一张鹅蛋脸，还有两只黑漆一般的眼珠，简直和那孔家大小姐一模一样。不过孔家大小姐是剪了头发，她却是把头发左右分开，头上梳着两条辫子，由肩膀上直垂到胸面前来。她穿着格子布短褂短裤，光了手臂和大腿，跳着跑了出来，活泼泼的，很有趣味。鲁进迎着她问道："菊芬，你妈在家吗？"计春听了这名字，心里倒不免一动。想着：这孩子怎么也会叫菊芬？菊芬将手扶着一只小辫，在脸上拂了两下，笑着点了两点头。她的一双眼珠，已经是先射到计春身上，再射到世良身上，似乎有些含羞答答的样子，不肯说话。鲁进道："你们家人口又少，地方又大，你为什么把这边的大门打开来了？"菊芬道："哪个要开这里的大门，不就是你们家的人叫我们先打开门来等着的吗？他说是有人来看房子呢。"鲁进向世良笑道："你看我们大小姐想得周到不周到？还怕我们来了，这里大门没有开，先叫人来，向这里后面住的房客，打一个招呼呢。她母亲倪家嫂嫂，那是个能干的人，靠着十个指头，将这个二……啊！不！将这个大姑娘养活了这样大。"他说着话时，用手摸了菊芬的辫子笑道，"这孩子多么好啊！我要认她做干女。"

正这样说着，院子门里边走出一个五十附近的妇人，手里拉着鞋底上的长麻线，一面走路，一面拉着。看到鲁进，就把头发上插的一把长锥子取了下来，插在鞋底上，将麻线向锥子上一阵乱绕着，向鲁进点了头道："二爷有工夫到我们这里来看看。"鲁进指着世良道："这位周老板，打算租这个店面子开豆腐店。你娘儿两个，现在可以不嫌寂寞了。"这个妇人，就是他说的倪大嫂子倪洪氏。她笑道："我也听见先前那位二爷来说了，这个周老板，是为了孩子读书到省城里来做买卖的，论起来，这可是难得的事了。"她说着话，就看到计春的脸上来，问道："就是这一位学生吗？"计春因为她瞪了两只眼睛望着，未便置之不理，就向她弯腰鞠了一个躬。洪氏笑着道："啊哟，这是一个很好的孩子啊！"世良听到人家夸赞他儿子，他就不由得笑了起来，向洪氏拱拱手道："倪大嫂子夸奖了。"洪氏道："唉，做父母的人，忙一辈子，苦一辈子，无非是为了儿女，大家都是一样啊！"说着，她手上拿了鞋底拍了自己一下手心，微微地摇了两下头，表示着无限的叹息的样子。鲁进在身上取出烟卷火柴来，点了一支烟吸着，向洪氏世良两人微笑着，点了两点头道："要说为儿女，你两个人，可说都是一样啊。周老板，你就决定在这里开店吧？你们两家人口都少，又都是疼爱儿女的人，一定可以说得上来，不会有冲突的。"

世良看这店面是三开间打通，后面还有两间套房，正好开一爿豆腐店。可是想到在乡下和王大妈做紧邻，惹出了许多闲言闲语，现在又和家无男子的妇人做紧邻，也许又会生出什么闲言闲语来。心里如此想着，自然犹豫着不能够答复出来。鲁进道："这样好的店面子，白让你做生意，你还有什么不愿意的？我们那大小姐这样待你父子，你要辜负了她，那可是对不住人的事呀！她是个性子急的人，惹发了她的脾气，你们仔细，她翻脸不认人。"洪氏抢着道："你不要胡说。大小姐为人很好的，年纪轻的人，哪里能够就没有一点儿脾气？又不是一个木头人。"世良道："大婶子也认识这位大小姐吗？"洪氏听了这话，向鲁进看了一眼，然后才道："是的……认识的。一年我也到她府上去两回的。"她说着这话时，脸皮上有些泛着微红，眼皮微微地下垂，簇拥着睫毛出来。看她的样子，她虽是极力说大小姐为人很好，却又不愿提到大小姐似的。洪氏见世良向她注意着，有些难为情，搭讪着道："二位难得来的，我去烧一点儿水来给二位喝吧。"周世良想着，初次见面，怎好就受人家的招待，便拱拱手道："你不要客气，我们以后做邻居，叨扰的日子还正多呢。"于是望了计春道，

"我们就走吧。"

计春对于这话，并没有置可否，只是向屋子四周观望着。偶然和那个梳两个辫子的女孩打了照面，自己觉得人家很美，仿佛人家也觉得自己很美。因为她只是将眼睛向着自己看来，那黑白分明的眼珠子看着人，光灿灿的，实在不是毫无意思的呢。计春心里既是如此想着，所以对于父亲的话，却是不曾理会得到。世良道："我们走啊。你还等着什么呢？"计春被父亲说着，以为自己偷看人家小姑娘，被父亲知道了，红着面皮，掉头就走。也是他掉头掉得太快一点儿，手一摔，在壁上碰了一下，恰是壁上有个钉头，将手掌划了个大口子，只管冒着红血。菊芬看到先哟了一声道："手上流了血了。"洪氏走向前，一把将计春拉住道："赶快抬起手来。菊芬，你去把桌上那包牙粉拿来。"计春自己将手一抬，这才看到满手掌都是鲜血，虽然只看见血势来得汹涌，并不知道创口在什么地方，但是血由手掌流到手腕，由手腕更又流到衣袖子里面去，自己也吓慌了，作声不得。在惊慌之时，这位菊芬小姑娘，已经由屋子里取出一包牙粉，跑了过来。看到他手上鲜血淋漓，就咬着牙摇了两摇头。计春虽是个乡下孩子，然而他很聪明，书又读得很明白，理智是情感的钥匙，他岂能没有儿女之情，他看到孔家大小姐那样美丽，心里就很爱她。然而自己心里很明白，像这样大户人家的小姐，休说对她起什么念头，便是多看两眼，也就有些不知进退，所以心里觉得好看，眼里还不敢多看。现在看菊芬的样子，既和大小姐差不多，而且年岁又不相上下，她现时站在当面，向人露出既齐而白的牙齿来，心里真觉可爱。假使自己在这里和她做邻居，她也像小菊子那样待我好，那真会快活死人了。

他一个人如此想着，全副精神，都在别人的白牙齿上，却不在自己的血手上。忽听洪氏道："好了，好了！这个亏可吃得不小。"这才看到自己的手上去，却原来她已将一包牙粉完全按在手掌上，代为把血止住了。外面她用一条旧的白纱手绢，紧紧地扎上了两道，这就向她又鞠了一个躬，道谢不止。洪氏且不理他，向周世良点头道："你这孩子，很是懂礼，也许可以扶上正路的。你将来好歹是一位老太爷呢。"世良只是笑着，他不敢承认，也不愿意否认。鲁进笑道："好吧，你明天就来收拾店面，慢慢办起来吧。为你帮着儿子念书，许多人素昧平生，都愿意帮你的忙，都夸赞你好，你还有什么可说的吗？你先走吧，我在这里还有几句话说呢。"他既叫明了让人家走，世良也不能定在店堂里站着，就带了计春走了。

鲁进向洪氏道："你看我们大小姐多大的手笔，为了要喝豆腐浆，帮助这周家老头子，把这屋子让给他开豆腐店。"洪氏道："你们这是什么意思？点来点去，点到我们这一所屋子里来了。"鲁进道："怎么着，点到你们这里来了，你有些不愿意吗？这是她的意思呀。"鲁进说到这个"她"字，声音特别地加重，同时却望了洪氏的脸；洪氏靠了院子门站定，脸上的颜色就立刻沉郁起来了。望了鲁进脸上许久，才道："她这几个月，长得好些吗？我很想等她下学的时候，拦着在路上看看。"鲁进道："你不用得看了，她很好的。你每次见了她，那样亲亲热热的，我很替你担心。"洪氏道："你替我担心什么？我自己认我自……"鲁进不等洪氏说出来，他两只手同时乱摇起来，因道："假使你要像现在这样说话，什么我都不敢领教，你爱怎办就怎么办好了。你想想看，以她现在的身份，她能够和你亲近吗？"洪氏呻吟了一会子，很懊丧地道："我并不想她和我亲近呀，我就是个做鞋子的女人，看看大小姐，也不要紧呀。我想她有些明白了，若不是有些明白，为什么把周家父子两个，送到我这里来住呢？"鲁进哈哈一笑道："你这叫梦话了。她会想到这件事上面来吗？你快快不要存这种心事，免得将来节外生枝，为了你这一句话，我要想法子不让周家父子到这里来了。"洪氏道："那为着什么？你又想弄坏人家一场好事吗？"鲁进道："我怕你的嘴不紧。"洪氏道："为什么嘴不紧？若是不紧，这十几年来了，我怎么没有露出一个字来呢？"鲁进道："嘴紧不紧的话，那全在你，倘若你泄露了什么风声的话，这每个月五块钱的零用，你还要不要？这里的房子，你还想住不想住？老实说，我今天来看房子是假，来告诉你的话是真。你千万不要对周家父子瞎说什么，你不替你打算，你也要替她打算。她的事情，若是大家都知道了，你想想看，她还站得住脚吗？她那个好胜的人，恐怕她真会跳江呢。"

菊芬站在一边，看了母亲和鲁进说话，似乎懂，又似乎不懂。这时鲁进说到"她会跳江"，就扯着洪氏的衣服问道："妈，他说哪个会跳江？"洪氏道："说人家的，不相干。鲁二爷，你由我们那边走吧，我来关上这里的店门。"她并不理会菊芬的问话，已经把店门关起来。鲁进穿过这个院子，由后门走出来。洪氏送到后门口，叫起来道："二爷我还要和你说一句话。"鲁进走得很远了，听她如此说，只好走了回来。洪氏低声道："你放心得了，我决不会胡说的。你说得不错，我也应当替她打算呀。"鲁进淡淡地一笑道："你也想明白了。"他也只说这一句话就走了。自鲁进这样一来，平白地添了洪氏的心事。那菊芬年纪虽小，人却是很聪明，看到母亲眉头紧皱，和鲁进说话，又是那样隐隐约约的，心里却很是纳闷。难道母亲不愿意有一家邻居搬来不成？这可不知道她的心意何在了。

到了次日，周家父子已经来打扫房子，随后陆陆续续也就搬来一些东西。也不过六七天的工夫，他们就搬进来了。不过世良是个乡下人，见人就不大会说话，加上倪家母女两个，又和乡下王大妈家情形差不多。自己想着，不要惹些什么是非，因此他搬进店来以后，除了到院子里来晾晒衣服以外，却不出那院子门。有一个晴天，洪氏见计春端了一大盆水，放在院子门口，那盆里满满地浸了许多布片，大一块，小一块，计春蹲在地上，只管低头去洗。洪氏见地上的阳光，快移到他脚边，他满头是汗，兀自洗着不停，便走到盆边问道："小兄弟，这是什么布，你这样赶着洗？"计春听了问话，立刻就起来答道："这大的筛豆浆用的，小的是包豆干用的。"洪氏道："你家不是还有几天开张吗？你赶着洗做什么？"计春道："伯母，你有所不知，我爹是个勤快人，无论什么事，他都要自己赶着做。这几天，他忙着开店，外面买东西，家里修灶安磨子，太累了，睡着了，半夜里在床上哼气。我想和他做些事，他不要我做，而且我也要温温一些功课，预备考学堂。他昨天就浸了一盆布在这里，没有工夫洗，今天出门去，看到天上好太阳，他又说：误了这个晴天，可惜得很。我怕他会赶回来洗，所以趁他没有回家，先洗起来。这都是新布，没有什么难洗，擦去了浆水就行了。"他说着，又蹲下身子，伸着两手到水里去只管搓洗起来。

洪氏听说，将计春周身上下都看了一遍道："你这点儿年纪，倒知道心疼你父亲受累，怪不得你父亲卖苦力帮你念书了。洗衣服这不是男孩子的事，你也洗不好，我叫我们小丫头来帮着你洗吧。菊芬，这里来。"她如此一叫的时候，菊芬跑得摔摆着两条辫子，跑到盆边来。洪氏指着盆道："你看这个哥哥多懂事啊。他怕他爹受累了，趁着他爹不在家，给他洗衣服呢。你能够吗？帮着人家洗洗吧。"菊芬将手掌心轻轻地拍着嘴，有些羞答答的样子，洪氏两手按了她的肩膀，让她向下一蹲，笑骂道："你这孩子做事，真不如人，越比越下去了。"菊芬蹲着在盆边，随手一掏，掏了一幅布角在手，她用力一扯，恰好是由计春手上扯了过来。计春不曾留意，身子向前一栽，两手倒按在盆底上。菊芬看到，自然是扑哧一声笑了。计春臊了一张通红的脸，找了一块小些的豆干布，只管带着水哗啷哗啷搓着。洪氏笑道："你这孩子又顽皮，人家是乡下来的老实孩子，你可不许再欺侮他。你要欺侮他，我就会打你的。"菊芬笑道："我哪里欺侮了他，是他自己栽倒的。那个孩子，你说是不是?"计春红了脸道："不要紧，不要紧。"洪氏点点头道："这孩子实在好，实在好! 我要是有这样一个儿子就好了。"她一迭连声地叫了几句好，却不料隔壁早已回来未曾出面的周世良听到了。到了这时，他忍不住走出来说上两句，于是一幕错综交互的戏剧，就在这里开始了。

第七回

频唤哥哥相亲如手足
辛劳夜夜发奋愧须眉

　　洪氏看到小计春替父亲洗豆干布，其志可嘉，其行为又可怜，她正叹息着，想这样一个儿子而不可得。周世良笑着由豆腐店里走了出来，向洪氏拱拱手道："你老心事好，倒要你大姑娘给我洗豆干布。"洪氏笑道："周老板，你造化，生了这样一个好儿子，再苦个几年，你就有接脚的了。这孩子真是读书明理，说出话来，大人都是想不到的。"世良又笑着拱拱手道："你老夸奖，你老跟前也就是这一位姑娘吗？"洪氏道："不，我原生了两个孩子，大的……大的自小给了人，如今不知道流落到什么地方去了。我原是不肯把亲生骨肉给人，是这孩子的老子穷疯了，瞒着我，偷着送给了别人。我五十岁的人了，只有这样一个小黄毛丫头，以后的日子，我就不敢想。"周世良道："你们城市里人，都说着男女平等啦。养姑娘也是一样的，姑娘好，现在也可以出来做事，也可以挣钱养家的。"洪氏道："男女平等，那不过是句话罢了。有钱的人家，把女孩子送去念书，那也不过是好玩。哪有人真的把女孩子去念书，指望着她来养家的呢？女孩子聪明一点儿，清秀一点儿，将来招一个好些的姑爷也就是了。"

　　她说到这话时，那蹲在地上洗豆干布的计春，却向对面的菊芬偷看了一眼，洪氏道："小兄弟，你不必洗了，让她慢慢地给你洗出来了就是。你不是说要预备功课去考学堂吗？你还是去预备功课吧。"计春抬起头来，向他父亲看了一眼，意思是表示着问：可以让她洗下去吗？世良看洪氏说话却是诚意，就对他道："这位大娘体恤你呢，你就让这位小姑娘给你洗下去吧。你趁着这个工夫，可以去看看书。"计春于是向洪氏点头道谢，自向豆腐店里去了。洪氏望了计春的后影，她是不住地点头，那意思就是说：这个孩子真好。世良看到别人这样爱惜他的儿子，当然心里十分地高兴，自己也禁不住微微地笑着。洪氏笑道："周老板，你生了这样一个好儿子，你自己也是多么高兴啊！"世良手摸了自己的胡茬子，笑道："你老夸奖，你若不嫌弃的话，就让这孩子拜在你老跟前做干儿子吧。"洪氏笑道："好哇，我这个干娘，别的好处不会有，若论到洗衣浆衫、缝联补缀，我是拿手。这些小事，全交给我好了。"世良道："若肯这样，那是我孩子的造化，挑一个日子，让他给你老磕头。"洪氏道："那都是用不着的，叫一声干娘就是了。你哪一天开张，哪一天就是好日子，哪一天就叫我作干娘吧。"世良笑道："这就好极了。有你这样一个老太指教他，比我好得多呀，男子们对于管家这些事，总不会像女太太这样见得周到的。"洪氏道："周老板，到我们家里来喝一杯茶吧。"世良拱了两拱手道："不必费事了，我也要去收拾店房了。"说着，也就转身而去。

　　菊芬回过头来，向母亲问道："你说的话是开玩笑的呢，还是真的呢？"洪氏道："当然是真的。我为什么开玩笑呢？"菊芬笑道："我以后叫那孩子作什么呢？"洪氏道："自然叫哥哥。"菊芬道："我不叫他。叫起来怪不好意思的。"洪氏道："小孩子，哥哥妹妹地叫着，有什么要紧？"菊芬道："他若算是我的哥哥，以后也到我们家来吃饭吗？我还多着一只好花碗呢，让他拿去吃就是了。"洪氏笑道："嘻，你真是天上一句，地下一句，人家有人家的家，为什么要到我们家来吃饭呢？"菊芬倒不明白这个理由，既然不是一家人，哥哥倒可以叫得的？不过自己向来没哥哥姐姐，觉得是不如这街上的小朋友们，于今有了计春做哥哥，这也就可以和别个小朋友一样了。她心里如此高兴着，不多久的时候，就把一盆豆腐干布洗完了。

　　晾布的绳子边，有个小小的窗户，正好望着豆腐店的店房里，窗子下摆了一张桌子，计春左手托着头，右手拿了一支铅笔，靠了桌子，正向窗子外望了天上的云彩出神。菊芬向里面笑道："你在想笔算题目吗？我也会的，你是算加法呢，还是算减法呢？"计春看她身后院子里，并没有第二个人，这就红着脸笑道："你也念过书吗？"菊芬道："念过一年多哩。在平民学校里念书，真有意思。现在我妈说我慢慢地大了，不让我去，你说奇怪不奇怪？大了就不让念书，你也比我大得多，怎么你爸爸倒让你到省里来念书呢？"计春道："这有什么不明白的，因为我是男孩子，你是女孩子。"菊芬噘了嘴道："女孩子就不准念书吗？街上女学生，可多得很哩。"计春道："将来我要上了学，我可以对你妈说，叫她让你上学去。"菊芬见计春表示着好感，两只手攀住窗台上的板子，伸了头向里面望着道："我告诉你一句话，以后我们算是一家人了。我妈说，我可以叫你作哥哥呢。"计春还不曾答话，世良却在身后笑起来道："当然要叫哥哥，他比你要大两岁多哩。"菊芬倒没有什么感想，依然将两手攀住了窗户上的木板，计春可把脸臊得通红，低了头，只管将铅笔在纸上乱涂着，不敢抬头看人。

世良见这女孩子雪白干净，两只乌眼珠很灵活地看着人，这就向她笑道："你叫他哥哥，你知道要叫我作什么？"菊芬将牙咬了下嘴唇，望了世良摇了两摇头。世良口里衔了旱烟袋，靠了墙站定，口里连喷出几口青烟来，然后微笑道："你妈喜欢他，要他做干儿子；我也喜欢你，愿你做我的干姑娘。我们掉一下子，你也叫我干爹吧。"菊芬道："小的时候，我也有干爹的。我还记得，干爹买了好些吃的东西给我呢。"世良口里衔了旱烟袋嘴儿，不住地发着干笑，点点头道："那是当然的。你要叫了我作干爹，我一定也要买东西给你吃。不但买东西给你吃，还要买花布给你做衣服穿呢。"菊芬听到这位干爹有这样好的意思，知道计春是干爹的儿子，倒不能不联络他，就向他笑道："哥哥，你要叫了我妈作干娘，我妈也一样地会买东西给你吃，买布给你做衣服的。"计春因父亲在这里，对于她的话，不好怎样去答复她。菊芬将下巴伸进窗户里来，索性叫道："哥哥，你说是不是？哥哥！"计春真让她叫得窘极了，只得低了头写字，向她连点着几下头。世良道："计春，你这孩子有些不识抬举，人家叫你哥哥，你为什么不答应？"计春听说，不敢作声。世良衔了旱烟袋，喷了两口烟，也就走了。

计春低了头，写了许多字，忽然一抬头，看不见菊芬了，心里可就想着：她叫我没有答应，父亲不说破，倒也罢了，父亲说破了，她不会怪我吗？如此想着，心里未免有些不安，写两行算式，就抬头向窗子外院子里看看。过了一会子，菊芬手上拿了两个沙果在晾的衣服下面吃。她见计春不时地偷看她，于是将手上的沙果，高高一举大声叫道："哥哥，你也要吃一个吗？"计春如何敢大声答应，站起来笑着点了两点头。遥遥地听到她叫起来道："妈，你还给我两个沙果，不是我吃，给我哥哥吃。"计春越是怕她叫哥哥，她越是将哥哥叫得厉害。计春真没有法子，只得红了两片面皮，伏在桌沿上。这次菊芬不在窗子外面说话，拿了两个沙果，推着门进来，向计春道："哥哥，你吃吧。我妈说，我那里还多着啦。你要吃，我再去拿去。"计春拿了沙果在手上，向她笑道："你为什么这样大声叫我?"菊芬被他如此一问，倒问得有些莫名其妙，望了计春，半天说不出话来。计春看到她发呆的样子，就笑道："你只管叫我好了，可是别那样大声音。"菊芬道："为什么不能那样大声音呢?"她说这话，声音又是非常之大，倒弄得计春更不好意思，只好不说了。从此以后，菊芬叫着哥哥，自己并不加以拦阻。第一二日，计春始终是不敢答应，叫过了两天之后，也就觉得很平常，由她去叫，不再害臊了。

　　这个时候，周世良已经将豆腐店布置得清楚，挑了一个日子开张。同时，计春也就向洪氏叫起干娘来。世良因为一个人灶上灶下忙不过来，又托着洪氏，找了一位二十来岁的小伙子，名叫小四子的，在店里打杂。城市里不认识字的妇女们，她们一样的也需要听些新闻来安慰这枯燥的人生，这新闻的材料，无非是对门夫妻吵嘴，隔壁婆媳失和。像本街上有这样一个老头子，为了儿子念书，卖了田到城里来开豆腐店，这就是头等新闻了。所以周世良的豆腐店开了张，就是不买豆腐的人家，也要来买两块豆腐，看一个究竟。因之在开张这两天，豆腐店生意却是很好。世良为了报答孔善人家里那番好意起见，每日早上，就要装两瓶滚热干净的豆浆，送到孔家去。洪氏在豆腐店开张后的第三天，就发现了这件事。到了下午无事，世良端了一大面盆水，放在院子里石台阶上，光着脊梁，在那里擦抹，洪氏拿了一只女鞋帮子，在那里绣鞋头上的大红花朵，就闲闲地问道："周老板，你忙了这一天，该休息了。我那干儿子呢?"世良两手拿了手巾头，在脊梁上倒背着，来回地抹擦，听了这话，停止了抹擦，向人做一个很踌躇的样子答道："考学堂去了，还没有回来呢。"洪氏道："这不要紧，考完了他自然就回来了。"世良道："这个我是知道的，就怕他肚子里没有货，那可要他的好看了。"洪氏道："不会的，这孩子平常这样用功，又是要面子的人，怎样也不会交白卷子的。"这句话说得世良也有些信任了，于是背了手拉擦着手巾，又在脊梁上抹擦起来，笑道："我也是这样想。"菊芬由屋子里跳出来道："我到店门口去看看，他回来了没有。"人随了这句话，已经跑远了。

　　世良将手巾在水盆里只管揉搓着，有些心不在焉的神气，就向洪氏笑道："这孩子叫哥哥叫得亲滴滴的，比亲生兄妹，还要亲热许多哩。"洪氏微笑着，突然又正着颜色问道："周老板，你每天早上送两瓶豆浆到孔家去，这是他们家预先订的呢，还是每日零买的呢?是他家大小姐要喝的吧?"世良正和她谈到菊芬身上，倒不明白怎样话锋一转，就转到孔家大小姐身上去，便道："是他们大小姐要吃。我念她的好处，每日送两瓶去。两瓶豆浆，要得了多少钱？不过天天要人跑上一趟罢了。我倒不相信，这样有钱人家的大小姐，倒会爱喝这种东西。"洪氏道："不，这位大小姐，她是个好人，她不会作假的。"世良擦了一把脸，又在墙钉上取下了旱烟袋，在口里衔着，向洪氏望了，做个很可考量的样子问道："啊，你认识这位大小姐吗？"洪氏的脸色突然一变，然而她觉得这种态度不妙，立刻又装出一种假笑来，遮盖她的忧郁和恐怖的状态，笑道："这位大小姐，是乳妈带大的。这位乳妈和我认识，由乳妈的手上，常交些针线给我做，所以我知道这位大小姐。我在女学堂门口，看过这小姐两回，她并不认得我。周老板，你若是到她家去，可千万不要提起这一件事。"世良听了，倒有些莫明其妙，正想问这是什么原因，菊芬手上提了文具小口袋，一路喊了进来道："哥哥回来了！哥哥回来了！"洪氏先笑道："哥哥回来了，你快活得这个样子。"计春走到院子里来，世良问道："怎么是考到这时候才回来，你都考对了吗？"计春笑道："照我自己说，都是考对了的。可不知道学堂里先生看这卷子对是不对。"说着话时，他看到石台阶上，放着父亲一只洗面盆，分明是父亲擦澡了，于是就向前捞起手巾拧干着，将水泼了。世良道："我的事，你实在不用管，好好地给我念书就是了。"计春将手巾脸盆送回屋子去，菊芬拿了小文具袋，也就跟了去了。

洪氏点了两点头道："你看他两人相处得真好。周老板，你若是不嫌弃的话，我把这女孩子给你做儿媳妇吧。"周世良不觉啊呀了一声，接着道："你有这样好的意思，我睡着了都会笑醒来。你这样一个好姑娘，给我开豆腐店的人，你老不把她委屈了吗？"洪氏道："笑话，我家又不是家财万贯，也不是做了大官，有什么委屈她？"世良笑道："只要你有那个好意思，我还有什么话说？我只有管着我计春，好好地念书，报答你的大恩。"洪氏道："这话我们搁在心里，不要说破，让他两人混得熟熟的，一说破了，小孩子一年比一年大，害起臊来，两个人就会你躲我我躲你了。"世良点了头笑着。

这两位做父母的，有了这样一个口头契约，对于这一双儿女，更是彼此疼爱起来了。计春有这样一个好父亲，又添上一个倪干妈处处照顾，一个菊芬妹妹前后追随，他的环境，也就比以前好得多。加上他投考的那个模范中学，这校长冯子云，也是一个不同流俗的教育人才，他接着乡下刘校长来信，已经将计春好学的话，完全介绍过来了。冯子云在未看计春卷子之前，就决定了成全他，后来看了他的卷子，实在不错，就高高地将他取了。计春上了学，世良首先得了一种安慰。他又是个乡下人，吃苦耐劳是他的本色，所以豆腐店的生意，他也经营得很有起色。他照例是半夜四点钟起来，开始磨豆腐，五点钟筛浆，六点钟包着豆干，带做买卖，一直到九十点钟，都是这样忙着。十一二点钟，吃过了午饭，就开始挑水浸豆子，两三点钟，又要包第二批豆干，直要到晚上七八点钟，方才和儿子共了一盏煤油灯，算这一天的总账。计春看到父亲这样子劳苦，也就不能不用功读书。窗户边一张小四方桌子，常是父亲坐在侧面，儿子坐在正面，两人抱住一只桌子角，一个看书，一个算账。菊芬却站在桌子边，翻书上的图画看，或者用纸折叠一种小手工。那个打杂的小四子，也就开始坐在灶门口，靠了柴草捆打盹。他打盹的鼾声，呼噜呼噜响得最吃劲的时候，也就是周家父子工作最吃劲的时候。

计春想到父亲每日比小四子起得早，总要父亲起来了，才把小四子叫醒，每晚小四子打盹许久，父亲还在盘账，年纪半老的人，如何受得了？因之他功课看到吃劲的时候，每每为小四子的呼声，联想到父亲的辛苦，就连打两个呵欠，笑道："天不早了，我们都去睡吧。"说毕，将书纸笔砚捡起，马上就去睡觉。世良的精神，又何尝比小四子好多少？只是自去睡觉，丢了儿子一个人在这里温习功课，仿佛有些不忍，因之无论怎样的疲倦，总要把身子强自支持着。及至计春打着呵欠，说是去睡觉，想是孩子们实在不行，这就先打开通院子的门，送了菊芬回家去，隔窗叫了声："倪奶奶，睡觉了吗？"等着洪氏将菊芬放进屋子去以后，他才回转身进房来。他见计春已经蜷缩着身子，在床上睡了，这便不挂念着孩子，自己可睡了。劳力过度的人，大概是一倒上床去，就会睡着的。所以世良每次手扶了床，眼睛已经合了缝，头靠了枕头，那就人事不知了。计春等着父亲睡熟了，他才悄悄地偷着起来，点上灯再温习他的功课。

不过次数多了，世良总也会知道的，等着计春私自起来点灯的时候，他一个翻身坐了起来，握着计春的手道："孩子，你何必这样苦苦地用功呢？我的精神熬不过来，难道你的精神熬得过来吗？"计春道："我们一同睡觉，你四点钟就起来，我要到七点钟才起来，这样算着，我每天要比你多睡三个钟头；整年整月地这样干下去，你这样大年纪的人受得了吗？以后我也不偷着起来了，只是你没有了事，就应当睡觉，不必来管我的事。你要是一定每夜陪着我念书，我回家来，就不温习功课了。"当他说话的时候，世良还是握了计春的一只手，直等计春把话说完了，他慢慢地松了手，然后抬起手来，搔着自己的头，放出踌躇的样子来道："据你这样说，每天晚上，我就不算账了吗？"计春道："我们一家豆腐店，有什么了不得的账？倒要每天晚上，盘几个钟头，在每天下午四五点钟结一结，不是一样吗？本日还有账，就推到明天去算啦。"世良实在没话可以去驳他的儿子，许久许久，才微笑道："这也没有什么不可以，只是从此以后，我要睡觉了。你也不要熬夜熬得太深哩！"计春道："可以的，只是今天晚上，你要让我看一点钟书，因为我还有许多功课没有完呢。"

世良看到桌上有旱烟袋，顺手拿了，就放在嘴里衔着，吸着烟就没有作声。计春自拿了灯向外面桌上来，以为世良在屋子里没有了灯，一定是要睡的。可是他在外面屋子展弄书本的时候，那一阵阵的旱烟气味，只管向鼻子里送了来，这不用讲，父亲依然摸黑坐着没睡，只得拿了灯进来，果然见他还斜靠了枕头坐着，在那里抽旱烟呢。计春道："你为什么不睡？"世良道："你一个人在店房里看书，也不害怕吗？"计春真没有什么话可说，只得笑着叹了一口气，他也就睡觉了。世良心里想着，若是不听儿子的话，一定陪着他，他拼着睡觉，不肯念书，那岂不误了大事。因之自次日起，他也只好先睡觉了。不过他睡得早，起来得更早，起来得早的缘故，就是原来每天做一斗豆子的货，现在却每日做两斗豆子的货，除了包豆干之外，于今又煎油豆腐，煮起五香豆干来。他的用意，无非也就是要多挣两个钱，好替儿子找出学费来。

光阴也像他磨豆腐的石磨一般，一转一转地向前推换过去，匆匆地过了五个月，已经到了冬天。这里满街的人，都知道开豆腐店的周世良，是个望上的好人，他挑着水由街上经过，人家都叫他一声周老板。原来井水里面碱重，豆浆里面多了碱，不容易成膏，因之城里许多豆腐店，都是挑塘水做豆腐。世良觉得塘水太脏，于是不辞劳苦，每日都到城外江边下挑两担水进城来。所以许多人家，心理作用，说周家是江水做的豆干，格外干净好吃。这鼓励着世良的勇气不少，更是每日去挑着江水，风雨无阻。这日天上飞着小雪花，世良挑了一担江水进城来，街上人家的女仆看见他，就问道："周老板，这样大的雪，你还在江边挑水吗？"世良笑道："我家江水豆干是有名的，我若不挑江水做豆干，那就是欺人了。"女仆笑道："唉，你真是好人，你只看你头上，这一头的雪花。"世良歇下了水担子，用手一摸头上，并没有雪，那女仆走近一步，笑起来道："你看，我是眼睛花了。周老板的白头发，我倒说是雪花呢。周老板，你这半年以来，老得多了。你初到省城里来的时候，没有这些白的头发呀。"世良道："是吗？我自己还不觉得呢。"说毕挑了这担水回家去。

回家以后，什么事都不用管，将水倒进缸里，立刻就走向后面院子来，在屋外面就叫道："倪奶奶在家吗？"洪氏迎出屋子来道："天冷了。周老板，屋子里烘火吧。"世良进屋子来，苦着脸子向她道："倪奶奶，你借面大镜子我照照吧。"洪氏忽然听到他说要照镜子，倒不知道他的用意所在，便由卧室里拿出一面镜子交给他道："周老板要刮脸吗？"世良随便地哼着，答应了一声，接过镜子，两手捧着，就看了起来。人家不提起来，自己是不留心，经过人家提醒之后，啊哟，一头的头发，有大半是变白了。不但头发如此，就是自己两道眉毛和两腮上的胡荏子，都是花白的了。自己向来是这样想着自己筋强力壮的，二十年之内，决计还是一样操劳出力。据先生们告诉：挣到儿子由大学毕业出来，有十年工夫，也就行了。靠现在的力量，把儿子送进大学毕业，这真不为难。等了儿子毕业，自己也许可以享儿子几年福呢。可是照现在自己的形象看起来，半年之间，就差不多老了十岁，那是两年下来，就老二十岁了。他捧了镜子，只管这样地看着，几乎是说不出话来。

洪氏见他捧了镜子发呆，倒有些莫明其妙，就问道："周老板你在看什么？"世良对了镜子，发了许久的呆，然后缓缓地道："倪奶奶，你说这不是笑话吗？刚才街上，有人疑我的头发，是落了一头的雪，我倒不相信，何至于头发白到这种样子？现在我拿镜子一照，头发可不就是白了一大半吗？你说这事糟不糟？这真是戏台上唱戏的那句话，一事无成两鬓斑了。"他说话时，脸上放出愁苦的样子来，将镜子放在怀里，长长地叹了一口气。洪氏连忙夺过镜子来，笑道："周老板也是坐在家里怕天倒下来了。你这是中年白，有什么要紧？还有一些人二十多岁就白了头发的，那叫少年白。"周世良道："倪奶奶，你不用给我宽心丸吃了，中年白也好，少年白也好，人家总是慢慢地才将头发白起来，我这差不多像伍子胥过昭关一样，一夜白了胡须，说起来真惭愧死人了。一个做庄稼的人，怎么到城里来住了半年，就如此地不济事哩！"洪氏笑道："周老板，回头你又要说我们妇道人家多嘴多舌的了。你这个头发，不是一夜急白的，也是夜夜急白的。你怕儿子念书太苦了，自己陪着他。又怕儿子书读好了，将来没有钱让他升学。自己天天半夜起来加工做货，周老板你这可不是办法呀。

63

计春年纪小，什么事都指望着你指教他呢，设若你这样苦扒苦挣，把自己身体累倒了，你打算怎么样子办呢？凡是一件事，总要前后想个周到，不能趁着性子办。周老板你说是不是？”

世良听着她的话，却是没有话说，在腰带上抽出旱烟袋来，坐在椅子上慢慢地抽起烟来。许久的工夫，才喷出一口烟来，摇了两摇头道：“这话是靠不住的。我们在乡下五六月里忙的时候，哪一天不是半夜起来？水田里下蒸上晒，那比磨豆腐还要辛苦十倍，但是我那个日子，并没有白一根头发，那是什么缘故呢？”洪氏道：“你不想想，那不过出力就是了。现在你又出力又操心，所以头发和胡茬子都白起来了。”她说着这话时，站着靠了房门，既可以出，也可以进，手上拿了那面镜子，还不曾放下来呢。世良伸了一只手道：“倪奶奶，你还把镜子给我照一照吧。”说着，伸手摸摸头发，又摸摸胡茬子。洪氏放下了镜子，斟了一杯热茶，送到他面前来，笑道：“你不要去焦心了。我看你是不老，就是老，头发已经白了，你还能够焦急一阵子，把头发急黑了不成？”周世良取下嘴里衔的旱烟袋，向地面上敲了一阵，敲出烟灰来，然后将烟袋依然插进裤腰带里，两手在桌上托了头，望着人沉默了许久，才道：“对了。倪奶奶，你劝我的话，劝得是很对的。从此以后，我要想开一些了。”他说着这话时，声音非常之低，这表示他虽然是想开了，然而他还不能减除他胸中的懊丧，所以并不能振起他的精神。

他说完了话，端起那杯热茶来，慢慢地喝着。洪氏道：“周老板，你一个男子汉，为什么这样想不开？白了几根头发，这也很不值什么，怎么你总是这样垂头丧气的？”世良道：“嗐，我并不是想不开，我想这话传到了乡下去，那可是一桩笑话。我这人也未免太无用了，到城里来一年，急白了胡子和眉毛呢。”他这样说着，洪氏也就无法再来宽解，二人坐在屋子里，彼此默然。忽然“干爹干妈”的声音，由外面直嚷进来，却是菊芬牵着计春的手，由外面跑了进来了。看到了这一对小孩，周世良和倪洪氏都莫明其妙地笑了起来，一切的魔障，都由这两个小天使打破了。在这些情形之下，世良怎能够就完全解放了心灵，废止夜作。计春知识是更加开展了，受恩深重，又怎样敢荒怠他的功课。他父子们创造出来的苦剧，也就是一幕一幕地向前序展了。

第八回

含笑订良缘衣裳定礼
怀忧沾恶疾汤药劳心

这上面七回书，其中六回，是周计春读书的经过。当日周世良在模范中学报告席上所说的，除了儿女私情以外，大致也都说了。全校的师生们都觉得计春读书的志向可嘉。世良那一番奋斗精神尤其可以佩服。这一餐筵席，真个是吃得尽欢而散。世良父子两个高高兴兴地回豆腐店来，倪洪氏和女儿菊芬老远地接到街上来。洪氏看到他爷儿俩，一种笑嘻嘻的样子，就知道他们是很高兴的，因笑着迎上前道："恭喜你父子两个。"世良笑道："恭喜还说不上，计春要扒到大学毕业的话，日子还早着啦。不过有一层，我这几年，起早歇晚，那没有算白忙。"说着话，走进了豆腐店。菊芬跟在后面，微笑了没有作声，计春笑道："真的，我不哄你，考完了，我没有事了，我应该带你去游公园了。"菊芬笑道："哪个真要游公园？我跟你说着玩的，你到我们家去。"说着，拉了计春的衣袖，就向后面院子里拖了去。洪氏道："你这样子欢迎哥哥，预备了一些什么东西给哥哥吃呢？"菊芬笑道："他们在学校里都吃了酒回来的，还要吃什么？"说着拉了计春的手，只管向后院里跑。

到了屋子里，她却不顾计春，匆匆忙忙地端了一盆洗脸水放在桌上，水里可浸着一条雪白的手巾，因笑道："我看你忙得头发梢子上都是汗珠子，你快好好地洗个脸吧。"计春道："你为什么一回来就要我洗脸？"菊芬道："你脸脏了，不该洗吗？"计春道："为什么这样子忙呢？我看这里面，一定有个缘故的，你若是不说，我就不洗。"菊芬笑道："你这个人真是讨厌，一点儿事，都要打破砂锅问到底。我告诉你吧，这街上的人，听说你毕了业，大家都很注意你，真个像新娘子一样，你不把脸上洗干净些，让人看到是笑话。"计春笑道："你怎么不把我比作新郎官，倒把我比作新娘子呢？我又不是女人。"菊芬抿了嘴微笑着，没有说什么，计春道：

"你说你说，那是什么原因？"菊芬鼓了腮帮子道："我说你是新郎，你好占便宜吗？"计春一伸手，撅了她的腮笑道："你这张小嘴既然会说，又会使小心眼儿。"

说到这里，恰好是洪氏一脚踏了进来，她哟着一声笑道："哥哥，这就是你不对。妹妹好好地伺候着你，你为什么倒要撅她的脸？"菊芬道："妈，你听听，他说我不该说他是新娘子。"洪氏笑道："这倒是他对了。人家是个男孩子，你怎么说人家是新娘子呢？"计春道："干妈，请你评评这个道理。她说：若是说我像新郎官，就是我占了她的便宜，这怎么会是我占了她的便宜呢？我倒有些不懂。"洪氏笑道："小孩子们，知道什么是占便宜，什么不是占便宜？以后不许胡说了。"菊芬红了脸跑走了。计春是个大些的孩子，懂得人事了，仔细一想，也觉自己的话说得有些不对，红着脸，低了头洗手。

洪氏拿了一件衣服，坐在门口竹椅子上缝着，就不住地对了计春身后微笑。计春把脸洗完了，回过头来看到，就问道："干妈，为什么老笑我？"洪氏道："我并不是笑你。我心里想着一件可笑的事，就不觉得笑出来了。我问你一句话，你别害臊，只管对我说出来。"计春虽没有听到干妈说什么，可是她首先就说了别害臊，当然就是可以害臊的事。想到这里，脸上自然先就红了起来，低了头，又低声道："干妈老和人开玩笑。"洪氏道："不是我和你开玩笑，你有这样大了，书又念得很好，你应该懂事。你是很喜欢菊芬的，我又很喜欢你。"说到这里，把脸子就板住了一板，正色道，"我问你一句话，你得实说。现在不是婚姻都要自由吗？父母做主，那是算不得事的。我看别人事情，自己也看乖了，所以我趁着你顶高兴的时候，来问一句话。我的意思，想把菊芬许配给你，你是愿意不愿意？"计春倒是没答应她这句话，却扑哧一声笑着，两手反过背面去，撑住了身后的桌子，又把头来低了。洪氏道："我对你说着，叫你不要害臊，你怎样又害起臊来了？这是终身大事，你害臊做什么？你若是觉得你妹妹不好呢，那可以说，你觉得你妹妹还不错呢，也可以说。你说吧，到底是愿意不愿意？"计春低了头，去看自己的鞋子，却用脚尖在地上涂抹着。洪氏道："我知道了，你一定是不愿意。因为不好意思对干妈说出来，所以用脚在地上涂着不愿意的字，你说是不是呢？"计春这才被她逼着抬起头来道："谁说的？干妈怎么会知道我的心了？"洪氏道："既然是我没有猜中你的心事，那就是你愿意了。"问到了这句话，计春答复不出来，他又低下头去，洪氏倒不怪他不作声，却笑道："你不作声，我就算你是愿意的了，回头我和你爹商量这件事，你可不许反对。"计春只是笑着，没有作声。洪氏道："你这个孩子，真是没出息；现在的学生，成天地讲着自由恋爱，到了你这里，就不敢提这句话，老是红着脸低了头。"计春笑道："这有什么关系？"洪氏道："既然是没有什么关系。你为什么不开口说话呢？"计春笑道："我用不着说，干妈知道。"洪氏笑道："这倒怪了，你心里的事，我怎么会知道呢？"计春并不说出理由来，又补了一句道："干妈知道的。"洪氏被他说着也哈哈大笑起来。

菊芬由院子里跑了进来，笑问道："妈，你笑些什么？"计春赶快丢了一个眼色，菊芬倒以为是计春做错了什么事情，惹着母亲好笑，当然是不能接着向下说，于是向着母亲呆了一呆。洪氏道："你不用问，反正是好事，不是坏事。"菊芬听着，接着又向计春脸上看了来，计春虽是挤眉弄眼的，脸上可带了不少的笑容。菊芬也觉着这并不是什么坏事，就向计春鼓鼓嘴道："你们都是这样，有好事总要瞒着人。"计春听说，依然向她眨了两下眼睛。菊芬道："你们有好事不告诉我可不行。妈，你说你说，你不说，那不行。"说着，一伸手把洪氏手上做的衣服抢了过来。洪氏笑道："傻丫头，这话你是听不得的。"说毕，扑哧一笑。菊芬看到母亲这个样子，更疑心母亲是不肯说，因道："不说不行。"计春觉得她闹得糊涂，也笑了。菊芬躺到洪氏怀里去，将身子连扭了几下，鼻子里哼着道："你不说不行，你不说不行。"洪氏笑道："你要说，我就说吧。好在你兄妹两个人，也真像自己骨肉一样，我告诉你，你以后不要害臊，还像从前一样好了。我的意思，想把你兄妹二人变成个小两口儿，就是这一辈子，同偕到老。"菊芬已是个十五岁的孩子了，女子的情窦比男子开得早，岂有母亲的话，说得这样明白，还有不知道的？站了起来，转身就跑，把一个洪氏笑得前仰后合。

周世良在这里开豆腐店三年，岁数是大了，和洪氏也就熟识多了，不像在乡下和王大妈做邻居，要避那些嫌疑。他听到后面院子里，这样地哈哈大笑，也就跑了进来，看看是什么事情。他一脚跨进门，见洪氏满脸的笑容，兀自未收，这就笑道："干妈实在是疼干儿子，干儿子毕业回来了，干妈老是欢喜着。"洪氏笑道："我怎么不喜欢？现在不是我的干儿子，是我的姑爷了。"周世良猛然听到这句话，倒愣住了，说不出所以然来。洪氏笑道："好叫你得知，我刚才对你儿子说，要把他做我的女婿，愿意不愿意呢？他口里虽是没有说出来，心里是已经愿意的了。我是不用说，我自己说出来的，难道还会开玩笑不成。我们那丫头，她也是千肯万肯，现在就是不知道你老的意思怎么样。"周世良先呵呵了一声，然后笑道："我的老太，你有这番好意，我是睡到梦里，也会笑醒过来，就怕我们这个傻小子，没有这样好的福气，可以消受。"洪氏道："老板，你这是什么话。我们做这多年的邻居，又是干亲，若要不说实心话，那就是这几年你把我看错了，也是我把你看错了。"世良踌躇满志的，真不知道说什么是好，摸摸下巴颏，又摸摸头，只管傻笑。许久，才向计春道："现在你还有什么话说？只有谢谢这位老丈母娘的了。"

洪氏道："周老板，你看怎么样？我们是一言为定，绝不后悔的了。"世良笑道："我盼望也盼望不到，还后悔啦。你不用说别的，只瞧我们这傻小子，站在这里都听呆了。"计春被父亲一句说破，这才扭转身子跑了。世良看到，只管是张了嘴笑，然后手拉了一只衣袖，去揉擦眼睛。洪氏笑道："真的，做父母的人，总望儿女终身有靠。事情办得好好的，现在你找的这个儿媳妇是心疼的，我找的这个女婿，更是愿意的。所以你我两人，都是高兴得了不得。"周世良总是那样看到了事情紧急的时候，就求救于那旱烟袋。于是在裤腰带上抽出旱烟袋来，擦好了火柴，慢慢地抽着烟。直待他就旱烟抽过了一分钟之久，他才向洪氏道："多谢你的美意，我真很感激的。不过我仅仅开了这家豆腐店，手边有几个钱，都要留着儿子念书，不但是你的姑娘许配给我家，不见什么好处，就是马上叫我拿出多少钱来做定礼，恐怕也是办不到。"洪氏道："你这是笑话了。难道我还不知道你的家事吗？当年孩子拜我做干娘的时候，也就是口里叫叫就是了，并没有花费什么。在两年以来，你看我们相处得有多好，现在我们虽是把婚事定好了，又不是马上就办喜事，孩子还小着啦，讲什么定礼不定礼？要说应个景儿的话，你的景况比我好些，你跟我们小丫头做一件衣服，我和计春做一双鞋，这就行了。当然要等你扒到儿子在大学毕了业，再来办喜事。到了那个时候，还怕你的儿子，挣不出做喜事的这一笔钱来吗？"

世良抽着烟，慢慢地喷了出来，许久许久，想着笑道："你这样说着，是一番好意，只是真照这样子办，可惹着人家见笑。"洪氏道："你是男家，我是女家，你不笑我，我不笑你，别人笑我们，那是瞎扯淡，有什么关系？"世良道："真是这样子办，多谢你的美意。我那孩子，是个没娘的

68

人，将来让他重重地感谢你就是了。"这两句话倒说得洪氏有些难为情，好在自己是将近五十的人，这倒也就不去管他，把话撇开来道："话就说到这里为止，我们都是老古套，全是谈文明派，那也办不到。你翻翻皇历，挑个好日子，就在那一天，你开一个八字帖来，我开一个八字帖去。实不相瞒，这两个孩子的命，我已经叫算命的合了好几次，两张命合得很。有道是天上无云不下雨，地下无媒不成婚。我说是还要找两个媒人，请人家吃一餐饭，把这事就算定了。你看好不好？"周世良究竟是和倪洪氏同时代的人，她说的话，还有什么不同意？一一地都答应了。当日周世良查了一查历书，就是阴历本月十五日的日期好，挽请了左隔壁开油盐店的刘士奎老板、右隔壁开竹器店的阮有道老板做媒。因为菊芬受了计春的鼓励，也已经在平民学校读书了，所以给她做了一件花布长衫之外，又给她做了一件白绸袖子、黑纱裙子，另外又买了两双长筒线袜，意思是同偕到老。又买了一顶白布学生帽，意思更显然，乃是白头到老。

忙了几天，各事都已齐备，便是十五了。世良只做了半天的买卖，到了这日下午，就上了铺板，不应主顾了。刘阮二位老板，虽然是生意人，遇到了人家的喜事，做起红媒来，却也未可怠慢，各穿了长衫，戴了小帽，到周家来赴席，然后捧了周家的礼物，再到倪家去。这两家的家主，当然有一番忙碌，少不得还请了几位邻居来陪客。

可是小新郎小新妇，怕人家臊他们，事先都说了，要到同学家里去，还不曾吃午饭，各人走各人的大门口走了。西门外的大观亭，那是全城看江景的第一个好地方，只是地方太偏僻一点儿。计春到了省城三年，那地方还只去过两回，趁着今天有大半天在外面跑，可以去看看了。所以计春出了大门之后，一点儿也不考量，径直地就向西门外走来。走了大半条街，刚一转弯，却听到呼的一声，有人笑了。计春回头看时，却是菊芬。因笑道："你也不走远些，就在这里等着我。"菊芬笑道："你这叫乱怪人，我要走远些，知道你是走哪一条路？"计春道："无论我走哪一条路，反正我们在大观亭可以会面。"菊芬道："这算是我错了。"计春笑道："今天哪个也不能算错，就是你错了，今天是我们的好日子，我也不计较于你。"菊芬瞅了他一眼道："哪个和你说这些闲话。"说着，她就在前面走，计春含着微笑，紧随她身后，一直向前走着。走过了一条西门外大街，菊芬只管是向前走，始终是没有作声。计春跟在后面悄悄地道："呔，你生气了吗？今天可是不许生气的啊！"菊芬一回头，扑哧笑了。计春笑道："我不是说笑话，今天真不应该生气。"菊芬道："我也没有生什么气呀！"计春笑道："那就很好。"于是二人并排走着，走完了这条街，到大观亭来。

这里原没有什么花木园林之胜，只是土台上，一座四面轩敞的高阁。不过在这里凭着栏杆远望扬子江波浪滚滚，恰在面前一曲，向东西两头看去，白色的长江，和圆罩似的天空，上下相接，水的头，就是天的脚，远远地飘着两三风帆，和一缕缕轮船上冒出来的黑烟，却都看不见船在哪里，只是风吹着浪头，翻了雪白的花，一个一个，由近推远，以至于不见。再看对面，黑影一线，便是荒洲。那荒洲上，在天脚下，冒起几枝树，若隐若现。计春究竟念过几年线装书，肚子里不免有些中国墨水，他靠了栏杆，赞叹着一声道："真是洋洋大观。大观亭这个名字，取得不错。"菊芬也是靠了栏杆站着，她倒没有注意着计春看的那些，只是江面风浪里，一群白色的长翅膀鸟，三个一群，五个一群，有时飞起来，让风倒吹着，有时落在水上，在浪上飘着，随上随下，看得正是有趣。及至计春这样赞叹着，才把她惊悟过来，因问道："你说些什么？"计春道："我说这个地方名字不错。这里景致多好！"菊芬摇摇头笑道："天连水，水连天，这有什么好看？"计春道："没有什么好看，你为什么来看？而且来了之后，又靠着栏杆看呆了？"菊芬道："我不是看江景，我是看这些水鸟有意思。"计春一拍栏杆道："你也知道看这些水鸟？"菊芬道："看这些水鸟，还有什么缘故吗？你为什么叫起来？"计春回头看看，并没有人，低声笑道："这个就是鸳鸯。"菊芬道："你不要瞎说了，鸳鸯是五彩的，有些像鸭子，你以为这个我都不知道吗？"计春还要说什么时，恰好有一大批人来游大观亭，哄的一声，拥上前来，这才把二人的话头打断。

这亭子里面有个卖零食水果的摊子正吸引着游人，将摊子围绕住了。菊芬掉转身来，也就向那摊子上一托盆半黄半红的李子去注意着。计春笑道："你要吃这个吗？"菊芬并没有答话，就伸手去掏袋里的钱。在平常的时候，计春不大敢吃热天里的冷食，总怕会惹出什么毛病来，今天自己是很高兴，看到菊芬要吃，就抢上前去买。那个卖水果的人，身上穿了一件白布背心，露出全身的黑肉，手上拿了一只棕刷，不住地在摊上轰苍蝇。他这摊子上，摆着有整堆的桃子、杏子、汽水瓶、咸瓜子、甜花生仁，这差不多都是苍蝇的追逐物。虽是那个小贩有一下没一下地在那里轰着苍蝇，然而那苍蝇却是比小贩还要努力，你轰只管轰，它追逐食物，依然还是追逐食物。计春买了一捧李子过来，那苍蝇也就跟着来了。他平常吃水

70

果，总要把皮剥了，可是今天神情颠倒的，又没有把皮剥去，就是这样地吃了起来。今天他们是太高兴了，竟合了那一句俗话，乐极生悲。这水果上几个不相干的苍蝇，却惹出了极大的一场祸事。

二人在大观亭玩了一会儿，看到太阳西坠，带了半天的红云，沉落到江里去。计春向菊芬道："到了现在，家里的人都散了，我们可以回去了。"菊芬道："回去是回去，我不跟你一路走，人家看到，会笑话的。"计春道："你说笑话。刚才你怎么跟我一路走来的？"菊芬道："走来不要紧，离家越走越远，走回去可不行，会碰到熟人的。"计春笑道："看你不出，你小小的年纪，肚子里很有算盘。"菊芬鼻子里哼了一声道："你不要看我小小年纪，我是什么事情都知道的呢。"二人说笑着，一路走回家来。到了离家不远的所在，菊芬一定不让计春同路，自己径直地走到前面去了。菊芬先到了家，只见母亲洪氏，正靠了大门的门框，在那里望着呢。她先笑着问道："你怎么样去这大半天？真把我等得可以的了。"菊芬道："要我那样早回来做什么，好让人家笑我吗？"洪氏笑道："以后不许这样藏藏躲躲了，你们原来是哥哥妹妹，现在还是哥哥妹妹，你们原来怎样，现在还应当怎么样。要不然，就会引着人家笑话你的。懂得了没有？"

说着，带了菊芬进屋子来，却看到床上堆了一叠新衣，上面压了一张红纸。菊芬走到床面前，掀着衣裳角看了一看，因笑道："妈，我要穿着试一试吧？"洪氏微笑道："你别太高兴，这是你夫家的定礼，你穿了这衣裳，就是周家的人了。"菊芬站在床前就不作声了。洪氏道："你跟着计春，到哪里玩了这大半天？"菊芬鼓了嘴道："我不知道他，我是在同学家里玩着回来的。"洪氏笑道："你这小家伙，倒是嘴硬得很，我看你从今以后，和他见面不见面。"这一句话，却是把菊芬僵苦了。心想：妈说的这话，倒是不错的。若是糊里糊涂的什么也不管，依旧跟着计春在一处玩，这倒没有什么关系。现在已经和他藏藏躲躲起来了，若是再和他在一处玩，一定会引起人家来说笑话的。因为如此，菊芬自这日起，果然就熬住了不到前面豆腐店里去。有时计春来了，没有人在当面，就低声低气地，偷着说两句话。有人在当面，却一个字也不提。可是她这种做法，也只熬得住两天，到了第三天早上，世良却在窗子外叫了起来道："干妈，你的干儿子病了。怎么办呢？"洪氏突然地听到这句话，却吓了一大跳。立刻抢了出来问道："怎么好好的会病了？"世良道："我也不知道是什么缘故，我看那样子，还是来势不轻。"说着话时，紧紧地皱住了两道眉峰，洪氏也顾不得高低，匆匆忙忙，就跑到计春屋子里来。只见他侧了身子，半闭了眼睛，躺在床上，两颊和太阳穴下都烧得红红的。洪氏伸手一摸，可不就是皮肤都热得烫手吗？于是将身子伏在床边，低声问道："孩子，你怎么突然得了这样重的病？"计春半睁开眼，望着她微微地哼了一声。

洪氏回转头来，见世良靠了门框，在那里抽旱烟，皱了眉，停涩了眼光，这可以知道他是如何地发急。因问道："周老板，这不是光着急的事呀！赶快要去请医生来给他诊病啦。"周世良一只手搓摸着脸道："我也晓得是要赶紧来诊的，可是不知道哪个医生好。计春他信定了他的校医郝先生，要我去请他来，但是他是个西医。"洪氏道："只要能诊好他的病，那就是好先生，管他是中医西医哩。他愿意校医来诊，你就让校医和他诊，病人相信的医生，病是容易好得多的。"世良虽是对西医有些怀疑，然而洪氏也这样说了，只好依从了儿子，去请校医。

这位校医郝先生，正是器重计春了不得的一个人，听了这话，立刻就跟着世良到豆腐店来。他进了病人卧室之后，见这一间屋子，前门是店房，卧室门正对着灶后壁，豆腐缸里的水和豆腐锅里的水，淋漓满地，再看屋子里头，家具塞满，光线一点儿也没有，他立刻就摇摇头道："病是不用看，我就知道这个地方是不对劲的所在。念书的人，怎样好在这里面住着呢？"当医生进来的时候，洪氏母女早是靠了墙站定，瞪了两眼，望着医生，看他是怎样吩咐。现在见医生首先就说屋子不好，洪氏就插言道："那不要紧，让他搬到我家里去住好了。我就住在这后进院里，先生，搬得吗？"郝先生正对她脸上望着，她又道："先生，这孩子是我女婿，不是外人。"郝先生没有理会，解开手提包，取出听脉筒在计春周身诊察了一遍，他先对病人的脸上看看，将衣服给他牵好，望着脸道："病是不要紧，但可要好好地调养，一点儿大意不得。"说着，站起身来，又向世良及洪氏脸上看看，然后道，"可以调一个屋子住，那是最好的了。屋子在什么地方？让我去看看。"菊芬道："在后面呢，我来引路吧。"她跳着跑着在前面走，校医跟了他们走到洪氏家里来。洪氏正要张罗茶水，他先摇了两摇手道："你们不必客气，我告诉你们一句话，这孩子的病，非同小可，按着西医的说法，这病叫肠窒扶斯，按照中医的说法，这叫伤寒病。伤寒病这个症候，是可大可小的病。这个病源，是在肠子里，误把脏东西吃到了肠里面去了。假使你们能听医生的话，让病人好好躺着，不给一点儿硬东西他吃，只要睡上三四个星期，自然好了。倘若你们东抓一把，西

72

抓一把，给杂乱的东西他吃，万一肠子里出了什么毛病，或者流出血来，在中医就叫作伤寒转痢，那是很危险的。"周世良听了，脸上是青一阵白一阵。倪洪氏却是心里跳到口里，望了医生，只管说不出话来。医生道："病人是已经病了，着急也是无用，大家是耐着性子，好好地使病人调养，回头你们到我那里去取药水回来。我并不要你们的钱，一天会到这里来一趟，只有一层，希望你们听我的话就是了。"周世良望了医生，几乎要流出眼泪来，问道："先生，这病不是怎样的危险吗？"医生道："我不是对你说了吗？这病是可大可小的。"说着人就向外面走。周世良紧紧地在后面跟着，连连咳了几声，直跟到豆腐店房来，这才向医生道："先生，这孩子的病有救吗？"郝先生道："我虽然不敢胡说来宽你的心，但是伤寒病并非不治之症，所怕者，就是病家胡来。"

他二人这样说着，洪氏母女也悄悄地来了。她们站在一边瞪眼看着医生，听到医生并不肯说一句保险的话，这病显然是没有离开险境。洪氏就道："先生，我们两家共这一个男孩子，有个好歹，那是好几条命。菊芬，你和先生磕一个头吧。"说着，她伸手按住了菊芬的肩膀；菊芬果然走到郝先生面前，双膝落地，向他磕了两个头。急得郝先生手忙脚乱，把她搀扶起来，因道："你们不必如此，我们做医生的人，和一个人看病，就望一个人好，用不着你们这样磕头礼拜，费这大劲的。"他只说到这里，却把里面的病人惊动了，连连地哎哟了几声。郝先生听到这种声音，又到病人床边，安慰了一阵子才去。这一下子，周世良和洪氏都上了心事。菊芬也是把两只眼珠子睁得圆圆的，只管站在房门口，向病人床上望着。她简直闹得进也不是，退也不是，洪氏就和世良道："你生意总是要做的，孩子治病，还得花钱啦。医生说了，这屋子不是养病的所在，你就把孩子送到我家去，交给我来办就是了。"世良道："送到你那儿去是很好，但是……"洪氏道："只要你觉得送到我那里去是妥当的，那就行。有什么但是不但是？"她真的也不再征求世良的同意，先把家里的床铺收拾好了，屋子里也打扫干净了，然后将一把藤睡椅拨到病人屋子里来，就向世良道："周老板，来，我们把孩子抬了过去。"世良望望床上，又望望洪氏，因道："你娘儿两个，就是一张床，假如让孩子占了，你娘儿吊起来过夜吗？"洪氏道："这个你就不必管了。只要孩子的病快快地好，我就熬上几夜，也没有关系。何况现在是热天，随便哪里，也可以睡得着的。"周世良点点头道："你这番好意，倒是不可辜负了。既然如此，我就用不着再和你客气，把孩子抬了去吧。"于是捡了一床被褥，在藤椅子上铺好，然后将计春抱在被褥上，和洪氏两个人，把他抬了过去。

这样一来，把洪氏母女就累起来了。洪氏找了针线，坐在床面前做，菊芬却是烧开水，熬米汤，不停地做零碎事件。世良是个勤俭的人，虽然是儿子病了，你叫他丢开了生意完全来看护儿子，他也是办不到。所以他也是一心挂两头，一会儿在店房里做事，一会儿又跑到后院里来看看。洪氏就对他道："亲家老板，孩子交给我了，你就不必多心了。你安心去做买卖吧。孩子寒一点儿热一点儿，我自然都会来告诉你。"世良道："诸事都交给了亲母，我怎么过意得去？"洪氏道："你这是傻话。是你的儿子，是我的女婿，你疼他，我也应当疼他。再说我们后半辈子，都指望着谁？"话说到这里，世良也就无话可说了。他回得店房，直待把下午一批货都做完了，然后才到院子里来，果然洪氏是二十四分地细心，来看护这病人。她将一条薄薄的毯子盖在计春身上，自己坐在床前，将一柄短云帚，不住地和他赶蚊子。世良道："这云帚拿着怪累人的，我有扇子呀。"洪氏摇摇头道："不用扇子了，扇子扇来扇去，是有风的。为了赶蚊子，让孩子招上了风，那更是不好。"世良道："干妈，你对于孩子，顾全得这样周到，我说不出来，要怎样地谢你。"洪氏道："你何必说那些话，你要说那些话，那是显得更见外了。"世良听说，眼珠是呆定着，几乎要哭了出来。

这时，计春在床上微微地翻了一个身，又哼了一声，于是周世良和倪洪氏都拢了过来，手按了床，将头伸着问他道："孩子，你的身体好些了吗？"计春微微地睁开眼睛，看了一看，又闭上了，微微地摇了两摇头。看他那个意思，不知道是说不要紧呢，或者是不见好呢？世良看到，嘻了一声，洪氏也就微微地叹了一口气，这两位老人向床上斜对着坐了，谁也不作声。世良只管去抽旱烟，洪氏却只管去做针线，由下午熬到黄昏，由黄昏熬到夜里，二人不吃不喝，也没有什么话可说。到了深夜，世良看到菊芬身坐在矮凳上，伏在方几子上打盹，洪氏坐在椅子上，也是前仰后合。世良站起身来道："你娘儿两个，都可以休息休息了。我走吧。"洪氏道："你放心，只管去好了。"世良走到房门口，又回头看看，见洪氏正起身倒杯茶，端到嘴唇边来试试。这不用得挂虑，这位岳母对于女婿自然是寸步留心的。回到店房去，也就睡了。睡了一觉醒来，走到院子里，看看天上的星斗，约莫已是三四点钟，料着洪氏母女也该睡了。悄悄地走到窗子外，由窗户眼里向内张望着，只见洪氏坐在床头边，托了计春的头，将腮偎着计春的额头。菊芬站在床边，将药瓶子里的药水，倒到茶杯子里，送到计春嘴边，让他呷下去。世良看到这种情形，心里真个不知道是感激是惭愧。这一下，他万分忍耐不住，就流下泪来了。

第九回

病榻感私恩掬肠细语
江头系别绪忍泪偷弹

　　洪氏母女正在屋子里小小心心地伺候病人，忽然听到窗外窸窣有声，却不免吃了一惊。洪氏连声问着是谁，周世良也怕惊动了人家，已是同时答应着"是我"。洪氏道："周老板，你不休息一会儿，又起来做什么？一会儿该磨豆子了，你又要不得闲。"周世良说着话走了进来，因道："把你娘儿两个，忙得整夜地不安身，我心里实在过意不去。"洪氏道："只要孩子的病快快地好，我受一点儿累，那不算什么。"她母女俩伺候完了汤药，将计春的垫褥牵好，让他安身睡了，于是各在一张椅子上坐了，同望着世良的脸。他口衔着旱烟袋斜靠了桌子站定，两道眉峰，几乎皱到一处去。他却望了床上，倒持了旱烟袋，将烟袋嘴指定着床上的病人道："你看他，一躺下就迷糊了，这事情怎么办？"洪氏听说，就伸手摸了摸计春的额头，因道："不要紧，这是他疲倦了，要睡一会子。上半夜清醒白醒的，和我们说了不少的好话呢。"

　　世良又抽着旱烟，却默然无语，见菊芬坐在一张靠背小竹椅上，两手伏在椅子靠背上，头枕了手臂，闭了眼睛，竟是睡着了。世良道："菊芬这孩子，年纪太轻，她哪里熬得住，你让她先睡吧。"洪氏望了她，用嘴一努，低声道："她比我还热心得多呢。现在的年月，真是不同，小孩子比大人的心眼还多呢。"世良道："照说计春这孩子有这样好的造化，就不至于会怎么样。"洪氏道："一个人吃五谷，难保不生百病。你又何必那样多心，你只管去歇一会子吧。"周世良道："我睡也是睡不着的。还是你们到我那里休息一会子，让我来看守着他吧。"洪氏道："我们熬夜要什么紧？熬了夜，明天还好睡呢，你可熬不得夜，明天还要做生意哩。"世良道："只要孩子的病快些好，我就不做生意也不要紧。我为什么做生意，不也就是为着孩子吗？孩子好了，什么事都好了。"菊芬猛然地一抬头，问道："哥哥好了吗？"说着，两手抬起来揉擦着两眼，只管向床上看着。洪氏道："你也太留心你哥哥的病了，我们是说你哥哥的病快好了，不是你哥哥的病现在好了。"菊芬听了这话，这就默然了。而且看到世良在这里，觉得那样迷迷糊糊的都叫着哥哥，那是睡梦里都惦记着丈夫了，真个说了出来，未免好笑。因之虽是心里十分不自在的时候，对了这一层，却也不免羞人答答，红着脸只好把头低了。世良看到，以为是她要睡觉，点着头道："你睡吧，也别太累了。你要知道，你要是累出病来，我们是一样地心痛呢。"世良走了，洪氏感觉得有些疲乏，将三个高低不平的方凳，并拢作一行，一歪身在上面睡了。当然她是一歪下来就睡着了。

菊芬在上半夜，已经睡了觉，到了这个时候，似乎是不要睡，因之将那把竹椅子移到床面前坐着，眼望了床上的人，只管出神。见计春脸上，微微地有些红晕，虽是闭了眼睛，那眼的四周，已经是向里凹了下去。这虽是一天多的病，人是瘦了不少，要是这样子瘦了下去，那可真不得了，刚刚和他订婚，他就病了，莫不是自己的命不好，有些克夫吧？要是这样，倒不如不和人家订婚，免得害了人家。小孩子有小孩子的心理，竟是越想越对，就是这样想着，向床上流下泪来了。到了天色快亮的时候，计春慢慢地醒过来了，见菊芬兀自醒着坐在床面前，乃是满脸的泪痕，便哼着道："你这是做什么？"菊芬回头看看母亲，已经是睡熟了，就伸手握住计春的手道："我想是我的命不好，我们刚是这样，你就病了。"计春将头微微撼了两下道："这个病的来源我知道，一定是那天到大观亭去，吃了不干净的水果，招成这个病了。"菊芬听说，不觉笑了，计春道："你笑什么？"菊芬道："你半夜人都烧迷糊了，现在你说话像好人一样，我心里一痛快，就笑了起来了。"计春点着头道："你才是真爱我。"那烧着滚烫的手，紧紧地捏住了菊芬的手。菊芬怕这话等母亲听到了，又是一桩笑话，将嘴向躺着的母亲身上一努，计春会意，也就不再说了，望着菊芬许久，然后从容地道："我这病不要紧的，我们学校里有个教员害过这样的病，闹了三四个礼拜，也没有吃什么了不得的药，就是好好地躺着，不吃东西，少说话，少劳动，自然好了。"菊芬道："既然要少说话，你为什么还说上这些呢？别作声了吧。"说着，她站起身来，给计春盖好了毯子，又移好了枕头，然后就一言不发地在椅子上坐着。计春虽然是还想谈几句，念着菊芬待自己这一份殷勤，就不愿意说话了。

一会子已经可以听到前面店堂里父亲推磨子的声音，因就向菊芬道：

"你在我脚头休息一会儿吧，有事我爹会来照应我的。"菊芬道："我不要睡了，陪着你吧，你哪有那样大的嗓子叫前面店堂里的人呢？"计春点着头道："好妹妹，你待我真细心，我一辈子都忘不了你呀！"菊芬道："我这不是应当的吗？你快不要说这些话。"洪氏也是留心太过，虽是睡着了，一颗心还放在病人身上。听到屋子里一种唧唧喁喁的声音，知道是菊芬和计春谈话，一个翻身坐了起来，向计春问道："孩子，你要水喝吗？"计春摇摇头道："不要。我让菊芬去睡，她不肯睡呢。"洪氏道："好孩子，你不要挂念着妹妹，你只管躺着，我们大家都望你平平安安的，慢慢地病好了呢。"菊芬道："妈，你少和他说话，这个病，是禁止说话的呢。"计春听到，心里就想着：不要看她年纪小，什么事都懂得，我说了一句这个病是忌说话的，她就不让干妈和我说话，有这些真心的人待我，我死了也就不冤了。他如此沉沉想着时，洪氏母女以为他要睡，不但是不作声，连手脚都不敢碰了东西响一下。这样的动作，更是给予计春一种莫大的冲动。心里念着：这岳母比自己的母亲还好，我将来要好好地待遇她的女儿，才对得住她。

自这日起，计春昏迷的时候，受着洪氏母女亲切的看护，清醒过来的时候，总是增加了一种感激的念头。他这个肠窒扶斯的病，总还不算是极重的，第一个星期，情形比较是严重一点儿，到了第二个星期，温度便已缓缓地降低下来，病也轻松了许多。洪氏看着他的病是不要紧了，也就离开了病人的屋子，到外面去接些鞋子来做。有一天上午，太阳当顶，天气正热，半空里喳喳的蝉声，响得聒耳，这正表示着日子的长与热。洪氏出门去了，世良在前面店堂里做工，计春也在床上睡着了。菊芬因为薄一点儿的衣服，都脱下来洗了，今天身上正穿了一件厚布褂子，脊梁上的汗珠，阵阵向外冒着，把衣服都湿透了，拿了一把大蒲扇在手，待要扇风，看看床上的病人，又怕扇不得，手反牵了后身衣服，抖着上面的汗。恰是计春醒过来了，看到她这个样子，便道："大概你热得很厉害吧？"菊芬笑道："你知道今天的天气有多热！"计春道："你不会换一件衣服吗？"菊芬道："我薄的衣服都脏了，再换也是厚的，倒不如不换。"计春道："你不是有一件背心吗？"菊芬微笑道："那是人家晚上穿了睡觉的，没有人的时候才穿呢。"计春见她还晓得避嫌疑，当然也就不好追着向下说什么。

过了一会子，他忽然皱起眉来道："你把我爹找了来吧。"菊芬道："怎么样，你要解小溲吗？"计春点了点头。菊芬听了，立刻就跑到前面去找世良。然而事情不巧得很，恰是世良到江边挑水去了，她又怕计春焦急，匆匆地又跑回了房来。计春好像是不能等候的样子，已经两手撑了枕头，坐起来了。菊芬连忙向前，两手搀住了他，因道："让我来伺候着你吧。"计春皱了眉道："你不怕有些不方便吗?"菊芬道："没有人帮着你，怎么办呢? 难道还让你把身上弄脏来不成? 你依着我的话，让我来和你料理。"她说着，赶快地就把房门掩上，掉转身来，就来扶计春下床。计春本待不下床，然而已是情急支持不住了，只得依着菊芬摆弄。菊芬和他松了裤带，在床底下抽出一只瓷尿盆子来，顺便递给了他，然后抱着他的腰，自己掉过脸去，听计春自己方便。过了一会儿，将尿盆接过来，放在地下，这才帮他系上裤带，两手带抱带扶，把他抱上床去。计春安然躺下时，菊芬已经累得满头是汗。计春道："你的气力太小了，怎样扶得动我呢。"菊芬端了尿盆，自向外面去倾倒，走回来了，才向他笑道："你说我的气力小，做不过来，可是现在我也就忙过来了。"计春笑道："刚才我看你热得厉害，叫你换衣服，你不肯换，现在你倒和我倒尿盆子。"菊芬道："我是好人，讲些规矩不要紧，你是病人，只要你是舒服的，那就顾不得许多了。"计春道："你待我真好，我这一辈子都忘不了你。"菊芬低了头道："你怎也说这种话? 我这一辈子，都靠的是你，有哪个不望你的病快些好的吗?"计春道："虽然这样说，究竟你娘儿俩待我这番好处，那是难得。我不害这场病，我只知道你娘儿俩待我好，可还不知道你娘儿俩待我好到怎样，自从害了这场病，我把你娘儿俩的心眼都看出来了。"菊芬道："若是那样说，我们可不愿你明白我娘儿俩的心眼。"计春道："你这是真话，有一次我睡在梦地里，看到你偷着哭了呢。"菊芬微笑着摇头道："这是没有，我在什么时候又哭着呢?"

计春将一只手微抬起来，向菊芬招了两招，菊芬走近前来，计春就握了她的手，放着很诚恳的样子，低声说道："菊芬，今天谁都不在这里，我和你说句私话。我在乡下的时候，有个邻居女孩子，名字叫小菊子，也是和我过得很好的，她的娘，很有那个意思，想把她许配我，不过意思虽有，嘴上说说罢了，并没有正经找过媒人。自从到了省城以来，遇到了你，我就不想她了。"菊芬微笑道："你这个人不好，得新忘旧。"计春道："不要你这样说，我自己也是这样想着，可是我那个时候小呢，不知道什么叫作爱情，她待我也并没有什么好处，忘了就忘了，不能说谁对不住谁。你现在对我，就是结了婚的夫妻，也不过是这样。"菊芬听到了这里，不由得低了头，那一只手被计春捏住了，不便抽回去，另一只手，却在睡席上用指头数着花。计春道："我这些实在都是真话，你觉得怎么样？"菊芬微笑道："你说的话太不文明了，让人听见，那不是笑话？"计春道："结了婚的夫妻，这样一句话，就不文明吗？"菊芬这才将手缩了回去，笑道："不要说了，我妈快回来了，你的病不是忌说话吗？你还是少说话吧。"计春道："我还有两句话没有说完，说完了我就不说了。这次，我聪明了许多了，决不做得新忘旧的事，这话还是不对，从今以后，我只记得你，根本就没有什么新旧。"菊芬笑着点点头道："但愿你这话是真的就好。你不要说了，我知道了就是了，你不是忌着说话吗？怎样有许多话说呢。"计春对了菊芬的脸上，只管看着，不知不觉地露出一些笑容来。他虽是笑着，然而露出嘴里两排白牙，还是觉得惨瘦可怜，菊芬就向他道："你这次病，去了半条命，什么心事都不要去想，好好地睡觉吧。"

计春还不曾答复着，洪氏就在外面插言道："哟，孩子，你想着什么心事，还要妹妹来说你呢？"她说着话，一脚跨进门来，计春已是翻身向里，装着睡觉。菊芬低了头，又不知如何是好了。洪氏想着，一个是病人，一个是小孩子，料着没有什么了不得的事，也就不去追问了。可是菊芬因为有了这一度谈话，心里更要亲爱计春许多。现代十四五岁的姑娘，不是以前十四五岁的姑娘，她应该什么事情都懂得的了。又过了一星期，计春的病势越是见好，大家都跟着他高起兴来。不过肠窒扶斯这种病，却是很能拖延日子，约莫有一个月，计春才恢复健康。

长远的暑假时期，在病里头，倒是消磨掉一大半。他究竟是个有志向上的孩子，觉得下期的学业，在这个时候不能不先筹划一番，是在本校升学呢，还是另做打算？即日就到学校里去见冯校长。不料事有出人意料之外的，这个模范中学，却因为政治的背景，在暑期内宣告停办了。这位冯校长呢，因为以前是在北京大学毕业的，现在依然到北平去另找出路了。计春无端失了这样一个导师，心里自然是懊丧得很，回来和父亲商量，世良也是踌躇无法。看着暑假快完了，秋季学业，就要开始，计春还没有决定升入哪个学校，只是每和一些旧同学闲着商量而已。这一日，忽然由北平来了一封快信，信封下款，正是冯子云。计春如获至宝一般，连忙拆开来看，那信上大意是这样说着：模范中学既然是停办了，省垣没有适当的学校，可以让他上学，他若是可以离开父亲的话，可以到北平来读书。只要川资筹得出来，学膳费虽不能完全免除，总可以想法相当地减少。计春

80

看着，简直欢喜得要跳起来，当时就把这封信念给世良听，世良默然了许久，因道："若是说为你读书这一层，应当让你到这种大地方去，可是你今年才是十七岁的孩子，让你千里迢迢跑到这样远去，我可有些不放心。"计春道："那要什么紧？到了浦口，搭上火车，就算到了，而且那里还有冯校长照应，也和在省城差不多。人家还有漂洋过海，到外国去留学的，那又当怎么办呢？"世良心里虽然十分舍不得儿子走开，可是为了父子的私情，耽误了儿子远大的前程，这也未免不对。因之脸上露出了踌躇的样子，一时答复不出来。计春看了，有什么不明白，因道："这话留着慢慢再商量好了，我也不一定要去。"世良道："我有什么不愿意的，一来你大病之后，一出门就是这么远，怕你自己就照应自己不过来；二来，冯校长虽是答应帮你的忙，但是到北平去读书，不是一年两年的事，人家能永久帮你的忙吗？"计春道："病呢，我倒是完全好了，也没有什么照应不过来，至于冯校长帮忙能帮多久，这话本是难说，其实就是我们自己拿钱读书，能读多少日子，哪里又说得定。"

世良见儿子对于自己两层说法，都驳得干干净净，儿子虽是说不一定要到北平去，但是他绝不能就这样灰心了。因之私下就和洪氏商量，这件事应当怎样办。洪氏是个旧式妇人，当然也反对女婿远去。于是这一个问题，就搁下来一个星期之久。在这一个星期里头，计春茶不思，饭不想，只是唉声叹气。世良忽然兴奋起来，向洪氏说："孩子已是决心要去的了，留着他在身边，他也是没有心念书的。我的功德，已经做了一小半，不能到了现在反搁了下来，不如我亲自送他到北平去一趟，面托冯校长照管他，拼了多花几个盘缠钱，以后让他放寒假放暑假都回来一趟，我只当他在学校里寄宿了，也没有什么舍不得。"洪氏看了计春最近一个星期的情形，也怕会逼出他的毛病来，对于世良的提议，也就狠心地赞成了。计春得了这个消息，立刻就喜笑颜开。这让世良看到，更不能不送儿子北上。忙了几天，凑了一二百块钱，将豆腐店暂时歇业了，择了一个日子，就带计春动身。动身的前一晚上，洪氏走到世良屋子里来，和计春检理衣箱，该补的补了，该缝的缝了，该添置的添置了，将许多衣服鞋袜堆在桌上，然后当了计春的面，一件一件放到箱子里去。每放一样东西到箱子里去，都告诉他什么时候穿，什么时候洗，仿佛计春连穿衣袜都不知道一样。

菊芬手扶了箱子盖，站在一边，呆呆地望着。每当洪氏叮嘱计春什么话的时候，她的眼光就随着看到计春的脸上来。那灵活的眼珠，在长长的睫毛里只一转，接着一低头，她虽是不说什么，真个是万种柔情，不尽相思，都可以在这里面描摹出来。计春也觉得这次出门，不像以前由乡下到省城里来。虽然是小菊子在送行的一群人里面有此恋恋的样子，但自己对于她，并没有什么深的感觉，现在只看菊芬这样不言不语，眉眼含情的神气，似乎有些埋怨自己不该丢开了她，远远跑到北平去。因之就向洪氏道："干妈，你放心。从今以后，我一定每年回来两次，就是暑假回来一次，寒假又回来一次。"洪氏道："我本来是舍不得你到这么远去，但是为你将来成家立业，做一番大事情来说，把你抱在怀里来读书，那实在不是办法。你这一去，年纪轻，千里迢迢的，眼前又没个亲人，那可是……"说到这里，她已是哽咽着说不出话来了。菊芬见母亲两行眼泪，差不多要由眼沿上滚了下来，便皱了眉道："那些话你都不必说了，好在他过年就回来的，大家欢欢喜喜的不好吗?"洪氏捏了一只袖角，揉着眼睛道："还是菊芬这孩子有心眼。她说得对，大家应当欢欢喜喜的。"她说着就笑了起来了。

检完了箱子，洪氏就接他们爷儿俩到家里来吃饭。她和世良都有说有笑，计春也就因话答话，只有菊芬板住了面孔，并不说话，也不笑，就是这样地在大家一处坐着。计春每次偷眼看她时，她总会晓得，却又对计春嫣然一笑，计春看她那个样子，料着她心里一定也是很痛苦的，也就对之微微一笑。菊芬在默然无语的当中，度过了一天，到了次日，世良自挑着一担行李，到江边来上轮船。洪氏母女，说不出胸中那一番依依不舍的样子，也就紧紧跟着他们身后，也到江边来了。江边的轮船公司，土话叫洋棚子，因为这里除了招商公司而外，没有码头和趸船，搭船的人都在洋棚子里等着。直等下水轮船来了，然后大家坐了江边公司的划船，一同上轮船去。洪氏母女送到了洋棚子里，计春就向她们道："干妈，你们可以回去了，这里乱乱的，你们在这里又没有一个地方可以坐的。"洪氏还不曾答话，菊芬便道："我们回去，也没有事。"洪氏道："对了。我们回去，也没有什么事。"这洋棚子是个面江的店铺改的，凡是买统舱票的搭客，都带了行李在这里等着，不像买房舱官舱票的人，可以到后进房间里去休息。这里送客的，卖零碎食物的，纷纷乱乱，拥挤着满店堂。离别的人，心里头本来是慌乱的，加上眼面前这些慌乱的情形，心里越发是慌乱。计春两只眼睛只管去看来来去去的人，不知如何是好。他十天以来，一鼓作气的，心里只牢记着男子志在四方的那个念头，到了现在，匆匆将别，便

第十回

隔室听南音他乡遇艳
故宫看国宝御道联踪

那边倪洪氏母女是满怀的凄楚，因含着两包眼泪回去，而这边周世良父子却是贮藏着满怀的热烈希望，舟车不停地直向北平而来。这个时候，北平是刚刚改了地名，社会上满布着革命空气，在满墙满壁的标语上，各机关的名义称呼上，很显然地，没有以前那种官场的腐化样子了。计春在一路之上，心里都非常地高兴，既然可以求高深的学问，又可以到这几百年建过国都的地方来看看，以广眼界。世良陪伴着儿子，对于倪家母女，不过一种亲戚关系，并没多浓厚的离别感觉，所以他父子二人情形，正是相处在倪洪氏母女相处的反面。

他们在安庆动身的时候，他们就打听好了，到了北平，用不着去住旅馆客栈，有本省本县的会馆可住，会馆里是不必要房钱的，因之他父子二人到了北平以后，毫不加以考虑地就带着行李，直奔自己的潜山会馆来。然而时机却不凑巧，这个日子，正是南方学生到北平来投考的日子，加之还有一批附随着革命军而来的人物，也都住在会馆里。这潜山会馆，内容并不怎样大，有了这样两批人来住在里面，也就宣告客满了。周世良到了会馆门口，正由车子上待向下卸行李，大门里却出来一个长班，嘴里斜衔了半截烟卷，偏了头在他周身上下打量一番，看他也不过是个小买卖人，再看计春虽像个学生，然而年纪很轻，也不过是这个买卖人的儿子罢了，因之问周世良道："你是找会馆里哪一位的？"世良道："我不找哪一位，我是这县的人，到这里来住会馆。"长班道："现在会馆里住满了，个个屋子里有人，倘若是你有熟人的话，可以和人家共一间房，若没有熟人……"他说到这里，就踌躇了一会子，因为他看到世良这种衣履，本不难三言两语地把他打发走了，但是听他所说的一口话，完全和会馆里的人一样。好在他是一个主人，假使不让他进门，也许他见怪下来，将来会出什么乱子，这就向世良道："你请进来看看吧，也许这会馆里住着有你的熟人，可以和你想点儿法子。就是没有熟人，好在大家都是同乡，还有能瞧着你在院子里待着吗？"

世良初到北平，人生面不熟，走来就碰了钉子，这让他前路茫茫地向哪里去。他听了长班说，将行李搬在大门口地上，他竟是发了呆站着，不知道是进是退。计春看到，就先忙着开发了车钱，然后向世良道："我们既然到了这里，当然，不能就马马虎虎地走开。我们把东西先搬了进去，存在一个地方再说。万一没有屋子可住，我再找我的老师去想法。"世良一手提了网篮的提梁，一手提了捆铺盖的绳索，将两件行李夹住了身体，只管东瞧西望。计春看父亲那个样子，大概是不肯冒昧地进去，等不得了，自己在地下提起一只箧箱子，先跨了门槛走将进去。那长班背了双手在后面跟着，缓缓地走，他看世良父子怎样地去找托足之所。世良父子将行李搬进第一个院子，见四面屋子，都是木器家具和箱杠布置着，分明是个个屋子有人，刚才那人所说的话，并没有错。这个地方，虽明知道是会馆，究竟可不可以乱闯，却是一个问题。所以他在院子里，又现出了以前那一种态度，一手提了网篮，一手提了铺盖绳子，只管向四周看了发呆。

正在这时，上面屋子出来一个穿长衣的，向世良周身打量了一遍，问道："也是由家乡来的吗？"世良听他说话，正是家乡口音，自然是同乡了，便放下了东西向他拱拱手道："我们正是由家乡来的，要到会馆里来住。刚才有位先生在门口拦着我说，会馆里已经没有地方了，这叫我们怎样办？我们到这里来，人生面不熟，什么都不知怎么办。"他穿的大襟蓝大布褂，敞开了纽扣，露出他胸前健康而又黄黑的皮肤来。一只旱烟袋嘴子，在他的裤腰带里向外伸出来，这很可以代表他的地位，还是居住在下层阶级里。他说着话，就现出了他那怯样子来了。他情不自禁地伸手就去摸他的旱烟袋嘴，但是当他的手触到了烟袋嘴边，他想起这是一个怯着，把手又缩回来了，于是向那人道："你老贵姓？"那人道："我叫陈仲儒。"世良道："这就好极了。你先生不就是这里的馆董吗？"陈仲儒道："我不是馆董，馆董是我哥哥。不过大家都是同乡，你既是来了，不能让你去住旅馆，总得和你想点儿法子。何况你这个样子，要住旅馆，也担负不起。"说着话时，已经有好几位同乡围了上来，看到世良这样贫寒，计春又这样年幼，便有人向计春问道："你是到北平来考学校的吗？"

计春看他时，穿一件黄斜纹布短脚裤子，露出一截黑腿，下面是白帆布球鞋，上身穿一件翻领衬衫，两袖高高拨起，这活现出他是一位摩登少年。他身上皮肤很黑，在那双球鞋上，可以知道他是一位运动员。不过他头上的头发却梳得溜光漆黑，且还有些香味，在省城里，很不容易看到这种少年，大概他是一位老北京。因之向他答道："是的，我打算到北平来考学校。"他笑道："那谈何容易！在北京读书，至少至少要五百块钱一年。"旁边也有个穿西装的少年，向他笑道："老李，下午没事，请我去看电影吧！"老李道："不，公园里吃冰激淋去。"那人说着话，现出得意的样子，向老李道："我不能像你那样花钱，我上半年已经花了八百多块钱，再花那样多，我要接济不上了。"老李笑道："那要什么紧，你有一个有钱的岳丈，遇事总可以帮助你呢。"世良在一边听到，真不料在北京读书，却要这些个钱一年，便道："北京学校里的费用有这样贵吗？"老李道："不但是学费，程度也很高的。在省城里学的功课，到这里来升学，多半是赶不上。"说时，望了计春道："你在省城里进过中学吗？"计春道："初中我已经毕业了。"世良听了这话，他也有些得意，将手摸着脸笑道："他就是今年考毕业的。还考的是第一呢！几个同乡，都是少年，大概都是读书的吧？"

这样的热天，计春穿的还是一件灰竹布长衫，而且年纪那样轻，听说他毕业第一，彼此望着，微笑了一笑，那意思自然以为是世良撒了谎。倒是那位陈仲儒先生忽然醒悟过来，却问道："你贵姓是周吗？"世良答应是的。陈仲儒道："你老是不是在省城里开豆腐店？"他说到这里，脸上带了笑容，很是客气了。世良见馆董的兄弟和自己这样客气，这不成问题，会馆里大概是可以想法住下的了，便拱手道："你老好说，我是在省城里开过豆腐店，陈先生何以知道？"陈仲儒道："你不是种过周高才家里的田吗？我和他很熟，他说过，有个种田的，把田卖了，带儿子到省城里去念书。我很是奇怪，一问起来，他全对我说了。后来我由省里经过，也听到人说过。你这个人真算是有志气的，居然把儿子送到北平念书来了，这样看起来，穷人不能念书的话，也在你这儿破例了。"世良听到人家夸奖他，也不知在什么时候，已经把那管旱烟袋抽到手上来了，两手捧了旱烟袋只管笑着向人拱手。陈仲儒道："我们这会馆里，间间屋子都有人住着，你来一个人，还可以搭到人家屋子里去住，但你们父子两个，这里屋子又小，怎好搬进人家房间里去呢？"

说到这里时，那几个原先围拢上来的少年有些儿不爱听，悄悄地各自散了。世良偷偷地看这些人，差不多都带些洋气，虽不必一定穿了西装，至少也是一条西服裤子。心想，若是北平的学生，都非这样不可时，自己又得多打算一笔费用了。陈仲儒见他父子两个都生怯怯地看人，倒有些可怜他们，便道："这样吧，我介绍你父子两个到怀宁会馆去暂住，他们是我们的邻县会馆，房子又多，那会董是个老先生，他听到你们父子这样刻苦求学，一定不分什么县界，可以让你们在里面住着。我先和他通一个电话，回头你们就拿了我的名片去。"世良父子，真料不到绝路逢生，到现在会有了转机，自是不住地道谢。陈仲儒打电话去了，一会子笑着回来，向世良道："真是巧得很。我打了电话去，正好家兄也在这会董家里，他说你是我们县里出色的人物，过两天请你们吃饭。"说话时，那个在门口曾挡驾的长班，走了来了。他向世良笑道："老人家，你拿不动这些个吧？我来给你提着没关系。"说时，他已伸手接过世良手上的网篮笑道，"给你雇两辆车吧。"陈仲儒道："人家初到北平，知道哪儿向哪儿？你送他们去，雇车子别多花了钱。你少用那势利眼看人。你没有听见说过，冯玉祥的老子是个当木匠的吗？"长班笑道："我怎敢势利眼，是你贵县来的人，都是我的主人一分子啦。"

他说着，当真的和陈仲儒要了一张名片，客客气气，将世良父子送到怀宁会馆去，这边长班接了电话，早知道他是很有来头，找了一间干净屋子，将他父子二人安顿好了。父子二人在屋子里检理了一番。计春道："据我看来，在北平求学，真不容易。你看那些同乡的学生，都是穿得那样漂亮。"正说到这里，却听到门外有个娇滴滴的女子声音叫道："老刘，怎么两天不见我的面呀？"她说这话时，将房门一推，伸了头进来。计春只看到一件白底子印红花的长衣，在门口一闪，就听到哟了一声道："走错了房门。"于是门一推，听到皮鞋响声，人走远了。计春道："这个人，也是我们同乡，你听她说着一口的安庆话。"世良还没有答话呢，听到那娇滴滴的声音，又在隔壁说起来了。她道："考学校还有些日子，住在表叔家里，遇事都不方便，我带的那些钱，恐怕是不够，你给我打个电报回去，叫我父亲再汇五百块钱来。"这就有个男子答道："现在就和老爷去要钱，有点儿不好开口吧。"那女子道："我叫你办事，你敢不办吗？你快快和我打电报。"那男子道："带了一千块钱来，才多少日子？这又要五百，老爷不要追问什么缘故吗？我看用不着打电报，写一封……"那女子道："打电报。我要打电报，哪在乎这一两块钱。"那人道："不是那样说。无缘无故打了电报回去，恐怕老爷要吃上一惊。"那女子道："那我不管，你明天把电报局的回条送给我。"说毕，只听得房门一响，一阵高跟鞋子声由这门口过去。

计春轻轻地向他父亲道："爹，你听见吗？这分明也是一个来考学校的女学生，她怎么要用这么些个钱！"世良道："这个女孩子说话的声音，我好熟，一时却想不起来这个人是谁。"计春道："我们别管她是谁，这里的小姐，我没有看到她那份人才，只要听她这一份声音，我就讨厌。打电报要钱可以，家里人受惊不受惊，她不管。我想在北平读书，贵虽然是贵，也不至于要一千五百块钱一个学期吧！我们就是认得她，也不必去理她，不认得她，倒是打听她做什么。"世良听了这话，心中很是欢喜，觉得自己儿子究竟是个有志气的。这话说过了，父子们也就不再提。到了次日，计春打听得冯子云校长的住址清楚了，就雇了车子前去拜见。照着计春的意思，是要父亲同去的。世良以为自己不是个读书人，去和这种有学问的人谈话，徒惹着人家烦恼，所以让计春一个人先去。

计春去了之后，世良很是无聊，也就在附近街上散步一回。回得会馆来，有个女子在门口上汽车而去。他认得清楚那不是别人，乃是孔大有的大小姐。昨天在隔壁屋子里说话，就是她了。怪不得声音很熟的呢。那小姐上车去了，门口有个五十来岁的人相送。周世良也认得，这是孔家上房管账的刘清泉先生。在安庆送豆腐浆到孔家去的时候，也偶然遇到过一两回，只是地位悬殊，并未和他交谈过，今天在北平遇到了，却不免和人家深深地点了个头。不料这位刘清泉先生，在安庆的时候，根本未曾注意到世良，所以并不认识。他问了世良几句，自己就背起履历来了。他道："我们在孔家做点儿事，送大小姐到北平来读书，刚才在门口上汽车的那位姑娘，就是我们的大小姐。这一趟门，出得是大洋钱像水一样地淌。你也是送孩子来考学堂的，看看遍中国有这样的阔学生吗？看你老这样子，大概也是在乡下的财主，可不要太姑息了孩子，手一花大了，是缩不小的。"世良一想，我倒成了财主，究竟账房先生眼里看人，又是不同。但我要实说了我是开豆腐店的，我倒没有什么要紧，我儿子还要在这里借住呢，不要让人家瞧不起他，还是撒个谎吧，便笑道："财主两个字哪里谈得上，不过小孩子念书的几个钱，勉强凑得上罢了。"刘清泉听了他这话，却以为他真是个乡下财主，越是和世良说得津津有味，索性把他请到自己屋子里去，奉茶奉烟，谈了一阵子。

到了下午，计春由冯子云家回来了。世良回到自己屋子来，私下对他道："你猜隔壁屋子里人是谁？那就是孔家的账房先生，昨天来的那位大姑娘，是孔家的大小姐呀！"计春呀了一声道："什么，她也来了？我倒要见她一见。"世良道："你不是说这种人提也不必提她吗？"计春呆了一呆，才笑道："我不知道她是孔家的大小姐，所以昨天我那样说。她在安庆的时候，我倒看见过她一次，和菊芬的模样，长得倒有七八分相像。所以……"说着，又笑了一笑道："我觉得这件事倒很是有趣的。"世良道："你究竟是孩子见识。有钱的人，我们少认识一个，少受一份气。我们理她做什么？你见了冯校长，他怎么说？"计春道："校长待我好极了。他说学费不用发愁，都有他想法，住在会馆里，房子又不用花钱，难道几个吃饭的钱，都筹不出来吗？我就说了，若是单单要筹几个吃饭的钱，家父一定可以办到，他就说那就好了，你安心读书吧！我正要往下说，他来了客，约我明天去再谈。"世良道："刚才我和刘先生谈天，他说北平念书，总要花一个一千八百一年，我倒吓了一跳。据你们校长的话看起来，这话倒不见是真。"

　　父子二人谈着话，声音不免大一点儿，那位刘先生，在隔壁屋子哈哈一笑道："我说的一千八百，那是指着我们大小姐一路人而言，不见得个个如此呀！"他说着话，两手捧着一管水烟袋，趿了一双拖鞋，一拖一踏，慢慢地走到世良屋子里来。他父子赶快让座，陪着谈话。他吸着水烟袋，还不曾说到三句话，就听大门外有汽车喇叭声，接着高跟皮鞋，由远响到近处来。刘清泉咦了一声道："我们大小姐来了。"门外边就有人道："老刘，你在人家屋子里坐着吗？"刘清泉打开门出去，却不曾关。孔小姐站在房门外，向里边看了看，然后向刘清泉道："我没有什么要紧的事，是我在汽车上想起，昨天你给我送去的大蜜桃很好吃，明天再给我送两块钱的去。"说毕，抽身向外就走。刘清泉放下水烟袋，赶着送到大门口去，大小姐一面走着，一面问道："那屋子里一个老头子带一个青年，是父子两个吗？"刘清泉答应是的。大小姐笑道："奇怪得很，我好像在什么地方看见过这个老头子。我想起来了，是东街门口卖菜的老朱吧？"刘清泉笑道："笑话了，人家是怀宁乡下的土财主，卖菜的老朱？"大小姐并没有把这个问题，怎样地搁在心上，她已经自开了汽车门，坐上车子去了。手扶了门，向车外伸出头来道："你得把大蜜桃买了送去。你若不买去，我要

90

骂死你。"刘清泉笑着答应是。大小姐将手向前面车夫座上一挥，车子突然开了，车轮子将胡同里的浮土掀起有三四尺高。

刘清泉正站在汽车边，将一套纺绸小裤褂，扑了一身黑灰，他站在门口，望了汽车在胡同里横冲直撞地走了，不免摇摇头叹了一口气。计春正由后面走了出来，问他道："啊哟，刘先生，你是怎么了？"刘清泉又叹了一口气说："别提。这都是伺候人的人应当受的罪。小先生，你们以后念书，要小心，不要交上这样的女朋友。漫说我们伺候她的人，让她呼了就来，喝了就去，我看她的男朋友，没有一个，不乖得像儿子一样，那才犯不着呢！"计春微笑道："交朋友，我们怎样攀交得上？"刘清泉笑道："这话可不是那样说，哪个人交朋友，还得先论论家产呢？"计春听刘清泉的口音，觉得他对于他们的大小姐好像很不满意，心里可就想着：大小姐那样美丽的人，说话而且是那样娇滴滴的，怎么会讨人的厌？是了，这位刘先生在她家管账，当然是到处沾光的。这回送大小姐到北平来，并没有沾着什么光，所以就怨气冲天了。他心里如此存着私念，就向他父亲私下说："这个刘先生，却不是个好人。背地里只管骂他的大小姐。"世良道："我也是这样地说，像他们大小姐，那是一个慈善难得的人，我们一面不识的，第一下子，就答应租房子，给我们开店，后来又送我们钱，让我做本钱，旁人哪里做得到？以后我少和这刘先生谈话就是了。免得他说出来，我们承认是不好，反对也是不好。"他父子二人，如此地计议着，果然自当日起，就不再谈孔家的事了。

到了第四五日上，世良也和冯子云见过面，关于计春求学的事，大致都接洽妥当了。父子二人无事，只管逐日地去游览名胜。这名胜之中，第一个必须到的，便是故宫了。这一天，父子二人，提早吃了饭，就向故宫而去，恰好这是三路大开放的一个时期，游人非常的多。计春在买票进门的时候，就看到一对少年男女，也买了票进去。那个男子穿了灰色爱国布的学生服，女子穿了长衣短裙子，露出一双大腿，两个人挤挤挨挨，挽手搀臂，笑嘻嘻地在前面走。计春到了故宫里面，虽然觉得那些金石书画、珠玉翠宝，是看得目不暇给，然而总免不了要抽出百分之一二的工夫来，看看这一双男女。他们是由西路进去的。弯弯曲曲地，经过了许多的宫殿，由西路转到中路的尽头，一幢大殿，高高耸起，乃是乾清宫。站在富门的檐下，望着前面的玉石栏杆，围着御阶，三级下去，一排玉石平地，直达最前面的乾清门，在那又平坦又宽阔的御阶上，不曾有半点儿草木。强烈的阳光，照在这里，只是更显着这人工建筑的伟大。在计春如此审度宫室之美，那一双男女，也就不见了。这乾清宫里，正中设着当年皇帝的盘龙宝座，东方殿角，放了一架极大的铜壶滴漏，西角支起一架极大的时钟，宝座前面有绳子拦着，人是不能进去了。在这绳子外，一排七八张桌子，却全摆的是大大小小的时钟。这些时钟上，都装设着技巧的玩意，在这殿里值事的人员，招待游人，逐一地将时钟开给大家看。其间有架钟内，坐着个二尺长的西洋女子，机钮一开，这机器人，弹着面前横着的一架琴，调子非常地好听。于是游人就围成了个圈，都说妙极。就有人道："这有什么奇怪，那武英殿里，还有一个钟里的人，能写'九土来王'四个字呢。"这个人如此说着，当然引起了全场人的注意，大家都向他看去。

计春虽然在前面挤着看玩意，听到有这样新鲜的报告，当然也不免回头看上一看。他不回头倒也罢了，他一回头却吃了一惊，那个孔家大小姐正是紧紧地站在自己身后。不说别的，只看她那双黑白分明的眼睛，十分地像菊芬，这就不由人不多看她一下。恰好这位孔家大小姐，她平生是不晓得怕人的，而且她的目光也相当地锐利，这一对老少，不就是新搬到会馆里去住的两个人吗？这样说起来，人家也是同乡，岂有见同乡而不理会之理？于是笑着向计春点了点头，计春究竟是个十七岁的孩子，未曾和异性有过正当的交际，而况孔家大小姐，正是自己的恩人，却也不能和她以平常交际来往，所以当孔家大小姐向他点头以后，他倒是慌了，手足无所措的，不知如何是好。恰好是世良回过头来了，也看到了她，就向她笑道："大小姐也来了。"他自思是个老人家，和姑娘说两句话，这是没有什么关系的，大小姐倒也坦然答应着，便道："你们就是两个人吗？"世良道："两个人，大小姐呢？"他们说着话，已经离开了人群，站到宫门口来了。大小姐笑道："这地方我来过好几回了，因为有几轴古画，我很想着照样画一画。每过了几天，高起兴来，我就要进来看上几看。所以我来的时候，总是一个人。你回家乡去，可以自豪了，皇帝的金銮殿上，你也到过呀！"

她说着这话时，笑嘻嘻的，笑得她耳朵上垂下来的两片翠玉耳坠都笑得有些颤动起来。计春看她的样子，不但是解放，而且还有些放荡。她身上穿了一件蓝底绉纱长衣，里面衬着白绸套裙，套裙是没有上身的，在薄纱外面，可以看到她两只玉肩，和挂在肩上的两条绣花带子。尤其是在那胸面前，两只乳峰若隐若现的，在薄纱里高高地突起，会引着不能不看，看了又不能不兴奋起来。因之计春每当她不注意的时候，就去偷看她的胸脯一下。她要看过来呢，自己却又低了头。大小姐看到他羞怯怯的样子，多少还不能脱除乡下人气味，反是看得有趣，对他笑起来了。她向世良点着头道："老人家，这里面太大了，你会摸不着头脑。我到这里面来过好几次，你让我带着你走走吧。"世良笑道："怎好烦动大小姐？"大小姐道："那要什么紧？你是我们同乡，又是老前辈，我带着你们走走，有什么要紧？来吧！"如此说着，就顺了白石板的御阶，向前走着。计春在后面，见她穿了一双白色皮鞋，在鞋尖和鞋跟的两头，都有大红的堆花，配着那白色丝袜裹住的大腿，真是美极了。那长衫是十分之长，差不多拖靠了脚背。而下摆的岔子，开得也十分长，走起路来，是一步衣襟摆动一下，真个有些飘飘欲仙。计春这就想着：刚才那个男学生，带着一个女学生在面前走着，那没有什么稀奇，不过是年岁相同而已，必须有孔家大小姐这样的美人儿跟了在一处走，这才有意思呢。那大小姐并不注意着有人在旁边偷看她，很坦然地走着。因为世良不敢和她并排走，走走就落了后，她就停住了脚，向他道："老人家不要紧的，只管跟了我走。"她说这话时，眼睛向计春身上瞟了一眼，世良拱拱手道："好吧。同路走，大小姐引路，就不敢当。"大小姐笑道："你倒知道我行大，你贵姓是？"周世良道："我姓周。就住在省城外不远，孔善人家里的事，哪个不知道。"

大小姐笑着，那耳坠子又颤动起来了，她那皮鞋在白石板上响着，一路咯咯有声，在她这步履声中，益发是可以看出她那腰肢款段，那薄纱衫子正好依了她周身的轮廓，向她周身紧裹着，将她全身的曲折不平之处，完全露着出来了。现代十几岁的孩子，不是以前十几岁的孩子了。有博士们著的性学书籍，在各城市散布着，中学生是不必提，就是小学生们，也极容易将这种书籍得了到手。因为全校之中，只要有一个人有这种书，就不难普遍着传观的了。计春虽是个用功的学生，知识却比其他学生丰富，唯其他是一个知识丰富的青年，所以对于男女间的书籍，他也看得不少。在安庆的时候，菊芬实在是个小孩子，而且亲密得像同胞一样了，倒不介意，今天看到孔大小姐这样的装束，又尽量地来接近着，他心里就不免又转一个念头了：假使人生在世，能娶着这样一个老婆，那不是很快活吗？

他心里想着，两只眼睛也就随着大小姐的脚后跟一起一落。自然，他也就在这白石御道上，一步一步跟了她走，孔大小姐两次回头看着，都是他眼睛直视着自己的后身紧跟了上来，于是她哧的一声笑了。而这一笑，却种下了以后无数的烦恼。

第十一回

品茗传神殷勤迷座客
读书怯试慷慨说名姝

　　周计春他很明白，自己不过是个开豆腐店人家的儿子，决计不应抱那种奢望，去和孔家大小姐交什么朋友。所以他心里对于大小姐尽管是羡慕，然而他却没有一点儿自私的心事在内。这很明白，是为了齐大非偶的那个缘故了。不过齐大非偶这个原则，到了现代，是否合用，这却是个问题。因之在计春心里，也偶然有些荡漾。这时候在孔家大小姐后面紧紧地跟着走，看了她那周身的轮廓，又闻到她身上的脂粉香，这已经是麻醉得可以了。偏是这大小姐，走在半路上，却回头向他一笑。这一笑时，在那猩红的嘴唇中间，露出来一排白牙，非常之动人。而且这种笑相，却很有几分像菊芬，因之孔家大小姐一笑，他如同受了一种极大的感触，突然地在御道白石板上站定了。世良自然不知道他是什么缘故，就问道："你为什么不走？"计春笑道："大概是被太阳晒昏了，我觉得脑筋有一点儿晕。"孔大小姐听他如此说着，也突然地站住了，回转身来问道："你怎么了？"一路之上，她并未和计春交谈，彼此更也不曾从中有什么称呼语，这时她毫不客气地，说上一个"你"字，又问是怎么了，这不能不让计春十分安慰一阵。听这种口音，简直是朋友，而且像极熟的朋友。心里想着，默然了一会儿，故意低着头，微闭了眼睛。

　　世良慌了，连忙向前扶住了他道："孩子，你怎么了？你怎么了？"计春心里想着，这忠厚的父亲千万是不可骗他的，便慢慢地睁开眼来，微笑着摇了两摇头道："没关系。偶然头晕一阵，闭上眼睛一阵子，那就好了，我们再向前走吧。"大小姐的胁下正夹着一个皮包，立刻打开皮包来，在里面取出一个小小匾银盒子，一按机钮，倒了几粒小丸子出来，用手心托着，伸到计春面前道："你把这个吞了下去，一会儿就好的。大热天出来，这样的防暑丸药，总也应该带上一点儿。"计春见她那白雪也似的手伸到

95

面前来，怎叫他的心里不会有些感觉，这就对了那手，先看着出了一回神，然后才向大小姐笑着道了一声谢谢。他谢是谢过了，然而他还不曾伸出手来接人家的丸药，两只手先在衣服大襟上，擦了两下，然后偷看过了人家的脸，觉得人家并没有什么介意之处，这才把手掌伸着，让大小姐倒了过来。他接着那丸药一看，虽然粒子不大，但是那丸药的外面，乃是银灰色的，当然是坚硬、干燥的，怎样能吞了下去？这样想着时，他两只眼睛，自然也就不免望了丸药，未曾吞下。那大小姐似乎已猜透了他的心事，便道："这不要紧的，丸子有些甜津津的，含在口里，过了一会子，再吞下去就是了，吞下去吧。"她说时，就望了计春的脸，计春见人家是如此属望殷勤，这就不能再延误了，举起手掌来，将丸药送到口里去。世良也觉干吞丸药，这事有些勉强，不过儿子已经是坦然处之的了，自己也没有什么话说。总之看计春的神气，对于这位大小姐，却是尊敬得厉害。这也是孩子们读书有得，不忘恩义的好处，也就不必管他了。将来儿子有一天发达了，也许成了他常讲的那句话，要千金报德呢。他心里如此想着，也没有说什么话。大小姐一想，乡下人总是没有出息的，见了城里人就说不出话来，他见了女子，更说不出话来了。不过这孩子，倒生得很俊秀，真不像是个乡下人呢。他既是乡下人，看在同乡的分儿上，指点指点人家，有什么关系？

她如此想着，向前面指着道："那前面宫门口上有茶桌子，我请二位在那里喝一杯水歇歇腿去。"世良拱拱手道："大小姐请便，我不敢当。"大小姐道："这要什么紧？你这样大年纪，还分别个什么男女吗？至于喝杯茶的钱，那很有限。你是同乡，总知道我家事情的。"世良也说不出什么理由来，只好在口里连说"是是"。说着话时，已慢慢地走近了门楼下面了。宽敞的地方，摆下了若干副座位，游人们正是纷纷地入座。热的茶香味，以及凉的汽水瓶和玻璃杯子撞击声，这对于行路疲乏而又口渴的人，却更有一种引诱力。孔大小姐是不再招呼，走到一副茶座边站住，手上拿起一把小牙骨洒金扇子，连向世良父子招上了几下，口里却还道："请坐请坐！"世良到了这时，真觉得有些情不可却了，便向计春道："那么，我们就坐一下子吧！"计春当然是巴不得有这种机会，鼻子里就跟着哼了一声，到了茶座边。大小姐笑着问道："你们二位是要喝热的呢，还是要喝凉的呢？"她的眼光先落在世良身上，随后就转到计春身上。计春虽不低头，眼光都是向下看着，很明显的，表示着他还有些害臊。孔家大小姐自行坐下，将茶座的伙计叫来了，吩咐要了一壶茶，凉的要了两瓶汽水，笑道："随便用吧，我是不会招待客的。"她说着，自己拿起一只杯子来，倒了一杯汽水，仰起脖喝了。那世良父子，一来是萍水相逢，受人家的招待，有些不惯，二来人家是位小姐，总觉得处处不免受着拘束；因之他二人紧紧地把了一只桌子角坐着。世良倒了两杯茶，一杯自用，一杯给儿子。计春忽然心里一动，这可有些不对，一来父亲不能倒茶给儿子喝，二来也不应当将主人翁置之一边不去理她。这两层都是让主人看见心里要不高兴的，于是趁父亲把那杯茶还不曾分过来，先就取到手里，两手捧着，隔了桌子面送到孔大小姐面前来。不过他虽是送过来了，可不知道要说一句什么话好。因之只是抬着眼皮看人一眼，在那个时间，不但是不说话，而且他还微微地咬了自己的下嘴唇皮呢。大小姐看他要客气不能客气、要大方不能大方的样子，却很是好笑。可是她一方面又很能原谅计春，他实在是不惯这种交际行为，那有什么法子呢？她同时也望了计春微微笑着一点头道："多谢了。"

世良这才有了机会插嘴，便道："一个小孩子，大小姐和他客气做什么。"孔小姐手捏了玻璃杯子，似乎有点儿什么感触似的，凝了一会儿神，自己竟微笑起来了。她放下了玻璃杯子，在皮包里拿出一张名片来交到计春这边来，笑道："二位左一句大小姐，右一句大小姐，倒好像把大小姐三个字来代表我的名字，这可有些不敢当了。这上面便是我的名字，以后就请叫我的名字吧。"说时，手向名片一指，周世良连连道着"不敢"。计春看她那名片，乃是"孔令仪"三个字，心想这个名字，太文雅了。以前我总愁着，要怎样才可以知道她的名字呢？心里也就猜着她的名字，无非是什么贞，什么淑。现在都不是，却是这样一个文绉绉的字面，这叫人哪里猜得出？这可好了，和她已经通过话了，也知道她的名字了。这话可又说回来了，看人家那种大大方方的样子，正是交朋友就交朋友，那要什么紧，完全是一种不在乎的神气，我这样想入非非的，这算一种什么意思？真个癞蛤蟆想吃天鹅肉，天下真有这种人不成？他在看到名片之后，顷刻之间，那意思却在肚里，连打了九个转身。因为他心里如此沉沉地想，那双眼睛望了那张名片，也就只是望着，一动也不动。令仪小姐在他对面坐着，也都看到肚里去，看了他只微微地笑，心想：不要看这孩子外表老实，也是肚子里用功的，要不然，一张名片递了过去，他就触了电一样，那倒为着什么呢？想到这种地方，那笑意就更深了。

计春偶然一抬头，恰好与令仪四目相射，见她那黑溜溜的眼睛，正好朝着人一转，计春以为人家看破了他的心事，吓得满脸通红，一手拿了杯子，一手拿了茶壶，就向杯子里斟了去。可是他拿的不是茶杯，乃是喝汽水的玻璃杯子。那玻璃杯子里面，还有大半杯汽水，谁也不曾喝，糊里糊涂地自己却向这里面倒了下去。他原是不曾加以注意，偶然一回头，才看到自己是向汽水里加热茶，这就不由得自吃一惊，哪有这样的喝法。这不是说乡下孩子，太没有见过事吗？他连忙将壶和杯子，一齐向桌上放下时，对面的孔令仪小姐，已细看得清清楚楚了。她料着人家在省城里读书，不能是汽水要喝凉的都不会知道，这分明是他想事情想出了神，所以弄错了。因之她只当没有看见这件事，手里拿了茶杯子，昂了头四处观看。计春心想这倒谢天谢地，没有在人家面前发觉出来，自己也不再加考量，端起那玻璃杯子，不分冷热，一饮而尽。放下杯子来，又偷看令仪一下，见她并没有什么感觉，这才放了心。自己随即微微咳嗽了两声，来遮掩他那不自然的态度。这桌子除放了冷热饮料而外，还有几只干果碟子，令仪见他父子二人，并不曾伸手，就抓了一把瓜子，又把饼干块子，送到这边桌子角上来，笑道："别枯坐着，随便吃一点儿。"本来世良父子都觉得很窘，在人家一处相盘桓，怎好泥菩萨一般，一句话也不说呢？不说话也罢了，怎好一点儿动作没有呢？这倒好了，人家将瓜子敬了过来，借着嗑瓜子的工作，可以聊以解嘲了。于是父子二人就不约而同地，一粒一粒，钳着瓜子向嘴里嗑。这虽不至于枯坐在这里，但是彼此面面相对，依然是没有话说。

令仪也有些感到无聊了，便想着话来问道："周老先生，你们府上，有几个人在外念书？"世良笑道："哟，小姐，还禁得住有几个念书的啦？只是这一个念书的，我已经累得不得了呢。"令仪也伸手在桌上，抓了几粒瓜子嗑着，顿了一顿，然后向世良道："你还有几位小先生呢？"世良指了计春道："我就是这一个孩子。"令仪笑道："了不得，只有这一个孩子，你倒送他到这样远来念书。"世良道："大小姐，我虽是个乡下人，多少总还懂得一些道理，把儿子关在家里疼爱，疼爱是疼爱了，惯得孩子成了一个废物，那只是害了他，又何苦？现在放孩子出来念书，虽然是远一点儿，究竟不过一年二年的事。等这日子熬过了，孩子学些本领，就有了个出路，这一辈子是好是歹，都在这里决定了。若是他成器的话，到我晚年，或者还可以依靠他呢。所以我送他到北京来念书，虽然舍不得，但是向大处想，究竟合算啦。"计春望了他父亲，低声道："你老说的话，夹七夹八，人家听不清楚。"令仪笑着点了几点头道："这几句话我听清楚了。关在家里养活，那是眼前的疼爱，闹得老大无成，结果是害了青年。放了青年出来读书，养成一个人才，将来的好处无穷，不就是这个意思吗？"世良用手一拍桌子道："对了。"令仪却叹了一口气道："我就埋怨我父亲，看不到这一点。巴不得一年三百六十日，我都在绣房坐着，存心把我养成一个废物。你看这不是笑话吗？"世良道："大小姐，这话不是那样说。我们这种人家把孩子念书，望他学成一种本事，将来好养家糊口。像你们府上，家财万贯，又只有小姐一个人，坐在家里想法子要怎样花这些钱，还愁想不出法子去花呢！还要大小姐去挣钱吗？"

说到这里，令仪微微一笑，恰是计春也微微一笑，两个人微笑相对着，这倒让世良有些莫名其妙。世良望了计春道："怎么着，我的话有些不对？"计春和这位大小姐对坐在一处有了许久，他的胆子比较要大些了。看了令仪一眼之后，这就低声笑道："你老人家说的话，可是不大对。一个人生在世上，没有钱，不要紧，没有知识可不行。有了知识没有钱，可以想法子去赚钱；有了钱没有知识，这知识可是金钱买不到的。不要说有了钱，就可以不要知识。就譬如这位大小姐家里，有那些个产业，有那些个家财，必定要一个读书明理、富有常识的人，才撑得住这种局面。固然像大小姐这种人，是很能干的，现在也可以当家了。可是大小姐毕业之后，学问增高了，更可以把她府上那些家产想法子扩大起来。那不比在家不求学要好得多吗？"他说这一番话时，眼睛可不向令仪望着，好像完全是和父亲去讲理，并不干令仪的事情。说完了，他也不看令仪，自拿着茶杯，倒了一杯茶喝。令仪将手上的小折扇子打开来，放在鼻子下，掩住了自己的嘴唇，两只乌眼珠却在扇子头上，向计春脸上看着。等到他把话说完了，然后将扇子拿下来，在胸面前连连扇了几下。

恰是世良的眼光看过来，这就向他微笑道："你们小先生年纪虽轻，说起话来，可是很有分量。照这样一说，他这人可了不得啦！"世良听到人家说他儿子好，他总笑嘻嘻的。而况孔家大小姐，又是自己向来崇拜的人，当面这样很亲切地夸奖着，绝不是一句虚话。于是抬起手来，摸了自己的胡子，微笑道："这是大小姐夸奖的话。他统共读过几年书哩？"令仪看了世良那样高兴的样子，自己也就想着：一个大姑娘，对于一个初见面的男孩子，这样夸奖未免有点儿着痕迹。而且对人家太看得起了，也就显着自己太没有什么知识，于是不加可否地跟着一笑了事，在皮包里自掏出两张钞票，还了茶钱。世良看见，又少不得道谢了一阵。令仪抬起手表来看了一看，笑道："该走动走动了。这里面地方太大，回头可不能仔细看完哩。"世良心想，这就觉得人家盛情可感了。哪里还能够让她在前领导着走？便道："大小姐有事，请便吧。好在我们买了一张地图，照着图画来走，大概也没有什么错。"计春在一边想着，这又是父亲的不对，人家刚刚会过了东，这就要和人家分开来走，显见得乡下人只会占别人家便宜的。可是那位孔小姐倒不注意到这上面，就向世良点着头道："假使你们小先生进学堂，有什么事要我帮忙的话，我也可以帮一点儿小忙。因为我那亲戚，也在教育界里做事情。这一条路子，我倒是很接近的。"她说着这种话，分明是有告别的意思，计春也只好眼望她走开，没有法子挽留了。然而所幸的她竟答应了帮忙，有小事都可以去找她，倒还种下了一个好机会。可是世良，他又偏偏理会不到，却向令仪连拱了几下手道："这可不敢当，这可不敢当！"令仪笑道："我不过说句空话，事情没有做到，老先生倒来上了这些个不敢当。"

说着话时，大家离开了茶座，按了参观的路线，向东路走去。令仪的高跟鞋子，走得咯咯作响，已离开远了。计春跟在后面，还隔着个父亲，当然也就没有什么话可说。孔令仪走了十几步路，就向世良点点头道："我先走一步了，再会吧。"这一句话说后，她就越走越远了。世良连说请便请便，这就带了计春一路游览。但是走进一幢殿来，回头一看计春时，这却发现他板住了面孔，微鼓着嘴，好像有一件什么大不乐意的事。世良靠近了他低声问道："孩子，你怎么了？"计春道："我不怎么样。"他虽是如此说着，然而他的脸色并不曾平和下来。世良道："你走累了吗？这种地方，我们是不容易来的，来了之后，总要看个充量才走。"计春道："那自然啦，我也没有说不看完就走。"他说这话，自不与世良的意思冲突，然而听起他的话音来，便有很不高兴的意思在内。世良对了他的脸上看看，便道："我们沿着路线，随便看看就去吧。不要久耽搁了。"计春道："我在北京念书，这回看不到，下次还可以再来。你老人家是做客的人，第二次到这里来，知道是什么时候。花了钱买票进来，为什么不看足了再走呢？"世良倒不明白儿子是什么意思，既然板住了面孔，怨气扑人，却又体谅老父不轻易到故宫来，总要看个明白，这倒不可埋没了他的好意，还是勉强跟了他继续地游览。心里也就盘算着没有别的事情，会引起计春

100

的不快，除了和孔家大小姐说话，有点儿言语不合，这才会引起他的不高兴，可是当自己和孔家大小姐谈话的时候，他也在当面，因为我说得不清楚，他立刻和我改正过来了，还会有什么不对的呢？自己如此想着，也就只好静悄悄地跟着计春一路走。

计春绕着各处宫殿看了一周，恰是事有作怪，以前初进故宫门，所看到的那对男女，现时又在面前发现了。那个男的，挽着那个女子的手，简直是寸步不离，亲密极了。心里这就想着：中国人的古训，说着男女之间，有什么缘分。据现在的情形看起来，这话不会是假。好像这两个人这样要好，不见得起头就是这样子的，当然先是得了一个机会接近，然后慢慢地要好起来。现在自己和孔家大小姐，也是这样初见面的一个机会，就这样地好起来，若是跟着好了下去，到了将来，那还有止境吗？只可惜今天自己不努力，父亲又是这样的外行，把这机会错过了。他如此想着，在不高兴的态度中，游完了故宫，又在不高兴的态度中，走回会馆去。他因为走出了一身汗，到了屋子里，立刻就去开了箱子，找小衣来换。在他找小衣的时候，首先有一样东西，在箱托子上射进他的眼帘。这不是平常的东西，乃是自己临行的前一晚上，菊芬私私地塞到自己手上来的一张相片。你不要看她那一点点年纪，却是什么事情，她都明白。她知道送相片给人，是最有情的了。而且又知道送相片不必公开，在这些事情上面，觉得这孩子实在有些小心眼，而且对于自己也实在是有情，自己有了这样好的未婚妻，还有什么不足的。今天见了孔令仪，倒那样神魂颠倒，这不是笑话吗？对了，从此以后，不要再想到大小姐身上去了。她未见得比菊芬美，而且年岁是大得多，凭着什么想她？为了她有钱吗？他手上拿着相片，对了菊芬那微转黑眼珠而带着笑容的影子，仔细看了一遍，觉得就有那么一个活泼泼的小姑娘站在身边，自己也微微笑了。

世良在屋子外面进来，也笑了。他道："我看你这一下午，你都绷着脸，这会子，你也笑起来了。"计春不便说什么，放下了相片，自去换衣服。世良看他的态度完全恢复常态了，虽不明白他的不高兴，何以突然而来，又何以突然而去，这也只好不去追问了。这天晚上吃过了晚饭，计春什么事也不管，就在灯下写信。世良知道，除了干妈以外，并没有别的人，可以令他这样急于写信去的。若问明白了他，倒会让他害臊，这也就只好不说了。计春写完了，急急地就拿着信出门去，这又用不着猜，无非是寄信去了而已。这样一来，世良是绝不疑心儿子有什么轨外的思想，就是计春自己，渐渐地也把在故宫里遇着大小姐的那段事情给忘记了。

到了次日上午，冯子云却派了一个人来，请他父子二人到家里去吃午饭。世良父子，都是把冯先生当唯一靠山看待的，当然地，就按照时间到冯先生家里来。冯子云这回上北平来，是有久居之意的，所以他的家眷也就跟随着来了。他们教育界分子，家庭总多半是新人物，所以计春到北平来了以后，也就见了这位冯师母一回。因之计春对父亲说，到了冯家，要引他见一见冯太太。世良听了，心里倒是好笑，这个孩子，是个最怕和妇女们说话的，不料他倒有那种勇气，能介绍自己和女太太们去见面，他心里闷住了这样一个哑谜，自然是奇怪着。然而到了冯先生大门口来，就把这个哑谜给揭破了。原来当他走到门口的时候，却有一辆汽车在这里停住着。世良这倒呆了一呆：冯校长若是请坐汽车的贵客来吃饭，让自己来作陪，这可有些让人为难。一个开豆腐店的人，是校长先生做主人来请，又陪的是阔客，相差得不是太多了吗？他站在胡同中间，顿了一顿，就在这个时间，一阵笑语声，大门里面走出几个人来。其中有一个，世良认得很清楚，就是孔家大小姐，她怎么也会到这个地方来呢？这可有些奇怪了。她正和那大门里面送出来的一位中年妇人说话，点了个头之后，笑嘻嘻地坐上汽车走了。那位中年妇人，先望着汽车出了一会儿神，然后回转头去向女仆们道："你看这也是钱太多了的缘故，一个当女学生的人，又是在外做客，单独地还坐一辆汽车，这真是岂有此理。"

她说完了这话，偶然一回头，看到了计春，却笑着点头道："周计春，你父亲也来了吗？"计春于是走上前两步，向她一鞠躬，然后指着世良道："这就是家父。他是个小生意买卖人，他不会应酬，师母不要见怪。"于是告诉世良道，"这就是冯太太。"世良深深地作了几个揖道："我们孩子，总是在这里打搅，我心里真说不过去呀！"冯太太向他点着头道："请到里面坐吧，冯先生已经等着你们很久了。"冯太太闪开到一边，让着他们进去。计春在前面走着，引了世良向客厅方面走。这就听到冯子云在客厅隔壁的书房里，大声呵斥着道："这种人，念出书来了，也是废物。我看到她就要生气——啊哟，周计春来了。"

说着话，冯子云已经由书房中走到院子里来，自己却掀起客厅门的帘子，让他父子二人进去。他随后跟了进来，笑道："你们来得不凑巧，正好我在发脾气。你若是不明白这个原因，倒好像是我在骂你呢。"他如此一说，计春心里就明白了，这不是骂别人，一定是骂孔令仪了。自己也不知道孔令仪有什么事情不对，惹着冯先生这样地生气，也就不好说什么。可是周世良他对于这些老夫子，依然是有些敬鬼神而远之，绝对地不会应酬，又是向冯子云连作了三个揖，才笑道："我的孩子，总是在这里打搅，我心里真过不去。"冯子云笑道："这样一说，倒好像我发脾气，是对你们了。"世良比着两手，连连乱碰自己的鼻子尖，弯弯腰道："那怎样敢当，那怎样敢当。"冯子云笑嘻嘻地伸着手让他二人在正面沙发椅子上坐下，笑道："我是和你们说得好玩，请坐吧，"世良两手反撑着沙发椅子边沿，慢慢地坐了下去。一抬头，看到冯子云在下首椅子上坐着，他又起了身子想站起来。冯子云笑着，叫他只管坐下，点点头道："这只怪我脾气发得不是时候。我今天约你爷儿俩来吃饭，本来要痛痛快快地谈上一阵，偏是来了这位孔大小姐，说的话，我有些听不入耳，所以我生了气。你们来了，这就很好。我们谈谈吧，不要想那些不好的事情了。"

世良又微微一起身子，表示很谦让的神气，笑道："我们孩子，总是在这里打搅……"计春听了真是着急，怎么老是说这句话呢？不等世良的话说完，立刻就插嘴道："但不知那位孔小姐，在这里说些什么？"冯子云道："也并不是她有什么失礼之处，只是我看着这样有钱人家的子女，究竟是社会上一个废物罢了！我原不认识她，大概在省城女子中学的时候，她上过我几天课，就认得了我。到了北平来，她有一个亲戚，也在教育界，倒和我熟，曾和我商量过一次，让我设法把她插入大学附中，我随便地答应了，也没有了解，是要我怎样设法。刚才她坐着汽车来了，带了许多东西送我，她吐出意思来，却是希望免考，我说免考怕不容易，一个学生免了考，其余的学生，都要援例要求起来。她又说不能免考也不要紧，希望我和她先弄到考试的题目，然后她在外面做好了稿子，带入试场。我本来想说她几句，以为她不该公然运动我。转念一想，她并不是来找事，乃是为读书来运动我，总觉情有可原。便道：你千里迢迢地跑来读书，目的总是要求得一种学问，你考得上，用不着来求我；你考不上，就算免考让你入校了，功课赶不上，也是枉然。依我的意思，你只管去考，考不取，自然北平补习一年半载也是求学。你猜她说什么？她说：补习也可以，她愿意考取了学校以后，多花钱，专请两个先生补习，若是考不取学校，一来家庭不能接济学费，二来说出去了，也与面子有关，说穿了，她为的是钱和虚面子。我真生气！这样的年轻，不造就也罢。有钱有势，再要和她加上一个虚衔，一定是害人害己。"

冯子云如此发脾气，计春就不敢说什么，听差送了茶烟进来了。世良抽过一支卷烟，又喝了一口茶，这才笑道："据冯先生这样说，学校是不容易考啦？"冯子云道："计春是用功的学生，怕什么？反正考的功课不能跳出他所读的书之范围以外，他读过的书，却怕考，那也算我枉为提拔他了。这个我都放心，你不必管。不过有一件事，我在你父子当面要说一说。现在的青年，把求爱这个问题看得比读书还要重过十倍，像计春这样的人才，在男女同学的学校里，很容易发生问题。"世良不等他说完，连连摇了手道："冯先生，这个你放心。我这孩子，没有别的好处，就是老实。见了太太小姐们，简直说不出话来。什么问题，也不会有的。"冯子云看计春时，见他通红的脸，端了杯子喝茶。同时，冯太太就在窗子外笑起来了。她道："这可好啦。先生请家长放心，家长又请先生放心，现在放心不放心，只在学生自己了。"她这虽是一句笑话，然而却是一句谶语呢。

第十二回

舐犊情深彷徨度永夜
牵衣泪急踯躅上归车

　　周世良父子在冯子云客厅里说话，冯太太在外面就搭腔了，引着冯子云倒笑起来了，便道："这个学生，也是你最赏识的，你看我们能放心不能放心呢？"冯太太道："我去催厨房里做菜，你给我两三小时的考虑，让我想想看，我再来答复。"冯子云笑道："那么，你倒是真正地郑重其事呀！"冯太太笑着走了。过了一会儿，她真的来陪客吃饭，就笑道："真话归真话，笑谈归笑谈，计春虽是老实，究竟年岁太轻了。过些时，周老板走了，让他一个人住在会馆里，未免不妥。若是周老板不客气的话，过几天，让我腾出一个空屋子来，就叫计春住在我们家里吧。我想只有那样才可以大家放心的。"世良也不待冯子云再说什么，已是站了起来，深深地向冯太太作了三个揖，笑道："冯太太有这样一番好意，我还有什么话说。我也说不到什么感恩的话。冯先生原是和人家培植子弟的，只要这孩子将来有一点子成就，全是你的名誉。"冯太太一想：这是什么话，难道培植计春，倒是我们冯家的责任不成？可是冯子云对于他这话，却一点儿也不介意，笑着站起来，点了几点头道："老朋友，你坐下吧。你的意思，我已经明白了。只要你能信任我，我总把你的儿子造就成一个社会上有用的人。你既然信任我了，在北平就不必多耽搁，赶快回省做生意去。你这里已经有了消耗，家里生意又不能做，那岂不是两边吃亏？所以我的意思，劝你早点儿回去的好。"

　　世良听了这话，望着自己的儿子，立刻一阵心酸，好像有一句什么话说不出来一样。计春坐在他父亲对面，他似乎也已经明白了父亲的意思了，这就道："爹，校长这话说得不错，你还是早些回去的好，我现在也用不着人照顾了。"世良点点头道："是的，我迟早是要回去的。"冯太太道："你既舍不得儿子，在北平多住一些时候，也不要紧。我们不过这样随便地说上一句罢了。"于是冯子云看在这老儿舐犊深情，也不催他回去，只谈些怎样在学校里安排计春而已。到了晚上，父子回来，却接到倪洪氏来的一封信。信上说：自从豆腐店停歇以后，主顾是天天来打听什么时候重开，这都不要紧，只是现在有人贪图这条街上江水豆腐的生意好，打算就在左右前后，也开一家豆腐店。设若这店开成，自己的店还没有重开，恐怕会让人抢了生意去。希望周老板快些回来。计春将这封信念着，世良听了，坐在椅子上，两手按了膝盖，望了计春，作声不得。许久才问他道："这是什么缘故呢？你再念一遍我听听。"计春道："这件事发生了，你老人家就该快回去了。总不能说我们的生意也可以麻麻糊糊让人抢了去。"于是两手捧了信，将内容再念一遍。世良摇了两摇头道："这是逼着我非马上回家去不可。孩子，怎么办呢？"计春道："这没有什么可以为难的。你老人家迟早是要回南的，这不过走得早一点儿罢了，有什么要紧呢？"

世良望着计春，自己的头不觉慢慢垂了下来，一直垂到胸脯前，两只眼睛只管向地面上望着，哽着他的嗓音道："孩子，我自小儿把你带了这样大，可是不容易，而且我们父子总也没有离开过一步，于今我把你丢到这样远，你死去了的娘，在阴曹里也不会放心。"计春想：这是父亲有舍不得的意思了。实在的，自己长到十七岁，不曾有十天半月地离开了父亲，现在让我一个人单独地住在北平，虽说是暑寒假都可以回家，然而人事无常，又哪里说得定，这么说不能不让自己也伤心一阵。父子两个人，一个是坐在椅子上垂了头，一个却是站着靠了桌子，两只手只管折叠着那信纸，于是这屋子里就默然了，一点儿声音都没有。那隔壁屋子里摆的小钟，机轮摆得轧轧作响，那响声只管传到耳朵里来，世良想到了自己和儿子说话，儿子还等着下文呢。这就立刻站了起来，向他脸上凝视着，然后问道："孩子，你决定了在北平读书，不想我吗？你若是舍不得我的话……"他说到这里，声音就慢慢地低落下去了。计春看这种情形，父亲竟大大地有些后悔，便也放出了庄重的颜色，向父亲答道："我想是很想你的，不过我为着我的前途打算，我总应当在北平读书。"世良又慢慢地坐下去了，默然了一会儿，他点点头道："你这话对的。要不然我们千里迢迢地跑到北平来，为着什么呢？好吧，明天我买点儿东西，后天我回去了。我决不能说为了舍不得你，又把你带了回去。我要睡觉了，有话明天再说吧。"他说完了这一句话，也就自去拾掇床铺，重重地叹了一口气，躺下去了。

计春看到父亲这样早就睡觉，知道父亲心里是十分难过，然而把什么话来安慰父亲呢？除非是说自己不读书了，跟着父亲回南去。可是这句话，自己是不能说的，也就只好捧了一本书悄悄地在灯下来读。约莫有两小时之久，听不到世良有一些声音，大概是睡着了。北方的暑天，只要是下过几点雨，或者是刮过两阵风，晚上便用得着盖被。这时周世良敞了胸脯子，半侧了身子向外睡。计春摸着他的手，果然是凉阴阴的，于是将一床旧线毯向父亲身上盖了。当盖线毯的时候，心里忽然生了一个新的感想，有我和父亲同住着，假使他有点儿身体上不舒服，我可以伺候他，若是没有我在身边，谁来伺候他呢？干娘那儿自然是不方便，菊芬她是个小姑娘，而且父亲为人很古板，哪肯要那没有过门的儿媳来伺候他？这样看起来，这位老人家倒是很可怜的。他站在床面前望了他父亲那脸上稀稀的皱纹，念着父亲老了，他虽是老，每日都要天不亮就起来工作，太劳苦了。他虽是劳苦，并没有人去安慰他，这也就太使可怜的老人家孤寂了。他正如此出神的时候，世良忽然重重哼了一声，然后翻身睡了。计春道："爹，你怎么了？你怎么了？"

世良并没有答应，睡得太熟了，这倒把隔壁刚回家的刘清泉都震动了，便问道："周先生，你令尊怎么了？"计春答道："不怎么样！他在家的时候，也是这样，要是白天受了累，晚上睡觉就要哼的。"刘清泉笑道："乡下老先生们是省钱的，大概你们出去玩的时候，舍不得花钱坐车，走路走累了。"计春怎能说父亲磨豆腐吃多了苦，也只好放声一笑，让隔壁的人去听着。他这一笑，却是把世良惊醒了，立刻坐了起来道："孩子，你还没有睡觉吗？什么时候了？"计春道："快十一点钟了。"世良道："既是这样晚，你为什么不睡呢？"计春道："我总怕考学校不行，在这里预备预备功课，你还睡你的觉吧。"世良道："以后你要是像这样用功，我倒不放心。"计春笑道："好吧，好吧，我就睡觉，你也就不必起来了。"他说着，倒真的就躺了下去。隔壁的钟摆声继续地响着，夜深沉了，计春跟着这深沉的夜，深沉地睡去。

可是世良已经睡过一觉，现在便不要睡，躺在床铺上，只睁了两只眼睛望着顶棚。许久许久，他听到计春的鼾呼声，回转头一看，见计春一双赤脚，直走到自己面前来，他望着，不由得扑哧一声笑了。一个人自言自话地道："这小家伙倒长得有这样长，也可算是一个大人了。"于是伸出手来，轻轻地抚摸了计春的脚。最后，他坐起来了，看到计春闭了双目，侧睡在枕上，心想：很好的一个孩子呀。他累了，睡得这样子熟，这样好的一个孩子，我把他丢在北平吗？最好是我在北平，也能开一家豆腐店。但是我到北平的第二天，我就打听这件事了，北平只有豆腐作坊，没有小豆腐店。一家作坊，恐怕要用四五个店伙，要很大的铺面，这都不打紧，这里的豆腐作坊，没有什么门市，都是向各油盐杂货店，做一种来往，按日送货的。自己是个南方人，人地生疏，这一条路，如何走得通？儿子要进学校，是等着钱花，又岂能把开好了的一爿豆腐店丢了？我回去，我赶快回去做我的豆腐店生意，而且回去做生意，也是为了我的儿子呀。他想到了这里，思想就显着复杂了。因为思想复杂，也就在床上坐不住，于是走下床来，拿着旱烟袋，在床的对面椅子上坐着。手扶了烟袋杆，带撑住了桌子角，口中有一下没一下地吸着旱烟，两眼望了床上。他装过一烟斗子烟丝抽完了，又换一烟斗子烟抽，满地上布着一粒一粒的烟灰，他还只管皱了眉在想心事。他似乎感到脚下有些凉了。回头一看，窗户还敞了半扇。于是将床上的那床线毯，缓缓地拖着，盖在计春身上，他依然坐回去，望了床上抽旱烟。他心里想着：计春这孩子，就不大睡觉的。在家里，我常是半夜里起来和他盖着被，将来一个人在北平，半夜里谁同他盖着被呢？

他想着想着，只管抽烟。旱烟袋斗子里，存了烟灰不少，已经不是那样灵活，可以一吹就把烟灰吹了出来，现在抽完了烟，新烟灰和旧烟灰，就在烟斗子里面凝结起来，吹它不出。于是世良抽完这袋烟，便要将那烟袋头子，放在地上敲打一阵，打得地下的方砖剥剥作响。隔壁的刘清泉已经睡了一觉，却被他的烟袋斗声拍击醒了，就笑问道："周老先生，你怎么半夜里醒了，想什么心事？"世良望了板壁道："接了家信，催我回去。"刘清泉道："你舍不得你的爱郎吧？"世良唉了一声道："刘先生，不瞒你说，上了年纪了，就是这样儿女情太重哩。"刘清泉道："都是这一样呀！不瞒你说，以前我就不懂什么叫作孝道，自从我有了三个孩子，生灾害病，穿衣吃饭，上学读书，时时刻刻都留心，我就想着，我们小的时候，父母对我们不是一样的吗？于是乎我对着父母就知道敬爱了。可是说起来还是恨着，我刚要孝敬双亲，他老人家就双双过去了。真是子欲养而亲不在。再说到现在的青年人，只为了新旧思想不同，总是带了爱人远走高飞的，父母想得儿女什么好处，大概是不可能。我心里头尽管是这样明白，但是叫我不疼我那三个小家伙，总是办不到。"世良道："也不可一概而论。我们小孩子的这位冯校长，就是思想极新的人。但是他对他老太太，那就孝顺极了。就是我这孩子，他对我也是很好，我心里倒是很满足的。"刘清泉一想，自己也许有点儿失言，于是就不作声了。

世良说着话，就望了儿子，于是和他牵牵线毯，看到点的一根蚊香灭了，重点了一根蚊香，放在计春脚头地上，自己还是抽着烟望了床上，心想：这孩子样样好，我都可以放心，就是怕他人太老实了，将来会受人家的欺侮。万一我的儿子吃了人家的亏，我自己并不看到，这叫我心里多难受呢？他如此想着，就只管抽烟，忘了睡觉。夜更深沉了，什么响声都没有。看看床上，又看看桌子上，桌子上堆着计春的书，还有计春作的文稿。心想这孩子，居然到北平这大地方念书来了，谁知道他是乡下一个牧牛的野孩子出身的？据孩子对我说，无论中国外国的名流，凡是由贫寒出身的，他的成就也就格外的大。我想我这个孩子，总算是贫寒的人，假使他将来有些成就的话，一定也不同于常人。你看他现在读书，不就是人人夸赞吗？我若真爱惜他，应该让他好好地读书，以便将来有所成就。这个时候，为了眼前舍不得他，耽误了他的一生，那还能算是疼爱儿子吗？我就是这样办了，明天买些东西，后天就回南去。

他想到这里，自己觉得是有些兴奋了，不由得将头抬了起来。他这样一抬头，自己倒猛然地吃了一惊。原来窗户纸上，已经露了白色，不知如何地胡思乱想了一晚，天色却已大亮了。索性不要睡觉，吹灭了灯，到院子里去徘徊了一阵。等太阳出来了，就回房去把计春叫醒。计春坐在床上，望着父亲道："你昨晚没有睡得好，怎么今天又起来得如此之早呢？"世良微笑道："我在安庆，已经磨了……"计春连连地向父亲摇了几个手。世良会悟，也就不向下说了。计春伸着脚到床下来，正要踏自己的鞋子，一低头，看到地上许多的烟灰，不由得呀了一声。世良道："不要紧，这屋子脏了，我自己会来扫。"计春道："不是说脏不脏的话，你看，吹了这样一地的烟灰，知道你老人家抽了多少时候的烟。不用说，你老是想心事想得多了，所以旱烟也就抽得多。据我看，恐怕你老昨天一夜上都没有睡觉！"世良又微笑着。计春道："爹，我看，我和你一同去吧。我家统共是两个人……"世良正色摇着头道："唉，你这是什么话？我既然费了半生的心血，把你送到北平来念书来了，还能够把你带了回去吗？人家说我舍不得你，那还是小事，若说我周世良到底不能办事，把儿子念书，虎头蛇尾，只落个半途而废，你想，那不是笑话吗？我已经打算定了，今天在北平城里买些送人的东西，明天一早就走。"

说着，就伸手拍着计春的肩膀道："孩子，你舍不得我，你要知道，我是更舍不得你。但是为了你将来远大的前程起见，我们必定要忍受了眼前的离别苦处。现在交通便利，父子要见面，那算什么？花二三十块钱，过四五天，父子就见面了。"计春望着父亲的脸，问道："你老想了一晚，就想出了这样一个结果吗？"周世良点了两点头，低声道："是的，昨天晚上，我没有睡觉以前，那一种想法，那完全是想错了。"他这样说着，虽然是承认了他自己的错误，但是他的嗓音已经枯涩着，有些说不出话来了。计春看到父亲这种样子，劝解觉得是不妥当，不劝解也觉得是不妥当，只有默然地去找了茶水来。胡乱忙碌一阵，将心里的那一份凄楚，遮盖了过去。周世良这回果然是把计划决定了，当日下午，就揣了些钱在身上，带着计春到街上去买了一些北平土产。

下午，父子二人又专程到冯子云家来告别。到了客厅里，见着主人。计春脸上泛出一种很忧郁的神气，皱眉道："冯先生，我父亲明天就要走了。"冯子云听了，自也出于意外，因之向世良脸上注视了一阵道："昨天在我这里回去，你也并没有提到回南的这事情一个字，怎么突然地说是要回去了？"周世良因把接着倪家来信，有人要抢生意的话说了一遍。冯子云点点头道："这就对了。你只要把孩子送到了北平，就可以放心的。在这地方多耽搁一天，也无非是多花一天的钱。"世良想着，冯校长听了，或许安慰自己两句。现在他倒极力地鼓吹自己离开北平，第一个最靠得住的人，他就不曾给予自己一个转圜之地。那么，自己还有什么法子可以说是不走呢？当时也只苦笑了一笑，就在客厅里坐下。还谈不到三句话，却听到大门外轰轰的一阵轮机声响，世良站起来道："冯先生有客来了，我们走吧。"冯子云将手一拦笑道："没关系，到我这里来的，都是我的客。也许我的眼睛里，把豆腐店的老板，看得比坐汽车老爷还要重呢？"世良本来也是有话不曾说完，就只好依然坐下。

这时，一阵高跟鞋响，就有一个娇滴滴的声音在院子里问道："冯先生在家里吗？"大家隔了玻璃窗子向外看时，正是那位孔令仪小姐，冯子云道："请进来坐吧。"门一推开，孔小姐进来了。今天，她穿了一件阴白色的漏纱旗衫，里面自然是摩登衬裙了。露出了两只手臂和脊梁，下面穿了一双滚红边的白色皮鞋，在那旗衫下摆，开着长叉口的地方，下半部只有刚过鞋口的一双短袜子，露了足有二尺长的大腿在外面，那冯子云看到，似乎微微地皱了一皱眉头。可是回头一看世良父子在这里，就带了微笑道："孔女士，我和你介绍介绍吧。"令仪笑着点头道："这位老先生我认得的。"冯子云心想，一位千金小姐会认识一个开豆腐店的老板？这真有些奇怪了。于是咦了一声道："孔小姐知道老先生是干什么的？"令仪笑道："他是乡下一个土财主。"冯子云笑道："小财主见了大财主，说他算不了什么，那也罢了，为什么在财主上面，和人家要添上一个土字？"计春站在一边，未免着急。心里想着，若是万一把实话说出来了，这却要我父子二人好看。可是令仪并不向下追问，走近前两步，向世良点了个头笑道："真对不住，我是闹着玩的。"

当她这样走近前来时，那胸面前两个肉峰是更显然地向前突起着。计春虽然是两只眼睛向人对面瞪着，可是想到了冯校长还站在当面，不由自己做主地却把眼睛皮合了下来，并不向前面去看着，然而虽是不去看着，却也有一阵阵的香气，向鼻子眼里送了来。这让人闻到，简直是说不出所以然的了。当他过了一会儿，抬起头来时，却见令仪两手推了一份洋式的束帖递到冯子云手上去。她微笑着道："请冯先生务必赏光。"冯子云道："大小姐，为什么又要破钞？当学生的人……"令仪笑着微微点了几点头道："我知道冯先生一定会这样说我的，可是我并不是怎样的大请客，乃是邀我表叔和冯先生谈谈。我就怕由邮政局寄了请帖来，冯先生不肯到，所以我就亲自来请了。"冯子云笑道："好阔的信差！可是坐着汽车来的呢。"于是乎全屋子的人都笑了。令仪笑道："师母在家吗？我见见师母去。"说着掉转身去，打算要走，可是她一回头的时候，看见计春瞪了两眼望着，并没有坐下，就笑道："周先生，不要客气，请坐吧。"她手扶了门，竟是深深地一个鞠躬。她这个鞠躬，是向大家告辞的呢，是向冯先生一个人行礼呢，还是向我告别呢？计春看了她临去的后影，也不免呆呆地望着。

然而这个时候，世良已经提出问题，来和冯子云讨论了："孩子在这里读书，一切都望冯先生照应。希望冯先生不要把他当学生，只把他当儿子。有不听话的时候，只管骂，只管打。"冯子云笑道："我想还不至于。"世良站了起来，深深地向冯子云作了三个揖，冯子云也站起来，还礼不迭。世良正了颜色道："冯先生，我是一个无知识的人，也不会说什么话。我知道你是一番好心，要把他造就一个人才出来，遇到了这样好先生，我还有什么话说。只是这孩子年纪太轻些，怕他做事糊涂胆大，或者……"
冯子云一只手握住了世良的手，一只手拍着他的肩膀，很诚恳地道："周
老板，你放心得了，回去好好地做生意吧。你回去以后，我会叫计春一个
星期写一封信给你。过寒假的时候，他若是不回去，你也可以来看望他
的。"世良沉默了许久，向计春道："你当着我的面，和冯先生鞠三个躬，
算是替我先谢谢他了。"冯子云对于这个办法却有点儿不愿接受，可是不
等他推辞时，计春已是朝着他深深地三鞠躬了。

　　冯子云也不知是何缘故，经人家这样深深地行过一番敬礼之后，只觉
心里受了一种针灸一样，全身都感到一种舒适，可是同时又感到一种惶
恐。有了这样一个印象，他更是非和计春帮忙不可了，便道："你父子二
人，也太多礼了。事到如今，我姓冯的对帮忙这件事，还能说个不字吗？"
世良听说，又向冯子云道谢了一阵，然后带着计春回会馆来。今天回来，
他的态度不同于往常了，也不说笑，也不睡觉，也不要出去散步，只是口
衔了一杆旱烟袋，斜靠了走廊下一根柱子，对了天上的白云呆呆地望着。
计春虽然要拿话去安慰父亲，可不知道是用哪些话去安慰他的好，也只有
在屋子里呆坐着罢了。

　　吃过晚饭，世良把收拾好了的网篮重新解散了，再收拾一番。口衔了
烟杆，坐在床铺上，只管望网篮里装满了的物件出神。计春坐在桌子边，
用两只手撑了头，也是呆呆地向网篮望着。在一盏孤灯下，父子二人这样
的态度，未免太寂寞了。因之世良由这几天不知道倪氏母女情形怎么样说
起，联想着不知道乡下人的情形又是怎样为止。父子们不说离怀，却把些
过往的事，只管挑起来从新地说着。这种过往的事，好像极能引起人家的
趣味，把离情忘了，因之一直说到一点钟，还津津有味。计春道："爹，
你睡吧。明天一早，你就要预备上火车。"世良说话的时候，就忘了抽烟，
一到了要走，他就把旱烟袋由桌子挡上抽出来，又慢慢地抽起烟来。计春
道："爹，你睡吧。明天还要起早。"世良放出很懊丧的样子，答应了一个
嗯字，他点点头，依然抽他的烟。世良不睡，计春也不睡，靠了椅子坐
着，只管望了他父亲的脸。他觉得父亲是上了年纪了，那额上的皱纹，那
手上粗糙的皮肤，那杂了白点子的头发，都显出他父亲是很劳苦。这次回
去，他避开了儿子的劝阻，而且要多量地去挣钱供给儿子学费……计春简
直不敢向下想了，站起来道："爹，你……睡……吧。"两滴眼泪，不知怎
的滚到脸上来了。世良站起来笑道："傻孩子，哭什么？男子十六岁成丁，

你已经十七岁了，还离不开爹妈？那是笑话！睡吧。"他也不再抽烟，不再沉思，就逼迫着儿子睡了。

次日早上，计春醒了，却见父亲还躺在床上。心想：他或者舍不得走，让他睡着，耽误了时候呢，就明天走吧。他下了床，见世良睡在床上一动也不动，以为他睡着了，自己一切举动都是静悄悄的。忽然床上父亲喊了一声，手一拍床，倏地坐了起来，向计春道："你在北平好好地念书，我决计走了。"说时，就下床来。计春将一件蓝布大褂，交到世良手上道："今日天阴，凉得很，加一件衣服。"世良并不言语，将衣服接过，展开来缓缓地穿上。他站在屋子中间，低了头抬不起来。那干净衣服的胸襟，立刻印了许多湿的点子，他抢着走出房门咳嗽了一阵，然后才走回屋子来，笑向计春道："孩子，你不必送我了。你送我上车，回头一个人回会馆里，你的心里会难过的。"计春道："我不难过，我要送你。"世良又不言语了。匆匆地洗了一把脸，就弯腰将地上放的网篮提着试了一试，然后将网篮放下，便坐下来抽旱烟。计春忙着倒了一壶热茶来，又买了几个热烧饼，放在桌子上，向世良道："爹，不要吃点儿吗？"世良点了几点头，倒了一杯热茶，捧起来喝了两口，依然放下。计春道："爹，你怎么不吃一点儿呢？"世良这才拿了一个烧饼，勉强咬了两口，放到桌上，就向计春道："现在我实在吃不下去，到了火车上再说吧。"他说着，自向门外去雇好了车子，进房来道："你不必送了。"说着，一手提了网篮，就向外走。计春一伸手扯住了世良衣服道："不，我得送……"他话未说完，眼泪就流下来了。世良道："好吧，你送我，但是你何必哭呢？"他虽如此说着，然而嗓子眼里也僵硬了。他站在走廊下，等儿子锁了房门，才向外走。

会馆里住的人，看到他父子二人天性持重，倒也很是赞成。随着也有一大班人，送了世良出门来。计春又雇了辆车，紧随了世良之后，直送到东车站来。他去买车票的时候，让计春看住了网篮。他买了票来，手提起了篮子来道："孩子走！"从此也不说什么，低了头就在前面走。计春在后面看着，觉得父亲今天是特别的身体软弱，走一步，身子闪跌一步，好像一点儿力气也没有，提那个篮子不起，计春抢上前一步，提了篮子柄道："爹，让我来和你提上车去吧。"世良道："笑话，我会连一只网篮都提不动，以后不用卖力气吃饭了。"他说着，提了篮子就迈步向前，也是他实在地走快了，走得踉踉跄跄的，脚被网篮一绊，身子倒向前一栽。计春哎哟了一声，两手同起，将他的衣服抓住。他好容易站定了脚，在身上抽出

113

一条大布手巾，擦着额角头上的汗，笑道："你说我不行，我果然是不行了。"计春看了父亲这种样子，心里是万分难受。假如父亲磨豆腐的时候，也是这样头晕眼花，那岂不糟了。于是将网篮提到自己脚边来，向父亲道："这样一来，你一个人回安徽去，我真有些不放心。"世良拍了他的肩膀，笑道："孩子话！你几时看到我拿东西，会自己摔了？这都是脚下没有留神，自己把自己撞了，篮子还是交给我吧。"计春道："我和你送上火车，也不要紧啦。"他提了篮子，很快地向前走，世良弯了腰，却不住地一路要去扶那篮子。到了三等车门口，计春提了篮子就要上去，世良两手将篮子一抱，撞着向后退了一步，站定了，向计春笑道："三等车上，那种挤法，你还没有尝过吗？不用上去了。"计春哪里肯依。世良将篮子捐在肩上，在前面走，计春却牵了父亲的衣服，紧紧在后面跟着。转过了三节车，才得着一个靠窗的位子。世良将篮子塞在行李格板上，刚一转身落座，不觉咦了一声道："我以为你在车子外头呢，你也进来了？快下去吧。"计春眼睛全红了，说不出话来。世良低了头，对他耳朵细语道："这样大人舍不了爹，人家看到，不是笑话吗？"计春怔怔地只是站着。说话时，车外摇着铃，促送客的人下车。世良又对他耳朵细语道："你下去，你再要哭，我也哭了，那不是笑话？"计春只好将手背揉擦了眼睛，低头走下车去。一到月台上，立刻奔向车窗口，向车里望着。世良道："你回去吧。读书我是用不着吩咐你，自己好好保重自己的身体就是。"计春只是在嗓子眼里，答应了一个唯字。世良道："北方天气凉，你要多穿衣服。到了秋后，我会寄钱来，让你做件皮袍子。过几天，你就搬到冯先生家里去住。你在会馆里，我很不放心。"世良说一句，计春嗓子眼里又唯上一声。世良又道："零碎固然是不要吃得好，但是热的、干净的，想吃时，买一点儿吃也不妨，倒不可过于苦了。"计春都唯唯地答应着，可是只在这时，冯子云先生，手上抓了草帽子，东张西望，急急忙忙地走来了，看到世良，隔了窗子点头道："周老板，我怕你还有什么话要对我说，我特地赶着来了。"世良拱着手道："冯先生，你真是好人，我……"他只说了一个"我"字，汽笛呜呜地响了起来，说话的声音已是听不到，车轮子辗动着，车子向东移动了。那个面带愁容的老人，还是拱手不已。他那番父母爱子之心、托友之诚，不是很可知吗？

第十三回

遗帕散相思似存深意
闭门作闲话遽启微嫌

　　周计春在车站上送他的父亲，眼见世良在车窗子里向人连连打躬作揖，那种殷勤托人的样子，真令人心里十分的感动。呆呆地站定，只管望那火车去的后影，由大而小，以至于不见，他还是不肯移动。冯子云站在他身后，用手拍了他的肩膀，笑道："不要发呆了，回会馆去吧。在北平读书的青年，有好几万。若是都像你这样，舍不得父亲，那不成了笑话了吗？"他不住地拍了他的肩膀，还向前推着，催他回去。计春揉了两揉眼睛，也不作声，低着头走出了车站。冯子云道："计春，晚上你若是嫌孤寂，到我家去吃晚饭吧。"计春低了头，随便地哼着答应了一声，就雇了车子回会馆去。到了会馆里，推开房门来，只见椅上放了一壶茶、几个烧饼，还有大半个烧饼，是周世良咬了一口的，心里这就不由得一动：刚才还有父亲在这屋子里吃喝说笑，于今父亲走开有几十里之遥了。自己坐在床上，两手按了膝盖，望着桌子面上，只管是出神。心里想着，父亲心里的难受，大概还在我以上。沏了这一壶茶，他只喝了一口。买了这些个烧饼，他也只吃了小半个。这时候在火车上，也不知道他有多么难过了。想着想着，坐不住了，就横着在床上躺下。

　　他也不知道经过了多少时候，昏昏沉沉地在床上睡着。睡着醒过来以后，午饭已经开过去了。自己也懒得去找厨子开饭了，就吃着冷烧饼，喝着凉茶，在屋子里翻着几页书看了。那几个冷烧饼，他也并不曾吃完，到了晚上，又把那几个冷烧饼，继续地吃着。晚饭这也不要吃，不点上灯，就倒在床上睡了。他心里这一番难过，绝对没有一丝办法来排解，只有床上那个枕头，在这时是他所最亲切的了。到了次日早上，天一拂晓，就醒过来了。这却和昨日的情形，整整地成了反面，昨日以倒在床上为安慰，今日却以离开床为安慰。他走到院子里来，在栏杆上坐坐，在院子里树荫

115

下站站，有时还绕着院子，走上两个圈子。自己是青年，又怕人家笑话，说是离不开父亲，于是嘴里带唱着细小的歌声，继续地唱个不了。

忽然一阵高跟皮鞋的响声由远而近。鲜红的衣服在眼前一晃，原来是孔令仪小姐来了。计春突然地看到了她，不由得身子一愣，她倒深深地向计春点了一个头道："周先生起来得早啊！"计春虽然是满面愁容，到了这时，也不得不勉强放出笑意来，露着牙和她点了一个头。令仪站住了脚，向他周身上下打量了一遍，问道："你们老先生已经走了吗？"计春点点头道："昨天走的。"令仪微笑道："那么，你一个人在会馆里住着，未免寂寞得很了。"计春道："离开家庭一个人在北平求学的多着哩，这有什么寂寞？"令仪笑道："虽然那样说，我总说你们父子两个人的感情很好的。"计春微笑道："父子之情，总是有的，这无所谓好不好。"令仪手上拿着一个手皮包，在里面抽出一方花手绢来，在脸上轻轻地拂了两下，斜里伸出一只脚来。她高跟鞋的鞋尖，在地上不住地点着，表示出那沉吟的样子来。她不说什么时，计春当然也不说什么。两个人相隔着有二三尺路，就这样怔怔地对立着。计春怎样能够和这种女子面对面地发呆？不由得红了脸只把头来低着。令仪耸着肩膀，微微地笑了一声。她耳朵上正垂着两只碧玉圆耳坠，顺了她的笑声，像摇鼓的小槌子那样摆着。计春见了她这种样子，更不知道如何是好，也只有向了人家微笑。

令仪沉吟了许久，她算想出一句话来，就问道："周先生，现在打算考哪个学校。已经决定了吗？"计春被逼着不能不说话了，因道："我当然是根据了冯先生的指导。他要我到哪个学校里去，我就到哪个学校里去。"令仪笑道："据说你在安庆中学毕业考试的是第一名。你的学问很好呀！"计春微笑道："那也是侥幸的一件事情罢了。"令仪笑道："周先生，倒会说话，再见吧。"她说毕，掉转身就走了，一面走的时候，一面将那方花绸手绢，向皮包里塞了下去。也许她走得太慌张了，那方手绢没有塞得稳，竟落在地面上了。只看她那高跟鞋子，一起一落走得地面上突突作响，头也不回地向前去了。这个时候，院子里并没有第二个人。计春看了地面上这样一条花手绢，绝没有置之不理的道理，只好向前拾了起来。可是他一拾之后，这就有问题了，还是收没下来呢，还是送还人家呢？他站在院子里如此考量着，依然还是怕第三个人知道了，就赶紧地把这花手绢塞到衣服里面去。他虽是把花手绢塞到衣服里去，然而他心里对于这个问题，依然在徘徊着，不肯走开，但是这位孔小姐走过去之后，始终不曾走

116

了出来。计春在院子里连连打了几个转身，几次想冲到隔壁刘清泉先生屋子里去，把花手绢送还人家，然而自己仔细想起来，却没有那种勇气。第一是怕那刘先生见怪，以为你这个年轻的人，何以会把大小姐的花手绢拿到手上去；第二呢，见了孔小姐，却不知道要怎样的措辞，因之自己只管踌躇着，在院子里踱来踱去。

约莫有一个多钟头，孔令仪方始由屋子里走出来，那刘先生在她身后送着，一路谈着话走了出去。计春站在一边，她却不曾看到，绝不能够半路上把人家拦住，将花手绢塞过去，这也只好眼睁睁地看了她走去，也就完了。这时太阳光已经由墙上慢慢地移挪到地面上来了，会馆里的这些住客，自也陆续地起来。计春怕一个人久在院子里徘徊，会引起人家的疑心。走回房去，把房门掩着，躺在床上，将身上那条手绢由衣袋里抽出来，两手互相展弄着，看了只管出神。心里这就想着：她这条手绢似乎不是无心遗落下来的。那个时候，院子里并没有第二个人，她不会是和别个人留下来的吧？这样一位有钱的美丽小姐，会留心到我头上来，这真是猜想不到的事，难道她还真有心于我吗？不！不！这完全是我神经过敏之谈，我有什么特长，会让这有钱的小姐看中了。这个人，大概相当的浪漫，冯先生也曾说过的，她是一个没有希望的青年，自己何必去和她接近。如此想着，心里头似乎有点儿觉悟了。凭着什么，自己可以和这样的阔小姐来往？难道说我在中学考了一个第一，就会引起人家注意吗？然而现在的女子，绝不如此。她们爱的是学生会代表、运动员、游艺团体里出风头的角色，至于孔小姐，她是个摩登女子，自己会驾汽车出来拜会朋友，至少也应当是个西服光头的少年，方才有和她同坐汽车、同逛公园的资格。自己穿这样一套灰布学生服，要和她在一处，恐怕人家会疑心是一个听差了。他躺在床上，将被卷齐着，高高地枕了头，手上只管舞着那条花绸手绢，抖擞着那香气。

忽然房门一推，那位刘清泉先生走进来了。计春想把这手绢收藏起来，刘清泉已经是看见了，就笑道："喝，小周先生，你这样的老实人，也用这样的花手绢。"计春只好笑着站了起来道："我正为了这条手绢发愁呢！"说着话，脸可就红了。刘清泉笑道："这有什么可以发愁的？"计春道："早上我在院子里站着，你们大小姐由面前经过，落下了这一条手绢，我捡着了，想送还她，又有些不好意思。"刘清泉笑道："这是笑话了。捡着人家的东西，不敢收下，拿来送还人家，这正是你有公德心，怎么倒说出不好意思来呢？"计春道："我向来脸嫩，见女人说不出话来。刘先生来得正好，这一条手绢，就请你交还给孔小姐吧。"刘清泉对于这一层，倒没有怎样地考虑，接过手绢，先闻到一阵香气，料着是自己小姐的无疑，就在身上收着。计春虽是把这方手绢拿出去了，然而总像是自己做了什么亏心事似的，脸上青红不定。刘清泉看了这个样子，倒不能够不疑惑，就向计春笑道："你若是喜欢这条手绢，你就留下吧，好在我们小姐的绸手绢，都是论打买下来的，就是每天丢了这样一条手绢，她也不会挂在心上的。不交还她了，你还是拿去，我猜她后来绝不追问。"他越如此说着，计春越是不好意思将手绢收着，笑道："虽然是孔小姐不在乎，可是在我这一方面，总不应该收没人家的东西的。"刘清泉笑道："好吧，我收下转交就是，这是一件很小的事，用不着提它了。令尊走了，你一定是很寂寞的了。没有事，可以到我屋子里去谈谈，也可以解解闷。"计春觉得这总是人家一番好意，自然是连声答应着。

　　刘清泉和他说了几句闲话，看他有些很不自然的样子，不便搅扰，也就回屋子去了。至于孔小姐之遗落这条手绢是有意与无意，根本他就不放在心上。不料这日下午，孔小姐又来了。她进来的时候，看到隔壁周计春屋子的房门是关好的，就问刘清泉道："隔壁那个姓周的孩子，不在家吗？"她说这句话时，手还扶着那刚开的门环呢。刘清泉倒不想她会这样地急于要问计春的下落，便笑答道："人家现在一个人，很寂寞的，大概是到先生家里去了吧，小姐很注意他的行动。"令仪道："你不要瞎说了，我注意他的行动做什么？我因为今天早上到这里来，丢了一条手绢，那个时候，只有他一个人站在院子中间，我想这条手绢，也许是他捡了去了，所以我打听打听。他若是没有捡着，也就算了。我并不追究。"刘清泉笑道："大小姐，你快要读书成功了。对于一条小小的手绢，你倒是这样地留心，可不是他捡着了吗？人家可不敢隐瞒，又不好意思送给小姐，特意交给我让我来转交。"说着，打开箱子来，就把箱托子上放的那条花绸手绢拿着，要双手递给令仪，令仪连连摇着手道："不，不，这不是我的手绢。"刘清泉这倒很是纳闷，怎么这会不是小姐的手绢呢？他手上托着那手绢，就犹豫着不知如何是好了。

　　他忽然领悟了一件什么事情似的，就问道："莫不是这个孩子滑头，把小姐的手绢掉了过去了吧？"令仪道："那他倒是不会的，就算这手绢是我的，经过许多人的手，上面都是男人油汗，我也不要了。"刘清泉将那花手绢，依然搁到箱子里去。令仪望了他道："你倒打算没收起来吗？既然不是我的，当然要退还给人家了。"刘清泉道："哦，是是是，回头我交给他。小姐的款子已经发电报催去了，今天你已经问了我一次，怎么这又要问？"令仪道："这会馆我也有份，我喜欢来，就多来两趟。何必一定要为着什么事？这次我是来看看的，不是问你款子的事。"刘清泉因她如此着，自也不敢多问。令仪原是靠了门站定，手拉扯着门，让它来回做玩意儿，笑道："你怕我麻烦吗？也许明天我还要来麻烦你呢！"说毕，笑得花枝招展似的走了。刘清泉心想：好哇，她竟看上周家这个小孩子了。一天来两趟，送手绢给人，还怕人家没有捡到，这都是下的一番苦心工作了。人家周家孩子，父亲千里迢迢送来念书，当然是望他成就一个人才，若是让这位大小姐一勾引，结果那不必说，必定是跟着她后面吃吃逛逛，胡闹一阵。这个青年，还有什么书可读？这条手绢，我得没收下来，不可以交给他。我们东家，顶了一个善人的头衔，倒养这样一个姑娘，真是替"善人"两个字丢脸。他想到这里，原是坐在桌子边喝茶的，却捏了拳头咚的一声在桌上捶了一下。

　　不想这个时候，计春恰是由外面回来了，听到隔壁屋子里这样一下重响，就向了壁子大声问道："隔壁的刘先生，你屋子里摔坏了什么东西了？"刘清泉怎能不认可这句话，说是屋子里不响，只好说在屋子里练八段锦，碰了桌子了。计春道："那一块花绸手绢呢？"刘清泉道："我已经交给我们小姐了。"计春道："我在大门口碰到你们小姐，她说已经叫你退回给我了。她硬说这花手绢不是她的，你看，这不是一件怪事吗？自己用的东西，自己会不认得。"如此说着，他也就移步走到刘清泉屋子里来了。这让刘清泉实无法再把那花手绢没收起来，只得将箱子打开，取出来，交到计春手里。计春笑道："这样的花手绢，上面又是香气勃勃的，我这样一个穷学生，怎用得出去？这分明不是我的东西，我收下来做什么？还是搁在刘先生这里吧。"刘清泉正着颜色，站着望了他道："小周先生，不是我多吃两斤盐，就在你面前端起长辈排场来，可是我和令尊大人，倒是谈得很投机，而且我看你又是个好学生，所以我不能不对你说几句老实话。"

　　说到这里，声音就低下去了几分，这才接着道："我们这位小姐，南京上海苏杭二州，什么地方，都跑了一个够。阔小姐的脾气，她都有了。青年人和她在一处，决计交不出一个好来。现在青年人，动不动不就是讲爱情吗？她的爱情，可有些不同，是博爱的……"他说到这里，声音不觉

119

地又高亢起来。计春点着头道："好了，我知道了。"也不知在什么时候，他把那一方花绸手绢，已经揣到衣袋里去了。刘清泉谈话谈得高兴起来了，一伸手握了计春的手，俯着身子低声道："老弟台，我劝你几句吃紧的话，读书的时候，千万别谈恋爱，谈恋爱更别找那有钱的姑娘，你用的钱都是你家里人一粒一粒的汗珠子换来的，你犯得上和阔人拼着用吗？人家用一个铜子，是用一块瓦碴子，你用一个铜子，是用父亲一粒汗珠呀！"他把话说到这里，捏着计春的手，更紧一层，微微地摇撼了几下。计春想着：这话真是不错的，用一个铜子就是用了父亲一粒汗珠子。当时心里大受感动，向刘清泉告辞走回房来，立刻把那方花绸手绢塞到藤箱底下去。他心里想着：用了父亲的汗珠子到北平来念书，我要怎样地求得一些学问，才对得住父亲那一把汗珠子呢？如今我父亲刚走，我就要认识这样有钱的大小姐吗？她大概有些玩弄男子的，我早些躲开她就是了，若是冯先生家里立刻腾不出房子来，我先搬到自己本县会馆里去住，有了这些日子，也许里面腾出地方来了。他如此想着，觉得自己是相当觉悟的，心里倒空洞了许多。

次日早上就跑到自己会馆里去，长班已经知道他真正是个学生了。好好地招待他，总比那赋闲多久常住会馆的人要好些，马上就向计春道："周先生，你来得很好，今天恰有一间房子腾出来了，你快些搬进来吧。你今天不搬进来，明天就会让人家抢了去了。"计春听说，走进去一看，是一间两扇玻璃窗的小屋子，里面一副床铺板、一张小桌子、两个方凳，还有一个小书架。窗子外面，有一排垂杨柳，拖下来的长柳枝，在窗子外面，荡漾着来去。在这小屋子里住，客边已是不错了，很满意地对长班说下午就搬来。长班道："是同乡的人，谁都可以搬来住。你不来，有人要搬了进去，我可拦不住。"计春道："我特意来看房子的，为什么不搬来呢？你还同我保留一天，把屋子门锁上。明天上午，我若是不来，你就把屋子让给别人，你看好不好？"长班笑道："怎么着为难，一半天的工夫，我总可以对付过去的，你明天一早搬来吧。"计春看看，屋子里一切都很干净，就是窗户格子上破了几个窟窿，于是回来的时候，还在纸店买了两张白纸，预备作为糊补窗户之用。到了这时，他迁回自己会馆的意思，自然是一点儿也没有更改的了。

回到寓所里来，首先就是整理书籍，一部一部地叠着，预备向箱子里装去。当他正在这样忙碌的时候，却听到有人在屋子外面咦了一声，分明有一番惊奇之意在其间，情不自禁地就伸出头到屋子外面来看看，原来是隔壁刘清泉先生把屋子门倒锁了，孙令仪小姐进不去，正在屋子外发愣呢。计春是很认得人家的，不能见了面不理会，于是也就向她点了一个头，然后身子向回一缩。他的向例是身子缩转来之后，就要把房门关上的，可是这一次不知如何有了例外，人虽缩到屋子里面去了，可是房门并不曾掩上。那孔小姐站在房门口，伸着头向里面看了一看，笑嘻嘻地道："原来你这边的屋子，也和那边是一样大的。"计春不是个木头，不能推得太开了，只好站起来和她点了一个头道："孔小姐不到我们这脏屋子里来坐坐吗？"他是一句很平常的敷衍话，却也不料到会发生什么黏着性。可是这位孔小姐那样精明伶俐的人，偏是不懂得这句话是敷衍的，就跟着一推门走了进来。这一下子倒让计春觉到十分的窘，就向着人家站立起来，微笑道："请坐吧。"说着，就提起桌上的茶壶来，想要倒茶给她喝，不意壶提到手，面里却是轻飘飘的。这无须说，里面必是空的。于是手提了茶壶，就要向外走。令仪一伸手，将他拦住了，笑道："你不用张罗，我不喝茶。"计春不能强迫着人家喝茶，也只得坐下了。

二人隔了一张小桌面，计春坐在床上，她坐在一张小木椅上。化妆品的香气，阵阵地向人鼻孔里送了进来，这让计春看着人家的脸子是有些冒犯，低了头不理会人，也就显得自己太不大方，因此他在一分钟的时候，抬头与低头，倒有五六次之多。令仪看到了，只是微笑。计春坐着咳嗽了两声，然后才问道："大小姐考什么学校，已经决定了吗？"令仪皱了眉道："我就不服那位冯先生，人家越是正正经经地要求他，他倒越是要搭架子。我也气了，不找他了，只要交学费就可以考取的学校，那有的是，再说吧。"她说时，微微地鼓了她脸子，自含有几分娇态。计春道："冯先生人很好的。"他说着话时，手上拿了一支铅笔头，只管在桌上涂抹着字。令仪看到，就扑哧一声笑了。计春这倒愣了一愣，我说冯先生为人是很好的，这还有什么错处吗？何以她在这个时候，倒笑了起来呢？他那一份踌躇的情形，令仪看出来了，只管顿了眼皮，向他脸上望着。她这个样子，越是把眼睛上的那长睫毛簇拥了出来，那红红的面孔拥出这长长的睫毛，实在是增加了无数的媚态。这让情窦已开、正在青春的周计春看了，怎能够说丝毫无动于衷哩？因之他手上的那个铅笔头，在桌面上涂着更厉害了。

令仪笑道："周先生，你在安庆的时候，没有女朋友吗？"计春道：

"我们那学校里，没有女生。"他正正派派地说着，脸上不带一点儿笑容。令仪笑道："男女交朋友，也不一定要是同学呀。如今社交公开的时候，什么男女都可以交朋友的。"计春笑着摇了几摇头道："也没有。"令仪微微地点了两点头道："这也是事实，因为内地风气闭塞，你为人又很老实，大概是不容易接近女性的。"计春依然不作声，将铅笔在桌面上涂着字。令仪道："周先生，到了北平这地方来，眼界应该宽得多了。现在你情愿交女朋友吗？"计春摇着头，本当说不愿交女朋友，可是他这就立刻想起了使不得。试想：若说不愿交女朋友，当面这位小姐，难道能说是亲戚吗？只得微笑道："我什么交际也不懂，怎么能交朋友？"令仪笑道："我们当学生的人，一不开茶会，二不请客，在一处遇到了，至多是吃个小馆儿，瞧个电影儿，谈个什么交际不交际。若要谈交际，那就失了学生本色了。"计春虽然对她谈话，眼睛可是不敢向她迎面看看，斜斜地望了这房门。房门原是敞开的，不知如何被风吹着，慢慢地就关闭起来了。计春一想，这可不大好。两个青年男女关了房门谈话，这是极容易引起人家误会的，于是很快地站起身来，老远地伸着手，就要去开房门。

令仪看到，又是扑哧一笑，计春红了脸，站在屋子中间，倒说不出话来。令仪笑道："我不笑别的，你不要多心，我看到周先生这样踌躇不安的情形，想起了《悦来店》这一出戏了。那安公子只当十三妹是个坏人，要叫人抬大石头把房门抗上，结果是把人家引进来了。那是十八世纪书呆子干的事，我们现代青年，为什么也做出那古板样子来？没关系，请坐吧，我并没有什么事，借着你这儿坐坐，要等我们那位先生回来，我有话和他说。你若是要练习功课，你只管练习功课，不必理我。我自己不爱读书，还能打搅别人，也让人家不读书吗？"她说上了这样一大串，闹得计春无言可答。那扇房门始终也不曾去打开，只得默默地含着微笑，又坐下来了。令仪刚才一番话，自然觉得是说得很痛快，可是她说完了之后，看到计春那种情形，自己一想，总是一个生朋友，不曾把人家的性格摸得清楚，就这样地大大教训人家一顿，也有些不对。于是微微地向计春一笑，就伏在桌子上，搭讪着来翻弄他的书本。这正是一本地理，她无话找话地问道："周先生，你以为地球真是圆的吗？"一个初中毕业生，会问出这样的话来，这知识太幼稚了。计春便笑道："那是当然！"令仪一手按住桌沿，一手翻那书页，口里就道："我听说有人又发明了，地球是平的。坐船漂海，一直向前回到原处来，那是一种……一种……啊哟，我在哪个杂

122

志上看到过了，那是另有理由的，可是我忘了，一刻儿倒想不起来了。"计春并不要和她去研究地球是圆的，或是平的，她自己出了这样一个难题去和自己为难，把一张染了胭脂晕儿的脸子，染得更加地红了。计春笑道："宇宙的秘密，那是探讨无穷尽的。谁也不能说谁的学理是坚固而不能推翻的。"

令仪无话可说，把桌上一本地理都翻完了，接着又去翻第二本书，然而她这样翻第二本书的时候，已经感到自己没有了言语。计春更是不知道说什么好。所以在一度狂热辩论之下，屋子里却是寂然了。这时，庞杂的声浪，忽然起于隔壁。强烈的咳嗽声、椅子和桌子的撞击声、衣服掸灰声，一起并作，令仪这才听到了，站起来笑道："大概是刘先生回来了，我瞧瞧去。"说着话，她就向门外走去，接着就听到隔壁屋子里刘清泉很重的声音问道："小姐几时来的？"令仪答道："我早来了。因为你把门锁着，我在隔壁周先生屋子里等着呢。"刘清泉道："我原来也听见小姐说话的，可是隔壁房门是关的，后来又没有什么声音了，我倒以为小姐并不在那里呢。"令仪带着有笑声了，她道："那位周先生，人是很固执的。他屋子来了女客，他立刻将门打开，可是风又把门吹着关上了。"计春在这边听了这些话，不知是何缘故，心里止不住卜卜地乱跳。那一阵阵的热气，由脊梁上烘托出来，脸上也就红了起来，似乎耳朵根子都有些发烧。心里想，这真是自己一时的疏忽，刚才和孔小姐谈话的时候，为什么不把房门打开？这可让人疑心很大了。心里如此想着，尽管是不安。但是隔壁人说话，自己还是禁不住不听，又听得刘清泉道："小姐，你喝了酒吗？脸上怎么这样的红？"令仪道："我由家里来的，喝什么酒？你再写快信给我催钱吧，我没有什么和你可说的了。"说完了这话，只听到一阵高跟鞋子响，由那边屋子里出来，经过这里的房门，向前走去。随后，隔壁屋子的刘清泉就长长地叹了一声。计春对于孔小姐来谈话的这件事，本来是居心无亏，假如刘清泉真问起来，自己可以坦白地说出来，然而他只是旁敲侧击地说，叫自己辩论也无从去辩论，心里头非常难受，只好躺在床上，那迁居自己会馆的一件事，当然是搁置下来了。

第十四回

年少怎忘情终随艳迹
交深为泄愤自发狂言

凡是年轻而又好胜的人，他是受不得什么刺激的。计春和令仪这一度谈话，引起了刘清泉的误会，心里却是非常的难受。这一天，他只在屋子里躺着，连房门也不曾出去。到了次日清晨起来，精神是比较的好一点儿，自己这才有点儿醒悟了。心里想着：我既是感觉到在人家会馆里住有些不方便，更是要搬回自己的会馆去住。于是也不再做什么考虑了，立刻就到自己会馆里去。可是到了那里时，已经有人在那间空屋里布置行李，什么话也不用说，这是为捷足者先占去了。自己和长班约好了的，只要他保留昨日下半日，那半日自己未来，这就自己把权利放弃了，还有什么话说呢？当时自己是垂头丧气地走回去了。他一走进大门，恰好是和刘清泉顶头相遇，自己虽是没有那种勇气，可以和往常一般，睁着两只大眼望人，但是又不能不理会人家，就这样闯过去。因之也就乘了取下草帽子的机会，向着人深深地一鞠躬，可是当自己抬起头来的时候，却见刘清泉脸上兀自带着冷笑。计春心里很明白，这无非是为了孔小姐不该到我屋子里来关门说话。可是这件事，真是天大的冤枉，自己虽然很羡慕孔大小姐那一份美丽，但是不过放在心里罢了，哪有那样大的胆，敢去勾引这千金小姐。他心里万分地懊悔，走进了自己的屋子，一个人静静地躺着。他有时听到有人从窗户外面经过，便疑心又是偷听什么来了。有时又听到隔壁屋子里，有人笑语声，也觉得这与自己那一重公案，都不无关系。假使他们真是这样地笑我，那么，自己一举一动，都要受人家的注意，这会馆却是怎样住得下去呢？想到了这里，心里就不由得怦怦一阵乱跳。

躺在床上有了许久的时间，自己忽然醒悟过来了，心想，我这不是发傻吗？平常的时间，窗户外何曾没有人经过？平常的时间，别个屋子里，何曾又没有笑声？自己做贼心虚，听了这些动作，故意多疑，其实哪有什么事情呢？他如此想着，把精神特别地振作起来，就在桌上摊开了书，低头看将起来。看过了两个钟头的书，这也就觉得心里安宁许多了。然而那引人心动的高跟皮鞋声却又是嘀咯嘀咯，由远而近，一直响到身边来。计春心里想着：这也许又是孔家大小姐来了？她不进我这房门，倒也罢了，设若走了进来，一定要引起误会的。因为昨天到我这屋子里来时，那可以说是偶然，今天到我这屋子里来，那就绝对不是偶然了。既不是偶然，那就难免人家从中议论了。心里一动，走到房门边，立刻用双手向前推着，远远就做个要关门的样子。但是屋子里有一双手向前推，屋子外也有一双手向里推。那屋子外的一双手，却比屋子里的手要早过两秒钟碰着门，所以计春虽是要闭门不纳，终于是来不及，人家已经推着门，走将进来了。

　　不必抬头看是什么人，只听听这高跟鞋子响，可以知道这就是孔小姐来了。她进门来先笑道："对不住，今天我又要搅扰你了。你瞧我来得是这样的不凑巧，刘先生又出了门。我还得借你宝斋，稍微坐一坐。"计春对于她这种请求，虽然是二十四分的不愿意，但是看看她今天的装束，又不同了。那长长的头发梳了两个小辫，各插上一朵墨绿色的大花结，身上穿了短短的洋式外衣，虽然那料子，白得像雪一样，然而在衣服上却很疏落地绣了几只彩色蝴蝶。衣服上身挖着套领，露出一大截脖子，衣摆的长度，还够不到膝盖，所以大腿上这一双肉色丝袜子，便是整个地透露。这个样子的打扮，将她显得更活泼、更婀娜了。对于这样一个美丽的小姐，要由屋子里把她轰了出来，似乎是太不知趣，太不讲面子。因之计春自身也不知是何缘故，竟是退后了两步，让她进来，而且还深深地向人点了一个头。令仪也是一点儿都不客气，走到屋子里，就直奔桌子边，在计春看书的方凳子上坐下，用手将桌上的书本翻了两页，笑道："周先生真是用功，一天到晚看书。可是这样看书，足不出户，也于卫生有碍吧。"计春笑道："我哪里谈得上用功两字？不过怕学校考不取，在这里临时抱佛脚罢了。"令仪向他摇摇手道："你别着急，现在我想破了，北平城里的学校多着呢。第一个考不取，考第二个；第二个考不取，再考第三第四个。只要人肯用功，无论进哪个学校，都是一样用功的。周先生咱们同考一个学校，你看好不好？你的功课样样都比我好，我也可以请你和我帮一些忙。"计春对于她待要客气两句，却怕这话会说长了，若是不说，人家的态度是这样的客客气气，却又怕无故把人得罪了。因之令仪坐在这里，计春倒反是局促不安地站在屋子当中。令仪用嘴向床上一努，笑道："你不坐下？"

计春被她这样一催，做主人的仿佛是变成了客，却不能不坐下了。但是他坐下去的时候，也不曾超过两秒钟，他微微地一笑，又站了起来了。令仪笑着叹了一口气道："我说了叫你不要客气，为什么还要客气？"计春笑着将肩膀抬了两抬，因道："倒并不是我客气。"他仅仅地说了这几个字，不是客气，为着什么呢？他可不能把这句话，充足起来了。

令仪见他那样不安的样子，倒也并不去怎样地为难他。看见桌上有一张小报，就随手拿起来，看了一看，似乎这报纸上那大号字的题目，都不能给予她一种注意。只一过眼，她就翻到背面去了。这背面上不过是游戏文字和广告而已。照说，这是没有什么可以注意的，可是令仪看到了那广告以后，忽然大吃一惊的样子呀了一声。计春倒猜不出来，什么事会引着她这样地大吃一惊？不免瞪了两只眼，只管望着她。令仪笑道："周先生，你不爱瞧电影吗？这北平的电影院，虽然赶不上上海，可是比我们省城里的电影院那就好得多了。至于电影片子，那是不必说，这里映过了，也许一年之后，还到不了我们省里呢。"计春笑道："我向来就不大看电影。关于这些事情，我简直地是外行。你就不用和我提了，那算是对牛弹琴。"他很直率地说完了这几句话，以为未免大煞风景，若不是有心得罪人家，也是少年不懂事。这就向令仪笑道："像我们这种人，那真正不愧是乡下人了，什么都不懂得。"

令仪对于他的话倒不曾介意，就笑着道："你怎么老在我面前说这句话？我并没有说过你是乡下人呀！"计春道："实在的，我是个乡下人。我也就用不着勉强来遮掩了。"令仪并不曾去注意，他是怎样地来分辩那句话，就笑着道："这张《璇宫艳史》的片子，在上海我没有赶上，现在居然到北平来了。周先生，无论你懂电影，不懂电影，这张片子，你是千万不能看。"计春倒不料她把话说得这样郑重，就向她望着道："这与人生大问题，有什么关系吗？"令仪将她两只皮鞋互相地支搁着，只管把下面一只皮鞋的高后跟，在地面上扑打个不已。看那样子，她是在沉吟着什么心事哩！最后她眼珠一转，又好像她得了一个主意了，这就笑着向计春道："我说得这样要紧，当然有非看不可的缘故在内，你要不要看？"计春道："在省城里的时候，我倒是听见说过，有声电影，非常奇怪，影子能够说话。"令仪不由得笑着肩膀乱颤，便道："你是故意这样说的吧？连电影会说话，你都当着是一件新闻了。"计春被她笑着，未免脸上一红。令仪也觉得自己有点儿失言，便做一种道歉的样子，对他道："这实在也不

126

能怪，住在内地，如何看得到有声电影呢？周先生，赏光不赏光？今天我请你去看《璇宫艳史》。"计春虽没有看过有声电影，但是这《璇宫艳史》四个字，在耳朵里，却听得很熟，是怎样一张片子，也应该见识见识。他有了这一番好奇心，于是对于令仪这一请，只是微微地笑着，不曾加以拒绝。令仪手臂抬了起来，看看戴着的手表，这就笑道："我先去买票，买好了票，我打电话来请你。"她也只说到这里，又把眼珠转了一转，却摆了头道："这个不妥。北平地方，你大概不大熟悉，叫你到哪里去找电影院？再说，你又不到电影院这些地方去的，也不好叫你乱撞木钟。我看就是这样办，回头我自己来接你吧。"计春笑着，连连说是不敢当。令仪道："这也没有什么不敢当，我有车子，无论到什么地方，来往都是很便利的。"计春觉得若让她坐汽车来接的话，那就未免太招摇了，于是就急不暇择地抱着两只拳头，向令仪乱作了一顿揖，笑着连连地道："那是怎样的敢当，那是怎样的敢当？"令仪对于他这些话，睬也不睬，起身夹了手皮包，自向外走去。走到门外，手扶了门钮，回转头来向他笑道："回头你一定得到。你若是不到，那就是瞧不起我了。"说着，她就扑哧一声地笑着走了。

计春坐在屋子里，隔了玻璃窗，眼望着她袅袅婷婷而去。他将一只手撑着桌子，托住了自己的头，静静呆想着。若论到孔小姐这一番盛情，实在是不应当拒绝人家，若论到这会馆里大家如此地注意，自己还要和孔小姐来往，也就未免太不知事体。看这个样子，下午她必定是要来的，自己怎样地去避免这一场嫌疑，倒是可以考量的一件事。他想了许久，忽然将桌子一拍，突然地站立起来，下了一个决心了。他想着：这要什么紧，纵然把她得罪了，也不过欠缺一个朋友来往罢了。那也是冯先生说过的话，像我这种人，又何须乎要这样一个朋友呢？我既是不怕得罪她，等她来接我的时候，我就当面和她说，会馆里人很有议论，我不能去。有了这样重的话，我想她也要维持体面的，那就不好意思要我走了。不过自己向来也就脸嫩，回头见了人家的面，自己怎说得出这种话来？这只有一个笨主意，立刻就出门去，让她再来的时候，就扑一个空，到了二次遇到她的时候，就硬赖是冯先生找去了，也不要紧。她还能够到冯先生那里去对质不成？如此想着，这个办法已是很对，于是不再做第二个打算，戴上帽子，锁了门，就向冯子云家来。

冯子云也是个事务很忙的人，哪里能够终日在家里守着。计春到他家来时，他恰是出去了不多大一会儿。计春又不便说是躲人来的，冯先生既不在家，自己也就只好出来。北平之大，自己并没有第二个熟人，这还可以到哪里去？这只有想了一个笨法子，满街去乱跑一阵。初到这种大都会来，有许多地方，自己是不曾到过的。趁了这个机会，也可以广广眼界了。自己原是住在偏于西南城的，现在也不择目的，只拣着向东北城的大道走去。一路之上，时而遇到黄瓦红墙，时而遇到嵯峨宫殿，时而遇到热闹街市。久住南方内地的人，到了这里来，自然是另到了一个世界。一路行来，也合了古文上那一句话：忘路之远近了。约莫走有两三小时，自己觉得有些倦意了。心里想着：这应该回家去休息休息了，终不成这样地走到晚上去。好在有了这样久的时候，孔小姐也应该到过会馆去了。自己因为来时可以瞎走，回去就不可瞎走了。于是也就雇了人力车子向会馆来。到大门口的时候，并不看到停有汽车，自然是孔小姐不在会馆里面，这很觉得身上轻松了一阵，不必犹豫，一直地走了进去就是了。

可是他到了自己房门口，不知何故，门上的锁，却是不见了。用手一推门，首先所射入眼帘的，就是一件花斑斑的衣服，一丛短蓬蓬的头发，自己吃了一惊。待要向屋子外退出来，那件花衣却是很快地一转，计春这才看清楚了，原来是孔令仪小姐。这真是冤枉，满城乱跑了一阵，结果倒赶回来遇着她了。令仪见他神气一愣，就笑道：“你猜不着我这个时候会来吗？我想起来了，你一定是躲开我。”计春被人家说破了心事，自己怎好承认？便摇着头笑道：“没有的话。我是刚才到冯先生家里去了，倒让孔小姐久等。”令仪道：“我倒是没有等，桌上这几本书，我翻着看了一看，把时间也就混过去了。不过你出门的时候，何必那样地匆忙，锁还不曾锁好，你就走了。对不住！我没有得你的同意，就闯进了你的屋子。”计春是一个不会说话的孩子，怎样对答得上？只好笑笑而已。令仪道：“我亲自来接的人，已经是来接来了，票子也已经买好了，你能去不能去呢？”计春原打算告诉她会馆里人很注意的话，到了这里，就一句也说不出来了。只看她周身上下，现在又换了一件衣服，又掉了一双皮鞋，配上她脸上那红红的两个胭脂晕，十足地烘托她那一个华丽的颜色来。男子们的青春期间，谁没有追求异性的思想？不过或者没有那个勇气、机会、能力，也只好罢休。现在令仪一再地来挑逗计春，他这样聪明的少年，怎样能分拨得开？于是就向她深深地笑着道：“大小姐一定地要请我，倒叫我推辞不得，等我先出去雇车吧。大小姐怎么没有坐汽车来呢？”令仪笑道：

"我要把汽车放在大门口，你还肯进来吗？小兄弟，你放开胆子来吧。这个年头，男女交朋友，那很算不了一回什么事呀！"计春垂着头，更无话可说了。令仪将计春手上放下来的草帽子拿着，替他戴在头上，将嘴向前一努，低声道："你先走。"计春也不知是何缘故，就乖乖地听着她的指挥，向前走去。令仪由后面走出来，倒和他带上了门，又锁上了。

　　计春总是怕会馆里人看到了，有些不方便，低了头，赶快地向前走。可是这会馆里人注意早在他先，当他走出来的时候，各间屋子里的住客都在玻璃窗里，伸出头来向他望着。他不走快，还是罢了，他一走快，那些注意的人，倒哈哈大笑一阵。计春这一下子，只觉无地自容，突然地出了一身汗，把小褂子都湿透过来了。他走出了大门，就直奔胡同口，可是令仪却从从容容地由后面跟着走来叫道："我的汽车，停在胡同这一头呢。"计春回头看时，她却站在会馆大门那一边，不住地招手。这绝不能够一个站在大门口这一边，一个站在大门口那一边，就这样地僵持着，只得硬了头皮，慢慢地走了过去。离着令仪还有三四丈路，就避到胡同那一边去走。偏是令仪一点儿也不顾虑到别人的立场，就向他连连地招着手道："你的钥匙在我这里呢，你不拿去吗？"她说着这话，把手就伸得远远的，这叫计春怎能置之不理，于是又上前接了钥匙，靠近了走。当二人走出胡同口的时候，只听到身后一阵哄然大笑，计春也知道这一定是那会馆里的人追在后面偷看，但是却不敢回转头去看人一眼，只管是低了头抢先地走着。

　　到了胡同外，果然她那辆汽车，横在路头上放着。她的思想实在是比自己还周密，自己以为门口没有汽车，她就没来，不料她竟是看到了这一招，把汽车预先藏起来了。令仪拍着他的肩膀道："上车，你还想些什么？"计春于是第一次坐汽车，第一次看有声电影，第一次和有钱的大小姐在一处周旋，他这个十七岁的男孩子，开始做那粉红色的梦了。影戏院里一个少男与一个少女，一同并排坐着，而且是初次，这当然是异乎平常观众的情绪。在都市里新的少年们，大概十有八九，都经历过这种滋味。那时的心房，当然是跳荡，那时的血管，当然是沸腾，那时的脸色，当然是腼腆。不过这一对，现在略有些不同，平常是女子如此，男子好些，现在是男子如此，女子好些了。他们进电影院的时候不到两三分钟，电影就开映了。所以他们除了看银幕上的人而外，却来不及看银幕下的人。及至休息十五分钟的时候，电灯一亮，令仪那一双眼睛，她就开始着活动起来

129

了。她微微地昂着头，将这个楼座上的人，看了一遍，到底让她找着一个目的物来了。她微笑了一笑，拉着计春的衣袖，站了起来道："你跟我来，我和你介绍一个朋友。"说着她已起身先走。计春待要不上前去，然而今天这影院里，几乎卖的是满座，拉拉扯扯，让人看到未免不像样子，所以不顾一切，也只好跟了她走上前去。

她引着计春走到一个比她更时髦的姑娘面前，介绍着道："这是袁小姐，是我最好的朋友。"计春为势所迫，也就只好对人点了两点头。那袁小姐用目光对计春周身上下一看，就不住地在嘴角上露出微笑来。同时，她就连连地点着几下头。这是不用说，她有一份赞成的意思。令仪介绍着道："这是我同乡周先生，是一位用功的朋友。"她说到"用功朋友"这句话，就扑哧一声地笑了。袁小姐向他身上再看一遍，就笑道："周先生贵庚是?"计春红了脸笑道："十七岁了。"袁小姐道："我们去喝一点儿汽水吧!"计春被这位小姐实在望得可以了，有话也说不出来，再要她一同去喝汽水，就未免是虐政，笑着点头道："不要客气，我心里不大舒服，不敢喝冷的。"说毕。他点了一个头，就回到原位子上坐着去了。袁小姐捏着令仪的手，向她微笑一点头道："来，我们一块儿去喝一点儿。"于是两个人携着手，走到咖啡室里去，坐下来两个人都要了一杯冷的喝着。袁小姐喝的是爱斯蔻蔻，她将两个手指头，夹了那纸管子，在水里转了两转，接着眼珠一转，扑哧地笑了出来，却用手臂来枕着头。令仪瞪了眼望着她道："你笑些什么?"袁小姐笑道："真有你的，你居然照着你的话办了，找着这样一个年轻的。"令仪鼻子里哼了一声，回头看附近无人，便低声道："从今以后，我要把男子们对付我的办法，再加到男子身上去了。我以为今天小陈也要来的，他怎样倒没有来?"袁小姐微笑道："你是得意之至啦! 要在小陈面前透露这一手。"令仪鼻子里又哼了一声，就微笑了。

十分钟以后，她们两人又各自入座。不过袁小姐叮嘱着，有话要和她说，所以完场以后，袁小姐站在楼梯门口等了他们微笑着道："孔，你赏面子不赏面子? 我想请你们二位吃吃小馆子。"令仪且不说话，先向计春看了一眼，见计春丝毫也不理会，便向袁小姐道："你请我有什么不到? 不过周先生去不去，那是他的事，我可不能代人家答应。"她说完了，眼珠依然回转着，再向计春看来。计春对于两个小姐伴着吃饭的这件好事，当然是十分赞成的。不过今天由会馆里出来的时候，许多人在后面笑着，妒忌的心事，谁也是免不了的。设若他们往下追究起来，也许会闹出什么乱子，到了那个时候，把什么脸去见冯先生？自己不是负着一个好青年的名声吗？好青年哪里可以这样地自暴自弃，和这些资产阶级的姑娘去做陪客呢？自己是个没有见过花花世界的乡下孩子，若说忽然一跳，就跳到了红粉队里去，过那甜香的日子，似乎天下没有这样容易的事。他究因为自己胆子小的原因，谢绝了袁小姐的约会，只在人丛中一挤，就不见了。袁小姐依然握住了令仪的手笑道："真的你和我吃饭去，我有话和你说。"令仪笑道："你要说的话，我大概也知道了。不过我倒听听你是怎样子的说法，好吧，我就陪你一路去吃饭吧。"

于是令仪又把这个女朋友用汽车载到饭馆子里来。她们到了一个雅座里，把门帘子放下。令仪首先一句话说道："是不是小陈托你来转圜的？"袁小姐笑道："有话只管慢慢地来说，你急些什么？"令仪道："你难道还不知道我的脾气，我向来是性子很急的。"袁小姐倒不忙，先把菜单子开好了，然后倒了两杯茶，放一杯在令仪面前，自己端了一杯，坐在令仪对面，口里呷了茶，眼望了她微笑。令仪道："你笑什么？以为我是拿周家这孩子开心，故意做给小陈看，出这口气就拉倒吗？不，老实说。我对于周家这孩子，倒也是很爱他的。不过现在我学了乖，不轻易和人谈上婚姻问题了。"袁小姐道："我在上海的时候，见你和小陈的态度是很好的，何以他追你追到北方来，二人倒翻了脸了？"令仪叹了一口气道："以前的话，那是一言难尽，不去管他，什么三角恋爱、多角恋爱，我们都经历过了。在许多朋友中，我看定了小陈是个可爱的青年，钱不必说，充量地给他用，就是别的什么，他所需要的，我都给他了。"袁小姐那一杯茶是喝完了，她将那空杯子的杯沿，在她雪白的门牙上碰着，当当作响，却向了令仪笑眯眯的。令仪道："你以为我说话说漏了吗？你想呀，我们这样好的朋友，谁又不知道谁的事。你反正知道，我何必不说出来呢？"袁小姐微微地摇着头道："你的事，我哪里会知道？"令仪道："我也不管你知道不知道了，我就是这样实说。你想我一片痴心，为着什么？不就是以为婚姻没有问题吗？小陈这东西……"

说到这里，将牙咬着，用一个食指点了两点，继续着道："他完全是个骗子罢了。他追到北平来的时候，我要求他也在这里读书，他不肯，我交涉了许久，他始终不答应，我就猜定了他是没有钱用，才来找我的。我就说了：你把我当作上海式的小姐，拿钱来津贴小白脸，那就错了。你猜他说什么？他说我这样二十岁的白面书生，包围我的还多着呢。我是气急了，便说：二十岁算什么，以后我非十六七岁的青年，不和他交朋友了。"
袁小姐点着头道："这一出戏我明白了，我看你未免有点儿误会。小陈说，
他并不是不愿在北平读书，不过在这里读书，没有一点儿活动的余地。在
经济方面，非完全仰仗你不可！若是完全靠你呢，你的脾气不容易对付，
而且你也是个学生，他也不能整个地倚赖着你，所以他拒绝你的要求了。
现在他很后悔，你留他读书，总是好意，就是你发脾气，他也忍耐了，愿
意和你言归于好，依然在北平读书。"令仪将身子一挺，向了袁小姐道：
"这些鬼话，你相信他的吗？"袁小姐只好笑着，点了两点头道："我和他
没有什么深交，让我完全断定虚实，那是不可能的。不过在表面上看来，
没有什么假意。"令仪道："这小子，他骗够了我了，说什么我也不能相
信。我是有了经验了，他等着要用钱的时候，就是对你磕头，他也是肯干
的。只要有了钱，他立刻就是大爷了。袁小姐，你不必提他了，他没有什
么特长，不过会照相，会打网球会跳舞，会写热烈的爱情信，我看小周这
孩子，有半年工夫，我可以全把他教会了。那算什么！"袁小姐笑道："这
样说，你是要由自己一手造就一个可爱的人才出来。不过周家这孩子太老
实一点儿。"令仪道："太老实一点儿，怕什么！就怕是太滑头一点儿，造
就得出来，我就把他造就成功，造就不出来，我再换一个。而且我现在也
变更方针了，不像以前，只注重一个人，如今要同时多造几个对象，等他
们竞争着，我从中来挑上一个。"袁小姐笑道："你现在有些精神病了吧？
说的话，全是些疯话。"

　　这时，伙计送上酒菜来，令仪先斟上一杯酒，一仰脖子喝了，哎了一
声，表示着痛快，然后放下杯子来，碰了桌面一下响。她笑道："我怎么
不疯？不疯我出不了这一口气。请你告诉王小姐，我把小陈让给她了，可
是仔细一点儿，她别受这小子的骗呢。"说时，又斟上了一杯酒。袁小姐
道："孔小姐，你可别误会，王小英虽是我的表妹，我并不赞成她和小陈
来往呀！"令仪笑道："没关系。我已经另有个可意的人了，我不要的乐得
送人了。"说毕，她又举起杯子来，将酒喝了。在这一篇谈话中，把令仪
垂青计春的缘故已是透露无遗，然而计春这个被玩弄的孩子，哪里会知
道呢？

第十五回

冷眼未能逃传书逐客
热心终不改闭户留宾

孔令仪说的这一番话，周计春虽是没有听见，可是这天，他别了令仪匆匆地走回会馆去，心中究竟是忐忑不安。在令仪与袁小姐杯酒纵谈的时候，计春正掩了自己的房门，在靠窗的一张横桌边，用两只手撑了额角，只管低了头，在那里打主意。他心里想着：孔小姐对我这份情意，实在太好了。她为什么要这个样子，倒叫我猜不出来。若说为了我的学问，她那种人，不会注意到这一点上来的。若说为了我年轻，但是找年轻的男子，这并不是一件困难的事。据我干妈说，我长得很漂亮，大概是这一点儿关系吧？不过她是南北大码头都走过的人，哪里就没有看过美少年，何至于忽然遇到我，就十二分地钟起情来？可是这话又说回来了，情人眼里出西施，焉知不是她看着我太好了，所以就拼了死命地爱我。要不然，到哪里去还可以找出第二个理由来？这样说着，她实在一片痴心在那里爱我。我不但不接受，还有些瞧不起人家的神气，这未免不对。就是那个袁小姐，为人很和气的，她那一番客气，要请我去吃饭，我倒一棍子打一个不黏身。她心里不但是说我寡情，恐怕还要说我不懂事，陪人家看电影也看了，何以就不能陪人去吃馆子？和令仪一路出会馆门，是有人看见了，但是在电影院里，并没有什么人看见，这分明早回来是一种嫌疑，迟回来也不过是一种嫌疑，反正是惹着嫌疑的了。那样匆匆忙忙，丢了人家跑回来，那究算一回什么事。可惜我不知道孔小姐的亲戚家里，是不是可以随便拜访的，若是可以随便地去拜访，自己怎么着也当去登门道歉一番，那就无论自己怎样地殷勤，这会馆里人看不见，他们也就无从议论了。其实也不一定要到她的亲戚家里去，只要她能指定一个地点，就是公园也好，电影院也好，都可以让我按时前去道歉。只是除了朋友丧失和气之外，决计没有哪个人指定了时间让别人来道歉的。这一层既不可能，除非是有个

133

巧遇，明天在街上和她碰到头了，自己在当街和她道歉。然而天下哪有这样巧的事，这不是自己想入了非非吗？他想到了这里，觉得在路上相遇，虽是不易得的巧事。然而故意这样去做，也未尝办不到。因为她每日到会馆里来，总是在吃过午饭以后，设若事先自己到胡同口去等着她，等汽车来了，我就拦住她，不让她进胡同口，这也就可以和她道歉，不会让别人知道的了。他觉得对于孔小姐方面，有了办法了，只要对于孔小姐有道歉之法，那就不愁无法去求袁小姐的原谅。于是乎两个新女友，都不至于得罪了。

他托着额头的两只手，不期然而然地已经松着放了下来了。两只眼睛望着窗户外边，自己带了微笑，摇晃着他的头，表示着他那一番得意的情形来。桌子上摆着许多书本，摆着许多功课练习簿，却遭了他的冷眼，好像这和他的眼睛，已不能发生什么关系。书对了他的脸，他的脸已朝着窗子外了。在各种思想的起落之下，他混过了一晚。到了次晨起来，看着窗户外边，那碧槐树顶上，抹了一截金黄色的朝曦。墙角上一大丛牵牛花藤，在绿叶油油之中，开着拳头大一朵的紫色花。把窗户开了，一阵清凉的空气，向脸上扑了过来，心里这就想着：这样好的早上，到院子里去散散步吧。于是手拉着房门，正要向外走，不料这里刚一伸头，就看到同院子住的两个人，正站在院子当中交头接耳，在那里说话。听到这里房门响，都向这里望着，吓得他将头一缩，不敢向外走了。自己站在屋子里，呆呆地想了一想，他们成日成夜都在议论我吗？这样一大早，就来谈论着我的是非，那也见得自己的行为，是太让人家注意着了。正这样地为难时，院子里又哈哈一阵笑声，计春心里扑通跳了几下，想着这笑声不要是讥笑我的吧？自己要到院子里去散步的那段意思，已经打消了，便是开着窗户听会馆里人说话，自己也没有那样的勇气。于是轻轻地将两扇玻璃窗户关着，就在桌子边坐了下去。

他坐下来时，桌子上放着一叠书本。就有一页书面上的题字，射进了他的眼帘，乃是少年丛书《哥伦布传》。他想着冯子云校长，常是这样地教训他：一个少年人，不怕不去奋斗，就怕不能忍耐。奋斗而不能忍耐，偶然失败，就不能再起了。所以他总是介绍着那艰苦卓绝的人，给他做模范。哥伦布当日发明地圆之说，而又没有寻到新大陆的时候，那不是到处受着人家的讥笑吗？可是他始终忍耐奋斗，到底把新大陆寻到，证明地圆之说了。想到了地圆之说，又联想到孔小姐了。她那天在这屋子里谈话，

134

似乎有些不好意思，忽然地谈上地圆这个问题了，看她那羞态，真别有一段令人可爱的趣味在里面。有这样好的漂亮姑娘和自己做密友，总也是人生一桩幸福，我猜着像她这样美丽的人，恐怕有许多人想追逐她还追逐不上呢！现在许多人都这样说着："读书不忘恋爱，恋爱不忘读书。"我就是和她交朋友，这与我求学的事，并没有什么关系。我又何必鬼鬼祟祟的，怕人家看见呢？这会馆里人纵然讥笑着我，也不过是那种妒忌人的心事。假使孔小姐给他们一点儿颜色，只怕会跪在地下磕头呢，那么我不很足以自豪吗？他想到了这里，就心旷神怡起来了。他不踌躇了，也不悲观了。调换了一种思想：默念着见了孔小姐，应当如何向她道歉？自此以后，自己的态度，应当放大方些，不要见了人就先红脸。孔小姐是个女子，她还毫不在乎，我是一个男子，倒害起羞来吗？今天我决计迎到胡同口上去和她道歉。他在屋子里也不看书，也不坐下，有时在屋子里来回踱着步子，有时又横躺在床铺上，将两只脚高高地架在一张茶几上，互相摇曳着。

好容易熬到了吃午饭的时候，就买了几个烧饼在口袋里揣着，走到胡同口上，靠了一根电线杆靠住，一面吃烧饼，一面向远处望着，有汽车来没有。在三十分钟以后，他便和令仪同坐在一辆汽车上，应着他的理想，成为事实了。令仪道："你不要胆子小，放开手来做事就是了。除了父母，哪个人配管我们？我们在北京，都没有父母的，你还怕些什么？"计春道："我并不是怕什么，因为我由内地出来，一切男女交际的手续，我是全不知道。见了人，总不知道应当说什么话好。所以我索性不谈交际，省得露马脚。"令仪笑道："那是笑话。我们一见如故，又是同乡，不过彼此在一处谈谈学问，或者解解闷，一同去吃一个馆子，瞧一场电影，这也谈不上什么交际呀。难道说是初中毕业生，连吃馆子看电影都不会吗？"这些话，抵得计春哑口无言，只是向令仪微笑。令仪一伸手握着计春的手道："不要做书呆子了，我们一块儿看电影去。"计春到了在汽车上的时候，人就糊涂了。现在令仪将手心握住了他的手背，她那身上的电流，就由手心通过了他的手背，酥麻遍了他的全身。到了这时候，他还能够有什么主张？一切都由令仪去主持了。又是二十分钟之后，他们已经安坐在电影院的楼座包厢里。这还只有一点多钟，便是第一场的电影，也离开演的时候尚早，所以这楼座上，仅仅是很散漫的几位座客，这倒给予了这二位看客不少的便利。在邻厢绝对无人的当中，就喁喁细语，谈起话来。在这个时候，计春自然是忘了会馆里人那种不相干的议论，更不会想到冯校长和自己的父亲，放开了胆子，把整个的身子沉醉在香粉丛中了。看完了电影以后，令仪起身走，计春也起身走。

在这时，他已经大方得多，不像以前，在人群里面退退缩缩了。可是天下这种不甚公开的事，却是最容易遇到人，当二人挤出电影院门的时候，却有一个人在后面叫着周计春先生。这个人似乎怕单叫周先生，他还不会知道，因之特地把名字也叫出来了。计春猛然回头一看，让他认得很清楚，就是怀宁县会馆对房门住的一个人，这种朝夕见面的同乡，绝不能够抵赖着不认识，于是臊成一张通红的脸，向人家点了一个头。他的鼻子眼里，虽然也还答应着人家一声，但是这一声答应，究竟答应出来了一个什么字，连他自己，都有些含混，只好说是也不知道了。这时，令仪正和他挨肩走着，伸过一只手臂，拦住了计春的腰，就向他微笑道："你到北京来，不过是这一点子时候，居然也就有了朋友了。"计春对了那位同乡，要避开和女人联合的嫌疑，还有些来不及，偏是令仪还故意地表示亲热，真让他难受已极。他为了顾全令仪的面子起见，又不敢不敷衍她，只得向她低声答应了一句道："是个同乡。"他口里说着，腿下是很急促地走开，已经离开了这一丛人群了。令仪看他这情形，却也猜出一点儿原因，心里未免有些不高兴。心想：我是一个有名的大家闺秀，和我在一处走路，有什么玷辱了你，倒要你这样躲躲闪闪，也就红了脸，在后面紧紧地跟着叫道："周，你跑什么？一块儿走哇。"说完了这话，她还回头向那个问话的人看了一眼，以为我偏偏要和周计春在一处走，难道你们还干涉得了吗？我就是这个样子办，活活地要气死你们这班人了。你们要吃那种飞醋，那只好说是活该了。她如此地想着，抢上前两步，扶着计春一只手臂道："别忙呀，一块儿走。"她于是带拉带扯地将计春引上汽车去了。

这一天，计春到了晚上九点钟，才回到怀宁会馆来。自己只将房门锁开着嘎咤一下响，那隔壁住的刘清泉就叫起来了。他用很沉着的声音问道："周先生，你刚回来吗？忙呀！"计春听他这话，分明是言中带刺，却又不能不答应，便道："是的，在我们一个旧教员那里，研究一点儿功课，回来就晚了。"刘清泉道："你倒很用功。"他说这句话的时候似乎带了一些笑意，计春不敢再答应了，点上了煤油灯，自己就悄悄地展开了被褥，爬上床去睡觉。可是他心里就在那里想着：我知道你有些不服气。可是据你说，你姑娘的男朋友也很多，当她和别人谈恋爱的时候，你怎么不去干涉呢？这也是吃那种最无意识的飞醋，我尽管干我的，大概你捧着你主子的饭碗，总也不能管束你的小姐吧？他想到这里，隔了那扇板壁，用眼睛瞪着大大的，向刘清泉那方面望着。他心里觉得这样睁眼望人的时候，眼光里大可以有两道真火，洞穿了墙壁，射到刘清泉身上去。又想道：我的行动，我自己是可以自由，谁管得着？我明天午饭也不吃，就走了出去。你不知道我是和令仪在一处的时候，你无话可说，你就是知道，你也绝不能走来质问我什么。他越想越胆子大，为表示着他有这样大无畏的精神起见，就"多啦梅华"口里将歌胡乱唱了一阵，唱了一小时之久，他才安然入梦了。

　　到了次日早上，他果然照着预定的计划，没有吃午饭出门去了。隔壁的刘清泉，在他锁着门的时候，就三脚两步地追了出来，可是已来不及，他的后影，已是由转廊前方一躜，就不见了。刘清泉不由得叹了一口气道："一个很好的孩子，就这样坏了。"身后有个人答道："你一个人自言自语，在这里说谁？"刘清泉回头看时，是这会馆里的正董事。想了一想，才道："刚才出去的这个孩子，你不看见吗？在南方，是个最用功的孩子，自从到北平来以后，没有了管头，就整天地在外面游玩。"董事笑道："那人岂不是为了你家大小姐诱惑着他？"刘清泉淡淡地一笑道："那也不见得吧。"董事道："为什么不见得？我接连到会馆里来三次，都看到你们大小姐，到这里来坐了好几小时不走。而且那个时候，正是你不在会馆里的时候。有一次，她把汽车停在胡同口上，自己却到会馆来，那分明怕是汽车放在大门口，会引起许多人的注意。可是她那样聪明的孩子，也是当局者迷，你想想看，汽车放在胡同口上，会馆里人就没有哪个由那里经过吗？你们大小姐，反正是有了名的了，只可惜这姓周的这个孩子，听说他父亲是开豆腐店，苦扒苦挣，弄他到北平来读书，那实在不容易。他这样地胡闹，哪里还能够好好地念书？活活糟蹋他那个可怜的老子几百块血汗换来的钱罢了。"刘清泉道："什么！他家是开豆腐店的吗？他的老子对我说可是乡下一个财主呀！我真想不到像那样子老实的人，也会对人撒谎。这年头，什么怪事都会有的。不要他们是看到我小姐有钱，打伙来行骗的吧？"馆董未免觉得他拟于不伦了，便笑道："那何至于？"也就走开了。只是他是个讲孝悌忠信的旧式人物，几次看到计春和令仪纠缠在一处，究竟不是一种正当行为。原来认计春是个努力向上的孩子，所以让他在这会馆里住，现在他既不是一个好孩子，那就不必容留他了。他如此想着，当时就在会馆里留下一封信，交到长班手上。等到这天下午五点钟，周计春玩了一个够，从从容容地回来了。长班也不做什么表示，当他提开水壶进来泡茶的时候，悄悄地将那封信由袋里取了出来，放到计春的小书桌上，依然是悄悄地走了。

计春正开着衣箱，暗地里检点，还剩有多少钱，偶然一回头，看到桌上摆着一封信，写了"周计春先生亲启"的一行字，倒是一惊。哪里来的这一封信？立刻抢着盖了箱子，把那封信抢到手里，看信封口时，却是露封的，这越发地让他惊疑不定了。手上也不知是何缘故，只管抖抖擞擞的，把持不定，伸着两个指头，将里面的两张信纸夹了出来，只看那信上写的是：

计春先生大鉴：

径启者，会馆定章，向不能寄居他籍人士。足下虽为邻邑同乡，然此系怀宁一县会馆，终有未便容留之处。前以足下来平，仓促之间，不能觅得寓所，特别通融，允许足下暂为借住若干日，现已为时日久，想当从容觅得寓所，请即日乔迁，以免敝邑同乡，有其他烦言。不情之处，均乞原谅！

以下的文字，那就不必看了。他手上捧了这两张信纸，呆定了站在屋子中间，一点儿也作声不得。许久，才冷笑了一声，自言自语地道："这有什么稀奇？这里不容留我住，我花几块钱，在公寓里租一间房子住得了，充其量，也不过每月多花几文而已。这也有什么了不得吗？"如此一想，三把两把，就将那两张信纸撕了个粉碎。他一点儿也不考量，反带上了房门，将锁扣着，立刻就跑了出去。他心里在那里嚷着搬，一定得搬。他走过两条街，便有公寓，一连看了几家，打听打听价钱，连伙食在内，都要十五六块钱。自己原是一鼓作气的，想即刻就搬出别人的会馆来，现在经过一番选择寓所之后，未免气馁了。估计一下，一个月需要十五六块钱，十个月就要一百五六十块钱，自己预定每年在北平读书的钱，包括一切来算，也不过就是要这些个，现在单是房饭一项，就要这些个，那么学费、书籍、衣服、杂用，这些应当要用的钱，都到哪里去找呢？所以找了几家公寓之后，在街上缓缓地踱着步子，就大有向会馆走了回去的意味。可是转念一想：不搬呢？那会馆里也不能容纳，现在仅仅只写一封信来，那已经是很客气，再要住在里面，也许人家要由墙里面将铺盖行李向外扔了。心里一层层地想着，脚下一步步地走着。

结果，他在马路旁边，突然地站立住了。自己认定了会有办法跑出来的，难道一点儿没有办法地又走了回去吗？不能够，我还是应当去想法子。可是除了搬入公寓，只有寄居到冯子云先生家里去的一个办法。冯子云先生本来也曾表示过，可以腾出一间屋子来让自己到他家里去住，可是真搬到冯先生家里去住了，膳宿费当然都可以省下来，但是孔小姐是冯先生所不赞成的人物，她就没有法子来找我了。就是我常去找她，恐怕也会引起冯先生的疑心，还是花几个钱，在公寓里住一两个月再说吧。他有了如此一个转念，就回转身再向前走，还是去住公寓。他心里虽在想心事，然而他一双眼睛，却依然不住地四围看着。看到那墙上贴的标语，"革命青年，应当离开爱人的怀抱。衣食恐慌，不是恐慌，缺乏知识和技能，那才是真恐慌"。这是平民教育促进会贴的。咀嚼了一下，心里有些感动了。假使自己这样地沉迷着孔小姐，冯先生是不会许可的，冯先生不赞同，请问怎样去进学校念书？从今以后，我应当回避了孔小姐，自去读我的书了，而况我自有我的未婚妻，老实说：年岁比她轻，相貌还要比她好，我为什么丢了那样好的未婚妻，来迷恋这个孔小姐呢？她不过有钱，衣服穿得华丽一点儿，至于学问一层，那也就有限。我是一个向上长的青年，为什么迷恋那比我年龄大又习性浮华的姑娘呢？他如此慢慢地走着，又差不多陷于停止状态了，心想，这么着，不必去找公寓，我还是去见冯先生吧。于是抬起手表来看看是几点钟了，是冯先生在家的时候吗？他一抬手臂，看到了这手表，忽然又让他的心理一变了。这一只表，是今天上午同令仪一路出去买的。她买得手表之后，就在钟表店里，笑嘻嘻地替自己戴上。像她这样地待我，我突然地抛弃了她，在良心上说，这未免有点儿说不过去了吧？暂不忙去见冯先生，让我回家去睡一觉，把这个问题仔细考量一下吧。他这最后的一番打算，竟是完全决定了，于是就顺着原路，走回会馆来，这已是下午七点钟了。

计春回屋以后，忘了吃晚饭，也忘了喝茶，就着一个小小的灯头，躺在床上想。一直想到深夜，觉得还是不应当就这样抛开了令仪，必定对她婉转说明，自己应该是开始去读书了。她是个聪明女子，绝不能说是不必读书了跟我玩吧。只要是她肯开口说，我应该读书了。那么，我纵然疏远着她，也是依照着她的话行事，她也就不能责备我什么了。计春如此想着，觉得完全是对的，才安然入梦。到了次日清晨，把昨晚所想象的这时都要解决一下了。因之匆匆地漱洗完毕，就向门外走。这会馆里长班看到他还是空了一双手走出去，就向他道："周先生，你的房子已经找妥了吗？几时搬？"计春脸一红道："找妥了。过些时候……"这话还不曾说完，他就逃走了。他心里想着，会馆里相逼得这样的厉害，我怎能够混赖下去。我今天回他们会馆时，不作别想，说决计是搬。一个青年人，总不能那样没志气。不问公寓找得好找不好，可以把东西先搬到冯先生家里去暂放一两天，自己哪怕是在冯先生客厅里椅子上，打两晚瞌睡，那也没什么要紧的。他如此想着就放开了胆子，来拜访孔令仪小姐。

孔小姐虽住在她的表叔余子和家里。可是这位表叔，是她父亲出钱念书的。到了今日，在教育界立足，可以说是孔善人一手提拔的。再说孔家在华北有些商业上的往来，还不断地要余子和管理。经手银钱，总是好事，而况又是多数的，所以孔小姐在这里寄住着，一切都十分自由。客人来拜会，这是更公正的事情，一点儿留难也不会有的。计春是陪着孔小姐坐汽车到这里来过一次的，到了门房外边，且先咳嗽两声，门房里走出来一个听差，一看见就笑道："你是来拜会孔小姐的？"计春极力地放出坦然的样子来，答道："对了。"然而这仅仅是两个字，腔调还是不同。"对"字似乎可以听到，又似乎听不到，那"了"字的声音，却重而沉着。那听差竟是一个超人，一切听差对付人的习气都不曾有，就笑着点头道："她在书房里呢！请到里面去坐。"他说着就引导着计春到间小巧的客室里来，却顺手带住着门走了。

计春看那门外，在一个月亮门的小跨院里，地上堆了三四块太湖石，种上一丛小竹子，两堵粉墙交界的角落里，堆着一种葡萄，这很感到这小跨院的幽雅。看到月亮门上的横格子眼里，飘荡着那爬山虎的垂藤，就不免向玻璃窗内出了神。忽然肩膀上一种柔软滚热的东西，按了一按。回头看时，正是令仪小姐站在身后。她带着微笑道："你什么事想出了神？昨天看的电影好吗？"计春想到昨日影片上的故事，乃是一个男子失误走入了女子的卧室，引出了一段情史。今天到这里来，她忽然问到了这句话，似乎有点儿影射的意味，倒不由得心里一动，便笑道："叫我看电影，那是张张片子都好。我是一个人在这里想着，人比人，气死人，你也是个学生，出门坐汽车，在家里住这很幽雅的屋子。你看，坐在这上面，犹如坐在棉花篓子里一样。"说着，将手按了几按坐的沙发椅子，又接着道，"我呢？借住在人家会馆里，人家下了逐客令了。我昨日在街上找了十几家公寓，都没有合适的。我想为了读书便利起见，还是搬到冯先生家里去住吧。"计春口里说着，眼睛可就望了令仪，以为她对于"读书便利"这一句话，不能不表同情。可是她并不答复这句话，却在题外反问一句道："你不打算和我交朋友了吗？"计春觉得她这一句话，竟有些猜中了自己的心病，不由得脸上红了。

恰好这个时候，有女仆们送上茶壶干果碟子来，周旋着打了一个岔，把这话就扯开了。令仪坐在他对面椅子的扶手上，悬起一只脚来，只管摇撼着，向他微笑着道："你以为我这个样子很舒服吗？"计春道："在孔小姐过惯了舒服日子的人，当然是不觉得。"令仪又笑道："假使你愿意过这种舒服日子的话，我可以帮你的忙。此地最上等的公寓，带着花园的都有，你愿住到公寓里去，我马上就和你一路去看房子。"计春虽觉得这是极好的机会了。可是他转念一想，果然是这样办的话，第一就瞒不过冯子云先生。这样胆大妄为的事，他知道了，一定有极严重的教训。无论如何，不可造次。可是在另一方面，又绝对不敢向令仪说，不接受她的好意。这就笑道："你对我太热心了。"说完了这七个字，将放在桌子上的草帽子，拿到手里来，两手盘弄了一会子。令仪在碟子里抓了一把松子仁，两手互相搓挪着，搓去了松仁上的薄衣，托在手掌心里。用口一吹，把薄衣全吹去了。然后放到计春坐的这一边茶几上，笑道："尝一点儿香香口吧。"这些动作，都是计春看到的，心里说不出来是一种愉快，或者是一种麻醉。除了向人微笑而外，便没有别的动作。他两只眼睛，却不敢正视着令仪，只是向门外望着。

原来女仆送了茶点进来以后，竟是忘了带上小客室门了。令仪很会意，立刻站了起来，将门掩上。见玻璃窗上的窗纱，有大半边不曾遮全，也前去把窗纱掩了。这才坐回原处向着计春笑道："大姑娘，不必害臊。现在我们可以坐着慢慢地谈一谈了。"计春红了脸笑道："你以为我还害臊吗？"他虽是这样说着，否认害臊，但是依然将两只手盘弄着一顶草帽子。令仪走向前，将他的帽子接过来，放了在桌上，将茶几上的松仁抓起，拖了他一只手起来，将松仁塞到他手心里，笑道："不给面子还是怎么着，怎么不吃呢？"计春笑着，这才将另一只手，接了松子仁，一粒一粒地向口里放了进去。松子仁是很容易吃完的。其后，茶几上一碟瓜子，一碟花生糖，完全都吃光了。桌上摆的一壶茶，只剩了一些冰凉的卤子。满地面上，都是瓜子壳。当计春来的时候，看到对面墙上，还有大半截阳光，现在却是移到院子中心来了。他们谈的话，当然不止一个问题，所以虽是把吃喝都闹到九成九了，彼此都是在不知不觉之间经历过去了。

那门外有个女人的影子，闪了几闪。令仪叫着问道："是王妈吗？有话进来说。"王妈听说，就进来了。因道："表小姐在家里吃饭吗，还有这位客？"令仪道："就要吃饭吗？"王妈道："快一点钟了，还不该吃饭吗？"令仪向计春笑道："这样说，我们真也算能聊天的了。我表叔家里有厨子，菜也做得不错，你就在这里吃饭。好吗？"计春踌躇着说了"不吧"二字。令仪笑道："我知道你是不愿和生人在一处吃饭。那么，我让他们开到客厅里来，我们两个人共吃，你看好吗？"计春也觉谈话谈得很有趣，两个人在客厅里吃，这也没有什么关系，若是不吃的话，那就把令仪得罪了。在无可如何之中，他又委委屈屈答应了这个要求。他原来是为什么来找令仪的，他就完全忘记了。

第十六回

深入迷途受金迁客寓
忽生悟境侧耳听书声

他们这一场谈话，经过了一个很长的时间。只说桌上泡的那一壶茶，原来是为了周计春来到，才开始沏上的，而且是一壶很浓厚的茶，到了现在，可就变成既清淡，而且冰凉的水了。令仪看到计春面前那半杯茶，已是放了很久的时候，便笑道："我只管谈话，连茶也忘了招待你喝。"便掀了壶盖，在壶口上连连敲了几下，叫道："王妈，还不来泡茶吗？"计春站起来，摇了几摇手道："说了这样久的话，我也应该走了。我自己说糊涂了不觉得，恐怕你们令亲家里的人，伺候着我，伺候得都有些烦腻了吧？我也应该走了。"令仪向他脸上望着，呆定了一会儿，然后才失声一笑道："你究竟是个小孩子，无论怎样地来训练你，你也不敢公然地来说交际。其实你在北平，是一个孤身人，谁也不能来干涉你。非常的自由，你为什么倒要躲躲缩缩呢？"计春自己未尝不明白这种办法不对，只是说不出一个理由来，为什么自己没有和令仪公开交朋友的勇气？若说是怕冯子云先生，其实自己在外面这一类的行动，冯先生又哪会知道？他心里如此想着时，对于令仪的问话，虽是答复不出来，然而有相当的同情。所以他两手捧了帽子，对了人只管微微地笑。令仪向他对立着，呆了一会儿，忽然点了几点头道："你稍等五分钟，我有话和你说。"

说毕，她就抢着进屋去了，果然不多大会子，她又跑了出来，她手上捏了一把票子，向计春手心里一塞道："你不敢搬到公寓里去住的一个缘故，无非是为受了经济的压迫。现在就我个人的经济力量来说，当然不能算是十分稳当，可是我家里的资产，总足够我花的。只要家里有钱来，我一个月帮贴你在公寓里的一些花销，那是毫无问题的。这一点儿款子虽是不多，可是搬进公寓去的用费，大概总够了。你今天赶快地就搬，搬好房子以后，给我一个电话，我就去看你，缺少什么东西的话，该借的当借，

143

该买的当买，也许我还可以帮你一点儿忙呢。要不要我的汽车送你？"计春还不曾答复出来呢，令仪又抢着笑道："大概不要。你坐了汽车回会馆去，那不更显得是很招摇吗？"计春的心事，已经被令仪猜着了，便否认不得，于是向她笑道："你的盛情，我自然是感激，不过在朋友一方面说，虽然可以接受你的。在个人一方面说，我倒是成了无功而受禄，这不是个问题吗？"令仪咬了下嘴唇皮，微微地点着头，好像在那里说：这话固然有理，但是算不得什么大问题。计春悄悄地将那卷钞票塞到袋里去了，然后向她深深地鞠了一个躬道："我真是感谢你。"于是他也告辞走出来了。

他走出大门口的时候，本就想掏出钞票来看看，只是他想着，这件事或者有些小气，不可让人家识破了。因之手放在衣袋里，都不曾抽出来。可是等他到了胡同口上以后，他实在是忍耐不住了。这就向后面观察了一遍，然后抽出钞票来，点了一点数目。这都是五元一张的中国银行钞票。数了一数，一共是十张，计春自有生以来，手上不曾经历过这些钞票，突然握了这些钞票在手上，这不由得自己心里不蹦跳起来。在大道旁边站着，不由得不呆上一呆。心里默想着：孔小姐待我真是不错，一松手就给我五十块钱，这不能还说人家有什么假意？世界上有拿整大批的钱给人，还存着假意的吗？她还说了呢，我找好了公寓，就可以打电话把她找来，我欠缺着什么东西的时候，她就可以和我办来。这还有什么话说？我父亲待我也不能够这样子周到吧！她这样待我，我若是不照着她的话去办，我良心上简直有些说不过去，那么我就是这样子办，马上去看好公寓。至于冯子云先生那一方面，暂时不必和他说明，就说别人会馆里，不能容留，只得搬到公寓里来住了再说。这种不得已的办法，冯先生不能说我什么。就算我是有意搬到公寓里来住的，然而在北平求学的青年，在公寓里寄宿的人，未尝不是成千累万的。大家可以住公寓，我也可以住公寓，这会犯着什么条款呢？

他如此想着，就把昨日所拜访过的公寓，今天重来拜访一下。昨天来看的时候，每问到房价，自己打一个冷战，就不敢向下问了。今天身上带了那些个钞票，精神就十分饱满。公寓里人说起房价来，居然也可以还出价钱来。他走了两三家，最后挑到一家很好的公寓了。这公寓字号大乐，是一家大住宅改的。随处都有游廊假山，花草间杂的大小院子。在一个小跨院里有竹子，有葡萄架，而且也是两堵白粉墙围着。这种形势几乎和令仪所借住的地方，大相仿佛了。这院子里有三间空房，都不曾住人，假使租下一间来住着，做一个良友谈心之所，那就太好了。计春站在这院子里走廊下估量着的时候，陪他在一边看房子的账房先生，就跟着说了："这儿多清静！像你在学界的人，要找这种房子读书，都没有地方找去。要是来个朋友，沏一壶好茶，谈个心儿，那真自在！"他说到这里，忽然带些微笑，好像这话里头还有别的意思含在里面似的，计春听着脸上也就不由得微微地一红。那账房倒越是看出一些尴尬的情形来，便道："你若是有朋友要看的话，请你把朋友引来看看，他一定满意。"计春道："我没有朋友。我是找房子自己住，你说这房子要多少钱？"账房道："一间是每月十块钱，茶水灯火，都是我们的。若是把这院子全租了，可以打个九扣。"计春道："加上伙食，岂不要二十多块钱？"账房笑道："这话不能那样说。你就不住公寓，饭也总是要吃的。"

计春也知道公寓里房饭钱，是要先付的，若是照他这样算法，马上就要把身上的钱用去一半，未免可惜了。可是要以地方而论，却又以这个小院子最为幽静。而且给予人的印象，也是最好，若是不租了来，也是怪可惜的。他站在走廊里，不住地在四周观看着。那账房就笑道："你就租下吧。这房子真不算贵！就是你自己找房子住，也恐怕不能这样顺心。这房子可真是搁不住，这是今天上午才空出来的，接着就有好几班人到这里来问，若是再迟个一半天，房子就没有了。"计春听了这话，少不得又考虑了一番，只管微昂了头向屋子四周去看着。那账房道："你定下吧！迟一会子就让别人定去了。"计春已经是没有了主意，被账房先生三催四促，将心也就说动了，因道："你也不能言无二价，不能少算一点子吗？"账房看他这种神情，已经是非租这房子不可了，落得更抬一抬价钱，便道："十块钱一间，我说的还是旁边这间小屋子。若是中间这两间大些的屋子，还得租十二块钱。就是那间小屋子，电灯也只能点十六烛的，若是点十六烛以上的，就得另外给钱。"计春一听，这家伙说话，未免成心欺人，说好了十块钱一间，他看到我愿意租了，又涨上了两块钱，那都罢了。这一间小的，也要涨我一些钱，未免故意捣乱。本当负气不租，可是看看那房子，实在是好，为了自己种种事情便利起见，不应该到别处去租。而况这笔钱就是令仪给的，又何必替别人舍不得呢？他想来想去，终于是走上了账房先生那算盘上的路，掏出一张五元钞票，把一间大房定了，一切都依了账房的话办理。他又转念一想：既是把房子定了，迟早都是搬出来，也就不必在别人会馆里流连。因之坐了人力车子回来，当时就回房收拾行李，要搬到这家大乐公寓来。

当他将行李一齐捆束好了的时候，长班就走了进来了。他向计春捆束好了的行李，各瞟了一眼，然后微笑道："你果然就搬走啦？搬到哪里去？"计春道："搬到我一个姓冯的先生家里去住。"长班道："有信就向那里转吗？"计春连连答应道："不不，有信来，请你给我留着，我自己来取去就是了。"说时，心里同时想着有这样的事要重托他，不能不给他几个钱，先博得他的同情，于是掏出身上带的那卷钞票来掀了一张，交给长班，让他去破开。长班一看之后，心中更有数了。他哪里会有这些个钱花，这就微笑着，接了计春的钱，拿出去换去。计春自己也有些醒悟过来，若是让长班去叫车，说明了到公寓里去，那明明是走漏消息于人，结果必会让刘清泉知道了去。于是自己走出去，雇好一辆人力车，监督着车夫，将行李搬上车去，自己也不坐车，站在会馆门口，等长班换钱回来。长班回来了，交钱到他手上，他就抽出一元钞票，交到长班手上，也不和他说明所以然。回转头来，就向拉着行李的车夫道："走吧！走吧！"车夫扶了车把道："先生，你自己不坐一辆车？"计春道："不用，我到胡同口上去再坐车吧。"他说着这话，扶了车子的后面，就向前面推了去。这长班看了他这种慌里慌张的神气，心中不但不能释然，倒反加上一层疑惑，却悄悄地跟随着到胡同口上来。计春出得胡同口来，倒是如释重负，就雇了一辆人力车子，很坦然地坐到公寓里来。当公寓里茶房和他收拾房间的时候，他就打着电话去告诉了令仪，说是一切都布置好了。

在这天晚上，令仪带了四包点心、四个罐头，还有一大篮子水果，亲自送到公寓里来。计春在这种无人的所在，和令仪又是这样熟识，他的口才也就跟着出来了。他望了桌上堆的那些蒲包纸盒，向令仪微笑道："一而再、再而三地只管要你破钞，我心里头实在是过意不去。你自己说吧，我应当怎样地感谢呢？"令仪将手上拿的那个肉色皮包，轻轻地向桌上一放，头并不动，只斜转了眼珠，向计春瞟着，然后微笑道："我是不要人家感谢我的，不是我自吹一句，我心里想要什么东西的话，我自己总可以拿钱去买，用不着别人来送我。"说毕，看到身边有一张椅子，就半侧着身坐下了。计春道："虽然是那样说，不过在我这一方面而论，总不应该得了人家的好处，并不报答人家。"令仪道："有你这样好的心眼，那就是报答我了。"

计春听了这话，倒有些莫名其妙，这就向着她问道："怎样就算报答

146

了你呢?"令仪两只脚是互相地交架着，将上面一只脚的皮鞋高跟敲了地面嘚嘚作响，同时身子也摇撼不定，然后向计春微笑道："你难道不懂得精神上的安慰，比物质上的安慰，要强得多吗? 你有这几句话，就是……就是……"说到这里，她扑哧一声笑了。在这种情形之下，计春坐在她对面一张椅子上，神情倒真有些恍惚，可是他一时答复不出来。令仪并不介意，反笑问他道："我这话你懂是不懂?"计春被她如此问着，真是无话可说，只好向她笑。令仪道："不是说笑话，你要明白，我一切都是真意待你，你不是总嫌那位冯先生督着你吗? 最好的办法，从此以后，你就不必上他的门。"计春听了这话，却是半天不敢作声。令仪道："你不就是为了你父亲拜托他，把你送进一个学校去吗? 这值什么，我就可以替你包办。"计春笑着摇了两摇头道："你这话说得我有些不大相信，你自己考学校，还再三再四地去求他，怎么到了现在，你就能替我包办进学校呢?"令仪笑道："这有个原因，以前我总想进一个有名声的学校，也好在我父亲面前交一篇账。既然求不得人情，我就不必找有名声的学校了。北平这地方，只要你交出学费来，那就不怕没有学校考进去。"计春道："像交学费就可以进去的学校，恐怕没有什么学问可求吧! 据说，那种学校，叫野鸡学校，我们能够进那种学校去念书吗?"令仪听说，这就不由得红了脸，因道："凡事不能一律而论，资质不好的人进好学校，恐怕也念不出书来。资质聪明的人，就是进那不相干的学校，未尝念不出书，事在人为罢了。"她说时不但脸色是红了，而且眼睛也睁得很大，两个脸腮子也有些向外鼓着。看她那个样子，竟是有些生气了。计春心里一想：自己受着令仪这样大的恩惠，怎好把人得罪了? 只是话已说错了，悔也无益，要说用话来解释吧! 又不知道如何解释才好，便向了令仪，嘻嘻地微笑。然而他脸上的红晕，便已红到耳朵后面去了。令仪也没有什么话说，将那个手皮夹拿到手中，打开来对里面的镜子照了一照，依然关起来，向桌上放下，站了起来，两只手拂了几拂身上的灰尘，手按了皮包，悬起一只脚来，在地上连连点了一阵道："我就不坐了。"计春虽明知道她不免生着气，然而又不会说留客的话，只好也跟着站了起来。令仪见他并不说什么，便道："明天会吧。"说完了这一句话，她拿起那个手提包就走了。计春跟在后面，一直看到她上了汽车，方才走回房去。

到了房里之后，坐在椅子上，望了桌上摆的那些礼物，不由得发了呆。要说令仪待自己这一番情意，实在是好，说她会用钱，她是个千金小姐，这很不足以为奇。若说她喜欢玩，年纪轻的人，哪个又不喜欢玩？而况这些事，都是个人的私德，我不能因为她个人的私德，抹煞了她待我的那一番好处。如此想着，心里越发地过意不去，就背了两只手，在屋子里踱着大方步子。在屋子里走了几个圈圈之后，转念一想，令仪这个人也未免太过分了。我仅仅地对她说了这两句话，她就发着气走了，莫不是以为我常常受她一点儿好处，她就在我面前摆起架子来吗？要是这样，我讨了你做女人，那真还应当天天跪床踏凳呢！于是站在屋子里发呆。向了令仪刚才坐的那个地方，只管去出神。因为注意着那椅子，不觉地又看到桌上放的那些礼物上面去了。他想：我由会馆里搬到公寓里来，并算不得什么盛典，你看她却郑重其事地办了这些礼物来，而且自己又哪里有钱住公寓，不都是花着人家的钱吗？我不曾感激人家，倒把人家得罪了，想来想去，这总是自己的不对。人家如此款待，为什么不在言语方面敷衍敷衍人家呢？就是我觉得她的话不对，放在心里好了，何必说了出来呢？

这样自悔了一阵，又觉得这并不是自己的不对。我说那种野鸡学校，不可进去，这是一个求学的青年应该有的态度。若是她说进野鸡学校，自己也就附和着她，说是可以进那学校，那么，父亲千里迢迢，把自己送到北平来，为着什么？就为了进野鸡学校来的吗？他一转念想着了父亲，那个枯瘦的脸，和那黄而且黑、筋肉怒张的两只手臂，就好像在他面前，幻出了一个影子。想到了这影子，便又继续地想到了父亲挑江水推大磨的那种情形。父亲辛辛苦苦，挣扎着几个钱，让自己来求学，他为着什么？就为了我到北平来住着，混一个学生的资格吗？若不是来混一个学生资格的，自己就这样和令仪一处混着，那只有一步一步地向下堕落，还能求什么学？不听到孔小姐说了吗？要到好一点儿的学校去，那不过为着求一点儿名声好听。进那野鸡学校，只要交了学费，这责任就算尽了，那么，无论进一种什么学校，都是好玩而已。和她在一处厮混，那可断言一下，决计混不出一点儿好处来。父亲花了许多血汗钱，把自己培植到初中毕了业，对于自己的前途，那真抱着无限的希望。自己若是就这样把学业荒废下去，有一天自己回家，或者父亲来了，怎样地去交这一篇账？迷途未远，自己还是赶快地向原路走回去吧？不过要是在公寓里住的话，花的是人家的钱，人家要来拜会，那是没有法子拒绝的。她既来了，要出去吃喝，要出去游玩，恐怕也就没有法子避开。自己要觉悟过来，也许是办不到，唯一的法子，那只有住到冯子云先生家里去。冯子云不但是她最所忌恨的，而且是她所畏惧的。我住到那里去，她就不会找我去了。我只有趁着一个绝早，把东西收拾好了，向冯家一搬，留下一封信给她，就说冯先生逼着我走，我不能不去，她反正也不敢到冯家去质问所以然，我不是落得推一个干净吗？人家都说我是一个有用的青年，就是我自己，为了有许多人赞许我，也觉自己前途有莫大的希望。若是这样消沉下去了，不但无面见人，自己也对自己不起吧。

他一番悔恨之余，就一点儿力量也没有了。身体软绵绵的，先靠了椅子背坐着，后来索性倒在床上躺下了。他自己仰着身体，睁了大眼，望着床顶，也不知道躺下了多少时候，然而他眼前所看去的，好像没有什么东西，只是一片空洞洞的。同时，却有一种声音，向耳朵里送来。初听这种声音，并不怎样介意，后来这种声音，继续地向耳朵里送来，这就不能不静心听了。原来这不是别种声音，乃是隔壁院子里，有人在那里读书。那书声读得字斟句酌，一个字一个字地向耳朵里送来，似乎那个人很是高兴。他情不自禁地走出房来，隔墙向那边一看，那边好像是个中产阶级的人家。墙头上高出两棵树的黑影，屋子里的灯光，射到一丛叶荫之下。由叶荫之下的反光，映出了一带整齐的屋檐，那琅琅的书声就由这屋子里出来的了。计春背了两手，侧耳听着，正要听出来他读的是什么书，可是书倒没有听出来，这空气里面却若断若续地送了一种香气过来。闻了这种香气，好像让人的精神为之一振。这时，他不但是来不及辨别人家读的是什么书，几乎不知道自己站在什么地方了。虽然这还是热天，然而北方的气候，到了晚上，温度就低了下去。计春站在院子里久了，身上觉得有些凉飕飕的。这两只大腿，由脚背以至臀部，都像凉水洗了一般，他这才醒悟过来，人站在这里发呆呢。于是身子一转，赶紧地走回房去。

然而，他到房里以后，精神恢复过来，这书声又听得很清楚了。他心里想，脚下情不自禁地在地面上顿了两下，自言自语地道："我决计改过。从立刻起，开始读书了。"于是把桌上的那些糕点水果，一阵风似的，搬到桌子下面去，而且把桌子擦抹干净了，就找了一张厚的白纸，在桌面上铺好，然后，在书架子上捧了一叠书放到桌子上，预备随便抽出一本书来看。可是他一弯腰要搬了凳子来坐的时候，同时却有一股清香袭入他的鼻子。他想起了，这是孔小姐送的水果，据外表看起来，这一个大蒲包，里面装的大概是不少。我应当透开来看看，里面究竟有些什么东西。如此想着，他就把那蒲包拉出桌子底下，在电灯光下，撕取了盖叶，这里面深红浅碧，早是把那初秋的白梨、苹果、牛乳葡萄，各种颜色，送到了眼前。计春拿起一个溜圆的苹果，在手上颠了两颠，心里这就想着：女人的面孔，不都是这样吗？孔小姐的面孔，不也是这样吗？这苹果也和女人一样，有一种迷人的颜色。我一个刚刚觉悟过来的人，为什么又沉迷下去，这不是一种笑话吗？于是将这只苹果向蒲包里一掷，立刻，用脚一踢，把蒲包踢到桌子底下去。自己就靠近桌子坐好，抽出一本书，摊开来看。

翻开书来，已去了若干页，当然不是书的第一章，自己在一个段落的起头，诵着行数，看了下去。约莫看了有七八页之多，才想过来：我看的是什么书？于是翻过书面来看了一看，啊哟，难怪乎不懂，这是新出版的《少年修养论》，是到冯子云家去的时候，冯先生送的。这一阵子胡忙，总不曾看一看书的内容，今天突然地把这种含有哲学意味的书翻着来看，如何可了解？于是按住了书的封面，自己定一定神，今天却是怎么的，神经如此地错乱，于是用两手撑住头静静地想着。在他自己这样静静想着的时候，那隔户的书声，又一阵阵地送入耳朵来了。他心里就跟随地想着，人家也是个人，也是在这个月落风轻、星斗满天的夜里。他何以就那样安心定意，书读得那样起劲，我何以心事混乱，读书不知所云呢？是了，这无非为着我有一段心事。我有一段什么心事呢？为了有这样一个女朋友。那么，说来说去，还是自己有女朋友之害。自己唯有毅然决然地丢开了这个女朋友，然后才可以谈到读书。不然，这个心为女朋友分了去，就不会牵挂到书上来了。他一个人坐在那里颠三倒四地想着，索性忘了自己打算要做什么的，只管沉沉地把事情想了下去。猛然一抬头，只看到屋子里越显得银光灿烂，电灯的光力，已是格外充足。这是北平城里夜深了的表现，自己这倒不明白，为何糊里糊涂就混到夜深了。这般时候了，读书已是不可能，这就只有早早地就寝，一切的事情，到了明天早上再说。想是有一晚上构思的力量，总可以有个脱身的法子吧。

他如此想着，才放下托住头的那两只手。可是看看桌上，那本《少年修养论》已经不成样子。因为下半截被自己的手胳臂压着卷折了两只角，那半截呢，也不知自己是何时打泼了一杯茶，书页被泼的茶浸着，都粘成一片了。计春赶快地提起书来，兀自点点滴滴向下淋着水。恰是不曾拿得稳，在桌子角上一挂，那烂泥也似的《少年修养论》，已是毫无眉目，只剩了半截书角，拿在手上了。计春心想：弄坏了一本书，这很算不了什么，只是这一本书是冯子云先生特别注意送我的，将来问我书中说些什么，我怎么样对答呢？那也就少不得买一本书来再看上一遍了。计春心里很懊悔的，真是不解，今天何以如此神情颠倒。站在屋子中间，发了一顿呆，又顿了一下脚，自言自语地道："会馆不能住，公寓更不能住。明日早上，起来就收拾一切，搬到冯家去。冯家若是没有屋子可住，就是在他门房里住上一两天也好。反正是不受外物的引诱了。"他如此地想得坚决，似乎明天之离开公寓，已不成问题。不过他一日一夜之间，心理有了好几次变化，还有一夜之长，究竟有无问题，那还是不得而知呢。

第十七回

索影作甘言再施妙腕
赠衣惊厚宠更溺情波

这一番起落不定的思潮，把计春闹得坐立不安，最后他躺在床上，仰了面孔静心静意地想出了一条出路，就是起一个绝早，不等令仪来，就离开这公寓。于是解衣就寝，安然地入梦了。他是思虑有些过度了，头搁在枕上，坦然地睡着，及至醒过来的时候，看那竹子外面，白粉墙上，抹了一带金黄色的阳光，这纵然是早上，也不会是绝早了。一个翻身坐了起来，揉那眼睛，再仔细地向窗子外面看看，可不是太阳有几丈高了吗？于是向外面喊了一声伙计，等他走到房门口，在里面就问道："几点钟了？"伙计猛然地听到了这一声问，倒愣住了，以为这位阔少爷在发脾气，嫌伺候着来晚了呢，就推了门进来道："这还不算晚吧？才只八点多钟呢！我们这里住着学界的人也不少，都差不多是这时候起床呢！"计春知道他是误会了，和他说明白了，也是无用，于是披衣下床，只是催伙计搬茶水来。伙计见他衣服披在身上，一只手拿了袜子，一只手就把桌上放的散碎东西，一样一样地给它归并起来，伙计望着他，倒有些呆了，便问道："周先生，你这是什么意思？"计春道："我要搬起走了。"伙计正端了一只脸盆，要向外走。听了这话，索性把脸盆放了下来，睁着两只眼睛望了他，许久作声不得。计春道："你不要以为我是赖房钱，昨天我搬来的时候，我就把房钱付了。我的意思，就是不爱住公寓，所以要搬，公寓不是一个读书的地方。"那伙计听了这话，真是不住地想着稀罕。既然说是公寓不好，昨天为什么搬了进来？搬了进来，觉得公寓不好，也就不该付房钱。这样颠三倒四地想着，只管看了计春的脸，想不出一个道理来。

计春被人家这样望着，倒有些不好意思，便笑道："你为什么望着我？觉得这件事很有些奇怪吗？"伙计笑道："我猜着你准是和我们开玩笑，不然，哪有这个道理。"这样看起来，分明是伙计都不能相信了。这种举动，大概有点儿失于常态，必定要说出一个充足的理由来，那才好搬的。于是向伙计道："你不必管我是什么原因，反正我要走的话，总有一个原因的，你去和我打水来吧。"伙计虽看到这人不免有些像神经病，但是他已经付过房钱了，他居住自然可以自由，公寓里人如何可以干涉他？伙计自去了。计春一人在屋里，自穿着衣袜，昂了头只管向着窗户外，不住地发呆。因为心里平静了，却听到隔壁屋子里的笑话声。这时，有个女子的声音道："哼，俗言道得好，男子的心，海样深，看得清，摸不真，我这样地待你，你还不肯把真心待我，你叫我是多么灰心啦！"接着就有一个男子，哈哈一笑道："妇女们总是这样犯了一个疑心重的病。"说到这里，声音就细小下去，听不清了。

计春想着，公寓这种地方，那总是作为男女交涉场所的。这大概又是那个男子有抛弃女子的心事，所以就发出这种怨声来了。他如此想着，就不免顺脚走到院子外面来，只转了一个弯，便看到那有人说话的房间，正和这院子为邻。那玻璃窗户，恰好卷起窗纱，在外边看得里面清楚，见有一个时装女子，两手撑了头，靠桌子坐着，虽不能将她的脸完全看到，但是在她的双手以下，依稀有几道泪痕。在桌子的另一方，站住了一个西装青年，满脸带着委屈的样子，半弯了腰，斜伸了一只脚，只管向这女子看着。许久，他才叹了一口气道："我对于你牺牲一切，都不管的，你还是不谅解。"那女子道："好，你牺牲一切，什么我也不要，我要你的命。你若是真能牺牲的话，就死在我面前，让我看看。"那男子道："好，我就死在你面前。"说着就把桌上一把裁纸的小刀，拿了起来，打算向颈子底下就横抹了去。那女子虽是双手撑住了头，而且低了下去的，但是她对于这男子的态度，依然是注意。她就猛然地向上一跳，伸开两手，将那男子抱着，带着央告的声音道："得啦，算我错了，还不行吗？"男子举起刀子的一只手，被那女子极力地扯了下来，他才掉转头向外面看着，原来走廊下还站有人呢，急忙地伸手把窗纱遮掩住了。

计春明知道人家遮掩窗户，是为自己而设，当然也有点儿不好意思，不必人说，自己也就闪开来了。他低了头，向自己屋子里头走。心里也就想着：这个男子，实在也能为他的爱人牺牲，只求他的爱人谅解，性命也可以不要。假使把他做一个标准，来和自己打比，那么，自己就未免太对不住令仪了。她对我花了许多钱不算，尽心尽意，多么会体贴人，结果，我却背了她逃走，这似乎有点儿说不过去。他心里考量着，态度又是那样犹豫的时候，恰又有一双男女，由面前走廊上过去，那男子和女子提了花伞皮包，笑容可掬地在身后跟着。伙计正端了一盆水过来，见计春望了别人发呆，便低声笑道："这是一对未婚夫妻，两个人和睦着啦！现在是一块儿上学校去了。"计春道："现时还在暑假里头，他们到学校里去做什么？"伙计道："据说，人家是补习功课，补习好了，打算考到一个学校里头去呢。"计春望了人家的去路，微笑点了两点头，也就跟着伙计走回房来了。

他这时来不及收拾东西，一面漱洗，一面咀嚼着男女进出成双的滋味。自己并不是没有这个机会，只是自己怕会耽误了读书，所以有向后退之意。其实像公寓里这些男女青年，何尝不是每个一双成起对来的。这是一个明证，读书无妨恋爱，而恋爱也就不碍读书。他有了如此一个转念，昨天晚上预计好了起个绝早就搬出公寓的话，未免有些摇动。因之自己归理东西的那番手续，也仅仅地做到将桌上的纸墨笔砚归并到网篮里去，此外也就不曾动手了。在他这种犹豫的时候，伙计已经沏了一壶茶来，放在桌上。计春闻到壶嘴子里透出来的那阵茶香气，便也跟着想要喝茶。于是斟上一杯热茶，用手托了慢慢出神。

这杯茶还不曾喝下去，房门口就有一个报贩子，夹了一卷报纸过去。计春出了一会子神，倒觉得很是无聊，买一份报看看，倒也不错。于是买了大小报纸各一份，就在靠门的一张矮沙发上，靠了椅子背，两手捧了报，慢慢地看去。报还不曾看到一半，忽然身后有人问了一声道："今天哪家的电影好？"回头看时，却是令仪来了。她手上正也拿了一把绿质白点子的花绸伞，她悄悄向房门里一伸，那计春就两手接了过来，在书架子边放着。令仪笑道："你很不错，居然会和女友拿伞了。这是你交际上一种很明显的进步。"说着，走进房来，就靠近计春那把椅子坐下，微笑道，"这公寓里住着，比在会馆里舒服吗？"计春道："天理良心，住着这样幽雅的所在，还不舒服，要怎样子才算舒服呢？"令仪笑着点了两点头，却昂了头在屋子四周看了一遍。计春道："你看什么？还有什么不妥当的地方吗？"令仪道："屋子外表不错，但是里面的陈设，既很简单，又不艺术化，不是一个白面书生住的所在，让我来替你布置布置吧。"计春道："你不必费事了，我心里很过意不去。"令仪将眼睛斜瞟了他一下，却微笑道："你怎么老说这句话？这是生朋友说的客气话，不是心眼里掏出来的，若是好朋友，你用我的东西，我用你的东西，那都不在乎的。"计春点头道：

"固然是如此，但是一个人只管得着人家另眼相看，自己却是毫不在乎，这个人也就未免心肠太硬了吧！"令仪笑道："你必得报答我一点儿什么东西，你才过意得去，是也不是？"

说时，她一只左腿架在右腿上，半扭了身躯，望了计春，笑嘻嘻地静等他的回答。计春说："是的。"令仪道："你打算怎么样子报答我呢？"计春不觉抬起手来连连搔了一阵头发，他就笑道："我是一个穷书生，你是一个阔小姐，就是叫我谢你，我也难于出手。"令仪道："你这话完全错了。难道报答人家的情义，就完全在钱上说话吗？我和你要一样东西，并不要你花一个钱。"她如此说着时，又是把眼睛向计春身上一溜。计春听了她的话音，又看了她这种态度，脸上一红，倒有些不好意思了。令仪笑道："你以为我和你要什么呢？我什么也不要，只要你一个影子。"计春昂着头想了一想道："哦，我明白了。你和我要一张相片，有有有！"说着话，他就去开箱子，打算把相片取了出来。令仪向他连连摇了两下手道："不对，我不要你的相片，我只要你的影子。"

计春掉转身来，对她望着，站在床头边，手扶了箱子盖，竟是呆了。令仪两只腿，依然是架着的，身子向后靠着，向了计春微笑，却把手来指着那张空沙发道："你坐下，我有话和你说。"计春听她的话，真有些摸不着头脑，索性站定了，向她微笑。令仪笑道："你都猜中一半了，怎么又发愣呢？"计春笑道："我猜中一半了吗？我自己真还有些不明白。我的影子，怎么可以拿去送人呢？"令仪道："我实告诉你吧，我想和你一路去照几张相。款子是归我付。你想，那上面有你，可也有我，相片两个人都有份，不能算是你一个人的。所以要你去照相，就仅仅地只要你把一个影子相送的了。"计春笑道："原来是这样一件容易办到的事，何必绕了这样大的弯子来说呢？"令仪道："你不知道，我这个人的脾气，是很古怪的。无论做什么事，不愿碰人家的钉子，所以我先说上一句似是而非的话，探一探你的口气。既然你并没有什么不可的意思，那我就乐得要求你一下子的了。"计春笑道："这简直是谈不上的话。像你这样的大小姐，肯和我在一处照相，那正是大大地给面子的事。我还有一个不乐意的吗？可是这话又说回来了，我要是和大小姐在一处照相，恐怕是有些玷辱你，不是你来提起，我就和你交十年朋友，还不敢这样地开口呢。"

令仪抿嘴微笑着，只管望了他许久才道："我以为你是个老实孩子，心里有一句，口里说出一句，可是现在你慢慢地会说话了。说出来的话，居然不是由心眼里出来的了。"计春不住地搔着自己的头发微微地笑道："我觉得我始终是一个老实人。你要说我心口不如一，那可有些冤枉了。"令仪笑道："我自然是希望心口如一，但是有时候不便对我说的话，我也就不逼迫着你说出真话来。"计春笑道："这话我倒有些不懂，既然是要我心口如一，怎么又说是有时候不便说真话呢？"令仪眼皮一撩微笑道："你呀，在情场上的阅历，还是太浅。再过些时候，也许你就明白了。"计春道："怎么过些时候，这个原因就明白了呢！你只说了这样半截的话，倒不免要我纳闷一辈子，何不现在对我就实说了呢？"令仪笑道："你是一个傻子，老追究着这句话做什么？不要说这些小孩子话了。这个时候，是吃午饭的时候了。我带你一块儿去吃午饭吧。"计春笑着，正想说那一句"又要叨扰"，令仪突然站了起来，向他连连摇着几下手道："你不许说下面那一句话，你要说那一句话，我就恼了。"计春笑道："你不是要我把心眼里的话都说出来吗？我真要说出来，怎么又不许可呢？"令仪道："我有一个脾气，花钱请人就是不许人家道谢。你去不去？"

计春虽然是预想好了要和令仪脱离关系，但是一和令仪见了面之后，心里所想的一切计划，都化为乌有了。现在令仪对了他，迫着问去也不去，他怎敢说是不去。只得笑道："我只有奉陪就是了。"令仪于是自提了花伞皮包，就要向外走。这让计春更是一点儿也推诿不得，于是戴上了帽子，自行带上了房门，就走了出来。见令仪斜伸了一只腿，站在走廊上，将那把伞斜靠了大腿放着，计春忽然灵机一动，弯了身子，就把花伞和皮包接了过来，就随了令仪身后，向外面走去。先前那个伙计站在一边，看到了这情形，就向了计春微微地笑着。计春想到早上那对未婚夫妇一同去上课的情形，不觉想到自己，也有这个样子的排场，而且在我前面走的那实实在在是一位大小姐，比之早上那个女学生，那又要高过一个码子了。他如此想着，心里头得意之极，于是望了那公寓的伙计，也报之一笑。不过伙计笑着，是伙计的意思，计春笑着呢，又是计春的意思。同时令仪回转头来，看到计春向伙计对笑着，好像这里面有一种很深的意味，于是也就瞟了计春一眼，笑着低低地说道："这个傻子！"

计春在身后自不便问，直等一同坐在汽车上，心里头这句话，实在忍耐不住了，这就向她笑道："我到底不明白，我问那一句话以后，你就连说我两回傻子，这是什么用意？"令仪笑道："你若是老追着这句话来问我，你就是个傻子。总而言之，你是越问，越见得傻。"计春笑道："那我也就只好不问了。"于是他心里闷住了这个哑谜，陪着令仪去吃馆子，又陪着她去游了一趟公园。最后她却向计春道："你不许辞谢，我还要送你一些东西。"计春笑道："好的，我一切都唯命是从，省得你又说我是傻子。"

于是她就将汽车把计春载到一家西服庄上来。那西服庄的伙计，早有两三个迎上前来，和她点了头道："孔小姐来了，请坐请坐。"计春一看，好像他们原来就是相熟得很的，这倒有些奇怪了。令仪回转头来，指着计春道："这是我们的亲戚，来定做两套西服，你们拿样本来看看。"计春听了这话，心中倒是一怔。我又不曾发疯，好好无事的做什么西服，而且一做就是两套，便笑着望了令仪，有话想要说，又不敢说出来。令仪回转头来，就向他笑道："我和这家西服庄，有点儿来往，多少钱，你不必管，都记在我的账上得了。"计春心想，这位小姐真是厉害。我一举一动，她都可以猜透了我的心事，便笑道："你又要和我客气，我真是不敢当。"说这话时，那两个伙计，已经走开了。令仪就向他瞟了一眼，低声道："越说你是傻子，你倒越傻了。"计春听她的话音，看她的行为，心里也就明白了一些，只好微微地笑着。

这时，两个伙计一个捧了衣服的样本，一个捧了衣料的样本，一齐送到计春面前来，笑道："你就挑吧，有孔小姐介绍，我们不敢多算钱。"令仪道："这可是记在我账上的，你若是多算钱，那就是多算了我的钱一样，你们好意思吗？"伙计笑着连说不敢不敢。计春站在玻璃橱子旁边，先打开料子样本一瞧，只觉样样都好，而且自己没有穿过西服，根本也就不注意人家穿西服。这个时候，让他来挑衣料的样子，叫他怎样能够决定？令仪在一边，也就看出他那副情形来了，就两手把样本夺到怀里来，向他笑道："你做中国衣服，是我当参谋。干脆，做西服也让我来当参谋吧。"她一面说着，一面在那里掀着衣料本子看。她选了一套淡灰色的，选了一套藏青色的，用手指点着，向计春问道："就是这两种料子吧。你看怎么样？"她说时，已经有些命令的意味在内。计春怎敢说是不好，自然地就点着头答应了，还笑道："我最信任你的，你索性把样子也给我挑好了吧。"令仪抿嘴微笑着，又和他挑了两种衣服的式样，索性将领子领带衬衫，甚至领扣和袖扣等等，一齐都定好了。算一算账，共计一百二十元，令仪一点儿也不踌躇，就在皮包里掏出了二十元钞票来付了定钱，然后就挽了计春一只手，一同出门上汽车去。

计春在车上笑道："你又要说我俗套了，真要多谢你！你若是要送我的西服，送我一套也就够了，为什么送我这许多呢？"令仪笑道："我说出来，你不要说我挥霍，昨天晚上我打八圈麻将，就输了二百块钱。一二百块在我高兴的时候，我随便就花了的，那很不算一回什么。"说着，又在皮包里取出三十元钞票来，向计春手里一塞，笑道，"你自己去办吧，要买一双好的皮鞋、一顶帽子。记着，不要买那太差的。"计春见人家如此款待，只有答应"是"的位分，哪里还说得出别的什么来。汽车一直将计春送到公寓，令仪才坐着车子走了。

计春回得房来，觉得口里有些干燥。等不及茶房来泡茶，就把桌子下面那个蒲包扯出来，摸了两个大蜜桃、两个大梨，用小刀子慢慢地来削了吃。当他在削梨的时候，心里头就想着这个送梨子的人，觉得人家这番相待的意思，实在是好极了。我若是搬出这公寓，就是不和她绝交，也就辜负了人家这番盛意，何况自己原定的主意，就是从此便要躲开她呢。她家里家财有几百万，就是这样一个姑娘，假使我要做他们家的女婿，何必还念什么书？坐在家里享福就是了。她说得也不错，只要有钱交学费，不愁没有学校可进，何况我的功课，还可以考相当的学校呢。我和她来往，不过是得罪冯子云先生一个人，对于别人，并不相干。得罪了冯先生，没有别的，只是进学校差一个人照应而已。我有孔令仪在金钱上帮我的忙，什么事不好办？我又何必要姓冯的帮忙呢？是了，我就照了现在的计划进行，不必理会别人了。

这天晚上，月亮虽然是出来得晚一点儿，但是那隔壁人家的书声，还依然送到这边来。今晚计春听到，并不觉得有什么感触，他心里想着，一个星期之后，有漂亮的西服可穿了。现在是夏去秋来的时候，白番布鞋子当然是不合，还是穿黄色的皮鞋呢，或者是穿黑色的皮鞋呢？帽子，自然是应当戴薄呢的。平常看那少年人穿西服，多半戴上一副眼镜，自己最好也找副眼镜戴着。这里有三十块钱，十块钱买鞋，五六块钱买帽子，还可以多一半，这一半怎样地用呢？买一副眼镜又太多了。要不然，再买一支自来水笔，却是钱又不够，或者是自己将钱垫出来呢，或者是再和令仪讨呢，或者剩下几块钱来，留着自己零花呢？他今晚的态度，与昨晚是大不相同，这思想方面，也是大为变更。他所想的不是书本子、将来的事业，所想的乃是西服、西洋皮鞋、克罗克斯眼镜、康克令自来水笔。看看令仪送的那只手表，抬起来看着，却是九点钟了。往日到了这时间，觉得应当还看几页书。今晚所想到的，便是已到电影开映的时间。若是令仪在这里，就可以坐了她的车子，一路去看电影了。他对了手背上只管出了神，靠了桌子站定，不觉呆了。表上的短针，依然指在九点上。他抬起手臂来看着，还是那样出神，然而这已在十二小时以后，他睡在枕上，刚醒过来呢，心想：向来不会睡得这般晚起来，人是思想着劳累很了，想到了劳累一层，又不免闭上眼睛再养一会儿神。

可是这时就听到房门外有人问道："有位周计春先生，就住在这房间里吗？"计春听得出来，乃是冯子云先生的声音。一个翻身坐了起来，心里想要答应，但是第二个感想，跟着来了。他想：冯先生何以会找到这公寓里来？也许是听了什么话，来教训我的吧？和他见了面，十之七八，难免要受他一顿教训，不如装了麻糊，就这样含混过去吧。因此索性倒了下去，向被里一钻，并不答应。冯子云又在外面问道："这位周先生，到底在家不在家呢？"伙计就答应着道："在家，还没有起来。"接着房门一推，冯子云就进来了。这是计春的大意，为什么昨晚睡觉，不把门闩上了？冯子云走到床面前，连连叫了几声计春，而且用手按了盖被。到了这时，计春实在不能再做作了，就由被里伸出头来，叫了一声先生。冯子云道："你怎么不通知我一声，就搬到公寓里来了呢？"计春哼着道："我本来打算去告诉先生的，只因为搬得急一点儿，所以来不及告诉了。"说着，又哼了一声道，"冯先生，真对不起，我病了，病得爬不起来。"

冯子云站着对他脸上瞧瞧，然后退了两步，坐在椅子上，依然对了计春的脸上注意着，似乎不大在意的样子，就问道："你什么所在不舒服？"计春由被里伸出一只手来，摸了额头道："头晕。"冯子云对他笑道："大概你是昨天晚上回来得太晚了的缘故吧？"计春觉得他这一句话，未免言中有刺，就红了脸道："不，昨天我回来得很早的。"冯子云抢着问道："回来得很早，你是由哪里来？"计春倒不料撒着谎说话，还会把话说漏了，急忙中又撒不出第二个谎，就很随便地答道："由公园回来。"冯子云道："哪个陪你去的？"计春顿了一顿，答道："没有人陪我，我一个人去的。"冯子云连连摇了两下头，又微微地一笑："不能是你一个人去的

159

吧？老弟台，不是我做先生的人，无故要干涉你的行动，但是你是我最希望成功的一个人，而且又得了你父亲的重托，我为了这两层关系，不能不照顾你一点儿。现在你刚离开父亲的怀抱，就滚到千金小姐的怀里去，这是你巨大的错误。本来呢，年纪轻的人，哪个没有一些儿女私情？可是在于你，就不应该有。为什么呢？假使你现在还是在乡下做一个牧牛的孩子，我来问你，你知道世界是怎样的一种情形吗？你知道现代文明，到了什么程度吗？当然，你全不知道，更不要说是摩登少年讲究的男女恋爱了。你托你父亲的福，把家产故园都牺牲了，又得了许多先生的帮助，对你另眼相看，更细心地教你。这些人，不是指望了你中状元，也不是指望你发洋财，将来靠着你吃饭，只是看到你是个有用的青年，希望把你造就成国家社会需要的一个人才。若是像你这样，终日跟在大小姐身后鬼混，都市里还少了这种青年，值得你父亲那样牺牲，值得我们做先生的这样地教训吗？就是你自己这几年的努力，当然也是不愿埋没你的天才，不愿辜负你的师父的期望，难道千里迢迢地跑了来，就为的是来谈恋爱不成？"

这一番话，说得计春哑口无言。当然的，自己的行动已经为冯先生看破了，抵赖固然是抵赖不了，就是承认，又怎样地说得出口呢？于是躺在枕头上发愣，只有不作声。冯子云道："你不必装病。只要你改过自新，以往的事，我也不追究你。你要明白，你有了今天就是你的造化，你还做什么妄想呢？再说孔令仪那孩子，乃是社会上一只害马，谁和她在一处，谁就要受她的害。她不是我的女儿，她若是我的女儿，我不把她杀了，也要把她送到感化院去。"计春只有听着，哪里敢说什么。可是他在屋子里虽不说什么，那屋子外面，却一个人搭起腔来了。那人道："冯先生，你劝周先生不要紧，为什么在背后批评我，侮辱我的人格。"

说着话，推开门走进一个人来，不是别个，正是孔令仪。她突然走了进来，挺着胸脯子，一手按了手上的花伞，撑在地上，一手叉了腰，鼓着脸蛋子。这一下子，真弄得形势大僵之下。但是冯子云也绝不肯在她面前示弱，也红了脸道："不错，我说过的，假使我有你这样一个女儿，就要把她弄死。"令仪道："我有什么罪要处死刑？我杀了人吗？放了火吗？"冯子云将桌子一拍道："你这种行为，我以为比杀人放火还厉害呢！像计春这样望前进展的青年，你诱惑着他陪你去堕落，废坏他一生的事业，破坏他的家庭，那还是小，你断送国家有用的青年，成为你一样的害群之马，这罪还小吗？"令仪道："就是这几项罪名，没有别的吗？我请问你，现在社交公开，男女交朋友，是不是许可的？若说交朋友是许可的，那就诱惑破坏，这些字眼，都安不上。我告诉你，你知趣的，你赶快离开这屋子，因为这屋子是我出钱租的，你若不走，我就到法院里去告你，说你公然侮辱我。你是个教授先生，大概不能否认你所说的话吧？"说毕，瞪了两只大眼，望着冯子云。冯子云当然不肯否认她所说的话，一拍桌子道："我不能走，你去告我吧！"令仪说了一个"好"字，转身就向房外走去了。

第十八回

甘伏雌威背师铸大错
真同儿戏负气订新盟

周计春见令仪突然而去，一点儿也不考虑，好像是真要告状，心中大吃一惊，立刻由后面追着。追到大门口，一伸手将令仪拉住，就问她道："我的大小姐，你难道真打算去告状吗？"令仪横了眼光道："我为什么不去真告状？他一个做先生的人，可以随便地侮辱我，我就可以随便地告他。"计春道："你这样一闹不要紧，叫我夹在中间的人，那怎样办？我自然不能得罪你，但是我也不愿意得罪冯先生。而且这样的事情，我也不愿意我父亲知道，你若是和我表示同情的话，自然你也不忍让我为难的吧？"

他说话时，那一只手依然扯住了令仪的衣袖不放。令仪根本就不知道状要怎样的告法，受状的衙门，也不知道在哪里。这时，既是被计春牵扯住了，也就不再向前奔，却望了他道："你拉住我怎么办？打算还让我去受他的教训吗？"计春道："我不是拉你去见他，我不愿你去告状。"令仪道："为了你起见，我就不告状吧，但是我让他骂过了一顿，就这样地罢了不成？"计春这却没有话可说，因微笑道："凡事都看破一些吧，你叫我有什么法子呢？"令仪昂头想了一想，点着头，鼻子里哼了一声道："今天暂时罢休，叫他知道我的手段，我先回家去休息休息。"计春看她那情形，虽然不至于真告状了，可是也不敢完全放心，一直望着她上了汽车。才要转身进去，却听到令仪在身后乱叫他，回转身来看时，她由车窗子里伸出一只手来，向这里乱招着，计春看到，只好走上车边去。令仪笑道："你若是愿意听我的话，今天下午，就在家里呆着，不许走开。我不定在什么时候，打电话来，约你去玩儿呢！"计春待要和她订定一准的时间时，可是她已经用手向车夫一挥，车夫手将机盘一转，就开走了。计春心里想着，这位姑娘美是美极了，可是手段也相当厉害。怎么捉住了冯先生一句话，就要闹得人家不能下台呢？现在去见了冯先生，却叫自己去说些什

162

么？老实说，离开了他，那简直不好意思再去见他了。

自己低了头，正是这样沉吟地要向房子里走。对面有人叫了一声道："计春，你自己就这样地甘心堕落下去吗？"看时，冯子云板住了面孔，在走廊正中站着，这让计春无可藏躲，不能不向着他谈话了。于是微低了头红着脸道："我原打算今天搬出这公寓去的。"冯子云连连地摇了几下头，笑道："你不要将话来骗我了。我今天来了，你就是今天要打算搬出去，我若是今天不来呢？你今天也就不想搬了。"计春还有什么可说，只管是低了头，而且身子一步一步地向后退着，靠了一根廊柱站着。冯子云走近一步道："并不是我做先生的人，要多你的事，老实说，我的学生，没有三千，也有二千几，若是我都像这个样子，一一地去管他，我还会来不及吃饭穿衣呢。我因为你是那样的出身，自己不曾埋没自己的天才，很是可取。再说你的父亲，为了想把你造就一个人才出来，他肯把田地都卖了，到省城里去开豆腐店，这种牺牲精神，那就伟大极了。我在我服务教育界这一点上说来，我不能不帮他一点儿忙。若是照你现在这种情形看着，把你造就成功了，不过为社会上添一只害马，大家费那一番力气做什么？唉，据我看来，中国人是没有希望，绝对没有希望！"他说这话时，深深地皱起了他一双眉毛，而且用脚重重地在地上一顿。

看他这一种神情，知道他是愤恨极了。计春不敢说什么了，只管低了头。冯子云道："孔令仪她不是说要去告我吗？我不管，让她去告我得了。现在我要再最后问你一句话，你自己打算怎么样？"计春觉得怎样子说，这话也不能让冯子云满意的，于是微低了头很踌躇地道："我自然是愿意读书。"冯子云望了他的脸，许久许久，就微笑着点了几点头道："好的。你愿意读书，有这句话就成，不过我现在还有些别的事，来不及和你说多的话。晚上，你到我家里去谈谈，我们可以把这个问题解决一下。"计春也不敢说别的，就答应了两声是。冯子云对他周身上下又打量了一番，然后大开步子走了。计春回到房来，脸上倒泛了红色，心里也就扑通扑通地跳着。他私下里可就想着：总算幸事，冯先生约我晚上去谈话，并没有约我下午去谈话，若是约在下午，这又要和令仪约的时间冲突了。等到下午，我和令仪好好地商量一番，得了结果之后，再去和冯先生谈话。那样对于两方面，那就都可以顾全得到。他如此想着，就在公寓里安安静静地坐了几个钟头，并没有出门，可是令仪说了下午来的，一直等过了下午四点钟，连电话还不曾来一个。据着自己心里头想，她若是不来，最好今天就不来吧，不但是今天不必来，便是从此以后不来，那也是自己所欢迎的。因为如此，自己就解掉了一方面的纠缠，可以听了冯子云的话，专心去读书了。

他坦然自得地在屋子里坐到了下午五点钟，可是孔令仪的电话就来了。她在电话里先笑起来道："对不住，我让你在家里，困等了好几个钟头了。"计春听了她的笑声，人就先软化了，便笑道："我反正没有事，等也在家里坐着，不等也是在家里坐着，没有关系。"令仪笑道："你这样说，我就更是放心了，那么你索性等我一等，咱们一块儿出去吃晚饭吧。"计春还想加一种什么考虑之词的时候，令仪那一方面，已经把电话挂上了。计春想着，既然和她说得妥当了，这是不能够推诿着走出门去的，要不然，她跑来扑一个空，那就会和我翻了。照说翻脸就翻脸吧，无非彼此不做朋友而已，有什么关系？可是自己真要和她翻了脸的话，用人家许多钱，得人家许多好处，有些说不过去。重一点儿说，那也是忘恩负义，叫自己做个忘恩负义的人，这是不愿干的事。自然，定做的那两套西装，也要牺牲了。他这样踌躇了以后，在屋子里一把软椅子上坐着，静静地把前后的事，颠倒着一想，觉得走开是无不可，不走开，也不至于有什么大妨碍。

约莫想了两三小时，却不曾得一个结论。自己起初不知道是过了多少时候，后来屋子里的电灯亮上了，才觉得天色也已晚了。这倒不能，为什么把这个问题这样郑重地研究着呢？不必等她了，冯先生约着晚上到他家里去谈谈，这就到冯先生家里去吧。不过冯先生虽是叫我去，并没有指着一定的时间，自己就是马上去了，也许冯先生不在家，那就在寓所里再等一回儿吧。抬起手表来一看，是七点钟，自己想着，等到八点钟好了，她既来邀我去吃饭的，绝不会迟于八点钟。他想着是对了，现在并不瞎想心事，捧了一本书，到电灯下面去看。但是不时地检查手表，一直到八点半钟，她还不曾来。站起身来，待要出门，在屋子里来回走了几步，又犹豫着道：既是等到了八点半钟了，索性再等十分钟，这样子久，都等过去了，十分钟的时候，不能不展长一下，要不然她来了，自己是刚刚走开，那才是有些对不住人呢。他有了这一番转念，在屋子里又闷坐了十分钟，但是令仪的芳踪依然不见。计春为了她有话，一路去吃晚饭，所以公寓里的饭，已吩咐茶房不必开来。如今她不曾来，少不得还要出去买点儿东西吃了，于是穿上了一件干净些的长衫，戴上帽子，向房外走，手扶了门向外面带着。

正要叫茶房来锁门时，就听到的咯的咯，一阵皮鞋声响，远远看到令仪来了，于是开了房门，复又进去。令仪走进来，微笑着，向他周身上下看了一遍，便笑道："对不住，我来迟了一步，累你久等了。你打算到冯子云家去吗？"计春伸手取下了头上戴的帽子，向她笑道："因为我老等着你不来，肚子实在有些饿了，我打算出去买点儿东西吃。"令仪微笑道："绝对不是去看你唯一尊敬的冯先生吗？我想你不敢毅然决然地和他脱离关系吧！"计春笑道："一个学生和先生，有什么关系可言呢？"令仪点了头笑道："你倒说得很干净。那么，我相信你是我的一个信徒了，我们一块儿出去吃馆子瞧电影吧。"说着，在桌上拿了那顶帽子，交到计春手上，于是两个人一同走出公寓的门，坐上汽车去了。计春既然是做了孔小姐的信徒，当然就不能分身去做冯先生的信徒。这天晚上，冯子云先生的约会，他竟是误了。晚上看过电影，虽有孔小姐的汽车相送，到了公寓里，也就是十二点钟了。这还有什么可踌躇的，当然是铺床就寝。心里也曾自忖着：今日不曾到冯先生家里去，冯先生一定是大为失望，明天上午，他不是自己来呢，一定就打电话给我，到了那个时候，这却叫我怎样地去答复呢？有了，我就装病吧。我说我晚上临时头痛，走不了。无论他说是真是假，反正在我自己这一方面，那总是可以自圆其说的了。自觉这个办法不坏，也就安然地入梦。

但是次日睡到上午十一点钟醒的时候，冯子云本人自然是不曾来，可是也没有电话打来。装病也只得装到这个时候，再睡，就真会感到不舒适了，于是把这层疑虑除掉，径自披衣下床。果然，太平无事地到了下午，也没有一点儿意外。两点半钟的时候，孔小姐花枝招展地由外面走了进来。她一进门，对了计春站定，就微微地笑着，露出了她的白牙，红嘴唇里露出了白牙，这自然是一种令人销魂失魄的事。可是她这回笑，似乎带了勉强的样子，那两只嘴角向上翘着，不像是往日那样自然。再说她那两腮上的胭脂圆晕而外，还由皮肤里面，透出一层红色来。当然，这不是化妆的力量。她进了屋之后，将手上提的那柄花绸伞，轻轻地放下，靠了椅子边的墙，那轻缓的程度，很是异乎寻常，分明她是故意这样地做作出来的。她坐下来，两手放在怀里，又向着计春笑道："你为什么很注意地看着我？"计春因为她来了，正用一方干净的手绢，擦着茶杯，预备倒茶给她喝呢，便笑道："没有哇，我并没有注意到你呀！"令仪的胸口伸张了一下，好像深深地吁出了一口气，便笑道："你没有注意着我，那就很好。我以为你应当注意着我呢。"

计春斟了一杯热茶，两手递给了她，她含笑接着，胸口又像是伸张了一下，呷了一口，就放在茶几上。刚放在茶几上，她又端起来呷着。呷完了半杯茶，她似乎有一句话忍不住了，非说不可，就笑着向计春道："在这半小时之内，冯子云没有打电话给你吗？"说时，她的脸越发地红了。计春不明白这句话有什么重要之处，倒要闹得她不好意思起来，便很率直地答道："我也以为今天他必定要来找我的，可是他并没有来，我也没有接着他的电话。"令仪听了这话，似乎得到一种安慰似的，便笑道："他虽没有找你，可是找了我。哼，我怕什么？"于是冷笑了一声道，"叫他冯子云提防着，将来瞧瞧我的手段吧。"她说这话时，眼睛向他身上一溜，见计春脸上带了那些惊慌不定之色，于是一手挽了计春的手笑道："你先别着急，我有话，还没有说完。我的意思，是不让冯子云来管束你，并不是对你生什么气，天气不早了，你也饿够了，我们吃饭去吧。"计春站定了脚，向令仪脸上望着，微笑道："究竟怎么回事？把你逼得生这样大的气，你若是不告诉我，我心里难受。这顿饭，就吃不下去了。"令仪见他还执着犹疑的样子，且不理会他，先叫了一声茶房。人来了，身上掏出两张毛票，叫他去买一盒烟卷，自己倒安然地在椅子上坐将下来。计春倒不知道她是什么用意，也只好默然地坐在一边。

茶房买了烟来了，她就燃了一根，两个指头夹了放在嘴唇边，深深地吸着，然后喷出一口烟来，笑道："冯子云这个风潮闹大了。"计春听了这话，心里不由扑扑跳了几下，望了她不敢作声。令仪道："我不找他，他倒找起我来了。他写了一封信给我表叔，将我痛骂了一顿，我就打电话告诉他，问他什么资格，干涉我交朋友？他说是你父亲托他的。我也不和他废话，我就到他家里去，问他有什么证据。他说不管有证据没证据，一定把你拖出公寓，送进学校。他说他是先生，他对一个心爱的学生，禁止他和女朋友来往，有这种权力，并用不着你父亲拜托他。你要明白，他这样一来，一定会借着要你读书为名，把你拘禁起来。"计春心想，她居然到冯家去大闹了一顿，这未免有些过分了。如此想着，对了令仪望了一下，淡淡地道："对于我个人呢，我倒无所谓。"令仪微笑道："对于你个人，倒无所谓，可是他对于我的手段，那就太厉害了。他居然打了电报给我父亲，说我在北平引诱你。冯子云在北平，那算不了什么。在安庆省城里，

166

他可是在教育界坐头一把椅子的人，我父亲接了这一封电报，还有个不着慌的吗？可是……"说到这里，她笑着喷出一口烟来，笑道，"那不要紧，我也打电报回去了。"计春道："你也打电报回去了？你们有钱的大小姐，真不在乎，把打电报当写信一样办。"令仪继续地喷着烟，直把那支烟卷都抽完了，才笑着站了起来，向他微微点了一个头道："我和你告一个罪。"

计春对于她这种话倒真有些莫名其妙，就向她笑道："为什么突然和我客气起来？"令仪道："你想，冯子云的手段太辣了。在北平呢，把你拘禁起来，在家乡呢，通知家里，这至少会让我的经济要受一层限制。我到了现在，索性一不做二不休了。他可以干涉我们做朋友，总不能干涉我们……"说着，她顿了一顿，脸红着，眼珠在长的睫毛里一转，笑道，"你要知道，我的个性是很强的，我决不愿意在人家面前宣告失败。我除了比你大几岁以外，无论哪一层，总可以和你平等。从来只有男子向女子求婚的，没有女子向男子求婚的，依我想，你对于我，或者有那样一天。我若是端起大小姐的身份来，当然装着糊涂，静等你来进行，可是现在要讲求一种政治手腕，把冯子云压下去，我就顾不得许多了。并不是我把家产夸耀人，只要我们两个人合作，漫说北平这个地方，我们要进什么学校，都可以如意。老实说，我还不屑于在这里读书呢。有了伴，我们不会出洋去留学吗？我的话，你懂了吗？"说着，她的眼珠又向计春一转。

计春不但是脸上红、心里跳，而且他全身的肌肉都有些抖颤了。他真料想不到在这样极短的期间，她会亲口说出这种话来。不过，叫自己这个时候，向她去求婚，自己还是没有这种勇气。第一，自己没有这种经验，虽然和菊芬已经订过婚了，彼此只是像兄妹一般地在一处过着，不知道什么叫恋爱，自然地也就恋爱成熟了。第二，她虽是如此地说了，可是她真意何在，还是不知道，设若她是闹着玩的呢，自己真的向人家求婚，那倒会让她笑掉大牙了。再说，我对于倪家这头亲事，该怎样地对付呢？我最好是装着不大了解她的用意，把我的家境对她说一说。他想着，他就取下了头上的帽子，两手在怀里抚弄着，低了头道："你的话我很明白，但是……但是我的家境不好。"令仪摇了头道："没关系，漫说你家是乡下一个土财主，就是安庆六属，也找不出来有几个人可以和我比家产的。有个十万八万的人家，到了我面前，也只好说一声家境不好，这何足为奇！你要知道，我并不和你比家财，只要我父亲一欢喜，他一句话，你就可以发财了。我何必希望你有家财呢?"

计春的心里刚刚是安静一点儿,这又扑扑地跳了起来。令仪把原来抽的那根烟卷,已经是抽完了,这又取出一根,将两个指头夹住,放在嘴唇下带着。她一口连住了一口向外喷去,不曾间断着。两只眼睛,望了计春,却不作声。许久许久,她哼了一声道:"你为什么不作声?难道说,你还有什么不同意的地方吗?"计春颤动着他的声带,发出很微细的声音来道:"我同意的……"令仪笑道:"你真是傻子!要答应,立刻答应出来就是了。我的聪明不会下于你,我看你对我欲进又退的样子,我就很明白你是觉得彼此之间贫富悬殊了,所以没有法子开口。现在冯子云苦苦相迫,倒给了你一个机会了。现在,你有什么话?你说呀!你难道还要我教给你一句,你才会说一句吗?"她如此一说,计春更是没有话可说了。只是涨红了脸,向了令仪微笑。令仪站了起来,将烟头向房门外一丢,伸着手一撅计春的脸腮道:"你真是个傻子!走吧,我们一块儿吃饭去。"她说着,一手拿起帽子,向计春头上盖着,一手就挽了他一只手臂,脚步一齐地走出房门去。

计春到了这时,已是身不由主,只好一切都听着她的指挥了。这餐晚饭之后,接连着自然又是一场电影。计春回来,又是十二点钟了。那公寓茶房迎着他道:"周先生今天晚上出去得忙一点儿,房门也不曾叫我锁,还有那位小姐的伞,丢在这里,也不曾拿了去。"计春笑道:"哦,是的,伞丢在家里,那不要紧。我们是一家人。"他说到"一家人"这三个字,脸上自然带了一番可喜的笑容。茶房道:"你们是姊弟吗?"计春笑道:"你看她像我姐姐吗?"茶房道:"对了。我看也不大像,莫不是你没有过门子的太太吧?"计春微笑着,脸上表示着一种得色出来,而将头微微地摆了几下。茶房笑道:"嘿,敢情好,你太太真美!"计春道:"她家是我们安庆最有名的财主,家财有一两百万呢。"茶房原是站在门边的,听了这话,虽觉得还没有什么法子去恭维他,可也走近了两步。

这时,让他看到了桌上的茶壶,他忽然计上心来了,于是用手摸了一摸茶壶,觉得冰凉的,赶紧跑了出去,替他沏上了一壶茶,又倒了一杯,恭恭敬敬地放到计春身边来,笑问道:"你没有什么事吗?该安歇了。"说毕,退出门去,给他向外反带上了房门。计春看了茶房都是如此,自己也是得意之至。这天晚上,虽然头一着了枕,就不免想心事,然而今晚上所想的,不是以先的事情,如考学校是什么题目,及冯先生要干涉自己住公寓等问题。现在所想的，却是一百万家产的十分之一是十万，五分之一是二十万，买田，开店，一切都可以替父亲安排。出洋，取得学位，一切也都可以替自己安排。想过了之后，不像往常，只是踌躇，如今是只有一味快活兴奋了。他十二时上床，精神过于兴奋，直到三点钟方始睡着，可是次日起来得很早，八点钟他就出门去了。约莫四五十分钟，他就回来了。他在衣袋里，掏出一只小小的锦纸盒子，打开来，在里面取出一只金戒指。那戒指仅仅是个圆箍，里外都不曾雕刻什么字样，他托在手掌心里，偏着头看了一阵子，自己情不自禁地说出来一句话道："可惜也真是可惜。时间太匆忙了，没有法子在这上面刻字。"他一个人将戒指把玩了一会儿，依然收好，放在袋里。今天是过分地高兴，不时地带着微笑，叫茶房沏好了一壶香茶，又把迦南香燃了两根，插在小铜炉里，放在窗户台上。自己掩了房门，捧了一本书，坐在窗边看。他手上虽是捧着一本书，可是他一双眼睛，却是老向着窗子外，而且两只耳朵，也同时在那里注意有高跟鞋子响着没有。等了许久的时候，并不见她来，很无聊地，也就翻着书看了几页。

茶是凉了，香也点完了，令仪还不曾来，看看手表，已经十一点钟了。据自己看来，今天这个约会，是廿四分贵重的，然而她竟是像平常一样，又误约两小时了。大概她昨晚回家去，想了一遍，有些悔约了。自己是个老实孩子，居然把金戒指一早去买了来，真是痴汉等丫头了。一晚没有睡得好，又起来得太早，这个时候，便觉得眼睛有些疲涩，而且脑子也是昏沉沉的，有些抬不起来，于是将书本一推，伏在桌子上，暂时休息一会儿。他不伏在桌上，那还罢了，他一伏下来，就忘却了一切，不知经过了多少时候，仿佛是在豆腐店房里，同父亲推着磨豆腐的磨子，又仿佛在破窗下看书，菊芬却伏在自己的肩上，问书上的字呢。这种过去的旧梦，让他一一重温起来，感到有些不对，立刻睁开眼来一看，却是令仪站在身边，只管推着他的手臂笑道："怎样就这个样子睡着了呢？"计春笑着站了起来道："我等久了，怕是希望断了，所以心里万分地……"令仪靠住了他，将头枕在他的臂膀上，笑道："对不起，又让你等久了。"计春经过她昨晚在酒馆子里与电影院里一番陶熔，胆子已经是大得多了，于是两只手握住了令仪的两只手，向她笑道："你怎么和我说起这些客气话来呢？"令仪笑道："我今天实在应该按着时候前来的，可是我表姊缠住了我，让我走不了。"计春道："他们知道我们的事吗？"令仪眼珠一转，微笑道："我们？我们的什么事？"

　　计春是面朝里的，这时看看令仪那脸上的皮肤，仅仅是薄薄地抹上一层脂粉，越显得人是水葱儿似的，便紧紧地握住了她的手，向她笑着。令仪将嘴对门外连连地努上了两下，计春回转头看时，原来房门是向外开着的，就是上次计春隔了窗户看到和女友并坐谈心那个男子，他在走廊上呢。于是放了手，故意走出房来看了一看天色，再进房去，就把门关上了。那个男子恰是多事，也悄悄地走近来听着，只听到里面人说道："以后你叫我姐姐吧。""不，你还应当叫我哥哥呢。""小兄弟，你今天比那一天更快活吗？""姐姐，我一辈子算是今天最快活了。"那人在门外听了许久。抬着头，笑着走了。茶房远远看到，也向着他微笑。约莫有半小时之久，计春在屋子里叫茶房。茶房先答应着，然后推门进房去。只见孔小姐靠了桌子坐着，一只手放在桌上，另一只手，却用两个指头去摸弄无名指上一个金戒指。这是周先生一早出去买回来的，曾见他回公寓来，就拿了只管看。原来这大半天工夫，他是和没过门的太太戴上戒指呢。

第十九回

服敌挟郎来高宣约指
伤心连夜梦暗毁家书

在这两小时之间，周计春办了一件大事，就是和全省最有名的富豪做了翁婿了。这在两三个月以前，不但是不会存这种希望，就是做梦也想象不到的。他想到了那得意之处，两嘴角尖，只管向上翘着，眼睛可就向令仪望了，不住地要笑。因为岳丈家里是那样有钱，这位夫人又长得是这样的漂亮。由安庆到上海，由上海又到北平，知道有多少人想得着她，可不料归根结底，她会嫁了我这人，卖豆腐的孩子了。他这样想着出神的时候，令仪也偷眼看见了，便笑道："喂，你别只管笑，我还有正经的话和你说呢。订婚我们是订婚了，但是我们的环境，各有不同，以后无论在什么地方，我愿意宣布婚事，你就宣布，我若没有作声，你对人不许乱说。只含混着说我是孔小姐就得了。"计春想着，这是什么用意？婚事有的地方可以宣布，有的地方，又不可以宣布，难道我们这还是半明半暗的事情吗？可是和她刚刚订婚的，自己绝没有这种勇气，敢去质问她，为什么不能完全公开呢？于是也不做什么表示，也不说什么，望了令仪淡淡地一笑。那意思好像是说：我不相信。令仪正色道："这是真话。"

她原是坐在一张矮椅子上的，这时突然站了起来，将胸脯子一挺，将那双亮晶晶的秀眼向计春望着。她这种眼光似乎带有一种威严，加之她把面庞绷得紧紧的，右手握住了左手的手背，放在胸面前，看那样子，简直是要生气的神气，吓得计春更是有话不敢说了。令仪将她的一只高跟皮鞋尖在地面上连连点了许多下，然后笑扎着双肩道："你不要对我的话，生着什么疑虑。我觉着，只有我们这样开门见山地说话，才可以痛痛快快的不会生什么隔阂。计春，你的意思怎么样呢？"她既喊了计春的名字，来问怎么样，这让他不能不答复，而且不能不赞成她所说的话是对的。笑道："自然，要彼此有什么事在心里，口里就说出来，这才见得是心里并没有一点儿渣滓。可是，就怕不容易办到吧。"说着，抬起手来，摸了几摸头发，好像这话里面，却是有点儿踌躇的神气。令仪笑着昂了头，做沉吟了一会儿的样子，点头道："我一定勉力向这条路做去，你是个老实孩子，还有什么办不到的吗？"说着，就伸手摸了几摸计春的肩膀，微笑道，"我说你老实，你要老实到底才好哩！"说着，又在他肩上拍了两下。计春被她摸着拍着，真不知道是酸是甜，仿佛是身上曾麻酥了一阵，于是向她笑着道："只要你这样地鼓励我，我就这样地朝前做。"

令仪的那只手，依然还拉住了计春的袖子，抬着眼睛皮想了一想微笑道："你果然是个老实孩子的话，我这里有一件事，你得替我办上一办。"计春笑道："请说吧。老实人只会做老实事情，你要我耍花枪，我可不会。"令仪道："当然，我也不会叫你老实人同我耍花枪。现在，我们应当去打破第一个难关，就是一路去告诉冯子云，说我们已经订婚了。"这虽是两句很平淡而且很实在的话，但计春听了之后，不由得身上抖颤了一下，接着他的心房也就怦怦地乱跳起来了。他脸上泛着一阵似红非红、似白非白、难看的尴尬颜色，犹豫了一阵子，才道："我们今天就去吗？未免显得早一点儿吧！"令仪道："你这话，我倒有些不懂。在我们订婚以后，马上就应当向人家宣布的，根本上就无所谓迟早。你怎么说是太早了呢？"计春心想：你这人真是太难说话。你自己说的你能宣布婚事的地方，我才可以宣布，现在又说订婚以后，就应当宣布，根本上没有迟早。若是根据了你的话，在我不能宣布婚事的地方，当然你也不能宣布。我只是怕直说出来了，有些得罪了你，所以改着说："太早了一些吧。"这样说着，分明还是不敢把话肯定下来，可是你这位孔小姐，依然表示着不愿意，非立刻跟了你去宣布不可。彼此之间，这也未免太不平等了。

他心里如此沉吟的时候，口里应当答复的那一句话，当然是说不出来。令仪一只手扶了桌子角，斜斜地靠着，将一只脚尖，又在地上打着，却微斜了眼珠，打量着计春的全身。计春是在一张有扶手的椅子上坐着，这两只手臂扶在两边的扶手板上，将五个指头，轮流地敲打着，那扶手板嘚嘚作响，十足地表示出他那心内不安、故作镇静的样子来。头是微微地低着，然而眼睛皮却向上撩着，去偷看令仪的态度。她淡淡地笑了一声，也没有作声。约莫沉默了有五分钟之久，才用很和缓的声音向他道："你的意思，我很知道，以为我们订婚，这是大大地违反冯子云意思的举动，再要到他家里去宣布订了婚，那简直是和他宣战，彼此的感情，非破裂不

172

可。可是你不知道，我正为着要和你一同去见他，十足地气一气他，才和你这样快地订婚。若是你怕得罪他，不敢前去，我这番心思，不是白用了吗？再说我们已经订了婚了，我们两个人关系应该密切到什么样子，大概不用我说，你也会知道。冯子云无论是你怎样好的一个先生，他和你的关系，总不能像我和你这样密切。到了现在，你是应当帮着我来对付他呢，还是为了不敢得罪他，让我永远地憋住这一口气呢？事实是很明显地摆在这里，你说吧。"她放爆竹似的，说了这一大串子理由，计春虽有理由去驳她，也没有这样的一口勇气，只得笑道："你虽然猜得很对，但是我另外还有一种困难。"说到这里，半仰着脸，望了令仪，好像有一种向她求情的神气。

令仪将她在地面上打点的脚停止了，就向了他问道："你有什么困难，我倒是想不出来。"计春皱了眉道："若是我们去对冯先生说了，不到明天，他就要写信去告诉我父亲的。"令仪不由得咦了一声道："这可奇怪了。难道我们这件事，你不打算告诉你的父亲吗？我早就打电报回去了，对家庭多么公开，你要把这件事保守秘密不成？"计春不曾作声，将一只手摸了椅子扶手，只管是低了头下去。令仪道："你若是要保守秘密的话，那就是家里已经定了亲事，要不然，像我这样的身份，你家里还能说一个不字吗？设若你已经娶了亲的话，那你瞒着我和你订了婚，可是一件麻烦事。"计春见她说话这样的厉害，就红着脸道："我可以起誓，我没有娶亲。"令仪点点头道："你没有结婚，只是定了别人家姑娘，那还好办一点儿。但是你想想，我家在安徽，是什么人家？我能和订过婚的人再订婚吗？你得赶快打电报回去，把那亲事退了，至于花多少钱我倒是不在乎，要不然，你要损坏了我一点点名誉，我简直可以不要这条命了。"她说着这话，心里的那一番愤恨不平的颜色，也就直涌到脸上来，两面腮帮子，便紧绷得鼓了起来，两只眼睛望了计春，仿佛也就大了许多。

计春极力地挣扎着，站了起来，向她道："你这些话完全误会，我的意思，不是那样说。因为我在北平读书，一半儿靠我父亲维持，一半儿还紧靠冯子云先生维持。这样一来，冯先生自然是不管我的事了。他写信告诉我父亲时，也不知道他信上会写些什么。我父亲自然也是会信任他的话，再要把我的经济来源一家伙断绝了，我可怎么办呢？"他说这话时，依然还是把两道眉深深地皱着。令仪自然还是向他脸上望着，忽然扑哧一声笑道："你果然为的是这样一个容易解决的问题，你也就未免太没有出息了。在北平读书，要得了多少钱？充其量一千块钱一年罢了。这一千块钱，并不用得我另外去设法，我一个月自己节省一百块钱给你，那就怎么样子用，也就够了。"计春也只好笑道："你这番好意，我是二十分地感激你。只是我五尺之躯，怎好永久地靠你来维持我的生活呢？"令仪一伸手，又在他脸腮上轻轻地撅了一下，笑道："哟，你也唱这种高调啦。你不过是个小孩子罢了。什么五尺之躯、六尺之躯的，老实对你说，我家里那百万家产，你将来都可以分到几分之几，这一年千百块钱的学费，又算得什么呢？你愁的不过是这一点不是？你不用杞人忧天了，都有我啦!"说着，先把大拇指一伸，然后又挺了胸脯，自己轻轻地拍了两下。

计春听到了百万家产都可以分得几分之几的话，自然这也是让他周身的血脉加了一度紧张，沸腾起来，就笑道："你既然这样说，我就不发愁了。"令仪道："不发愁了，那就好办。我们就一块儿见冯子云去，看他今天还有什么话说。"计春微笑着，这就不加可否了。令仪道："走，我们这就去。"计春道："你是一鼓作气的，打算一进他的门，就让他猛吃一惊的，可是这必定要他本人在家，那才有趣味。若是他不在家，你跑了去扑一个空，又要扫兴了。不如先打一个电话去问问吧。"令仪道："那也好，让茶房用了你的名义，向他家里打一个电话问问看吧。"于是叫了茶房来，吩咐他照办。茶房去了，计春心里这就暗暗地祷告，冯子云不要在家才好。不一会儿，茶房回来报告了，他以为问的人在家，自然是好消息，远远地就把手一扬，大声道："在家啦，周先生若是要去的话，他就在家里等着啦。要是你不打电话去，他马上就要出门去了。"令仪笑着向计春点头道："还是你细心，先打了一个电话，去问上一问，要不然，他走了，我们却是刚刚地去，那也就未免扫兴了。"计春听了，心中大为懊悔之下，却向令仪笑道："所以我有些时候说的话，你也应当采纳一二。这不是很明显的一个见证吗？"令仪也不待他再说什么，将帽子交到他手上，挽了他一只手臂道："我们一块儿走，"计春心里想着，管他呢！我跟着她一块儿走就是了，有了这样有钱的老婆，要发老婆财了，不求学也没有关系。得罪了一个先生，那又算得什么呢？这样一来，他的态度就比较地镇定了些，跟着令仪上了汽车，向冯子云家来。

在汽车上的时候，他故意笑着和令仪说话，把心里的恐慌给忘却了。可是那汽车一尺一尺的路靠近了冯家，他心里扑扑地乱跳起来了，腕上也就一阵阵地向外冒着热气，仿佛连眼睛里面，都有两道火光要直冒出来，就在这时，汽车到了冯家门口。令仪首先走下车，去按冯家的门铃。大门一开，她也不问冯先生在家没有，侧着身体，就在半开的门缝里，挤将进来了。计春只好硬着头皮，跟了她进来。令仪一面向客厅里走，一面对开门的听差道："刚才我们打了电话来，同冯先生约好了，说是在家里等着我们的。"听差明知道主人翁是不愿意这位小姐的，然而刚才打电话来约好，那却是真情，只好由她了。令仪的态度，今天更觉着自然，在客厅里来回地踱着，看看壁上挂的画，又看看对联。计春坐在椅手上，只是低了头。

门一推，冯子云进来了。他看到了令仪，脸色早是红了，苦笑着向令仪道："孔小姐也来了。还有什么话说吗？"令仪笑道："冯先生，我们言归于好了，现在，你固然干涉不了我们，我也犯不上再和你生气。你瞧，我们订了婚了。"说着，就把一只手抬了起来，竖着一个手指头给他看，笑道，"瞧见这上面的戒指没有？我们订了婚了。"冯子云猛然地听到了这一句话，倒不由得抽了一口凉气，他们居然不声不响就这样地订婚了。在订婚之后，他们是未婚夫妇了，这未婚夫妇，当然有同行的可能，怪不得她说，我不能干涉她了，就微笑着道："那很好，我倒不曾喝你们一杯喜酒。"他这话原是向令仪说的，转着眼珠，就向计春身上看来，这可不是他的手指上，也戴着一个金戒指吗？计春似乎也有些感觉，立刻将手缩着垂下去。人跟着站了起来，就低了头而且垂着眼睛皮。冯子云脸上带了三分冷笑的样子，就向他道："你读书的成绩很好，进行恋爱的成绩，却也是不错。怎么以前没有听到说这话，突然之间，你们就订了婚了？"计春只是低了头，没有作声。冯子云道："你已经征得你的家庭同意了吗？"

令仪原是远远地站着，这就抢上前一步站到他身边来道："冯先生，你也是个崭新的人物吧？现在的婚姻，有征求家庭同意的必要吗？"冯子云笑着点头道："我也是如此地想着。但是计春的家庭我是知道的，与常人有些不同，所以我这样问上一问。"计春听他如此说着，心里就不由得极度地跳荡着，那颗心差不多要跳到口里来。还好，冯子云只说知道他的家庭，却没有说知道他家庭里是怎么一回事。因之那涨破了脸的红色，复又退了下来。令仪道："冯先生，你说知道他的家庭与常人不同，你且说出来，是怎么个样子与寻常人不同？"冯子云看看令仪的脸色，又看看计春的脸色，就微微地笑着道："知道是知道，但是你已经和他订了婚，应该比我知道得还详细些，我就不必说了。二位到这里来有什么事，是劝我做证婚人呢，还是另有他事呢？"令仪这就想着，这话可难说了。难道就对他说，我是为了来宣布已经订婚了吗？便借了这个机会，带着一点儿玩笑的意思道："对了，将来少不得请冯先生和我们做个证婚人，所以今天我们订婚之后，立刻向你来报告这个消息。你觉得我们这婚姻是很美满的吗？"冯子云点了头微微地笑道："那自然是很美满的。"令仪觉得这也就没有什么话可说，挽了计春一只手臂，笑道："我们可以走了。"

计春对于令仪这种行动，当了冯子云的面，实在难堪得很。只有取下帽子，向冯子云深深地一鞠躬，随着令仪走了。走到院子里的时候，恰好碰见了冯太太，她点着头笑道："我刚在窗户外面听到，你们已经订婚了。特别快，你们的成绩，真也可以打破一切纪录了。"令仪微笑道："是的。这是许多人所不及料到的。"冯太太和他们说着话，一直送到大门口来，见他们二人上了汽车，而且开着汽车走了。冯太太靠了门框，兀自站定了望着，心想：我原来以为孔小姐太放浪了，希望周计春不要交这样一个朋友，结果，倒把这样一个无阔不阔的小姐，讨去做老婆了。她这样站在大门口向前望着，冯子云也就走出来了，冷笑一声道："你看这不是一件笑话吗？周老头子牺牲一切，把儿子混到初中毕了业，挣命也似的把他送到北平来，想步步前进，造就一个人才，偏偏就遇到孔令仪这种魔鬼。他不过是我的学生，我有什么法子能干涉他的婚姻？我看这孩子的前途，要断送在女子手上了。"冯太太笑道："他可以发老婆财了。你怎么倒说要断送了呢？"冯子云鼻子里哼了一声，冷笑道："你以为这是好现象吗？我知道，他在家里已经订了婚的，而且女孩子还很好，不料计春这孩子胆大妄为，竟敢犯重婚罪。"冯太太道："你为什么不说出来？"冯子云指着去路道："你看计春这孩子，受了令仪的挟制，上上下下，好像是她一个亲随的听差，我若是把他犯重婚的罪说了出来，我看计春这孩子，他没有应付令仪的能力，那更要受她的挟制了。这是他们的家事，自然是让他们家庭去解决。我虽是受了周老板的重托，我只能管他读书的事。我马上写信给周老板，顺便告诉他一声，也就是了。"说时，他一路摇着头，走进他的书房去。

在他走进书房去一小时以后，也就把给周老板的那封信写了起来。他自己踌躇了一会儿，替自己着想，也当替人家着想，直沉吟了两小时之久，才用双挂号寄了出去。在五天以后，这封信到了安庆了。这个时候，周世良在安庆城里，为儿子奋斗，依然在磨豆腐，心里也正自计划着，自己离开北平的时候，和计春曾算过一回账，好像留给他的钱，只能维持两三个月。这时，忽然接到冯子云先生寄来的一封挂号信，心里这就想着，必是儿子要钱用，不敢写信来要，只好托先生代为催讨。那么孩子也就够可怜的了。他虽然不大懂得文字，可是自己急于要知道这信的内容，接到信之后，就拆开来，站在豆腐架子边来看。所幸这封信，全文都是白话，竟可以看懂十分之九，其余不识的一分，也就可以猜出来了。那信上是：

世良老板台鉴：

　　自从你老去后，我就打算着计春搬到舍下来住的。只因为有点儿小事耽误，没有去催他。不料，就在这个时候，出了毛病。不知那位孔小姐怎么会和计春认识了，她就代他出了钱，搬到一家公寓里去住。我听到这个消息，真是奇怪得了不得，要去拦阻，已经是来不及了。计春是个穷孩子，年纪又轻，哪里经过舒服日子？受不住孔令仪把钱来引诱他，终日里坐汽车，吃馆子，看电影，一味地游玩，什么也不管了。我劝计春不醒，就用师长的资格骂了孔令仪一顿，不料她恼羞成怒，糊里糊涂，就和计春订了婚。他们订了婚，就是未婚夫妇了。一对未婚夫妇来往，做先生的有什么法子可以干涉他？而且他们知道我不能干涉，今天还特意同到我家里来，举着订婚戒指给我看，好像他们订婚，倒是专为了在我头上来出气，才这样子的。我虽是十分生气，也无可奈何！我想，你老将儿子念书，牺牲太大，不能和他人打比，必须要让儿子成就一个人才，那才不冤。至于那个孔令仪，是百万家财人家的小姐，多少王孙公子在她身后追求，她也未必真能嫁计春，这时偶然高兴，玩弄计春一下子，将来她不要计春了，她另找十个八个也不难。计春呢，可是就这样让她毁了。我知道这件事很重大，但是我没有权干涉，所以只好老老实实地写这封信来告诉你，至于你打算怎样办，可以赶快写信来，好早早地挽救，要不然，你再跑一趟北平，那是最好的了。收到了这信，也不必着急。事情已经做出来了，急也是无益的。你慢慢想法子吧，问你好！

冯子云上

177

周世良捧了这封信在手上，颠三倒四，看了好几遍，人也呆了。有好几个买豆干的，手上拿了篮子、葫芦瓢，全围了豆腐架子，望住了他。约莫有上十分钟之久，周世良两手捧了那几张信纸，不住地抖颤着。有人在身后环绕着他，他却是不知道。买豆干的都是熟主顾，就有人喊道："周老板，这是谁给你的信，把你都看迷了？"周世良啊哟一声，回转头来，看到许多人，倒有些慌了，一面将信纸信封向怀里塞了去，一面就向大家笑道："是我们孩子的先生，由北平写来的信。信上说着孩子在北平读书的事情，我怎能够不仔细看一看呢？"他说着话，赶快打发主顾走了。一个人走到小房里去，将房门关上，背对了窗户，把那信掏出，又从头至尾看了一遍。这把冯先生报告的话，已经看得很清楚了。那样一个老实的孩子，刚刚离开了膝下几天，就会做出这样反常的大事来，这怎样办？请冯子云劝说，冯子云是没有那种权力，自己去跑一趟，漫说盘缠就有问题，而且豆腐店重开几天，又上铺门了，人家不会说我是个疯子吗？再说自从把倪家姑娘定做儿媳妇以后，她母女两个人，真也像自己家里人一样，相待是非常之好，自己怎能够把这话宣布出来呢？于是一个人坐在屋子里，踌躇了又复踌躇，却想不出一个妥当的办法。

忽然房门上砰的打了一阵响，菊芬在外面叫着道："干爹，哥哥来了信吗？"世良赶紧将信揣了起来，开着门道："我正要关门换衣服呢，谁说哥哥来了信？"菊芬噘了嘴道："又是王家那个大脚妈妈骗了我了。她说刚才来买豆干的时候，看到你在念信呢。"世良笑道："我认识不了三个大字，有信总是要找人看才放心的。我怎能够自己看了就算事呢？"菊芬道："可是我算着，他也该来信了。我还要等他的信来，给他写回信呢。"世良皱了眉道："好孩子，你给我照应照应买卖吧。我头痛得要裂开来了，想睡一场觉。"菊芬道："你若是不舒服，只管睡吧！我准可以和你照顾店面。"

世良的心里，这时如火焚一般，掩上了房门，自己又伸手到怀里去掏那信。一想到菊芬在外面，又中止掏出来了。只是口里说病，身上的病也就真个来了。头涨得昏昏的，实在有些坐不住，于是摸到床上，躺了下去。坐着的时候，心绪本来就很乱的，现在躺了下来，心绪就更乱了。只是在床上睁了两只大眼，望着屋瓦上一根根的桁条。好在店面子里的买卖，已经托菊芬照顾了，也不要紧，索性放大了胆，安然大睡。由下午睡到黄昏，并不将房门打开。秋天里的长脚蚊子，正自厉害，趁着屋子里漆漆黑的，成群地向屋子里轰了进来。周世良在床上躺着，依然不动，半天的工夫，将扇子在暗中扑扑地拍上几下。倪洪氏随着送了一盏灯，在房门口放着，又点了一根大蚊烟，叫菊芬送了进来。她却站在房门外问道："周老板，你身体怎样子不舒服？屋子里沉闷得很，不出来凉爽凉爽吗？"世良一想，人家相待太好了，自己怎样好让人家听着失意的消息，而且让人家着急，于是勉强地哼着走了出来，抱就两只拳头，连连地向洪氏拱着手道："又要劳累你娘儿两个。不要紧的，我不过心里烦闷得很，好好地睡上一觉，病也就好了。"洪氏笑道："我猜着，你又是想你的儿子吧？不是我事后埋怨你，现在也没有三考中状元了，你又何必把孩子天远地远的，送到北平去读书？安庆有这些学堂，哪一个学堂里不能读书？若说在这里读书，读不出好处来，难道说这城里的学堂，都是无用的吗？若是无用的，为什么又有许多人进去读书呢？"

她这一篇话，不过也是譬喻说的，可是周世良听了，好像是她已经知道了冯子云来信这件事了。犹豫了许久，就叹了一口气道："现在呢，我也很后悔的。"他这句话，说得有音无字，洪氏却也没有听清楚他说的是些什么，不过他那意思，是赞成自己的话，这却是可以看得出来的，便又笑道："我是房门里头的人，知道什么？我的话是瞎说的，你瞧着应当怎么样子办，还是怎么样子去办吧。"她这样地说了一句体贴的话，世良心里就越发地难受了，叹了一口气道："人没有前后眼，我也高兴得太过分了。"洪氏在灯光下，见他脸上的皱纹中间，透露着苍白的颜色，便道："周老板，你真是病了。你就躺着吧！我去和你熬一点儿稀饭来吃。"世良倒不是要躺着，只是心绪太乱，连话都不愿说，就摸着进房去了。在床上躺下，心里就那样幻想着：这个时候，计春必是和那孔家大小姐双双地住在公寓里。当然，那银光灿烂的电灯，照着一双红男绿女，在那里笑嘻嘻的。他心里如此幻想，那个幻象，果然也就在眼前出现了，只见计春穿了一身的绸衣，挽了令仪的手，在一片白玉阶上，一步一步地并肩着。虽然自己正端端地站在他们的面前，他们却是睬也不睬，自己心里正是气愤不过，却见倪洪氏哭得泪人儿似的，由身后追了上来，指着计春大骂，世良恨儿子，又心疼儿子，急得无话可说，只是乱咳嗽了一阵。洪氏到底是可怜老年人，走过来挽扶了他道："周老板，周老板，你怎么样了？"

世良抬起头来睁眼一看，原来还是在自己卧室里。洪氏和菊芬都站在屋子里。桌上正放着两碟菜、一瓦罐子稀饭呢。洪氏道："周老板，你在做梦吧？我看到你脸上，急成了满脸皱纹，嘴只管动，说不出话来。"世良点点头道："不错的，我梦见和孩子在游北平城里的皇宫呢。"洪氏笑道："游皇宫是快活事呀，为什么梦里只管着急呢？"世良摇了两摇头道："这个我也就说不清了。"说时，见菊芬伸出一双白净的手臂，盛了一碗稀饭，放在桌上。木勺子由罐子里舀到碗里来，却是一点一滴，也不曾倾泼，将一双毛竹筷子，用挂钩上的白布擦抹干净了，架了在碗上，响都不曾重响一下。再看她的脸，苹果一般的两腮上，配了两个漆黑的眼珠。心想：这样聪明伶俐的女孩子，哪一些配不过计春呢？偏是这孩子，人大心大，又变了心了。洪氏笑道："你吃稀饭呀！为什么老看了你儿媳妇？"世良笑道："菊芬这孩子，越发能干了。虽然儿子不在身边，有这个孩子在眼前转转，我心里就宽畅得多了。"说着这话，也就坐到桌子边，扶起筷子来，慢慢地吃着稀饭。但是心里已经是如火烧一般，哪里还分得出来什么滋味，更也不晓得什么叫作饥饿，勉强扒了几口，实在是无味，就放下筷子来了。

那菊芬见世良夸奖她伶俐，更是特别讨好，立刻备了一把热手巾来，让世良揩脸，然后帮着母亲，将碗筷收拾去了。世良见她母女如此周到，越觉得儿子对于倪家这头婚事，那是千万抛开不得的。屋子里无人的时候，悄悄地把那封信又从怀里掏了出来，躺在床上，远远地就着灯光，将那信再反复地看了几遍。不看则已，越看就越出毛病，而且又怕这信让菊芬看到了，更会惹出是非来，因之看过了信之后，依然放到口袋里面去。这手按了口袋，自己沉沉地想着：假使这封信，落到倪家母女手上去了，那就是两条人命。

他这个猜想，不料又成了事实。不多一会儿，洪氏一路嚷了进来道："好老头子，你儿子，嫌贫爱富，娶了有钱的小姐，你怎么把信隐瞒起来？你非把那信拿出来不可！我要拿了信去告你父子两个。"说时，就伸手来抢那信。世良一把捏住，死也不放。挣扎着出了一身大汗，睁开眼来一看，又是一场梦。这一晚，他睡得特别早，梦也特别多。一直到鸡叫了，起来磨豆腐了，才把梦来做完。次日一天，都没有精神，只是称病，坐在店房里发闷。可是表面上发闷，心里在那里想着：儿子惹了这样一场是非，怎么办呢？他坐不稳，便到街心里站站。站了一会儿，心想：应当赶快想法子才是，怎能够这样清闲，倒在这里闲望？于是掉转身向店房里走。他并不晓得东西南北，一直走到灶门口来，灶门口直放着一根扁担，一眼看到，心想该挑江水去了，到江边看看，散散闷吧。于是拖了一根扁担，就向江边走来，一直走到江岸边，下了石阶，到江里汲水。啊，原来拖的是一根光扁担，不曾带有水桶呢。来挑水的人，竟不曾带得水桶，这真是一桩笑话了。还好，身边没有第二个人，赶快拖了扁担，走上江岸去。

回到家的时候，两只水桶放在店房中间，他的店伙小四子就问道："老板你去挑水，怎么不带着水桶呢？"世良笑道："我没有去挑水。今天人力气不够，不挑了。"但是他不挑水，带了这根扁担何用？却没有说出缘由来。小四子见周老板面上颜色不好，一歪一斜地向房里走了去，心里想的那句话，他就没有法子说了。周世良心中恍恍惚惚的，不但是人家注意他的行动，他不知道，就是自己如何地会走进了屋子来，也不知道。于是手摸了床沿，软瘫了身子，就赖着躺下去了。自己刚刚闭上了眼睛，便看到孔令仪手挟了周计春在一处吃饭，一处游公园，一处坐汽车，再要不然，就是倪洪氏和计春在一处争吵，又闹又哭。有时候明知道是梦，自己就警戒着自己：这是梦，不要理会，就醒过来。醒过来之后，倪洪氏却又告诉他道："你儿子在北平做的事，桩桩件件，都是真的，怎么说是做梦呢？"世良觉得洪氏必然知道十之八九，但是在表面上，依然执着强硬的态度，说是并没有那件事情。自己说得舌敝唇焦，替儿子辩护着，可是睁开眼睛来，依然还是一场梦。心里这就想着，一夜到天亮，老是这样做梦，神魂颠倒，非闹出事来不可。第一道凭据，当然就是身上的这一封信，不管好歹，我非把它毁灭掉了不可。没有了这封信，倪家大嫂子，她纵然要那样说，也是口说无凭吧！他如此想着时，就一个翻身坐了起来，将信在身上掏出，在煤油灯罩上，就点着了。那店伙小四子睡在店堂里，醒了过来，心里正想着，这该到磨豆腐的时刻了，蒙眬着两眼想起来，又贪睡着不肯抬身。忽然看到里面屋子里这一阵火光，就不由哎呀一声，跳了起来，口里喊道："火！火！"这一下子把全屋里的人都惊醒了。

第二十回

意外周全还珠舍爱婿
醉中慷慨奋臂谒封翁

这一丛火光，将小伙计小四子惊醒了一喊，连后院的倪家母女也听到了，披了衣服，跑到前面店房里来，口里连问："怎么样了？怎么样了？"周世良不料越是要秘密做的事，却越是惊动了人。这就开了房门，迎出来笑道："什么事都没有。这都是小四子大惊小怪，无风作浪。"小四子揉着眼睛，噘了嘴在一边站着，低声道："屋子里都向外冒烟了，还是我无风作浪呢。"洪氏向周世良看了一眼道："屋子里到底是烧着什么了呢？"周世良料着是隐瞒不了，用脚踏了纸灰，随便地道："我一觉醒过来，睡也睡不着，没有事，就翻翻陈账，在这里面，找出了许多借字借条。算一算借钱的人，有的是死了，有的是比我还穷。这借据留着无用，看了还会让我更烦恼，我一下气不过，就全在灯上烧了。"洪氏向来不曾听到他说，有债放在外面，突然地睡到半夜来烧借据，这是真有些奇怪。但是也猜不着他除了烧借据之外，究是烧的另一种什么东西，可是他无论烧什么，也无法过问。所以也就只在心里纳闷，却不便怎样地说出来罢了。周世良笑道："你娘儿两个去睡吧。天快要亮，我们这也就该磨豆腐了。"洪氏听说是没有什么事，自不能老站在这里去看他的究竟，就手扶了菊芬向里院走去。

菊芬站在店房里的时候，并没有说什么，及至到了后院这才向洪氏道："妈，干爹说是烧借据，我看那是撒谎的吧？"洪氏道："胡说，他爱烧什么就烧什么，哪个也管不了他。他凭什么要撒谎？"菊芬道："怎么不是撒谎？他说在灯上烧的是借据，可是我看地上烧的字纸灰，还没有烧光的纸角，分明是八行信纸呢。前天我听到人说，计春哥哥来了信，我问干爹，他说是没这回事。昨天我又问别人，人家都说，亲眼看到干爹在店房里看信的，怎能没有？自从那一天起，干爹神魂颠倒的，好像就是为这个病了。莫不是计春在北平出了什么乱子了吧？我猜干爹烧的，一定就是北平来的信。"洪氏道："那不会吧。是北平来的信，他为什么不告诉我们呢？我们挂心也不在他以下呀。"菊芬道："无论怎么样，我看绝不是烧借据；借据放在那里，也不会咬手，好端端的，半夜起来烧借据做什么？我看这里面，一定还有别的原因。"

洪氏究竟是个大人，她的观察力，不应该不如菊芬。只是和周家父子相处得很好，绝不疑他们有别的原因，会躲开了自己母女。这几天，看看周世良的态度，果然有些魂不守舍，说有心事，在表面看来很像。说他害病，他脸上带的烦闷的气色，就不是病相。这里恐怕是有别情，要不然，计春没有考取学校也罢，钱不够也罢，这都是不要紧的问题，随便怎样都可以解决的，犯不上焦急得饮食不想、眠坐不安。洪氏如此想着，对于女儿的话，就不曾加以答复，坐在门边一张椅子上，用手撑了头，只管出神。

院子上面的天空，渐渐现出了鱼白色了。菊芬见母亲半蓬了头发，微闭了眼睛，将背靠着屋门，便笑道："无缘无故地半夜起来，这样地胡闹上一阵。妈，你也倦得很了吧？睡觉去。"洪氏摇摇头道："我不要睡了。你说的话，把我提醒了。我想这里面，一定是有缘由的。若是没有缘由，你干爹不会这样藏头露尾的。不过他这种情形，是不肯对我们说实话的。今天我们不必作声，留心看个一天两天的就是了。"菊芬反背了两只手，靠了门框站定，将牙微咬了下唇，把一只脚踏在门槛上，擦抹门槛上的灰尘。许久许久，她叫了一个"妈"字，并无下文，却低了头。洪氏道："你叫得我清清朗朗地答应着，你有什么话说？"菊芬抬着头向她母亲微笑了一笑道："我想一定是计春哥写信来，说了我们家什么事吧？要不，为什么干爹见了我们，总有些惭愧的样子呢？"洪氏道："你倒是人小心大了。你计春哥在北平念书，不碍我们的事。我们在家里过苦日子，也不碍他念书。千里迢迢，他写信回来说我们什么？再说，我们两家，也相处得很好，也不至于来说我们的。"菊芬依然是低了头，将脚去轻轻地踢着门槛，洪氏看了她，也是有话不曾说出来的样子，因道："你说呀，究竟有什么事吧？"菊芬低了头道："你怎么就忘了呢？干爹说，他们在北平游皇宫，不是碰到了孔家的大小姐吗？"洪氏听到"孔家大小姐"这五个字，脸色就是一变。但是她知道这时和女儿说话，是要格外持重的，便哈哈笑道："你这孩子，真是用心过分了。孔家大小姐是一只怎样大的天鹅，她会把你计春哥哥看在眼里？以后你不要提这位大小姐了，我不愿听到这个名字。"菊芬放下门槛上那只脚，对母亲很注意地望着道："你为什么怕听她的名字，和她有仇吗？"洪氏叹了一口气道："是的。我和她有仇，但是她和我没有仇。"菊芬更向她母亲脸上注意着了。她将玲珑的乌黑眼珠只管转着，问道："你这是什么意思？你和她有仇，自然她就和你有仇，怎么说……"洪氏微微地摇着头道："你不必问。我的话没说错，将来你或者有明白日子。天色这样的早，我们就坐在这里说闲话，街坊听了，不会说我们是一对傻子吗？你还去睡觉，我来烧一锅水泡衣服。"菊芬说："我也不睡了。到前面店房里去，帮着干爹包豆腐干吧。"说着，她就走到前面店房里来。

今天，店房里的情形有些不同了，小四子代了老板的工作，站在那里筛豆腐浆。灶门口空了一条矮凳在那里，并没有人烧火。店门开了一扇，在屋子里可以看到街上的白石板，一块一块的，横卧在朦胧的曙色里。那敞开来的一扇门边，正露着一幅衣裳。菊芬正要出去看时，一阵阵的青烟，横在空中飘荡，而且有了周世良的咳嗽声了。菊芬于是悄悄地走了出来，看他在做什么。只见他端了一把小竹椅子，靠了店门板坐下，两只腿搭架起来，手扶了一根旱烟袋杆，有一下没一下地吸着，喷出了烟来。他的头微微地向街的尽头偏了看去，分明是在想心事呢。菊芬在他身边悄悄地走了出来，他也并不知道，依然三十秒钟的时候，将衔着的旱烟袋吸上了一口。烟斗里的烟丝，有些成了冷灰了，慢慢地就喷不出烟来。菊芬心里，这就想着却不知什么重要事情，让他想着沉迷了到这种样子，且不惊动他，看他想着有个结果没有。她于是悄悄地向后退了两步，在一块干净的阶沿石上，也就慢慢地坐了下来。那周世良只管微偏了头，看定了他所看定的一个方向，绝不肯回过头来，手扶着旱烟袋，依然把烟嘴塞在口里。虽然是烟斗里已没有一点儿热气，然而他尽管是静默了一会儿，接着就吸上一口。这时，早上的温度，已是五十度上下，坐着不动，应该感到一些凉意。这里又是一条冷街，并没有早起的人，在街中心两头一看，两旁的人家，全将门关得紧紧的，不见一个人影。因为不曾看到人影，平常一条的长街，便觉十分的凄凉。菊芬虽然是个小姑娘，情感总是有的，对了这种景况，也觉得一种不快。可是看看周世良的样子，他一味地在那里抽烟想心事，一切身外的景物，他都不曾理会。菊芬呆看了一会儿，已是忍不住了，这就悄悄向前，正待用手扶他，离着他还有两三尺路的时候，他忽然把旱烟袋由口里抽了出来，将脚一顿，重重地道："这个畜生！其情可恶！"

这句话的声音，说得非常的粗暴，倒吓了菊芬一跳，也就情不自禁，拖着声音，叫了一声哎哟。周世良回头看到，这才站了起来，笑道："你什么时候走出来的？我一点儿不知道。"菊芬道："我早就出来了。看见干爹在想心事，没有敢作声，不想你倒吓了我一大跳。"说时，还不住地用手拍着胸口。周世良笑道："这真对不住了！我是在这里骂计春，恰好你碰着来了。"菊芬道："干爹，你一大早爬起来，茶也不喝，脸也不洗，事情也不做，就坐在大门口骂我计春哥，这是为了什么？"周世良一时大意，对她说了实话，是骂计春的。现在让菊芬连驳带问，却是说不出所以然来，只是叹了一口气道："嗐，你哥哥离开了我，有些不听话。你不要问了，问得我心里很难受。"菊芬究竟是个小孩子，看看世良的颜色不好，就不敢追着向下问了。但是这样看起来，自己疑心世良发愁，为的是计春，这一猜完全猜着了。有了这样的事，如何能够不问？当时在街上站了一会儿，想得了一句话了，便道："干爹，我给你去倒一碗茶喝吧。"说着这话，人就向屋里走了来。

这时，洪氏正在灶口里烧水呢。菊芬牵了洪氏一只衣袖，将她拉到卧室里来，于是把刚才所看到的事，从头至尾告诉洪氏听了，因道："你想想看，这能说是一点儿事情没有吗？"洪氏仔细想着，果然的，若没有事故，世良不会这样怀恨的。于是走到前面店房里来，叫道："周老板，天色大亮了，买卖快要上门啦！你还不进来做货吗？"世良这才一手拿了旱烟袋，一手拿了那把小竹椅子，懒懒地走进了屋子来，向洪氏苦笑着道："把你娘儿两个吵了起来，倒让你们不能睡觉。"洪氏道："我帮着你老少两个把店房里事情弄清楚吧。小四子，你下铺门。周老板，你来冲浆。我和菊芬替你包豆干，先包出一批货来再说。"世良还不曾作声，小四子听说有人帮忙，首先就高兴起来，立刻卷了袖子，就去开铺门。那锅里的豆浆，正烧得热气腾腾的，向半空里喷腾着。一个勤俭为本的人，看了工作当前，却也是不能完全置之不理。周世良只得拿了一把大木瓢，由锅里舀出浆来，向大缸里冲将下去。在大家这样忙于工作的时候，也就把各人的心事，放到一边，一直把早上这一批买卖混过去了。

倪洪氏就向周世良道："你心里想宽一点儿吧。何必一个人生闷气呢？"世良一想，倪家母女总算不错，自己怎能够过拂人家的好意。只得

185

带了旱烟袋，跟了洪氏到后院去了。菊芬心想：这两个人到了一处，不免要提到今日早上的事，回头说明了，却是我多嘴，我不如避开了他们吧。因为如此，菊芬在店房里坐着，照应买卖，想不到后面院子里去了。不到一小时之久，门口来了一个邮差，将一封信高高地举起来道："周家的快信，北平来的，快盖戳子吧。"菊芬听到，心里一机灵，恰是小四子又不在店房里，立刻跑了上前，接过快信与回执，将豆腐店的水印，盖上了一方，立刻打发邮差走了，就把快信揣在身上。当时她也不看，拿到背着人的所在，先看了个大意，大致是明白了。到了这天晚上，就详详细细地对母亲说了。当晚母女两个人，哭了一场，并没有让周世良知道。洪氏不但对计春并没有什么怨言，而且反将菊芬劝了一顿，叫她把事情看破些。

到了次日，除了周世良之外，又多了两个愁人。世良不到后面来，洪氏母女也不到前面去了。这样地又混过了一天，到了这日晚上，世良结过了当日的琐账，装了一布袋烟叶，揣了一盒火柴，手扶了旱烟袋杆，就踏了一双鞋，慢慢地走到后面院子里来。他在院子里就叫道："菊芬，你娘儿两个睡觉了没有？"洪氏就在屋子里答道："没有啦，我正想到店房里去，找你谈谈呢。请进来坐吧。"周世良走进她们正中的屋子里来，见她的卧室，已是把一个半旧的布帘子垂了下来，洪氏手揉擦了她的眼睛，掀着帘子走出来了，向世良笑道："菊芬睡了，你请坐吧。"世良道："这孩子我今天一天不曾见着她。"洪氏也没有作声，将茶壶斟了一杯热茶，放到世良面前，好像她预先知道有人来谈话似的，桌子正中，放了一盏罩子煤油灯，灯芯拧得大大的。洪氏坐在对面一张椅子上，正着颜色向世良道："周老板，你一肚子心事，为什么不和我们娘儿两个说明白了呢？自古道：'三个臭皮匠，抵个诸葛亮。'你若跟我们说明了，我们能够替你分忧解愁，也未可知。"说着，自己牵牵怀里的衣襟，又咳嗽了两声。

周世良一看这种情形，肚子里的话是不容再隐瞒的了，便皱了眉道："我也没有得着计春的信，究竟是怎么一回事，我也说不清，我本想自己到北平再去一趟，可是又离不开身来。"洪氏站起来，连连摇着两下手道："周老板，你不用着急，我比你明白得多呢。"说着，她走进房去，手上捧了一叠折好的干净衣服，放在桌上，衣上又放了一封信，已经拆了口子。洪氏道："这件事要怪菊芬，她偷着接了你的信，就拆开来看了。一看信之后，才知道是这样一回事。菊芬年纪小啦，一不瞎，二不聋，三又不是疯子，还怕寻不到婆婆家吗？这桌上是你老放的定礼，你可以收了回去。

186

我们先议的那场婚事，就此一言了事，让计春自己定的亲事，圆圆满满地，白头到老。你先看这封信，你就明白了。"周世良突然地听了这些话，真有些摸不着头脑。且先把这封信拿起来看，究竟是怎么一回事。信上写的是：

父亲大人膝下：

敬禀者，自大人别后，儿就分向各校投考。但因为省中所学的功课，和北平各校考的功课，差得很远。正在为难，幸得孔令仪小姐帮忙，一力担任学膳各费，同她进外国人办的大学高中部，我两人日夜在一处研究功课，情投意合，现在已经订婚。儿想在现今时代，恋爱神圣，婚姻自由，父母做主买卖式的婚姻，当然不能算数。因特快信告禀，请向倪家提议，把以前婚约取消。孔小姐是我省孔善人之女，门第身份，比我家要胜过万万倍，这样的婚姻，岂能错过？有了孔小姐帮忙，一千八百款子，不算回事。只要父亲回信来，倪家婚事，可以取消，儿立刻寄钱与父，回家养老，不必开豆腐店了。这样一来，我得了良缘，父亲也免得有儿受累，岂非一举两得？若是父亲不答应儿这个要求，儿就与家庭脱离关系，永远不回家乡，父亲和倪家也没有别的法子吧？儿的话，说得很直的，望父亲仔细想想。

专此，并叩金安！

儿计春禀

世良看了这信上言语，怎能够不气得周身抖颤？脸上也就青红紫白，颜色变个不定。洪氏很从容的样子，向他笑道："你只管坐下，我们慢慢谈吧。"世良手里捧了那封信，只管发了呆，哪里坐得下来。洪氏道："周老板，我也替你想了两天了，你只有这个儿子，难道能够为了婚事，就把他舍了不成？再说，这孔家小姐，既是财主的女儿……"世良道："大嫂，你这是什么话，难道我还是个嫌贫爱富的人吗？"洪氏道："我也知道你不是嫌贫爱富，但是他已经下了决心了，非娶孔家小姐不可。你若是把他婚事打退了，他就不回家了，我就是把女儿许给他，也不是守一辈子活寡吗？为了我女儿终身打算起见，倒不如答应了他，彼此一刀两断，以后我女儿也好另找人家呀。"

周世良将那封信又看了一遍，放在桌上按了一按，表示很出力的样子。这才顿了一顿，向洪氏道："大嫂，我的儿子，你不是很喜欢的吗？你不是说：这个女婿，你是最疼爱的吗？像你这么说，你以前的话，都是假的吗？"洪氏叹了一口气道："漫说是女婿，就是儿子，又怎么样呢？他不爱我，我爱他也是枉然呀！周老板，你把这几件衣服收了回去，你给我们孩子的定礼，就算一笔勾销了。婚事呢，以后也就不必再谈。"周世良道："这又不是什么珍珠宝贝，还要退回做什么？就算这亲事打退了，这孩子叫过我几年的干爹，干爹做两件衣服干女儿穿，那也不算为过吧！"洪氏道："你说不是珍珠宝贝，我把它比珍珠宝贝还看得重呢。我必定要退回给你，我心里才会坦然。至于你说到干女那一层的话，你愿意认菊芬做干女，我也很欢喜的。我一定让她跟着叫干爹，叫了下去。你愿意和干姑娘做两件衣服穿，我也很高兴收下的。但是只能让你另外去做，原来算是当定礼的那几件衣服，我不能要她穿，她要穿了，就是你周家的人了。你说那是几件旧衣服吧，我可是把它当珍珠宝贝还你呀。"

世良望了她许久，见她是正正经经地说着这些话，不像是说笑，也不像是生气。眼睛望了她时，左手扶了旱烟袋杆，塞到嘴里去，右手两个指头，却塞到烟叶袋里去，只管掏烟叶去。好容易掏出一撮烟叶来，放在烟斗上了，这才慢慢地擦了一根火柴将烟叶点着，因坐下来喷出两口烟，这才从从容容向洪氏道："什么话我都不说了。大嫂，我只问你一句，为什么你一定要把这婚事打散呢？"洪氏微笑道："你这个老人家，自己真是有些不明白。并非我一定要抛开这可爱的姑爷，实在这可爱的姑爷，他不要我这讨厌的丈母，那有什么法子？他下了那个决心，是挽不回的。只看你这几天愁眉不展，也就大大地为难了。我若是死守非把女儿嫁你儿子不可，他一气脱离了家庭。我没有了女婿，连你也没有了儿子，闹得大家鱼死网烂，何苦呢！"世良静静地抽着烟，忽然用脚一顿，跳了起来道："孔家这个贱丫头，实在是个下流东西。她见我儿子年轻好学，就这样勾搭他，她毁了我们周倪两家，我追到北平去，我要把她杀了！"他说话的时候，一手拿了旱烟袋比画着。说到一个"杀"字，将旱烟袋捏着向下一砍，作一个杀人之势。不料他这一下砍得太凶，那烟斗子向桌上一砸，砸得啪嚓一声，把旱烟袋一碰两节。

洪氏看到，旱是脸上红里发白，白里发青起来，呆了两只眼睛向世良望着。世良也觉自己过于粗鲁，就向洪氏赔笑道："大嫂，吓了一下子吧？我是心里气昏了。"洪氏定了一定神，才笑道："你瞪了两只大眼，那样砍了下去，真把我骇着了。其实这件事，也不怪孔家小姐……"世良抢着道："大嫂，你真是宽宏大量，人家把你女儿婚事拆散，你还说是不能怪她。"洪氏正色道："我是真话。周老板，你可不要胡来，动刀动斧，那万万使不得！"世良见她按了胸襟，身子微微向前升起一点儿，正正地板了面孔，像个郑重其事的样子，并不是假意，这倒奇怪了，于是昂着头想了一想，哦了一声道："我明白了，孔家那丫头，待你有点儿好处，你记着她的恩典，愿意把女婿让给她吧？"洪氏笑道："你这是笑话了。无论一个人有怎样大的恩典，他也没法子让别人害儿害女吧？我若是为了她以前周济过我，舍这几间屋子给我住，我就把女婿让给她，我这人也就太不知道轻重了。周老板，你不用猜了，我的心事，你猜不到的。"周世良将那半截旱烟袋拿在手上，放在嘴里是不可能，丢到地下去，这是一件相随多年的东西，又有些舍不得，站在一边，只管发愣。洪氏见他那种神气，已是愤恨极了。这倒不能不有些害怕，就向他笑道："话呢，我是这样说了，周老板，你就仔细去想想吧。这衣服你既是不肯拿走，暂时放在我这里，那也不要紧。"世良弯着腰，把跌在地上的那半截旱烟袋捡了起来，拼合了一阵，没有作声，只得两只手各拿了半截旱烟袋杆，就这样走了。洪氏以为今天晚上这一番话，激动得他太厉害了，他不免发生一点儿误会，有话留着慢慢和他商量吧，也就没有再说什么了。

可是这一晚上，周世良又没有睡得好觉，整整想了一晚。到了次日，他依然早起做事，把早上这一批买卖做完了。他穿了平常到江边去挑水的短衣服，却一直来拜会他的新亲翁孔善人孔大有。孔家那个八字门楼，两扇黑漆大门，钉着白铜环，还是那个样。只是大门里几棵树，越发长得高大了。世良在门外徘徊了两个圈圈，并不见有人来往，他不是平时那样有耐性，举起手来，滴答滴答，在门环上乱打了一阵。这一片响声，早是把里面人惊动着跑出几个来了，一连声地问着什么人。周世良将短夹袄的袖子，慢慢地翻了向上卷着，瞪大了眼，望着来人道："我是开豆腐店的周老头子，见你们老爷有紧要的话说。"跑出三个人来，都是这里的老听差，世良就是不报告，他们也自认得。有一个就向他笑着说："你这老家伙，什么事这样气鼓鼓的，一定收租的人，催你的店租催得紧一点儿了。"周世良冷笑一声道："你们把眼睛睁开一些吧。你们接着北平来的喜信没有？

你们大小姐，不是新近订了婚了吗？"听差道："对了，这与你有什么相干？"世良冷笑道："你们还睡在鼓里呢。我告诉你吧，那个男孩子就是我的儿子。"听差们听了这话，都愕然起来，大家望着他的脸。世良道："你们不用奇怪，我问你们的姑爷，是不是姓周？是不是同乡？是不是新到北平的？若是对了，那就是我的儿子了。"一个听差点头道："我们也听见说的。这是大小姐来信提着的话，我们也闹不清楚。但是我们听说姑爷家里是乡下一个财主呀。你不要冒充。"世良在怀里掏出一封信来，高高地举着道："有信为证。你说我冒充，我为了不愿意这头亲事才来的呢。什么话和你们说也是白说，你赶快进去告诉你们老爷出来见我。你就说，他不必嫌我穷，我是来退亲，不是来攀亲的。"他说着这话，把信依然揣到怀里去，两手松开短衣外面的板腰带，重新又系了一次，两手叉腰，瞪了大眼，向里面望着。

大家见他来势汹汹，不像是一点儿没有凭据的，就把他让到外面门房里坐了，一面进去报告。那孔大有连接了女儿的快信和电报，说是和同乡周计春订了婚，正在这里纳闷，自己原是周家子孙，同宗里面，哪有什么了不得的人物，会让女儿看上了？这段婚姻，可不能冒昧答应。除了一面回复令仪的电报之外，一面在省垣打听周计春的家世。现在周世良跑来这样一说，他倒不能无疑，好在来人是说退亲的，不是攀亲的，倒也不必拒绝他。只是自己亲自出来相见，总怕有些不便，于是派了他手下的内账房先生，请世良在小客厅里谈话。世良看那账房穿了一件半旧的古铜色湖绉长夹袍，微微地卷了一小截袖子，头戴一顶瓜皮小帽，向后仰着帽顶子，鼻梁上架了一副大框眼镜，右手两个指头，夹了小半截烟卷，一见人之后，捧了两只拳头，比齐了鼻尖，口里连说"请坐请坐"。世良见不是孔大有自己出来，便道："你们家老爷不在家吗？"账房笑道："周老板，有什么话和我说了是一样的。我是这里的账房。"世良向他看了一眼道："先生，并不是我小看你，这件事，你实在解决不下来呀。"账房道："你的来意，我也知道了。有话总好商量。"世良道："什么有商量没商量！你们老爷，是全省一个大财翁，我是一个开豆腐店的人，他岂能愿意和我家联亲？我呢，有道是'穷人发财，如同受罪'。我也受不了那个抬举，和大财主做亲家。我是好意来见他，好把这婚事打消了。他为什么怕见我？我会讹他的钱吗？他不见我也好，这亲事就这样地摆着，我儿子是早已定了亲在前的，让他家大小姐来做二房吧。"说毕，他晃着膀子，打算就要走。

那账房愣住了，倒不知道怎样好。

　　只听到窗子外面有人答应道："你不要走，我出来了。"只这一声，孔大有走了进来。他穿了团花蓝缎袍，外罩天青缎子背心，大袖飘然，很有些古道照人。他口衔了一支七寸长的烟杆，红着脸站在门口。那头上的小瓜皮帽，和账房一式也是顶子朝后。只这一点，配上那臃肿的两腮和几根水清胡子，显着他气宇轩昂。在平常人家见了这大善人一站，不是作揖就是鞠躬，可是世良不然了，他手一指道："你是什么善人？你是个带鬼脸儿的伪君子罢了。"他不分青红皂白，说出了这一句话，中了孔善人的大忌，这事情就大僵而特僵了。

第二十一回

一电激啼痕登门问罪
满城传笑柄闭户逃名

　　孔大有自从继承了这个孔善人的雅号以后，差不多连妇人孺子，都这样顺口地传颂他。虽然，他自己有时也感觉所为的，不能全是善举，可是对于"善人"两字，自己向来是当之而无愧的。也就没有哪一个人敢当了他的面，说他不是善人。这时，周世良指着他是伪君子，他受了一点儿小小的侮辱，那很不打紧，只是当了他用人面说出这话来，大大地有损他的威信，不由得走到桌子边，伸手将桌子一拍道："你这个东西，太岂有此理！我既不曾下帖子去请你来，又不曾拦门把你截住，我不见你，你倒再三地要见我，见了我，我也不曾得罪你，你开口就骂我一顿。这是你的家，我到你家打搅你了，让你骂我一顿。我不说你别的，我只说你无故侵入人家，妨害他人自由，你是犯罪不犯罪呢？"他说着话，气得嘴唇皮只管抖颤个不了。那个神气，自然是心里有许多要说的话，为顾全善人的名号，没有说了出来。这时，那位账房先生，觉得没有把周世良挡走，惹着东家受了这样一番大气，这是他的不对。于是也就向周世良道："你这个人太不懂事。这是我们老爷，不和你们穷人计较，若是别个，你这样追到人家里来骂人，那还了得吗？"周世良虽在气头上，可是人家一说破之后，显然是自己的理亏了。但是事已至此，认错是认不得的，便道："你以为我说这话，得罪了你们了。哼，我正要得罪你们，得罪了你们，我们这头亲事，就可以吹灰了。"指了孔大有道，"姓孔的，你莫看我是个开豆腐店的穷人，但是我决不抱你财主老爹的大腿。我现时不是住了你的房子吗？你来收房子好了，我这豆腐店不开了。你赶快打电报告诉你女儿，我儿子已经订了婚的，姑娘家和我们就住在一处。若是你不肯退婚的话，你那姑娘，就做我儿子的二房。我的话，就说到这里为止，听不听那就在乎你了。"说毕，扭转身躯，向外就跑走了。

孔大有背了两手，在屋子里踱来踱去，涨得两块面皮，红中带紫。早有听差们，两手捧水烟袋递到他手上去。他一手托了水烟袋，一手摔了大袖子，在屋子里站站又走走，托水烟袋的那只手上，夹了一根纸煤，并不去点着烟抽，只管两眼发赤，一直地向前看着。账房先生在他身后一二尺路的所在，悄悄地立着，先用手握住了嘴，微微地咳嗽了两声，然后说道："这个姓周的老头子，大概是有点儿疯病。你老人家似乎也犯不上为了他生气。"孔大有并不作声，许久的工夫，才将脚一跺道："这不能怪人！全是我家这个臭丫头生的是非。你跟我拟个电报底子来，把周家的事情说上一说，叫她把这婚事赶快地打退了。她若不打退这婚事，我不承认她做我的女儿了。"账房把袖子握住了嘴，又咳嗽了两声，然后靠近了一步问道："东翁，电报就照着这个样子拟吗？不大妥吧！"孔大有道："没有关系，就是这个样子打出去。她本来不是我的女儿。"说着就用脚一顿，表示他这一句话是切实的。账房见东家下了这样大的决心，要这样复出电报去，那大概并不会假的。东家正在气头上，若是说多了话，更会让他生气，便低声道："我先去拟好一个电报底子来，让你看了再说吧。"孔大有这就坐下来了，手上捧着水烟袋，吸了几筒烟，然后说道："不要犹疑了，你就去把电报拟来吧。我在这里等着你呢，就是语气重些，那也没有关系。这样的女儿，有也不如无。嘻，活活地把我气死了。"说着，将脚又在地上一顿。

东家先生今天竟是不住地顿脚，账房还敢多说什么？只好退避下去，把电报稿子拟了来。他双手替东家接过了水烟袋和纸煤放到一边去，然后将拟的那张电稿由袋里掏了出来，双手呈给孔大有。他看了两行，就不由得皱着眉望着账房道："嘻，我不是叫你把语气说得重一点儿吗？为什么还说得这样含混呢？"账房又在袋里抽出一张电稿，躬身递给他道："我原也拟了一个语气重的，自己看看，恐怕不大合宜，所以又留下了。"孔大有看了几行，点头道："这倒还可以，不过有两句话还得改一改。"账房这就在衣袋里掏出一支转动的铅笔，两手奉上。孔大有放在茶几上，改了两句，就交给账房道："马上就送去发，不要耽误了。"账房虽明知道这封电报发出去了，是要发生天大祸事的，但是东家的命令，如何可以违抗？万一有祸，自由东家去承当，也就不必延搁了。

在下午四点钟，这个电报由安庆发了出去。在本晚六点钟，电报已经到北平，转入孔令仪的手上了。她手上捧着这一张电报纸，躺在一张沙发榻上闲闲地看着。因为她和家里通消息，打电报当写平常信一样地办，所以她接了这封电报，很不算一回事。电报是由电局译好了送来的，看得很痛快。她看了两行之后，颜色有些变了，越向后看，两只手越是抖颤个不了，最后直跳了起来。向墙上悬挂的钟一看，正是六点三刻，拿起桌上的电话机，就向计春公寓里打了一个电话，叫他不要走动，自己就来。

计春今天把令仪和他做的新西服，已经穿上身了。因为常在娱乐场所来往，自己这已把摩登少年的态度揣摩得很够了。在那浅褐色的西服小口袋里，塞进了一条花绸手绢，露了两只尖角在外。头上的黑发梳得又光又滑，一丝不乱，两只手也就洗得雪白光嫩，不带一点儿墨迹。左手无名指上，戴了一只金戒指，自己不住地用手摸着头发，向一架衣橱的镜子照着。心里想着：我这样打扮起来，不也就是一个摩登少年吗？而且还要比任何少年年纪轻些。我这个样子，和令仪在一处走着，就没有什么配她不过的了。自己这样想着，摸摸自己的白领子，又扯扯西服的下摆，衣服是平整极了，一点儿皱纹没有。正对了镜子里面的翩翩风度，在那里赏鉴着，茶房却进来报告，说是孔小姐电话来了，请你不要出去，她马上就来。计春点点头，心里可就想着，这必是她临时想起了吃馆子，要带我出去。抬起手表一看，七点还差五六分钟，吃过了晚饭，再去看电影，那就正是时候了。于是在床栏杆上取了衣服刷子，对着镜子，将衣服周身上下，摸刷了一遍，放下刷子，将桌上摆的香水瓶子，举了起来，向头上只管洒了去。

他正在修饰着得意的时候，卜笃卜笃，一阵高跟鞋子响着，接上房门轰通一声，令仪跳进屋子里面来了。计春手上拿了香水瓶子，半鞠着躬向着她笑道："你来得真快。"令仪更不答话，在他手上夺过香水瓶子，迎面就砸了过去。计春将身子一闪，那香水瓶子，直飞到衣橱的镜子上，呛啷一声，将镜子中心砸了一个窟窿，四周射出菊花瓣子似的裂缝。计春倒吓了一跳，什么事得罪了她，会让她这样大闹？两腮通红，只管发怔。令仪鼓了腮帮子，瞪了两只眼睛望住了他。计春看到她这样，起初以为她是闹着玩，现在看到她脸上红中带紫，那是生气生大了，便道："什么事情，惹着你生这样大的气？"令仪也不分辩，在身上抽出电报稿子，向计春脸上丢了过来，喝道："你看！你看！有了这样的事，我的脸都丢尽了。我不做人了，我不做人了。"口里说着，两只脚就在地上乱跳，然后向旁边的沙发椅子坐了下去，两手捂着脸，放声大哭。计春一时真摸不着头脑，只好接着电报稿子，向下看了去。那电报是：

> ……函电均悉，婿事虽可由儿自主，但此举冒昧太甚。余正在调查问，周计春之父，今忽来我家，大肆咆哮。其人即往日每晨送豆浆至我家之老周，非我家周济，豆腐店且不能开，何有于财？以我家在省垣之门第，欲招快婿，何求不得？未如何故，一味降格，乃与一磨豆腐人为亲？以余揣度，其父如此，其子可知，尔所遇者，恐非端人。钱财等事，极宜审慎。况老周今日在此扬言，谓其子原聘有童媳，现方在省。其言无论实否，余亦决不肯使尔蒙为人做妾之名。此电到后，即与周子交涉，废除婚约，否则余大义灭亲，决不认尔为女。父有电。

计春匆匆地将电稿抢着看过了一遍，已经明白了大意。心里是怦怦地乱跳，又一字一句再复看了一遍。令仪不等他开口，擦了眼泪道："你说，这事应当怎样办？"计春两手捧了电稿，不免发愣。因缓住那口气道："这事我很对你不住，我立刻写信……"令仪道："放屁！现在打电报还来不及呢，你写信回家，不是有心迟延着事情吗？"计春心里原想着：父亲贪慕孔家一百多万的财产，必是赞成自己的婚事，把菊芬退了。不料他大反乡下人的常态，倒跑到孔家去大闹。若是自己为了求学起见，将令仪的婚事退去，一切都恢复了原来的计划，这才是正理。只是自己是穷苦人家出身，不曾吃过的喝过的，不曾见过的听过的，在这两个星期里都尝到了，往后她那几十万家产，她还可以分我若干，我的希望就大了。现在若要恢复原来计划，势必就要把搂到怀里来了的幸福完全推送出去，未免可惜了。

他因为心里头这样地踌躇着，口里就说不出一个所以然来，只是站在一边发愣。令仪道："你怎么不作声？哑了吗？我问你家里有亲事没有亲事的时候，你口里说了个水点得灯亮，那就不哑了。"计春道："你别嚷，要怎样子办，你出一个主意，我照办就是了。假使你愿意离婚，我就离……"令仪坐在沙发椅子上，顺手向后一掏，掏出一只靠垫，两手拿了，高高举起，就向计春身上砸了过去，跳了脚骂道："离！离你的魂！离你的魂！"她口里骂着时，那个靠垫已经砸到计春的头上。虽然这个东西并不怎样的沉重，但是一大团东西，突然地打到脸上来，眼前一黑，也有些发晕。于是身子一闪，红了脸道："有话慢慢地商量。你为什么动起手来？"令仪跺了脚道："动手？我要咬你两口，才解我心头之恨！"计春被她说着，无言可答，只是低了头。令仪道："你说话呀！怎么又不作声了？"计春道："你瞧，这不是令人为难吗？我不开口，你怪我不说话，我一开口呢，你就把东西砸我，让我说什么好呢？"令仪道："你要知道，我无论在家乡，在外面，人家都认为我是一个大家闺秀。老实说，多少男子追逐着我，我都不看在眼里，现在我许多人不要，单单地和你订婚，一下子就上了当。第一，你是家里有童养媳的，第二，你又是开豆腐店的孩子，千挑万选，落这样一个下场头，人家不会说我是瞎了一双眼吗？"她说着，两只脚又车水似的在地上跳了起来。

这真让计春为难到十二万分了，要离家里那个未婚妻吧，权操父亲之手，自己是不能做主的。现在说了出来，不能实现，将来更增加自己一行大罪。要离面前这个未婚妻吧，那就是自己将一把黄金大椅子，给它砸碎了。他两个要行不能行的主张，只管在脑子里打旋转，口里就没有法子可以说出话来。令仪顿着脚道："你为什么不说话？不说话这就可以算得了事吗？"计春道："这一会子工夫，我也想不出什么好法子来。请你给我出个主意，你又不理会。那叫我怎么办呢？"令仪掏出手绢来，擦着眼泪，将脚一顿道："好，你要我出主意，我就出个主意。你今日打个电报回去，不承认你家里那头亲事。"计春道："这也不必你现在说，我早就写了好几次信回家，这样地办了。"令仪道："你在这里当地的报上，给我登上一段道歉的启事。说是不该欺骗我；我们这婚事，算是取消。"计春道："既然我们的婚事要取消，那么，我自己的事，你就不必管了，为什么又要我把家里的亲事，也要取消呢？"令仪听了他这话，就站着起来了，手指指着他道："你瞧瞧！你说出你的真心话了，你哪里肯离开你家里那个黄毛丫头呢？我对你说，你赶快照着我的话去办，你若是存心推诿，对不住，我就要到法院里去告你。哼，你以为我是一个好惹的人吗？"说着，她坐了下去，又伸手来乱拍着桌子。这一下子，真把计春逼得死去活来。总而言之，自己说什么，就跟着驳什么。自己在屋子里呆站了一会儿，然后皱了眉毛，向她比着袖子弯着腰深深地作了一个揖道："我的大小姐，总算我怕了你，你提的条件，我照办就是了。嘿，你赏给我的戒指，在这里，拿回去。"说着，从无名指上脱下那个订婚戒指，交给令仪。

令仪以为自己是个百万家财的小姐，只有人家来追求，没有人家抛弃之理，不料自己手上的戒指，未曾脱下，人家手上的戒指却已经退回了自己。事情虽没有第三个人在这里看见，然而这可以证明，自己并不是人家非要不可的了。这于自己的面子太有碍了。急遽之间，自己找不到下台的地步，就将鼻子一哼，睒着他冷哼一声道："你说得好。就这样随随便便地让你离了婚吗？我要告你的重婚罪，你的戒指在我这里，就是老大一个证据。别的话不必说，你赶快作一个道歉启事的稿子，好让我拿去登报。"计春道："我登了启事，你还告我不告？"令仪道："为什么不告？这样大的事，就这样三言二语地算了吗？你赶快给我写，赶快给我写。"她说着话时，身子只管挪搓着，两只脚乒乒乓乓在地上打着，犹如擂鼓一般。脸上的胭脂粉，已经为眼泪洗干净了，黄黄的面皮，微红的眼睛眶子，加上那一头的短发，纷披地盖着脸和前额，又是凶狠狠身子乱动，这不但把计春以往醉心她美丽的思想完全打消，而且觉得这个女人十分可怕，于是心一横，也就强硬起来了，脚一顿道："你欺侮我是一个小孩子，想把我逼死不成？反正我也没有枪毙的罪，你爱怎样就怎样吧。"说毕，他一扭转身躯去，人就跑走了。

令仪起初以为他不过是站到屋外去暂避一时，自己并不怎样地介意，依然板着脸子，在屋子里坐着。但是越等越不见他进来，约莫有一小时之久，依然没有消息。自己这可有些诧异，他到哪里去了？莫非他到警察局里告我去了？谅他也不敢。莫非因我逼得太厉害，自杀去了？然而也不至于。或者他又到冯子云那里去，请他出主意去了。就是冯子云帮他出主意，我也不含糊。只是这样一来，未免让他笑话了。他若是说，你为了负气订婚的，现在怎样的，不也是完了吗？他若是果然去找冯子云的话，也许冯子云马上就会到这里来和我为难。我自己搬石头砸了自己的脚，我还有什么脸面见他？不如走开吧。她起了这念头之后，片刻也不敢耽搁，马上将这屋里面盆里的冷水，擦了一把脸，手提包里有粉扑脂膏，拿出来对了计春洗脸用的镜子，很快地搽过了一遍脂粉，叫了一声茶房锁门，就回到表叔家去了。

她表叔余子和向来是不敢干涉她的事情。今天她接了电报，突然地跑出去闹了一场风波，人不知，鬼不觉，余家人哪里又会晓得。所以她回来之后，自己进了房去睡闷觉，余家的人还以为她是玩得太疲倦了，回家就休息了呢。这晚令仪睡在床上，翻来覆去，想了一宿的主意，觉得要和计春离婚，这太容易了。这只要将戒指丢还他，以后永不和他见面，也就完了。可是果然和他离了婚的话，有两层不大妥当：第一是让冯子云见笑；第二是让自己那一班抛弃了的男朋友见笑；其三呢，这个孩子，年纪是真轻，人也长得漂亮，很费了一番心血，把他陶熔得成了一个摩登少年了，倒不要他，这岂不让别个女子捡一个大便宜去了吗？这就成了那句俗话，"前人栽树后人乘凉"了。这树是我栽的，无论如何，我应当乘两天凉。只要我肯花钱，叫计春把家里那头亲事打退了，大概也没有什么不可以。只是有一层，他家是个开豆腐店的，未免与自己面子有关；这只好说一句时髦话，爱情是没有贫富阶级的了。我若是下了决心的话，要嫁周计春，是没有什么问题的。但是自己父亲电报上，说得很明了的。若是不退掉周家这头亲事，他就不认我为女。他的思想很顽固的，这样说着，也许他就真这样做出来，那我就犯不上，为他蒙这样大的牺牲了。然而想到了最后一个关节，假使不嫁周计春，那就免不了别人笑话。她在床上想了一宿，却毫无结果。

因此次日早上，她竟是拥被鼾睡，反而坦然了。睁开眼睛，只见太阳光照在院子里，反映到墙上，只觉得光彩射日，阳气蒸人，分明是天气不早了。自己还不曾开口叫女仆说话，却听到有账房先生刘清泉的说话声。他道："我早就要回南的，总是耽误下来了。昨天接到东家的电报，让再迟两天走，说是那里有事要我办呢。大小姐还没有起来吗？"接着又有个人说："你是为了今天报上登的那段新闻来的吗？"刘清泉低声喝道："不要胡说了！仔细她听了去。"令仪听到，不由心里一惊，报上有一段什么新闻我听不得？难道我要计春登的那一段启事，他已经登了出来了吗？自己突然由被里向外一伸，抓着衣服披在身上，就这样披着，趿了鞋子，掀开一角窗纱向外张望着，正是刘清泉和余家的女仆在说话。情不自禁地，这就叫了起来道："老刘，你说什么，报上登着我什么消息呢？"刘清泉听到小姐的声音，只好站了起来，隔了房门答道："小姐起来啦？我早就来了，可不敢惊动呢。你看见报了吗？"令仪道："这叫废话，我若是看见报，还问你做什么？周妈，今天的报呢？快拿来给我看。"外面周妈答道："今天的报早就给你放在床面前啦。你往日不是醒了，就随便拿起来看的吗？"令仪回头看时，床面前茶几上一叠大报纸，被自己拖曳到地上来了。加上拖鞋在上面一阵践踏，印下了无数的脚印子，而且还踏破了几块，于是自己捏了两个拳头，只管在屋子里跺了脚道："浑蛋！真是大浑蛋！把报弄得这样一地，你们吃了饭，都干些什么？"

198

说着话时，那周妈正进来收拾屋子，心里可就在那里想着：你只管多多地骂上几声吧，看看倒是谁浑蛋呢？令仪将报纸放在茶几上，一手理着头发，一手翻阅桌上的报纸。在登启事的所在，逐一地都注目看过了，并没有关于自己的消息，就叫起来道："老刘，老刘，你到底是在哪一家报上，看到登了我的消息？怎么没有呢？"刘清泉还在屋子外面站着，听候小姐的消息呢。令仪一问，他就答道："哪家报上都登得有。你瞧瞧社会新闻，就瞧出来了。"令仪被他一句话提醒，翻着报上的社会新闻一瞧，早有一行大字，映入了眼帘，乃是："摩登小姐巧遇拆白党。"令仪心想，这也不一定就是指着我吧！可是再跟着去看第二行小题目，这可很明显地说着自己了。那小题目上，标明的是："百万富翁的大小姐，要嫁豆腐店的小老板。"令仪不必再看别的什么了，只这十七个字，已使她心惊肉跳，人是摇摇晃晃地有些站不定。最难堪的，下面还有两行小题目，乃是："赔了身体又耗财，原来他有黄脸婆。"令仪看到这里，恨不得一拳，将这报纸打一个窟窿，但是心里尽管恨这张报，却是也非知道这新闻的内容不可，于是还忍住了那口气，将这段消息，跟着看了下去，那消息原文登载于后：

有皖籍大富翁之女，孔其姓，而某某其名者。姿色甚佳，又善交际。男女娱乐场合，常见其芳踪，因之男性在后追逐者，亦为数甚多。但有钱之人，多不知爱情为何物，女士不能例外，对于真诚拥护之有志青年，皆置不理，专与年轻貌美，侬童一流之少年为伍。盖在彼亦系一种享乐主义也。最近与一同乡周某者往来频繁，由朋友而订婚，由订婚而行同居之爱。周年方十七岁，而又姣好如女子，女士出入相携，甚为自得。而为该男子置衣服，供食用，同游玩，所耗亦达千金。平常男子施与女子者，女乃反其道而行之，但女固非视货财如粪土者。只因周某假称家中系乡中财主，拥有巨产，唯乡人禀性吝啬，其父不肯多与游学之资，所以外表依然寒酸耳。孔女对于此种言语，居然深信不疑，以为所耗之财，不久可以取回。不料昨日得其家中来电，调查确实，周某家中，并非富有，其父在省城开一小豆腐店，而其房屋，尚系孔家之产业。不但此也，周某自幼即聘有一黄毛丫头，作为童养媳，此女尚在家中。孔女拥有交际明星之名，不料乃为一小孩所骗，目前欲退婚，则已失身于人，不退婚，则如此大家闺秀，断无嫁人做二房之理，十分踌躇。而一班对孔追逐失望之男子，则无不拊掌称快云。

令仪跳着脚道："这报上胡造我的谣言，我不能随便放过，一定要告他一状。"于是掀开这张报，又拿一张小报看看。那社会栏头一条新闻，便登的是这件事。题目安得更弯曲，是："豆腐店小掌柜人财两得。"小题目是："百万富翁的小姐会看上了他。"那新闻的内容，大概是一个所在发出来的，所说的都差不多。令仪本订有五六份报，大大小小都有。今天将各报一翻，竟是一家也不曾遗失，完全把这消息登载了。令仪顿了脚道："他们全登了，要什么紧？我就全告他！"回头一看，老妈子怔怔地站在一边呢，便瞪了眼道："怎么不给我打洗脸水？"周妈道："水都凉了。正等着伺候您啦。"令仪红了脸道："你们这些人，都有些不识抬举。平常待你们太好了，你们就一点儿也不怕我，做什么事都很随便。哼！好歹有那么一天，要我大发脾气的。老刘呢？"这三个字的声音，却来得格外的大。刘清泉道："在门外边站着啦。"令仪道："你一早就到这里来干什么？是知道报上登了我的消息，你打算羞辱我一场吗？"刘清泉笑道："那我怎么敢呢？我也是怕小姐瞧了这一段报会生气，所以特地跑了来瞧瞧，看看有什么事没有？"令仪道："有什么事呢？人家毁坏了我的名誉，我就得去告他赔偿我的损失。"刘清泉道："告人家不着吧。人家没有在报上登出你的名字来呀！你要是出头告人家，不是自抓着金片子向脸上贴吗？"令仪也不作声，匆匆地洗完了脸，就来找她的表叔余子和。

他正在书房里看书呢，好像是很镇静，并不把这件事放在心上。令仪一进来，他就迎着笑道："大小姐，也不必生气，这是交际上免不了的事情，我看一定是不满意于你的朋友，放出来的谣言，好在这报上也没有指明着是谁，含糊过去就算了。你一定要去追究，反而不妙。"令仪道："难道我就罢了不成？"余子和道："你若是有这件事呢，你要追究的话，岂不是把事情更加一重证明吗？你若没有这件事，让他们说去，不久也就自然水落石出了。"令仪一听，话不投机，又发了她那大小姐的脾气，扭转身躯就走开了。心里可就想着：他说，这段新闻是我失意的朋友放出来的，这倒有些像。这其中袁佩珠小姐和这班人还是接近的，我去访一访她看。若是在她口里找出一点儿消息来，我再和这个人算账。脑子里忽然泛出了

200

这个主意，就一点儿也不考量，立刻吩咐汽车夫开车，坐上车子，就向袁小姐家里来。

都市里面，代步的东西，那要以汽车为最快的了。但是令仪心里有事，坐在汽车上，依然还嫌它走得太慢。偏是这辆汽车又喜欢出事故，走到十字街头，街中间的巡警，横着手一拦，车子走不过去了。当那车子停着的时候，街上卖报的小孩子，拿了报高高地举着，就叫到车子边来道："瞧哇，财神爷的小姐，爱上了豆腐店小掌柜的新闻。"令仪听了，就不由脸上一红。偏是那汽车夫偏了头向车子后望着，大有买上一份之势。令仪只得敲着座前的玻璃板道："快走吧！快走吧！"车子开到了袁家，又给她一个打击。便是她一下车，门口听差迎了出来，向她笑道："我们小姐，刚刚出去呢。你要有什么事？留下一个字条吧，也许她一会儿就去拜访你呢。"令仪道："不必了。回头再通电话吧。"说毕，刚待要扭身走开，后面就听得有嘘嘘的声音道："就是她，报上登的就是她。"回头看时，乃是几个小孩子，半闪在屏风后面，还是袁小姐的侄儿侄女。这只好装聋不听见，悄悄地走开了。

上得汽车来，车夫问上哪里去，便答道："哪里也不去。回家！"汽车夫也知道小姐今天的脾气发了，不敢多说，开了汽车回来。令仪在余家，住的是正屋之外的一个小跨院，进出必须由正屋面前经过。往日她总是穿高跟鞋子的，所以那橐橐的声音，一由窗子外面经过，屋子里便有人迎接出来。今天她是穿了便鞋来的，在院子里，却是一点儿响声没有。所以她尽管走她的路，那屋子里却也尽管说他们的话。令仪由那里经过，稍稍地注意一听，就听到他们所谈的话，正是自己离婚的事情。心里这就想着：你们和我是这样亲密的人，也是这样地议论我，那些和我没有关系的人，为什么不说？怪不得街上卖报的小孩子，大喊着看新闻了。自己悄悄地溜进屋子去，将房门关上，一个人坐在屋子里想着：这件事叫我怎么样子办，还是离婚呢，还是不离婚呢？若说离婚，人家硬指着我失身于姓周的，让姓周的白捡一个便宜去了，我嫁起人来，就不免要发生问题。不离婚吧，便算是他把家里那头亲事打退了，人家也会说我无聊，何以抛了千金小姐的身份，嫁这样一个开豆腐店的小掌柜？自己好强太甚，一时要压倒冯子云，糊里糊涂和姓周的订了婚，不想作茧自缚，于今转害了自己了。她这样地想着，有一天的工夫，自己不曾解决，这一天也就不曾跨出院门。她表叔余子和知道她是难为情，也不来看她，只是吃饭的时候，叫女仆来请她去吃饭而已。但是她觉得"孔令仪"这三个字，已经在人口里说烂了，本人见了人的面，更是怪不好意思的，所以只推着身上有病，掩上了房门，再掩上了跨院的门，只在屋子里躺着看几篇小说，而其实看小说还是一个名，眼睛在书上，心却在大门外满处地跑：有时在安庆，看到父亲的怒色；有时在公寓里，看到计春无可奈何的神气；有时又在交际场合，看了男朋友的冷笑。她三天没有想出一个妥当办法来，三天也就没有出门。终于是旁人看到她没有动静，忍耐不住，来和她出了一个主意了。

第二十二回

接木移花突来和事佬
焦头烂额重伍弄潮儿

　　到了孔令仪在家中藏躲的第四日，那位和她素共交际的袁佩珠小姐，就来探望她了。袁小姐到余家来，已经是熟路，在门房里，并不经过打招呼的手续，径直向里走。到了那个小跨院里，她的高跟鞋子，惊动了里面院子里老妈子，就迎出来笑道："哟，袁小姐来了。孔小姐病着呢。我给你瞧瞧去吧！"佩珠笑着摇摇手道："我又不是什么外人，还跟我来这一套做什么？"她口里说着，人已经踏到了小客厅的房门口。令仪在玻璃窗子里面，已经看得清楚，连忙抢着推开门，伸出半截身子来，只管向她招手。袁佩珠抢上前来和她握手。连连摇撼了两下。走进屋子来，第一句便道："孔，我很替你烦恼，但是现在过渡时代，这是应有的现象。哪个青年人，也免不了有这种打击，这有什么关系？"说时，握了令仪的手，一同在一张沙发椅子上坐下。令仪道："报纸真正可恶！他们只登我的姓，不登我的名字，叫我一点儿没有办法。可是熟人一看报，便知道说的是我了。他们对我说了一些什么？"令仪所说的他们，就指的是她一班男朋友而言。佩珠听到，也就心领神会的，就笑着摇摇头道："你怎么这样地想不开。报上那些谣言，不就是他们造出来的吗？他们既然造了你的谣言，你还想到他们面前去打听消息做什么？"

　　令仪垂着头，望住了她所握着袁小姐的手背，许久许久，才叹了一口气说道："我做梦也想不到，会栽了这样一个大筋斗。"佩珠："这也无所谓大筋斗呀！你若是非嫁姓周的不可，你就叫他把那头亲事打断了，切切实实地登两段启事，让社会上全知道。你若是不愿嫁姓周的，你离婚就是了。男的要和女的离婚，免不了许多困难，女的要和男的离婚，这是极容易的事。只要你把这话说了出来，事情就算完结。有什么困难之处，闹得你这样愁眉不展？"令仪用很微弱的声音，轻轻地答道："你倒说得那样容易。"佩珠道:"本来就是那样容易。并不是我把事情说得容易了!"令仪道:"别的不用说了,以后谈到'孔令仪'三个字,人家都会说是离过婚的小姐。我见着人,就不免矮上三尺;你说糟心不糟心?"佩珠道:"这个样子说,你是愿意和周计春离婚的了?你愿和他离婚那就好办。因为你的朋友,都为你要嫁周计春,追求你不到,所以大失所望之下,才来造谣言糟蹋你。你既然离婚了,又成了他们一个追求的目标,他们只有巴结你的分儿,那还能够说你什么?至于对社会上呢,'孔令仪'三个字,又不是镀金招牌,没有法子更换的。你不会改上一个名字吗?"令仪沉思了一会儿道:"但是……"佩珠两只手握住了令仪两只手,连连摇撼了几下,摇着头道:"没有什么但是了。第一你的朋友都知道你是冤枉;第二北平社会上也没有多少人知道你。即使知道你,也不知道你是长的、矮的、肥的、瘦的。你以后改了名字,你依然可以把新名字大出风头。"

令仪不由得叹了一口气道:"唉,你以为我还要出风头啦。我现在灰心到了一万分,只要有这样的屋子,可以容留我一辈子在里头住着,那么,我就死在这屋子里,不出大门了。"说着,她用脚在地上顿了两顿,表示她那消极的决心。佩珠松了她的手,正色向她道:"我是和你商量办法来了,你干吗老在我面前发牢骚?你不想一想,这样的大问题,在家里躺上几天,一表示消极,就可以了事的吗?我为了彼此的交情,来和你解围,你怎么倒是这样的随便呢?"令仪又握了她的手道:"我的姐姐,我现在是心慌意乱,什么都没有办法了。"佩珠道:"你别慌,有话慢慢地商量。我暂时不走,在这里叨扰你一顿午饭,你慢慢地筹划着,也许可以想出一些办法来。你想想是也不是?"令仪正在心乱如麻的时候,有个朋友在家里和她谈谈,多少可以减少一些胸中的苦闷,于是也就依了袁佩珠的话,将她留在家里吃午饭,两个人把这件事慢慢地来谈着。在她们谈过了两小时之后,也就有了办法了。

到了这日下午,佩珠告辞要走,令仪送到大门外来,佩珠握了她的手,轻轻着摇撼了两下道:"你千万不要性急,你千万不要性急。天大的事,有了调人,就可以解决,何况你这件事,也不觉得怎样的严重。我出来了,总让你过得去。你放心好了。"佩珠虽没有汽车,却也有一辆自备的人力车,于是坐上车去,飞也似的向计春住的公寓拉了来。平常她要由令仪家里走,令仪纵然是不用汽车送她,她也会讨着汽车坐的,今天令仪要用汽车送她,她也推辞。到了公寓门口,刚一下车子,就看到计春反背了两手，在大门口站着。她心里就不由得叫了一声：人无远虑，必有近忧。计春为了和令仪常在一处，和佩珠是很熟的，这就笑着鞠了个躬道："袁小姐，也到这里来了，拜访朋友来了吗？"佩珠笑着，眼珠向他一转道："对了。我是来拜会朋友的，请你引一引路行不行？"计春哪里知道她是要拜会哪个房间里的客人，只是她说明了叫引路，自己却是推辞不得，于是笑着连说可以，就在前面走。进了大门，转过了第二个院子，再拐弯到第三跨院里。计春只管是走一截路回头看看，以为自己走的路，究竟走得对是不对呢？可是佩珠笑嘻嘻地只管在他身后跟了走，并不置可否。计春也有计春的算盘，心想：我知道你要向哪里走，且把她先引到我屋子里去坐一会儿再说。他走到了自己房门口，便向佩珠笑着点了一个头道："请到我屋子里坐坐好吗？"佩珠笑道："我们交了这样久的朋友，我还没有来过呢。我也应当瞻仰瞻仰。"她口里说着，人更是爽直，那高跟鞋子走着的咯的咯作响，表示她那番得意的情形。

计春手扶了房门，闪在一旁，倒是跟着她后面走进去。佩珠走到屋子里，将那个手皮包夹在怀里，昂了头，四周观看着，将一只高跟皮鞋尖，连连地在地板上点了一阵，表示着赏鉴自得的神气，四周全光顾遍了，她才将皮包放在茶几上，然后一挨身在沙发上坐了下来。计春看到这一番从容不迫的样子，并非急于要找什么朋友，她的来意，倒有些奇怪了。心里这就想着：必是帮着孔令仪来责备我的，于是倒了一杯茶，两手捧着送到佩珠面前放下，笑道："请用一点儿茶吧。既来之，则安之，可以先休息休息。你那朋友贵姓？可以让茶房先去打听打听，看看在家没有。"佩珠向他瞟了一眼，笑道："周先生，现在学着也得会说话了。你问我那朋友姓什么吗？我那朋友姓周。"计春道："哦，倒是我同宗。他住在哪一号房间呢？"佩珠眉毛一扬道："你这儿房间是多少号？"计春道："是八号。"佩珠笑道："好，就算是八号吧。"计春笑道："难道说袁小姐到这里来，是来会我的？"佩珠将两只脚伸着，一只脚架在另一只脚上，颠簸了几下，身子也就随了两条腿，颠簸了一阵，向计春道："你猜呢？"这三个字说得非常之妙，她要说是的吧，嘴里不便说出来，不是的吧，说明了倒有些得罪朋友。所以倒反让问话的人去猜，看你怎样的措辞。

计春虽然是学得了一些交际。可是面皮还很嫩的。这话也就不大好说，只是向着佩珠微微笑了一笑。佩珠伸了半个懒腰，带着笑容，默然了一会儿，然后才向计春道："你和孔小姐感情很好的，怎么会闹翻了呢？"

205

计春摇摇头道:"她的脾气太大,遇事又不容人家解释,她一开口就要离婚,什么都不许商量。其实呢,离了婚也好,从此以后,我还是好好地去念书吧。"佩珠将茶几上的手提皮包,取到手里,打开来取出里面的粉扑粉镜,半侧了身子,缓缓地扑着脸。她右手将粉扑子放到皮包里去,左手还拿了那杯口大的粉镜,握在手心里,远远地向脸上照着。她时而头偏左,时而头偏右,好像在那里找镜子的光,而其实她那双眼睛,却由镜子上面,向计春脸上看来。计春对于她今天这一来,本就有些可疑,加之她这一番故意撩拨的行动,便有两三分明白。可是平常也曾听到令仪说,袁小姐是交际最滥的一个人,太不顾身份,男朋友得她好处的也有,受她害的也不少。想到这里,自己立刻就警告着自己,这一回和令仪混到一处,已经逼得死去活来,刚刚解开了绳索,不要又缠绕上了,于是假装心里很焦急的样子,两手插在西装裤袋里,在屋里只管走来走去,头低了望着地板,躲开了佩珠的眉光。

佩珠将粉镜收好了,两只手将皮包在大腿上按住着,就向计春望着微笑道:"密斯脱周,你大概心里很难过,还要找两个调人出来,和你们调和一下子吗?"计春才站住了脚,向她摇了两摇头道:"算了,算了,我死了这条心了。"佩珠垂下眼睛皮,咬着下嘴唇沉吟了一会子,这才笑道:"老孔的脾气呢,固然是不大好,又何至于要你怕到这种样子?你要知道,她这几天,为了报上把这事登了出来,她懊丧极了。"计春道:"说到报上登的这一段消息,我也真奇怪。那天我除了对冯子云先生说了一点儿大概情形而外,并没有对第二个人说,何以那样快,立刻就让新闻记者打听了去,第二天就登上报了?据茶房说:原来住在我屋子隔壁的这个客人,对我们的事,当天晚上知道得很多,恐怕他有点儿嫌疑。"佩珠笑道:"你这叫笑话了。同一个公寓里的客人,不过是萍水相逢,有什么可疑?"计春道:"你说得固然是对,可是这天我不曾回来的时候,他曾去打一个很长的电话,把我们的事报告给人。第二日报上登出新闻来了,便听到隔壁屋子里有男有女,唧唧哝哝议论了半天,似乎很开心。当天就搬出这个公寓里去了,好像有些避开我。"

佩珠放下了皮包站将起来,对了桌上放的镜子照了几遍,又牵牵衣襟,约莫勾留了有两三分钟之久,这才转过身来笑道:"过去的事不必谈了,你手上戒指不见了,大概是已经交回给孔小姐了,你在她那里的戒指,交还了你吗?"计春道:"这个没关系。她是讨厌我的人,还能留作凭据吗?"佩珠淡淡地一笑道:"这话可就难说了。"计春于是向佩珠拱拱手道:"那么,就托一托袁小姐,给我讨回来吧。今明天,我还在这公寓里住着。三天以后,大概我要搬到冯先生那里去了。"佩珠望了他的脸道:"这里房钱已经住满了吗?"计春道:"没有。但是这里环境不好,我要离开这里,才好念书。"佩珠微笑道:"念书,念书,你在我们面前,老是这一套。"她这两句话,分明有责备计春撒谎的意思在内。计春这就红了脸,勉强笑道:"说起来是很惭愧。我老说念书,总没有能够念得成功。不但是朋友……"佩珠不等他说完,两只手连连地摇着,扬了扬眉笑道:"别谈了,别谈了。今天下午,我想做一个小东道请你,你赏光不赏光呢?"计春向来是个面皮软的人,朋友相请,怎好当面拒绝? 而况佩珠为人是那样美丽活泼,自有吸引人的地方,便是要拒绝她,这话也不忍出口,就笑道:"袁小姐到敝寓来了,应当是我来奉请。"佩珠笑道:"你说这话,我就要罚你。你以为我也像平常的交际明星一样,认定了女子是该男子请的吗? 我们终日里嚷着男女平等的那一句话,就算白讲了。可是话又说回来了,我怎么样子罚你呢?"计春笑道:"罚我喝三大杯吧。"佩珠望了他,眼珠一转,摇了两摇头笑道:"这倒用不着。"她看到桌上放着的那杯凉茶,拿起来,倒在别一只杯子里,将这只空杯,交给了他道:"给我再倒杯茶来喝。我向来不喝凉东西,要热热的香香的。"说着,扑哧又是一声笑。计春是个聪明透顶的孩子,什么事不了解? 于是照她的话,倒了一杯热茶,两手捧了,送到她面前,笑道:"这就是热热的、香香的。"佩珠右手接茶杯,左手伸出来,在他脸上摸了一下,笑道:"瞧你这小家伙不出,你倒会说话。"她说时,那黑眼珠子,在眼睛里面,连打了两个转转。计春笑着望了她,也没有作声。佩珠道:"书呆子,你现在看书不看书呢?"计春道:"哪有客人在这里,自己还念书之理?"佩珠道:"你既是不念书了,也不必在家干耗着了。我们一块儿瞧电影去吧。"

计春自从和令仪交朋友以来,每日只是出去听戏、看电影、跳舞、吃馆子。这两天和令仪闹翻了,没有人陪着,也没有人掏钱做东,实在闷得可以,今天有女人陪着,又有人出钱,自己哪里还禁止得住不去? 便笑道:"既是叨扰,我就叨扰到底。你要到哪里,我都奉陪,决不客气了。"佩珠举起手上的手表来看了一看,笑道:"时候也就到了,我们一块儿走吧。"说着,在衣架上代计春取下了帽子,就交到他手上,这竟是和令仪订了婚以后,那份亲热一样。计春接着帽子,顺便就向她一鞠躬,笑道:

"袁小姐，我们认识的日子也就不算短了，以前不见你有这样亲热。"佩珠道："你是个聪明孩子，怎么会问出这样一句话来？以前你有孔小姐监督着你呢。你是她的专利品，我们怎好说什么。现在……"她又转着眼珠笑了。计春心里这就有一句话想问出来：你不是来调和我同令仪合作的吗？你现时却在勾引我了。只有离开我们的分儿，怎么倒要我们合作呢？他心里如此想着，眼睛可就不住地向佩珠身上看来。佩珠这就笑道："你不用作声，你心眼里的话，我已经知道了。"计春道："要我说什么呢？难道你还不许我看看吗？"佩珠笑道："我欢迎你看，我十分地欢迎你看，不过我不赞成表面上那种敷衍态度，走吧。"说着，她就伸过一只手来，搭了计春的肩膀，带说带笑地把他引出来了。

计春当佩珠初来的时候，自己曾经警戒着自己，不可上了佩珠的圈套，后来慢慢地说笑着，就觉得大家都是面子，不必让人太难堪了，只要自己心里明白，就是面子上敷衍敷衍她，也没有什么关系。现在佩珠说破了，不愿意人家敷衍面子，这倒不能不表示一点儿切实的态度出来。到了电影院里，佩珠刚是将脖子下面的斗篷纽扣解开，计春立刻就向前一步，将斗篷接了过来，搭在手臂上，佩珠也没说什么，只看了一眼。进了电影院，佩珠看定了两个座位，计春立刻在身上抽出了手绢，在椅座上拂了几拂，让佩珠坐下，然后才紧靠着她身边一个位子坐下来。佩珠回看四周附近无人，这就低声向他道："你回回同孔小姐来，也是这个样子伺候她吗？"计春道："对你，可更要客气一点儿呢。"说着，将她的手胳臂，轻轻碰了自己一下，按了嘴微笑着，并不曾说别的。但是，袁小姐也就是对于这一个关节，默然着不曾说什么。自此以后，她的言辞可就滔滔不绝，一直把电影看完，才没有话可说了。可是到了深秋，这日子可就慢慢地短了，出了电影院以后，街上已经电灯全亮了。佩珠找到了自己的人力车夫，让他放空车子回家去，自己却带了计春一路去吃小馆子。

他们这样一路去找快活，把那另一个当事人孔令仪却等苦了。她原来和佩珠约好了，今天晚上，好歹给她一个电话。可是候到晚上一点钟，也没有消息，心里这就想着：佩珠原说了，公寓里不大方便去，只有打电话和计春谈判。也许她打电话去的时候，计春不在公寓里，或者是搬了，但是找不着的话，也该给我一个回信，何以竟是渺无消息呢？她本来嫌计春年岁太轻了，说他不懂事，也许就不把这一件事放在心上，那么，这个电话，根本她就不曾打。我还等什么消息呢？在一点钟以后，令仪死了这条

208

心，也就安然睡觉了。但是到了次日清晨，她又想着这件事不能含糊过去了，总应当打一个电话给佩珠，问一个最后的消息，就是没有她出来了断，自己也是要把这个订婚戒指送回计春去的呀。如此想着，便先打一个电话到袁家去。因为自己这一件新闻，袁家人是全知道的，也不好意思向人家直就出姓名来，随便捏了一个姓，在电话里询问着。那边答道："我们小姐，昨天晚上打牌去了，还没有回来呢。"令仪道："知道是在哪一家打牌吗？"那边答道："是在西城余宅孔小姐那里打牌呢。"令仪哦了一声，将电话挂上。心想：这自然是听差撒谎，佩珠若要撒谎的话，随便说在哪里打牌都可以，不必说是在我这里打牌，但是听差不知道我是谁，为什么要对我这样地撒谎呢？也许佩珠真打牌去了，不过不知道在什么地方打牌，所以随便就答应一句，其实也就不会料到打电话的人，正是孔小姐呢。

于是坐在电话机下，用手撑了头，只管呆呆地想着，一会儿老妈子送了报来，展着报纸慢慢地看着，不觉就到了正午。她心里一想：我这人未免太傻了，这件事我已经闹得满城风雨了，要收回来也收不回来，自己缩在屋子里，永不露面，这件事就算解决了吗？管他呢，我还是玩我的，我还是乐我的。我为了他，牺牲了我这一生的幸福，那才是不值呢。她本来在家里闷得不得了，这样一转念头，自己无论如何禁止自己不住了，便举起报来，看看游艺栏里，今天有些什么好电影，有些什么好戏。不料这种广告，却是最能引人入胜，看了之后，更觉得处处都可以去娱乐一下。想到这里，连午饭也不想在家里吃了。立刻，就按了电铃把老妈子叫了进来，吩咐汽车夫开车，自己极力地修饰了一回，走了出来，到了汽车上，车夫问着到哪里去，这才发生了问题。因为自己性子急，说走就走，究竟要到哪里去，却还不曾想到，于是口里随便地答道："开到东安市场吧。"这是她急中生智的一句话，因为自己一个人坐了汽车，上饭馆子里吃饭去，究竟有点儿神经病。如今到市场里去，或者是赴约，或者是买东西，车夫就不知道了，到了那里，随便在什么地方坐着，再约会朋友吧。一个浪漫惯了的人，在家里坐不住，毫无主张地跑了出来，这是常事。跑了出来之后，依然无主意，买点儿不需要的东西，复又回家去，这也是常有的事。

她到了市场里以后，看到那来来往往的游人，脚不停留地走着，好像都很忙，可是自己却不知道向左转弯好，或者是向右转弯好，然而自己不是一个乡下人，绝不能在店铺外面人家玻璃窗子下呆站着的。偶然看到一排水果摊子，那上面，一堆堆地堆着鲜红嫩黄的水果，恰是好看。眼睛正瞟着，水果贩却笑着相迎道："小姐，不买一点儿大苹果大石榴去吃吗？"令仪也觉得无聊，走近一步，挑那好的水果，买了两块钱，打了一个大蒲包，引着摊贩，送到汽车上。二次走进市场，又不知道干什么好，于是慢慢地走着，见那烧料摊上，许多仿玉仿翠的首饰，挂在玻璃盒里，很是好看，像真的一样。那摊贩也和水果贩一样，打算笑脸相迎。令仪一想：无故买了许多水果，这还可以带回去吃，无故又买些烧料首饰做什么呢？赶快走开吧。她干脆不理会那摊贩，一扭头走了。但是走了几家铺面，依然不知所之。心想：不必游荡了，到小馆子去吃一点儿东西吧。刚一转念，却有一阵铿锵的音乐声音送入耳鼓。回头看时，原来是一家话片公司的支店，这倒触引起她一点儿兴趣来，不如进去看看，有什么新到的话片子没有？买一两张回去，消遣消遣吧。

她一走进门时，却不由她一怔，原来这里面，已有三个西装少年，围在一架钢琴边谈笑。其中一个，雪白的面孔，穿一套藏青哔叽西服，敞开胸口，露出那米色的绸衬衫和斜条纹的长领带，头上一顶宽边黑呢帽，是法国式的，微歪地戴着，左肩上架了一只梵和铃，右手拉着弓，正在试弦子呢。看到她进来，大家一齐放下笑着，向她点头。原来这三个人，都是大学生。拉梵和铃的叫陈子布，那两个一是朱尽直，一是杨益默。这三个人都是青春少年，间接直接，都有追逐令仪的意思。自从令仪和计春在一处了，他们都眼红，不断地写信给她，冷嘲热讽，在街上遇着的时候，有时微笑一笑，有时偏过头去，不理会就走了，而且这位陈子布有一个朋友，也住在花园公寓，和计春的屋子只隔一层墙，令仪天天上公寓去的时候，往往两个人顶头遇见。今天陈子布虽也笑着点个头打招呼，然而她的脸可就红破了。同时，他和袁佩珠感情也还不错。自己的事，佩珠知道很清楚，料着更不能瞒过他。这一见面，冤家路窄，少不得要受他的一番奚落，所以令仪心里很不好过。但是出乎她意料以外的，那陈子布立刻放下梵和铃抢近前一步，向她笑道："密斯孔，身体痊愈了吗？我听到密斯袁说，你身体不大好。我正想去看看你呢。"令仪因为多日不和他们见面，想不出一句什么话来转圜，他倒代说了，那正好。便笑道："不敢当。我不过感冒而已，早就好了。"陈子布道："密斯孔要买什么吗？"令仪道："不买什么。我在玻璃门外看到了你们，特意进来看你们买什么呢。"杨益

210

默笑道："老陈，你应该请客吧?"说着，眼睛一溜。陈子布道："当然，当然，这个时候孔小姐大概还没有吃饭。我想奉请，不知道可肯赏光?"他说着这话的时候，已是伸手取下了头上那一顶艺术家的帽子，表示敬意，于是就露出他漆黑溜光的头发来。

陈子布这家伙已经三十七八岁的人了。可是他那漂亮的西装、温和的态度，总不显老。而且他还挂名在大学研究院里研究戏剧，依然过着那青春生活，令仪虽知道他很是虚伪，可是见了他以后，就强硬不起来了，微笑着道："见了面，就叨扰你的吗? 我还有事呢，改日会吧。"她口里说着，身子可是慢慢地转过去，推着门走。杨益默靠着陈子布，嘴向前一努，用手臂一碰子布的手臂，三个人六眼相视，不再说话，也悄悄地跟了出来。果然，只走了几步路，令仪就回转头来看看，她以为这三人在铺子里，不曾出来呢。不料紧随在身后，急忙中无话可说，就向朱尽直道："朱先生，今天怎么这样老实?"尽直淡淡地一笑道："我是不得已而为之呀!"令仪道："为什么呢?"说着话，三个人都走上来，将令仪包围在中间了。尽直道："朋友里面，都说我一张嘴坏，有许多风潮，都是我鼓动起来的。我说话就闹乱子，所以我现在什么话也不说了。嗐，事久见人心吧。"益默笑道："谁要见你的心。孔小姐要见你的心吗? 你也不自己照照镜子。"令仪也不说什么，由陈子布引导着，进了西菜馆，找了一个房间，却让令仪在靠近主人的第一个位子上坐下。令仪脱下身上那件白色短绒的外衣，搭在椅子背上。陈子布和杨益默四只手一齐伸了过来。杨益默因为自己不是主人翁，就缩了手，由子布将衣服挂上。益默因茶房送了四杯热茶过来，就捧了一杯，两手捧着，送到她面前。朱尽直无事可孝敬了，就在身上取出烟卷盒子来，抽出一根烟卷，送到她茶碟子边。

令仪向三人望着，微笑道："你们对我，还是这样客气吗? 大概我不和姓周的翻脸，你们的态度，不能这样子好吧? 哎，我现在是闹得焦头烂额了。我也不怨人，只怨自己做事太任性。不过，你们现在是很痛快了。"说着，向大家一笑。陈子布将桌上放的菜牌子拿过来，悄悄地放到她面前，笑道："过去的事，还说它做什么呢? 人生是向前的……"他一面说话，一面看令仪的颜色。令仪虽然将菜牌子拿在手上，然而她的眼珠，却由菜牌子上面，射到子布的脸上来。子布笑道："我们都是好朋友，有话不妨明说。孔小姐对于报上这次登的新闻，总以为是我们这几个人做的事。漫说我们和孔小姐，不过是朋友而已，便是更进一步，在情场上逐鹿

211

的人，不见得都成功，有失败的，自然也就有成功的，这何足为奇？"说时，他只管笑，在西服袋里抽出一条又长又大的紫色花绸手绢，在脸上擦了一擦，微咬着嘴唇，昂起头来想了一想，这才坐下。他将身子向令仪这边微侧着，又问道："刚才孔小姐，说到什么焦头烂额的话。我小时念《幼学琼林》，仿佛还记得这个典，好像是说朋友帮忙未免过晚一点儿的意思。若是你还要我们帮忙呢，我是任何牺牲，在所不惜。"说着，将手上的茶杯举了举，表示盟誓的意味。令仪心里这就想着：他们几个人，就是浪漫一点儿，喜欢闹着玩，这还有之，若说他们放暗箭伤人，或者不至于。尤其是老陈，什么都带着女态，哪有那么狠的心呢？她心里想着，手上捧了那菜单子来只管看。子布以为她不喜欢吃那上面的菜呢，便道："不必客气，只管换。"令仪一转脸，说是不必换。手一带，却把面前这杯茶打翻了。茶由桌上淋到楼板上，由楼板缝里，更淋到楼下房间去。这房间里也有一对情侣在那里吃饭，可把他们惊动了。这一双情侣是谁？正是袁佩珠和周计春。你看这不是造化弄人吗？

第二十三回

捉月拿云蹑踪追旧友

钩心斗角易帜激骄娃

　　孔令仪到这西菜馆子里来吃饭，乃是无意中遇到了一班朋友，被人家强拉了来的，那底下的袁佩珠，是不是也被周计春强拉来的呢？这可是个疑问了。那楼板缝里洒下来的水点，恰好是洒在佩珠的衣服上，连颈脖子上，也洒有几点。佩珠看到心里急了，拿着叉子，连连地敲着盘子，只管叫茶房。茶房进来了，佩珠大声嚷道："这楼上是什么人在那里吃饭？凭着什么，要抖他的威风，把水洒到楼下来？"茶房立刻赔笑道："这是我们的不对，楼板有了缝，我们早就该修理了，只因木厂子耽误了，所以……"佩珠红了脸道："你胡扯些什么？我问你楼上是些什么人，在那里吃饭？"茶房赔着笑道："这个我们也不知道。不过是一位小姐、几位先生。"佩珠冷笑道："哦，也不过是一位小姐、几位先生，并不是什么总司令总指挥在这儿，他们洒的是什么？可把我的衣服弄脏了。"茶房赔着笑道："是放在桌上的一杯凉开水洒了，不碍事的。"佩珠道："你去告诉他们，我姓袁，也不过是一位小姐。但是……"她高声嚷着的时候，一面偷看计春，见计春坐在那里有点儿局促不安的样子，便问道："怎么样？你不赞成我去质问人家吗？"

　　计春微笑着，佩珠将手一挥向茶房道："你去吧，算我便宜你了。"茶房退出去。佩珠笑道："你胆子真小，这是我们有理的事，怕什么？"计春道："不是那样说，楼板上的水，漏到楼底下来，这是饭馆子里的错误，与顾客何干？在楼上的人，绝不会想到水洒在楼板上，倒会淋到楼下人身上的。"佩珠道："他们昏迷了，吃饭怎么会洒下水来。"计春笑道："你想，有小姐在座，人有哪个会不昏迷的吗？"佩珠笑道："你这有些不通，我勉强也算是个小姐，我在座，你怎么不昏迷呢？"计春笑道："我这就昏迷着啦。你不知道吗？"他这虽是一句很平常的话，佩珠听了却是非常地

213

陶醉，斜了眼角，向他望着道："你这孩子！越来越会说话了。"他二人微睇浅笑的中间，自然也就把洒水的事情忘了。但是茶房因为洒了一回水，已经有很大的误会，却怕再有这类第二次的事情发生，也就悄悄地上楼对令仪这一桌人低声笑道："各位先生可别洒水了，水漏到楼底下去，洒在一位女客的身上。"陈子布就变了脸色道："你这是废话，你们饭馆子里的楼板，能把水漏到楼底下去，这是什么建筑？我们报告市政府，请你吃不了兜着走！"茶房听着这话，也是很有理，又能够对人家再说什么？也就只好罢了。

他们三男一女很坦然地吃过了饭走下楼去，由佩珠那个雅座门口经过。朱尽直道："陈先生，别散，我们去打两盘球吧。"佩珠一入耳，就知道是朋友的声音，不知道同行的还有些什么人，未敢冒昧叫人，赶紧走到门帘子下，掀开了一点儿门帘子，在里面张望着，这不能不让她大吃一惊。令仪正偏了头，向这个雅座里张望着呢。佩珠站在门帘子下，早是像触了电一般，周身都麻木过去。计春见她老是在那里望着，不明是何缘故，就也赶着走上前来，用手拍她的肩膀道："你瞧什么？"这一下子，才算将佩珠惊醒了。她回转脸来笑道："多谢你，刚才你拦阻我。幸是我听话，不曾发着脾气，要不然，可闹了笑话了。刚才过去几个人，有我两个女同学在内，她们看到，不会说我无聊吗？"计春道："哪里的女同学？"佩珠想了一想，才道："反正我的女同学，你也不认识，告诉你，也是白告诉。"计春碰了这样一个钉子，也不能用别的话来驳回，因为佩珠说的话，本来也就是对的，于是低了头，用小匙子，慢慢舀着咖啡喝了。

佩珠看到他有些难为情的样子，分明是自己用言语将人家得罪了，心里倒充分地感着惶恐，就把自己袋里一条花绸手绢掏了出来，悄悄地送到计春面前笑道："擦一擦嘴吧。"计春笑道："这可了不得。喝咖啡嘴上又黑又黏，把这样好的手绢来擦，未免……"佩珠咬了下嘴唇，点点头道："对了。我给了你一个钉子碰，你也必定要给一个钉子我碰呢。你说是也不是？"计春这才明白了，人家乃是一种苦肉计，也就只好笑笑了。女人肯对男子这样将就，就难得了，还有什么话可说呢？佩珠看他已经有笑容了，心中已是痛快得多，这就靠着他坐下来，笑道："吃过饭，我们一块儿听戏去好吗？"那声音又低微又柔和，令人一听到，就要起一种快感。所以计春一听之下，也绝对说不出一个"不"字来，只向她笑道："你又要请客吗？"佩珠笑道："这算什么？我们的交情也不在乎此。"计春道：

"听戏也许早一点儿吧。"佩珠笑道:"我想起来了。你对于高尔夫球,很有兴趣,我们还是去打高尔夫球吧。你看怎么样?"计春道:"你到哪里去,我也可以奉陪。"两个人说着这样的话,就格外显得亲密了,于是相偎相傍地坐着谈起来。

佩珠为什么不在吃完了饭以后,马上就走呢?这有个缘故:因为她看到令仪同三男友正在一处走,出了饭馆,少不得还要在市场里面溜达溜达,走出去和她碰个对着,有些不大稳便。好在有的是闲工夫,就在这里,和计春多缠绵一会子,也没有关系。所以只管找着闲话来说。其实令仪并没有远去,隔着一方板壁,那边也是一间雅座。雅座里面一位小姐,一人坐在那里喝蔻蔻,这蔻蔻的力量,比酒还要厉害,她醉得眼睛都红了呢,这就是令仪。原来她走出了饭馆以后,不是男友那样包围着,她心中有些清醒了,自己出门来,不是想打听周计春的消息的吗?我得摆脱这几个人,再打电话给袁佩珠。于是向陈子布等告别,约了再会,走出市场,找到自己的汽车,对汽车夫说:"开到袁家去。"汽车夫道:"什么?袁小姐不在一处吃饭的吗?"令仪道:"没有呀。"车夫道:"我亲眼看到袁小姐和周先生,一路进市场大门里去的。周先生还说了呢,市场里馆子不大好。袁小姐说:吃西餐吧。我想你们一定可以在市场里会着的。"令仪道:"这就怪了。我就吃的是西餐,市场里只有一家西餐馆子,我怎么没有遇着呢?我再去找。"说着,她就下了汽车,一直走向西餐馆来。

茶房见她二次进来,以为丢了东西,就跟着在后面问话。令仪一面向里走,一面低声问道:"有一位圆圆脸子的小姐,和一位年纪很轻的学生,在这儿吃饭吗?"茶房道:"有的。那学生穿的是西服,浅灰色的呢帽子。"令仪在钱口袋里摸出一块现洋,塞到茶房手上,低声道:"你在他们隔壁屋子里找一个座儿,送一杯蔻蔻去,什么也不要,你也别问话,回头再给你小账。"西餐馆子里茶房,总是能伺候摩登小姐的。看了这种情形,还有什么不明白的,于是微笑着,将令仪带到佩珠的雅座隔壁房间来。她等茶房走了,在板壁上四处找着缝隙,以便向这边看来。然而这西餐馆子的建筑,乃是异乎寻常的,楼板上有缝,这板壁上却是无缝,找了许久,却也找不到一丝缝隙。然而缝隙虽是找不到,隔壁人说话的声音,却是听得很清楚的,佩珠向计春献殷勤的那一番意思,完全听得了。最后听到吃吃的笑声,计春道:"晚饭我们在哪里吃呢?原地方吧!"佩珠带着娇音说:"今天下午,我该回去了。难道对家里说,接连打两晚牌吗?"计春道:

"打两晚牌有什么要紧？你不是说过，你们姨太太一打牌就是三四天吗？"佩珠道："我怎能和她比？她是我爸爸宠爱的人，而且她打牌也是真打牌。"计春道："你老太爷要说你的时候，你不会把话去堵他吗？姨太太可以在外面打三宿四宿的，袁小姐在外面打一宿两宿的牌，那也不要紧呀。"佩珠道："为了你倒要我得罪我的父亲吗？"计春笑着道："你不肯答应，我也就不敢勉强了。"佩珠道："得啦，得啦，我就依了你的话吧。"

令仪听了这话，气得浑身只管抖颤。但是他们说了在原地方相见，但不知这原地方，是什么地方？且不惊动他们，把这话继续地听了下去。隔壁两个人咿咿唔唔地说着，又混了许久，最后听到计春说："那间房子很好，也清静，你不该退了。"佩珠道："这有什么难？打个电话，告诉茶房，把房间留下来就是了。"说到这里，就听到叫茶房声。茶房进去了，佩珠道："你给我打个电话到安乐饭店二层楼，找姓方的茶房说话。叫通了，我自己去接话。"茶房答应去了。一会子茶房复来，引着佩珠去了。一会子佩珠笑着进来，会了饭账，和计春一同走了。令仪坐在屋子里，不由得笑着自言自语地道："袁佩珠呀，袁佩珠！不怕你诡计多端，这一下子，你在我的手心里了吧？"说毕，又狂笑了一阵，那个得钱的茶房，这时进来了，向令仪笑着一鞠躬道："隔壁两位走了。"令仪道："他们打电话到安乐饭店，你听见吗？"茶房笑道："我特意去听的。那位胡小姐说：让茶房把十八号房间还留下。"令仪笑道："哦，她又改了姓胡了。你听清楚了，是十八号房间吗？"茶房道："那没有错。"令仪笑道："你很会办事，我再赏你一块钱。"于是打开钱袋，又赏了他一块钱。

她出得饭馆来，不住地想着心事，由市场后门出去，雇了一乘人力车，先到安乐饭店来，她先到账房里打听二层楼有没有房间。账房说："还有几间，你自己去看吧。"令仪听说，脸上带着几分微笑，就向账房道："好，你叫茶房引我去吧。"茶房看她是个摩登姑娘，当然，住旅馆是在行的事。这就引她上二层楼。令仪故意地一直向前走，到了十八号房间门口一看，原来是在一条夹道的尽头，微向里弯的房间，自然是清静的了，便笑道："这房间很好，就是这里吧。"说着，就伸手去推门，茶房抢着拦住道："你另找一间吧。这间房，人家定下了。"令仪道："你瞎说的，什么人定下了？"茶房道："是定下了。刚打电话来，我们还没有在牌上写下呢。是一位姓胡的先生定下的，昨天他就住在这间房里。"令仪听说笑了一笑，因问道："那么，十七号空不空呢？"茶房道："十七号不空。这

216

对过的三十六号，倒是空着。房间一样大。"令仪笑道："好吧，就是三十六号了。"茶房开着房门让她进去看时，她就在钱口袋里掏出二张五元钞票来，交给茶房道："你拿去存柜。我姓王，是西山女子中学来的。"茶房心想：这位小姐也太急，没有问价钱，先付了存款，没有拿号簿来，她先报上姓名来，只好接了钱连说几声是。令仪道："这样子说，这房间可就是我的了。"茶房笑道："那可没有错，你放心得了。"

令仪交代清楚了，一面在手皮包里抽手绢，一面走着路，洋洋得意而去。手绢带出两张名片，落在楼板上，也不曾介意。到了晚上九点钟，令仪第二次到这旅馆来。这次来，她的装束有些改变了。身上穿了一件高领子夹大衣，将领子完全提了起来，几乎是挡住了半边脸，鼻子上又架着一副大框子墨晶眼镜。她一直地走上二层楼，向三十六号走来。但是她的目光，并不注意到三十六号，却注意在十八号，见那门框上，一个活动玻璃格扇，放出灯光来，这分明是里面有人了。鼻子里哼了两声，冷笑着，茶房打开房门，让她进去。她脱下大衣，取下眼镜，靠在沙发上坐了。茶房泡了一壶茶，送将进来。令仪笑道："茶，我倒不要喝，你去拿一瓶酒来。"茶房道："什么酒?"令仪道："威士忌吧。白兰地也好。"茶房望了她道："你一个人喝吗?"令仪道："可不是一个人喝吗?"茶房笑道："那可不行。你未必有那样大的量。"令仪沉思了一会子，便笑道："那么给我来一瓶葡萄酒吧。"茶房见她一定要喝酒，她有钱，茶房没有拦阻的道理。只得答应着，和同伴商量了一阵，取了一瓶平常的葡萄酒来。令仪一想，不要太兴奋了，茶房看到我失常的样子，会疑心我是来借地自杀的人了，于是让茶房打开瓶子，当面斟上两杯喝了，用手一挥道："我的酒够了，你拿去吧。"茶房一看她这情形，又不是来泄愤的，乃是来糟钱的，不过这女人的行动可怪，要略加注意而已。

令仪两杯酒下肚，便觉有一股热气，向脸上冲了上来，于是在沙发椅子上静静地再坐了一会儿，她有了主意了。开着房门，对了那十八号的门，呆呆地望了一阵，心里这就想着：袁佩珠和周计春两个人，这个时候，必是相偎相抱地坐在屋子里，我猛然推门冲了进去，他们看到我，看她还有什么话说? 这样一来，周计春绝对是和我不能合作的了，袁佩珠和我一定也要变为仇人，我是不是应该和她结下仇冤，这样地做了下去呢? 有道是冤家宜解不宜结，我还是退让一点儿吧。事后，我给他们一个消息，他们就知道我是知而不较了。她这样地想着，心肠一软，胆子也就小了起来，于是向后退了一步，将房门掩上了。但是掩上了房门，自己还不肯坐下，扶了桌子，静静地想着：这件事，我就罢了不成？那也显着我未免太柔懦了。不，我决定撞了过去看看，我见了他们，什么话也不说，打个照面就走。只要他们明白我是糊弄不过的也就行了。

如此想着，二次将门打开，身子一挺，就拉开了冲将出来。手扶着那十八号的房门，却是虚掩的，向里一推，人又跟着冲将进去。她正想冷笑一声，说"是你们在这里开心啦！"可是她定睛一看，不但是冷笑不出了，而且呆了。这里没有摩登姑娘袁佩珠，也没有摩登少爷周计春，有一个连腮胡子的人，穿了一件黑袍子，蓬着一头长发，睁了一双圆眼坐在椅子上望着人。另外一个穿灰色制服的大兵，斜躺在床铺上，床边搁了一把木椅子。他将紧裹着腿布的两只脚，高高地放在椅子背上。令仪正愣住着，不知道如何是好。那个大兵跳了起来，笑道："啊，我们可等久了，你是班子里来的吗？"令仪也不答话，扭转身躯就走。那大兵抢了过来，拉着她手臂，笑道："我们叫茶房打电话，到处找人，好容易来了一个，怎么来了就走？"令仪急得脸上红一阵白一阵，用手一摔道："你当我是什么人？我不过是走错了房间。"她这一摔，用力很大，果然是把那大兵的手摔脱开了，如漏网之鱼一般，忙奔到自己屋子里去，将门一关，用背来撑住了，那一颗心像乒乓球一般乱跳，几乎要由口里跳将出来。同时，却听到对过十八号房间里呵呵大笑，靠着门约莫站有十分钟之久，这才把神定了。于是将小铜闩一锁，然后倒在沙发椅子上坐下。心里这就想着：这件事可有些奇怪了，分明是袁佩珠的房间，怎么变了两个野男子在里面？就算是我听错了，怎么定这房间的人，也姓胡？和大菜馆茶房所报的一样，不能碰巧碰得这样好呀。慢着，这件事恐怕有诈，我得叫茶房来问一问。于是坐定了，定了一定神，拔了门闩，按着电铃，把一个茶房叫了进来，因带着笑容道："这对过，不是胡小姐定的房间吗？她是我的朋友，怎么没有来呢？"茶房笑道："我们哪里说得上！"说着，抬了两抬肩膀。令仪一看那情形，分明知道是茶房串通一气的，便是要发脾气，那也枉然。三十六号房间的客人，怎能过问十八号房间客人的事呢？便笑了一笑，向茶房道："告诉你吧，那位胡先生不姓胡，胡小姐也不姓胡，他们是有意和我开玩笑的。你告诉我，他们什么时候把房间让给人了？我赏你五块钱。"说着，在钱口袋里摸出一张五元钞票来，当着茶房的眼光就是一晃。

茶房回头看了一看房门，微笑道："你们是闹着玩吗？"令仪道："我们赌了一席酒的东道呢，谁查出了谁的行动，就算赢了。东道是小，面子是大，所以我非查出来不可！"茶房看了那五元钞票，就管不着她那话是真是假，便笑道："那胡小姐今天晚上，根本没有来。"令仪道："白天什么时候来的呢？"茶房道："她在五六点钟来的。"令仪道："是一个人呢，是两个人呢？"茶房笑道："是一位小姐和一位年纪轻的先生。"令仪鼻子里哼着一声道："那就是了。来了怎么又走了呢？"茶房笑道："这得怪你自不小心，你有一张名片，落在他们房门口，让那位小姐捡着了，立刻脸上变了色，找着我们伙计，只管追问这名片是哪里来的。我们伙计说，也不知道，以为是来拜会胡先生的留下了片子，所以给塞在门缝里。那胡小姐听说，就盘问可有你这样一个人，什么样的脸，什么样的身材，什么样的衣服，我们伙计一说，她就完全明白了，没有耽搁多大一会子，她就走了。八点钟的时候，那位先生没来，胡小姐就带着一个大兵、一个穿黑袍子的，送到房间里去，会了房钱，给了小账，笑着走了，没有说什么时候再来。"令仪这才知道捉贼不曾捉到，让贼倒抓了一把。看起来这件事一半误在自己身上，一半误在茶房口里。将来也许还有利用茶房的时候，这五块钱不能不给他，于是将钞票交到茶房手上，向他笑道："这一回东道，算我失败了，可是我不能这样算了，总要报这一笔仇。她二回来了，无论是和谁一道，你得给我一个电话。我重重有赏。"说着，索性在皮包里取出一张名片来，交给了茶房道，"我的姓名住址、电话号码都在上面，你可记清楚了，我也没有事情了。"说着，自己穿上了大衣，就向外面走去。

　　走到下楼梯的地方，却听到后面有一种笑声。心里想着：莫不是茶房笑我？我装成大方一点儿，不让他们笑我无用，于是站定了脚，回头看一看，又故意用两只手整了一整领子，这才慢慢地走下楼，出得旅馆门，回家而去。她走是走了，但是她心里头这一股难平之气，越是在无人看见的所在，越是心焚如火。心里想着：我和袁佩珠虽然算不得知己之交，但是彼此往来，比较一般朋友，总亲密得多，我和周计春闹了这种大风潮，你在交情上说，应当帮我一个大忙，和我圆转过来，才是道理。你不管我们的事，也就罢了，明的，倒反要在我们面前卖好，叫我和计春离婚，暗中可就和计春勾搭上了，双飞双宿，这真是天字第一号的倒戈奸细。她心里想着难受的时候，不免用高跟皮鞋，连连地在车踏板上顿着。车夫以为她催着快拉车子呢，拉起来飞跑。令仪到了家门口，掏了几张毛钱票，扔在车踏板上，扭转身躯，就向家里面跑。到了家里，一直就向自己卧室里面跑。到了屋子里，将皮包扔在床上，脱下大衣来向沙发椅子上一扔，一下没有扔得准，倒有大半截衣服拖在地上，这都不去管它，拖了两个枕头，放在床中间，自己向枕头上伏着。那两眼眶子眼泪，无论如何，也忍耐不住了，哇的一声，大哭起来。

她的女仆跟在她的后面进来，看了她这种受着大冤屈，突然发泄出来的情形，也大吃一惊，就站在床面前，低声问道："小姐，你这是怎么了？肚子痛吗？"令仪满肚子忧愁，很不容易吐了出来，吐了出来之后，如何肯停止，依然伏在枕头上，呜呜咽咽地继续向下哭着。女仆站在这里，初以为她哭了一会子，也就会好的，所以就站在一边，呆看着令仪以下的变态。不料她越哭越厉害，好像十分伤心的样子。女仆一看，自己虽是专门伺候孔小姐的，可是余太太说了，她是个年轻姑娘，遇事得照应着她一点儿，照现在这情形看起来，该是照应着她的事了。于是俯了身子向令仪道："小姐，你说吧，究竟有什么事，有用得着我的地方吗？无论如何，我一定可以和你帮忙。"令仪哭着道："你呀，你帮不了我的忙。"她只将头略微昂了一昂，说到这里，又伏在枕上，哭将起来了。女仆觉得这事非同等闲，于是赶快跑到余太太屋子里去，把她找来了。

这余太太虽是令仪的表姊母，但是和丈夫犯了一样的毛病，只能恭维令仪，不敢拂逆了令仪。这时听说令仪受了屈，在屋子里哭，这是非同小可，也就俯着身子，一手抱了令仪肩膀，一手轻轻拍着她的脊梁道："孔小姐，你有什么事？你对我说。我做不了主，还有你表叔，大小也可以和你拿一个主意呢！你别哭，有话尽管说。"令仪哭了这样久，心里头那股抑郁之气，也就吐出了不少，于是坐起来，掏出手绢，揉擦了一阵眼睛，才道："表姊，你有所不知，这话说了出来，真可以哭出三缸眼泪水呢！我这委屈，可就受大了。"嘴一撇，又哭起来。余太太在她对面椅子上坐下，很从容地道："你别急。有话只管慢慢地说。"说着，又回转头来向老妈子道，"给孔小姐拧把热毛巾来，先让孔小姐擦把脸。"老妈子对于令仪的哭不哭，倒无甚关心，只是她为什么一回家来，就哭得那样泪人儿似的？这是自己极愿意打听的一件事。于是赶快地打了热水来，拧一把手巾，交给令仪，也不用余太太吩咐，斟了一杯热茶，两手拿着，送到令仪面前去。

令仪擦过了脸，又呷了一口茶，神志算安定了一些，眼圈儿红红的，望着余太太，先叹了一口气道："说起来呢，也是我自作自受。"于是把袁佩珠自告奋勇来做调人，以及今天一天所经过的事都说完了，因道："那周计春罢了。那姓袁的丫头，实在是下流，太对不住我了。"余太太道："说起来也实在可气，但是你性子太急了，你若是白天回来的时候，给我们有个商量，我想多少可以让她吃一点儿眼前亏。"令仪道："难道我就这样罢了不成？表婶请你给我想一个主意，报这个仇。花钱我不在乎，我马上打电报回家去要，我和袁佩珠这贱货，誓不两立！"说时，瞪了眼睛，咬了牙，两只脚连连在地板上跺了一阵。余太太咬了嘴唇，扬着眉毛，昂头想了一想，微笑道："要对付她，那也不是什么难事。你表叔出去了，还不曾回来，等他回来之后，我一定和你想一条主意出来。"令仪道："就是有人肯拿手枪去打她，我也愿意出这一笔钱。"说时，站了起来，又连连顿了一阵脚。余太太笑道："那何至于！要是那样办，那个主意也就太笨了。"令仪看余太太的神气，好像倒真有绝妙主意似的，心里先就舒畅一下。然而余太太的法子，却又不是她心意中所想得到的呢。

第二十四回

蹰蹰带羞来坠欢可拾
牺牲垂泣道缺憾难填

　　俗言道得好："人急悬梁，狗急跳墙。"一个人到了发急的时候，什么事都干得出来的。孔令仪这次受了袁佩珠的捉弄，她觉得比要了她的命还要厉害，恨不得即时即刻，就想一个报复的法子。现在余太太说是有了办法，心里先痛快一阵，立刻跳了起来，握住她的手道："表婶，你说，是怎么样报复的法子？我愿把这条命不要，也得出一出这一口气。"余太太笑道："你别慌，等你表叔回来了，我和他计议妥了，再告诉你。"令仪道："你先告诉我要什么紧？我是当事人，难道还泄露了秘密，破坏我自己的事不成？"余太太笑道："不是那样说。因为我想的这条计策，要你表叔出面，非征得他的同意，我不敢说。过一两个钟头，他就回来的，我们商量好了，明天早上，就可以告诉你。今天晚上告诉了你，你今天晚上，也做不出什么道理来。"说着，又拍着令仪的肩膀，安慰她一阵。令仪究竟不知道余太太肚子里卖的是什么药，她一定不肯说出来，也就罢了。

　　不一会儿，前面门响，令仪说是余子和回来了，就催余太太赶快地回去商量办法。余太太笑道："你别性急，反正……"令仪拖了她一只手，向屋子外拉了便走，连道："去吧去吧，最好是今天晚上，就能给我一个信呢。"她口里说着，一直把余太太拉到前院，方才回房去了。余太太走进自己的卧室，余子和果然回来了。等太太进了门，迎着笑问道："什么事要孔小姐拉拉扯扯的？"余太太掀起窗户帘，将头靠紧了玻璃，向外面张望了一下，这才把令仪受窘，和她想法子的话，重述了一遍。子和道："你有法子就很好了，何必还要征求我的同意？"余太太笑道："我有什么，我有屁法子。我因为她说了花钱不在乎，既是花钱不在乎，我们落得借这个机会分用她几个钱，但是要怎样弄她的钱，我可没想到，所以等你回来出主意。"余子和笑道："我说呢，你怎能这样和我客气，原来是主意还不曾想到。她在外面胡闹的情形，我不大清楚，一时叫我想主意，我也想不出来。"余太太道："看得起你，你倒要拿乔了。她明天一早，就等着我的回话呢，你今晚上不把主意想起来，那可是不行。"余子和道："还有这样一个长夜呢，忙什么？你以为弄了钱来，我能分多少吗？"余太太道："别嚷了。这话传到她耳朵里去了，那岂不是万事俱休。这回有钱，我们二一添作五好了。"子和笑道："我倒不是为钱，只要你以后听我的话，不过河拆桥就是了。"余太太在灯光影里，对他哧地笑了一声，夫妻二人便在一种协定之下，把主意想好了。

到了次日早上，余太太刚是漱洗完事，令仪就打发女仆来请余太太去说话。余太太向丈夫笑道："你看她是性急吗，哪里还让我们耽误得下去呢？"余太太到了令仪屋子里，令仪迎上前来握着她的手道："表婶和表叔把办法商量好了吗？"余太太道："我知道你是性子急的人，怎么能不把这事办好呢？"令仪笑着，拉了余太太进屋，一同在沙发椅子上坐下，笑道："我的表婶，你说吧，我怎样能够报复她呢？"余太太道："这可有一句话先要问问你，你是和周计春从此撒手呢，还是要把他夺了回来？"令仪脸一红，又鼓着腮子道："谁稀罕他！可是能出这口气的话，怎么样子办都行。我不会把他和佩珠拆散了，再不理他吗？"余太太道："那就好办。你表叔和新潮大学校长是熟人。他们那里办了高中部，有你表叔说一声，可以把考试卷子，考后再补发一份，你在家里做好了，再由表叔送去。考的时候，只要你到场点个卯，卷子上随便写什么都行。只是这要运动好几位教员，得多花一笔钱。你表叔也要请两个客……"令仪越听越不对，抢着摇了头道："表婶，你怎么和我谈考学校的事情？我还有心念书吗？"余太太笑道："谁管你念书不念书，这是一条计策呀。只要你赞成这事了，你表叔他自然有法子驾驭着周计春，让他也到新潮大学高中部去。你两个都在那里读书，他有戒指在你手上，你可以把这个要挟他，不许他和佩珠来往。你的男朋友不是很多吗？你可以分开来重托他们，绊住了佩珠，让她近不得周计春。"令仪静静地听着，摇了两摇头道："这个不好，一点儿也不能出我的气。"余太太笑道："这不过是一个大纲，这里面自然还有许多曲折详细的办法，我自然会随时和你商量，而且这主意也不是我一个人出的，回头同子和大家议论了一阵子，你就自然明白了。"令仪将信将疑地照着她的话办。

在这天下午，余子和得着令仪一百块钱，就来花园公寓，拜会周计春。他正是回公寓来吃午饭的，吃过了午饭，精神疲倦已极，昏昏沉沉的，只想睡觉，于是和着衣服，就在床上躺下。刚刚有些昏迷过去，茶房走了进来，连叫着客来了。计春一个翻身坐起来，笑道："你不说是晚上见的吗？怎么来得这样子早？"口里说着，睁开眼睛一看，原来是孔令仪的表叔余子和。令仪曾介绍着见过一回，并未交谈过，为什么来了？只好勉强堆下笑来让座。子和笑道："对不住，兄弟来得鲁莽一点儿，但是兄弟此来，息事宁人，是为着阁下的。"计春听着，料是令仪的事，只得连连答应了几声"是是"。余子和斜眼看了他，见他穿了枣红花条呢的西服，里面雪白的衬衫和领子，垂着斜纹花领带，小背心口袋里微露着橙黄的金表链子，于是取出一支卷烟，自己擦火引着了，喷了两口烟，微笑道："阁下很好的青年，为什么干拆白党的事情？"计春红了脸道："余先生是为了孔小姐的事情来的吗？我们已经把交涉解决了，没有事情了。"子和淡淡地笑道："哪有这样容易的事情？你穿了这身西服，和她照过相吧？这相片我有不少张，我看你们表记的东西，你所有的，不见得尽还了她。她所有的，也不见得尽还了你。翻起脸来，这都是老大证据。她对你是无所谓的，可是她的父亲，肯把女儿白白地让人欺侮了一阵子，就完了吗？我已经收到孔大有三个电报，叫我把你告了。你虽然年轻，法院里或者可以饶恕一点儿，但是我只到公安局去告你拆白，你能说没有用令仪的钱吗？老实说了，你越年轻越觉你这人将来可怕，并不要经什么法律手续，就可以把你送到感化院去，感化你三年四载，你决计赖不了吧！"

计春听了这话，脸就红了，淡笑道："这是笑话。我和令仪订婚了，彼此同照一张相，交换一些东西，这也是平常的事情，怎么能说是拆白？"余子和道："这个我不管，将来你到公安局说理去。现任公安局长是最恨拆白党的，只要我一个电话，大概警察也就来了。"计春哪里还能辩驳，心中只有扑扑乱跳的分儿。子和见他脸上红一阵白一阵，更有把握了，便将声调低了一低，变作柔和的模样，因道："你放心，我既说明了，是为息事宁人来的，只要你肯就范，绝不把你告到公安局去。你和令仪的事情，已经闹到安庆去了，怎好随便离开？你家里那头亲事，又没有结婚，有什么不能拆伙的？暂时搁下再说。现在第一步，你还是去进学校读书。至于学校怎样进去，要花多少钱，你不必管，都在我身上。"说着，用一个食指，摸了他上嘴唇的胡子，微笑着，带有一种得意的样子。计春这倒不解所谓，望了他的脸，犹疑了一阵子道："那是什么意思呢？"子和道：

"那有什么不明白的，我还要跟你们做和事佬，你难道这一点儿事不懂，做了孔家的女婿，可以发几十万银子财吗？"计春手扶了桌沿，眼看自己的手背，沉吟了许久，才道："我和令仪订婚，并非为了金钱。"子和道："我也不说你为了金钱，但是既得着爱人，又发了大财，那不更好吗？"计春默然了许久，低声道："只是她……现在很恨我了，而且……她府上也不愿意。"子和站起来，哈哈笑道："只要你在令仪面前表示一点儿忏悔的意思，她自然可以回心转意。你看，这一些，不都是她替你置的吗？她怎能真恨你？"说时，指着计春身上，指着床上的新被褥，指着桌上的奇巧摆设，又道："至于她家里，只要你把家里那头亲事肯退了，她父亲又怎会不把女儿给你？于今是恋爱自由的年头，她父亲还真能把女儿关起来不成？"计春道："我怎么办呢？"子和笑道："赔礼你总会吧。再写一封信回去，一定要把亲事退了，不然，就脱离家庭。你父亲只有你一个儿子，不愿发财，还愿不要儿子不成？"说着，又把包考新潮大学高中部的话说了一番。计春听到这些话，把承继孔家财产以后，盖洋房、坐汽车、穿好的、吃好的，那些消灭了许多天的幻影，重新又虚构起来，踌躇着道："只是……"子和道："你不要下什么转笔。现在一言为定，还是愿到感化院去受拘留呢，还是愿意做财主老的姑爷？两项由你现在择定一项。"说着，板了面孔，侧着身子，只管吸卷烟。

计春又沉吟了一会子，说出两个字："当然！"子和笑道："你既说当然做财主老的姑爷好，你现在和我一路去见孔小姐。"计春吸了一口气，才道："其实我对于她毫无恶感，只是她那个脾气。"子和站起来拍着胸道："我保险。她受了这番教训，绝不和你闹脾气了。"计春道："只是我有一件事，做得对不起她。"子和道："我告诉你吧。她说了只要你肯认错，就是你拿刀杀过她，她也饶恕你了。无论如何，你总没有拿刀杀过她吧？你不可犹豫，你们今天言归于好了，明天预备一天，后天就是新潮大学补考的日子，你们一块儿去考。"说着，站起来拍着计春的肩膀道，"真是傻子！这样的好事，你为什么不干？"计春怕拂逆了余子和，他会告到公安局去，而且那几十万家产的希望，实在太可以迷惑人了，怎能够拒绝？既是有余子和出来担保无事，就随着他去碰一个钉子试试看，万一令仪不能谅解，我也可以和她最后说明，从此以后，各不相犯。如此想着，对了镜子，整一整西服领子，又牵牵上身的衣襟，然后在帽钩上取下帽子，对了镜子，悄悄地向头上盖了下去，那意思是怕弄乱了头上的头发。

子和心想：这孩子受着摩登姑娘的熏陶，绝对不是豆腐店的小老板了。便笑着点了两点头道："你跟我去吧。只凭你这个态度，我就敢担保孔小姐不会同你为难的了。"说着，又伸手拍了两拍计春的肩膀。

计春和他走出门来，就不免大吃一惊，原来孔令仪的汽车也停在这里，莫不是她也追来了？然而子和大大方方地，却挽了他一只手，一同上车来坐着。这样看起来，好像余子和是得了令仪的同意，派汽车送他来的，心里又宽慰了一点儿。然而她为什么要这样地将就我？我和佩珠昼夜在一处胡缠，她不恨我吗？他心里怀着一个疑团，也不说话，就一直地到了子和家门口。子和下了车，他还在汽车上等着不动。子和道："你下来呀，到了。"计春皱了眉道："还是请余先生先去和她说一声。她要是不生气，我就进去。"子和笑道："你也未免胆子太小了。我既然专程去把你找来，难道还能够让你来专程碰钉子不成？"计春一想，这话也是，于是跟着在子和后面，一路走到客厅里去。子和向他笑道："你在这里坐一会子，我去把她叫了出来，而且对她说，不能给你钉子碰。若是让你碰钉子的话，她就不必出来，免得彼此都受气。你看我这话合理不合理？"计春到了这里，那气焰自然也就挫下去一半，只有唯唯答应子和的分儿，哪里还说得出别的什么来。

子和去了，不多大一会子，便听到院子里嗫嗫作声，一阵高跟鞋子响，计春料得是令仪来了，心里立刻随着突突不安起来。那客厅门轻轻地向外一拉，令仪带着笑容，悄悄地进来了。计春站起来相迎，一句话还不曾说得，令仪先就赔着笑道："你年纪轻，脾气可是不小。不是余先生去劝你，你还不来呢。"计春笑道："我很后悔！望你原……"令仪连连摇着手道："你来了，就来了，从今日起，我们完全跟以前一样。至于我们发生误会的这一档子事，也不是谁的过失，不必谈了。你要我原谅你，我也要你原谅我呢！"计春听着，这又是一个出乎意料之外的事情，怎么她会毫不生气，倒要求我来原谅她呢？于是笑道："你这样说，我更是惭愧。这一回的事，你应当知道，我完全是被动的……"令仪还是连连摇了手皱了眉道："这一件事，我们不必谈了。你怎么又提了起来呢？你今天不必走了，就在我这里吃饭。回头我们一块儿去看电影。"计春真不料她一句怨言没有，在这种情形之下，人家还留着吃饭看电影，哪里还说得出一句推辞的话来。随口就笑着，答应了"当然"两个字。

这一天随在令仪之后，糊里糊涂地过去了。到了晚上，陪着令仪看了电影，一同坐上汽车，令仪抬起一只手来，捏着小拳头，在额头上连连捶了几下道："这是怎么回事，头痛得厉害。"计春道："你既然不舒服，我送你回去吧。"令仪倒并不推辞，只说"那就劳驾了"。计春将令仪送到了家门口，见令仪懒懒的样子，索性就搀着她下了车。进门之后，余子和就迎出来了，便笑道："孔小姐不大舒服，你不应该走。我外面书房里，现成的有一张铁床，你在舍下屈居一宿吧。"令仪扶着老妈子进里院去了。走到里院门边，还回头来，向他看了一眼，计春想着，这里既是有地方可住，也就不必走，要不然又会逗着令仪生气的。于是答道："那就好极了，只是又要打搅余先生。"子和笑着，引他到书房里去安歇。桌子上摆着有热茶瓜子花生仁碟儿，另外还有一叠画报。计春看电影回来，精神并不疲倦，看到桌上这些东西，就在椅子上坐下。一面翻画报看，一面抓花生仁吃。

看过了两册画报，忽然隔壁滴铃滴铃一阵电话铃响，看那桌上的小座钟，已经快有两点钟。在这个时候，余家有什么人起来接电话？不如代接了吧。于是走过去接了电话机问答起来，一听之后，那边却是一个女子声音，她一开口，便道："啊，果然是你！我是袁佩珠。"计春慌了，糊里糊涂地就把电话机挂上。但是这边肯中止，那边却不肯中止。铃铃铃，电话铃只管是响，计春待要不接话，怕余家人醒了，说是本人太不管事，电话铃在耳边响，却不肯接话。要接话吧，佩珠听得出自己的声音，自己何辞以对？于是急中生智，拿着身上的手绢，将电话铃的碰钟，给它塞死，于是安然也就睡觉了。

那边的袁佩珠坐在自己的卧室里沙发椅子上，两手抱着腿，斜望了桌上放的电话机，鼻子里哼哼两声，又冷笑一声道："孔令仪的本领，倒也不错。但是我决不能这样罢休！这样看起来，年纪轻的男子，用情太滥，不足和他谈爱情，只是他为什么不接我的电话？必是令仪在一边监视着吧？这样夜深她还在一边监视着，这话也就难说了。"想到这里，心火如焚，哪里睡得着？听到隔壁框子里钟声当当响了四下，心想：我这不是发了傻劲吗？这样坐到天亮去，也是自己叫自己吃亏罢了，于是解衣就寝。可是说也奇怪，翻来覆去，哪里睡得着？等自己一觉睡醒过来，已经是一点钟了。起来以后不曾吃饭，也不曾喝茶，只抱了膝盖，在屋子里坐着。一会子工夫，女仆拿了一张名片进来道："有一个客来拜会小姐。我和门房说了，小姐不舒服呢。"佩珠接过名片一看，却是陈子布，便站起来道：

"赶快出去看看，他走了没有？我就出来。"女仆赶紧走了，佩珠走到梳妆台边，打开了粉缸子扑了两扑粉，又用牙梳在头上梳了几下，这才走到客厅来。

陈子布今天穿的西装，是格外平贴整齐，裤子上两条折纹，直通到底。衣服小口袋里露出来的花绸手绢，活像一只花蝴蝶。自己还不曾向前，一阵香味，早是传达过去了。可是看着佩珠呢，蓬蓬的头发，黄黄的脸儿，走起路来，要动不动的，好像害了很重的病似的，便迎上前去向她笑道："我不知道袁小姐不舒服，我要是知道，就不来打搅你了。"佩珠笑着请他坐下，向他脸上打量了一下，才很不经意的样子问道："你今天来，有什么事吗？"陈子布笑道："当然是有事。"佩珠正色道："什么事，莫不是？"陈子布笑道："你应该明白，我无非来看看你。你想，我们彼此之间，还有什么要紧的事？无非是你探望我，我探望你罢了。"佩珠皱了眉道："凭你说这话，我就该把你轰了出去。我们这样久的朋友，还要对着我灌这样浓的迷汤，不显着你是虚意吗？"陈子布站了起来，口里连道："言重言重！可是我实在是来看望你，并没有说假话。"佩珠道："你是好话不会好说，你老老实实地说着，来看望我的，那就算了。为什么要加上一个所以然的帽子呢？"陈子布不敢说什么，只是笑。

佩珠靠了椅子背坐着许久许久，才叹了一口长气。子布笑道："这些日子，袁小姐应该快活才是，怎么反是郁郁不乐？"佩珠道："你以为我和周计春在一处，交情很不错吗？"子布只是微笑着，没有答话。佩珠一板脸子道："男子没有一个好东西！"子布在西服袋里掏出烟卷盒子来，从从容容地取出一根烟卷来抽着，然后微笑道："为什么又骂我们呢？"佩珠道："你是装傻，你还真不知道！"子布道："你突然说出这句话来，我实在不知道什么事得罪了你。"佩珠道："这件事来得突然，也许你不知道。我看天下最无聊的人，莫过于孔令仪了。自己怕做姨太太，和姓周的离了婚，离了就离了吧，她又怕别人把姓周的夺了去，下着身份，又再三地哀求，差不多磕着头，又把姓周的弄了回去。"子布也装出很郑重的颜色来道："这实在是有点儿失身份。不过袁小姐可说的是男子汉不是个东西，这件事也罪在男子吗？"佩珠道："自然，令仪肯失身份，周计春可就更是失身份。只为贪图令仪有几个钱，就像一条狗样，让人家呼之便来，挥之便去。其实我对于他，并没有什么感情。只因为看他年纪轻，若是这样胡闹下去，一定会堕落的，所以我一番好意，不时地去照顾他。我也很知道，外面的朋友，对于这件事，对我发生很大的误会，以为我要和令仪争这一个人，其实他的程度，比我要差十万八千里，和他说什么，他也是不懂，我何至于就单独看上了他。"

子布听她这一番话，不去驳她，也不附和，默然地坐在一边。佩珠道："这都不去管他了，说来说去，还是孔令仪这丫头可恶，就算我有心于周计春吧，反正是你不要的人了，与你还有什么妨碍？她倒是处处打听我的行动，把我当了贼待。昨天上午，她叫她的表叔把车子接着周计春到家，索性把他关了起来。昨天晚上是余子和打了一个电话给我，我不在家，他约我晚上两点钟回话，我回得话去，倒是姓周的接着。你想，这样夜深，他还在余家，这内幕还用得说吗？就是你，也疑心我和姓周的有什么关系了。我为姓周的受了多大牺牲，结果，我倒让姓孔的气我一顿，我多么委屈……"说到这里，她嗓子一硬，两行眼泪，就跟着流了下来。子布道："事情已经过去了，你就不必搁在心里了。"佩珠在胁下抽出手绢来，慢慢地揉着眼睛道："那么，你瞧我是多么冤？我早知道姓周的是这样主张不定，趁着那两天，我就和他订了婚，请上两桌客，找一个律师做证人，当众宣布一下子。不怕她孔令仪有天大的本事，她也不能把周计春夺了回去。"子布总是不作声，在一边听着。佩珠只管说得痛快，一说之后，自己的感情遏止不住，接着又道："我总是忠厚待人，心想不忙一回子，谁想他变卦变得这样的快。"子布这就冷不防地插言道："这样说，袁小姐也不见得是完全无心于他的了。"佩珠把话已经完全说出来了，却是否认不得，便正着脸色道："老实告诉你吧，令仪和周计春订婚，也不是什么真心，不过是让男朋友气极了，要做出来气男朋友一下。我就是照刚才的话说了，没有别的作用，也只是要气一气孔令仪。不想我没有把孔令仪气倒，反受着十分委屈。你想，我心里难受不难受？"说着，又擦眼泪。

子布笑着只把肩膀来抬着，然后淡淡地道："你们这是孙庞斗智呀。"佩珠偏着头，坐在那里许久没有话说。子布笑道："牺牲你是受了牺牲了，这条妙计，你没有做出来，真是一个缺憾，要不然，你就挟着周计春，爱怎么就怎么，孔小姐只好自瞪眼。"佩珠突地回过脸来道："照你这个样子说，男子还敢和女子订婚吗？订了婚，就要受人家挟制的了。"子布笑道："袁小姐，你可别和我抬杠。我对于哪个女朋友，态度都是很光明的，绝不因为女朋友订了婚，我就生气。"佩珠道："那就好。你是我的朋友，索性和我帮一个忙，也不要你和我帮什么大忙，你就只把那个姓周的拖到能花钱能堕落的地方去，让他把花钱的事，完全学上了瘾，让孔令仪享受不成。那小子也叫他弄不成功，什么嗜好都有了，女子全不爱他，最好是让他鸦片都抽上了瘾，到了那个时候，我才解恨呢。"说着，用高跟鞋子连连在地板上顿了几下。

子布咬了下嘴唇，点着头道："计倒是一条好计。只是我这个照计而行的人，得花多少钱去做东，又很费多少工夫去奉陪他。"佩珠道："自然是要费钱费工夫的。不然，我为什么说要你帮忙呢？不过你心里也要明白一点儿，我把这样大的事托付着你，那就是二十四分地看得起你，难道你不愿意做我一个忠臣吗？"说到这句话，露着牙齿微微一笑。子布追逐袁佩珠，也很有时日的，只因佩珠嫌他对于女人的事晓得太多了，不敢和他接近。但是为人是很漂亮的，玩意儿也挺多的，在一班朋友里，也不算疏远。这时，佩珠说的这些话，完全把他当一个心腹人。他如何不懂得？便笑道："我怎么不愿做你的忠臣？只是你不肯重用我罢了。将来，计划成功了，你怎样地感谢我呢？"佩珠昂着头想了一想，微笑道："那当然的。我对我父亲说，和你找一个小位置，挣了钱补贴补贴你的小用度，你看好不好？"子布笑道："那自然是好的。不过我的目的，并不在此。因为……"佩珠向他摇摇手道："话只能说到这里为止，反正你真为我尽力的话，我心里明白就是了。但是我还有一句话要声明，就是孔令仪也是你的朋友，你要帮她的忙，就别来帮我的忙，既然答应了帮我的忙，就别再去帮她的忙。我的话告诉你了，交朋友也在你，卖朋友也在你。"说着，在茶几上的烟卷筒子里，取出一根烟卷，衔在嘴里。子布连忙掏出身上的打火机，打着了火，替她点着了烟，然后笑道："你这样一个人，还有什么不明白的？男子和女子交朋友，总是亲近今密斯，疏远昔密斯的。孔小姐，她总算是有所属的了。"佩珠点点头道："这总算你一句实话，你去办吧，我是遗憾在一时，但可要人遗憾千古呢。"说着，深深地吸了那烟卷，默然无语。在这个默然的当儿，也就暴露着女人的心怎样的可怕了。陈子布坐在她对面的一张椅子上，两手互相地搓着，不过他的脸上依然还表示出一种笑容来。在这种笑容里面，却又深藏着男子的心，又是如何可怕呢。

第二十五回

别具阴谋暗布迷魂阵
各存退步难抛赤子心

这又是一个所在。陈子布还是在搓着手，脸上发出笑容来，也是在一张沙发椅子上坐着，然而他对面坐着的一位女子，不是袁佩珠，换了孔令仪了。令仪架了腿，坐在椅子上向外靠着，淡淡地笑道："她不会觉悟的。我不稀罕她道歉，我也没有那闲工夫和她计较那些。下个礼拜一，我就进学校去了。计春已经写了很详细的快信回家去了，限他父亲在一个礼拜之内，把要求的事，完全答复。若是他的父亲不能容纳，他就登报脱离家庭。"陈子布淡笑道："这件事，你应当还考量一下才好。因为周君没有到二十岁，在法律上还没有什么地位。"孔令仪笑道："这个我们早已知道。现在他只要登报声明一下子就得了，又不到法庭里去起诉，过了二十岁，我们才来进行一切，那总行吧？"子布道："一登启事，他父亲马上追了来，又当怎么样呢？在法律人情上讲，他管束自己的儿子……"令仪表示着很有把握，将头靠住了椅子背，昂起来哈哈笑道："一切计划，我们都安排已定，这倒不用别人操心。"子布道："是不是你们逃到外国去留学？"令仪鼻子里哼了一声，点点头道："也许。"

子布在身上掏出烟卷盒子来，取了一根卷烟在嘴里衔着，也架起腿来，然后将茶几上烟插上的火柴取了一根，在皮鞋底上擦着了，才点上了烟，左手拿了那白铜烟卷盒子，在右手心里打着，充分地做出放浪的样子来。令仪斜眼地看着，微笑道："老陈，你以为我和姓周的订婚，没有诚意吗？"子布笑道："这是笑话了。别的什么可以闹着玩，订婚哪里有闹着玩的？不诚意就不订婚，订了婚，自然就有诚意。"令仪道："是了，你因为我订婚是真的，不需要我这样一个朋友了，所以我托你办的事，你都是取敷衍手段，不肯实在地和我去办。"子布笑道："这话说在孔小姐口里，未免有些侮辱女性吧！难道男子和女子交朋友，都是不愿女友订婚的吗？

231

那么，翻转来说，女子和人交朋友，都是候补……"他把话突然停止了，将烟盒子揣进袋里，用手在衣襟上按了几下。令仪道："你别打岔，把那句话只管说完了。"子布耸着肩膀只是笑，不肯说下文。令仪道："这是我呀，若是袁佩珠，哼，她能放过你？"子布抱了拳头，连连拱了几下道："对不住，对不住，是我失言，我也很闻名的，周君在贵省是个有名的用功学生，这样的朋友，多交几个，是于自己有益呢，能不能介绍我和他交一个朋友呢？我并不是一位小姐，大概你不会拒绝的吧？"说着，将肩膀连连又耸了几下。令仪以为他这种举动，不会含有什么坏意，就笑答道："是我的朋友，当然也就是他的朋友，我自然是乐于介绍的。王妈，来，把周少爷请来。"陈子布想着：这可透着新鲜。豆腐店的小老板，一下子跳着做少爷了。

不多一会儿，计春来了，子布一看他身上穿的衣服，比自己穿得还要整齐漂亮，头发梳得油亮，一阵阵的香气，先透着向人鼻子送了来。子布抢着向前，和他握了手，连连摇撼了几下，笑道："久仰久仰，好几次在交际场合上遇到，因为没有得着孔小姐介绍，未曾交谈。"计春半鞠着躬笑道："我不懂得什么。"令仪坐在一边，看看陈子布，又看看计春，觉得自己的未婚夫，实在要比自己的朋友高上一筹。架了腿，抖着高跟皮鞋，向人笑嘻嘻地扬着脸子。计春向子布鞠着躬，请他坐下，然后才问他贵姓，令仪笑道："你瞧，我这人真大意了。我原是要介绍你两个人做朋友的，倒忘记替你两个人报告姓名。"于是指着陈子布道，"他是一位多才多艺的大学生，姓陈号子布，对于交际一项，更是拿手。凡是摩登男女，他都认识。"转过脸来向计春道："这是周先生。"子布笑道："孔小姐做事有点儿不公，介绍我的时候，就加上许多形容词。到了周先生那儿，连台甫都不告诉我们？"令仪笑道："他是个老实人，叫我介绍什么，将来跟着你学学，学得也摩登了。自然我就也会把他的本领，介绍给人知道。"子布笑道："跟我学什么？这句话，我可是不敢当。现在就有一件合作的事要求周先生，不知道周先生可能俯允？"计春听了这话，肚子里为难着，可不敢答应他。令仪笑道："哟，陈先生会有事要和他合作，什么事呢？"子布笑道："你先别着急，并没有什么了不得的事。"令仪笑道："自然是不相干的事。若是了不得的事，也不会来找他。"子布听她言中带刺，心里头很不高兴，觉得这样看得起计春，令仪不该反用俏皮话来损人，便笑道："若说是不相干的事呢，可又算是很有面子的事。因为我有一个朋友要结婚，缺少一个傧相，我想约周先生辛苦一趟。不料我还没有说出来，就碰了孔小姐一个钉子。这叫我还说什么呢？"

令仪却也不曾料及陈子布是来邀计春去做傧相的，这却是自己太冒失地得罪人了，便站起来笑道："对不住，对不住，我把话说错了。他一定去，若是要做礼服的，我也就一定给他做一套礼服。"子布笑道："不相干的事，孔小姐倒看得很郑重起来了。"令仪向他点了两点头，笑道："对不起，我这里和你道歉了。"计春坐在一边，只看他两人的做作，并不作声。子布笑道："好吧，我斗胆还是奉邀，今天我那朋友约我吃饭，顺便我约周先生一路去见见面。周先生肯枉驾吗？"计春站起来答道："人家并未约我，我怎好去叨扰呢？"令仪向他道："既是陈先生有这样一番好意，你就随他去吧。那令主人翁是陈先生的朋友，当然是个明白人，他自然知道你不是去蹭吃蹭喝的人。"子布听了这样的转弯迷汤话，微笑着向令仪望着。

计春到了这个时候，受着令仪的怀柔政策，又成了驯羊了。令仪既当着面说可以去，哪里还敢推辞？便答应着和子布一路走。子布脸上带着笑，心里可恶狠狠暗说了一句：不怕你鬼，到底上了我的钩，于是拍了计春的肩膀，二人很高兴地向外面走来。据子布和令仪所说的，是到他的朋友家里去吃午饭。他朋友的父亲，是一位博士，乃是书香人家。当学生的人，到博士家里去，这是适当其分的事。还有什么可说的呢？三十分钟以后，他们到了那位博士家了。那是一个小小绿色洋门，门框上一个圆球电灯，上有一个红色"美"字。计春心里先就纳闷，社会上哪里有姓美的。子布手按着门铃，所谓朋友的长辈出来了，也就是子布所谓的博士。她穿一件白辫滚边的黑绸旗袍，短头发梳得溜光，尖尖的脸子，虽不曾抹胭脂，也擦了一层很浓厚的粉。两只耳上，还拴着两只小金圈圈。计春看了，又是一怔。这妇人怕有五十上下，尚是这般打扮。那妇人看到子布，便笑道："陈先生来得正好。我们情美，在家里正闷得很呢。这一位先生贵姓？还没有来过呢。"计春听了这话，很觉不解。但是他的一只手，已被子布挽着，情不可却地就随他一路走了进去。

走过一重小小的院落，正北有三间洋式房子，红色的窗栏，玻璃里面，垂着镂花的雪白窗纱。那妇人早抢前一步，将门打开，让他二人进去。计春以为这必是那位老博士的书房。进去看时，却是三间地板屋。左手一间，垂着绿色的门帘，另两间，是打通了，用白底印紫玫瑰的花纸四面糊了。屋子里除了沙发而外，一切都是立体式芽黄摩登家具。屋子里的陈设，鲜花和女人的照片最多，此外也是钢琴话匣的欧化物件，却找不着一本书，这很像是一位时髦小姐的客厅。计春正在这样揣想，还不曾决定下来，却听到那里边屋子里，娇滴滴的有女子的声音叫道："老陈呀，我成了相思病了。"子布笑道："你想谁？我和你找那个人去。"里面人又道："你说想谁呢？我想别人，用得着在你面前说这话吗？"子布笑道："好浓的迷汤！一进门就灌，把我灌醉了，我出不了大门，看你怎样办？"他说着这话，人就向那房门口走来。屋子里人大叫道："别进来，别进来，我在换衣服呢。"子布笑道："换衣服要什么紧？我们夏天常常就在一处游泳的，谁没有看过谁的脊梁呀！"说着，就伸手去掀那门帘子。屋子里乱叫起来道："呀哟哎，妈呀，你把小陈拉住，他要向人家屋子里跑了。"那个妇人这才跑向前，一把将子布拖住，笑道："她是真在换衣服，你可别捣乱。"

计春站在屋子中间，看得呆了。这分明是一个住家人家，如何小姐的言语行动，是这样的放浪。无论是孔令仪、袁佩珠，对于这位小姐，那也就望尘莫及了。那妇人将子布拖住了以后，就请二人坐下，取出茶烟进客。随着门帘子一掀，屋子里那个女子也就出来了。她穿着桃红色镶白辫子的旗袍，一面走着，兀自一面扣纽襻。搭着一张红脸，弯而且细地画了两道长眉，头发烫得蓬松弯曲，垂在脖子后，两耳吊了两根长耳坠子，走起路来，摇摆不定，飞扬艳丽，那另是一种风格，绝非自己平常所遇的摩登女子可比。子布就向前介绍着道："这是周计春先生，是南方新到的一位阔公子。"又向计春道，"这是陆情美小姐！交际界的……"情美就瞅了他一眼道："不要胡恭维。"于是伸出手来和计春握着笑道，"欢迎之至！欢迎之至！只是我们这里屋子小，又招待不周，请你原谅一二。"她手伸将出来的时候，一阵迷人的香气，也就随着直送到人的鼻子里来。

计春虽是和女性也接触惯了，然而像情美这样的女子，似乎另有一种勾人的魔力。在那一握手之下，也就情不自禁地神魂飘荡起来。情美让计春在沙发椅子上坐着，自己也就挨了计春坐下。子布坐在横头的一张小沙发上，却是毫不为意地在抽烟卷。情美将手做着兰花式，在茶几上端了一玻璃杯茶，递到计春手上，笑道："周先生喝一杯热热的茶，这比舞场里的香槟，应该喝得自在一点儿吧。"说着，一双溜黑的眼珠就向计春一转。计春听着这话，心里有些明白了，大概她是舞场里一个伴舞的舞女，怪不得有许多青年，都沉醉在舞场里，原来这舞场里的舞女，是这样醉人的。

子布见他只管向情美打量着，心中暗喜，却由茶几下伸出一只脚来，将情美的皮鞋轻轻踢了两下，然后笑道："周先生的步法也是很活泼的。只是他向来没有到有舞女的地方试过。"情美向计春又勾了一眼，笑道："和女朋友到跳舞场里去，要讲许多规矩，那是没有什么意思的。和我们在一处跳舞，在场的舞女，胖的、瘦的、长的、矮的，各式各样都有，你高兴和哪个跳舞，就去和哪个跳舞，全听你的便，那可另有一种趣味。"计春向了她笑着，却说不出话来。子布伸了一个大拇指道："情美，她是皇宫舞场的一个台柱，步法怎样好，身段怎样好，那都用不着我去当面恭维了，单说她这一番交际手腕，落落大方，说话有趣味。在她们同道里面，简直找不着第二个。"

子布这样滔滔不绝地恭维情美，计春未便不作声，拼命地挣扎着，说出四个字来，乃是"那是自然"。子布笑道："既然你很赞成她，今天晚上，我请你到皇宫去，和情美同舞两回，你去不去呢？"计春也曾听说，到跳舞场里去，是一桩极端费钱的事，子布邀自己到这种地方去，如何敢答应？便笑道："这位你的朋友……"只说到这里，脸就红了。情美看他这情形，就知道他是个雏儿，将身子一歪，靠住了计春，便笑道："我是舞女里头的侠客，讲的是四海之内，皆为朋友，他是我的朋友，你也是我的朋友。"说着，伸出一只手来，勾搭着计春肩膀。在这个时候，已看得清楚，计春穿的西服，由里到外，都是上等质料，那背心口袋里的金表链子，和外面口袋里的自来水笔，全不是平常专谈外表的西服少年所能有的，就笑道："周先生为什么不赏光？怕我们做舞女的会敲竹杠吗？"计春正是这种心事，被她一语道破，倒不能不用话来遮盖，便笑道："不瞒陆小姐说，我并没有到舞场去过，一点儿规矩都不懂得。"情美将嘴向子布一努，笑道："嘿，他可以做顾问。"子布道："说什么做顾问？我已经有言在先，由我来请。"情美道："由你来请，那是今天晚上的事，难道人家就去一回，不去第二回，若去第二回，以至于七八上十回，回回都可由你来请吗？"子布笑道："第一回还没有去，你又定下七八上十回的预约了。"情美眼珠斜瞟了计春道："周先生，你放心。我决不能敲你的竹杠，去不去由你，可是你今天得给我一个面子，就说可以去几趟。将来你不去，我还能到你府上去找你吗？"这几句话，真个说得计春笑不得，哭不得，因道："我一定去的，只要陆小姐不嫌弃。"情美听他这句话，又是露了狐狸尾子了，有一个舞女嫌弃舞客的吗？便向子布道："不管周先生的意思怎么样，总算是给面子的了。"

子布没有答话，一会儿起身出外去了。他回来之后，却在身上掏出一张名片，交给情美道："我有一个姓边的朋友，他说认得你，叫我带一张片子来问候。"情美接过那名片，只见上面用钢笔写了几行字道："他富可百万，不可错过，留他吃饭。"情美将名片揣到身上去，向着子布点点头道："谢谢你，要你这样费心。这个朋友，我是对他很表示好感的。"只说了这几句，立刻向计春道："我家里有蔻蔻粉，冲一杯蔻蔻喝，好吗？"计春道："不用费事。"情美喊道："妈，叫刘妈冲两杯蔻蔻来喝，把我匣子里装的牛奶糖、咖啡糖，装两碟子出来。"她说着，自有人答应了。子布笑道："陆小姐为什么这样客气？平常我来的时候，没有这样子招待过呀！"情美道："今天有了一位新客，你不知道吗？"说着，眼珠向计春一溜。计春心想，小说上说的有，姐儿爱俏，鸨儿爱钞。这个舞女定是看中了我年轻貌美，所以特别对我有情，这真应当到舞场里去敷衍她一回两回的。在他如此想着，蔻蔻也来了，糖果也来了。情美也不必人家招呼，径自把话匣子开了，摆上了音乐片子。自己站在话匣子边，悬了一只脚，叮咚叮咚，跳着地板响。大凡会跳舞的人，听到了音乐，不免就要脚板响了起来。计春被令仪教导着，早就会跳舞了。现在耳听音乐，眼看舞女，如何不想跳舞？那情美也就是他肚子里一条蛔虫，只让他眼睛向这边看了一眼，立刻就笑向他道："周先生，我们先来试一试好吗？"计春笑着，还没有答复。子布就暗中踢了他两下脚，笑道："陆小姐这样特别优待，就是不会跳舞的人，也应该勉强奉陪呢。"计春听着，心里自然明白，就起来和情美合舞。

在跳舞的时候，情美轻轻地捏着他的肩膀，向他道："今天在我这里便饭了去，肯赏光吗？"计春怎能够不赏光？自是答应了。一个初见面的舞女，对于来宾，有这样好的表示，自是至矣尽矣！他们是上午来的，到了下午电灯明亮的时候，方才回余子和家去。因为令仪和他有约，铺盖行李，尽管放在公寓里，但是每日都要到子和的书房里去休息，所以出了情美家，依然到余家来。他一到，令仪就迎了出来问道："你到哪里去了这样大半天？我实在放心不下。"计春笑道："你这叫多心了，有陈子布在一路，我还能到袁佩珠那里去了。"令仪道："袁家我知道你是不会去的。陈子布是个娱乐大王，什么娱乐的地方，他也能去，我就怕他会带你到一种不相干的地方玩去。"计春道："人家只管拉住谈话，又留着吃饭，我也没

236

有办法。"令仪道："那位老博士，有多大年纪，为人很和蔼吗?"计春皱了眉道："不要提起，他顽固极了。"令仪扛着肩膀，咯咯地笑道："你指望到处都有如花似玉的小姐们陪着你开心呢，也应该让你受受憋。今天你受憋受够了，我应当陪你去玩玩的了。你说，愿意玩哪一样?"计春正色道："我不能玩了。那位老博士，对我说了，让我常常去和他研究学问。我说过一两天就要上学。他听了这话，很不高兴，以为我不识抬举，连他约我谈话，我都不去。我们当学生的，怎样可以得罪这教育界的泰斗?所以我就说了在没有进学校以前，要天天去叨教。他见我这样说了，才高兴起来。今天晚上九十点钟，我似乎要去和他谈谈。"令仪道："你说了半天，哪里来的这样一个博士，我还不知道呢。这博士他姓什么?"计春只知道北京城里有一个无大不大的吴博士，就随口答道："他姓吴。"令仪道："什么?你和吴博士会谈得这样子好，那你真是幸运了。多少留学生回来，他还不肯正眼儿瞧一瞧呢，你一个这样年轻的中学生，他会看得起你吗?"计春道："所以啦，我觉得这是一个不可失却的机会。"令仪虽是不喜欢读书，但是博士这个名词，却是听得很入耳的，高兴得将身子颠了两颠，用手一撅计春的脸腮道："你这小家伙，真是运气来了，门板也拦不住。你怎么糊里糊涂地就会和这位大博士认识起来了呢?你交别个朋友，我劝你考量考量。若是和他这样大名鼎鼎的人来往，我是十分赞成的。你晚上去，我用汽车送你去吧。"计春一想：汽车夫是令仪的耳目，便笑道："你也是聪明一世，糊涂一时。我穿着这样漂亮的西服去见人家，就怕人家说话，于今索性坐了汽车去，那不是一桩笑话吗?北京城里坐汽车的中学生，除了你还有谁?"令仪手扶了脸，想了一想，因道："你这话也很对。汽车是不能坐，我让门口的熟人力车子送了你去吧。"计春听到，却是不敢拒绝，笑着答应了。

吃过了晚饭，令仪让听差雇好了门口的人力车子，把计春送到吴博士家里去。计春坐车坐到半路途中，照数付了车钱，却自己一个人向博士家里来。所谓博士之家，门口有一个电灯泡扎的月亮门，门框上有电灯扎的四个大字："皇宫舞场。"计春笑嘻嘻地整理着西服领子，随着那来往的红男绿女，也就进到里面去了。跳舞场里是如何的情形，大概现在中国能看新闻纸的人，十有七八都可以想到，充其量，也不过是搂着女人在光滑地板上走路罢了。

当计春的皮鞋在光滑的地板上摩擦的时候，他父亲周世良，一双赤

237

脚，也在狗牙齿一般的磨板上走着，肩上还挑了一担水呢。他心里有事，眼睛并不向前看，不经意向前猛可一撞，撞在人家转弯的墙角上，把前面一只水桶，撞得直翻过来，水倾了满地。后面那只水桶，失了平衡的牵扯力，也就向后直坠下去，两只水桶，都砸得只剩几十块木板。世良猛然地被两只水桶震撞着，脑筋也是一阵混乱，先站在巷子中心，发呆一会儿，然后在地上捡起扁担来，将扁担头把木板拨到墙脚下去，然后自己笑了起来道："打碎了也好！迟早这一碗苦饭，我是吃不成功的了，哈哈！"他用脚把水桶的散板踢了几踢，然后扛着一根扁担，一溜歪斜地走了回去。

当他离豆腐店还有几十步路的时候，只见倪洪氏站在街心，只管向街两边张望，见着世良来了，连忙迎向前来道："周老板，你倒回来了，可了不得！"世良满肚子装了不耐烦回来，已经是不分东南西北，现在经洪氏这样兜头一问，又吃了一惊，脸色便分外的不好看，心房扑扑乱跳了一阵，向后退了两步，望着洪氏道："什么事了不得？"洪氏道："孔善人家里刚才派了两个管家来了，追问着计春有信来没有。我说没有，他说这店铺不能租给你开店了，而且也不能让我在这里住，限我们三天之内，就要搬出去。三天之外，若是没有搬，他就派警察来将我们赶了出去。这三天之内，我们到哪里去找房子，就是找得到房子，我们也没有搬家费呀！"世良将两只带了鱼尾纹的眼睛睁得很大很大，便道："什么！他要把我们赶了出去。他凭什么要把我们赶出去？你给他看守房子，这么些个年了，又没有犯一点子错，为什么把你赶出去？我呢，是租房子的，又不差他一文房租，他又凭什么赶我？至于他恨我儿子要娶他的女儿，我先和他说了，把这婚事取消，这还有什么对他不住？他女儿打电报回来，不也是说要退婚吗？他的女儿要退婚，我这边也要退婚，这件事情就等于没说，何必苦苦地还要与我为难？"洪氏坐在一张矮竹椅子上，两手抱了膝盖，做个沉思的样子，许久才道："这件事，到了现在，我也有些莫明其妙了。"说着，连连地摇了两摇头。世良道："大嫂子，你说的这些话是什么意思？我倒有些不懂。难道你疑心我也想发横财，嫌贫爱富去攀那一门大亲吗？"

洪氏回头向自己后院子看了一看，见并没有人在那里，这才低声道："你不知道，刚才孔家的人说，孔家大小姐，接连打了两个电报回来，又说，计春只是订了婚，又没有结婚，他们的婚事，用不着退，只要把我家这婚事打退就完了。孔小姐有身份，家里有钱，和我们这穷孩子争一头亲事，不能失败了。他们在北京由朋友劝合着，已经和好了。现在只要我们

238

家拿出凭据退婚。孔善人接得这些电报，气得不得了，路远山遥，管不了他的女儿，只好在我们头上来出气。"世良抱了一根扁担在怀里，斜靠着屋子里的一根直柱，凝想了许久，将扁担靠墙放下，两手同起同落，拍着大腿道："这件事我有办法了。大嫂子，你不用为难。"洪氏两手互抱在胸前，昂着头看了屋瓦下的椽子，仿佛一根一根地数着一般。

许久，她两手按了大腿，向世良道："周老板，你不用着急。这件事，我有一个办法了。好在他要我们搬家，还有三天的期限呢。这三天之后，我包着孔善人不能再来和你为难。"世良因自己心里已经有了主意，却没有去留心洪氏的话。当天和伙计依旧做完了那一作午后豆腐，到了晚上，在灯下把半年来的出入账目，盘算了清楚，人欠的都是些零碎小账。欠人的，也不过是三四块钱。把账目结了，业已夜深，半敞着房门，抽了两袋旱烟，然后悄悄地走到后院门边。向倪家看了去，只见那窗户纸上，灯火煌煌的，那喁喁的谈话声，兀自向外传了出来，这分明是她娘儿两个也不曾睡呢。倒不知她两个人有了什么事，向着她家窗子，连连地摇了几下头，自回房睡觉去了。次日起来，依然把早作豆腐做出。但是并不在店房里做生意，带了一杆旱烟袋，直奔孔大有家里来。

这时，孔家那些仆人都认得他了，虽是瞧他不起，却又不敢十分地得罪他，便有人将他引到外客厅里坐着，让他等老爷的话。这个外客厅，里面套着一间小客厅，有门相通。却也另有门可以出入。在门帘子外听到里面窸窸窣窣小动作声音，似乎那里面有人，但是不知里面是什么人，却不敢探望。不多大一会儿，听到一片杂乱的脚步声，走到隔壁屋子里去，接着，便是孔大有的声音道："你是为了房子的事来吗？你不必说，我的意思已经决定了，你趁早找房搬家，我把房子让你白住了几年，结果，闹了这样一场大笑话。倘若是还让你住在那里，倒好像我有心和你攀亲戚。"一个妇人答道："孔老爷，你错了，你们大小姐打了许多电报来，不都是要我家把亲事打退吗？这个我一点儿不为难。"孔大有抢着道："哪个和你说这些？我只是要我的房子，别的不管。"那个妇人道："房子我自然退还你，我这样的穷人，还能霸占你的房子不成？"孔大有道："你既然退房子，万事俱休。你白住了我几年的房子，也应该感谢感谢我，能够故意住我的房子，来坍我的台吗？"那妇人便是倪洪氏。她道："我愿把我女儿和周家的亲事退了，你们大小姐，就可以无挂无碍定那百年好事了，再说房子也搬，免得我们碍你的眼。"孔大有喝道："废话，哪个和周家是亲戚？

239

你女儿退婚不退婚，和我有什么相干？"

他口里说时，迈着步子，人已经走到这边客厅里来，抬眼看到了世良，用手指道："你又来做什么？"世良道："你不是要我搬家吗？房子是你的，我有什么法子。我一定搬，不碍你有钱人的眼。只是我要请求你一件事，隔壁大概是倪家大嫂子。她说的话，我已经听到了。你千万不可迫她搬家。她母女靠十个指头过日子，不但是租不起房子，搬家费都出不了。"这时，有人捧上纸煤烟袋，交给孔大有。他坐下来连吸了两袋烟，屋子里默然的，只听到水烟袋呼噜呼噜作响。他抽完了两袋烟，才向世良道："我现在也想明白了，我不能管住女儿，也和你不能管住儿子一样。这事也不能怪你，但是我家用人很多，把这话传扬出去了，说我女儿嫁给手下一个开豆腐店的房客，那不是要命吗？所以，我望你们搬走，你和倪家若是肯搬下乡去住，我可以替你们出这一笔搬家费。你们愿不愿结亲，那是将来的话。眼前，倪家不能退婚，倪家退了婚，不是便促成我们小姐嫁你儿子吗？我已经有了电报到北京去，托人将我们小姐弄回来，两个人拆散开了，这事也就好办了。"世良道："孔老爷，你既然说有情理的话，我们也可以和你说心里头的话。你在省城里，上结官府，下结绅商，我们在你势力圈子里，敢怎么样？我现在决定了，把豆腐店就盘出去。盘个五六十块钱，自己到北京找儿子去，哪怕讨饭，我也要把他逼了回来。他……他……他来了航空快信，要和我脱离父子关系，我怎样舍得呢？我就是这个儿子。我当了爹，又当了妈，好容易把他带到这么样子大。他……他……"连说两个"他"字，世良道不出下文来，却在身上掏出一封信来，两手战战兢兢地，交给了孔大有。他放下水烟袋，将信看了一遍，中间有几句紧要的话是：

父亲生得了我的身，生不了我的心。我的心，不能像你那样想不开。我受了孔小姐这种推衣解食的待遇，我不能不和她订婚。而且孔小姐答应我一同去上学，什么花费，都是她负责，人心都是肉做的，我能再打消这场婚事吗？我为了我一生大事，不能不跟了孔小姐走。父亲不答应这婚事，是牺牲我一生。我以前读书，所为何来呢？你若是不把倪家婚事打退，我为了救我自己，只有和你老人家断绝父子关系。因为你看人家的姑娘，比自己儿子还重呀！还要儿子做什么？

孔大有看完了这信，顿了脚道："我这个贱丫头，竟是处处拿钱去买动人，可恶可恶！好吧，老周，你若是能把你儿子招回来，也是和我解了围，我送你一百块钱盘缠，你马上就走。"世良摇着头笑道："老爷，你又说到了钱，我穷是穷，但是非分之财是不要的。我去找我的儿子，为什么要你出钱？"孔大有袭了善人的大名而后，给人的钱，只有人家磕头作揖来称谢的，却没有碰过人家这样一个钉子，一时气得没有话说。世良看了他发愣的样子，也觉得自己有些错误，于是站起来和他深深作了两个揖。这几个揖，自然是有缘由的，他们这一对欢喜冤家，也就实行其为欢喜冤家了。

第二十六回

慈念未全灰两番破产
悲风何足惧千里寻儿

　　孔大有眼里，向来都看着穷人是乐于接受他的恩典的。现在周世良这样干脆地拒绝，他不但引为奇怪，简直引为是一桩耻辱。瞪了大眼睛，向世良望着，面孔上自然现出一种难看的颜色。世良心里一转念头，人家也是一番好意，何必用恶话来对答人家？便赔着笑脸，向他拱手道："孔老爷，刚才是我的话说错了。对不起，并非你有钱给我，我还不要，实因为我年纪大了，儿子又不听话，我今生报不了你的恩，我来生要变犬马报答你。那又何必！我虽是开家小豆腐店，倒是有点儿名声在外。我做的江水豆腐，无人不知，我要说是把这家店出盘，绝没有人不受的。只是那倪家母女，实在可怜，望你高抬一点儿手，让她们还在那里住着。我有三四天工夫，这店决计盘得出去。盘个百十块钱，我立刻就走。在几天以内，你可以含糊着，回个电报到北平去，让他们别把这事闹大了，我去了自然有办法。孔老爷，你现在应当看得出来，我不是个坏人了吧？我说的话，一定可以算数的。"说毕，扭转身来，就要向外走。

　　孔大有对于他，虽然是很生气，可是听了他的话，一律出于至诚，就也觉得要把这场婚姻纠纷解决过来，还是要和他合作。他两手捧了水烟袋，来不及抓住他，只急得口里乱喊着道："你回来，你回来，我还有话和你说呢。"世良站住了道："你若是肯让倪家母女不搬走，我就死心塌地地到北平去办这件事了。你只要看到我们两家交情这样好，就知道我们这两家的亲事，是拆不开来的了。我们越拆不开来，你也就越欢喜了。"孔大有两手捧着水烟袋，将眼睛微微地闭了一下，做一种沉吟的样子，然后微晃着身体道："所以有了这种情形，我才说愿意帮一帮你的忙。这样吧，你既然是不愿白得我的钱，我也不勉强白给你，但是你要出盘铺底的话，盘给别人是盘，盘给我也是盘，你说值多少钱？一言为定，我就给多少钱。这样算，你没有白用我的，你早早地动身，倒算帮了我一个忙。你看好不好？"世良不由得抬起手来，搔了几搔头发，却望了孔大有，出神道："难道你做老爷的人，也开豆腐店吗？"孔大有笑道："我开不开豆腐店，你不必管，反正我出钱盘你铺底就是了。你若是不好意思和我开口，你就和我账房谈谈，你说要多少钱，我就给多少钱。"世良笑道："是了。谁不知道你老是有名的善人呢？"孔大有终于是把世良说得合作了，心中大喜，就吩咐听差把账房叫了进来，当面交代明白了。把倪洪氏索性叫了出来，让她要世良一同到账房里去谈话，自己也就回上房去了。

洪氏埋怨着道："周老板，你这人做事，未免太糊涂了。你辛辛苦苦撑起了这一家店，为什么盘出去？"世良摇着头微微地笑道："各人的心里，都有一部《春秋》。我来问你，你为什么愿意躲开我父子，让孔善人留住我呢？"洪氏叹了一口气道："我这娘儿两个，是没了指望的人了。再落下去，也不过是打鞋底洗衣服过日子。要说爬起来，好比人家屋檐下的麻雀，前程有限，我何不躲开，助你父子一下？"世良笑道："那就不用问我为什么盘铺底了。我们的意思，却是差不多。"两个人一路说着，走到了账房，还是彼此对立着，在那里对谈。洪氏牵牵自己的衣襟，头一伸，嗓子里咽下去了一口痰，正望了世良，有话要说，账房就向他们瞪了眼，望着道："你们的话，有完没有完呢？若是没有说完，回头我再来，让你们先谈谈吧。"

世良见账房又变了一副面孔，大概是知道这婚事不能成功的原因，本待和他计较两句，转念一想，这种奴才骨头的人，和他讲些什么理？好在他主人翁的态度，今天已经改变过了，我还是看他主人三分面子，不睬他就是了。于是赔笑道："对不起，倒把你冷淡了。"账房自在身上掏出了一支烟卷在嘴里衔着，擦火柴将烟吸着了，抱了两只手臂，斜靠了椅子坐着，望了世良道："你说吧，你那铺底，要盘多少钱？你要明白，并非敝东家想做你那贵行当。"说着，扑哧一笑，在这一笑之中，自然地流露着那充分鄙视的样子来。洪氏横看了他一眼，不由得鼻里呼呼两声。但是世良倒毫不介意，在账房对面椅子上坐了，还招呼洪氏坐下。账房既然问了他的话，也不再问，嘴角高衔了烟卷，却把眼珠在眼镜里斜着望人。世良才从容地道："你贵东家是位有名的善人，他难道还会占我们穷人的便宜……"账房连忙抢着道："但是寒苦的人，也不能因为我们东家是个善人，就乱敲竹杠。你说吧，你要多少钱？"说着，就喷出一口烟来。世良

243

道："我不是光看得起钱的人。孔老爷这样子肯帮我的忙，我还能乱说吗？我多了钱也不要，少了钱我又办不动事，我和孔老爷要一百二十块钱。"

账房把气沉住了半天，然后笑起来道："你只要一百二十块钱，那真不算多。不过你出盘铺底，应当看着你铺子能值多少钱来说，不能依着你想花费多少钱来说。这个时候，我很想花个十万八万的，但是我这一副老骨头，连皮带血，也值不了一百文。你说，能凭着我心里来想吗？"说毕，打了一个哈哈。世良睁圆了眼，哼了一声道："你为什么说这种俏皮话？又不是我贪孔老爷有钱，一定要盘给他。是他自己说，愿意受盘的，既是这样说，这铺底我不盘给他了。倪家大嫂子，我们走。有猪头，还怕找不出庙门来吗？"说着，起身就要向外面走。账房看到，倒吃了一惊，立刻抢了上前，把世良衣服一把抓住。笑道："坐下，坐下，我和你闹着玩的。"世良扭转头来，望了他，还不肯站住。倪洪氏在一边，就连忙打着圆场道："周老板，你还是坐下来慢慢地商量吧。买卖不成仁义在，那有什么关系？"世良这才坐下来，自己也抽出旱烟袋来抽着烟，淡淡地道："那就听账房先生的吩咐吧。"账房道："不是我说俏皮话，我们既然做生意，当然要谈生意经。所以周老板说是要一百二十元才够用的话，我就驳了一驳，其实不相干，我还要请示东家，才能做主呢。"世良道："你贵东家也说了，这不是平常买卖，我要多少钱，就给多少钱，所以我越发地不敢多说。请你进去问上一声吧。"账房又抽了一支烟卷，这才道："既是如此，我看给一个整数吧。"世良道："我倒不计较二十块钱。就请你同孔老爷去说妥。"账房见他倒一口答应了，心里很是懊悔。想着，何不只出八十元呢？于是答道："你那店，不过是木榨水缸铁锅，哪里值得了许多。我是好意，所以多出两文，进去和东家商量，也许这个数目还办不到，我只好是尽尽人事了。"说着，他才斯斯文文地走到上房去了。

孔大有捧了水烟袋在那儿出神，也在想着，自己失言了。怎好对周世良说，他要多少钱，我就给多少钱呢？设若他讹我一下，开口不是八百，就是六百，我怎样办？不过他要是一个懂理的人，就不应该这样说。正这样地出着神呢，猛然一抬头，看到了账房，立刻就问道："他说要多少钱？"账房站在东家面前，沉吟了一会子，这才从容地道："那周世良开口就要一百二十块钱。"孔大有头一偏，望了账房道："什么？他倒只开口要这些个钱，我以为对半还价，也要给他二三百呢。"账房见东家果然不嫌多，倒是自己多了事。然而已是代出了一百元了，怎好问上一问，倒多了出来，自己却是不好打圆场了。于是赔着笑向孔大有道："你老是不懂这些小生意经，其实他这已经讨价过分了。我看给他一百元，小便宜虽有，也不算占他大便宜，很对得起他了。"

孔大有坐在太师椅上，架着脚，摇撼了几下，然后微笑道："你还是不会还价钱。与其还他一百元，何如依了他的价钱，只打个八折，这样一来，面子上很好看。其实一八得八，二八一十六，共是九十六块钱。又省下四块钱了。"账房这个明白，东家是这样一番高算，便笑道："东翁这意思，我明白了。我想周老头子，是等着要去找儿子的，只要我们快快地答应他，有现钱拿出来，我想他也就很愿意了。"孔大有一手捧了烟袋，一手拍了腿："唉，不是图他早早地上北平去，我为什么要盘他的铺底呢？你去说吧，就是补足这四块钱呢，我也认了。只图他马上就走。"说着，用手向外连挥了几挥。账房走到外面客厅里来时，周世良心里，已经是上七下八，思潮起落了无数次。他半弯着腰，左手肘撑了左膝盖，用手心托住了头，却把右手捏紧了拳头，在空中摇撼了几下，表示着他的愤激态度。账房来了，他才抬起头来问道："孔老爷怎么样说的？不问是多少钱，我这铺底都算盘了。"账房倒愣住了，以为他未卜先知，倒知道了自己的意思。及至细察他的态度，不像是知道什么，这才说："价钱依了你了，打个八扣，好吗？"世良昂头想了一想，笑起来道："这是你的算盘对了。明是依了我的价，暗里还要更少出四块钱，就是那样吧，你们什么时候交钱？我的铺子，随时都可以点交的。"账房倒真不料他如此好说话，一时回复不了话出来。世良向洪氏点着头道："事情完了，大嫂子，我们回去吧。"

洪氏在一边看到这些事，真像看了一台戏一般。她急于回去，要问个所以然，于是二人匆匆忙忙，走回豆腐店去。到了店里，世良先哈哈大笑起来，手一指道："这块鸡骨头，算是丢了下来了。"洪氏望着他出了一会儿神，因道："周老板，你要出盘这铺底的意思，我已经懂得了。你把孩子找了回来，你打算怎么办？"世良道："只要孩子学好，我就天天在街上拉车，也要把他抚养起来，就是这一家豆腐店，迟早也不难再开。若是儿子不肯学好，我一世的道行都完全牺牲了。回省也好，回乡也好，只落下一辈子的骂名，我哪里还有脸回来？只好老死在北平了。"洪氏听他说得这样决断，又是实情，望了他，不知道怎样去劝解才好。世良靠了店堂中一根小木柱，昂着头望了帘外的天，微笑道："我也是人家抖文的一句话，

'破釜沉舟'就是这一下子了。"什么叫破釜沉舟？周世良不知道，洪氏更是不知道。不过常听到人说，拼了干一下的，好是这回，坏也是这回，这就叫破釜沉舟。换一句话说，若是干不好的话，永远的就算完了。洪氏道："我们做邻居一场，我的小菊芬，你也是很喜欢的。你就这样不顾她了吗？"世良半晌，叹了一口气道："我也顾不得许多了。计春能回来，自然他们还是一对小两口子。计春不能回来，你叫我把什么脸见你娘儿两个？"说着，两行眼泪，早是偷偷地爬过了他两只高撑的颧骨，流向嘴角来了。

洪氏先是只管望了他，后来突然地转过身去，向自家屋子里就跑。进得房来，掩上了房门，呜呜咽咽地，她就哭了起来了。菊芬有这样大，母亲过的是哪一种环境？还有什么不知道的，现在忽然地哭了起来，绝不能为的是什么柴米油盐小事。但是要去劝解母亲吧，又想这事牵涉到自己身上来，于是站在房门口呆呆地听着。听得久了，觉得母亲定是二十四分地伤心，先是随着母亲的哭声，缓缓流泪，到了最后，也就呜呜咽咽地哭起来了。洪氏听到她的哭声，由里面跑了出来，牵住了她的手，望着她脸道："孩子，认命吧，哭什么呢？"菊芬听母亲的话，觉得她完全误会自己的意思了，因道："我不冷不饿，有母亲带着我过日子，我很好的，有什么事要认命？"倪氏叹了一口气，牵着她到屋子里去，同时却掩上了门，低声问菊芬道："你干爹这几天很有心事，你少到外面房里去吧。明后天……"说着，又叹了一口气。菊芬道："明后天怎么样了？"洪氏道："不要谈了，到那个时候，你也就会知道。"菊芬心里想着，怕是有什么牵涉到自己难以为情的事发生，那就听了母亲的话，不到前面去也好。

这天在家里闷了一天，到了次日上午，听到前面店房里有嘈杂的人声，小姑娘究竟忍耐不住了，便抢到前面去看，只见两个穿长衣服的人，带了四个穿短衣的，都站在店堂里，和周世良讲话。世良指着东西，那穿长衣的，就按着件数，在簿子上记着，把店堂里东西都记完了。世良口衔了旱烟袋，靠了柱子站定，淡笑道："诸位，不必说我这块江水豆腐的招牌了。就是我这店里，大大小小的东西，也值这九十六块钱吧。"那穿长衣的人笑着，就递了一叠钞票给他。世良接着钞票，拱了两拱手道："多谢诸位费心，将来我再报答各位吧。恭喜你们贵东家，一本万利。"菊芬一看这情形不对，立刻跑到屋子里去，问她母亲这是什么缘故。洪氏想着：说是去找她哥哥，也许她是快活的，就告诉她世良是盘了店去做盘费。菊芬道："去是容易，回来没有店了，吃什么？喝什么呢？"洪氏道："他有他的算盘，事情是难说啊。"菊芬鼓了嘴道："这个样子说，干爹是去了，就不回来的了。"洪氏也没有作声，默然地坐在一边。

菊芬对于这个问题，还不曾得着解决呢。世良口衔了旱烟袋，就缓步走将进来，两手抱了拳头道："倪家大嫂子，我今天晚上搭下水船走了。我和孔大老爹说妥了，这里还是让你娘儿两个住，你们好好地过日子。你的心肠好，将来总有好收场的。"洪氏和世良虽不过是一对儿女亲家，然而彼此做邻居许久，在贫苦的晚景之中，都有些同病相怜。于今猛听得要从此分别了，觉得这老头子倾家荡产，前途茫茫，更是作孽，所以呆望了世良，却是作声不得。世良道："小四子这伙计，总算有良心的。他听到说我盘了店，我又要走，哭了两晚上，我给了他几块钱，让他另找生意去。大嫂子，据我看起来，人还是不认识字的好。认得字的人，他心眼多，格外会出花样，就靠不住了。"洪氏不愿兜起他的牢骚，便道："菊芬，你到街上去打四两酒来吧，我做两样菜，和你干爹饯行。"世良连连地摇着手道："不用不用，你娘儿两个，以后少我帮忙，银钱恐怕更要紧些。我看你把替我饯行的钱，留了不用，也许可以多过两天宽裕日子吧。事到于今，我们只有彼此原谅的分儿，还讲些什么客气。"洪氏轻轻地叹了一口气道："周老板说得也是不错。只是你这回出门，不同平常。我不略尽人事，好像心里十分过不去。"世良摇了两摇头道："你这话不是替我说着吗？"洪氏见他越说越有些惭愧，就不谈了。世良一手摸了菊芬的头，一手扶了旱烟袋，约莫有两三分钟之久，才硬着嗓子道："孩子这两年，我是把你当我自己的姑娘看待。但是我想不到你计春哥哥这样不听话。"菊芬低了头，咬住自己一个食指，没有作声。洪氏见世良两行眼泪，几乎要流了出来，便沉着脸色道："周老板，我不能骗你，我由我的心眼里说出话来，设若计春真要娶孔家小姐，你就答应了吧。我这个孩子小啦，那还怕给不了人？设若你喜欢她，她总是你的干女，将来做一门亲戚走吧。"菊芬突然地插了嘴道："将来我当尼姑去。"

小姑娘说出这句话来，自然表示着她非嫁计春不可，两位老人家相对默然，却无话可说了。最后还是世良自己脱身道："我还要去捡东西，有话回头再谈吧。"他说着，衔了旱烟袋到店堂里去了。洪氏也不言语，悄悄地上街去买了半瓶酒和一些鱼肉。回家来安排得好了，天已昏黑。在小堂屋里中间桌上点好了一盏煤油灯，将菜碗摆好，酒壶在炉子上煨着，这才叫菊芬去请世良来吃晚饭。世良看到酒饭都预备好了，如何推辞得，只说了一声："你娘儿两个，何苦一定要费事呢？"也就在桌子横头坐下来了。菊芬提了酒壶，站在桌子下手，就来和世良斟酒。世良见她头发梳得齐而有光，布衣服穿在身上，不但是干净，而且没有一点儿皱纹，拿酒壶的手伸了出来，雪白干净，站在这里斟酒。她只是微低了头，垂着那长而且黑的睫毛，表示她那聪明的样子出来。世良心里想着：这样伶俐的孩子，又能吃苦，不知道我这儿子，为什么不要？但是心里如此想着，脸上可不愿表示出来，免得又惹起了洪氏伤心，于是勉强地向洪氏笑道："一人不饮酒，二人不打牌，大嫂子也来喝一杯。"洪氏在隔壁小厨房里答应着道："周老板，你先喝着吧。我知道你喜欢吃面食，在这里用鸡汤煮家乡挂面你吃呢。"

说时，她果然捧着一大碗面出来。她笑道："长来长往，周老板你吃一碗这个吧。"世良道："大嫂子倒还要讨这样一个口气。"洪氏笑道："可不是？二来这家乡面，你到了北方去，恐怕不容易吃到的。"世良心想，据她这话，分明是疑心我一去不回家了，便笑道："多蒙你的好意，我一定记着。我当你面，先干了这杯酒。"洪氏看他如此，倒觉得自己的话，未免有些使人难堪，便搭讪着，望了墙上掀的日历道："今天是阳历什么日子？"世良望了日历，没有作声。菊芬道："今天是廿九。下月一号，干爹可以到北平了。"洪氏道："在一号那天，这个时候，你们父子相会了。"菊芬道："干爹你到了，就早早地给我们一封信啊！"周世良看看这天真烂漫的姑娘，又看看那隐忧满面的老妈妈，心想：快快地回信给她们，这就是她们最后的指望了。可是到了下月一日，自己究竟会着了儿子没有，也很是难说呢。他这样沉沉地想着，眼睛依然是向那日历望着。他沉沉地想着，呆呆地望着，几乎是忘了一切了。

经过若干小时，他依然向那日历望着，日历上不是廿九，乃是一日了。他所坐着的地方，不是安庆城内一家豆腐店的后院，乃是北平前门外一家小客店里了。因为他在路上就计算定了，这次到了北平，无面目去见同乡，就不再住会馆了。当下火车时，来得匆忙，来不及找托脚之所，先在小客店里投宿了。这种旧式的小客店，大部分还保存着四五十年前的规模，阴暗的屋子里，一张大炕、一张薄木板桌子、两三张方凳，所多的只是一盏光力很弱的电灯和一组卖药公司的广告日历。世良进房之后，安顿了行李，坐在方凳上，刚要休息片刻，抬头一看，就看到那组日历浮面一张，很大的"一日"两个字，印入了他的眼帘。他想着菊芬的话，这时应该和计春见面了，现时却还住在这冷落的客店里呢。我这个儿子，是我既做老子又做娘把他养大的，我是把他的性情猜透了，他是又勤俭又聪明的孩子，何以会变到花花公子一样呢？这里面或有点儿特别原因，必定要见了他，问个仔细。好在他写信回南的时候，信上曾经载明了通信地址，照着通信地址去寻他，总不会错的。火车是九点钟到站，现在应当有十点多钟了。这个时候，他不会不在公寓里，趁着这黑夜无人，我去找找他看，若是先去向冯子云打听，倒显得我们父子们不和了。这样办着有理，先去看看儿子行动怎么样。我想：儿子便是有些不好，父子当面一说，他有什么错处，也就改过了。世良如此想着，客店里伙计送上茶水来，只倒一杯茶喝，脸也来不及洗，就出客店门来找儿子了。

他是一个贫苦出身的人，凡是力量可以节省的钱，自然地就要节省下来。他在乡下做庄稼，在城里磨豆腐，走路当然是一件很平常的事。北平城里这样宽平的马路，又随处有警察可以问路，他就拿着一张开了通信地址的纸条子，逐段地访问着警察，向计春住的公寓里寻找了来。他刚刚也只是走得两条街，那街半空的电线，忽然嘘嘘怪叫，呼呼哄哄，一片响声，半空中的飞沙卷着很大的浪头，阵阵地向人扑了来。不但街上的行人东倒西歪，就是店铺屋檐下的市招和木牌，也狂舞着落到地上，原来出人不意，发起了大风了。世良才出客店不远，本来可以回去的，但是他急于要知道儿子的情形是怎么样，两手抱住怀里，低了头，只管向前钻，照着他固定的计划，看到街上的警士，就取出字条，向前打听路径。街上的警士，他也是人，并没有钢筋铁骨，这样大的风，如何站得住，也是躲避到人家屋檐下去。

街心的电灯杆上，电灯虽然是亮着，经不得那就地卷起的风沙，变作了烟雾弥漫。在半空里，便是灯光也显着有些昏暗了。在这样的天气里面，街上的行人，绝没有什么留恋，都只有各自回家，各事付与明天去办了。世良把目前是怎样的环境，他都忘了，还是继续地走，遇到警士，就上前去问。警士见他在这样大风沙的晚上，还要打听路径，怎能不疑心，就问他是找什么人。世良满肚皮烦闷，也隐不住，就把意思略告诉了人家。警士道："你儿子既是住得有一定的地方，你明天白天去找他，也还不迟！这样大的风，又是晚上，你一个生疏的远来人，哪里去乱跑，回客店去吧。"世良道："我为了找儿子，就是刀山也要爬过去，说什么风。"说着，他别了警士又向前走。他由外城向里城走，正是顶头对了那刮来的西北风，他闭了眼，半蹲了身子，走两步，又向人家屋檐下躲一躲。这风也好像是特别和他为难，一阵紧似一阵，向他身上猛袭着。也是祸不单行，当他躲到人家屋檐下时，恰好屋檐下吹来一块窗户板，不歪不斜，正对了他脑袋上直落下来。世良本来就被风吹得七颠八倒，再让东西打着，站立不住，人就倒了下去。这个时候，街上没有什么行人，只是那能抵抗大风的汽车，一辆一辆飞跑过去。他倒在的地方，又恰是电灯不明。便有人经过，也看他不到。可怜这个千里寻儿的老人，便静静地躺在人家屋檐下。

然而他所寻的儿子哪里会知道，有辆很小的轿式汽车，呜呜地响着喇叭过去。车子里面坐有一男一女，女的是皇宫舞场的舞女陆情美。男的呢，正是他的儿子。他和她紧紧地搂抱着，带了浅笑，坐在车厢里。那汽车转弯时，掀起地面上的浮土，向地上躺着的人身上，重重地盖了来。车子上的儿子，做梦想不到他老子睡在街上，将汽车轮子敬了他父亲一阵飞土，在地上躺着的老子，做梦也想不到儿子是那样舒服，带了美女坐汽车，由身边过去。但是他终于要感谢这汽车的喇叭声，它呜呜地响着，却把世良由地上惊醒过来了。他并不因为这块窗户板，打消了他寻儿子的心思。他扶着人家的墙壁，慢慢地挣扎了起来。凝神了一会儿，辨清楚了方向，还是照着原来的计划，步步走去。

到了晚上十二点多钟以后，他到底是把那家公寓找到了。公寓是不像普通旅馆，它住的是固定的客人，这样夜深，早闭门了。世良捶了许久的门，里面有个伙计开门出来了，问道："这样大风还有人回来？"及至让他进门，开了电灯细看，见世良穿着破旧的布衣，满脸满身是土，便瞪了眼问道："找什么人？"世良道："你们这里住了一个周计春吗？"伙计道："你问这个做什么？"世良想了一想，看看自己的衣服，便道："我是他家里人，由南方来的。"伙计笑道："借钱也看时候，半夜三更，是借钱的时候吗？他出去了。"世良道："他什么时候回来？我在这里等等他吧。"说着话，账房也出来了。他道："不行，我们不知道你的来历，半夜三更，不能胡乱留下人，你回去吧。明天白天来找他也不迟。"世良听得四处静悄悄的，看这情形，料着公寓里是不肯留下的，拱拱手，便道："我是周计春的父亲，千里迢迢，特意来寻他。今晚刚下火车，我住在前门外小客店里，你看我迎了这样大的风，前来寻他，我是怎样的要紧。诸位，你们忍心不让我见一见吗？"伙计望了他道："这里头更有可疑了。刚才你说

250

是一家人，怎么现在又变成了他的老子了呢？"世良道："这些你们不必管，让他当面来认我一认，事情就明白了。"账房点头道："你说得是。他若是在家，我们不乐得让他出来见见，事情就解决了吗？就因为他不在家，我们才不敢留你呀。我也老实告诉你吧，他在我们这里住，是挂一个名，总是整晚不回来的。你在这里等着，我们都要睡觉，哪里安插你？你带了行李呢，我们还可以把你当客人，开一间屋子让你睡。这年头，知人知面不知心，我们吃客寓饭，处处受着公安局干涉的，能随便地在半夜里留下一个孤单客人吗？老人家，我和你找一辆洋车，把你送回客店去，你明日来好了。"

世良是个懂事的人，人家这样地说了，怎样好一定赖在这里，便道："那也好，请你带我到儿子房门外看看，我就走了。"账房看他有些不放心的样子，为了早早送他走去起见，只得亲自带了他到计春房外，把电灯扭开，让他在窗户外看着。世良在窗户眼里向里面张望时，床上是绿绸的被、绣花枕，玻璃书橱叠着书本，衣架上挂了几件西服，样样东西精致极了，简直没有一样是原来的东西，因问道："这是他的屋子吗？"账房指着房门柱上一张名片道："你不看看，这不是周计春的名片吗？"世良一看果然，只得望着房门叹了一口气，垂着头走了出去。当他走到大门口时，那风在半空里，又是呜呜嘘嘘，发出那惨厉的声音。他在那失望之余，这就越发地难过了。那账房倒是肯破钞，已经雇好了一辆车子，在门外等着，不问他同意与否，将他扶上车去。世良正要坐下，只听得后面伙计说："来了来了！"他以为是计春回来了，又跳下人力车来。喜剧或悲剧的开展，也似乎在这一刹那了。

第二十七回

客店病身孤思儿肠断
倡家秋夜短结伴情豪

人生的遇合，不少是偶然的，但也不能随处都是偶然的。世良找不到他的儿子，要离开公寓，而计春却回公寓来了，这事情未免又近乎偶然。但是世良满怀热望，指望会着儿子，却不以为这是不可能的。眼见一辆汽车，开到了公寓门口来停住，立刻迎了上前，看是儿子不是。汽车门开了，却走出一个有胡子的人。世良本待要说话，却猛然地向后缩了回去。那老人见公寓门开着，他又站在公寓门口，以为他是公寓里的人，便问道："这样大的风，吴小姐还要回去吗？"世良道："什么吴小姐，我不知道。"老人道："是在这里做客的吴小姐。"世良这且不答那人的话，回转头，看到公寓里伙计，便问道："朋友，你说公寓里，晚上不能留人，怎么可以留小姐呢？"伙计道："你不见有汽车来接吗。"世良道："设若没有汽车来接，也就不让走了吧？你们这种做公寓生意的人……"那账房抢出来，只管拱手，赔着不是，笑道："老人家，你回去吧。明天周先生回来了，我告诉他，让他等你好了。"

世良心想，孩子住在这种公寓里，便算是没有孔令仪来勾引他，也会跟着别人学坏了，便垂头无语地坐上了人力车，让车子拉了回小客店去。但是他一路迎风走来，过于兴奋了，当时满怀希望见着儿子，可以知道实情。所以虽有什么痛苦，都不感觉。现在失望回去了，痛苦的身体，加上消极的精神，人在人力车子上，竟是昏晕过去了。那车夫在呼呼的风声中，拉了他向前走，并不知道车上的人是怎样一种情形，及至将车子拉到利达小店以后，放下了车把，世良不曾预备着，却向下一栽。还是那车夫未曾走开，立刻抢了上前，两手将他抱住，连连地问道："老先生，你怎么了？"世良被他扶住站定，才把眼睛睁了开来，因道："哦，原来到了。"车夫已经是得着公寓账房的车钱了，绝对不敢要双份，拉着车子就跑了。

252

世良将小店门叫开了，摸索走进房去，展开了被褥，什么也来不及管，就躺下了。到了次日早上，天色还是刚亮，那客店里伙计就推着门抢了进来，见世良将被拥着头睡，便远远地站定，先查看了一遍，然后走近两步，向他道："这位客人，你身体有些不好吗？"世良猛然听得叫喊声，睁开眼来，不曾答应，先哼了一声，然后点了两点头道："昨天晚上出门去，让风吹着受了凉，中了感冒了。"伙计见他开口说了话，才把胆子放大了，于是向前伸手摸摸他的额头，又摸摸他的手心，点着头道："倒是中了感冒，我去和掌柜的说一声儿。"说着，他转身就走了。

果然，不多会儿，一个戴旧式夹鼻眼镜的老人，走了过来了。他将眼镜撑起，顶在额顶上，长夹袍上，套了一件大歪襟背心，手扶了旱烟袋衔在嘴里，烟杆上吊着一个黑的烟荷包，晃里晃荡地走了进来。看那样子，和这家客店一般，还保留不少的古风。他不等世良问着，先就说："这位客人，我是这里掌柜的。我瞧你这样子，感冒还是受得不轻。你在北平有什么人？你告诉我，我去代你通知个信儿，也好让人来瞧瞧你。"世良两手撑住炕席，打算抬起头来，却又摇了两摇头，哼着道："我脑袋晕得很，抬不起来了。"说着，还是躺下，手抖颤着，扯起衣服来，在口袋里摸出一张纸条，交给那人道："这上面开的地方，是我儿子的住所。你派人去叫了他来，他会安顿我的。你放心，我决不能死在你宝号里。"又用手指指垫褥道，"这下面有钱，请你掏着给我。"那掌柜的果然依了他的话，将被褥下面一把毛钱票和钞票，一齐拿来，塞到他手上。他两手颤巍巍地理出一元钞票，交给掌柜的道："请你把这个做去人的车钱，回来越快越好。我等着要和我儿子见面呢。"

掌柜的听说他有儿子在北平，心里就落下了一块石头，便道："只要有地址，我们就好替你找。你不要点儿热水吗？"世良睡在枕上点了两点头，这掌柜的出去，一面派人去替他找儿子，一面叫人和他送茶水。心想只要他儿子来了，说一声店家不错，早早将这病人搬走，也就完了。世良睡在那黑暗屋子大炕上，平生不晓得什么叫作寂寞，这就有些感触了。这房门掩着，在外面反扣了，为的是怕风来吹开。然而咯吱咯吱的，门和窗户还一同响着。那窗户纸眼里，射进一丝凉风来，在枕上受到，只觉凉入肺腑。那窗户纸上，始终是带着鱼肚色，并不见到一些阳光。再看看这屋子，除了睡的这张大炕，有炕席蒙着，分不出什么新旧来。其余更是桌椅的黝黑色、墙壁上报纸的焦黄色、墙粉上的淡灰色，这都透显着这环境的衰落起来，尤其是上面糊的顶棚，垂挂着许多碎纸片，老鼠饿着在上面跑来跑去，扑扑作响。世良静悄悄地睡在这炕上，处处都感到苦闷。在苦闷的当中，也只有盼望着儿子，早早地前来见面。

不想等待的结果，却是那掌柜的皱着眉毛进来了。他迎着世良的面，轻轻问道："这位客人，你那位少爷，昨晚上出去的，还没有回来呢。北平还有别的什么人吗？我再替你去找找。我瞧你这病来得很猛，可是耽误不得。依着我说，你还是再找一个人来瞧瞧吧！"世良依着他心里，总想在没有和儿子见面以前，不知儿子的情形如何，暂且以不和冯子云见面为妙。然而除了冯子云，又没有第三个人是熟识的。他听了掌柜的话，心里头默念了一会儿，然后就向他道："还是等我儿子来吧。北平城里还有一两个朋友，在交情上还够不上去找人家，我也就只好不说了，就是硬去找人家，恐怕人家也不会来，那岂不让人加倍地失望。"掌柜的道："你这话不是那样说。不管人家来不来，我们替你把信送到了。来与不来，我们总算尽了一番心。若是压根儿就不给人家送信去，将来你的朋友知道了，可要说我们不会做买卖。你何必不告诉我们？你怕出车钱吗？这回我派人和你白跑，不要你出车钱了。"世良哼着道："掌柜的，你说得对。但是我也有我的难处，你再等半天，我就有办法了。"这掌柜的见他死也不肯说，一味地苦逼他，也是无益，只好叹着气走了。

可是不到一小时，那掌柜又进房来，向世良皱了眉道："刚才我向你们少爷住的公寓里，通了一个电话，他还是不曾回来。你干耗着，那可不是办法。"世良心里既急于要看儿子，又不晓得这害的是什么病。孤孤单单地在这小客店里睡着，过一小时，犹如过了一个长年。睁着双眼，只管看顶棚上垂下的纸。那样飘飘荡荡，脑筋里可同时幻想着。那片纸像只狗，那片纸像个妖怪，还有那片纸，像儿子计春。但只管把这无聊的幻想，来安慰自己，及至不作幻想了，就更显着无聊。这时掌柜的又进来了，他就转了个念头，自己儿子不好，冯子云是完全知道的，就是父子见面了，少不得还有许多事要人家帮忙，何必瞒着他呢？于是向掌柜的道："我是有个同乡朋友，倒不必去找他，只和他通个电话，问问他可知道我儿子的所在，若是他能把我儿子找来，也就用不着把他请来了。"掌柜的笑道："有这话你怎么不早说呢？你这朋友，既然家里头有电话，一定是情形很好的。你快说，他是干什么的？我马上就去给他通个电话。"世良由被中伸出一只手来，指着掌柜的道："电话你只管打，你只能说我找不着儿子，请他告诉我一个地方。千万不能说我病了。"掌柜的听他这个条件，越发是有些疑心，表面上也就答应了，照他的话办。

世良于是把冯子云住的所在和电话号码，一齐告诉了他，还许了他，儿子来了，一定多给伙计们的小费。掌柜的对于这件事，自然是挑有辫子的抓，立刻向冯子云家通了一个电话，报告周世良的病状。不料这个电话打去以后，却令他更是失望。原来那边回的电话，却说冯先生到南京开教育联合会去了，太太也跟着去了，家里就剩有几个听差看守门户，有话等先生回来再说。再问问先生什么时候回来，就说两个月以后才回来。掌柜的哭丧着脸，走到屋子里去，向炕上的人拱拱手道："客人，这可不巧，这位冯先生已经走了，要两个月才回来呢。你还有什么朋友？我再和你去找找。要不然……你是千里迢迢来寻儿子的，我们开客店……客人……"世良听他说话吞吞吐吐的，便由被里伸出两只手，抱着拳头连拱了几下道："掌柜的，你放心，我这是感冒，不会死的，就是要死的话，你临时也可以把我拖到大门外去。我那儿子，到了今天晚上，还能够不回公寓吗？回头再和他通一个电话，他听说我害了病，还能够不管吗？"掌柜的想着，他这话总是有理的。儿子听了老子害病，能够不理会吗？而况老子是为了寻儿子来的，为了寻儿子害病的，漫说是儿子，就是一个朋友，听了这话，也应当来看看吧？他自己设想，替自己转弯，也就宽解过来了，于是坐到柜房里去静等那看老子的儿子前来。

店里的人尚是如此着急，那本身害病的老子就更可想见了。这窗外的风沙，不曾息灭下去，纸窗上依然是鱼肚色，看不见一点儿阳光，自然也就看不出来是什么时候。闭着眼睛默一会儿神，又睁开眼睛看看。时而风吹门户响，疑是儿子来了，时而听到墙外面有人说话，也疑心是儿子来了。他虽然是静静地躺在床上，可是他那一颗心，比全身任何一部分，都要忙碌，时时刻刻都在那里等着儿子。他由安庆到北平来，在轮船上，舍不得那统舱买铺位的钱，坐在舱外的舱舷上，江风吹着，这就让他够可怜的了。上了津浦火车，偏偏是三等车上，挤得人放脚的地方都没有，两宿不曾睡觉。及至到了北平，一点儿东西也不曾吃，就在大风里面跑了大半夜。一个年过五十的人，如何能受这种辛苦？所幸他体子强健，所以昨晚上还挣扎着坐了人力车子回到小客店来了，但是今天等了一天的儿子，心里焦急异常，内外夹攻，把他这病体逼迫得越发的沉重。到了下午，温度加高，头上好像束上了一道铜箍，又紧又重，哪里抬得起来，全身筋骨酸痛，自己是直着身体不好，缩着身体也不好，眼睛闭上，却不能安然睡觉。但这是初期的形势，到了后来，也就昏迷过去了。

可是这个时候，他那可爱的儿子，已经发现在面前。时而看到计春在山上放牛，时而看到计春在豆腐店后面房里读书，时而看到计春陪了自己游故宫。儿子倒是看得到，只是像演电影一般，事实过去得很快，令人头晕目眩，捉摸不住。因为这样变迁太快，吓得世良不敢再看。原来是他的病症和思想错综在一起，就反映出这一个段落一个段落的断梦来。不过他的眼睛，又有些不受他的支配，睁开了一会儿，就要闭上，闭上之后，他又做梦了。他的身子，几乎是成了天上的月亮，转过来，看到某个地方风涛汹涌，转过去，看到某个地方人山人海，再回过来，又看到某个地方鼓乐喧天。总而言之，他是在最烦杂的地方，做最忙碌的过客。不必身上有什么病苦，就是这千头万绪的幻梦，把他这个千里孤客也搅扰得可以了。

那外面店房里的掌柜见他昏昏沉沉睡着，哪里知道他这样忙于做梦。悄悄地走到屋子里来，偷看了两三回，见他睡在那里，还呼吸得胸脯上下起落，料是活人。叫了两声，他只糊里糊涂答应着。这一下子，掌柜的真急了，不得已，还是向计春住的公寓去电话。可是那边所答复的，好像是一种刻版文章，总是"还没有回来呀"六个字。到了最后，他心里想着，恐怕这是那公寓里捣鬼的，哪里能够整天整夜地不回来。说不得了，自己就坐了加快的人力车子，直奔到那公寓里去。他照着同行的资格，先会晤了这里的账房，把实在情形说了，因道："这位客人病得很重。若是死在我店里，我不但要担上一副很大的责任，而且还找不着人收尸呢。"公寓里账房听他如此说了，才告诉他，计春实在没有回来，不过昨天晚上有个皇宫舞场的舞女陆情美，邀他坐汽车走了。若是找着了这个舞女，也许可以打听得他的下落出来，但是这个时候，舞女也不会到舞场里去，你熬到晚上再说吧，若是在晚上以前，他回公寓里了，必定将这个人送到贵店来。

掌柜的听了这话，总算是无办法中的一个办法，心里又怕客店里这位客人变了症候了，急急忙忙，又跑回店里来。进门以后，别事不说，见了伙计，就问屋子里那个病人现在怎么样了。伙计说："掌柜，你得想法子，那个人我看病势不轻。而且老说找儿子，儿子又不来，找朋友呢，朋友又到南京去了。这里面多少有点儿别扭，还是趁早报警察的好。"掌柜道："这也有理。我先去瞧瞧这个人。"说着，就放轻了脚，走向大炕屋子里来。这屋子里，现在更昏黑了。因为大风之后，电线坏了不少，电灯又没有来火。伙计却找了大半截洋蜡烛，黏着站在一只茶杯底上。偏是这只茶杯翻了过来，放在世良的头边，好像是死人头边的一支烛，未免有点儿阴惨。看看世良那颧骨高撑的脸上，倒红着两个晕子，掌柜疑心这是俗说回光返照的一种现象。有了这种现象，这个人的生命，那时间也就很有限了。他越是向那可疑的事情上去想着，这事情就越发地可疑。他再看看世良两只眼睛向上睁着，他竟有些害怕，不敢移步上前了。世良见他进来，点了点头，慢慢地道："掌柜的，你找着我的儿子了吗？"掌柜道："嗐，我又跑了一趟，他还是没有回去。我知道是什么缘故呢？"世良将眼睛望了窗户外道："计春，我的孩子，你到哪里去了？你爸爸要死了，你不来见上一面吗？"说话时，他眼角上两行眼泪斜着流了下来。

掌柜的看到这个样子，心里也觉惨然，就向他道："不要紧的，你不过是受了感冒罢了。你儿子也许有点儿特别的事情，把身子牵扯住了。在今天晚上，我必定把他找了来。只是你这病虽不要紧，也拖不得，你还是信西医呢，还是信中医呢？我去替你找个大夫来瞧瞧吧。"世良沉思了一会儿，才慢慢地道："我倒是不怕死，但是若要连累了你宝号，我也不过意。那么，就请你给我找一位中医来瞧瞧吧。"掌柜的不明白他害的是什么病，自然是急于要找个大夫来诊断一下。当时就依着他的话，连夜找医生去了。世良躺在床上，依然还是不断地喊叫着计春。

他是这样地喊叫儿子，儿子却和他一样，也躺在床上在那里低低地喊叫。不过他喊叫的，不是父亲，却叫着"好姐姐！好姐姐！你来尝一口吧"。在他喊叫的时候，有个女人在玫瑰色的灯光下，回转头来，向他盈盈一笑。这个女人便是计春为她迷惑住的陆情美。她靠住了梳妆台，一手斜扶了台面，一手抚摸着鬓发，斜了眼睛，瞅着床上。这一张金晃晃的铜床，垂了雪丝般的帐子，在绿色的锦被上，放了软枕头，让计春横着。床中间，放了一只长方形的银质托盘，盘子里有盏玻璃罩香油灯，光如豆大，在灯旁边随配了一些小盒子细签子之类。计春两只眼望了那鬼火似的灯，陈子布却坐在腿弯床沿边。他向情美笑道："你怎么不替小周烧一口？"情美笑道："我虽抽这个东西，完全因为总是熬夜，提提精神用的。现在我上了瘾，非常之懊悔，只好极力忍耐住了，不让这瘾再向上加。小周这年轻轻的人儿，偏喜欢这个好玩意儿，我不赞成。"计春跳了起来，拍着手笑道："你也太过虑了。难道抽两口好玩，就会弄上瘾来吗？"

情美抬起手臂来，看了看手表，笑道："你无非是要女人陪你玩玩，我就陪你玩玩得了。论到玩，无论做什么也可以，何必一定要抽大烟。现在时间还早，我们打四圈牌，再到舞场还不迟。"陈子布笑道："三差一，怎么办？"情美将嘴向计春一努道："他不是喜欢老九吗？打电话把老九叫来就是了。男女交朋友，大家说得来就好，我决不吃醋。小周，你只管和她要好，那没有关系。"陈子布笑道："陆小姐真是开通，什么话都说得出来。"情美道："我说得出来，这才见得我心里头一点儿作用没有呢。老实说吧，男女都是一样，男子不能有个女子，心里就满足了，女子也就不能因为有一个男子，就算够了。现时我在这屋子里陪着你们说笑，好像我同小周十分要好，可是我背过脸去，和别人也是一样要好的。我不说，你们不能不知道吧？"计春笑道："我可不那样想。你别冤枉好人。"情美笑道："好人？这个年头，哪里有哇！小周，你说句心眼里的话，你是不是喜欢老九？"计春笑道："这是哪里说起？我和她跳舞，还是你介绍的。"情美道："以前就算你没有什么意思吧！在我介绍以后，你能说丝毫都不动心吗？你说实话，我就打电话把她找来。你要装假道学，我就不管。"计春笑道："请她来打四圈，那也好。"情美一伸手，笑着撅了他一下下巴颊笑道："我说是猜中了你的心眼儿不是？"

说着，她就笑着向外面叫道："陈妈，你打电话把唐小曼小姐请来，说周先生要打牌，现时三差一呢。"计春听说，只是笑，并没有作声。他暗地里却伸手到口袋里去摸摸，还有多少钱。这是前日向令仪撒谎要的钱，说是要买些参考书，还做两件朴实些的衣服，于是向令仪要了一百元钞票，揣在身上来散花。这两天和情美混在一处，都花的是这笔钱。现在情美用电话去召小曼来打牌，这正是自己所乐意的事。因为小曼生得娇小玲珑，还只十六岁，在年岁一方面看来，实在觉得是小曼比情美更有趣。她既是来打牌，绝没有不奉陪之理。所以事先伸手到衣袋里去摸摸，还有多少本钱。自己揣度了一下，约莫有三十元左右，若是打小牌，这钱也就够了，于是笑着站起来牵了两牵衣襟，点着头道："老陈，我的牌是新学的。真打，我可不行，你得让我的张子。"子布正是背着脸对了情美的，就向他睐了两睐眼睛道："那可不行。下棋可以让子，打牌不能让张。难道说我们还做两个人的轿子来抬陆小姐吗？"说着，又连连睐了两下眼睛。

计春心里可就想着，陈子布这个人总算讲交情的，处处维护着我，处处又顾全着我的面子。年轻的朋友，有这个样子，总是不容易的了。同

258

时，情美也就斜着眼睛，向计春瞟了一下道："你这人老实又老实得可怜，调皮又调皮得可怜。我们是打牌消遣时候的事，谁赢谁输，都没有关系，让张不让张，还成什么问题？"计春却不料自己所说的一句玩话，却会引着人家这样瞧不起。人家说舞女是唯利是图的，那也就不见得，于是红着脸道："我并不是说钱不钱的问题，乃是说的牌，打得太坏，若是四圈牌，永不开和，这也未免丢人。陆小姐，你相信我是怕输掉十块八块钱的人吗？"情美笑道："那何至于！"这时，陈子布转着站到计春身后去了，就不由得笑着耸了两耸肩膀，又和情美丢了一个眼色。情美的乌眼珠子在眼睛眶子转了一转，似乎是向子布打个招呼，说是知道了。计春虽是没有看到他二人的动作，心里却是十分后悔。他想着：人家舞女把银钱都看得那样的淡泊，自己还不曾打牌就先声明着叫同场人让张越是显得自己小器，然而这句话已经说出去了，自己想要挽回，也是来不及。搭讪着只好去把话匣子开了，放上跳舞的音乐片子，一个人在屋子角落里，七歪八倒地跳起舞来。

　　不多一会儿，只听院子里高跟皮鞋嘚嘚作响，表示着那个人欢愉而来的情形。接着房门扯开，唐小曼笑着跳了进来，嚷道："你们真高兴！这个时候，还要抢忙打四圈牌。"情美笑道："你说我们高兴，为什么打了电话去，你就很快地跑了来呢！"小曼笑着，并不加辩驳，跳着走到计春面前去，将背对了他，反过手去道："劳驾劳驾！"她身上穿了桃红色的绸旗袍，上身穿了一件雪白的绒绳短外衣，那蓬松的烫发上，也是斜斜地戴了一顶白绒绳帽子。看她两颊红红的，越显得天真可爱。这也不必她说什么了，就伸手代她把绒绳外衣脱了下来。情美笑道："小周，你瞧，怎么样？你不是欢喜老九吗？这很明显地证明了吧！"小曼握了计春的手道："你背着我说了我一些什么？那不成，你说了我，你得说了出来。"说着，噘了嘴巴。陈子布笑道："你这对欢喜冤家，到了一处就要闹，不在一处又要想。来来来，打牌吧。"他口里如此说着，两只手扶了桌子沿，就有个要抬桌子的样子。小曼笑道："来了就打吗？我可没有带钱。"计春急于要表白他并不小器起见，立刻就答应着道："没有带本钱吗？这有什么问题，我这里先垫付。"情美笑道："我说你们的感情不错吧！"小曼听说，就向计春瞅了一眼，于是他在这样打情骂俏的声中，打起牌来了。

　　将四圈牌打完，已是十一点多钟了。偏偏是计春和小曼两个同输，计春除会了自己所输的款子而外，又替小曼付了账。情美收钱的时候，倒说了一声，还要给钱吗，也并不十分地谦逊，将计春交付的十几块钱一齐收了。计春将金表掏出来看了看，便道："二位小姐该到舞场去。我有一天一晚没回公寓，也该去看看了。"小曼瞅着他道："你好意思不陪情美姐去绕个弯儿吗?"情美抿嘴微笑了一笑，然后拍了小曼的肩膀道："要人家打牌，一个电话就把人家叫来了，上跳舞场就不奉陪。"计春笑道："我本来是要回公寓去看看的，既然两位小姐这样说着，我就明天回去吧。"情美坐在椅子上，斜靠了椅背，头不动，只把眼珠斜转着，向他道："并不是有谁留着你，要你明天回去。可是孔小姐还没有嫁过来呢，你就这样地怕她吗?"计春什么也不能说，只是笑着。子布笑道："还不是交情好到了十二分，是不会说出这种话来的。走吧走吧!"计春估计着身上的钞票，总还有二十元，说不得了，花了再说。明天见了令仪再撒谎吧。他有了这样一个预备撒谎的念头，心里所认为不能解决的问题，立刻就解决了，于是随着三个男女朋友，又到了皇宫舞场。

在舞场里，眼睛所看到的是红绿色电光，耳朵所听到的是热闹的音乐，口舌所尝到的是熏人的香槟，加之身体所接触的是美丽的女人，无论怎样的能人可以五官并用，在这样的情形之下，也绝不能想到其他的什么事情上去。计春在这时，不记得他客居的公寓，也不记得给钱他花的孔小姐，更做梦也不会想到前门外那绝对和他无关的利达小店。在三点多钟的时候，舞客渐渐少了，浅紫色的电灯光里，奏着华尔兹的音乐。计春手搂住了情美的细腰，提着脚尖，似乎有些软绵绵了。倦着双眼，向怀里情美的脸上看去，低声道："我们回去吧。"情美也眯着眼睛，抿嘴微笑，也就略略地点了两点头："我们回去吧!"这五个字是多么令人陶醉!可是另一个地方，一张大炕上，卷着一条单薄的被，炕头桌子上半截短烛，那微弱的光焰，摇摇欲熄。薄被里睡着一个瘦削脸子的人，在身边炕席上，覆了一只有裂缝的药碗。那人半伸着一只手在被外，招了几下道："计春呀，我不行了。我想家乡哇!你来，我们回去吧。"他也是一声"我们回去吧"。这五个字，多么令人凄惨。然而发这种凄惨声音的人，和那种令人陶醉声音的人，关系很密切呀。我们知道他是谁呢?

第二十八回

恩怨不分解囊救病叟
聪明尽塞肱篚背情人

当周世良卧病在小客店里魂消魄散，几乎要死的时候，他儿子周计春，同舞女陆情美，却坐一辆汽车，去回她的私寓，却也魂消魄散，几乎死去。不过这两种死法，有些不同，一种是悲的，一种是乐观的罢了。计春在这个时候，魂魄都没有了，自然也不回公寓去。到了早上十点钟附近，世良在床上翻来覆去一夜，人已昏昏沉沉地睡了过去。这可把这位小客店里的掌柜，急得像热锅上蚂蚁一般。他想着：这个老头子，无论如何是支持不住的。好歹要去把他儿子找来。于是一面派伙计向警察署里报告了这事，自己一面坐车子到公寓里来等候计春。这次他下了决心，非要公寓里账房陪着他去找人不可。那账房一来怕惹事，二来大海捞针一般，又到哪里去找计春。却是无论如何，也不肯陪他去。彼此正争持着，却有一辆汽车呜呜地叫着，来到大门口停住，汽车门开了，下来一位艳装的女子，穿了高跟皮鞋，咯吱咯吱响着走进门来。公寓里账房笑道："好了好了，周先生家里人来了。你有话和这位孔小姐去说吧。"

小客店掌柜这倒大为吃惊，这位周先生家里，有这样坐汽车的阔小姐，立刻把心里一块压重千斤的石头，向下一落。孔小姐走进来，立刻板着脸道："周先生还没有回来吗？到哪里去了？"掌柜的笑道："周先生老太爷来了。"令仪道："哦，他父亲来了？父亲来了，就该躲着和我不见面的吗？你知道他在哪里？"掌柜道："他在我小店里。"令仪道："有地方寻他就好办。坐我的车子，我们一块儿走吧。你坐在开车的一处。"掌柜的不料她这样慷慨古道，心想：我管你和他们是什么关系，我是只挑有辫子的抓，只要你肯同我到小店里去，我把那病人的担子交给你了，怕你不出钱把他弄走吗？令仪也没有计较什么，只要是计春在他父亲那里这就好办。上了车子的时候，还向掌柜重问了一句道："他是在你们那里吗？"掌柜笑道："当然在那里，我怎能够骗你呢？"有了这句话，于是这辆汽车风驰电掣地向前门外利达小店开了来。

令仪下了车，见这里是在黑灰墙上开了一座小门，门框上悬着四方玻璃罩子灯，上有四个字：利达小店。她看到这种情形，不由得身体向后一缩，发起愣来。问道："就是在这个里面吗？"掌柜下了车，笑道："对了，就是这里面。"令仪心想：周世良是个乡下人，什么苦不能吃？他有钱，也不会去住大旅馆的，说他住在这种旅馆里，事实上却也可信。于是让掌柜在前走，跟着他走了进去，先进了一个丈来宽的小院子，便有一阵恶劣屎尿臭味，向鼻子里猛扑将来。令仪很快地将鼻子捏住，随着掌柜穿进一条昏黑的夹道。一连有几扇小门，都关着紧紧的，直到第四个门边，还不曾推门进去，老远地，就听到门里一阵呻吟之声。掌柜抢上前一步，将门推开了，侧着身子，闪到旁边去，就向令仪赔着笑道："在这屋子里，你请进吧。"令仪看那屋子漆漆黑的，不由在门外顿了一顿。然而心里恨着周世良一来，计春就躲了不见面，虽是个乡下人，却也太专制了。自己非当面去质问他一下不可。因之先将脸色板了起来，挺着胸脯子，便向屋子里一冲，以为这样地进去，先就可以给个下马威他父子两个看看。

及至自己冲进那屋子以后，见大炕上躺着一个要死的病人，并不见计春，这倒为之愕然。回头见掌柜站在房门外，便问道："这是怎么回事？你不要弄错了吧？"掌柜的两只手同时摇着道："不错不错！"那炕上的病人，被他们说话声惊醒着，就睁开眼睛了，拱着手道："孔小姐，你不认得我了吗？我是计春的父亲啦。"令仪见他两只颧骨高撑，睁着两只眼睛，那益发是觉得瘦得可怜。自己就是要发脾气，看着人家这种病态，也就不忍心怎样了，于是向炕上的人点了一个头，并不曾说什么。世良道："孔小姐，我和你令尊大人见过几面了，我们商量好了，来和计春接头。"他本来就是说一个字哼一个字，说到这里，他的眼睛慢慢闭上，竟是说不下去了。令仪看了这样子越是不忍，就问道："老人家，你害的是什么病？"世良微微地睁开了眼，却又闭上，然后深深地哼了一声。

令仪看他那样子，竟是十分厉害，便问客店掌柜，世良是怎样病了。掌柜先看令仪的样子，那般汹汹而来，很是诧异。后来令仪的态度，转变得良好了，似乎有些挽救之意。他心里想着，只要把这位瘟神爷能够送出大门去了，就是自己之福，于是把世良的情形说了个大概，因皱了眉头："这位周少爷不来，可把这老人家害苦了。醒过来就嚷，嚷着又晕过去了。"说时，世良在枕头上将头摆了两摆道："客边人可怜啰!"这一句话，不由得动了令仪的心坎，便道："这实在也不是办法，难道让这种样子的人，就躺在炕上等死不成? 这样吧，我这里有车子，把他送到医院里去吧。"掌柜听了这话，立刻向令仪请了个安，笑道："小姐，你若有这番好心，你积德就积大了。要不，眼看这个人就不成啦。"令仪道："你这栈房里的账呢?"掌柜的连连摇着手笑道："那不相干，病人要紧，你赶快把他送上医院去好。我这里有伙计，把他抬上车去吧。还是待一会儿呢，还是马上就去?"

令仪看掌柜的这番情形，乃是巴不得立刻就把人轰了出去。病人危急的程度，可想而知。但是自己要救人，就只管救人，别的事就不必管了。于是点了头道："我还能到这里来第二次吗? 就是现在走吧。"掌柜的是巴不得一句，马上叫了三个伙计进来，笑道："这位小姐，真是个活菩萨呀。看到炕上的人，病成这个样子，立刻答应用自己的汽车，把这位老人家送到医院里去，我长到这么大岁数，没有看到过这样慷慨的人。小姐说是让我们搬上车去的，那么，我们就动手吧。"说话时，两只眼睛只管向令仪周身上下打量，以便得着她的回话。令仪受了他这阵恭维，越是不好意思说不替世良医病，于是向大家点了两点头。那位掌柜先自动手，就走到炕边，将世良的被抄着紧了一紧，然后和那三位伙计，将世良带抬带抱地，拥上了汽车去。车厢里连被带人，横躺在椅座上，就不能再容留第二个人了。因之令仪毫不踌躇，就和开车的同坐在前排。这在她总算二十四分的好意了。

到了医院门口，令仪先跳下车挂了一个急症号，然后让医院里人用了病床，将世良抬了进去。令仪也想着，既是把人送来了，少不得要担些责任。索性在诊察室外面坐着，等候医生诊断。诊断完了，据医生说: 他的病很杂，乃是神经受了刺激，身体过于疲劳，感冒菌侵入到血液里面去，才成了这样的重病。这必须在医院里好好地疗养。要不然，很容易出别的毛病，那就更危险了。令仪想着: 他是计春的父亲，计春是自己的未婚夫，既把人送来了，不能不医治到底，于今只有把病人安顿好了，再去和计春商量。于是也就不再犹豫，填了志愿书，交了医药费。在志愿书上，她写了真姓名，说世良是她表叔。因为写着世良是她表叔，自己这样阔的小姐，不能让表叔住三等病室里，所以替他出了二等病室的钱。好在孔小姐一笔拿出百十来块钱，却也不感到什么困难。当时稍微考量考量，及至

263

钱已经交了，也就无所谓了。令仪在收款处交了钱，医生也就和世良换了衣服，送到二等病室里去。

令仪又想着，送世良到医院里去治病了，自己就得担负一种责任，竟究如何，应当去看看。所以她把入院的手续都弄清楚了，也就跟着到二等病室里去看病人。她这些动作，一层层都是逼着来的，要说她完全是出于自动，或者有些不可能，不过在卧病的周世良，这时又有些清醒了。他看到孔小姐这样殷勤，心想着这个人几乎把我当父亲一般伺候。我原来说有钱的小姐，不能沾染，这可是我错了。当时令仪走到床面前，世良睁了大眼向她望着，表示很恳切的样子，微微地哼了两声。令仪道："老人家，你现在觉得怎么样了？"世良由盖的薄毯子里，伸出一只手来，向她微微地招了两招，然后答道："好些了，多谢你，就是我很惦记我那孩子，他怎么不来见我呢？"令仪道："好的，我明天把他找了来看你。今天是已经过了看病的时候了，你好好养病吧！这件事，我可以办到的。"说着，用手轻轻地按了两下床褥，做一种安慰他的样子，然后转身走了。

她忙了这半天，把找计春的事，放到了一边。现在把世良安顿好了，这件事又兜上心来。心想：这件事可有些怪，他忽然不见，躲得渺无踪影，难道是为了他父亲来阻碍他的婚姻，故意地闪开了吗？若果然如此，他对我这不能算是一番恶意。令仪如此想着，又叫车夫开向公寓去。不想到了公寓里去，计春依然是不曾回来。令仪也曾问账房先生是同着怎样的人出门去的，账房对于此点，怎样肯说，只说是他一个人出去了，以后就不见了。令仪问不出个底细来，心里就更疑惑得深了。她在账房里站站，又在院子里徘徊徘徊，最后想了许久，又走到房门口去，对着窗户纸眼里向里面张望，于是叹了一口气，低着头出门，上汽车回去了。

到了家里，就躲在卧室沙发上，一手撑了头，一手理着沙发上叠好了的报纸，也不展开来看，只是眼睛注视着沉沉地向下想去。偶然一瞥眼，看到报上登着寻人的大字广告，上面说："自君去后，汝母昼夜哭泣，命在旦夕，举家惶惶，不知所措。见报望速回来，以安母心。至于汝之婚姻，决听尔自主。予老矣，儿岂忍以个人爱情之事，置衰年父母于不顾乎？父白。"令仪看到，不由心里一动，再由此想到计春，十九必为婚姻问题避开的，其实这是他误会了。我看这位老人家，是非常心慈，只要好好和他说，没有不成功的，我也照样来登一段广告吧。她这样想着，那报上登的广告，到了次日，换上字样了。乃是："春弟鉴：为何忽然不见？

264

令尊寻弟来平不遇，身患重病，现由仪送往医院疗治。彼神经受刺激过深，梦呓中屡呼弟名，极欲一面。所有问题，似均好解决。见报盼即刻回来，同往探病，否则老人若有差错，吾人不能负此重罪也。姊白。"令仪想着：这一段广告登出去了，计春是必定要回来的了，于是静静地在家里等着。

不料等了一整天，并不见他回来。到了晚上，令仪实在不能忍耐了，只好坐了汽车，到外面去散闷，以为遇到了熟朋友的时候，或者可以打听打听计春的消息。她出去之后，犹如在笼子里放出一只关着的鸟一般，少不得在娱乐场中，多多地勾留一些时候。可是当她在外面这样消遣的时候，恰是计春用空了钱回来找她的时候，自己正编了一套言词，预备见了令仪来说着好交代那一百块钱的下落。可是当他到了余子和家以后，就听到女仆说："小姐一个人坐着车子出去了。"计春听了这话，忽然联想起一件事情来了：今日上午坐着人力车子在街上经过，看到令仪放了汽车的车厢不坐，却和汽车夫坐在一排座位上，现在她又是一个人坐着汽车出去了，这种摩登姑娘，什么事做不出来？莫非她和汽车夫有什么问题吗？说起来，那可气死人了。如此想着，一直向令仪住的小院子里走。女仆对于这未来的姑老爷，当然是没有监视之理，由他在内书房里坐着。

计春坐在书房里闲着无事，就向书架上望着，打算抽两本书来看，只见浮面的所在，有一套锦装匣子，套着一部书。顺手抽出来看时，上面题着有《恋爱真诠》四个字。这样的书没有少年人到手不读的，于是抽出书来，靠在沙发椅子背上看起来。约莫看有二十来页，眼睛觉得有些疲倦了，放下书，却看到茶几上放着一杯茶。用手摸时，乃是凉的，不用说是女仆早送来的，自己在这里所耗费的时候，也就不少了。怎么令仪这个时候还不见回来呢？这间内书房是紧套着卧室的，于是掀开门帘子，伸头向卧室里看着，只见锦被叠得平平的，软枕叠得高高的，设若睡在这上面，成双成对的，是多么舒服？这样想着，就有一阵细细的香味，袭了鼻子里头来。于是拿了书本，索性走进屋子来，向床上一倒，两只手在床上胡乱地摸着。不觉摸到了枕头下面来，顺手触着，却有几项零碎东西。掏出来看时，乃是一只小手表、一个粉镜盒子、一只金刚钻的戒指。这手表和粉镜盒子，那是男子不能用的，至于这钻石戒指，仿佛却听了别人说过的，值一千多块钱，是最阔绰的装饰品，这应该自己戴着试试，也让自己尝尝这身上戴宝石的滋味。如此想着，便将那钻石戒指在左手无名指上戴了上去。戴上了，自己将手反复着看了两遍，见那上面的钻石，亮晶晶地向外射着反光。他心里想着，所以值一千块钱的原因，就为着是这一点子光了。这要在跳舞场里露了出来，可是很出风头的事情，这倒不妨今晚带去了给情美看看。他这样想着，将手表粉镜盒子塞到枕头下面，那戒指可就不曾还原。

他忽然站起来，将自己的手表抬起来看了一看，已经十一点钟了，便冷笑道："唉，这时候还没有回来呢。"他这样说着话，也并没有什么人理会他。他将两手插在西装裤袋里，在屋子里转了两个圈子，便看看令仪用的皮箱，一层层地叠了上去，却有好几个，心里想着：她送了我一只手提皮箱，那钥匙还在我身上，不知道能否开这里的箱子，我且开着试试。于是掏出身上的钥匙，在浮面手提箱子的锁眼里，试了一试。谁知手随便地一扭，那锁片嘎的一声便开了。计春也是好奇心重，想着既然是把锁打开了，那就看看这箱子里有些什么。因之索性揭开箱子盖来，向里面看着。原来令仪用的零钱就存在这箱子里，掀开浮面两件衣服看时，钞票现洋样样俱有。计春先看到，未免是愣了一愣，后来一转念头，今天晚上，皇宫舞场，有上海新到外国女人表演，原约好了情美，一定的去。只因为身上的钱用光了，所以不敢去。现在这箱子里的钱，怕不有一百多元，带到舞场里去，足够快乐一晚上的了。管他呢，将钱带去用了再说。好在令仪用起钞票来，总是动把抓的。虽然拿她一二百元去，那也不要紧。他想定了，一把就将钞票捏到手心里来，立刻盖了箱子，伸着钥匙到锁眼里去，要把箱子锁起来。

但是当他伸手要锁的时候，心里第二个念头，却又变了。这钱不能拿的，令仪用钱，虽是很大方，但是我想用多少钱，应当明明白白地向她去讨，不当背了她，暗中偷她的，还是把票子送回箱子里去吧。他犹疑着手扶了箱子盖，不免出起神来。最后他又想了：拿就拿了吧。我们既是夫妻，谁用谁的钱也不算偷。我把钱带去，留个字条，让老妈子交给她就是了。他想着，这个办法是对的。于是将钞票揣在身上，就到隔壁内书房里来，看到书桌上有现成的纸笔，坐下来，就提起笔在一张洋式信笺上写道："令姊，我晚上来看你，久等不回，你到何处去了？奇怪奇怪，枕下戒指，我借去一用……"写到这里，不免踌躇起来。只管用笔头倒擦抹着自己的鬓发，戒指在枕头底下，我顺手摸来，还有可说，这钞票人家是放在箱子里的，为什么我打开人家的箱子来拿钱呢？这钱和戒指，我虽拿了，我若不说明，令仪未必知道是我拿去的，我乐得不作声，让她去疑心仆人好了。心里想着，手上已经把写的那信笺，捏成了个纸团。接着就向衣袋里一揣，这桩案子，自己既然打算胡赖，那就不能够再在这里等着了。要不然，令仪回来了，彼此当面，这话可不好说，于是戴上帽子，就向外面走。

当他走到院子里的时候，皮鞋底在青砖铺的地面上嗯嗯作响。老妈子就追着出来问道："周少爷，你走了吗？等了这样久，索性等一会儿吧。我们小姐，一会子也就回来了。"计春道："不不，不等了，我还有事呢。"他口里说着这话，嗓子眼里，可是抖颤着的。女仆道："余老爷来了。你不和余老爷谈一会子去吗？"计春心里想着，怪呀！她为什么老留着我，莫非她已看出了我什么形迹吗？便答道："我明天再来吧。夜深了，我要回公寓去了。"一面说着，一面就向外面走，到了大门外，心里还扑扑乱跳，自己定了一定神，自己一跺着脚发着狠道："事情既是做了，害怕也是无益。错就错到底，管他呢！我上舞场去了。下了这样的决心，那就什么也不怕了。"立刻雇了街上的人力车子，飞奔到皇宫舞场来。

今天这里是更热闹了，那大门口两个圆圈圈的红绿电灯门框之外，又有四个电灯球大字，"特别表演"。大门外空场子里，汽车挨着汽车停住，把人行路都塞断了。人力车到门外路上，还不曾停着，一阵铿锵的音乐就送入耳鼓来。计春心想：总算来得不晚，还把热闹时间赶上了。跳下车来，也没有毛票给车钱，只好给了车夫一元现洋，自己匆匆忙忙地就向舞场里面跑着。到里面看时，恰好情美没有得着舞客，独撑着头，在舞女座上等人呢。计春看到，认为是个绝好的机会，立刻买了廿块钱舞票，到舞厅里去找了一个座位坐下。他这里一坐下，向情美那边看去，恰好她也向这边看了来，四目相射，就对笑起来了。情美对他这一笑，为着什么，他不知道，他对了情美那一笑，就为着说不来，今天晚上，还是赶着来了。二人对笑着，音乐台上的乐队已经开始奏起音乐来了。他二人在音乐声中，好像得着一种什么命令一样，立刻走到一处，搂抱着跳舞起来。在跳舞的时候，那晶光闪闪的钻石戒指，已经射到情美眼里来。情美一想：这小子到未婚妻那里去了一趟，就戴着钻石戒指来了。老陈说他岳家有钱，这倒不是假话。当她眼睛射到戒指上时，计春也跟着她的眼光看来，脸上带了微笑，自己先问道："你看这个戒指好不好？"情美微笑道："好是好，但是这放在你手上，我说好又有什么用处？"计春若是要安慰她两句，除非这样说"你喜欢我就送给你吧"。然而这是太贵重的东西，怎样能随便地说送人，算是碰了人家一个橡皮钉子，也只得微笑着不作声，把这场困难胡乱地就牵扯过去了。

计春跳完了舞，自己回到座位上去，一看今天的舞厅里，十分热闹，各座位上都三三两两的，唯有自己这里是一个人，却太孤单了，想着刚才暗中得罪了情美，没有什么可博她欢心的，不如让她来坐桌面开香槟，和她捧捧场吧。他如此一想着，摸自己衣袋里钞票，还是成卷地塞在里面呢。这大可够今天一晚挥霍的了。于是二次起舞的时候，将情美邀了过来坐下。接着，就开了香槟。情美在暗中握住他的手，就笑问道："今天的报纸，你看过了没有？"说着这话时，眼睛很注意他的脸部，看他是如何答复。计春很自然地答道："今天我没有看报呢。国家大事，与我毫不相干，我看报做什么？"情美咬了下唇皮，微微地点了两点头，笑道："那样就好。"这四个字，忽然听着，倒有些费解。难道说一个人要不管国家大事，那才是好吗？计春没有追着向下问，也想不到这里面有其他的问题，当时也就只知道搂着情美，继续地向下跳舞。

这舞场里，今晚本来就特别地热闹，先是三位舞蹈女星，逐位单人表演，后来又有男星配演，也是每人一场。等到这些节目做完，夜已深了，计春手拿着玻璃杯，伏在桌子上，眼望了跳舞厅中心，并不说什么，就打了两个呵欠。情美在她自己座位上，斜着眼睛看去，心里已明白了，这就走近身低声向他道："我去打电话叫汽车，你送我回去吧。"计春笑着点了两点头。但是情美也不曾计及他已否答应，早是掉转身匆匆地走去打电话去了。计春听到她说，须要他送了回去，已经让他的精神兴奋起来，这不待情美吩咐，他也有那相当的聪明，就悄悄地会过了座位上的钱，先到大门口去等着。不到二十分钟，情美挽了他的手胳臂，就一同回到自己家里来了。

当太阳高照，时钟的短针在一画上面时，计春睡在很高的软枕上，睁开眼睛来着时，便觉这屋子里，充满了脂粉香气。情美对了梳妆台，正在浓抹脂粉，她在镜子里，看到计春坐将起来，就回转头来微笑道："你还睡一会子吧，昨天晚上……"说着，抿嘴一笑，计春将手抬起来，看了一看手表，微笑道："若是在学校里的话，下午第一堂课，都该上了。床上只是我一个人，为什么还舍不得起来？"计春口里如此说着，坐起来，伸着脚到床下来踏鞋子。情美就在衣架上取了一件很干净的睡衣，向他身上披着，同时喊道："王妈，周先生起来了。打洗脸水呀！"计春只把睡衣的带子系好，脸水漱口水，便一齐放在梳妆台上。计春来洗脸时，情美却趁了这个时候，站在衣橱子边和他刷西服。计春也莫明其妙。她突然之间，在哪里就找着了一把毛刷子，这或者是事先就预备好了的了。自己洗完了脸，穿上了衬衫，情美拿着领带和领子，就来和他一一加上。衬衫领子都穿好了，情美就提了西服，让他来穿好。计春走到外面堂屋里来，向窗外看看天色，他还不曾在椅子上坐下来呢，那个女仆就用一只红色的雕漆盘子，托了一小瓷碗油汤似的东西进来，笑嘻嘻地放在桌上，她道："周先生，这是今天一早炖的新鲜牛肉汁，很补身体的，你就喝了吧。"计春道："怎么只一碗呢？"情美就在屋子里答言道："这是特意为你预备下的，你就喝了吧。"计春听她如此说着，也就不必客气了。但是心里想着，令仪要像情美这种样子待人，那就好了。令仪只是肯花钱给人用罢了，至于温存体贴那些事情，她是完全不管。可惜情美没有令仪那么多财产，不说那样多财产，就算十分之一吧，我也愿意丢了令仪来娶她。

他正如此想着，情美笑着走出来了，用手轻轻地抚摩着计春的脊梁，问道："早上你还要吃什么东西吗？"计春道："不吃什么了。劳驾，叫用人给我一杯茶喝就行了。"情美道："有有，早预备好了。你喝龙井呢，喝香片呢？屋子里桌上，圆壶是龙井，桶壶是香片，听你自己的便罢。"计春笑道："你也太周到了，何必为我泡两壶茶呢？"情美叹了一口气道："你到今天才知道我对你是很周到吗？无论哪个女人，对于自己心爱的男子，是不肯放弃的。但是我因为你喜欢唐小曼，就把她介绍给你交朋友了。我只要你精神上得着安慰，其余的事，我并不计较。可想我对你是怎样一番心事了。"计春想着，这话果然。走到屋子里斟了一杯茶，靠着桌子，慢慢地呷着。一只脚悬了起来，只管抖文。情美进来，用一只手搭着计春的肩膀，偏了头，向计春脸上望着微笑道："小兄弟，我爱你是真正地爱你，并不像别人，为了失恋，才和你要好。那是给别人看着，她自己来出气的。你这样年纪轻轻的，给人家拿来当傀儡，真是可惜呀。"计春听了这话，未免心中一动，同时脸上也就红了起来。情美这样一句很平淡的话，可让计春的环境，起了莫大的转变。袁佩珠所施的计策，总算有效了。

第二十九回

约指借来计成人忽遁
纤腰舞倦梦醒客何归

　　周计春这个青年，聪明是很聪明的，但是他岁数太小了，而且他是穷苦出身的人，声色场中，这些无边的风浪，哪里能抵抗得住？他和令仪订婚以后，用钱是用得舒服，但是令仪那个脾气，可也不容易对付，动不动就变着脸色，闹得人笑也不是，哭也不是，他心里也就委屈极了。在他和袁佩珠要好的时候，彼此之间，自然是无话不说。提到了令仪，佩珠就没有说过她一个好字。当时因为佩珠和令仪是情敌，自己就也是听一半疑一半。后来在陈子布口里，有意无意之间，也曾提到令仪身上来，他曾在很不经意的时候，说着，令仪是为了负气，才订婚的。计春也曾想着这话有些相近。要不然，她那么一个有钱的大小姐，为什么要和我这穷小子订婚呢？这两天和情美在一处周旋以后，这才知道女人的可爱，并不限于脸子好看而已。有许多所在，是文字和言语，都不能形容出来的。就以情美而论吧，她能舞，她能唱，她又会照应着人，和她在一处，时时刻刻都感到舒服，绝不让人受上一点子委屈，将她来和令仪打比，那很可以证明令仪不是真爱自己的了。所以情美说出为了自己出气才相爱，这就知道她说令仪的爱，不是出于真实的。自己现在修饰得丰致翩翩，却不免去做一个情场的傀儡，这也就太可耻了。当时红着脸，又不便哑口无言，微笑道："你这话是很怜惜我的。可是老实说，我本人是个穷小子，所用的都是亲戚的钱。我纵然爱你，我也没有那个力量娶你，那也不是枉然吗？"

　　情美顺手将他手上的茶杯，接了过来，喝着一口，然后再用那只手拍了他的肩膀微笑道："小兄弟，你错了。你以为婚姻的关系，都是建筑在金钱上的吗？"说到这里，她连连摇了几下头道，"不说了，不说了，在这个时候我说着，显然见得我是夸嘴。过久了，你自然也就明白了。"计春再要说时，情美搂着他，在屋子里，东倒西歪跳起舞来。计春看看这种情形，分明是人家不愿向自己灌米汤，这更见得她是好意了。因此彼此越说越投机，计春并不想走。在情美家吃过了午饭之后，情美又陪着他打打乒乓球，下下跳棋，混混就天黑了。吃过了晚饭，情美就不等计春开口，先就拦住他道："你今天不必上舞场去了。"计春听了她这话，倒是愕然，就站定了，望着她的脸道："这是什么意思？我有什么事情得罪了你吗？"情美这时站在屋子里梳妆镜前，在理头发，于是放下手上的梳子，掉转身来，两手握了计春两只手，连连摇撼了几下道："我无论说着什么，你怎么总不当是好意呢？你想呀，我们这样早晚不离，我是把你当一个平常的舞客看待吗？"计春正色道："你简直把我当自己的小兄弟一样看待了。怎么倒说出这种话来。"情美道："却又来了，我既把你当自己人看待，你的钱，就是我的钱。你到舞场里去，买舞票，开香槟，一晚就花好几十块钱。我呢，不过得个几分之几。你为了我花钱，我又不曾得着实惠，那是何必？依我说：你还是省了那几个钱，留着我们或是买衣料，或是吃馆子，或老留在你那里，作为我的零用。这都不比在跳舞场上花去，这强得多吗？你若是闷得慌，就在我床上躺躺，找本小说看看，这岂不是好？我今天晚上不会闹到深夜，可以早点儿回来的。你不看我的脸。"说着，将脸两边偏侧着让计春看，果然只是淡淡地扑上了一点儿粉，并不曾抹一点儿胭脂，眉毛也是平常的样子，并不曾画。情美笑道："我们和舞场里是有合同关系的，无论我怎样舍不得离开你，可是不去不行。"

计春听了这话，真个是由心里疼了出来，便道："难道我能叫你为了我，把工作都牺牲掉了吗？你只管去吧。"情美笑道："我去是去，我会装着生病回来。一点钟以前，我准可以到家，你等着吧。你可不许走。"说时，握住计春的手紧紧地摇撼着。计春笑道："我若是走开，以后彼此就不用相会了。你想，我还有脸子见你吗？"情美听了这话，才带着笑容出去，到了院子里的时候，还高着声音叫道："妈，你可别让小周走了呀。他要走了，我回来了，可和你要人。"她母亲也就在院子里高声答道："漫说是你心爱的人，就是你心爱的东西，也不敢放松的。你把人交给我得了，绝没错的。"这样说着，才听到一种高跟皮鞋的响声，一路响着出去了。

计春躺在情美屋子里，就心里暗想着：她们对于我，真是十分亲爱。就算是假的，人家为着什么？她并不曾胡花我的钱呀！计春如此想着，自是得意之极，也就信了情美的话，不曾走开了。情美说的话却是言而有信，到了十二点半钟，也就回来了。这时，计春和情美的感情，那就更加进一层了。次日正午，计春先起床，却看到窗户边条桌上，放了一封请帖。封套上写陆情美小姐。顺手抽出里面的请帖看时，乃是穆祥生穆石佩贞谨订。这分明是夫妇两个合请了。因将帖子送到床面前，向情美道："喂，快起来吧。今天下午，有人请你吃饭呢。"情美接着帖子看了，哎呀一声，连说了不得。计春见她大为吃惊的样子，便问是怎么了。情美就扑哧一声笑起来道："这是想不到的事。他们夫妻两个，会请我吃饭。"计春道："这下请帖的是谁，不是舞客吗？"情美道："怎么会是舞客？人家是规规矩矩的人啦。这穆祥生，是前门外四五家绸缎庄的东家，家产几千万呢。他太太认识我，曾托人对我说过，要认我做干女。因为他两口子今年五十多岁了，还不曾生育，有个儿子，是过继来的，已经娶亲添孩子了。但是这两口子有儿无女，还嫌不足，又想认我做小姐。我想我一个当舞女的人，哪里配去做这么阔的小姐？所以我还不敢十分答应。今天这一会儿，我也想不去呢。"计春拍着手笑道："这是好事呀！你为什么不去呢？"

情美低头想了一想，又摇了两摇头。计春道："你为什么不能决定？"情美道："你想呀！他们家里请客，当然是什么样子的阔人都有。我衣服首饰全没有，怎好去得？"计春笑道："照说你的衣服，那是很多的了，像你做客，都嫌没有衣服，难道还要穿描龙绣凤不成？"情美笑道："倒不是如此。我的衣服虽多，但是在舞场上穿的东西，未免太华丽了，到人家去，恐怕人家说我不庄重。这也罢了，我挑两件极老实些的穿就是了。只是我一件可宝贵的首饰都没有呢。因为这两位老人家和朋友介绍，一定说我是位小姐，不肯说我是舞女的。"计春道："这很容易办。你把这个钻石戒指拿去戴就是了。"情美连连摇头道："不不，这个戒指，大概值两三千块钱，若是丢了，可赔不起。再说，这戒指又不是你自己的，若是你自己的，我就大着胆子借了去充一充面子，可是你这戒指，还是未婚夫人的呢。那位小姐若是看见你手上没有戒指，问起你来，你何言答对？"计春笑道："你也未免说得我太怕她了。你拿去戴着吧。"他口里说着，手上就已经把那戒指取了下来，交给情美。她接着戒指笑道："既然如此，我倒有些却之不恭，那么就是这样办。我说定了，借你……"说着，将戒指先戴在手指上，然后右手比着左手的手指头，口里默算道："现在两点，三四五六七八九十至迟十一点好回家了。我借九小时吧。不过有一层，你既然没有戴戒指，不宜和孔小姐见面。你在我这里再委屈一宿吧。"计春道：

"这是我求之不得的事。怎么说起委屈两个字来了？"情美到了这时，就不由得喜笑颜开起来，情不自禁地，将手搭在计春的肩上，向他连连地点着头道："谢谢你啦！"计春道："你这人太客气了。朋友的东西，互相通融一下子，那算得了什么？"情美瞟了他一眼道："朋友，我们似乎要比朋友胜过一筹吧？"计春笑道："却又来了，既是我们的交情比朋友还要胜过一筹，你把我的戒指拿去戴一两天，又算得什么？这哪里还值得你在口里老念着呢。"

情美且不理会他这句话，顿着眼皮，咬住下嘴唇，似乎又把什么事想出了神。计春道："你还想什么？"情美道："今天我七点钟就要走，你又不便回去，把你扔在我这里孤孤单单的，那是怎么办呢？"计春道："这不要紧。我随便到哪里去混几个钟头，就把这几小时混过去了。"情美依然咬了下嘴唇，在那里想心事。她忽然笑着瞅了计春一眼，点点头道："我有办法了。老九是个戏迷，我买两张戏票，让你和老九听夜戏去吧。"计春笑着摇手道："这如何使得？"情美笑道："这又如何使不得呢？你别疑心生暗鬼躲躲藏藏的，老老实实就和她公开地交朋友，我一点儿也不吃醋。再明白说一点儿，老九年轻呢，只晓得玩，还不懂得什么叫爱情。你这一颗心，都在我身上了，凭老九那点儿本事，还不能把你套了去呢！你怕什么？"她这种话，越是说得直爽，越是让计春死心塌地，简直没有丝毫可以拂逆的余地。听她说着，只有嘻嘻地笑。

到了下午四点钟，情美果然去买了两张戏票，同时打着电话给唐小曼，说有要紧的事商量，请她立刻就来。等到戏票买到了，唐小曼也就来了。情美告诉她说是请她陪计春看一晚上的戏，明天另有报酬。小曼就笑道："你待周！未免太好了。花钱买票让我陪他去听戏，那还罢了，又怕我不耐烦，还许着我另外报酬。难道你和他订了条约，非成天成夜，陪着他不可吗？"情美笑道："嘻，是的。要成天成夜陪着他的，我给你一个机会，让你今天去接近他。你若是能在我手上把他夺了去，我才佩服你呢。我们什么事都丢开，要怎么办就怎样说。你若是今天不去，那就是故意面子上装作正经，以后你们俩就别到一处玩了。"计春以为她这样说了，小曼必要性急起来的，可是所猜的正是反面。小曼突然地站了起来，将计春一只手抱在怀里，将头靠着计春的肩膀，笑道："小周，你得替我争口气，和我多亲热亲热。"计春望了情美，只是笑，什么也说不出来。三个人在屋子里纠缠了许久，陆家又办了很精致的晚饭给计春和小曼吃。情美因为要去赴席，只是在旁边坐下干陪着。到了八点钟，情美叫了一辆汽车来，亲自送计春和小曼上戏馆子去听戏，她才从从容容地到穆家吃酒去。

计春对于唐小曼这种天真活泼的态度，本来也是很爱的。但因为和情美那般相好，实在不忍丢了她和第二个人谈恋爱，而况她也看破了这事，嘴里只管直说，弄得人也不好去做那明知故犯的事。这时离开了情美，和小曼同座看戏，年岁既差不多，一个穿着平整的西服，头发梳得溜光，一个穿了短袖淡蓝色的花绒旗袍，梳着两个小辫，分在头的左右。看戏的看到都这样想着，哪里来的这一双如此年轻的摩登男女？心里如此想着，由身边经过的人，都不免向他俩身上看看。计春并不因为这样引起别人的注意，是一件少年可耻的事，他倒十分得意，不住地偏过头来，和小曼说东说西。因为他是这样得意，所以在听戏的时候，也就忘记了一切，及至把戏听完，也就十二点多钟了。小曼急于要上舞场，就由计春在附近汽车行里雇了一辆汽车，直接把小曼送到舞场里去。在舞场里一问，说是情美今天请假没有来。计春想着她必是回家安歇了，立刻坐了车子到陆家来。

那汽车到了门口，接连按上了几响喇叭。他心里想着，里面听了这种喇叭声，知道是自己来了，必定有人来开门的。因之在车上付了车钱，才从从容容地下车。及至汽车开走了，门里面还没有响声，于是伸着手，就去按门上的电铃。两次，三次，把电铃按到四次，还不曾有人出来开门。计春心想：这可怪呀！她家里人，都是深夜不睡的，有时候情美快到天亮回来，那电铃一响，门就开了。这时不过十二点多钟，舞女家里算是很早，怎么这门就叫不开？是了，电铃也许坏了，且用手捶着门试试看。于是捏着拳头，咚咚咚，在门上捶了几十下。捶的结果，依然是双扉紧闭。不过这时他正对了那大门，久在夜色里，眼睛渐渐亮了。这一亮，看清楚了。呀，这门是反扣的，外面还插着一把锁呢。情美就算吃酒不曾回来，她母亲呢？她家里的女仆呢？还有半做厨子半做听差的一个南方人呢？难道都去做客去了？自己对了那大门，呆呆地望着，不知是何缘故，心里却有些扑扑乱跳。心里想着：她全家人都不在家，这必定有些缘故。可是这般夜深了，向哪里去问这些缘故呢？若去问街坊吧，恐怕陆家和街坊邻居，都没有什么来往。这时胡乱去打人家的门，将人家由睡梦中惊醒，人家不会说是我发狂吗？那么，向舞场去打听，然而她向舞场是请假的。她若是出了什么事，那还要说自己多少涉些嫌疑呢。自己在这门口呆呆地望着，没有一个办法。

后来这胡同里远远地有皮鞋声响，计春料着是警察来了，赶快就走了开去。余子和家，夜深是不能去了，朋友家里，也不能半夜拜会。最后想着：只有回到那四五天不曾去的自家公寓里安身了。当他刚进了公寓大门时，伙计见了他，第一句话便道："周先生，你可回来了。那位孔小姐昼夜地寻你。今天晚上，还打了两遍电话找你呢！还有一位老……"计春不等他说完，心里已是乱跳。想着：这必是钻石戒指这件事发作了，这公寓里如何能住？便抢着道："孔小姐找我有要紧的事吗？那我连夜就去吧。"说毕，扭转身就向门外走。伙计追了出来道："周先生，你务必要到孔小姐那里去一趟。她有十分要紧的事，非要你当面不可哩。"计春听说，更是慌了。不能回公寓，这个时候，到哪里去？只有回舞场去，是一条正路。纵然明天情美吃醋，说是陪小曼跳舞了，但是谁叫她家今天晚上关门大吉呢？他想着有了理由，便又回到皇宫舞场来。

在舞场上的唐小曼，看到他去而复回，倒很是诧异。这时候了，情美为什么不留住他，还让他出来？计春到了这里，当然也不会想第二个了。在屋顶上电灯放着醉人的紫光，音乐台上奏着那曼声的调子时，计春搂着小曼，一歪一跛地慢舞着，低低地向她道："老九，今晚上我没地方安身了，怎么办？"小曼道："找情美去，她没有回来吗？她的床也不能搬了走。"计春道："你说怪不怪，她家的大门反锁了，叫不开门。"小曼道："你不回家去？"计春道："夜深了，叫门费事，而且也不方便，现在快两点钟了！我还没有个安身之处。真着急！"小曼撅了嘴道："着急，活该！"计春笑道："你不是说要在情美手上把我夺过来吗？"小曼瞅了他一眼道："我就知道你在我面前玩手段。"计春道："我可赌死咒，她家大门实在是反锁了。你不信，我们一同去看看。要不然，你叫叫她家的电话，若叫通了，就算我骗你。"小曼道："我们姊妹们感情不错，难道我真抢你不成？"计春道："你既是要避嫌疑，我也没有法子，我就在这里坐到天亮走吧。"说到这里，音乐已经停止了。

小曼回到舞女座上，回想到计春这样年少，而用钱又是那样挥霍，有这样的机会，似乎也不可失掉。于是就悄悄地走到电话室里，向情美家打电话去。果然的，叫了十几分钟的电话，不听到一点儿回音。小曼这才信着计春的话不假，就算是假的，自己打过了这遍电话，也就对得住她们了。小曼回来之后，二次和计春合舞。计春又提到今晚无处安身的话。小曼笑道："隔壁就是旅馆，你不会开房间去？计春笑道："你不能陪我去吗?"小曼道:"你不知道带舞女住旅馆,那是要犯法的吗?"计春笑道:"这样夜深,警察还会去查房间吗?那也未免太多事了!多给茶房两个钱,他自然会同我们遮盖过去。"小曼瞅了他一眼道:"看你小小年纪,你倒是什么都懂,这都是情美这班女朋友把你教坏了的吧!"计春笑道:"她倒是没有教我做坏事。"小曼道:"谁教过你做坏事?"计春笑道:"回头我可以详细告诉你。"小曼点着头微笑道:"哼,我倒是要审问审问你。"两个人谈着话,又合跳了两次舞。因为上半夜两人同看戏的,都感到疲倦。到了三点钟,小曼先就离开了舞场。不到十分钟,接着计春也就走了。他们这样不知天高地低的少年,只顾眼前。计春所说要详细告诉小曼的话,少不得总是要告诉她的。小曼详详细细地问,他自然也就详详细细地说出来了。

这舞场隔壁,就是一家中央饭店。在次日下午两点钟的时候,小曼脸上黄黄的,蓬着头发,紧裹着斗篷,由饭店大门口出来,坐人力车而去。这饭店某号房间里,计春一人坐在沙发上喝着茶,心里想着:倘然今生一生,都是这样地过去,那倒也快活。不过这件事最好不让情美晓得,那就更有兴趣了。他想着出神,门外夹道里,正有卖报小贩,慢慢唱着报纸名字,走了过去。计春心里一动,这有好几天不曾看报了,倒要看看报上,国家社会,在这几天可曾发生什么问题。于是叫报贩进来,大大小小买了几份报看。他两手捧着,还不曾展开来,便在报头边广告第一行,看到了"计春弟鉴"四个大字。什么?有人登报找我呢?也许是同名字的人吧。再将大字下的小字全文一看,乃是:"登报数日,觅弟不至,岂有心躲避乎。尊大人现卧病医院,势甚危殆,弟若不前来,谁负此重责?若弟有甚困难,不能抽身,亦望设法告知。其余各问题,容面叙。仪白。"计春一看,这不成问题,必是令仪登报的了。她这广告上说:我父亲卧病医院,这话有些靠不住。我父亲卧病在安庆,他不会进医院的,令仪怎样又会知道?我父亲若卧病在北平,根本上没有听到说他要来,这显然是令仪丢了戒指,着了急来找我了。我原来猜这戒指,也不过值一千多块钱。情美说要值两三千块钱,仔细想起来,也许不止值这些个钱。在小说上曾看到过,一只戒指,有值几万的呢。若果是那样值钱,令仪怎样肯放过我。这不是闹着玩的,赶快给令仪送回去为是。心里想着,再拿别的报看看,上面都有这一种广告。这不用说,一定是令仪发了急了,所以到处大登广告。俗言道得好:逃得了和尚逃不了庙,我家还在安庆呢。我若老躲避着,她必定会找到我家里去的,那么我还是早早把戒指取回来,送还给她吧！他如此想着，更是不敢稍缓，立刻会了旅馆账目，拿了那卷报纸，坐着人力车子，就向陆情美家来。

还不曾到呢，远远地就看到那门口拥着一群人，还有两位穿黑衣服的警察指手画脚，在那里说话。计春心里又是一动，在胡同口上就跳下车来，自己装成一个过路人的样子，慢慢走到情美家大门口去，只听到一个人道："她们家木器家伙，全是租来的，丢了要什么紧，至于能带的东西，全带走了。"计春见说话的是个老年人，便取下帽子向他点了一个头道："老先生，这是怎么回事？"那老人叹了一口气道："别提了，这一家子是当舞女的，前前后后，在这胡同里欠下不少的债，昨晚晌卷逃了。"说着这话，只管向计春周身上下打量，接着问道："你这位先生认得她吗？"计春得了这个报告，犹如在天灵盖上打了个霹雳。睁了双眼，望着大门，许久才道："不能进去瞧瞧吗？"警察向他望着道："你是陆情美的舞客吗？"计春道："不，我是新闻记者。"警察道："你有名片吗？"计春伸手到衣服袋里掏了一阵，笑道："没有，我不想出门就会遇到这种事，没有带名片。"警察道："对不住，这可不能随便进去，主人翁一逃走，这里就是是非之地了，谁愿意进去犯嫌疑？"计春听说连新闻记者进去都有嫌疑，若是表明自己和情美的关系，那不客气，也许他要带走。自己省点儿事，还是走开吧。警察一再提到"舞客"两个字，这倒让自己想起来了，自己认得情美，是陈子布介绍的，陈子布就是情美最老资格的一个舞客。情美何以逃跑，逃跑到什么地方去了？陈子布总应该知道。他介绍这种女子和我做朋友，不能不负点儿责任，我找他去。这个念头转了过来，立刻又奔到陈子布的寓所来。

但是他和现在的计春一样，行李箱笼都寄放在一家头等公寓里。然而他的人却是没有固定的地方安顿，人和行李，也许四五天不见面。计春赶去时，当然是不在家了。计春越是找不着人，心里就越没有了主张。他回想着：这事是有些蹊跷，陈子布虽和我感情很好，但是一位新朋友，究竟他为人如何，却是不得而知。再说无论交情怎样的好法，没有把爱人让给朋友的。看陈子布和情美的情形，以前应该是极热的人，何以他自己愿意离开，却让给我。天下事又是这样无独有偶。陈子布把情美让给我了，情美又把我让给小曼。虽说做舞女的，把爱情这件事情看得十分淡，可也不应当公开地这样做。他心里想着，脚上沿着人家屋宇的墙脚，只管一步步地向前移着，自己不知道走了多少路，也不知道到了什么所在。偶然醒悟过来，抬头看时，却是一条素不相识的胡同。自己觉得心里像火烧一般，立刻掉转身，向来的路上走回去。但是也只走了几步，心里忽然醒悟过来，我往哪里去？见令仪去，把什么脸见她？回公寓去，她可以找到公寓里来。找其他的朋友想法子吗？那些人和陈子布是一流的。可是不回去，也不找人，就整天整晚在胡同里走着不成？而且这样走着，也绝想不出一个什么办法来的。于是那脚步慢慢地缓移，缓到一寸挪不动，究竟是站住了。他心里想着：情美跑了，我倒陷住了。她待我那样好，突然地跑了，是想不到的事。莫非那都是骗我的吗？若说骗我，没有别事，必是为了这钻石戒指。她为了这钻石戒指，连码头都可以抛开，想必这戒指值钱。与其这样让她骗了，我不如自己卖了来花，虽是得罪了令仪，那也值得。啊，便宜了这个女骗子。

　　他心中如此想着，脚下就是一顿，这种动作，完全是他情不自禁，无意识地表示出来的。偏是在这时，有两名巡逻的警士由这里经过，看到他一个穿西服的少年站在人家墙角下跺脚，这却是件可疑的事，便走向前来问道："这位先生，你站在这里做什么的？"计春猛然一抬头，心里不由扑扑地乱跳着，就向警士笑道："我不做什么。"警士道："你不做什么，为什么站在这里跳脚呢？"计春笑道："是吗？我自己都不知道。我丢了一支自来水笔，遍地里都没有找着，所以我发急了。丢了就丢了吧，我也不找它了。"说时，他搭讪着向四周看了几看，也就走了。这样一来，真把他为难极了。公寓里去不得，朋友家里也去不得，甚至大街上也停留不得，这怎么办？他走路时，自言自语地道："狗急跳墙，人急悬梁。我要悬梁了。"他如此说着，自然十分着急。然而他真个悬了梁，那现代青年的下场，也就太惨了。

第三十回

欲死未能挺身谈奋斗
求生乏术访客作狂游

　　有人研究自杀者的心理，以为除了那特殊的情形而外，十之八九，都是一时的冲动，在这冲动的期间，觉得只有死是最后的安慰，并不害怕，过了这个最短的冲动期间，慢慢地害怕起来，就不想死了。这个时候，周计春也是这样想着：自己忽略了，把一个值三千块钱的戒指，随随便便地丢了，本来就对不起孔令仪，而况自己一时糊涂，又打开了她的箱子，偷了她百十块钱。便算是和她已经结了婚的丈夫，做出了这样不道德的事，她也就大可以提出来做个离婚的理由了。便是不离婚，她也瞧不起我这个人，我这一辈子，还想个出头之日吗？这真是我的错误。本来当个穷学生很好的，又要做有钱人家的女婿，做了有钱人家的女婿，也就该顺着这一条道儿走了。吃了三天饱饭，偏又要迷恋舞女。到了现在，哪一条路也走不通，如何是好？自杀了吧！他心里转着念头，脚下不停地乱走，到了最后，居然有个解决的办法了。他主意既定，抬头一看，这里是西四牌楼，走不多远，便是北海，有了，向北海投水去吧，北海总是个名胜地方，死在北海，也落一个干净。主意想定了，索性坐了人力车，径直就到北海来。

　　这时，已经是深秋天气了，树木大半落了叶子，就是没有落下来的，也变了赭褐色。地面上的草，都变着一种焦黄灰白的颜色。那些碧瓦红墙，在枯树中显露了出来，虽然不失它的伟大，然而一轮偏西的太阳斜照着，加上百十只乌鸦，只在树梢上飞栖不定，这便显出这个幽邃的名园，有很深的荒凉意味。计春在进园门以前，那是抱着必死的决心的，到了园里以后，最先经过琼岛前那座斜形的大石桥，就想向水里一跳，但是水在这里，绕着琼岛，不是怎样的宽阔，而且又是游人来往必经之路，万一跳了下去，让人给救起来了，那不成了笑话了吗？死也要死个痛快，必须找

279

个水面宽阔、无人看见的所在，一跳下去就死。他如此想着，走过了琼岛，顺着水岸向北走。远远地看到那北岸的五龙亭，参差着立在水边，便想起曾和令仪佩珠在那里品茗闲话的韵事，今生今世，是不会再有这甜蜜的生活了。这样好的地方，多看一分钟，多有一分钟的安慰，不要急于跳河，我先得把这风景饱足地赏玩一下。因为如此，他又再向前进，直逼近了五龙亭边。

这虽然是深秋天气，然而也不是游人绝迹的时候。当他走近了五龙亭时，其中有一群男女走了出来，嘻嘻哈哈的，快乐着过去。他心里就想着，天下事是如何的不平等啦！我这里穷无所归，正要跳海呢，他们却是这样欢喜。可是话又说回来了。焉知他们这班人里面，将来没有和我一样的？他心里想着，眼睛很注意那些人，却看到了其中一个女子，很有些像袁佩珠，于是又想到了自己之有今日，完全是袁佩珠的缘故。设若在和令仪翻了脸以后，不受她的鼓动，立刻就找冯子云先生去，就早已做好学生了。他心里只管前思后想，却忘了自己是来寻死的，等到把思想停止了，猛然抬头一看，却见这北海白水漂荡，斜阳倒映在水里，金光一道，带入湖心，十分好看。再向东南望着那景山上的亭子，耸峙在翠柏丛中，映带着几角宫殿，简直是幅画图。这样好的宇宙，为什么把它抛别了？我若死了，明天这时，在水面上就要浮出肿头散发一具尸身来。那时，必是许多人围住了看……他想到这里，不但是心里乱跳，而且身上还有些抖颤。他不敢在岸边立着了，跑过来十几步，还喘着气呢。然而不死怎么样？这个难关不得过呀！他焦急着，又在路上转了起来。有了，刚才我曾想到袁佩珠，她和陈子布这些人很好，可以托她向陈子布打听陆情美究竟在哪里，只要把那戒指拿回来了，至于用了令仪百十块钱，那是小数目，总好办。有一线生机，我总应当根据了这一线生机去奋斗，何必急于死呢？他由迟疑着变到怕死，由怕死更变到求活，这是一定的道理，于是坐了人力车，直奔袁佩珠家来。

在一路上，他虽想到没有脸去见佩珠了，然而事实逼着来了，受人家的指摘，总比寻死好得多，所以也就横下心来，一切不管，挣着那口硬气，到袁家来。当他走到袁家门口的时候，自己很踌躇了一会子，伸头向大门里看了几遍，见门房的门紧紧地关着，并没有人声。设若自己不进门去惊动着，便是在大门外站立到晚上，恐怕也没有人出来招待，因之来回地徘徊了好几趟，始终不敢冲了进去。到了后来，他自己暗中用劲，将脚顿了两顿，心里想着：再要不进去，天就黑了，人家还要疑心我是一个溜门贼呢。于是不顾利害，伸手在门环上乱打了几下。一个听差走了出来，向计春身上看了一看，本打算凶狠狠问上一句的，后来看到他穿了漂亮的西服，而且头上戴的那顶帽子，也是丝绒的，这才忍住了一口气，从从容容地问道："你要会哪个？"计春道："我是来拜会你家大小姐的，有点儿要紧的事要对她说，务必请她出来见见。她若有事，我只作五分钟的谈话好了。"说着，在身上掏出一张名片来交给听差。听差拿着名片进去，他站在大门洞子里等候，可是不住地心跳，以为佩珠必定不见，或者是听差骂了出来。然而事实与理想相反的，听差出来时，一阵高跟皮鞋响，佩珠竟是走出来欢迎了。她老远地笑道："今天是什么风把你刮了来？请到客厅里坐。"计春老远地将帽子拿在手上，红红的面皮，就点着头走过来。

到了客厅里时，更让他出于意外，便是电灯灿烂之下，陈子布也坐在沙发椅子上抽烟卷。看到计春，他就迎上前来和他握着手，笑道："老周，你今天有一件很失意的事吧？"计春却不料心里憋住一个哑谜，进门便让他猜破了，因发笑道："你怎么知道，我有什么失意的事？"子布道："陆情美逃跑了，不是你一件很失意的事吗？我知道你到我公寓里去了一趟，大概就为这个事。你不必惦记她了，她亏空了有四五千块钱的债，不跑怎样办？你还能替她还四五千块钱的债吗？"计春正要开口，袁佩珠走过来，拍了他的肩膀，笑道："先坐下，有话慢慢地说，忙什么？"计春看看佩珠的态度，脸上总是带了微笑，为什么这样？倒是猜不出。难道她对于前事，竟是毫不介怀吗？这样，还不难找他们帮一点儿忙了，于是诚诚恳恳，就把自己借了令仪的钻石戒指，又转借给情美的事，全说出来，因皱了眉道："她把我这戒指带走，叫我把什么东西去交还人家？她可以骗我，我可不能骗别人啦。"佩珠听说，向子布对望了一下，笑道："啊，这舞女心太毒，我听说令仪那戒指要值四千多块钱呢！"计春听着，这价值又加上了一千，更是增加了不快。子布笑道："老周，这是你不对。孔小姐将这样贵重的东西交给你，你为什么随便地转借别人？"计春道："唯其如此，所以她找我，找得很厉害。她知道我不敢见她的，就登着报说我父亲病在医院里。她似乎也是不择手段了。子布兄，你对于情美的历史，是知道得比我清楚的，你想她这样一走，还是先到天津，还是径直就回上海？"子布道："当然是先躲到天津租界上去，你想，她要是回上海去，在火车上要经过两天两夜，她不怕北京打电报出去，将她截留下来吗？"计春低着头想了一想，又点点头道："这是对的。她藏在天津什么地方，你总知道吧？"子布笑道："便是她到天津去了，我还是揣度之词。我哪能够知道她藏在什么地方？不过……"说到这里笑了一笑，又道，"若要找她，也许有条路子，只是万一你找着她了，我可有些对不住人。"佩珠听了这话，立刻睁了眼睛望着他，那意思自然是不高兴他这样说。但是子布依然不管，笑道："有位新作家余何恐，你可晓得？"计春道："他是一个文学家，我怎么不知道？"他这样一说，袁佩珠却微微地笑了。

她为什么发笑呢？这可是个疑问了。子布笑道："你知道他就好。我写个通信地址给你，你到天津找他去。因为他和情美，也有很深的交情。情美到了天津，必定会去找他，你由这条线索，可以找着情美了。"计春道："你认识这位余先生吗？那么，请你写封介绍信。"子布道："我却是不认识，不过你拿爱好文学的青年资格去拜会他，他总是乐于接见的。"计春听他说并不认识余何恐，那么，这篇话根本有些可疑，于是脸上现了一种犹豫的样子，同时带上那惨淡的微笑。子布笑道："你大概不相信我的话吧？你在她家很熟的，印象当然很深。她卧室里有幅小中堂，是横写的一首新诗，这样特别的陈设品，你总记得？"计春道："记得的，我也很奇怪，因为情美是个摩登女子，这或者是摩登之一，就没有问她，免得她笑我。"子布笑道："那就对了，这奇怪东西就是余何恐送的，那字的下款，是英文署名，所以你不晓得。其实他两个人合照的相片还很多呢。哼，情美到天津去了，也许藏在他家里。"计春到了这时，不得不问了，便道："余何恐住在哪里呢？"子布道："我哪里晓得？"计春不由板了脸道："那么着，我们说的许多，全是废话了。"子布道："也不是废话。他在《天津日报》副刊上，天天发表文章，你找到报馆去，还问不出他的住址来吗？"计春听说，低头想了一想，自己连点着几下头道："对了，这样去找，总可以找得着的。今天晚上九点钟，还有一班到天津去的车子，我今晚就去。到了天津休息半晚，明天一早我就到报馆里去打听余何恐的下落。只要他肯见我，什么问题都解决了。"子布和佩珠，面对面地只是笑了一笑。

计春以为他们笑自己做事太急，却看不出这里别有蹊跷。心里想着：身上还有几十块钱呢，到天津去跑一趟，今天去，明天去，这也没有多大关系。他们便是笑，也不过笑我无用，到了现在，我已经够无用的了，还怕什么？他这个时候，下了二十四分的决心，也不管上天津是不是冒险，站了起来，向陈子布握着手道："多谢你的指教，回北平来，我再请你。"陈子布握着他的手，还想说什么时，佩珠站在身后，那两只秀眼只管不停转着乌眼珠子，于是他就只管含笑将计春送出大门口来。计春看看手表，已经有八点多钟，赶那趟晚车上天津，时间是有余的。因之到了大街上，进了一家小饭馆，找着屋角单独的一副座头上坐下，要了一壶酒、两碟菜，自斟自饮的，带想着心事。他望着手上的玫瑰酒，也想我现在可以喝这样好的酒。又望了盘子里的干烧鲫鱼，心想我现在可以吃这好的菜，假使我在北海投水死了，现在可就伏在泥坑里，滚着泥球了！这样看起来，为人还是要奋斗，天下只有奋斗的人，有成功的希望。我自从做牧牛的孩子，混到了现在做一个摩登少年，这都是奋斗来的。那时候的艰难困苦，要胜过现在百倍，那样的困难，我都奋斗过来了。现在我穿得这样好，吃得这样好，身上又有钱，怎么我反是不能奋斗呢？几杯热酒下肚，他的胆子就壮起来了。自己挺着胸，用手轻轻地拍了几下桌子，口里低声喊着道："奋斗奋斗！决计奋斗！革命的青年，我什么也不怕。"抬起手表来看看，已经是八点多钟，这就快到上车的时候了。自己不再犹豫，坐了人力车子，就直奔东车站。

他到了正阳门，看见那巍峨的箭楼、灿烂的电灯，都现出这美丽的世界来。他心里又想着，眼面前这些东西，不都是人力造出来的吗？只要肯努力，世界都可以改造过来。这样小小的困难，算得了什么？他凭空想得了"奋斗"两个字，精神突然地兴旺起来，于是在这种奋斗的精神里，就搭车上了天津。当晚到天津，也已夜深，便住在旅馆里。次晨一早起来，便跑到天津报馆里，去打听余何恐的下落。日报馆当然是晚上办公的。计春赶到那里，只有营业部的人在办事，问起余何恐来，大家都回说不知道。计春又问余何恐什么时候到馆里来，那营业部的人，答复得更决断，说是没有这样一个人。这可让他大大地失望了。想了一天一宿的奋斗，到了这时，奋斗从何处下手呢？他无精打采地回到了旅馆，便有十点钟了。若是在这里还犹豫两小时，便又要给一天的旅馆钱了，但是不犹豫的话，难道就这样空了双手回北平去不成？到了北平，又在哪里安身？回公寓去，令仪找着了，能放过我吗？他下了那一番的奋斗决心，到这时又迷惑了。回北平既是无可交代，住在这上等旅馆里，又把什么来交代？他也想到报馆里编辑先生，有的是在晚上办事的，那么，不妨晚上再到天津报馆去一趟。纵然在旅馆再住一天，好在是个小房间，每天只两块钱房钱，身上还有几十元藏着呢，便是花了也不打紧。这样想着，心里又坦然了。

由早上十点，到晚上，这时间太长了，怎样把这时间消磨过去呢？曾听到人说，天津落子不错，到了天津来了，也要尝尝这落子的风味，于是先在市场逛逛，找了一家饭馆吃了饭，混进落子馆去。到了落子馆里坐定以后，这才明白，原来不过是几十个妓女，在小台上，每人清唱一段下去，听了二三十个人唱过，实在感不到兴趣。这时已经有了两点多钟，去电影院赶第一场电影，却也正好。因之出了落子馆，匆匆地又到电影院来。看完了电影，时间还不过五点多钟，又在各市场上兜了几个圈子。吃过了晚饭，好容易才熬到了七点钟。他心里想着：这是最后一着棋子了。见了报馆的编辑先生，无论如何，要他把余何恐的住址说了出来。他二次到了天津报社，便指明了要会编辑先生。传达室的人就答复着道："编辑先生没来！"计春问道："什么时候才来呢？"传达道："不一定。反正是早着啦！"计春这次又算是白来了。站在传达室门口，再想问两句时，那人检检理理，检好了一束信封稿卷之类，就起身进里面去了。计春呆呆站立了一会儿，不知怎好。但是"奋斗"那两个字，立刻在脑筋里又泛映出来。他想着：编辑先生今晚上总是要来的，回头我再来一趟好了。这一点儿麻烦都不能忍受，我又奋斗些什么呢？他在极无可奈何的情形之下，自己又回到旅馆去了。

但是回到旅馆之后，一无人谈话，二又无书可看，十分烦闷。想着：九点钟还有一场电影呢。看完了这场电影，再去奋斗吧。他并没有想到余何恐的住址，未必是打听得出来的。在十一点多钟，他随着许多看客，出了电影院的门，第三次，又到天津报来了。这一次，传达倒不说编辑先生没来，就告诉他，这是工作时间，编辑没有工夫会客。有事请写个纸条，可以让编辑先生用书面答复。计春却不一定要见编辑先生，只是要知道余何恐的下落就得了，于是用自来水笔，在自己名片上写了一行字道："鄙人系余何恐先生学生，由平来访，请示余地址。"传达看了看，拿着进去了。不到十分钟，他就拿原名片回来了，交给计春，上面用红水笔加写了两个大字"不知"。这一下子，犹如将一瓢冷水向计春劈头浇了下来。拿住名片，半晌作声不得。许久才道："怎么不知道呢？余先生不是常在你们报上发表文章吗？"传达板了脸，冷冷地道："那我们说不上。"计春本来是心里慌乱无主张，又碰了传达这样一个钉子，心里头可就更乱，张口结舌地问了那传达道："报馆怎样寄稿费给他呢？"传达依然板着脸，回答那三个字："说不上。"这三个字比什么辩论都厉害，让问的人，不能再向下说了。计春没有那种力量，非逼得传达说出来不可，也就只好垂头搭脑回旅馆去了。

他在旅馆房间里想着：我就这样回北平去吗？那当然不能够！这旅馆住下去每天不吃不喝，也要两块多钱，这如何可以持久？奋斗奋斗这都是胡说，从何而奋斗起？人生真是苦恼，多活一天，就要多受一天苦，人总有一日要死的，与其这样苦苦地挣扎，倒不如死了干净。报上登着有许多人没有了办法，就在旅馆里开房间，吃安眠药自杀，论到我现在，往哪里都走不通。那么，这倒是一个了结的办法，要不然，就丢了面子去和令仪求情吧！令仪纵然不念我以前的过失，难道她还能够和好如初吗？自然，求她帮助在北平念书是不可能了。冯子云先生几乎和我成了仇人了，这个时候去要求他，那也是自我钉子碰，那么回到安庆去？但是我自己宣言脱离家庭了，难道这个时候我反而回到家庭里去不成？既全不是路，只有喝安眠药水死了的好。计春奋斗了几天几晚的结果，现在还是走向自杀的这一条路。他本是坐在一张小沙发椅上，跳了起来，自己叫着自己的名字道："周计春，你有什么脸面见你父亲？你父亲为着你受了多大的牺牲！你就是这样地报答他吗？死了吧，死了吧。"到了这时，他自杀的念头，又跟着转深起来，于是两只手插在西装裤袋里，又在屋子里打着转转。抬起头来向屋顶四周看看，他想着：我会死在旅馆里，这是想不到的事。我会死在天津，更是想不到的事。可是话说回来了，若不是陈子布那小子撒谎，我怎会到天津来呢？假使我不自杀，必须要报这个仇。他心里继续地想，脚下也就继续地走。最后他又想到了，我若是要报仇的话，我必须争气活着。我身上还有二三十块钱，总可以过活几天。在这几天之内，我再想法子好了。我能活着一天，就活着一天。想到这里，就把袋里一卷钞票掏了出来看看，大概还有三十元以上，同时又看到手上还有订婚的戒指，心想把这订婚的戒指拿去换了，也可以换个一二十块钱，维持得几天。那么，在我又何必自杀呢？有道是人有旦夕祸福，说不定在这几天之内，我就可以找出一点儿福气来。现在就死，那倒是死早了。

在他这一番转念之后，由突然决心要死，又二次不死了，既是不死了，索性坐下来，想个出路吧，于是坐在沙发椅子上用手撑了头，慢慢地想着。坐在椅子上想心事不算，复又横躺在床上，跷起一只脚来，颠之倒之的，只管想着。两只眼睛望了天花板只管出神。最后，他由床上跳了起来，口里叫道："有了。"于是在桌子抽屉里拿出信纸信封来，放在桌子中间，摆好了笔墨，就写起信来。信纸虽是直格子的，文字却是横写的。那信是：

何恐先生：

　　请你恕我冒昧。忽然写这封信给你。因为我常读你的作品，是你手下一个信徒。为了有这信徒的资格，所以在我这方面，就斗胆写信给你了。我是一个有热烈思想的青年，同时我是不明社会黑暗的幼稚分子，于是我成了个迷路的小羊。我在你作品中，看出你是个有血性的男子，必能指导崇拜你的青年。现在，请你允许我一见，作五分钟的谈话。五分钟的谈话，在先生并没有什么损失，可是对于我就受惠无穷了。我为了此事，特地到天津来的。现时住在四方饭店三百零一号，以三天为期，静等先生的回示。祝你健康！

你的信徒周计春上

　　他写好了这封信，在信封上写着《天津报社》文艺栏转交，而且为了令人注意起见，注明是快信。在次日一早，就亲自送到邮局去发了。他自己也明知道这是极不可靠的一个方法，自己亲自到报馆里去找余何恐还不曾得一点儿消息，平白地写一封信去打听，哪能得着什么结果？便是余何恐肯和我见面，能不能告诉我陆情美的下落，那还是个问题。事到于今，也就只有过一天是一天。不，简直是过一小时算一小时。

　　计春发了信回旅馆来，算是办完了一件事。自己又坐到这小房间仅有的一只小沙发上去，手撑了头，慢慢地想着。在旅馆里除了想心事，并没有别的事情来消磨光阴，除了想心事而外，只有看报。所以他在胡思乱想之后，便是看报来消遣。等卖报的来了，他买了四五份日报，放在茶几上，然后一份一份地拿起来看着。看来看去，忽有一行大字题目映入眼帘，乃是："大学生忧国自杀。"跟着看下去，这新闻占据了大半版报纸，内容无非赞誉这个人是位好青年，不明是何缘故，突然地在寝室里吞鸦片自杀了，在他床上枕头下，检出两封遗书，一封是告别父母的，一封是给朋友的。信上说到自杀并无别的原因，只是看到国事越不可为，自己又没有挽救的法子，所以灰心万分，只好自杀，借此来激励国人。计春把这段新闻颠倒着看了七八遍，心里就起着疑问，天下有为了国事来自杀的吗？假使我要自杀的话，倒也可以照这个样子办。在我死后，倒也可以掩盖许多丑恶，也许在一星期后，这些报纸上，要把我自杀的新闻登上了。他两手捧了报纸，只管出神，放下这张报，又把别份报拿起来检查检查。他检查的结果，却看到了许多电影广告，于是将报丢了，跳起来道："快乐一时是一时，看电影去。"他说着，洗过一把脸，将衣裳又扑扑灰，然后对墙上悬的镜子照着，向影子笑着点头道："发愁也是无用，看电影去吧。"说着，还抬起手来在呢帽檐边挥了一挥，做个很滑稽的样子，表示他心里头是空空洞洞的。

其实这屋子里并没有第二个人，他就是不这样地表示，也没有人疑心他心里如何。他因为所走的路子越走越窄了，又想到徒自发愁无益，所以在这天下午，他越发地放浪形骸，尽量地玩。看完了电影，就去吃馆子，吃完了饭，便又去听戏，回旅馆的时候，已经十二点有余了。一个人由早上工作到晚，固然会感到疲倦，可是由早上游戏到晚，也是会感到疲倦，所以展开被褥，倒上床去，就睡着了。他酣睡着，自己不知道经过了多少时候，却听到卧室门咚咚地打着响。抬起头看时，却听到茶房叫道："周先生，还没有起来吗？有朋友会你来了。"这不由计春不感到奇怪。天津根本没有我的朋友，更有谁人会知道我在这里住着呢？正如此奇怪着，却听到房门外有带南方口音的道："是这号房间里吗？不要错了吧？"计春这就料着是找错了房间的，于是披衣下床，开了房门，只见一个穿青呢西服的，戴着黑丝绒帽，架了宽边眼镜，口袋上插了一管自来水笔。看那样子，是一位很时髦的男子，不过年龄却到三十岁以外去了。计春正在向那人打量，那人取下头上的丝绒帽子，露出一头油亮漆黑的头发，早是带了笑容，抢着进门来了。他笑向计春道："贵姓是周吗？我是余何恐。"计春脑袋一颤，正象征着是心里一跳，但是他立刻满脸堆下笑容来，哦哦了一阵。茶房见是没有错误，就自去预备茶水。

计春因为还穿着小衣踏着鞋呢，口里连说对不起，忙着穿衣服和洗脸。余何恐倒不拘束，自在沙发上坐下，笑道："不要忙，我既是自己找上门来的，不一定要限定五分钟的谈话，就是五十分钟，那也不要紧。"他说着话，自取下帽子，在墙壁衣钩上挂了，又在身上取出个银制的烟盒子来，自点着火，架了腿坐着抽起来。计春一面穿衣洗脸的时候，一面已在那里想着：在我读他那许多平民文学创作的时候，以为他必是一个穿蓝布短褂裤的青年，却原来是这样一个漂亮人物。那么他和陆情美要好，那是可能的事。或者他到这里来，陆情美已经知道的了。于是他心里那块石头，不觉落了下去，精神也就振奋起来了。

第三十一回

一客登堂牧童堪作范
三餐断火名士更无家

　　这位余何恐先生来拜会周计春，果然来得有些突然，可是并非计春理想中那样来的。当计春赶忙漱洗完了，向他鞠着躬，坐下之后，少不得说了一些景仰的话。余何恐就不等他说出原因，先就笑道："我新出的那本《烈火》，你看过吗？"他说时，点了一根烟卷抽着，喷出两口烟来，又摇了两摇大腿，似乎对于那本新著很是得意。但是计春对于他的著作，虽是在刊物上看得不少，可是这本《烈火》，却未曾看到，而且这一程子，沉迷在女色里面，绝对不提到书本子上去，便是《烈火》这书的名字，也不曾听到，哪里看过这种书？不过既要恭维人家，就不能这样实说了，便点着头道："看过的，文章太好了。"余何恐道："你对于这书，有批评吗？当然，你不能为这事要见我。你是对于文学上有什么疑问要来问我的吗？我看到你的信，太恳切了，认为你是一个同志，所以不回你的信，直接就看你来了。"计春于是站起身来，说是不敢当。余何恐道："你有什么疑难的事要我帮忙，你只管说。大概不为的是什么经济问题吧？"计春本来想把陆情美的事，径直就说出来，无奈人家一来之后，尽说的是些正大题目，不便向这一方面谈，只好改了口道："倒没有什么经济上的困难。因为崇拜余先生的学问，很想见见。不想余先生这样客气，倒先来看我，这真是平民化。"

　　余何恐听了这话，就不由得深深地笑着，将鼻子的两边斜纹，笑得印出很深。他吸了两口烟，微笑道："你就为了见我，到天津来的吗？"计春顿了一顿，半低了头道："我还来找找一位陆……陆女士。"余何恐身子起了一起，笑道："哦，啊，为了女人，陆女士是哪个学校里的呢？"计春道："并非为了她的。她经我的手借了人家一些值钱的东西，我要在她手上讨回去。她……她是一个舞女。叫情美。"他说着，很快地看了余何恐一眼。看他听了这话，情形如何。他听了之后，对于"陆情美"这三个字，好像没有什么印象，淡淡地笑道："你怎么会认识一个舞女呢？这可奇怪了。我虽然喜欢上咖啡馆，也并不带着八股先生的臭味，反对跳舞，但是对于入舞场买舞的这种舞法，却未敢苟同。因为这是很显然的，乃是一种买卖。对于跳舞的本旨，离开得很远。"计春一想，心里大大地震动了一下。幸是自己不曾把话完全说了出来，要不然，必定受他一顿教训。他根本就反对舞女，怎么会认得陆情美呢？于是答道："我不是在舞场上认得她的，是在朋友家里见着，由朋友介绍认得的。我认为这种女子，虽然是在社会上的颓废青年，但照她本身说，也有可怜的地方。她……"一面说着，一面偷看余何恐的态度，见他抽着烟卷，却有些微微点头的样子，似乎表示自己这话可取，这才接着道："因为如此，所以我对于她，也就当着平常朋友看待。其实……"余何恐摆了两摆手笑道："这一层你倒不必去解释，我很了解。一样值钱的东西，是一样什么东西呢？"计春说到这里，也就把情美骗取钻石戒指的事，略略说了一说。却不说令仪是自己的未婚妻，也不说和陆情美发了什么关系。

余何恐听着沉吟了许久，微笑道："那么你到天津来是逼上梁山？你若是找不着这位陆女士，回去不回去呢？"计春觉得这是透露口风的一个机会了，便说不回去了，打算另谋出路。说到这里，余何恐少不得就盘问起他的历史来。计春知道这种大文豪，对于农工是表示同情的，就把自己真正的历史说了出来。余何恐突然两手一拍大腿，喊道："好极了！"同时就伸出手来，向计春握着，紧紧地摇撼了几下，笑道，"我正需要一个由农村里出来的人做朋友。你来找我，那就好极了。我现在想编一本三幕剧，题目是《牛》。我很想在这篇剧本里，把农村经济崩溃的核心来把握住，只是我没有农村生活经验……不过我当年教书的时候，也曾到乡村里去考察过几日，但是无论怎样细心体会，那也不过表面上一种观察罢了。你既是当过牧童的，关于这种题材，当然是能够供给的。你能不能和我合作？"计春这是做梦也想不到的事，这样名扬中国有权威的作家，居然要和自己合作，这可是幸运了，便笑道："我并没有什么本领……"余何恐连连摇着手道："并不需要你什么本领，只要你是一个农村里出来的人，这就什么都够了。你住在这旅馆里，经济上如何负担得起？你就搬到我家里去住吧。老实说，我家里那种舒服，不会差于这旅馆里的。你带有行李没有？"计春说是没有。余何恐就叫着茶房进来，叫他把这号房的账目结了，便向计春道："你这就同我一路走，用不着客气。"

　　计春真想不到一个新交的朋友，倒有这样干脆，这事过于顺适，自己倒有些疑心了，便站着笑道："恐怕我不能给余先生多大的帮助。"余何恐道："我请你同我去，你就同我去好了。我这人决不知道什么叫作虚伪的。"计春听人家说得如此干脆，若是不去，倒反映着自己虚伪，而况自己除了这样做去，也是没有第二条路子可走的了。当时也就不便再说什么，跟着余何恐走去。到了他家，却是在上海弄堂式的所在，一幢小小的洋楼，屋子外面，短砖墙和铁栅栏，围住了一个小院子。里面有两块草皮和几盆花木，顺着铁栅门，有一条洋灰泥路。向外开的两扇玻璃门上挂有两幅花绸窗帘，一眼望到，便会知道这是一家租界公寓，或买办阶级的人家，却不料余先生会和这种人住在一处。余何恐刚刚是推开那铁栅栏门，那玻璃门打开着，就有人在里面，叫着相迎道："余先生回来了，回来了！"计春向前看时，却是三位烫发长衣的女郎，蹬着高跟鞋，嘻嘻哈哈走了出来。随后有两个穿长衣、两个穿西服的青年，也就笑着出来，在走廊上就把余何恐包围住，笑问道："余先生一早就到哪里了？我们还等着余先生买点心吃呢。"余何恐笑着将两手乱摇道："别忙，别忙，我给你们带一个戏剧顾问来了。这一回上演，成绩一定可以办到九十分以上。信不信由你。"说着，手上拿着帽子，乱摇着走进屋子去了。

　　计春跟着他走进了屋子，却见地板是油光的，天花板是雪亮的，寸来厚的织花地毯上，陈设着蓝绒的沙发椅子，圆桌上蒙着蓝绸的桌围，上面放的茶具，细景瓷描金的，烟灰缸也是景泰蓝的。总之，在欧化中还要显出富贵气来，但是这好像还是预备那平常一种人来坐的。在这时，他推开旁边一座门，侧了身子，将手连指两下，眼睛向计春望着，那意思自然便是让计春进去。计春到里面看时，有写字台、写字椅、长长的绒面沙发睡榻，桌上放着石膏的维纳斯裸体像，壁上也是大幅的裸体画。在这写字台对面，有幅油画，画着一个小孩子牵了一头牛，下河去喝水。那小孩子全身一丝不挂，赤条条的，两脚站在水里，弯着腰用力牵了那绳子。牛却不肯听话，四腿前撑，身向后挫，绳子缚在牛角根和牛脖子上，牵得笔直。余何恐将手指着那画道："你看看，这画画得如何？完全是力的表现，就是那个穿西服的密斯脱曹画的。"

　　计春对于艺术却是外行，便点头说好。余何恐自坐在写字椅子上，叫计春在旁边椅子上坐下，他笑道："我们先且作十分钟的谈话，看看我们能不能合作。我的戏剧，是看了这画有所冲动的。也想找这样一个小孩上演。"计春道："放牛的孩子，裤子是要穿的。"余何恐道："我也知道裤子是要穿的，但是我想在穷得裤子都没有了这一点上着力。"计春笑道："乡下人一件衣服打七八个补丁，那倒是有的。在门口河里洗澡还要挨骂，放牛不穿裤子那不行。"余何恐道："我觉这画不错，据你说是具体错误了。"计春微笑道："这画实在错了。缚牛的绳子，不是缚在脖子上。"余何恐道："上街来的牛，我也看见过的，好像是缚在牛头上的呀！"计春笑道："牛头上怎样系绳子？牛的力气很大，绳缚在牛的头上，一个小孩怎样牵得动？"余何恐用手摸摸头，吸了一口气，想道："莫非像马缰绳一样，衔在牛口里？"计春道："不，牛的绳子，是穿在鼻子眼里的。"余何恐两手按了桌沿，睁着眼向他看了道："奇怪！牛绳子是穿在鼻子眼里的。那怎样的穿法？"计春道："在牛小的时候，就要把它两个鼻子眼打通。在这眼里，有用铁圈的，也有用小木栓的。譬如说木栓吧，一头大，一头小，小的由左眼穿出右眼去，绳子就系在栓子小头上。一拉绳子，牛的鼻子痛，它就不能不跟着走了。要不然，你请想，那样一个大东西，小孩子怎样牵得动呢？所以小孩子放牛，就怕牛鼻子断了。这个东西断了，牛就满山满野地跑，没有几个人是不能把它鼻子拴好的。"

余何恐听了他的话以后，沉思了一遍忽然两手一拍，站了起来道："对了对了，是这样的，一定是这样的。"他说毕，笑着跳了起来，打开这房门，拍着手笑道："你们都来，你们都来，关于牛，我有新的发现了。"在他这话说过之后，那些男女就一阵风似的拥了进来。余何恐指着一位披长头发、打黑领结的西服青年笑道："曹先生，你错了。牛的绳子是穿在鼻子眼里的，不是缚在牛头上的。"那曹先生，不由得臊得两脸通红，就正着脸道："牛的绳子，也有绑在头上的。何况事实是事实，艺术是艺术，那原来不能一律而论的。"余何恐倒不和他辩驳，却掉转脸向大家道："有了这位周先生，加入了我们这个团体，就给予我们的帮助不少。今天晚上，我们可以开一个谈话会，大家可以把自己对于农村生活正想描写而又不敢下笔的事情，都写了出来。谈话会的时候，我们就轮流着来问他，他知道的，自然能给我们一个明确的答复，就是不知道的，也可以给我们一些旁证，总比我们那想当然的好一些。"他这样说着，除了那位青年艺术家而外，大家都一致赞成。

计春看他们以余何恐为首，都很热烈地向自己表示好感，这绝不能道人家是有什么假意。自己是个牧童孩子出身，向来是到处隐瞒着的，却不料到了这种地方，竟是如此受欢迎。看看这余先生的起居饮食都是很优越的，在这里住下，目前自然是不成问题，就是往将来说，有这样一位名教授相认识，比冯子云总要高过七八倍。托了他的力量，总可以找一条出路。他到了余何恐家里，他是更觉得脚跟踏实，心里又宽慰许多了。心里既是愉快着，自然脸上也就带有笑容。其中一个女生看到，向他连看了两下，两个酒窝儿一旋，便向计春笑道："周先生，我很想写一篇小说，题目是《乡村一女性》，大意说她要抵抗那父母之命、媒妁之言的婚姻，走进都会上来，后来在都会上受到了许多波折，还是回到乡村去，找她的lover。"说到这里，她脸上带了一些笑容，说出这样一个英文单字，接着笑道："周先生，你看这样布局好不好？"计春笑道："好是好的，不过乡村女子，她们绝不会这样办。"余何恐笑道："我们不要先把已成之局来问他，要不然便是这个玩意。"

说时，用手指了那幅水彩画："比如说吧，我们要说四川预征钱粮，已经到民国七八十年，我就很疑惑，若是一家每年应该完纳三石粮，七八十年，就要二三百石粮，将全县全省的农人，这些粮食，算起来就可惊异了。他们预征去了，怎样地变钱用？又堆积在什么地方？遇到一个问题，我们不能照理想去写，必定要考量一下子。"计春道："余先生这话根本有点儿错误。钱粮不过是个名称，是拿钱折合的，并不是真把粮食送到公家去，而且官家征粮，也不能一次就预征七八十年。这不过不分年月，征得次数太多，就预征这些个年了。"余何恐拍着手笑道："你看，我们所想得新鲜，而头头是道的事情，全是一桩错误。周先生加入我们这个团体，这个忙就帮大了。"接着，他用手连连拍了几下。他这样说着，也不过是平淡出之，可是在场的这些人全是笑嘻嘻的，脸上表示着一种羡慕之色来。

计春看到大家这样对他表示好感，他也就越发地得意，把这几天所忍受的痛苦也都忘记了。不过他心里也就发生着疑问，陈子布何以介绍他给我？他邀了这整群的男女在家里起哄，这是什么意思？他这种铺张，大概每月花钱不少，他的钱从何而来的呢？不过这也是人家生活上的一种秘密，不是随便就观察得出来的，于是他虽安然地在这里住下了，却也是遇事留心。这一群男女和余何恐谈谈说说之后，接着也就在一处吃午饭。余何恐虽是不曾有太太，但是他这家庭里，有女仆，有厨子。在客厅的另一边，设有饭厅。开出来的菜饭却是非常的丰盛。大家吃吃喝喝之后，有的约着去看电影的，有的约着上书店去买杂志的，剩一个不曾走的，就在客厅里沙发上躺下睡觉。余何恐自己呢，连计春在座，一概不理会，买了一大包花生仁，放在茶几上，他又拿了一本英文杂志，躺在那软榻上看。左手拿着书，右手随便由茶几上抓着花生仁向嘴里放了进去。吃花生仁的时候，必定还用两个指头，将花生仁挪搓一阵，因此将那上面红的薄皮撒得身上、绒面睡榻上、织花地毯上，无处不是。计春自很感到无聊，可是在人家看书的时候，又不便去打搅人家，也就只好悄悄地走进书房里来，抽了两本书到客厅里去看，但是余何恐自看书，自嚼花生仁，对于他的行动，并不注意。

看书的看书，睡觉的睡觉，这样安静了三四个小时，到了下午六七点钟，那些男女都回来了，除原数不算而外，又增加了三四个人。那些青年男女，倒很是洒脱，并不要什么人介绍，就交谈起来了。还是先前那个问话的女生发起着道："余先生，我们这个小组织里面，加入了周先生，这是我们大家的荣耀。依着我的主张，今天晚上，我们应当喝一点儿酒，以资庆祝。"余何恐用手摸了嘴道："你们知道我刚是忌酒三天，怎么又把酒字来勾引我呢。好吧，今天晚上，欢迎周先生，再喝一回，下不为例了。"他如此一说，大家又哄然地笑了起来，到了吃晚饭的时候，果然预备了酒。余何恐见了酒之后，也格外有精神，一面喝酒，一面谈些散文和戏剧问题，不想同席酒喝得过多，有两位女同志，醉得不能走，就睡在他床上。他歪歪倒倒地走进卧室去，却夹了一条俄国织绒毯子出来，站在客厅中间，卷着舌头道："这没有关系，哪里不能睡觉？"他一面说着，一面就坐在地毯上，抓了沙发椅上的靠垫，在茶几脚下放着，当了枕头，人就在地板上躺下去，自己牵了俄国毯子在身上盖着，伸了个懒腰，就闭上了眼睛。不但那些未起哄的男女学生他不管，便是接来的新朋友周计春，他也不管。后来大家走了，只剩计春一人，他留着吧，又不知在什么地方睡，走吧，又不知向哪里去好，只得抽了一本书，在书房里看。不想余何恐睡了之后，竟是鼾声大作，直到十二点钟，他还不曾醒过来。计春没有法子，只好自在那张绒面的软榻上睡了。

当他睡到那软榻上的时候，看到墙上悬的一叠日历浮面的那张，乃是十日，直待那张日历撕到二十日的时候，他依然还是在这软榻上睡着。自然，这种生活，未免不上轨道，但是经过这日历撕去十张之后，他已很受到余先生的熏陶，在他的日记本子上，自己写下了这几条诫语：（一）铲

294

去一切封建思想。（二）用自己的力量去找出路。（三）要谋大众的利益。（四）不做奴才。（五）战胜环境，不与恶势力谋妥协！因为他有了这些诫语，也就发生了以下许多疑问：想做有钱人的姑爷，是不是封建思想呢？是不是做奴才呢？为了读书，去受令仪的挟制，是不是和恶势力妥协呢？做一个规规矩矩的学生，读读教科书，是不是为大众谋利益呢？在许多疑问之下，把他要找出钻石戒指去见令仪的意思，就冷去了十之八九。而况天天这班见面的朋友，他们都以现代青年自许，天天说那些和他们不同样的青年，是没落了的人。计春想着：若是不和他们同样，那也就没落了。十几岁的人青春活泼，怎样可以没落下去呢？所以他在余何恐家里住着，有吃有喝，有朋友谈话，或者游戏，混混一天，也就忘记了一切。

可是有一天上午，发生了恐慌了。有七八个青年，都在余何恐书房里谈话，研究一元论和二元论。看看太阳晒过窗子第二层玻璃了，应该是十二点钟了，厨子没有送点心来吃，也没有送茶来喝，便有一个人自告奋勇去找厨子。不料厨子不见了，女仆也不见了，而同时，还发现了厨房里的煤灶没有生火。这人叫着进书房来道："工友们实在不容易对付。余先生出去了，他们无故罢工。"计春道："倒不是无故罢工，昨晚上我听到他们和余先生要钱，争吵了几句，大概没有得着钱就走了。余先生一早就出门去了，也不外为了此事。"一个女生笑道："别忙，我还可以找到一些吃的。这橱子里有余先生一盒巧克力糖呢。"说着，果然将书架下一架小玻璃橱门打开，捧出大半盒糖来。计春道："大家都有些饿了，糖怎样吃得饱？"女生又在橱子里捧出一只盒子来，摇了两摇笑道："这可以吃了。这是五块钱一磅的西洋饼干。"她说着，还不曾放到茶几上去，早就有人掀开了盒子盖。第二个人凭空伸着手，便抓去了一把，第三个人伸手来抓时，她却一闪，闪到第四个人身边去，那人索性把饼干盒子接过去了。大家正乱着呢，余何恐悄悄地推着房门走将进来，见大家在抢饼干，倒也不以为意。可是他淡淡地笑道："家里没有厨子，吃馆子去吧。"大家齐齐地答应着道："好呀，我们就去呀！"余何恐轻轻地摇摆着手道："慢来，这里有个大前提，就是我身上一毛钱也没有，哪位身上有钱，先垫一垫。"他一谈到垫钱，大家面面相觑。其中两位女生，脸上先红了，计春道："我的十块钱，昨天同余先生买了饼干和巧克力了，也光了。"余何恐伸手搔搔头发道："十二点多钟了，米还不知道在哪里，怎么办，怎么办？"一个男生道："我们各人回去吃饭吧。"其余的人都附和着，应了一个哦字。

有两个人感到似乎不大尴尬，口里莫明其妙地，说了几句没有关系，但是虽然这样地说着，各人悄悄地戴着帽子，慢慢地溜着走了。

计春是无处可跑的，只有在书房里站着。余何恐笑道："我不是开玩笑，今天真是身上光了，还有什么可吃的吗？"说着拿过饼干盒子一看，里面却是连饼干粉屑也不曾有，倒是那半盒巧克力糖，他们来不及吃，还有不少在里面。他坐到写字椅上，抓了两块糖在手上，慢慢地送到嘴里咀嚼着，两只眼翻着望着窗户。计春站在一边，却没有作声。他将糖果盒子推了一推，笑道："肚子饿了，你不吃一点儿，中饭固然是没有着落，晚饭可也是没有着落呢。"计春道："肚子里空空的，把这东西吃下去，恐怕会腻得更难受，倒还不如饿着的好。"余何恐口里咀嚼着糖果，左腿架在右腿上，只管摇撼着，看那情形，却很是自在。计春想着：这不是办法。又渴又饿，就是脚踏在地毯上，身子坐在绿绒的写字椅上，那又有什么意思？可是这位余先生却一点儿不在乎。心里想着，眼光射到他身上，就不住地紧锁双眉。余何恐道："你若是饿得难受的话，我倒有个办法在这里，把床上那条俄国毯子拿去当了，总可以当个七八块钱，将就一点儿，可以到小馆子里去吃两顿了。"计春微笑着，可没有答话。余何恐道："你觉得我这种算盘太不经济吗？其实为人都是想不开，除了五官四肢，哪一样东西是娘肚子里带出来的？用吃的换穿的，用穿的换吃的，只要维持住了这条生命，身外之物，怎么调换，也没有关系。"计春道："不是那样说。只要肚子饱就得了，又何必要上馆子。我身上零钱还有一点儿，去买几套油条烧饼来吃就是了。"余何恐鼓掌笑道："这就好极了。给我也买两套回来，空心吃糖果，有点儿腻得难受。快去快去！"计春倒不想他吃着巧克力的糖果，对于油条烧饼，也是如此欢迎，于是笑着出去了。

回来时，却不见余何恐，正疑惑是别处去了，他却两手捧了一把瓷茶壶，笑了进来道："总算我有本事。你想：有了油条烧饼没有一口热水喝，那怎样使得？因之我把那条旧的绉纱围脖送给了隔壁的小老妈，运动着她，找壶茶喝。她喜笑颜开，偷了她主人的龙井茶叶，泡了这样一大壶，还许了我回头再送开水来。喝热茶，吃油条烧饼，这可是人生一件乐事。"他说着话，斟满了一杯热腾腾的酽茶在手，见油条烧饼，用旧报纸托着，放在茶几上。他把油条折断了，将两个烧饼一夹，张开大口，就咬着咀嚼起来。不消两三分钟，就吃个精光，向外仰着脖子，端起茶杯，来个碗底朝天，吃喝完了，叫声"痛快"。计春道："这样看起来，余先生今天也是饿了。"余何恐道:"我今天七点钟就起来了,闹到这时,怎样不饿? 不过我不便说,我要说出来,你受心理作用,更加会饿了。"计春笑道:"我真想不到,余先生还知道挨饿哲学。"余何恐摇着头笑道:"若不懂得挨饿哲学,我们又怎么做平民运动呢? 干脆,到晚上,你还是去买些油条烧饼来,不用做别的指望了。"他如此说着,却也坦然,依然躺着看书。

这天晚上,果然吃的是烧饼。次日上午,吃的还是干烧饼。但是到了晚上,余何恐不能忍耐了,将俄国毯子当了,和计春在江苏馆子里吃晚饭,并有南京盐水鸭子和干烧鲫鱼,非常痛快。人生找钱最便利的法子,莫过于当当。什么时候要用,什么时候就有。余何恐既然学得了这个便利,于是跟着当长衫,当被褥,卖《韦氏大字典》。到了最后,打算拍卖屋子里家具,让房东知道了,说余何恐欠三个月房租,不能让他搬。他倒也并不抵抗,只用一只小网篮,捡了一些书纸笔砚出来,屋子里全部动产,都抵押给房东了。当余何恐当俄国毯子的时候,每日还有三四个人来在一处谈话吃喝,等到当被褥的时候,每日至多来一两个人,现在已经是拍卖木器家具了,哪里还有人来? 所以余何恐提了那只小网篮,也并不想去找什么人,就雇了两部胶皮车,找了一家小旅馆住下。

这旅馆的组织,和北平的小客店也差不多,屋子里只有一张大炕、一张小桌子。对于客人只供给灯火茶水,每日每人收住宿费二角。余周二人没有行李,他们本不肯接待,余何恐进门就给了一块二毛钱,算交了三天房钱,这才让他们住下了。计春虽是来自田间的,不怕受苦,但是跟随余何恐的原因,以为他是个有权威的作家,必能找些出路,在这半个月之中,却是每况愈下,落到带破网篮住大炕的小旅馆,只觉得茫茫前途,又走上了黑暗之路。因之进这小旅馆以后,坐立不安,紧紧地锁着双眉,斜靠了黑木板桌子站定,但看余何恐,他却毫不介意,在网篮里拿出一叠书本,放在炕上,当了枕头自己躺了下去,将脚架了起来,口衔了半根雪茄烟,笑道:"你不用发愁。今天晚上,你供给我的材料,我来开始工作。不,说来就来,马上就动手。"他说了这声,人跳下了炕,将一张报纸铺在那黑木板桌上,然后陈设了纸笔墨砚,坐在炕沿上就编起剧本来。

一口气写了三张稿纸,复又放了笔,将放在窗户台上的那一小截雪茄烟,又捡了起来,用火柴点着。因为太短了,两个指头夹住放在嘴角上吸了两口,才问计春道:"现在该你供给材料了。你说,你父亲当佃户的时候,是怎样受地主的压迫呢?"计春道:"我们不叫地主,叫东家的。"余何恐道:"不管是地主或东家吧,你就说是怎样地受压迫吧。"计春道:"压迫倒也说不上,就是凭我父亲的力量,和东家种了大小上十丘田,约莫可以收三十石稻子。这三十石里面,东家要去十四五石,其余是我们的了,可以说是平半分。东家是将他的田价生利息,我们是用劳力、种子、牛、粪,换来这些粮食。此外,还有一季麦,与东家无分,是佃户独收的。"余何恐两个指头夹了雪茄,另一只手,却去搔头发,踌躇着道:"这样说起来,却不至于……那么,你们生活苦不苦呢?"计春道:"当然是苦。"余何恐笑道:"那就好,你挑苦的说。"计春道:"我们每日一餐饭、一餐粥、一餐杂粮。每餐一碗菜,只有盐,没有油。吃的苦不算,我父亲一件棉袄穿了十二年,盖的被,还是娶我母亲时候置的。衣服和被上面,总有一百个补丁,都是我父亲缝的。"余何恐道:"你母亲不管吗?"计春道:"我母亲早就死了。我父亲很可怜,又做娘,又做老子,除了上田做工,还要来来去去,在家里做三餐饭,等我睡了,偷着替我洗衣服。"余何恐道:"你老子这样穷,哪有钱给你读书呢?"

　　计春顿了一顿,就把父亲破产上城磨豆腐的话说了一遍。余何恐道:"你父亲这么不错。你怎么没有提过?"计春道:"余先生不是说过,忠孝是封建思想。我要是说了我父亲的好处,怕人家笑我腐化。"余何恐默然,点了两点头,许久他才叹口气道:"这是过渡时代应有的现象!"

第三十二回

纸上见凶音客窗陪泪
夜阑做小贩雪巷惊寒

　　这是过渡时代应有的现象，这样一句话，在新人物感到腐化，或旧人物感到离奇的当儿，都靠它来解决了。像周计春提出来的这个问题，本来是不容易答复。若说思念父亲是对的吧，余何恐向来是主张废除家庭制度的，不合自己的主张；若说思念父亲是不对的吧，刚才自己才夸奖了他父亲几句，这顷刻之间，自己也不能自圆其说。所以匆促之间，使出了他的老招，只说一句："这是过渡时代应有的现象。"计春对于这句话，在可解不可解之间，要完全明白，就当再问余何恐两句。只是他正在忙于著作，不是说废话的时候，也就不敢追问。余何恐继续地需要材料，自己也就继续地供给材料。而余何恐得了许多材料以后，文不加点，就去编他那三幕剧本。这个剧本是在他脑筋里经营了一年多的好作品，现在有了计春供给实在的材料，也就加倍地得意。到了次日晚上，他已把这本三幕剧的剧本完全脱稿。

　　计春住在这简陋的小客店里，在那昏黄的灯光下，看到人影如有如无，这已经是极不好的印象。加之人静静地坐在这里，却有似臊非臊、似臭非臭的气味，只管向鼻子里送了进来，令人闻到，说不出来有一种什么不好受的感觉。余何恐真是一个平民化的文学家，他毫不在乎，他手上托了抄写的稿纸，口里衔着雪茄烟，斜靠了桌子，在那里校对。他忽然向计春道："周先生，这一段对白，你看怎么样。以下是父亲对牧牛的儿子说的，他说：这东家太可恶了，一块钱买五斗稻的时候，他说不忙收租，只管存放下来。现在稻卖三斗的时候，就一天来逼两三次，他妈的！"计春插嘴道："余先生，你是把我父亲做背景吗？"余何恐道："是的。"计春道："他倒是老实，向来不骂人家父母。"余何恐笑道："你也太老实了。这是描写农人的口吻，与你父亲何干？"于是继续地念着剧本道："只过了四个月，一块钱多赚两斗。越是有钱的人，越在穷人身上榨油。孩子你记着，有钱的人，都是我们的仇人。我们千万不能和他合作。"计春听到"合作"两个字，本来又想说不对。乡下做庄稼的人，知道"合作"两个字做什么解释？不过他同时感想到这对白上的两句话："有钱的人都是我们的仇人，千万不能和有钱的人合作。"这可有些研究的余地。除了自己这半年来，都是沾了有钱人的光而外，便是余先生他终日地想找出几个资本家出钱，开一所模范剧场，似乎也是找有钱人合作，就以过去而论，他住的那洋房子，终日吃喝游戏，那钱并非是由穷人身上弄来的。这话又说回来了，假如是由穷人身上弄来的，他就成了这剧本上的土豪，是在穷人身上榨油的了。那么，无论那过去的钱，是由穷人身上来的，或者是由富人身上来的，都有不对。前者是投降资本家，后者是剥削穷人。总而言之，是个只会消耗的寄生虫。

在计春这般沉沉思索着穷人富人合作问题的时候，几百里路外，他的父亲周世良睡在医院的病床上，也沉思着这穷人富人合作的问题呢。他想着：凭了孔家大小姐勾引我的孩子，破坏了孩子们的婚姻，这个人是可恨的。但是自己病在北平，找儿子，儿子不见面，找朋友，朋友又走了。眼睁睁就要病死在小客店里，幸得她不辞劳苦，送到这医院里来，而且花了许多的医药费。自从进医院之日起，她每日都到医院里来探病一回，就在这上面说，这个人的心肠就不坏。假如是没有她，或者我已经死了。在乡下我受着周高才的敲诈，我晓得有钱的人，是怎样发财起来的，我已经恨有钱的人了。到了省里，那孔大有挂着一块孔善人的招牌，只是在面子上做些好事。若是得罪他，他拿出来的手段，比不善的人还要厉害，于是我不恨有钱的人，我只是怕有钱的人了。

他正如此沉思着，房门推开了。令仪却伸了头进来，她没有说话，先就笑着，然后轻轻地走到床面前问道："老人家，今天觉得更好些了吗？"世良点头道："好多了，吃过半碗挂面，又吃过一碗牛乳。只是我那孩子，怎么还不见面呢？医生说：我应当在这里还休息一个礼拜。我可是很着急。"令仪顿了一顿，微笑道："不要紧的，他实在是跟随着学校里全体到绥远旅行去了。你老人家出了医院，他也就回来了。"世良道："孔小姐，你虽是这样说了好几回，我怕总是你哄我的。不要是他有什么岔事，已经逃走了吧？"令仪摇着头，同时还摆着手道："不不，我怎能够骗你这么大年纪的人呢？这医院里规矩很重的，不能带外面的东西进来，等你病好了

300

出院，我再请你吧。我想那小客店里，也不是安身之所，已经给你开销了店钱，把行李搬到贵会馆去了。一切你都放心。"世良这就抱着拳头道："孔小姐，我何以为报呢？"令仪微笑道："你老人家不恨我也就得了。我还敢说什么报不报呢？"她提出了这话，世良倒有些不好意思，口里连说着"罪过罪过"，也就敷衍过去了，但是在令仪心里，却并不以为得了世良的谅解就满足了的。

她探完了病，且不回余子和家，却坐了汽车到本县会馆来。她那家里派来的那位老账房先生刘清泉，因为他们的婚姻问题，纠缠在北平，始终还没有走。这时令仪一直走到他卧室来，进门第一句话，便道："老刘，那报馆里把我们更正的信，怎么还不发出来？你办事不行，我自己去交涉。"刘清泉为了他小姐的事，也正躺在床上出神，听了一句喊叫，直跳起来，睁眼向令仪望着，倒发呆了。令仪红着脸道："你瞧，现在我倒找了这样一个累，花了钱不算，还要天天到医院里去赔小心。"刘清泉笑道："那是小姐做好事呀！有什么后悔的呢？"令仪道："做好事？我花几个钱也就完了，何必天天还到医院里去赔小心呢？这都为了那段新闻引起来的。报馆里给我惹起了这样大的麻烦，怎么不给我登更正的稿子呢？这件事我得去问问，我一定要他们更正过来。"她口里说着，身子一转，就有要走的样子，刘清泉只得抢上前两步，将房门拦住了，拱了两拱手道："别忙，别忙。小姐，我说实话，我没有到报馆里去更正。因为人家报上，并没有指出我们的姓名。我们去更正，那不是拖扫帚打火，惹祸上身吗？"令仪道："我的更正，不是对社会而设，是对周家老头子而设。只要他相信，儿子不是为了我逼走的，就得了。"刘清泉道："这件事好办。你交给我，我一定可以办妥当了。在周世良没有出医院以前，你还是照旧地去看他，甚至于对他还要好些。我到了时候，自然有办法。"令仪皱了眉道："我到了现在，一点儿主意都没有了。你果然办得妥当的话，我有什么不能依你。"清泉道："那就好了。包你无事！"令仪对于这位刘先生，认为阅历甚深，向来也就信任的。他既是说得这样有保障，也就不再追问。

在过了一星期之后，世良已经出了医院，住在会馆里了。看到寄住在会馆里的同乡学生，喜气洋洋地进出，就不由得联想到自己的儿子身上去。自己初到北平来的时候，到公寓里去看儿子，公寓里只说同朋友出去了。若是同朋友出去了，没有一去不回来的，而况我病在医院里，几乎要死去，父子之间，感情向来不错，他何以竟置之一边，不来看我呢？令仪说他旅行去了，这话突然而来，有些靠不住。自己还是要到公寓里去查查。当他的心里这样活动着的时候，刘清泉已先他一着，这就到了会馆里来拜会他。一见面，老远地拱了手向他笑道："周老板，你好？贵恙都痊愈了。"世良怔了一怔，问道："你是刘先生，我在南方去了一趟，你还在北平。"刘清泉一想，事到如今，也无须客气，不如单刀直入就把这话说明了，且看他态度如何，然后说话。因之向他微笑道："你要问我为什么没有走吗？"说时，伸起手来，揭开了帽子，搔了两搔头发，又笑道，"说起来，就是为着你家令郎。"

世良猛然听到这话，甚是不解，就望了他的脸，做个沉吟的样子道："你先生在北平，是为了我的孩子？"刘清泉一点儿不慌忙，很从容地将帽子取下，挂在墙上，然后缓缓地在一张靠背椅子上坐下了，笑道："不但是我在北平，是为了令郎，就是今天到这里来，也是为了令郎。"世良道："为了他，他在哪里呢？"他口里说着，手上拿了一只茶杯，想要和客倒茶，站着呆了半天，没有一个作道理处。刘清泉将一张空椅子拖了一拖，然后拍着椅子靠背道："你请坐下，有话慢慢地说。"世良看了这情形，更是有点儿疑惑，两手同时去扶椅子靠背，脸望着人想坐下，却忘了手上还拿着一只茶杯，一疏神，那茶杯当的一声落到地上，砸了一个粉碎。刘清泉向他摇着手笑道："周老板，你放心，没有什么事。不过我要让你明白这事情的根由，不能不详详细细地对你说一说。"世良这才觉得自己太心慌了，口里连道："对不起，对不起！我太没有礼貌了。"说着，连忙到外面去，找着扫帚簸箕，将碎瓷扫了开去。刘清泉还是将他让着坐下，笑道："老人家你先不用着急。令郎虽是不在北平，却也没有多大问题。我们小姐，更是对他只有好意，没有恶意。只是他自己误会了。"他说了这样一个话帽子，世良还是不能了解，只管睁了两只老眼去望着人。

刘清泉自己在身上掏出烟卷来抽了，然后将计春和令仪两度发生波折的经过都实说了。最后声明着道："这次他趁小姐不在家，把她一只钻石戒指拿走。虽然是值六七千块钱，但是我们这位大小姐……"说着，淡笑一声，又道，"她并不是丢不起这珍宝的人，她也并不追究，还是在她的朋友面前得了消息，知道他是追这个骗戒指的舞女去了。这事情不过是个人私事，也不曾经官，不知怎么样，就传到新闻界耳朵里去了，你看这个……"说时，他就在身上掏出一片剪下来的报纸，两手递给周世良看。那上面有一行大字题目，乃是《摩登少年失踪》。在大题目之下，还有两行小题目："既非失恋之杀，亦非因贫私逃，只为丢了爱人的钻石。"至原文就把这事记得很长。中间有一段说："该生有未婚妻，为皖籍富绅之女，生一切用途，均为女所接济。不料生悖而入者亦悖而出。在平又恋一舞女，将未婚妻所助之款，一律化诸舞女之身。近因将其未婚妻钻石戒指一枚，戴之指上，出入舞场，以壮观瞻。此钻石价值约及六七千元，为舞女所觊觎，遂于其回肠荡气之余，设计骗去。女闻而大怒，将兴问罪之师，生亦自知无面目见其情人，遂不辞而别。旅馆中遗下箱柜被褥，均穷极奢华，其平日享用可知。且闻彼为一豆腐店商人之子，年不过十七岁，有此境遇，而更如此荒唐，又更奇矣！"世良对于文言文，虽不十分懂，但这一段文字里面，并没有用什么典故，却十有八九可懂，两手捧了报纸，抖颤着不定，望了刘清泉道："什……什么？他丢了值六七千块钱的东西？"刘清泉笑着摇手道："我说了，我们小姐并不追究。"世良道："那么，他是吓跑了，不是跟着同学旅行去了！他跑到哪里去了呢？"刘清泉皱了眉道："就是因为不知道，才叫失踪了。"

世良只管捧着那剪下来的一小幅报纸看，不觉连连地流下几点眼泪水来，滴在那报纸上。刘清泉以为他必定有番议论，或者追问儿子的下落。于今见他并不说什么，只是哭下来，这叫他来报信的人，很感到窘迫无话可说。世良洒了一阵眼泪，将报纸放下，自在袖子笼里，抽出一条白布手绢来揉擦了两只眼睛，眼眶子红红的就叹了一口气。刘清泉除了安慰他，也没有别的法子，因道："周老板，你一定明白，我们小姐绝没有去逼他。因为他拿了戒指去以后，彼此就不再见面了。"世良摇着头道："我不怪她，就是她要追究，也是应当的。我不想辛辛苦苦教导儿子念书，结果倒教出一个贼来。我怎不伤……"他说不下去了，硬了嗓子，只管哽咽着，眼泪水比上次更来得凶猛，由脸上直流到胡子梢上，真个成了泪珠，向下滚着。他虽不哭出声来，只看他上半身完全都在抖颤着，便可以知道他悲痛到了什么程度。虽然是想用话来劝他，却不知道用什么话来劝他好，只好道："周老板，不要紧的，不要紧的，你何必这样？"世良抖擞着又流着泪道："儿子跑了，我虽是舍不得，这还在其次。做父母的，教养儿子，实在是无意思了。"刘清泉道："周老板，我们上次见面，话就谈得很好，有话我也不妨对你实说。我们东家，虽然只有这一个姑娘，但是他样样可以依她，婚姻的事情，就不能依她。因为我们老爷只占了一个'富'字，可没有占上一个'贵'字。他很想靠着这姑娘招赘一个做官的姑爷进门来。姑娘和令郎谈恋爱，这是他伤透了心的事情。最近他有一个电报给我，倘若她不把婚约解除，他就不要这个姑娘了。可是我们姑娘呢，她又把婚姻这件事看得稀松。好像结婚离婚，却犹如吃酒打牌一样，随时可以上场，随时也就可以下场。以我看来，目前她虽然和令郎很要好，又未必能长久，倒不如这个日子早就拆散开了，倒省了将来一场波折。周老板，川资方面，你若是短少了，钱这倒不成问题，兄弟准可以和你设法子。"

世良抱了拳头，连连拱了两下手道："多谢多谢，现在我明白了。孔小姐待我这番恩德，刘先生今天来到这里的美意，都是极力地顾全着我。我周世良纵然不懂人事，自己的儿子拐走了人家的东西，他畏罪潜逃，是自作自受，还有什么话说？至于婚姻两个字，我根本就不愿意。我一个开豆腐店的人，和省城里的首富做亲家，那不成了笑话了吗？现在我的儿子，又做出这样没有人格的事出来，难道还叫人家大小姐婚配这样一个蠢材不成？不过我这个小畜生，若是没有自寻短见的话，大概还在北平。我要在北平城里等等，和他见上一面。"说到这里，就淡笑一声道，"不瞒你说，这回我到北平，下了个有来无去的决心。我那家小豆腐店，也盘给你们老爷了。我现在就是要回省去，也是饿死的货。所以我到了这里，走不走，都不吃劲了。"刘清泉笑道："这个你放心。敝东家很相信我的话，若是周老板回南的话，那家铺子可以退回给周老板，也不用你拿钱来赎，做一笔账记在那里好了。"世良苦笑着摇了两摇头道："我这样大年纪，还那样去苦扒苦挣做什么？"刘清泉见他一味地消极，丝毫没有葬怨人的意思，更觉得这老头子可怜，倒着实地安慰了他一顿，方才辞去。

到了这时，周世良如梦初醒，才明白了儿子是真正地跑了。这孩子小小的年纪，一让人家勾引坏了，就不成器到了这般模样。这便要他同回到省里去，他哪里还能吃从前那一番苦？只是更丢脸丢给乡里人看罢了。他的思想这样变化之下，就没有把计春的情形，写了一个字回去，倒是切切实实地回了孔大有一封信，说是计春已经离开了北平，欠下孔小姐不少的私债，他根本无面目见人，这婚姻自然是不能再谈了。这不但是他的信如此写着，刘清泉回给他东家的信，也是如此写着。于是孔大有方面，心里就算落下了一块石头。

但是天下事总是这样不平均的；孔大有那方面，是不必为着姑娘发愁了，可怜周世良这方面，就更为着儿子担心。以前惦记儿子，不过是惦记儿子不念书，如今却是惦记着儿子的生命，是有是无。他第一个时期想着儿子，到公寓里去打听时，公寓还是回说不知道下落，第二个时期到公寓里去打听时，公寓里账房却找了警察，将计春行李书籍点交给世良，由世良提出物件来，折抵了房钱，到了第三个时期，他费的时间不短了，花的钱也不少了，却是无从去找儿子的下落。他自己除了把带来的川资花光，便是计春所遗留下来的东西，也都渐渐地变卖了。在他第一第二期等儿子的时候，刘清泉还不断地来看他，便是孔小姐也寄了口信给他，说是已进学校，不能再来奉看了。

说话之间，隆冬已到，只听那天空里凄惨的西北风，吹过那屋脊外的电线，呜！呜！啧啧啧！便让人添了无限的凄惶。他住在会馆里临院子的一间小屋内，窗格扇上的纸，除了变作焦黄色而外，重重叠叠，补贴上了许多大小方圆的纸块。西北风由天空里带来的冷气，扑着纸窗咕咕作响。屋子里虽然有个小白炉子，那炉子里冒出来的火光，还带了黄色，好像也是在那里做最后的挣扎。炉子口上，放了一把铅铁水壶，壶嘴里，若断若续地向外冒着热气，壶里头叮铃叮铃的响声，也像听得见，也像听不见。世良找了一把矮椅子，放在炉子边，两手撑了大腿，托住了头，沉沉地想着，许久许久，才昂起头来，叹了一口气，然而他的头向上昂，他脸上两行眼泪，却是向下落着。回头看看一张靠墙的小黑板桌子放了一大叠当票，将一块破砚池盖子把当票来压住了。桌子底下却放了一只藤制的圆筐子，筐子口上绕了一条蓝色板带，筐子里拥着一堆破旧的黑棉袄。在筐子边下，放了一只其大如拳的小玻璃罩灯，上面有根小铜链子，乃是预备提着的。

这些东西，是做什么用的？原来世良所有的钱，都为了寻儿子，散传单登广告，花费得干净了。他想着：两次破产，转到了这个地方来，还有什么脸面去见同乡。儿子不回头，老死也就只好老死在北平了，但是住在这地方坐吃山空，怎样能够维持到永久？原来是想拉人力车，但是北平城里的路径不熟，而且在车厂子里租车，还要一家铺保，自己就办不到，继而又想找家豆腐店去当伙计，然而豆腐店掌柜，因他是南方人，又不肯用。最多，他便想做一个卖吃食的小贩。但是北平这地方当小贩的，都有一种唱歌式吆唤声。一个四五十岁的南方人，却无能为力。可有一件，在他每晚夜深不能睡着安稳的时候，六街人静，在那永巷之中，有一种很惨厉的吆唤声送入耳鼓。这种吆唤声送了入耳朵之后，却在人脑里留下很深的印象，而且这种吆唤声，字数很简单，只是将"硬面饽饽"四个字，每字都拖得极长，并无别的技巧。世良以先听着，不明白这是干什么的，后来才听说，这是卖一种粗糙点心的。每晚上灯出来，卖到夜深，而且这种买卖，也就是夜越深生意越好。世良听到，心里就不免一动，他想着：假使做这种生意，或者不难，而且是在晚上出来的，纵然是碰到人，彼此不认识，也就不至于难为情了。在他这样的计划定了，就专心向这条路上走。

不久，他打听得了饽饽作坊所在，偷偷地置备了一套卖饽饽的家具。这家具就是饽饽作坊里一个伙计卖给他的，而且把做这种生意一点儿小秘诀，也就告诉他了。因为这个伙计，他也是卖饽饽的出身，所以在世良听了，却是比较有益。在他这样望着桌子下面那个旧藤筐时，他已经做了这买卖有两个星期了。那件破旧袄子下面，就藏有昨晚剩下来的几个饽饽。他望了火，出神了许久，忽然自言自语地叹了一口气道："不想我一个在南方做庄稼的人，倒跑到北平来卖硬面饽饽。"说毕，又叹了一口气，于是站起身来，在床铺底下，抽出一件老羊皮的背心来。这背心并没有面子，也没有纽扣，穿在身上，用一根布带子拦腰一捆，就算完毕了。然后把藤筐上的带子在身上背着，再提了那盏玻璃灯，就悄悄地到作坊里去了。

在这两个星期日来，他虽继续地卖着饽饽，但是还不曾受过多大的痛苦。白天出去，便是白日无光，西北风刮着，愁云惨淡，一直向人家屋顶压将下来。本来在北方的天气，纵然不刮风，人在冰冷的空气里走着，也觉脸上其冷如割。现在遇到这样大的风天，只吹得人身子摇摇摆摆，向前两步，还要退后两步，人只在胡同里滚着走。好容易挣扎着到了作坊里，批发了百十个饽饽，又到卖窝头的摊子上，吃了五个窝头、两碗红豆小米粥，肚子饱了，全身也有些暖气了。看看街上，已是整排的马路电灯，在寒空里放出那惨淡的青光来，差不多的店铺，都关上铺门了。世良才听到老手说：做这种生意的，不愁天气坏。因为天气不好，平常的人，都不出门，或在家里烧大烟，或在家里打牌。到了夜深，肚子饿了，这硬面饽饽的声浪，一声声地送入了人家的耳鼓，自然吸引着人来买饽饽吃。世良觉得昨天挣钱不多，今天应当加倍地工作，才可以捞本，于是专向那冷僻的街巷走了去。

到了晚上十点钟以后，在这样风寒的天，路上已看不到有人走路。胡同墙边的路灯，在枯寂的空气里，反是白光射目。在那白光中，飘飘荡荡地飞起雪片来。这雪片将风一吹，简直成了雪烟，向人身上乱扑。那猛扑的程度，向人袖子笼里、领圈里，都钻了进去。便是当世良张开口来叫着"硬面饽饽"的时候，雪片直冲入他的嘴里，让他舌头冰凉一下。世良戴着一顶线织的兜头帽子，这帽子好像一个袋，由头上直套下来，连耳朵也在内，只有一个小窟窿，露着鼻子眼睛在外。在他这样迎风走了去，口里吆唤着的时候，那雪花却不问人受得了受不了，只管向世良身上扑着。世良将藤筐背在右胁下，左手提了灯，右手插在背心里，低了头，嗓子里发出那苍老干燥的吆唤声："硬——面——饽饽——"当他竭力吆唤出来的时候，嘴里呼出来的热气，立刻冻着成了白烟。在那手提的玻璃灯光里，还可以看得出来，那只小灯，提着略高于他的膝盖，只看那灯下所照的黄光圈子，或左或右，这也就可以知道他手上提的灯，是怎样地摇摆不定了。灯是摇摆的，世良的脚步，也是走得前后踉跄不定了。他走得虽是这样的艰难，但是世良心里，他总记着：无论晴雪，每日必得到那公寓门口去绕上一个弯。他心里这样地想着，或者有一天，儿子回到北平来了呢，他必定要到这公寓里来的。这公寓里账房，已经知道我等儿子流落在北平卖饽饽了，那么他听到了我叫卖饽饽的声音，必定会把这事告诉我的儿子。他若是个有人心的，能够不来见我吗？他如此计划着，也并不感到他计划的错误。照着每晚一趟的规矩，总是向那里走去。像这天晚上的大风雪，他走得只管打晃荡，然而他还坚定了他的固有计划，总要到那公寓前后去转转，总怕儿子或者回来了，自己却失掉了相逢的机会。因之他忘记了一切的困难，一步跟着一步，拼命地向那条路上走。

当他到了那公寓胡同里，恰是由南迎面的西北风，挟了那如烟如雾的雪片，向人身上直扑将来。他因这风雪袭击得太厉害，只得更弯了那向前鞠躬式的身子，以便减少这风势攻击的范围。同时他嘴里依然喊出那凄惨的调子："硬面饽饽！"他这种拼命的吆唤声，由寂寞的空气里，喊了出去，似乎有登高一呼的情形，但是不听见一点儿回响，更让人增加了无限的伤感。勉强地吆唤了几声，并不听到什么声音，自己也就不再吆唤，顺了人家的墙角，慢慢地走着。这却听到稀里哗啦一阵叉麻雀牌的声音。抬头看时，那墙里人家灿烂如银的灯光，由里面向外反射出来，这可以证明里面人家是一团欢喜。心想那里面，必定是炉火烧得红红的，开水煮得热热的，大家在那几百支的灯光下面说笑地斗着牌，是多么快乐！外面这样大的风雪，大概是不知道的了。这样看起来，天地生人，也太是不平等。

我在外面卖硬面饽饽这种滋味，怎样也让他们试试呢？他心里如此想着，向墙角里一缩，缩在一个避风的所在，将藤筐子放了下来，向怀里笼住了两只袖子，于是蹲在地上，休息片时。

　　大概是今天晚上太辛苦了，那病后不久的身体，竟是不能支持这风雪的扑击，所以他到了这里蹲下来之后，简直站不起来，背靠了墙，缓缓地向下坐着，不由得哼了两声。这墙角里虽然避风，但是不能够避冷。世良虽是将两只手都插在皮背心里面，但是这风雪里面的温度，却是特别的低，低得到零度下八度。世良将身体紧紧地蹭缩着，以便取暖，然而那寒气不断地袭来，周身的肌肉于是都涌起了疙瘩，由脚到手，就筛糠似的抖着。本待背了饽饽筐子，起身再走，但听到呜呜呜带着雪的风声，又哭又气地喊着，于是提了那盏小灯，向外照了一照，原来地面上已雪厚数寸了。自己缩回墙角来，更是抖得厉害，最后心慌意乱，人竟冻糊涂了，仿佛听到屋子里人说：火锅子烧开了，吃了再接着打牌吧。又有人说，屋子里火太大，卷起一点儿窗户纸，透点儿新鲜空气进来吧。以后世良便什么都不知道了，人依然是在那墙角落里。

第三十三回

无路忍归来几番生死
弥留依老弱半夜凄凉

　　北平这地方，虽是雪夜十分严寒，但是有两种人，无论如何，他必须出来的，其一是打更的更夫，其二是站岗的警察。所以周世良卖硬面饽饽虽然是苦，但是总可以找着同志。在他藏在那墙角里一小时以后，两个巡逻警也就由此经过了。虽然那屋子里面，有牌声送出来，这并不足以使巡警注意。因为这是一家做大官的人家，斗牌消寒，这是人家关起大门来的私事，当然也就不得加以干涉。只是有一件事，便把他们引着停住脚了，便是这墙角里有道黄光放了出来，上前一看，乃是一盏玻璃罩油灯，更在灯光下，发现一个饽饽筐子，还有一个人倒在墙脚下。一个巡警叫起来道："了不得！这里有了倒路的了。"另一个巡警也挤上前，他是年岁大而又富有经验的人，听着这话，就用手摸了一摸世良的鼻息，便道："不要紧，还有气。赶快向局里打电话吧。"这时，巡警也顾不得惊动打牌的人与否，硬叫开了大门，在他们号房里，借着电话，打到了局子里去。

　　在半小时以后，世良就由汽车送到了官医院。在他醒过来以后，睁眼看看，自己已是躺在普通病室里。他是住医院有经验，一睁眼就认得，心里可就想着，我莫非是做梦，怎么又到了医院里呢？他猛然间可不知是何理由，闭上了眼睛，仔细想想，他才明白了。这是昨晚上出去卖饽饽，在人家墙角落里，曾冻得身体不能支持，就这样昏睡过去，原来又是死里逃生了。睁开眼来看着，大夫和看护都纷纷地来问他病体怎么样了。世良口里虽表示着好得多了，可是他心里，却大为不解。一个卖硬面饽饽的，北京市上有一个不为多，死一个不为少，在街上倒毙了就倒毙了吧，为什么一定要把我救活呢？他心里这样地埋怨着大夫，可是大夫却格外地多事。当他在官医院里诊治了两个礼拜之后，大夫对他说："你可以出院了。但是你在这一个冬天，都不能再出来工作。因为你的身上，一点儿抵抗力都没有，再要冻死在路上，就不能救活了。"周世良道："我要不出来工作，哪来钱吃饭？不冻死也要饿死了。"大夫听说，仔细一盘问，才知道他是一个孤身汉子，自然全告诉了警察，依然由警察将他送回会馆去，而且找着了会馆董事，说他不能再出去做晚上生意，会馆里当供给他过冬的衣食，不然，就打发他回原籍去。董事听了这话，当然也就添了一番心事，当时只答应再为设法。

又过了两天，世良的身体差不多完全恢复健康了。他向破桌子底下看看，那堆煤球只剩了些碎粉了。再把床底下的一只洋铁箱子打开，里面存储的米，只好敷衍四只箱子角。虽然自己还有两三块钱余蓄，这又能够维持几天呢？为了求活起见，这饽饽生意，还是不能不做。他又想着：那天在路上冻得晕死过去，只因为那晚大风大雪，岂能每晚都是那样子的冷法吗？他如此想着，背着藤筐，提着灯，向外就走。当他走到院子里时，却有几个同乡的学生站在那里。有两个都穿了西服，脖子上绕了毛绳围巾，手上戴了皮手套，肩上却挂了一双溜冰鞋。还有两个，是皮袍上再加了皮领大衣。不过这大衣却比皮袍子短了一大截。据说：这是西服大衣，套在中国衣服上穿，是最摩登的式子。其实穿这种大衣的，不见得有罩中国衣服的长大衣不穿，不过是北平学生穿衣服的一种办法罢了。世良一看了这种装束，便知道是学生。尤其是他们把帽子歪戴了，在帽子辫带上结了一块学校的徽章，就表示出那活泼的青春态度来。记得带了计春初次来会馆的时候，就看到这一群学生。现在他们依旧地当学生，可是自己的儿子，就不知混到什么所在去了。他心里这样地想着，望着那些人，自不免发怔。

其中一个年纪最轻的，头上戴了尖顶毛绳帽子，又架了大框眼镜，活现出那淘气的样子来。世良回想初见面的时候，记得他穿了短脚裤子，那淘气也不下于今日，于是望了那少年只管出神。他却笑道："周老爹，你令郎进了哪个学校？"世良知道自己父子这段故事，同乡大概都清楚的。他这样问着，分明是有意讥笑，便道："唉，不要提起。"那少年笑道："你只望把儿子念书毕了业，就做老太爷，倒现在还是背这破藤筐了。你那考第一的儿子，也是无用，还不如当年留他在家里看牛呢。"世良听了这话，比用刀尖挖他的心还要难过，一阵头晕，天昏地暗，人站立不住，和饽饽筐子手提玻璃灯，一齐向地面上滚了去。

这一下子，把全院子的人都惊动了，围拥上来看看。有几位年长有经

310

验的，说世良中了风，不能乱动，于是悄悄地将东西捡开，把他抬上床去睡着。那个说幽默话的学生，以为世良中了风，完全是自己两句话所刺激的，吓得心慌意乱，立刻打了电话给陈会董，说是同乡的周老头子想儿子想得要死，赶快来一趟吧。当会董的人，就最怕无主的人会死在会馆里，听了这个消息，不敢露面，就派了他的兄弟陈仲儒来了。全会馆的闲人，借了这个题目，忙乱着有大半天的工夫，方由医生打了药针，将他救活过来。陈仲儒等他神志完全恢复过来了，便到他屋子里来，陪着他谈话。见桌上放了饽饽筐子，看看桌上，又看看他的脸。

这时，他两个颧骨高撑，嘴瘦削着尖了起来，那黄手背上带着粗如绵绳的青纹，正有些像鸡爪。卖力气的人，会瘦到这种样子，那滋养不足的成分，也就大大地可想而知了，便道："周老爹，你的令郎，恐怕是不在北平了。你老在这里等着，无衣无食，怎么是个了局？再说，你的身体也是太弱了，便是想找活路也不行。在外出远门的人，无非为了一种图谋，或者是名，或者是利。你既不为名，卖硬面饽饽也不算利，你在这里留恋做什么？"世良看了窗子外面几个学生来往着，呆呆地看了去，只管流下眼泪水来。他坐在床铺板上，斜靠了砖墙，头歪着垂在肩膀上，那眼泪水牵丝般盼向怀里滚来，泪珠点点滴滴地滴在手背上，他也不去理会，只管让它在手背上湿着。陈仲儒道："周老爹，你觉得我的话怎么样？你若是愿意回家的话，我和哥哥商量，在公款下和你筹一笔川资。"

正说到这里，却听到窗子外的学生们叫道："老李，我们瞧影戏去吧？"老李答道："我要到北海溜冰去。"陈仲儒将嘴向外一努，低声道："周老爹，你听见吗？把子弟去念书，有什么用。放了功课不念，一个要去看电影，一个要去溜冰。你家里没有一万八千家产，苦扒苦挣叫儿子念书，落到现在……"这话不好说了，就顿了一顿。周世良依然将头靠住了墙壁，懒懒地道："照着陈先生这种话说，穷人家子弟就不能念书了？"陈仲儒道："情理是情理，事实是事实。这个年月，不讲情理，所以穷人不能念书，除非中国另外辟个穷人城，穷人就可以念书了。"世良靠了那墙，默然着许久叹了一口气道："你这话有理，我错了，不该把儿子念书。"陈仲儒道："说起来，我也应当负一点儿责任的。设若去年你们初来，我不把你们介绍到怀宁会馆去住，如何会认得孔小姐？不认得孔小姐，令郎也许不会落到现在……"他说到这里，又踌躇起来，世良抱着拳头拱拱手道："你放心，我怎能够那样不懂好歹呢？"陈仲儒道："周老爹，你假如愿回去的话，我就在良心上要好过些。川资一层，都在我身上。"说着，伸手连拍两下胸膛。世良低头想了许久，才答复了他那句话道："陈先生，你看我有些不行了吗？"

陈仲儒虽看出他的身体极其虚弱。但是他这句问话，却不解是什么意思，因道："你是太辛苦了。"世良点了几点头道："既然如此，我就回去吧！"说着，又长长地叹了一口气。陈仲儒看了他这情形，也是的确替他难过，望着墙上挂的日历道："你哪一天走呢？"世良道："乡下人本来不懂得阳历。但是这个一号，我可记得清楚。因为我是一号到的北平，我还是一号离开北平吧。有三天的工夫，我想你先生总可以替我设法。"陈仲儒道："你既然要走，当然是越快越好，又何必万分无聊地在这里住着呢？"他口里说着，就把自己身上揣的日记小本子掏了出来，将这件事明明白白地记在上面，然后告辞而去。世良到了这时，是没有什么可惦记的了。他只望那日历上的纸条，撕着发现到了一号，然后离开这痛心疾首的北平。可是那日历只撕到三十一号，陈仲儒就给他把川资办来了。在那昏黄的灯光下，陈仲儒掏出三十块钱现洋交给他。他两只黄蜡似的手，颤巍巍地捧住那一大截现洋，在那颤巍巍的时候，就带向着陈仲儒作揖，同时两只眼睛里的眼泪，双管齐下地向洋钱上落着。陈仲儒道："周老爹，你不必这样，这样倒让我更是不好过。这钱并不是我的，不过是公众的钱，经了我的手来转交给你的。"世良点点头道："我明白。但是我是个能自己卖力气的庄稼人，而且原本也有田种，为什么千里迢迢跑到北方来累同乡呢？我真该死！"说着，连连地顿了两下脚，那眼泪流下来的程度，越发是像两股泉水了。

陈仲儒看了他这样子，也不免替他难过，便道："我想令郎出去奋斗去了，不外是两条路：一条是成功，一条是失败。成功了，他不能不来找你这老子。失败了，他也不能不回家去，你们父子们总可以见面的。你要和你儿子见面，你必须撑持你这身体，留得父子团圆吧。"世良虽明知这话未必然，难得人家有这样的好意来安慰着，只管是和人家点头作揖，口里连道："我一定记着陈先生这句话，好好地保养。"但是他的环境，怎样能够让他好好地保养呢？次日，他上了三等火车，遇着无票乘车的人太多，挤得他没有座位，只好把铺盖卷放在人堆里，自坐在铺盖卷上。在火车上坐了两天两晚，不但是周身骨头酸痛，而且两腮上因虚火上升，只是发烧得泛红，而且一路之上，没有一个伴侣，更想到回去把什么脸见人。

312

没有什么解闷的，就不住地去抽旱烟。两天两晚的旱烟抽下来，脑筋也就受得刺激不少了。到了汉口，偏赶上了下水轮船的独班，打算进统舱去找着铺位，由汉口到安庆，茶房一定要他五块钱。世良去了二十多块钱的车票，又去了三块多钱的船票，却拿不出五块钱来买铺位了。他倚恃着自己出过几回门，也就不在乎，找到二层船舱后梢，就在厕所外面船板上展开铺盖来。

这四九寒天，江风是极冷的，睡到晚上，这后梢二三十个穷坐客，都忍耐不住，只得起来，在舱外边避风的船舷上走来走去，运动运动，借以取暖。当打那官舱门外过的时候，隔着玻璃门向里张望，只见那官舱里的客人，脱得只穿一条薄薄的短夹袄，在大电灯下打麻雀牌。世良看到，心里就想着无钱的人出门，不但是受罪，而且是受气。从今以后，回到了家乡，永远不想出门了。这样懊丧地在船上又经过了一天一晚，到这日下午八点钟，到了安庆了。江气依然是刮着不算，却又漫天漫水，下着鹅毛片的雪阵。这是外国公司的航船，安庆并没有码头，船就在江心里停轮了。雪雾里面，在水面上浮荡着三五星灯火，便是岸上开来的划船，运送客人。下船的客人，肩挑背负，各带着行李，人叠人地挤在船边上，等到划船靠近大轮了，上船下船的人，骂着喊着，跳着跌着，甚至哭着，滚着，闹成了一团。世良虽是在船上吹了两天的江风，没有生气了，然而轮船在江心下船客，只有一二十分钟工夫，若不抢下划子，就要被轮船带到下水大通芜湖去了，所以他侧了身子挤在人堆里，一手拖着铺盖卷，一手高提了网篮，伸长了颈脖子，也只是向外挤。这船边的栏杆，开了一个缺口，垂着三级梯子到江面的划子上去。然而这还去着划子有四五尺高，梯子前面，又没有什么遮拦的，人走到了栏杆缺口，待要下梯子，那后面的人一拥，你站不住脚，如不跳，便只有滚下去。世良两手都有东西，气力又不行了，于是网篮行李互相颠撞着。后面一位挑担子的太湖客人，一头箩筐，向他腰眼里一撞，他便提了东西倒栽下划子去。他的头正碰在人家木箱上，一阵麻木，痛得半晌移动不得。然而上了划子的人，叫着骂着，有的找人，有的找东西，哪个来管他。江上的风雪，越发是大，划子载得客人又过多，逆了风雪，半时靠不拢岸。等靠了岸时，世良两只脚两只手，都冻得麻木了。

一路之上，他也想得烂熟了，到了安庆，先要找着倪洪氏母女，向人家道歉，告诉自己不能通信的原因，而且干脆把两家亲事废了，不要耽误菊芬孩子的前程，所以他登了岸之后，将行李寄放在小客店里，自己冒着风雪进城，就去访倪洪氏。有半年了，她母女是否还住在原处，不得而知，且先到那里，向邻居打听再说。他想定了，便是这样办。安庆城是建筑在山坡上的，街道是上上下下的石级，电灯是很远相隔一盏，又不大明亮，加上这雪阵又非常的密，路途更有些模糊。世良急于要去见人，在雪的石级上走着，不分高低，就摔了四五跤，而同时觉得有些气喘，只觉呼吸有些急促不灵。他以为这是累的，并不理会，依然向前走。好容易到自己开豆腐店的所在了。这样风雪之夜，人家多半是关门睡觉了，向哪里去打听倪家消息呢？若去敲人家的门，深更半夜，恐人家不愿意。他记起来了，街的转角所在，有一个巡警的岗位，向那里去打听，于是高高低低，又跑向那岗位边去打听。那警察所站的地方，却是有一盏电灯高悬着。他看到周世良撞跌着走过去，很是注意地看着，及至看清楚了便道："咦，你不是豆腐店的周老板吗？什么时候回来的？"世良道："我刚下船，来找倪家母女。她住在……"他说到这里，顿时两腿软着，身子蹲了下去。警察道："周老板，你怎么了？"世良竟是坐在雪地里作声不得。

警察弯了腰向他脸上看看，见他脸色惨白，眼睛微闭，失声叫了一句"不好"，立刻将警笛吹着，引了四五名警察跑着向前来。这时世良会说话了，抬起手来，招了两招道："请各位把倪家母女叫来，我先和她们说两句话。"警察都是这街面上的熟人，知道他和倪洪氏是儿女亲家，这病人已经到了相当的程度了。这样大的风雪，哪还能久在街头，这也不问世良同意与否，就趁着附近开门看热闹的人家，借了一把藤椅子，将他放在上面抬了向前走，只转了一个弯，就到了倪家。因为她们自世良去后，孔善人给了她们十块钱搬家费，逼着她们搬了。她们也是一时找不着房子，就在本巷又找了人家后门口一间小屋子住着。这样的风雪之夜，母女两个，守着一盏孤灯，有什么意思，因之盖着厚被也就安然地入梦了。

这时听到街上一片嘈杂的声音，她们也就惊醒了。后来那声音居然闹到门口，而且拍起门来。这让她两个更为吃惊。洪氏一个翻身坐了起来，披着衣裳先坐起来，口里叫道："谁打门？我们姓倪。"外面警察答道："正要找姓倪的。周老板回来了！"菊芬睡在娘跟前，将被盖着头，听到这话，头向外伸着喊起来道："干爹回来了！"只这一声，她自己也就坐了起来。洪氏也顾不得她了，出了卧室来开大门。门开了，四个警察不容分说，将人抬了进去。洪氏所住的，除了卧室而外，便是一间小小的过道。

314

这时警察将病人抬到过道里，她又大吃一惊，赶快在卧室里取出灯来相照，这可不就是周老板吗？只见他脸色惨白，嘴唇发青，这是一种极不好的现象，手上捧了的油灯，那玻璃罩子只管零零作响，几乎要落下来，这可以知道她抖颤到了什么程度。有一个警察将灯接了过来，因道："你最好找一床被先给他盖上，再烧一杯开水他喝。"世良立刻抬起手来，眼睛向洪氏望着，摇了几摇，洪氏道："周老板，你这是怎么了？"世良道："大嫂子，我不行了。"说着，有气无力顿了一顿，又接着慢慢地道，"我……我不能……害你。叫他们，把……我抬出去……"说到那个"去"字，已经是没有声音了。倪洪氏一阵心酸，眼泪就流下来，便道："周老板，你放心，这不像你的家一样吗？你真是有个三长两短，我的家就是你的家，我的女儿就是你的女儿。"这两句话，大概让世良深深地受着感动，那枯瘦的脸上也就流下两行眼泪来。

菊芬已是披好了衣服，一面扣着纽扣，一面走出来。她一看到世良面无血色、垂手垂足地躺在藤椅上，哇的一声便哭了。洪氏牵着她向后退了两步，连道："傻孩子，你哭什么？干爹受的寒，睡一会子就会好的。"这时左右的街坊，也都被这些声浪惊醒了。见洪氏留一个要死的人在家里，觉得她有侠气。大家受了她的感动，有火的送火，有热水的送热水。警察到了这时，也感到人家不过是亲戚而已，怎好把病重的人，向人家家里抬，也就自告奋勇，去找了一位西医来。那医生诊了脉，便将洪氏拉到一边，低声和她道："这个人既是刚刚下船的，当然有许多别后的话要说。现在我和他打一针强心针，让他再延长一些时候，有什么话，你们就赶快地去请他说吧。"洪氏道："他是这样的不行吗？"医生道："无论如何，今晚是不能过去的。我看到你们家贫寒，这是一番好意，你不要误了事。"那医生也不再多说话，自去和病人注射了一针，医药费也不要倪洪氏出一文，提了皮包，径自走了。

倪洪氏看到世良的样子，就知道不行，现在医生如此说了，她更是知道无望，于是走到世良面前，弯了身子，低声向他道："周老板，你有什么话说吗？计春呢？"世良道："计春这孩子……不必提了。"说时，他见菊芬也站在面前，就抬起一只手来，战战兢兢地向她指着道："她是一个好姑娘，你不要误了她的前程。我们还是那句话，我们以前订的婚姻，不必算了。"洪氏流着泪道："周老板，你不必为难，我早就说了，计春得着一个有钱的岳丈，他的书就可以念得出来了。你去后，他若肯认我的话，我依然把他当作干儿子。我决不能为了我的丫头，误了他的前程。"菊芬在一边听了这话，公公将死，也不要她了。自己有了什么错事，让他父子两个都看不起呢？伤心之余，还加着一份委屈，这就心里更是难过。索性跑进屋子去，伏在床上，号啕大哭。

世良虽是没有什么力气说话了，但是神经还是很清明的。听到菊芬这样哭，于是眼望了卧室里，用手指了两指。洪氏明了他的用意，就向屋子里叫道："孩子，你出来吧，你干爹想你呢。"菊芬哽咽着，走了出来，只管掀起一片衣襟，不住地揉着眼睛。她哭着走着的时候，世良只是用眼睛看她，一直等她走到面前来，然后向她连连地招着手，将她招到了面前，握住了她的手道："孩子，你不要把我的意思弄错了，我这样子办，那全是一番好意。你计春哥哥，他不是人类了。我不能叫你这样好的孩子和那种人成婚配。你说，你懂了我的意思吗？"菊芬揉着眼睛，点了几点头。世良握了她的手不曾放，却望了洪氏道："大嫂子，做父母的人，都是呆子。费尽了力气，不但是儿女们不见你的好处，只要望到不受他们的累，也就死都闭眼睛了。但是你这个孩子，可是不同，以后，你对于儿女的前程，不要爬高望低，总要安守本分做去。"

他这一串话，说得太多了，未免有些吃力，于是喘了几口气，闭了眼睛，休息了一会儿。因有人说话声，他又睁开眼来，向屋子周围看看，见还有几个邻居坐在这里。于是抱了拳头，向四周拱拱，慢慢地道："诸位，这倪家大嫂子，是天字第一号的好人。若不是她放我进来，我就做了一个倒路鬼，以后还得请各位另眼相看。"说着，顿了一顿，又道，"我那儿子，他……他也并不是坏人，不过是人家勾坏……"他越说声音越小，而且连贯不起来，到了最后，索性将不曾说出来的话，完全停止不说。坐在旁边的邻居，低声向洪氏道："这是快不行的样子了，就在这地方和他搭上一个小铺，让他平平安安去吧，而且也应当和他预备后事。这样夜深，什么也不能办了。明天一早，可以到孔善人家里去……"菊芬听了这话，立刻抢着道："什么孔善人？孔恶人罢了。我娘儿两个就是当当，也可以办干爹的善后。"洪氏就拍着她的脊梁道："干爹这种样子，你还闹脾气啦？"邻居们也有知道周倪两家事情的，觉得让他们向孔家化棺材，是触忌讳的事，就不便说了。

夜色渐渐地深了，来管闲事的，自不能久在这里陪伴，各各回去，最后就剩她母女二人坐在这里。到了六点钟，那窗子外的雪片还是一阵阵地向下涌着。这过道里，虽是两面都有门关着，但是在门缝里有冷风射了进来，只觉满屋子寒气袭人。屋子里点了两盏煤油灯，放在撑住门的小桌上，是为着和这可怜的娘儿俩壮胆子的，但是那灯焰都为了油快要熬干，渐渐地矮缩下去了。靠墙已经搭了一副床板，垫了一床草席子，上面铺着一床褥子，世良直挺挺地和衣睡在上面。她娘儿俩将两件长大的棉衣在他身上盖着。因为仅有一床被，不能不留着自用呢。这时当……当……一种很沉着的声音，由雪空里送了进来。世良忽然轻轻地问道："大嫂子这是什么声音？"洪氏道："这是迎江寺打天明钟。快天亮了，熬过了这一关，你老人家就好了。"世良抱着拳头，苦笑道："佛菩萨，保佑你母女二人，我告辞了。计春……那孩子……年轻……你原谅……"在他断续不成语调的时候，那抱拳的手慢慢地垂下，眼睛也闭了。这是人家儿子的父亲，辛辛苦苦两番破产为了儿子的父亲，南北奔走，九死一生，为了儿子的父亲。两盏煤油灯，有一盏煤油灯焰，慢慢地挫下去，以至于全息了，象征着这儿子的父亲的生命。

第三十四回

合作变空言又成逐客
相逢忘旧怨好是明星

这样的风雪夜里，一间破旧的屋子里，睡着一个无气息的人。我们想想这倪洪氏母女，是一种什么境况？但是这个死人的儿子，却在另外一个地方，做那华丽甜美的梦，梦到他和一个美丽的女郎结婚，他父亲也摩登起来，穿了那玄色的大礼服，站在主婚人席上做主婚人呢。来宾真是不少，将一个大礼堂挤得水泄不通。大家身上，都汗出如浆。做新郎的人，不能够脱衣服，只好是忍受着。但是忍受又忍受，到了最后，他实在忍不住了，情不自禁地将手来扯了衣襟，要当扇子摇，偏是那衣襟摆重，又有些儿摇不动。及至自己睁开眼来一看，却是睡在一张铁床上，盖着新被褥呢。屋子里所以热得这样，却因为是墙边的热气管子，温度太高了，在屋子里的人，受不了这种温度。

原来在这个时候，余何恐先生又转到北平来，当了大学教授，而且是个主任。同时受了一个小资本家的委托，在北平建筑模范剧场，请他当顾问。教授的薪水是三百六十元。顾问的薪水是五百元。合计起来，每月差不多有九百元的收入。余先生在天津穷了好几个月，精神上真感到枯索无味，现在忽然有了这大批的收入，不能不舒服一下，以资调剂。所以到了北平以后，也不找民房住，老老实实地就住在旅馆里，为的是旅馆里床帐被褥，一切俱全，只要有钱，家庭立刻就组织起来了。周计春呢，他这几个月以来，对于余先生，有了莫大的帮助。所有余先生关于农村生活的描写，完全是他供给的材料。余先生卖了两本戏剧的稿子，约有两千块钱，不久就可以寄到，所写的十九，就是计春报告的材料。在这一点上，余何恐也不能不感谢他，所以余何恐到北平来了，把他也就带到北平来。又感觉他仅仅跟随着，也不是办法，就介绍他到大学里去，当了一名旁听生，免得说他是个无业青年。不过这旁听生，听课与不听课，学校当局是不负

318

责任的。

计春初来北平时，觉得一跃而做了大学生，很是得意。每日还到学校里去旁听两堂课，后来觉到功课方面，十样倒有九样不大了解，在教室里听课，如同受几小时的罪，他感到得不着什么益处，索性就不上课了。余何恐在这旅馆里开了一间大房间，里面是卧室和浴室，外面是客厅。本来让计春住在客室里的睡榻上，住不到半个月，余先生已经有了女朋友来往，将他放在一块儿住，很有些不方便。因之又另外和计春开了一个小房间，让计春一人在那里睡。这样一来，计春更是得其所哉。在这个寒天，北平的娱乐场，只有跳舞场和电影院的温度最高。对于舞场呢，计春创巨痛深不愿去了，每日只是以看电影来消遣。好在单独地有一间房子，可以任其所为。回到旅馆来，将余先生买的大批刊物，睡到床上来看。屋子里既然很暖和，而且要吃什么喝什么，按着铃叫茶房办来就是了。好在这一切都写在余先生的账上，不必去费心的。

这天在大雪之后，街上的积雪，约莫有一尺多深，除了各种车子在街上来往奔走，简直没有什么行人。计春到大门口看看，因为雪地里走路的车辆很是缺少，自己看看雪景也就缩回旅馆来了。走向余何恐的房间时，房门还是闭的，见有一个茶房经过，便低声问道：“到这时候，余先生还没有起来吗？已经两点钟了。”茶房微笑道：“昨晚上睡得太迟吧。”计春道：“那位女客尚守贞小姐，走了没有？”茶房笑道：“说不上。但是没有开房门。”计春对房门看看，也就微笑着走开，自己走进那屋子去，心里就想着，一个人熟了，就什么坏处都会看出来。以前我想着余何恐这个人，必是个穿蓝布长衫吃苦头的朋友。现在和他混久了，知道他有了钱，什么坏事都肯做。他的稿费要寄到了，我得分他几百块钱来用。我有了钱，就可以把唐小曼找来，至少也有一个女朋友同来看电影。他如此想着，躺在床上出神。暖和的屋子里，白天就做了一个梦。

到了晚上，余何恐的女朋友还没有走，他就让计春在一处吃饭。那尚守贞年纪极轻，才十六岁，坐在一桌，那粉香只管向人鼻子里送了来，让人在脑筋里留下一个深印，因之当周世良在安庆城里断气的时候，计春正梦着和那尚守贞结婚呢。他醒过来是个梦，扭着电灯看看手表，刚交六点，到天亮还早。不能起床，于是将被掀开了一只角，露出了上半截身子来，透点儿凉气。他想着：余先生四十多岁了，这位尚小姐真会爱着他吗？假如我有余何恐那么些个钱，我就可以和他竞争一下。想到这里，想得有味，又蒙眬地睡去，倒是茶房来捶门，砰砰咚咚，将他惊醒。计春醒过来，手里还搂住了枕头呢。回想梦里的事，心里还只是跳。及至看清楚了，搂着的不过是枕头，这才大胆问外面是谁，茶房道："余先生请你去有话说。"计春看手表，已是九点多钟，也可以起床了。于是匆匆地起床，漱洗一完，立刻就向余何恐屋子里来。

只见面对面地，他和尚小姐坐在桌子边吃早茶，刀叉盘碟，将桌子都摆满了。尚小姐穿了一件青色绒袍子，袖子短短的，露出溜圆的胳臂来。她见着计春头微微地低着，虽然垂下眼皮来，那乌眼珠还在长的睫毛里偷着看人。计春想起梦里的事，再看她胸前隆然高起，腰身细得一把，脸就红了。余何恐倒不介意，拉开右手边的椅子，让他坐下，因笑道："这两天我是陶醉在爱情的海里，什么都忘了。昨天晚上，华北文艺会的干部人物打个电话给我，说是我那本两幕剧《乡下人》非常之好。定在这个礼拜六晚上，在博爱大礼堂上演。这一出戏，我们在天津排过多少次的，由我们几个老角儿演，当然没有什么问题。我想自己到天津去一趟，把那几个人约一约。今天若是赶不回来呢，明天早上，文艺会的人倘有代表来，你就接洽一下。"计春道："尚小姐也去吗?"余何恐笑道："天气太冷了，我不愿意她出门。而且她在天津又没有熟人，我把她丢在旅馆里，自己出去找人，也冷落了她。不然，我也不能冒了这样的风雪天去胡跑。这华北文艺会是个很有力量的集团。他们要我们来表演，这是我们找出路的一个好机会。我现在吃了东西，要整理关于《乡下人》的文稿，在让演之前，好托报纸给我们出一张特刊。你可以作一个短短的介绍文，先交给文艺会，让他们在周刊上预告一下。作了给我看，我就要走了。"

计春这几个月受了余何恐的熏陶，发表欲是特别的火炽。听了这话，茶也不要喝，便在身上掏出自来水笔，伏到另外一张小桌上，找了一张横格纸，文不加点，就写了起来。在他作文的时候，他自有那一股子横劲，连头也不抬起来，只管写着。等他把文章写好了，这才拿着稿子念了一遍。回头看时，余何恐和尚小姐一同坐在沙发上，他一手搭着尚小姐的香肩，一手夹了雪茄，放在嘴边吸着。计春将稿子递了过来，他将雪茄放下，一只手拿了看着，那文是：

　　《乡下人》，这个两幕剧——是我们伟大的艺人余何恐先生的
创作。余先生是位努力于平民文学能实际走到民间去的作者。在

这本剧里，用了他正确的意识、新颖的技巧，尤其见到他伟大而美妙的作风。戏的内容是这样：一个乡下人，来投靠城里的资本家，这资本家是他的近亲，理应加以援手的，而他所要求的，也只是三块钱。但是这资本家能开了三千元的支票，给姨太太买钻戒，却不肯借他三块钱，只打发他住在柴房里，说他是个乡下人，不配进上房。不过这乡下人带来许多乡下的土仪、瓜菜之类，姨太太却最喜欢吃，叫了乡下人来，赏给他二十块钱，叫他常常送菜来。后来乡下人送菜送多了，姨太太十分欢喜，索性把自己的孩子认乡下人做义父，要那资本家陪乡下人吃饭。在这里面，暴露了资本家的丑态，把握住了时代的核心。

余何恐看到这种地方，不免将眉毛皱了两皱，微笑道："把握住时代的核心这句话，在这里似乎用不上。应该这样说：这出戏剧，本来还应当编得沉痛些，只是在某一种关系下，不能办到。所以这是喜剧，而喜剧的意味，只好偏重于暴露资产阶级一方面。这样说，比用把握住时代的核心这一个滥调，要好得多。"计春笑道："我觉得不用这句话，人家会疑心我们把握不住时代。就要让人家说我们是没落的作品。"余何恐还要说什么，茶房进来，说华国银行的常经理来了。余何恐听到，立刻站了起来，口里连道："请请请！"口说着，两手还不住地扯了两扯衣襟，手上拿的那张稿纸，慌里慌张地放在桌上，就不曾理会得了。

那常经理拥了皮大衣皮帽子走将进来，衣帽还不曾脱下，两只眼睛早就向尚小姐身上盯着，笑问道："这是哪一位？"余何恐笑道："这是尚小姐，来来，我给你介绍。这是常有德先生，他是银行界里的名人，全中国都知道。"尚小姐因他这样地郑重介绍，就站起来笑盈盈地行了一个鞠躬礼。常有德脱了帽子，也还了一鞠躬。而在当时，已经把尚小姐看了个透彻了。他慢慢地脱下了大衣，站在桌子边，伸手就去取那木盒子里的雪茄烟。不想在这个时候，却看到盒子上放了一张蓝墨水写的稿子，于是捡起来看了一遍，笑道："啊，余先生这样地攻击资本家，我倒不是资本家，不过的是银行事业，总有些资本家的嫌疑。我倒要代表资本家……"余何恐笑道："常先生有些错误吧！你看那稿子上的口气，是我写的吗？"常有德笑道："《乡下人》这本戏，可是余先生编的。若是将来模范剧场建筑起来，所演的都是这一类的戏，恐怕股东方向，有些不愿意。"余何恐答道：

"那是当然！那是当然！"

常有德将雪茄烟咬掉了头子，衔在口里，向沙发上坐下，那雪茄还不曾点着呢，尚小姐就擦了一根火柴送了过来。常有德看了那张稿子之后，心中本来大不谓然，可是这根火柴的力量，却是特大，他将烟吸着了，立刻软化下来，就向尚守贞弯腰又点头道："这可是不敢当。"守贞对于银行经理这种客气，似乎有些受宠若惊的样子，索性斟了一杯热腾腾的茶，两手捧着送了过来。计春在一边看到，心里很是不愿意，所以不愿意的原因有三：其一是常经理不睬他；其二是余先生这样恭维资本家，言行不符；其三是尚小姐花枝一般的人，未免太糟蹋自己了。老在这里冷眼看人，还有什么意味？于是扭转身径自走了。

到了屋子里，怒气兀自未息，将饭店里放在桌上的一套文具和信笺，提起笔来，一连写了七八张标语：如铲除资本阶级，以及养成大无畏的精神，打倒欺骗青年的文妖，等等。但是写了七八张标语，也并不能够对着什么人示威，只是一个人在屋子里"大无畏"一阵子也就罢了。气不过，又在床上睡了。正蒙眬间，房门敲着响，将门打开，却是尚小姐笑嘻嘻地站在门外，心里忽然地醒悟过来，又是在做梦。做梦也是很好，这回别糊里糊涂地就醒了，必得在梦里温存一下子，落得便宜，于是弯着腰笑道："尚小姐光顾，真是荣幸之至，请到里面坐。"守贞手扶了门机钮，伸着头向里面看了一看，笑道："不必了。余先生走了，我一个人寂寞得很。周先生到我们屋子里去坐坐吧。"计春听着话，眼看了守贞的脸色，鼻子里闻着香气，心里暗念着，这绝不是梦，若是梦，哪有这样清楚。尚小姐见他只管沉吟着，便笑问道："你这是做什么？怕余先生不愿意吧？"计春不曾考虑，突然地答道："我怕是梦。"他这句话，守贞听了，也有些领会，不由得脸上红了起来，笑道："青天白日，怎么说是做梦。"计春觉得真不是做梦了。在这几个月不曾有女朋友往还的时候，现在又特别地感到有趣，立刻精神焕发，跟着守贞向大房间去了。

他是十一点多钟去的，在那屋子里开了饭吃，到了三点半钟出来，同着守贞一路去看电影。到了电影散过以后，他又请守贞吃馆子。直到晚半天七点钟，方始回旅馆来。不想叫茶房拿钥匙开门时，茶房却说余先生早回来了。计春听了这话，就是一怔。守贞红着脸向他低声道："没关系，你说是我要请你的好了。"计春立刻也就想到，若是躲躲闪闪的，那也反是不好，索性大了胆子跟在守贞身后一同走进屋去。一眼看到桌上烟灰缸

322

上，已是架上好几个半截雪茄烟头子。余何恐横躺在沙发上，还是不住地抽雪茄呢，见他二人进房，便跳起来道："你们到哪里去了？"计春道："尚小姐一个人坐在屋子里闷得很，要我请她去看电影。她要回我的礼，又请我吃馆子。"余何恐向他二人周身上下看了一个够，也就没有再说别的。尚小姐见他不作声，胆子越发地大了。鼻子里哼了一声道："嘴上无毛，办事不牢，怎么又不上天津去呢？"余何恐笑道："你没有听到常有德说，反对我们演这种戏吗？我们正要和他合作的时候，犯不上为了这种不相干的事，将感情破裂了。"计春道："对于华北文艺会，怎样地答复人家呢？"余何恐道："我们又没有听他指挥的义务，演不演，在乎我们，无所谓怎样地答复。"计春见他口里说话干脆，脸色也板得没有一些笑容，心里究竟有些毛病，也不敢在此久扰，自回房去了。

但是余何恐对于他们出去同玩的事，似乎不怎样摆在心中。到了次日，依然一处吃喝玩笑。计春这也就以为没事了。过了六七日，在一个晚上，余何恐却和他坐在一张沙发上，表示很亲密的样子，低声向他道："计春，你是很有希望的青年，终日和我住旅馆，这不是办法。我应当和你找一条出路。"计春道："余先生有这样好的意思，那就好极了，叫我望哪条路走呢？"余何恐道："你想不想出洋？"计春笑道："那当然愿意。"说着，站起身来望了他，好像很期待他宣布下文。余何恐道："并非我不愿你在我一处，无奈常有德说你思想太新，他不愿你在北平和我共事。他在政治上很有力量的，你怎样能和他斗争？我有一个朋友办的星光歌舞团，现时在南京表演，轰动一时，挣钱不少，不久他们要全班到南洋去。因为要走远，就需要几个话剧人才加入，以便组织得更健全些。我想介绍你去。至于川资，那自然由我出的。"

计春听了这话，知道他分明是要脱离关系，不免心里冷了半截，退后两步，手扶了椅子，沉吟着低声道："余先生觉得这是出路吗？"说着一笑。余何恐道："怎么不是出路？他们这个组织，几乎哪里都可以去，吃饭穿衣，绝对无问题的。人生在世，不就是为了这两件事吗？再要说到恋爱，那更好办。他们那个团体就完全是过的爱情生活，他们还要到南洋去呢。南洋是中国人发财的地方，你为什么不去？"说着，就在身上掏出一叠钞票和一封信，一齐交给计春。他虽然将信和钞票接着，然而心里已是跳荡不休，两只眼珠呆定着，眼泪水几乎要哭出来。余何恐道："这是一百块钱，你就坐二等车到南京去，还可以多一半钱啦。我这一点儿面子是

323

有的。你去了，他们一定收留你。将来我有钱，还可以接济你。今天我就要搬出旅馆住到朋友家去，你明天就去吧。"计春并不是余何恐的子弟，他不肯留在一处，有什么法子可以强迫他？只得点点头道："好吧，我去试试。若是能得南洋去，这个机会，倒也不可失却的。"余何恐站起来一手握了他的手，一手拍了他的肩膀，笑道："你有表演天才，无论什么地方去，也不会失败的，你好好地努力吧！"说着，又握住了计春的手，摇撼几下。计春站在一边发愣，又偷眼看尚小姐的态度时，见她微垂了头，眼睛对地毯上注视着。自然这里面含有着一番委屈，自己这也就不便向她告别，便向余何恐鞠了一个躬道："好吧，多谢余先生了。"

他拿了钱和信回到房去，就在床上躺着。始而他心里很有些不服，后来一转念，假如我不认得余何恐呢，也许我已经自杀了。这也好，免得总是依赖人不图长进，既然要走，在这里多耽搁一天，有什么意思？搭晚车走吧。他心里想着，用手拍了一下床，自己向自己表示着，已下了这一番决心。到了这日晚上，前门外的平浦通车，就把他载着送上了南京。但是到了南京以后，便消灭了"周计春"这三个字，那以往种种，也就只好说譬如昨日死了。

在这日子过后的两年多，是秋高气爽的时候，南京各处的广告牌上，贴着有"星光歌舞剧团重到首都"的字样，另一张广告，刊着歌舞团里各明星的名字。其间有男明星的名字，特别加大写着"秋潮"两个字的，也是这歌舞团里叫座人物之一。南京这些摩登男女，各捧异性人物，逐日拥挤到戏馆子里去，而前两年在北平不见了的孔令仪小姐，也在这歌舞团出演的戏院子里发现了。她并不是来看舞女的，她是醉心于这里的话剧主角秋潮。在最初两次看戏的时候，她觉得秋潮这个人，虽然身量长些，但是有些像周计春，不过在舞台上，有一种化妆术夹乎其间，还不敢十分认定。接着又看了两天，他的态度、他的声音，简直就是计春无疑。这真是想不到的事。他在北平宣告失踪了以后，倒是加进这个歌舞团里来。虽然当初和他订婚，不过是闹脾气的，但是他现在做了艺术家，有许多女子要追逐他。他便不是周计春，自己也少不得设法和他交朋友。倘果然是未婚夫到了，那又怎好放弃他，让别人夺了去？如此想着，就写了一封很详细的信，寄到歌舞团演员们的住所。她心里想着，计春现在是个明星，追逐他的女子很多，他或者明白了我从前对于他的态度，不过是舞弄而已，他绝不会来理会我。

然而事实与她理想相反的，便是在发信的第二日中午，计春却亲自来拜访她了。令仪这时在一个大学校当旁听生，依然过着她那繁华生活，带了一个包车夫、两个女仆，租了一幢上海弄堂式的楼房住着。这日中午，正在卧室里梳妆打扮，预备吃过了午饭，又去看歌舞去。及至女仆送上一张名片，接过来看时，却明明白白写的是周计春，这就不由得她心里扑扑地连跳了两下，哟了一声，这就向楼下迎了过来。这个时候，计春虽不是在台上那种打扮，但是那面庞长得越发的丰润，脸腮上由白里透出红来，那头发虽不曾用什么油来擦抹着，然而弯曲之间，自然的柔软可爱。穿的西装，也是平贴光润，没有丝毫的皱纹。

　　令仪看到，又只说了一声哟字。计春立刻跑了过来，伸手和她握着，笑道："孔小姐，久违了。想不到我们在这里会面。"令仪见他并不分着什么界限，也就随着让他将手握住，先摇撼了几下，那眼光闪电似的，在他身上看了一遍，这才分开手来，分别坐下。计春向屋子周围看了看，笑问道："这就是孔小姐一个人住在这里吗？"令仪微笑道："不是一个人，还有几个人呢？不过，我为了你受累不少。"计春红了脸道："这真是对不住。所以我找不着那钻石戒指，也就不敢和你见面了。"令仪摇着头道："问题不在这上面，这一件事是我生平值得纪念的一件事，这一封有关系的信，我依然还保存着呢。你看看这封信，你就明白了。"说着，她就起身翻箱倒箧找出一封信来，递给计春看。这其中有一张信纸，是用红笔圈了的，当然这是最要紧的那一张了。先看那红圈起首的地方，乃是：

　　　　我孔氏门中，并不靠儿女来支撑门户，好便要，不好便不要。且尔亦非尔母所生，尔如此放浪，尔母伤心已极，亦不能如前对尔姑息。今与儿约，儿能与周氏子永远断绝往来，回南读书，改过自新，则过去之事，可以不说，否则尔与周氏子结婚之日，即吾宣布尔来历之时，以后永远断绝父女关系。不但我之财产，尔不能分润半文，即我亲友之家，亦不容尔居住。限尔在信到三日之内，回我一电……

　　计春将一张信纸看完，还要去看第二张信纸。令仪起身，将他的手背按住着道："你想，这不就够了吗？我受压迫不受压迫？"计春道："孔小姐几个母亲呢？"令仪道："对了，这信上说，我不是我娘生的。我也很奇怪，怎么会不是我娘生的呢？我也把这话问过我父亲两回，他说：不能说，一说之后，父女感情就破裂了。因为如此，所以我始终不能问下去。你既然是不见了，我在北方的经济来源，又要断绝，所以只好回南，依了我父亲的条件。但是我对你的感情，很是不错。你父亲病在北平，还是我送他到医院里去医好的呢。"计春道："我后来到北平，遇见同乡，也曾听说一点儿。"令仪道："现在令尊呢？"计春道："两年多没有通信了，大概回家去重过农村生活去了。我觉得我干这种职业，他不会赞同的，也就无通知他的必要了。"令仪笑道："你现在是个明星，全国皆知啦。你父亲还有什么不愿意的。"说时，低着头沉吟了一会儿，笑道，"你不通知你父亲，将来再说吧。你现在对于社会上，是姓周呢，还是姓秋呢？"计春笑道："当然是姓秋。你不见我那名片是墨笔写的，我是连周计春的名片都不预备的。"令仪道："这为了什么？"计春笑道："并不为了什么，姓名不过是人的记号，爱用哪几个字，就用哪几个字，这有什么关系？"令仪笑道："你现在是崭新的人物了。新人物都是不用真姓名的，大概你就为的是这个缘故吧？"

计春想了一想，笑道："我原来用秋潮这个名字，不过是好玩的。除了在台上，人家依然叫我周先生。后来我写信到北平的本县会馆去，问我父亲，是到北平找我去了没有。那会馆里的长班，却给我来了一封信，说是大逆不孝，败坏门风，我本县全族的人，已经驱我出族。会馆里贴有布告，宣布我的罪状，请我以后不必向会馆里写信，免得反受人的辱骂。我有了这封信，真像小说上所说的话，气得我七窍生烟。本来这姓氏家族思想，这是封建势力没有铲除的表现，要它何用？只是我那同族的人，在不孝上面，加了大逆两个字，而且还说我败坏门风，这实在侮辱了我。他们凭了什么资格，可以对我下驱逐两个字？我本来想质问他们一番，继而想着，这必是我父亲的意思。他费了许多力量，让我去读书，就是想我毕了业以后，做官发财，他好在家里做老太爷。这种封建思想，本来就是一种买卖主义。他因为我不能好好去替他做牛马，所以回到乡下去，向族人告我的忤逆，唆动族人，驱我出族。他们是人多，我一个人无论有什么充足的理由，也是斗他们不赢，所以我一赌气，就表示和他们脱离关系，索性把周字不姓了。我因为不用周计春的名片，怕你不见我，所以我临时写了一张。你瞧，这才是我的名片呢。"说时，由衣袋里取出姓名两字横列的名片，交给令仪看。果然，上面两个图案字，乃是"秋潮"。令仪笑道：

"这样说起来，我们倒是同病相怜，都是家庭所不要的人。"计春道："我们现在要为大众谋利益，谈什么家庭，有家庭，我也许要推翻，没有家庭，那不是正好吗?"令仪笑道："呀，你的意思，现在这样新。我很惭愧，赶你不上啦!"计春道："这也算不了什么新思想。老早我就是这样主张的了。"

令仪虽是坐着，然而她两只眼睛却十分地忙迫，由头至尾，将计春看了个烂熟。见他的西服那样平贴无皱，领子上和衬衣的袖口上，也是白得连一线黑斑都没有。彼此说话，虽还隔有几尺路，但是他身上，自然有一种细微的香气，向人鼻子里面送了来。令仪也不曾说话，忽然之间，嘻嘻地笑了。现在的周计春，不是两年前的人物了。他走过的繁华都市，和各种人物交过朋友，尤其是女子一方面，他朝夕研究，有了更深切的认识。像令仪这样有钱的小姐，以前认为是最不好惹的女子，现在却认为是最好惹的女子，所以当令仪那样嘻嘻一笑，计春就一切都明白了。他想着：不应当一来之后，就给予她太好的感想，因站起身来道："我今天是抽着工夫出来的，不能久事耽搁，改天再见吧。"说着，人就向外走了。令仪将他送到大门口，对于他的后影，还呆呆地看了一阵。她心里同时想着，周计春会有了今日，这是想不到的事。我写了一封信给他，他就来了，在我看得自然是不稀奇。不过现在追逐他的人，十分的多，望到有这样一回，也就难于登天呢。

她一人沉思着回房去，坐在椅子上，还是昏沉沉地思索着。忽然楼梯上咚咚咚一阵乱响，却有五六个女同志拥了进来，笑着叫道："走吧走吧，快开演了。"其中有一个活泼些的，早是跑到了桌子边去，看到放了一张秋潮的名片，就问道："这秋潮的名片，是由哪里来的?"令仪淡淡地笑道："他刚才来看我，递进来的名片。"同时两三个女郎噘了嘴说是不信。令仪笑道："你们爱信不信。他第一次穿西装的相片，还在这里呢。"大家听说，就吵着要令仪拿出来看。令仪为了这个，也想起了一件事：古人说，无心插柳柳成荫。这倒很对呢。

第三十五回

嫁婿为风流屈成伉俪
见娘构疑案当作偷儿

天下事，有因就有果。往往种因在百十年之前，而结果在百十年之后。至于两三年内的因果，那都是很平常的事。令仪和计春初相识的时候，为了要和她照相，曾替他做了两套西服。这在大小姐的行为上说来，很算不得一件什么事。照过相之后，计春和她各取一张，计春的曾在书桌上摆设着，后来就不知抛到什么地方去了。令仪所得的这相片，一天也不曾摆，只是当时看看，以后就放在箱子里，始终也不曾理会。收检箱子的时候，偶然看到，觉得也怪有趣的，不曾抛去，依然放着。今天因为自己说秋潮来了，许多吃不着天鹅肉的人，有些不肯信。她忽然想到计春还有一张相片在自己箱子里呢，就说出来了。这些姑娘们听到，更引为是神秘的消息，就包围着令仪，非要她拿了出来不可。有的简直说明了，她完全是骗人的。令仪道："这也值不得骗你们，要看就给你们看。"她也不管受累不受累，一连开了几只箱子。终于是把那张相片找了出来了。她只刚拿到手上，有那手快的，早已抢过去了。果然的，这相片上，一个是令仪，一个穿西服的青年，很像戏剧明星秋潮。令仪道："这个不是伪造的吧？这是两年前照的相，两年前我们熟得在一处照相了，这有什么稀奇。"

这一群姑娘，将那张相片，你抢我夺，头挤头，挨在桌子上来看着。令仪见她们这样宝贵，更是得意地笑道："你们再把相片掉过来看着。老实说，哼……"她坐在旁边，不说完却笑了。大家将相片翻转来看时，上面有墨笔写的字道："令姊对我，不但解衣推食，而且推心置腹，有同手足。一照此相时，令姊欲我在镜前精神焕发，特为置西服两套。相片所着，即其一也，其他可知矣。对此恩惠，如何可报？唯有做令姊终身不二之臣，庶可报答于万一耳。影既摄得，即为我二人终身合作之证明。特志数语，以为纪念。令仪姊爱存。小弟计春述。"有的就问，计春就是秋潮吗？令仪笑道："这个我也不愿答复。但是你们看看这相上的人，可与秋潮有分别吗？若没有分别，有谁人能在这相片后面写字。"大家听着，立刻喧哗起来。好像令仪宣布中了彩票的头奖，旁人既是欣慕，又是妒忌，脸上笑着，心里恨着，有的要她请去看歌舞，有的要她请去吃饭，有的要她介绍秋潮见面谈谈。令仪在十分得意之下，一切都答应了。

在两日之内，一切也都照办了。可是这个消息，不知如何传到新闻记者耳朵里去了，到了第三日，报纸下软性新闻里登着这样一条新闻："南京新出现明星秋潮的未婚妻。"所幸新闻里面，还没有知道令仪的履历，只说是姓孔而已。在这日上午，计春又来访令仪了，到了屋子里，且不坐下，披着花呢夹大衣，微歪了戴着盆式呢帽，脖子上搭了花围巾，直垂到腹部来，手上拿了一根细藤手杖，轻轻地靠着椅背，皱了眉道："孔小姐，报上今天登的，你看见吗？这事影响到我很大。谁把这个消息送了出去的？"计春走进门来，就这样郑重地问着。这在令仪一方，是应该就答复他问题的了。可是她并不注意这一点，却偏了头向计春看着笑道："你真是变了一个人了。怎么样子看你，你就怎么样子好看。"计春笑道："我的小姐，你别打岔，我要问你这消息漏出去的缘由。"令仪红着脸道："知道你现在成了大明星，把以前的事都忘了，但是，我这里还有你的东西呢！"计春道："是那戒指吗？"令仪道："戒指算得什么？只要有钱，金银店里个个可以去定打。你忘了吗？第一次穿西装的时候，和我照了一张相，上面还有你题的字呢。"计春这才将帽子向墙上一扔，不偏不倚，挂在衣钩上。身子向沙发椅子上一坐，两手撑着大腿来托住了头。他的行为，虽然还很是浪漫，但是也表现出来很是踌躇。

令仪站起来，斜撑了一只桌子犄角，瞅了他微笑道："你现在有了爱人吗？"计春没有作声，依然手托了头，坐在那里。令仪笑道："当然的，现在追逐你的女子多着呢，可是，知道你的历史的，只有我一个吧？"计春突然站起来道："那么，你宣布我偷过你的钻石戒指？"令仪正色道："原来你就是用这种手腕来对付朋友的。"计春道："那么，你为什么说只有你知道我的历史？"令仪咬了下嘴唇，垂下了眼皮，许久才答道："无非是说我和你交情不错。"计春点点头道："说起以前的事来，我对于你，只能说一声惭愧，当然我应当感谢你，而且我们又在南京相会了，这不能算是偶然的。只是我服从了你，我的损失就大了。"令仪笑道："怎么说是服从了我，你始终认为我是压迫你的吗？"计春道："怎么不是？你把那爱情

329

之火来烧我，比用侵略主义来压迫我，那还要厉害呢。"令仪听他这话，又是那其辞若有憾焉，其实乃深喜之的调调儿，心里十分欢喜，便接着问道："那么，你有什么损失呢？"

计春又坐下去，沉吟了许久，叹了一口气道："事到于今，我不得不说了。上海方面，我有一个朋友他很愿帮我的忙同我一路去出洋，假使今天报上这段消息让他知道了，我一年以来所计划的事就要成为泡影。"令仪想了一想道："他同你出洋，所帮忙的地方，是只限于金钱呢，还是另有其他办法？"计春道："出洋也不过要人家在金钱上帮助而已。"令仪道："也就不过如此罢了。别人能帮助你的事，难道你的令姊还有什么办不到吗？"说着，手一拍胸膛说，"那全由你老姐负责了。"计春道："照说呢，你这种力量是有的，只是我，是在你前面失了信用的人了。"令仪笑道："你知道说这句话，我就相信你以后的为人了。我是久有出洋之意，我的家庭，你是知道的，当然也不把筹几个出洋费当着难事，只是我父亲说我是个女孩子，不肯轻易放我出去。既然有你和我一同出洋……"计春道："你以为我改了姓秋，你父亲就不反对了吗？"令仪笑道："这个我都想好了。你到过南洋的，你不能在南洋找个朋友和你证明一下子，你是一个华侨吗？那自然我绝不对我父亲说，你是个唱戏的，等到出洋回来以后，你有了身份了，便是知道你是周计春，那也没有什么关系了。"计春道："若说通信的朋友，我倒是有。只是你所说的话，完全是替我设想，你真有这番意思待我吗？"令仪且不说什么，深深地叹了一口气，然后微摇着头坐在椅子上，又接着叹了一口气："我也就不必说什么了。"

计春昂着头想想，也就扑哧一声笑了。于是脱了大衣，挂在衣钩子上，回头看到房门是敞开的，就砰的一声关上了。他再到令仪对面去望了她只管傻笑。令仪瞅着他微笑道："你现在也知道要俏皮了，围了这样漂亮的围巾让我瞧了。"计春一味地傻笑，把脖子伸了过去。在这个时候，令仪用的女仆正提了开水，要进房来泡茶，到了房门口，见房门紧紧地闭上，用手轻轻地推一推，里面的暗锁已经锁上了，哪里推得动。女仆也是微笑一笑，就走开了。约有两三个小时，那房门才开着。计春穿了大衣，戴着帽子出来，那围巾可就围在令仪的脖子上了。他在前面走，令仪在后面送着，直送到大门口来，笑道："我等着你回来吃饭呢。"计春笑着点头，答应了准到，慢慢地走上大街，转了一个弯，回头看不见令仪了。这才由怀中衣袋里，掏出一卷钞票来，这其间五元的也有，十元的也有，

330

合起来，共是一百五十五元。在钞票里面，另外夹着一张支票，上面写明支付四百元，下面署名是孔令仪记。计春看看支票，依然向袋里揣着，拍拍衣襟，自言自语地道："无论什么女子，现在我都有办法。"于是笑嘻嘻地坐了人力车子，回他的寓所去了。

金钱总是能支配着这整个世界的，计春有了令仪金钱的援助，他的态度又变了。过了几天，报上又登着小新闻，说着秋潮的未婚妻，已经打听出来了，乃是安徽怀宁名媛孔令仪小姐，不久他们就要出洋，要等出了洋回来，才结婚呢。有人拿了这报上的消息去问计春，他不承认，也不否认，只是微笑，但是在七日之后，秋潮脱离了歌舞团了，便住在令仪家里楼下。在他寄居的期间，南京与新加坡方面，新加坡与安庆方面，安庆又与南京方面，常把秋潮两个字播来送去，结果安庆的孔大有，知道有位华侨子弟，并无父母，在南京大学读书。他并不知道潮字去了三点水，这人是青年戏剧家秋潮，而且他终日和算盘账本做伴，脑筋里也不会留下歌舞明星的影子，自然也不会疑心的，更不料着新女婿便是旧姑爷了。因此他写了好几封信到南京，要秋潮到安庆去见上一面。令仪对于这件事，却有点儿为难。因为她家里那位曾到过北平的账房先生刘清泉，是认得计春的，一见面，岂不把这事识破了，因之再三地推诿。直到阴历年边，打听得清楚了，刘清泉已经下乡去收账，约有十几天才能回来，于是单独地先回家看看，果然刘清泉走了两天了。这就打个电报给周计春，让他快来。计春自己也就想着，到安庆只住一天，和孔大有稍为周旋，第二天就走，住的所在就是孔大有家里，对谁也不露面。这有谁能看出我的真面目？而且我在安庆是个穷小子，而今穿起西服来，是个长身玉立的少爷，料着就是碰到了熟人，也没有谁认得出来。他这样地想着，就大胆地搭了轮船回安庆来，电约着令仪到码头上来接。

在这时，令仪并不感到所嫁者是豆腐店小老板，感到所嫁者乃是名闻全国的歌舞明星，对于计春真是百依百顺。接了电报，老早地就带了几个男仆人到码头趸船上来接。这时仆人里面，有一个鲁进，是知道令仪身世最详细的人，而同时也是孔大有的心腹。令仪因为他的资格老，就把一件优差他做。当接着新姑爷的时候，就让他和新姑爷拿过手提箱来，为着新姑爷放赏钱，他可以拿着第一份。鲁进起初听说，小姐所嫁的是个戏子，后来又听说，和戏子的名字，音同字不同，实在是个学生。无论如何，他这就有些疑心了。因之来欢迎新姑爷的时候，特别地留心，见面之后，他就不免一怔，这个人好生面熟，在哪里见过？可是仔细地想想，亲戚朋友里面，都不曾有这样一个人。当时放在心里，也就不再思索了。及至把新姑爷接到家里，孔大有亲自出来款待，鲁进依然不时地向前伺候着茶水。究竟他是个有心人，来来去去，在计春说话的声音里，就听出破绽来了。他虽然是操着国语，然而有时说得快了，却在声音里一般透露出安徽话来。什么华侨，完全是大小姐弄的玄虚，乃是安徽人假扮的。大小姐要嫁安徽人，也不妨，何必绕上这样一个大弯子，这必有瞒人的一个道理在内。他想到这里，就猜中十之五六了。

到了晚上，他又在床上陆续地想着，既是本地人就有见着他的可能，自己好像和他见过面，这绝不是胡猜的。由大小姐今日嫁安徽人，与上次和安徽人订婚联想起来，恍然大悟，于今的华侨，就是以前的豆腐店小老板。大小姐实在爱上了他，非嫁他不可，所以让他把姓名都改变过来了。好极了，她现在又有了一座内幕在我手心里抓着，不怕她不理会我。不过这事还不能冒昧，我必得再找一人将他认一认，若是不错，我再打我的算盘。越想越对，一晚都没有睡好。次日起了一个早，并不让第二个人知道，就一直到倪洪氏家里来。洪氏提了一筐子米菜，要到井边去洗，在大门口就和他相逢了。鲁进回头看看没有人，向洪氏拱了两拱手道："恭喜恭喜。"洪氏也笑道："我明白了，听说你们大小姐快要办喜事了。姑爷是个在外国住家的财主呢！"鲁进道："她快要出洋了，不知道什么时候能回来。我引你去看一看她，好吗？"洪氏道："阿弥陀佛，你今年应该又生儿子又发财，怎么肯做起这样的好事来了。只是我应当偷偷地去，不让你们老爷知道才好。前两年我到你们公馆里去了一趟，你老爷暗地里和我闹了不少的脾气，非要我离开省城不可。后来这孩子到南京到北平，总不在家，他才放了心。现在若知道我还是去看她，你们老爷一定会翻脸的。我是个穷婆子要什么紧？只是那孩子娇生惯养这么大了，你老爷真要不认她，哪个再养得起她，那不是害了她一生吗？去是愿意去，你能保我不出一点儿什么毛病吗？"

鲁进笑着，自向她家里走，洪氏倒跟随了进来。鲁进低声道："我是看了我们认识有二十几年了，今天才来和你报这个信。你自己不要错过了。老实告诉你，我们这位新姑爷，非常像你的干儿子、小女婿。你何不偷去认认？"洪氏听了这话，作声不得，却只管抖颤起来，向鲁进望了道："不见得有这样的事吧！你们老爷立过誓的，你们大小姐，要嫁了姓周的，他就不要这女儿了。你们大小姐哪有这么大胆，还把他引了进来呢?"鲁进道:"我们老爷，没有见过秋潮，也没有见过周计春。冒充不冒充，他一概不懂。我以前到你家里，在豆腐店看过那孩子的，他现在虽然身材长得高了些，然而那五官的位置总是跑不了的。在这些所在，我再三地留意，我就更加看出了不错，而且他尽管满口京腔，一快了就要露出安徽音来，我看那也是他故意做作的，越发地现出他的假来。"洪氏战战兢兢地道:"真有这样的事?他们的胆子也太大了。不见得吧!"鲁进道:"不管是与不是，你何妨去看上一看。"洪氏手上提的一筐子菜米，竟是抖颤着，落到地上来，却拿不出什么主意。

菊芬手上拿了一件不曾缝纫完了的褂子，走了出来道:"妈，你为什么不去看看?干爹死了两年了，大概那个人还不知道。你不应当让他知道这个消息吗?"洪氏索性坐在一把破椅子上，用手摸了头道:"我去得吗?假如真是他的话，我也不能认他。你要知道，那样一来，孔大小姐完了，你计春哥哥也完了。我们能得什么好处呢?"鲁进道:"老太太，我这番来意，你还不明白吗?我的岁数一年比一年大了，还能在孔家当一辈子奴才不成?老实说，现在我找了这个机会，要请你帮我一点儿忙，让他们小两口子给我一千八百，万事俱休，如其不然，我就喊出来，大家好不成。"说着说着，他就变了脸了。洪氏道:"鲁二爷，你叫我无缘无故地去讹人吗?"鲁进道:"只要你点点头，说这新姑爷是你以前的女婿。我得了好处，将来就分你一半，若不是的呢，也请你看个虚实，我也就死了这条心。"洪氏道:"钱是我不要，只要大家无事，我陪你走一趟，倒无关紧要。我若说不是的，你肯信吗?你可不要诬赖好人呀。"鲁进道:"你认定了不是的，我说是的，那也是枉然。"洪氏说:"好吧，你带我进去看看吧。"鲁进道:"白天我是没有法子带你去。今天晚上八九点钟，我悄悄地开了后门，等着你，引你到我们大小姐书房外面一间厢房里藏着，你在暗处，他在明处，你自然看得清楚了。你认定了，我依然悄悄地把你送出来。神不知，鬼不觉，岂不是好?"菊芬道:"要去我也去。我母亲是个老实人，怕她会闹出什么乱子来。"鲁进道:"多一个人多担一份心。你不去也罢!"菊芬道:"我非去不可。我不去，我娘也就不去。"鲁进道:"你去就去，但是到了那个时候，你得听你妈的话，不能乱跑，也不许随便作声。"菊芬道:"这个我办得到。你去布置就是了。"鲁进见她母女依允了，以为自己大功告成，欢欢喜喜地回孔家去。

到了晚上七点钟，他便溜到后门边，悄悄地将打开了，门只一响，早有两个人影子闪了过来。鲁进低声道："是倪家大嫂子吗？你们来得早呀！现在正是时候，你们跟我进来吧。"在这冬天，到了晚上八点钟，那已经是很黑暗的了。这门是由孔家花园里通出来的，离着正屋灯火，恰是很远。鲁进放了她们进来，将门关上了。黑黝黝的，彼此只微微看到前面两个人影子。洪氏心里却捏着一把汗，在这样黑夜里，跟随一个男子这样走路，那算怎么一回事。这话可又说回来了，自己现有这样大的年纪，也绝不会犯什么瓜田李下的嫌疑，便是碰到了人，只说是来看热闹的，也没有什么关系。她如此想着，也就自己壮起胆子来，一步一步地跟了鲁进走去，一只手四周地扶墙扶壁，另一只手便紧紧地握住了菊芬的手，彼此都是汗湿透了。菊芬虽是不曾说话，然而鼻子里嘘嘘地透着气，还可以听得到。洪氏将她的手轻轻地摇撼了几下道："别害怕，我在这里要什么紧？跟着我走吧。"菊芬也不了解母亲这话有什么把握，不过有了这话，胆子好像大些，于是探着步子，转弯抹角，向里面走来。

　　先是多半在黑暗地方走，后来慢慢地遇到光亮了。然而鲁进引着她们，故意地在避开了光线的所在走，最后他们由小夹道里穿出来。对过是一所大厅，灯烛辉煌，人语喧哗，而且还有些酒肉香，向人鼻子里送来。鲁进到了这时，也不避男女之嫌，拉了倪洪氏一只衣袖，向前就飞跑。由这里趸进一所傍院子里去，北面一列房屋，只亮了一盏电灯，隐约之中，看出来是很华丽的样子。身边是南面的一道走廊，由这里穿到西厢房的门口来。在这里似乎鲁进对于一切事情，都已布置妥当了，因之他手一扶着门，那门就开了。她母女二人，也不知到了什么所在，被他一手一个拉着送了进去，到了那屋子里，鲁进随手就把门儿带上，他走开了。她母女两人，也不知到了什么所在，只是在这里嗅到一种汗臭味，身子所触的，乃是一副光铺板，似乎这是一间底下人住的屋子了。屋子里面看不见什么，这里窗棂上有两块小小的玻璃，由玻璃窗向外看看，借着上房那一线光亮，倒什么都看得清楚了。洪氏心里想：想必是向外面看去，可以看到大小姐和新姑爷的。因轻轻地握了菊芬的手，低声道："你千万不要作声。"菊芬将手一摔道："我知道。"洪氏因为她的声音太沉重，也就不敢再说话了。二人都各守了一块玻璃，眼巴巴地向外望着。

　　也不知经过了多少时候，新姑爷不曾来，大小姐也不曾来，便是引了进来的鲁进，也不曾由这里经过。菊芬究竟有些小孩子脾气，首先就有些不耐烦，顿着脚，轻轻地道："这个人不是故意拿我母女开玩笑吗？既不见个鬼影，我们又出去不了。他再要不来，我要出去了。"洪氏轻轻地喝道："少胡说，俗言说等人易久，你是等的这个样子，其实并没有多少时候。"菊芬叹了一口气，摸着那床铺板，自己先躺下了。但是洪氏口里如此说，心里也是很感到烦躁，既然动不得，又怕耽误久了，夜深不好出去，自己也很后悔，不该这样地来。先还扶了窗格向外看着，后来见窗格外并没有什么，看着也是烦闷，于是悄悄地摸到了床边，缓缓地躺了下来。不想她们躺的这副床铺板，不过是用两条窄板凳支搭着，根本就不怎样的坚固。菊芬一个人睡在上面，已经有些摇摇摆摆的了，再加着洪氏猛然睡了下去，床板向下沉着，哄然一声，把这床架倒塌了下去。倪洪氏母女本来就有些心绪不宁，现在于黑暗之间重重地向下跌落着，声音发生出来，又是这样的大，二人早是吓慌了。慌乱着摸索爬了起来，不是将桌上放的灯罩碰着落下来了，便是将桌子下面的瓷面盆打翻过来了。

这时，有个人由外面喊了进来道："这又是狗和猫在打架，不定要打碎多少东西。"说着话时，一阵脚步响，有人走进这屋子来。这时，母女二人吓得抖成了一团。哪里晓得答话，或者想个办法。那人既是走进来了，看到里面黑洞洞的，又没有一点儿声息，自言自语地道："这是一个空屋子，打碎了，也不过是些破东西。由着这小猫小狗去闹吧。"他口里说着，人已是向外面走了出去。洪氏蹲在地上，心里便暗暗地叫着救苦救难观世音菩萨。那人走了出去，却有人问道："空屋子里什么东西？这样大响一下。"又一个人答道："是猫和狗打架。"那人答道："这可糟了，我有两块腊肉放在那里，必是让狗拖去了。"只一声，便有一道白光，射进这西厢房来，乃是来人手里所持的手电筒亮了。洪氏母女再想要躲闪，已是来不及。那两个人随着电光走进来，首先啊哟了一声道："不得了，有贼了。"洪氏缩在墙角里，周身抖颤，哪里说得出话来。那两个人随电光进来，猛然看到了两个人，也是向后一缩。及至看得清楚是两个女人，便用灯光注射着喝道："你们是什么人？"洪氏两手乱摇着道："不不……我们是……"另一个人却是大声叫着："有了贼了。"

不到五分钟，屋檐下电灯亮着，挤了满院子人。早有几个男仆，横拖直扯，将倪洪氏母女扯到了院子里来。这院子里不但有了孔善人，便是孔善人的大小姐，也站在许多人后面看热闹。孔善人口里衔了雪茄，笼着袖子，脸上紧绷绷地红着，瞪了两只大眼向倪洪氏母女望着。在电灯光下，

335

他将洪氏看清楚了，啊哟了一声道："这还了得！你不是住我屋子的倪家的吗？你深夜藏在我家里做什么？你说！哼！这必有余党。大家四处找找看。"男女仆人答应了一声，拿着灯，带着棍棒，纷纷地屋前屋后去找着。菊芬被人家拖了出来，始而是觉得别人把她当贼，这是一件可耻的事。后来看到了孔善人，又看到了孔善人身后站着一位摩登姑娘，心里就想着：她的面貌有些和我的相片相同，这就是孔家大小姐，我的姐姐，我的情敌了。不想我一辈子的幸福，都牺牲在这位姑娘手上。她心里如此想着，眼睛就不免只管向这位姑娘身上看着。令仪向孔大有道："你看，那东西还把眼睛瞪着我。"孔大有用手指着洪氏，又指着菊芬道："这是谁？你说！"洪氏道："她她……她是我姑娘。不过……不过陪我来看看，没有她什么事。"令仪道："爹，她们就是住我们房子的那姓倪的吗？"孔大有道："是的。这东西搬家的时候，还讹了我一笔钱，于今倒来偷我，我若是饶了她，好人没有人做了。来啊，把她们送到警察局里去。"令仪指着菊芬道："你这贱货！贼骨头！你也配吗？"菊芬道："大小姐，我什么事不配？"洪氏道："大小姐，你不要冤枉好人啦。我们有话不愿说。"令仪指着听差道："把这老东西捆起来。先掌她的嘴，我要她贼婆叫大小姐。"

令仪吩咐了，早有两个男仆人向前去捉洪氏的手。洪氏身子一闪，身后有个仆人，朝定她的后腿，一脚踢出去。洪氏哎哟一声，便蹲在地上。菊芬跳了起来，两手高举着道："你们不要乱动手打人，我们不是自己进来的，是你们二爷鲁进请了我们进来的。你孔善人名闻四海，能诱人犯法吗？"孔大有将手挥着大众道："且莫动手，听她说。我问你，鲁进为什么请你娘儿两个进来？"菊芬道："妈，事到如今，我不得不说了。一来免得负了贼名，二来免得你挨打吃官司。"就向孔大有道，"你们不是有一位新姑爷上门了吗？"孔大有道："不错！这又和你什么相干？"菊芬冷笑道："自然相干啦！你们家里听差，说那人好像周计春，请我娘儿俩在暗中来认一认。不是周计春，他依然悄悄地送我们回去。若是周计春。哼！我也不说了。我们来，没有什么坏意，为什么这个样子对付我们？"说时，人向天井中间站着，两手叉了腰，瞪着眼道："我说了实话了，这有什么大罪吗？好在不是我们自己要进来的，请你把鲁进找来对质再说。"她这一篇话，不但孔大有目定口呆，连令仪红着脸，心里也跳慌了。

第三十六回

事白各断肠生离死别
病痊一哭墓地老天荒

当菊芬理直气壮地在许多人中间喊叫起来以后，大家都发了呆，不知道如何是好了。孔大有想了一想，便改成了和易的颜色，向菊芬道："既是这样说，我就去把鲁进叫了来。倪家嫂子，鲁进还常到你们家去吗？"倪洪氏两手撑了腿，慢慢地坐了起来道："他一年也不到我家去一回。"孔大有道："那么，他今天引了你们进来，是什么用意？"洪氏道："我不晓得，你去问他。"孔大有道："你居然肯来，那又是什么意思呢？"菊芬道："你装糊涂吗？周计春是我母亲的干儿子，他老子死在我家，我娘儿两人，当衣服给他收殓的。他若是来了，我们应当见见他，给他一个信。我们过去的事，你应当知道。"说着，用手指了令仪道："大小姐，你，哼！"冷笑一声道："你能说不知道吗？我们有人引了来的，这有什么不对？"

令仪虽是在交际场上什么风浪都经过了，但是今晚上这个场合，她实在没有法子对付，脸上青一阵，白一阵，简直说不出一句话来。孔大有既不能对她娘儿两个怎样发脾气，就顿了脚道："这还了得！鲁进呢？快叫他来。这还了得！"鲁进知道这事弄糟了，原来是藏躲起来了。后来一想，藏躲着也不是个了局，就由人丛里面答应了出来道："我在这里啦！"说着，走到孔大有面前低声道，"老爷，我这是好意，你老不要错了。我看这位新姑爷，有好几分像周家那孩子，我请倪家嫂子来认一认。不是的呢，那就不声不响地完了。是的呢，我私下对你老说上一声，你老也好自做打算吧。"孔大有望了他道："你为什么事先不和我说明？这一层现在且不要去管，你把秋姑少爷请了来，让她们认认。"

他这一句话说出来了不打紧，令仪站在他身后，几乎是把那颗芳心跳出了口腔子来，低声道："这不是一件笑话吗？让人家知道了这事的缘由，我的面子在哪里摆？"孔大有道："不然，他要不来让人看看，那倒弄假成

337

真了。他来了，我们且不要说明，假使倪家母女并不认得他，只要她摆摆手就完了。这些缘故，他怎会知道？快请姑少爷来。"只这一句，许多仆人答应着。不多大一会儿工夫，就把计春请了来了。计春只听说孔家捉到了贼，自己是位新亲，不便乱跑，没有来看。这时岳父打发人请了来，倒有些莫明其妙。走到这院子里，见人丛中站了一位十七八岁的姑娘，面貌很熟，再看到她身边站了一位半老妇人，正是自己旧岳母。不用说，这是自己抛弃了的未婚妻菊芬了。两年多不见，她成人了，她们为什么在这里？这一种缘由，那不用说，一定是知道我了。自己看清楚了，想明白了，一霎时，便如刑犯验明正身，立刻就要拿去正法，不是心跳，简直是周身的肌肉颤动了。总而言之，脑筋已失去了主宰，站在这里，五官四肢，自己一样也不能去指使，只要她娘儿两人一开口，就是对自己宣布死刑了。

孔大有指着他道："倪家嫂子，你看看，这就是我们的女婿。你认识他吗？"令仪站在这里，几乎跟了这句话，要栽到地上去。倪氏注视着道："这位就是新姑少爷吗？"孔大有和了全院子人都把眼睛注视着她和计春身上。计春本是呆了，索性装成莫明其妙的样子，只是微笑。孔大有道："怎么样？你认得他吗？"洪氏摇摇头道："不认得。"这三个字，真出乎令仪计春意料以外，犹如吃返魂丹一样，立刻活过来，才将鼻子眼里闷住的那一阵气呼了出去。孔大有道："你不认得？灯下你看不清吧？你上前去，再仔细地看看。"倪洪氏果然向前两步，向计春脸上望着。计春虽是不断地发出微笑来，然而他四肢冰凉，心里分不出次数来地乱跳。倪洪氏道："不认得，不认得！"孔大有虽听她这样说了，但是看到计春那样惶恐的情形，究竟很是疑心，便问菊芬道："你认得不认得？"菊芬道："我妈不认得，我自然不认得了。"鲁进两只眼睛比在场的任何一人都要睁得大些。他看到令仪站在那里发呆，计春在那里作苦笑，都是挣扎着镇定的，至于洪氏说话，声音颤动，眼泪几乎要流出来。菊芬说话，带着冷笑，分明生气，这里面更是有内幕，便道："倪家嫂子，你说的都是实话吗？"洪氏用手指着天道："天在头上，我是凭着我的良心说话。孔老爷！"说着，向大有微笑道，"你还要把我们送警察局吗？"孔大有眼看这事究竟有些蹊跷，今天晚上，一时分辨不出是非来，过一天仔细考察，总可以水落石出，便道："你们来的意思，既没有对我怎么样。我孔家是善门，还能为难孤儿寡妇吗？你们回去吧。"菊芬道："我妈让你们踢了一脚，和孔老爷讨些跌打损伤的药，我们拿回去吃吧。"令仪道："赏你们五块钱吧。"菊芬摇着头道："我们不要钱……"洪氏不让她把话说完，扶了她就抢了走出去。

计春看到，不由得眼睛随了她们的后影，想跟上去，但是看了令仪站在这里，一动脚，又停住了。令仪逃过了这一层难关，神志已定，想到鲁进这奴才掀起这么大的风浪，实在可恶，便向孔大有冷笑道："我们家里人待底下人也太好了，这样无事生风。"鲁进见她突然说出硬话来，心中大是不平，抢着道："这件事里头有黑幕。"令仪道："有什么黑幕？你一个当下人的，也太骄横了。明天你就和我走。"鲁进道："我不能走！你们有把柄在我手里，今天这件事你们遮掩过去了。你们还有一件大大的黑幕在我手心里呢！"令仪气极了，跳上前来，一掌就向他脸上扑去，骂道："你这奴才，也欺人太甚了。"鲁进哪里肯受，回手就要打令仪，早有几个仆人抢上前来拦住了。鲁进跳着脚，叫起来道："这丫头打我，我不能依她。丫头，你以为你是孔家小姐吗？你做梦！你是四十八吊钱，老爷买了来的。"孔大有早是气得抖颤，只叫反了。这时喝道："你这混账东西，你这样不分上下，我重重地办你。"鲁进被几个人拦住，指手画脚地叫道："事到于今，我一不做二不休了。你们以为这大小姐姓孔吗？别不害臊了，她就是这倪家嫂子的女儿，八九个月的时候，她母亲病得要死，她父亲没有钱请医生，卖给我们老爷了。老爷本来不肯要，她父亲说，她妈要死，她没有乳喝，一死就死两个，求老爷把她收留下来。老爷见她父亲说得可怜，将她收留下来了，给了她父亲四十吊钱，后来又补了八吊钱，都是我经手的。丫头，你听见没有？你父亲有了这四十八吊钱，才把你母亲的病治好。你母亲自己说，她的一条性命，是卖了你救活的，好像你是她一个恩人，所以虽是几个月的时候，就把你卖了。她这一世，也不能忘记了你，你的妹妹也知道这事，她是一个讲孝道的姑娘，不和你计较这些。所以你以前要嫁姓周的，她就把姓周的让给你，她们有话在先，不认你的，而且认了你，会打断了你一生的富贵，所以今天你骂她，你打她，她都忍受了。我看在她们母女两个，不说的话就多了，还不止我知道的这一些呢。"

令仪拉住了孔大有道："爹，他说的这些话是真的吗？"孔大有叹了一口气道："你去问你的母亲吧！"只这句话，孔太太由人丛里挤了出来，执着令仪的手道："孩子，你不要害怕，我生的也好，我收来的也好，你总是我几个月看着大的。我不能让别人将你带了去。"令仪一时之间，说不出心里那一番酸甜苦辣的滋味，拉住了孔太太的手号啕大哭起来。鲁进在

339

一边冷笑道："我是造谣吗？这都是实在的事吧！"孔大有指着他，跳着脚骂道："你这东西，实在是混账。我也养你二三十年了，到今天还用这种手段来对付我。"鲁进道："我就是这样办了。假使你老爷觉得我办事不对，只管开革我，但是我有这一张嘴，就许我说话，以后我还是要……哼！你看着吧。"说毕，他就向外走了。这一出热闹戏，到这里算是收场了。

这却把那个本在局中，置身事外的周计春，呆呆地站住，说不出一个字来，依然把两只手插在西装裤袋里，呆呆地站在一边。孔大有看了他那样子，知道他也很是难受，无论他是不是周计春，现在闹穿了令仪是买来的女孩子，而且还闹个当面不认亲生母，这让做新姑爷的，不能不发生些感慨，于是向计春道："今天这场事，真是出乎意外。现在夜已深了，有什么事，到了明天我们慢慢再商量吧。"计春答应了一声是，身随着听差，走向特设的客房里来。他心里自是不住地寻思着：今天晚上这一关，真是险极了，假使干娘将我认了下来，那又不知道闹成了一副什么局面。她宁可自己吃亏，却不肯把我的真面目揭了出来，这虽是为了成全她女儿，实在也是顾全我。我怎能够忍着心不理她们呢？但是理了她们，我的真姓名就要出来了。孔大有还肯将女儿嫁给我吗？现在我知道了他女儿的内幕，他必定加倍将就我，我正好借了这个机会，多弄几个钱，原来约好了的五万元的留学费、两千元的川资、三千元的服装费，那是车成马就的了。我若一露口风，自然我的婚事要取消，便是孔大有对于这个女儿，也许真要驱逐出去。我怎么办？还是做有钱人的姑爷，望着出洋呢，还是说穿了，同归于尽呢？他坐在客房里椅子上，手撑了头，慢慢地沉思着。

在他如此思索的时候，便有那嘤嘤的哭声隔着院子，随风传了过来。这无须说，必是令仪在哭。本来的，她又羞又愧，叫她什么法子下台，只有哭了。说到这个愧字，我对我的干娘，今天板脸不认她，真亏我做得出来。好在我娶菊芬，她是我的岳母！我娶令仪，她还是我的岳母。造化弄人，真是无奇不有，可是这话又说回来了，我不认岳母，反正我娶的是她的女儿，她饶恕了我，那还有可说。菊芬那小小年纪，受了孔家这样的侮辱，我不认她，她就不认我，她对于我，也太肯让步了。难道我就一点儿不受她的感动吗？可是，叫我有什么法子？认了她们，我就完了，令仪也就完了。这也不是我干娘的本意。他只管沉思着，哪里能够睡得着，背了两只手，只管在屋子里徘徊着。身后忽然有人轻轻地喊了一声姑少爷。计春回头看时，便是那多事的鲁进，于是板着脸道："你还有什么话说？"鲁进微笑道："我在门外看了大半天了，好像你有很重的心事。"计春道："你惹了这样一场大祸，我怎么没有心事。"鲁进微笑道："那么我索性告诉你一点儿消息，让你添些心事吧。那个卖豆腐的周世良，前年冬天，由北平回来，下船就病了，当晚死在倪家，据他自己断气的时候说，是儿子害了他。"计春道："你瞎说！"他口里如此说着，脸上的颜色变白了。鲁进看着，越发知道了他的心事，又微笑道："今天晚上，你没有出来的时候，倪家二姑娘当众就说出来了。你不信……"

说时，一个听差进来倒茶。鲁进道："开豆腐店的老周不是死了吗？"听差道："死了，想儿子想死的。听说死得很惨，几乎找不着棺材来装殓。"鲁进道："倪家二姑娘不是说了吗？还是她母女两个当当办的丧事呢！唉！人生要儿女做什么？不过是淘气受累。"

计春听了这话，心中像开水浇了一般，哪里还能作声。他立刻想道：自己错怪了父亲了。他回来就死了。后来几个月，才有族人驱我出族的事，这与他无干呀。他便坐了下来，伏在桌子上，将两手环抱着来枕了头。鲁进向那听差道："我们出去吧，姑少爷要睡觉了。"计春也不理，只是这样地伏着。当他抬起头来的时候，泪痕满面，口涎牵丝般地流着，眼睛红红的，人是哽咽着说不出话来。他觉得倪氏母女太好了，也太苦了，应当看看她们去。纵然这件事闹翻了，也不能管了。他下了这样的决心，就不曾睡觉，只是抬起手来，不住地看那手表，可是这时已经一点多钟了，在安庆，这绝不是去寻找人的时候，姑且忍耐着，到了明天早上再说。他自己抽出手绢来，擦擦眼泪，扭熄了电灯，漆黑地在屋子里坐着了。到了窗子外面，由鱼肚色变到一切的事都可以看见了，他也再不踌躇，自己向大门口去开大门，要向外走。

当他开大门的时候，却把门房里听差惊醒，就喊着问："是谁开门？"计春道："我是你们姑少爷，要到倪家去看看。她们家住在哪里？"门房披衣抢着出来道："不要先通知老爷吗？"计春道："我偷着去一会子，立刻就回来的。"说着，掏出两块现洋来塞在那人手上。那人有了钱，不但不来拦阻着计春，而且把倪家的详细地点也就告诉他了。计春出得门来，直向倪家跑去。那大街上的店户，多半未开门。晓色蒙蒙的街上，罩在薄雾里，那未曾熄灭的路灯，零落的、昏黄的，在电线杆上站着，这便有一种凄惨况味。计春在那寂无人行的街上想着，自己也未免来得太早了，干娘听到敲门声，必要吃上一惊，以为我来和她算账的。我得在敲门之先，就要用温和的话来安慰她。

计春自以为是地走了去，可是到了那条巷子里，老远地就听到有妇人的哭声。计春本来心里很乱，听到了这种声音，就以为与自己有什么关系，心里更慌，站住了脚，静静地听着，好像哭儿哭女。自己决没有什么人这样来哀哭的，又是自己多心了。于是沿着人家的门牌，一家家地找去。及至找到那号门牌，大门开着，门口烧了一堆纸灰，哭声正由这屋里出来。计春看到，不由倒退了两步。原来那屋子里一群男女纷乱在一处，倪洪氏披头散发坐在地上号啕着哭，弯了腰，鼻涕眼泪一齐向下流。计春顿了一顿，正不知如何是好。里面有两个男人抢了出来，指着他道："你不是周计春?"计春点着头道："我是……"那人道："好，你来得好! 倪家小姑娘昨天晚上回来自尽了。"计春张开了嘴，只说得一个啊字，两个人就把他拖了进去，叫道："大嫂子，这小子来了。"洪氏一抬头，两手抓住了计春两只手，哭着道："你看不见她了，她回来之后，一个人在里头小屋子里睡，我以为她生气了，也不敢劝她，半夜里我起来看她，她……她……她上吊了。我的儿啦，你苦啊!"说毕，放了计春，一头向墙上撞去，幸而有人在旁，一把将她抱住。

计春便是铁石的心，到此时也不能不哭了。向屋子里面看时，菊芬直挺挺地睡在铺板上，用一块红布将脸遮盖了。计春看到，也是跳脚大哭起来，口里喊着道："你为什么就死? 你为什么就死?"因他哭得这样哀痛，将屋子里一班帮忙人的怒气稍微和缓了些，就有一个人搭腔道："你说她为什么要寻死吗? 这里有她一封信，你看吧。"说着，将一封信塞到计春手上来。计春一面擦眼泪，一面将信拆出来看。那信写的是：

母亲：

我对你不住，我永别了! 今天晚上，我遇到了那人，见他木头一样，眼睁睁看了我们，只当不认识。人心是多么可怕呀! 我委曲求全熬到今日，几乎落了一个贼名。我觉得这件事太可耻了，太让我灰心了。我活到一百岁，便是伤心到一百岁，不如早死了好。我死后你再和他去办交涉，我想他们可以可怜可怜你了。恕我不孝吧!

儿菊芬绝笔

计春看完了，只管跳脚，哇哇地哭着。正纷乱着，大门外又是一阵乱，向外看时，却是令仪带了一群男女仆人飞跑而来了。她到了大门口，见里面这样一片哭声，也是一怔，看到洪氏坐在靠墙的一张矮椅子上，垂了头哽咽着，便道："妈，我现在明白了，来认你和妹子了。"她说着，正待进去跪下来。洪氏站起来，猛然地伸出两手，将她紧紧地搂住，又大声哭起来道："儿啊，你明白晚了。你妹子自尽了！她这一生委屈死了。她委屈有三年了，她不能再委屈了。所以……"计春听了这样哀哭叫屈声，犹如人家用尖刀刺了在他心上一样，一阵酸痛，人就昏沉沉地向地上倒下去，倒下去之后，便一切人事都不知了。

　　等他醒了过来时，已经发觉是睡在医院里，自己看看窗户外面的太阳光，已经有些歪斜，那么，为时不早，自己已是在医院里睡了大半天了。医生见他醒过来了，又在他身上诊察了一遍，就对他道："不要紧的！你好好地休养三五天，就可以出院的。"计春道："是什么人送我到这里来的？"医生道："是令岳孔府上派人送来的。我们这就去和他通电话，说你醒了，大概不久就有人来了。"计春心里想着：难道到了现在，他还肯认我做女婿吗？这也就怪了。他如此地想着，在痛苦里面稍微又能得着一点儿安慰。只在一小时以后，医院看护引了一个人进来看他的病，计春认得，便是在北平曾同住过会馆的刘清泉，连忙由被里伸手出来，抱拳相迎。刘清泉笑道："周先生，你好好地养病吧。我是回城来拿账本的，碰上这件事了。我若是早回来一天，也许没有这场祸。"计春道："你来了！就好极了！我要和你打听打听我父亲的事情。"刘清泉道："令尊吗？就葬在玉虹门外，土地庙边，那里是通贵县的大路。"计春点点头道："我干娘把他葬在那里，我知道她是什么意思了！请问你，我父亲到北平去，听说是流落了……"刘清泉摇摇手道："这话过两天再说吧。这里也不是谈话的地方。"计春以为说多了话，医生是要干涉的。他不说也罢，听他的话音，好像还要找一个较稳妥的地方，慢慢地来谈一谈。那么，总算他念旧，还是用善意来维持的了。自己心里这样地想着，也就期待着刘清泉日后的约会。

　　在医院里休息了两三天，每天来探望的，只是刘清泉一人。他心里想着，洪氏受了这样大的刺激，或者病倒了不能出门，可是令仪并未和我有什么隔阂，何以她也不来看我呢？自己也曾把这话去问刘清泉，他却答复的是："大小姐心里那一份难过，大概不比你差什么。这个时候，你可不

343

必去追问了，过两天你自然会明白。"计春看他这情形，好像令仪也有不得已的地方，自己也就更急于要知道这实在的情形。到了第四天，他万分隐忍不住了，就和医生说，一定要出院。不容他出院时，他就自己跑了出去。医生出于无奈，这才将刘清泉用电话找了来。刘清泉对于他要出院的这一层，却并不拦阻，只是要和他一同出去。计春想着：事情闹到这种样子，自然也不好意思单独进孔家的门。有了刘清泉来陪伴着，这就极好收场了。因之也没有怎样地考量，跟了刘清泉就走，但是他所走的路，弯弯曲曲的，直引着他走进一家旅馆去。计春始而还以为他引着来会什么人的，后来他和计春开了房间，付了房钱，这才让计春吃了一惊，因问道："怎么样？孔府上不许我去了吗？"刘清泉让他坐下，笑着还递了一杯茶到计春手上，这才道："周先生，你是聪明人，还有什么不知道的，敝东家为人思想很旧的，他现在知道周先生为了令尊的事，和全族人脱离了关系的，而且又有人把戏剧明星秋潮的照片，送给敝东看了，那么，秋朝就是秋潮，这也很显然。依了敝东家的意思，觉得你是个明星了，婚姻两字是不成问题的……"计春点点头微笑道："他又要悔婚，这也是当然的。"刘清泉道："别忙！你等我说完。敝东家的意思，若是周先生还有意读书的话，他情愿在一次之下，帮助你一千八百的学费，以后彼此就不必通消息了。"计春道："孔小姐现在呢？"刘清泉想了一想，笑道："她不大自由了，但是她很对得住你，你父亲病在北平小客店里的时候，是她送到医院里去的，要不然，令尊恐怕就在北平过去了。"

　　计春低着头想了许久，忽然昂着头叹了一口气道："这样说起来，我是把所有的人完全都辜负了。多谢多谢！你们老爷的好意，要送我的钱，但是我不好意思再受人家的恩惠了。我也没有脸面再去见你们小姐，烦你转告一声，我这几年唱戏，爱人太多，也不知道什么叫爱情。我和她订婚，不过是想骗那五万元的出洋费。现在我是天地间一个罪人，我不忍骗人了。请她不必挂念我吧。这时候还早，我要到我父亲坟上去痛哭一场，晚上就搭船到南京，我依然渡江北上去求学。"刘清泉道："你有钱吗？"计春道："我没有钱不要紧，我坐到哪里是哪里。大不了，是把我的性命牺牲了。我为了要完成我父亲的志愿，把性命丢了，那比我现在自杀了强得多。好吧，旅馆也不用住了，我走了。"说毕，他起身就向外面走着。

　　刘清泉跟着出来时，计春已经走得很远了。刘清泉因他说明了，是到坟墓上去，这似乎无追赶他之必要，也就只好由他去吧。计春走上了街，

344

将身上储蓄的钱，买了一瓶酒、几色水果、一束纸钱，出了西门，慌里慌张就向玉虹门而来。这时，已经到了下午四点钟，正是小学生下学回家的时候，不断地看到小孩子背了书包，在街边走。有的有大人领着，有的是和了小孩子的伙伴走。计春看到，想起以前自己在省城读书的事，便觉心如刀割。他正为难着，却见一位五十附近的人，背上负着一位八九岁挂书包的男学生。那孩子只管用手去乱摸那人的头发，那人不但不生气，而且还哈哈地笑着。计春看呆了，却有些不服。那人望了他笑道："先生，你有所不知，我就是这个男孩子，惯坏了，只要他好好地念书，淘气一点儿，那是小孩子的本性，也就不去管他了。"计春点头道："做父母的，都是这样想，哪个做儿女的，能体谅父母的苦心？"那人笑道："这位先生，你真是好青年。你老太爷有福气，有你这样好的儿子。"计春不敢向下说了，怕是会落下眼泪来，一路走着，看了那小儿女的父母，笑嘻嘻地欢迎儿子回家。心想他们必是这样地继续向下做，将儿女由小学升到中学，由中学更升到大学，结果呢，像我也是其一吧。

他心里慌乱着，穿了小巷，走到玉虹门。这玉虹门有安庆一道子墙，当年曾国藩和太平天国的军队，两下对峙的时候，在山头上新建筑的。出了这门，高高低低，全是乱山岗子。山岗上并无多少树木，偶然有一两株落尽了叶子的刺槐，或者是白杨，便更显着荒落，不过山上枯黄的冬草和那杂乱的石头，也别是一种景象。这里又不断地看那十余丈的山沟，乃是当年军营外的干濠。西偏的太阳，照着这古战场的山头，在心绪悲哀的人看着，简直不是人境，所走的一条大路，是通计春家乡的。在那边山坡上，不断地涌出一些土馒头来，有的土已稀松了，棺材洞穿，露着不全的骷髅骨在外。计春站在一个小高坡上一望，乌鸦阵阵的，由头上飞过去，西北风由昏黄的太阳光里吹到人身上来，却别是一种冷法。在斜坡那面，紧傍了大路，有个小土地庙，那里也有许多乱坟，父亲必是埋在那里了。一口气直奔过去，果然高高低低，有十几个坟，其中有一个坟头，短短的碑，望了故乡的路，上面写着："放周世良之……"那个"墓"字，已经被土埋着了。计春静悄悄地将手绢里包着的水果陈列着，将纸钱解散，擦了火柴来焚化了，将酒瓶打开，洒了酒在坟头上，一阵心酸，便跪在这短碑之前，自己哽咽着，不知身在何处了。耳边听得有人在大路上道："那个穿西服的人对坟头下跪，奇怪！"又有人道："那大概是替父母上坟的。这个年头，青年人肯替父母上坟，也就难得了。一百个里面，难找一个。"

345

又有一个人道："你这一包饼，买回去给什么人吃？"又有人答："给儿子吃！"又问："你既然知道一百个儿子……"那声音越说越远了，有些听不清楚。计春依然跪在碑前，口里叫道："父亲，我是天地间一个罪人。你饶恕我，让我自新吧！我的心碎了！"那西边的太阳快要沉下去，发了土红色，靠近了白茫茫的江雾。它好像不忍看这大地，因为这大地上有无数的父母，在那里做牛马；无数的儿女，在那里高唱铲除封建思想，而勒索着牛马的血汗，去做小姐少爷。计春这一声"我是天地间的罪人"，感动了太阳，所以太阳的颜色，也惨然无光了。

图书在版编目（CIP）数据

现代青年 / 张恨水著. — 北京：中国文史出版社，
2018.6

（民国通俗小说典藏文库·张恨水卷）

ISBN 978 - 7 - 5205 - 0019 - 7

Ⅰ. ①现… Ⅱ. ①张… Ⅲ. ①长篇小说 – 中国 – 现代
Ⅳ. ①I246.5

中国版本图书馆 CIP 数据核字（2018）第 011165 号

整　理：萧　霖
责任编辑：卢祥秋

出版发行：**中国文史出版社**
网　　址：http://www.chinawenshi.net
社　　址：北京市西城区太平桥大街23号　邮编：100811
电　　话：010 - 66173572　66168268　66192736（发行部）
传　　真：010 - 66192703
印　　装：廊坊市海涛印刷有限公司
经　　销：全国新华书店
开　　本：720×1020　1/16
印　　张：23　　　　字数：396 千字
版　　次：2018 年 6 月第 1 版
印　　次：2018 年 6 月第 1 次印刷
定　　价：66.00 元

文史版图书，版权所有，侵权必究。
文史版图书，印装错误可与发行部联系退换。